桑植
红嫂

桑植县红色旅游产业管理办公室　编

王成均　谭冰　编著

团结出版社

图书在版编目（CIP）数据

桑植红嫂 / 桑植县红色旅游产业管理办公室编；王
成均，谭冰编著. -- 北京：团结出版社，2022.12
　　ISBN 978-7-5126-9942-7

　　Ⅰ．①桑… Ⅱ．①桑… ②王… ③谭… Ⅲ．①纪实文
学－作品集－中国－当代 Ⅳ．①I25

中国版本图书馆CIP数据核字（2022）第235616号

出　　版	团结出版社	
	（北京市东城区东皇城根南街84号　邮编：100006）	
电　　话	（010）65228880　65244790	
网　　址	http://www.tjpress.com	
E－mail	65244790@163.com	
经　　销	全国新华书店	
印　　刷	成都市兴雅致印务有限责任公司	
开　　本	170mm×240mm　　1/16	
印　　张	25	
字　　数	405千字	
版　　次	2023年4月第1版	
印　　次	2023年4月第1次印刷	
书　　号	978-7-5126-9942-7	
定　　价	98.00元	

三年以来，在人民解放战争和人民革命中牺牲的人民英雄永垂不朽！

三十年以来，在人民解放战争和人民革命中牺牲的人民英雄永垂不朽！

由此上溯到一千八百四十年，从那时起，为了反对内外敌人，争取民族独立和人民自由幸福，在历次斗争中牺牲的人民英雄永垂不朽！

——毛泽东

庄耳坪战斗烈士纪念碑

龙潭坪烈士纪念碑

红二方面军
长征纪念碑

洪家关烈士纪念碑

桑植县烈士纪念碑

红嫂

贺英

贺满姑

戴桂香

张幺姑

肖菊姑

谷贞兰

曹良银

徐美姑

红嫂后人

红嫂陈四妹的女儿彭润年与孙女王丽萍

红嫂剪芝姑的儿子马积玉和儿媳剪友姑

红嫂朱芝姑的孙子王国平和孙媳万萍

张幺姑的儿子贺文首和儿媳瞿金桂

3

红嫂杨青沛的侄孙杨生泽、杨生前

红嫂陈才年的孙子熊朝统

红嫂高长姑的三个孙子和重孙（左二）手捧她丈夫向绍圣参加中央红军长征用过的长刀

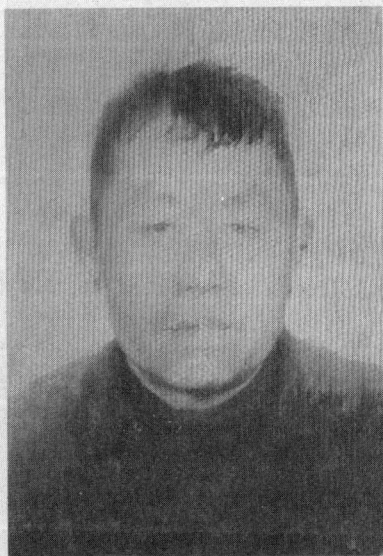

红嫂钟幺妹的儿子张宏桃

红嫂徐美姑的儿媳刘玉兰

《桑植红嫂》编纂委员会

合作单位

中国特色社会主义道德文化省部共建协同创新中心
湖南师范大学道德文化研究中心
湖南师范大学长征国家文化公园研究中心（21ZDA080）
张家界市炎黄文化研究会
湖南教育报刊集团活动部

张家界市档案馆
张家界市作家协会

中共桑植县委宣传部
贺龙纪念馆
中共桑植县委党史研究室
桑植县财政局
桑植县妇联
桑植县文联
桑植县文化旅游广电体育局
湖南南滩国家草原自然公园管理局
桑植县退役军人事务局
桑植县供销联社
桑植县洪家关白族乡洪家关村村民委员会

湖南百年红色教育基地有限公司
湖南湘育旅游管理服务有限公司
南京和之旅国际旅行社有限公司
张家界中商国能集团上海国际旅行社
张家界市桑植县红色旅游开发有限责任公司
九然生物科技（湖南）有限公司
张家界鲵城文化旅游有限公司
张家界人从众国际旅行社
张家界南楚山水盛典传媒有限公司红色桑植剧院
桑植中合长城文化发展有限公司
桑植魅力旅投文化旅游开发有限公司
桑植县芭茅溪红培旅游发展有限公司
桑植县星火文化旅游发展有限公司
张家界刘家坪红色教育培训有限公司
桑植红色文化传承中心
张家界西线红文化有限公司

序一

信仰的温度

贺晓明

　　桑植是我父亲贺龙的故乡。故乡门前的玉泉河和通往他乡的木桥，一直是活在父亲贺龙脑海里的家。这个一辈子为了小家、大家奋斗的人，他的家早已与国家、民族、人民和共产党的命运连在一起。1935年11月19日，父亲贺龙离开故乡，我的爷爷奶奶、姑姑和叔叔都因革命离开人世。当时，父亲才39岁，正值指点江山、挥斥方遒的年纪。

　　2009年6月28日，父亲贺龙回来了，以一抔骨灰的方式回家了。他的亲人们捧着骨灰盒来到天子山，这里曾是他战斗过的地方。亲人们将他的骨灰放在墓中，母亲薛明轻声呼唤父亲贺龙的名字："贺龙啊，你要好生走啊！"母亲薛明道出这句话时，已93岁。她知道自己要在有生之年完成丈夫的心愿，不然，她到九泉之下与丈夫相会，会无颜面对。我们跪在墓前，用双手一捧捧将地上的家乡土掩盖在父亲骨灰盒上，泪流满面。安葬完毕，我们在回家的路上，一路呼喊："爹爹啊，我们回家去吧""爹爹，我们回家喽"，一声声呼唤，女儿们要把父亲唤回家乡。

　　父亲贺龙是党的孩子。1927年8月底，担任过南昌起义总指挥的父亲贺龙由周恩来主持，周逸群、谭平山介绍，加入中国共产党。当时，共产党诞生才六年，他已31岁。加入共产党，是因为他把党组织看成自己的家。"修身、齐家、治国、平天下"的家国情怀，早已融进父亲贺龙的血液里。中国共产党党章、中国共产党誓词，用信心、信念、信仰铸造了他的高尚灵魂。中国共产党从1921年7月1日诞生之日起，带着"奉献自我，以济天下"的鲜明个性，引领父亲贺龙等数以万计的共产党人，把马克思主义信仰作为一面鲜明的旗帜。成千上万的信仰者，向着信仰的目标前赴后继。

从1916年两把菜刀砍盐局到1927年8月1日担任南昌起义总指挥，再到1935年11月19日离开桑植，父亲贺龙的家人先后牺牲5人，族亲牺牲108人，宗亲牺牲2050人，故乡桑植牺牲3万多人，一个个红嫂守在家乡照顾老人养活儿女，传承红色血脉。

父亲贺龙是桑植的孩子、湘西的孩子、湘鄂川黔的孩子。从骡马客到中华革命党，再到中国共产党，这个孩子和千千万万的同志用鲜血和生命推翻了压在中国人身上数千年的封建主义、帝国主义、官僚资本主义三座大山，践行了"坚持真理、坚守理想、践行初心、担当使命、不怕牺牲、英勇斗争、对党忠诚、不负人民"的伟大建党精神。

王成均、谭冰编著的《桑植红嫂》见人见物见精神，让一个个故去的人物活了起来，46个红嫂的命运与父亲的命运、革命的命运、党的命运连在一起。走近这本书，我触摸到了红色的温度，信仰的温度，感受家乡的烟火气和故乡味道。

人的生命是短暂的，轻如一羽鸿毛。如何将一羽鸿毛活成重于泰山的价值，我从父亲贺龙身上找到答案。

（贺晓明，开国元帅贺龙次女，著有《贺龙的1927年》，主编《前辈的身影》）

守护红色道德记忆传承红色文化基因

向玉乔

人类生存的意义和价值是通过过去、现在和未来三个维度得到体现的。过去是人类生存的根，它是通过人的记忆得以建构的；现在是人类生存的现实性，它是通过人的现实感得以建构的；未来是人类生存的可能性，它是通过人的愿望和理想得以建构的。对于人类来说，过去、现在和未来都很重要，缺一不可。我们的身后拖着一个长长的过去，立足于实实在在的现在，憧憬着具有无限可能性的未来。

记忆是人类的重要生存方式。它不仅连接人类的过去和现在，而且启示人类的未来。没有记忆，人类的生存状况是不可想象的。记忆让人类知道自己是怎么来的、懂得自己的根在哪里。正因为如此，人类历来重视研究自身的记忆本领，并且将记忆的建构和传承视为至关重要的问题。记忆可以区分为历史记忆、政治记忆、文化记忆、环境记忆等多种形态。道德记忆是文化记忆的最重要形态。

中华民族是一个特别重视文化记忆传承的民族。中华文明之所以能够源远流长、绵延不绝，这与中华民族重视文化记忆传承的优良传统有着千丝万缕的关系。在中华民族的文化记忆中，道德记忆占据中心位置。中华民族的道德记忆具有集体性，它是中华民族对自身的集体性道德生活经历进行记忆刻写而形成的一种道德记忆形态。盘古开天地、女娲补天、精卫填海、孟母三迁、司马光砸缸、岳母刺字等经典道德故事既是中国道德文化传统的重要内容，也是中华民族集体道德记忆的重要内容。自强不息、吃苦耐劳、勤俭节约、言而有信、崇尚和平等中华传统美德更是中华民族集体道德记忆的精髓。

中国共产党的集体道德记忆更是鲜艳的红色。作为一个由马克思主义思想和理论武装起来的政党，中国共产党坚持马克思主义道德观，重视继承人类创造的伦理文明成果，注重推进党德建设，要求每一个中国共产党人在尊德、崇德、行德方面以身作则。中国共产党具有优良道德传统，并且建构了自己的集体道德记忆。它们是中国共产党行稳致远的道德之本。

中国共产党团结带领中国人民所取得的一切成就都来之不易。在新民主主义革命时期，它领导中国人民经过了北伐战争、土地革命战争、抗日战争、解放战争，期间涌现了李大钊、夏明翰、杨开慧、刘胡兰、杨靖宇、江姐、董存瑞等革命烈士。他们为新民主主义革命的胜利抛头颅洒热血、前赴后继，刻写了中国共产党感天动地的革命道德记忆。在社会主义革命和建设时期，它领导中国人民确立社会主义基本制度，战胜了帝国主义、霸权主义的颠覆破坏和武装挑衅，期间产生了杨根思、邱少云、孙占元、解秀梅等抗美援朝英雄，刻写了悲壮而光荣的社会主义道德记忆。

事实上，在中国共产党团结带领中国人民进行革命和社会主义建设的过程中，每一个历史阶段都有难以数计的英雄在负重前行。他们可能是有名有姓的英雄，也可能是无名无姓的英雄，但他们实现中华民族伟大复兴的初心和使命是共同的、一致的。为了实现中华民族伟大复兴的共同目标，他们舍生取义、杀身成仁，体现了中国共产党人心系国家、心系民族、心系人民的崇高政治情操和高尚道德情怀。

要实现中华民族伟大复兴的宏伟目标，中国人民应该不忘本来，精心守护好自身的民族性集体道德记忆。要团结带领中国人民不断进行伟大斗争、推进伟大工程、追求伟大事业、实现伟大梦想，中国共产党必须不忘初心、牢记使命，承担守护自身集体道德记忆的责任。

王成均同志是桑植县红办主任。我与他五年前相识，当时，他是县政府经济研究室主任。与他初次见面纯属机缘巧合。他慕名来到湖南师范大学道德文化研究院，要求见研究院领导，想开展红色文化发掘和社会主义核心价值观考核体系研究方面的合作。秘书带他来见我，他说明了来意，从随身携带的纸袋中拿出了五本社会主义核心价值观考核体系初稿和两本著作，告诉我这是他花费大量心血收集和编辑的红色书籍，一本是《毛垭红军村的故事》，一本是《红色的守望》。他还告诉我，他有一个弘扬社会主义核心价值观的实践项目，希望能够得到我院的指导。那一次见面，王成均同志给我留下了深刻印象。他是一个其貌不扬但办事干练的人。最重要的是，他是一个有思想、有理想、有担当精神的人。看得出，他想为桑植县的红色文化资源发掘和研究做出力所能及的贡献。在交流的整个过程中，他一直在谈他希望发掘和传播桑植红色文化资源的想法。我必须承认，他的所思所想和所言所说着实感动了我。

桑植是一个革命圣地。那里是贺龙元帅的故乡。我很小的时候就知道贺龙元帅的名字和"两把菜刀闹革命"的故事。我也看过关于贺龙元帅的电影，特别敬佩他的革命人格。正是由于这种渊源，当王成均同志与我交流桑植红色文化资源发掘、传承问题时，我很快就下定决心与他开展合作。我说了很多鼓励的话，这对王成均同志产生了不小的激励作用。用王成均同志自己说的话，这就是：我的鼓励使他更加坚定了追求事业的决心和意志。

时隔几年，王成均同志再次感动了我。2021年10月16日，他拿着自己刚刚完成的一部题为《桑植红嫂》的书稿来找我，请我为他写序。他说桑植是湘鄂边、湘鄂西、湘鄂川黔革命根据地中心地和策源地，中国工农红军第二方面军长征出发地，新中国十大元帅，只有贺龙元帅是在家乡桑植开辟根据地的。当时仅10多万人口的桑植，有5万多人参加革命，有3万人献出了生命，其中有名有姓的有5000多人，而红嫂有1万人。于是，他从这1万名红嫂中选出了46个典型汇成了一部长达40多万字的书稿。这次见面，我们又聊了很久，他向我详细介绍了写作《桑植红嫂》的过程。每采访一个红嫂，他都要到红嫂的坟前拜一拜，以最大的敬畏与九泉之下的红嫂对话。长达五年的奔波，数千个不眠之夜的呕心创作，五年前的一头乌发不见踪迹，只有他的目光透出坚毅。我再次被他执着于事业的精神所感动。了解他的心意之后，我答应为他的书作序。

我认真阅读了王成均编著的书稿《桑植红嫂》。书稿中有从桑植红歌走出来的陈四妹、戴桂香、张幺姑等红嫂，有从长征盼出来的钟冬姑、曹良银等红嫂，有从贺氏家族产生的贺满姑、翁淑馨等红嫂，有从根据地硝烟中爬出来的谷贞兰、王兆玉、黄玉梅等红嫂，有从红军女儿队成长起来的红嫂龙神姑、杨小妹，还有很多桑植红嫂唱过的红歌。阅读着一个个桑植红嫂的感人故事，我满怀感动。我为桑植那一片红色土地感动，为桑植的红色文化精神感动，为桑植的红嫂感动。

我目前承担着一个国家社科基金重大招标项目的研究任务，研究主题是中国共产党的集体道德记忆。王成均同志的书稿《桑植红嫂》与我的课题主题紧密相关。书稿所描述的红嫂都是真实的故事。桑植红嫂的故事是中国红色道德记忆和中国共产党集体道德记忆的一个重要内容，它们应该被传承、被传播、被歌颂。

当今中国存在比较严重的历史虚无主义问题。一些人出于丑化、否定中国共产党和社会主义制度的邪恶目的，对中国共产党在团结带领中国人民进行革命和社会主义建设过程中涌现的英雄、烈士、先进人物等进行无端抹黑、丑化，这种丑恶行径在社会上产生了恶劣的负面影响，应该引起我国社会各界的高度重视。抵制历史虚无主义是当今中国的一项重要任务。我深信，《桑植红嫂》一书的出版能够在消解历史虚无主义的负面影响方面发挥不容忽视的积极作用，唯愿桑植这块红色的土地成为红色信仰的锻造之地，红色旅游引领样板区的辐射地，并造福更多的红嫂后人们。

是为序，以支持王成均同志孜孜以求的光荣事业。

2021年10月28日

（向玉乔，湖南师范大学道德文化研究院院长、二级教授、博士生导师，湖南省121人才，芙蓉学者特聘教授，有《道德记忆》《共享伦理研究》《分配正文》《美国论理思想史》等专著、合著、译著20余部）

目录

CONTENTS

第三章　贺氏家族鲜血中站起来的红嫂

第四章　贺氏家族亲戚连起来的红嫂

引子

祖母经历的"蒙"时代

——谨以此文缅怀生活在19世纪末至20世纪中叶的女人们

王成均　谭　冰

风来了，雨来了，婆婆吓出屎来了

——湘西桑植民谣

这是发生在19世纪末到20世纪初中国大地生活的一幕情景剧。戏中的祖母是我真实的祖母，也是虚化的中国大地无数的祖母。

风是从西方刮过来的，带有丝丝的野蛮、丝丝的贪婪、丝丝的冷酷、丝丝的血腥，一种透心透骨的绝望从祖母的脚板底传递到全身。

祖父躺在床上，双手敲击着床沿，嘴里吐出有气无力的话语："给我一口吸的，就让我吸一口吧。你好狠的心，我只要吸一口，你都不让我吸。我要死了，我要死了。我到了阴间，也不会放过你的。"祖母望望床上呻吟的丈夫，又抬眼望望屋外的天空。眼中的泪水早已流干，只剩下空旷的眼珠。

灰蒙蒙的天笼着大地，笼着山川，笼着一栋栋夹着茅草的房屋。柔软枯黄的茅草担负起阻挡野风、贪风、冷风、血风肆虐的重任，昔日厚实的木板壁早已让爷爷拆卸下来，换来一口口的烟膏。烟膏是一种学名叫罂粟的东西炼制而成的，俗称大烟，原产于南欧及小亚细亚，后传到阿拉伯、印度东及东南亚等地，最初是当作药材传入中国的。由于烟膏具有强烈的麻醉功能，吸食成瘾，让祖父产生依赖。

厚实的木板拆下来，山上的茅草割回家编成草帘站立起来，阻挡西方刮过的风，祖母的脸面早已从厚实的木板坚硬的自信里走向薄薄茅草当板壁的浓浓哀愁中。

祖母恨西方刮来的风。这股风从1840年开始刮过来，一刮就是一个甲子，一个甲子的风彻底打破了中国华夏大地的宁静，自给自足的田园生活因一个个不平等的条约蒙上了一层层堕落的光影，一圈圈堕落的烟雾。一年，十年，三十年，六十年，祖母，祖母的母亲，祖母的祖母看不透读不懂蒙在中国大地上的那层影。那圈雾，她们只觉得自己每时每刻摆脱不了那层厚厚的"蒙"。她们想理出"蒙"的源头，可她们找不到。找不到的日子让人一个个活在好累，好苦。累的日子没有了盼头，苦的日子没有了望头，那害死人的"蒙"。祖母在"蒙"中走过了自己的人生，走进了九泉，她在等"蒙"的答案。

蒙羞

她是清王朝驻美公使馆外交官的妻子，也是勾起中华民族国家蒙羞痛苦记忆的祖母。

她的丈夫是中国的一位精神祖父。精神祖父用自己的生命唤起国家蒙羞的记忆，丈夫的名字叫谭锦镛。当年，她很自豪嫁的男人是清朝末科武进士，驻美公使馆武官。丈夫从小练就了一身好武功，长大后苦学英语，期望有朝一日能走出国门，为中国在国际舞台上出一把力。很快，丈夫出色的外交能力得到皇帝的赏识，皇帝派遣他去美国任驻美外交官。

此时的中国，早已被西方刮来的风刮得内忧外患，身处国外的中国人，更是低人一等，抬不起头，身为外交官的丈夫也不例外。丈夫深知弱国无外交，可他仍然保持着自己的气节和民族尊严，用一件件大事、小事扛起中国的外强中干形象。可是丈夫的力量是卑微的，如一株刚刚从土层里钻出的小草，经不起任何的野风、贪风、冷风和血风。

1903年8月13日，中国的历史应该记住这一天。丈夫奉命到旧金山处理外交事务，她则在家中等待丈夫归来。她没有想到丈夫在回家的途中，一阵风刮过他戴在头顶的帽子。他低身去捡帽子，长长的辫子被抖落下来。

美国警官杰克·克莱默迎面走来，他抓住丈夫的长辫子，轻蔑地讪笑起来："长辫子，中国猪！"

她的丈夫谭锦镛愣了一下，满脸通红地夺过杰克·克莱默手中的辫子，准备一走了之。可是杰克·克莱默拦住了他，舞动双手狂笑起来，丈夫谭锦镛强压心头的怒火，告诫杰克·克莱默："请让开，我是中国人！"

那名美国警察杰克·克莱默听说是中国人，一只手一把拽住谭锦镛的辫子，另一只手对着他就是一个耳光。顿觉蒙受了奇耻大辱的谭锦镛，哪里能咽下这口恶气，他挥起拳头，砸向美国警察杰克·克莱默，武艺非凡的他三两下就把杰克·克莱默狠狠打倒在地上。

警察杰克·克莱默恼羞成怒，他没有想到这个中国人会反抗，还把牛高马大的他直接放倒。他站起来暴跳如雷，随即吹响了警笛，引来一大群警察。

警察们赶到后，不由分说地操起手中的家伙朝谭锦镛围攻上来，架不住对方人多，很快，手无寸铁的谭锦镛就被打得遍体鳞伤，倒地不起。

眼看谭锦镛已奄奄一息，那伙警察竟做出了变本加厉的侮辱。他们将他拖到桥底，把他的长辫子缠在树桩上，任凭过往的美国人嘲笑他羞辱他。

谭锦镛心如刀绞，仰天大喊一声，无力地闭上双眼。接下来发生的一切让谭锦镛彻底绝望。

夜晚，那伙警察把谭锦镛带到警察局。谭锦镛拿出外交官证，控诉着那伙警察的罪行。谁曾想，警察局局长斜睨一眼证件，打断谭锦镛的控诉，冷笑道："打的就是中国人。"这句话如同雷击，谭锦镛没想到美国根本没有司法和公道，哪怕他是一个驻美外交官。

此时的谭锦镛气得两眼冒火，他朝警察局长猛扑过去，可换来的是暴风雨般的踢打。

随后，美国警察们把伤痕累累的谭锦镛扔进了旧金山的监狱。中国大使馆和住在大使馆的祖母得知谭锦镛被捕之后，多次找美国交涉，然而在他们眼中，毫无威慑力的清政府形同虚设，他们不仅没有一丝歉意，还狂妄地叫嚣："只要是中国人，就该打！"

为此，中国驻美公使馆急得团团转，却毫无对策，祖母只能以泪流面。幸亏在旧金山的一位中国侨胞在得知此事后，花了一大笔钱，才把谭锦镛解救了出来。看着浑身是伤，眼神空洞，步履蹒跚的谭锦镛，中国侨胞顿觉心酸又无奈，他拍拍谭锦镛的肩膀，安慰道："唉，这世道，只能想开点。"

谭锦镛无奈地摇了摇头，道别中国侨胞，一个人向大使馆的家走去。走在回家的路上，之前的一幕幕在脑海中翻滚着，谭锦镛越想越绝望，他觉得自己活着就如同行尸走肉，他根本没有力量维护自己的尊严和赢得世界对中国的尊重。

倍感绝望的谭锦镛，回到使馆的家，趁着妻子睡着了，他打开了煤气罐，用一屋的煤气结束了自己的生命，向世界表达了他的不满，向中国人告诉弱国无外交，祖国蒙羞的真谛。

谭锦镛死了，西方的风把谭锦镛的逝世消息传回大陆，引起众人茶余饭后对谭锦镛的谈笑。谭锦镛的爱人闻讯，感受无穷无尽的悲伤。在丈夫谭锦镛的葬礼上，数千华人走上街头，所有华人的心头流淌着悲愤屈辱的泪，可那位侮辱谭锦镛的美国警察杰克•克莱默，没有受到任何处罚，照样站在街上当着他的警察。

谭锦镛死了。他死在鸦片战争带给中国人灵魂的愚蒙里，蒙昧里。鸦片毁灭的不仅是祖父的灵魂，也毁掉了中国更多民众的灵魂。达官贵族、绅商百姓、军队官兵在烟膏的腾云驾雾里，丢失了中华民族"富贵不能淫，威武不能屈，贫贱不能移"的美德，丢失了"天行健，君子以自强不息"的勇毅。清王朝从18世纪下半叶开始，吏治日益腐败，大小官吏贪风炽盛、营私舞弊，贿赂公行，西方列强纷沓而至，干起了趁火打劫的勾当。中国大地饥民遍野，一个个活在水深火热之中。

无法考证谭锦镛的妻子的姓名，只知道她是我们走出国门感受蒙羞的祖母。她永远活在中华民族的记忆里。

蒙难

她是新中国伟大的母亲，也是湘西桑植平凡而普通的母亲。新中国开国元勋是她的儿子，她的大女儿2009年被评为"100位为新中国成立做出突击贡献的英雄模范人物"。她的小儿子年仅15岁被敌人放在高温蒸笼里活活蒸死。她叫王金姑，生于第二次鸦片战争后的一八六四年年九月十三，卒于辛亥革命胜利后的1917年八月。她是我们的精神祖母。她用53岁的生命见证清王朝统治下的中国由封建社会一步步沦为半殖民地半封建社会。

社会是一个长着浓密黝黑毛发、双目明亮有神、额有一角的獬豸，能辨是非曲直，能识善恶忠奸。历史的车轮碾碎社会的自私和贪婪，承载的是正义和高尚。王金姑活在一个泱泱五千年文明的古国里。她用自己的勤劳、贤德、孝顺、忠贞影响儿女们和丈夫，让他们把家国融进生命的血液里。一辈子的勤劳、贤德、孝顺、忠贞耗尽了她的精血，王金姑于1917年8月倒下了。王金姑离开人世前，她的大儿子身上流淌的血液早已沸腾了。1915年，19岁的大儿子在泥沙镇两把菜刀夺枪；1916年，20岁的大儿子率领众人三把菜刀砍盐税局，组织成立了"湘西讨袁独立军"。在大儿子的影响下，亲人们不知不觉融进反抗帝国主义和封建主义的斗争里。帝国主义和中华民族的矛盾，封建主义和人民大众的矛盾，把她的丈夫和儿女们拉进民族民主革命的时代。一年又一年，九泉之下的王金姑看到大女儿、二女儿、幺女儿在革命中牺牲，一年又一年，丈夫、小儿子被敌人残忍杀害，只有大儿子一个人站在1949年10月1日的开国大典上，王金姑在九泉含笑了。

壮年早逝，丈夫和四个儿女相继为了新中国献出了宝贵的生命，这是我们的精神祖母王金姑留下的追思，她是中华民族伟大祖母的缩影。

在王金姑身上，浓缩中华民族的历史长河，男人与女人，家庭与家族，血脉和亲情这个绕不开的话题。历史长河平静，男人与女人和顺。家庭与家族兴盛，血脉和亲情和谐。历史长河汹涌激荡，男人与女人阅尽岁月沧桑。家庭与家族在战火中生生灭灭，血脉和亲情如泣如诉，一个个蒙难垒起中华民族五千年的岁月沧桑。

历史凝固成昨天、今天、明天，化为春季、夏季、秋季、冬季，在一天天，一季季的历史长河里，夏、商、周、秦、汉、三国、晋、十六国、南北朝、隋、唐、五代十国、宋（辽、大理、西夏、金）元、明、清，依次更替。每一次朝代的更替，都会伴随着大规模的战争，带来人民无穷无尽的灾难、苦难。

每次战争开始是零零星星的抗争，继而演变成战斗，最后演化成战争，无数的生命如一颗流星，如一滴露水，瞬间失去了。战争中死亡的一个个数字警醒着人们，活着的人们不应是事不关己高高挂起的麻木，而是触类旁通的心痛、忏悔和原谅，不应是小说家慨叹的滚滚东逝的江水，而是我们人类的历史记忆有悲愤，有悲伤，更有温度。

生命是平等的，是应该敬畏的。我们要珍惜每一个生命，虽然生命如昙花，一个个如昙花的生命构筑中华民族永不断脉的星河灿烂。一个个朝代，一次次战争，美丽的生命在历史的记载里变成一个个冷冰冰的数字，触目而惊心，他们里面，也许就是我们祖母的祖先，五千年的血脉，人民蒙难的数字见证，中华民族的岁月沉重。

团结统一永远是中华民族生存和发展的精神支柱，是维护祖国统一，民族团结和社会稳定的牢固纽带。中华民族精神是我们国家蓬勃发展和不断奋进的精神支柱。一次次朝代更替，一场场人民蒙难的战火浩劫，中华民族精神的基本构成要素是支撑男人与女人、家族与家庭，血脉与亲情的力量。历史车轮之所以滚滚向前，这些构成要素有天下为公，爱国团结，有自强不息、自尊自信，有刚健有为、至大至刚，有傲然卓立、不畏强暴，有崇尚气节，讲求和谐，有厚德载物、博大宽和，有目光远大、放眼世界，有豁达超脱、谦恭礼让，另外还有仁爱明礼、厚生利用、朴实无华、兼容并蓄、勤奋睿智、同甘共苦、英勇不屈、百折不挠、严于律己、顾全大局、坚忍不拔、求真务实、吃苦耐劳、乐于奉献纷纷涌出，最后化为真、善、美相统一的内在品格，定格在一面鲜红的党旗，一面引领中华民族伟大复兴的五星红旗。

新中国诞生了。桑植，一个面积仅3474平方公里的土地，一个仅10多万人口的县域，因为共产党的出现，便有了5万人参加革命，3万人壮烈牺牲，其中有名有姓的英烈达5000多人，这是桑植各族人民在中国共产党的领导下，经过长期艰苦卓绝的斗争和成千上万的优秀儿女用鲜血和生命换来的。一个个红军指战员，一个个红色家庭，一个个红色村庄，在革命斗争中所表现出来的坚定的共产主义信念，革命的英雄主义和革命的乐观主义精神，以及革命的胆略和智慧，成为我们极为富贵的宝贵财富。桑植红嫂在历史的长河里，以一颗流星或一滴露水的价值展现亮的光度，让我们有了生命的疼痛，生命的敬重，生命的呐喊，生命的力量。

蒙尘

她是刘家的媳妇，姓龙名神姑。她为刘家生下一儿三女。因为丈夫当了红军，被同宗族的一个刘姓"他"恨之入骨。担任四望乡乡长兼"剿匪"大队大队长的"他"，成为富者的维护者，豪强的代言人。当共产党领导的革命要铲除这穷富不均的社会，当"他"看到无数的宗族人参加革命，他心中的怒火燃烧了。他早已忘记了中华民族传下来的诗书礼仪，忘记了刘氏家族"敦孝弟"的家训。刘氏家训敦孝弟曰："孝弟为百行之首，凡为人子者不可忍灭天性，兹我族子孙，宜敦孝弟于一家。"然而鸦片战争让刘氏家训的礼乐崩坏。刘氏的"他"成为文明蒙尘的案例。"他"叫刘景星，家住刘家坪白族乡刘家坪村龙眼峪，他的房屋现在是红二、六军团司令部遗址，国家文物保护单位。触摸当年的历史，文明蒙尘的血泪历历在目。

　　1934年冬，刘景星安排人员在珠玑塔刘家祠堂，疯狂破坏共产党组织。刘开艮进党部3天就被杀害，还被砍下首级示众。放哨的佘绪举未被杀死，跑回家躲藏在阁上面，第二天刘景星又将他捉住，把他杀死在佘家门口。珠玑塔周家里的刘开宁、枫杨树的刘开洋当晚没宿在党部，几天后，刘景星搜捕到两人后，将刘开洋杀害在枫杨树下，将刘开宁杀害在双六坪的后山上，并将尸体丢进天坑。刘景星对四望乡辖地的长潭、双溪桥、珠玑塔三处区、乡党部先后几次进行破坏，计被杀害的党部、苏维埃政府工作人员、游击队队员、赤卫队队员共12名。尤为残忍的是，刘景星实行"满门抄斩"。刘元生，贺龙任澧州镇守使时，被派驻常德盐局工作。桑植起义后，刘元生同刘洁生一起，以经商的名义支援贺龙购买枪弹。刘景星知道后，派兵枪杀刘元生，并将刘元生的妻子儿女一一杀死。刘家坪村刘经现一家为红军办过事，刘景星趁红军离开后，将刘经现一家五口全部杀害。红军长征后，刘景星在珠玑塔的刘经书家里，发现两床红军盖过的从他家抄来的棉絮，随即以"通共"罪名，将刘经书的母亲王喜姑、妻子朱金年、弟弟刘经明用刀活活劈死。当天，刘经书在山上帮刘业如家挖红薯，得到消息后躲起来。刘景星派人到处搜寻刘经书，非杀不可。刘氏家族20多名族人联名"具保"，刘景星以"具保"人的人头担保后，才没有继续追击刘经书。此后，刘景星杀害谷伏超、龚明太、陈元儿、朱四、陈新禹、刘世典、沈癞子、谷海林、谷伏起等30多人。刘景星在双溪桥赶集时，看见钟绒姑长得漂亮，当即捉住，拖进屋进行强奸，随后将钟绒姑杀死焚尸。
　　1935年11月20日，刘景星带着匪徒闯进珠玑塔红军女儿队队长龙神姑的家。龙神姑正提着猪食向猪栏走去，刘金芝、刘银芝在灶边炒菜，刘经忠则坐在门槛边。刽子手们一分为三，一小队冲向猪栏，几刀将正在给猪喂食的龙神姑砍死。另一伙则扑向灶边，将刘金芝、刘银芝砍死在灶前。

刘经忠听到响声，准备站身逃走，还没起身，也被砍死在门槛里边。

——《桑植县革命斗争史》

一位西方学者说：18世纪一度梦幻般的中国被无情地蒙上了肮脏、落后的阴影。这句话一针见血地指出中国文明蒙尘的后果。刘景星，曾经跟随贺龙入伍，被贺龙安排到云南讲武堂学习。学成后返回贺龙部队，看到贺龙决心跟着共产党，他了解到共产党是为劳苦大众打天下的政党，与他奋斗保卫的目标大相径庭。他担心自己家族的田产被侵害，便走上了对立的一面。文化人作为中国人的杰出代表，也求证了西方学者的话。鸦片战争后，中国一些文化人开始没有了自信，形成轻视、鄙薄自身文化文明而重视、崇尚西方文化文明的思想倾向，有的甚至主张起全盘西化的道路。刘景星是一个缩影。

落后就要挨打，挨打便失去了自信。1840年的鸦片战争，让中华文明劫难深重，昔日让人为傲的文明陷入黯淡无光的境地。而1860年8月，英法联军攻入北京。10月，占领圆明园，把圆明园抢劫一空后，为销毁证据、掩盖罪行，纵火烧毁圆明园。三天三夜的大火，300名太监、宫女、工匠葬身火海，万件上至中国先秦时期的青铜礼器，下至唐宋元明清历代的名人书画和各种奇珍异宝被掠夺一空，中华文明蒙上了一层厚厚的尘埃。这尘埃迷失了中国人的自信，迷失了中华民族有"三十万年的民族根系，一万年的文明史，五千年的国家史"，迷失了"中华文明在漫长的岁月中，随着中华民族屡经曲折磨难，甚至几临倾覆的厄运，却一次又一次地衰而复兴，蹶而复振"的魂。千百年来，西方的各宗教始终未能征服中华民族的头脑，而且任何外来文化传入中国，最终被中华文化的融合，成为颇具特色的中国文化的一部分，为什么在鸦片战争后沉沦了近百年。

所幸，中国诞生了共产党。从共产党在中国诞生时开始，红色曙光才真正慢慢照亮九州夜空。也就是以那一时刻为起点，中国革命的面目焕然一新。千百万劳苦大众高举起厚重的铁锤、挥舞着锋利的镰刀，勇往直前，披荆斩棘，斩断枷锁，冲出牢笼，彻底砸碎旧世界，获得自由，走向新生，已成为中华民族的共同声音。昏睡千年的雄狮终于怒吼，大地震荡，寰宇惊颤，东方亮起来了。于是，一个个桑植红嫂走上历史的舞台，用自己的情与爱，愁与思闪耀一个时代的星空。

第一章
桑植红歌走出来的红嫂

"以乐德教国子：中、和、祇、庸、孝、友。"郑玄注："中，犹忠也；和，刚柔适也；祇，敬；庸，有常也；善父母曰孝；善兄弟曰友。"

—— 《周礼·春官·大司乐》

陈四妹（一九〇一年三月十四—一九三六年四月十一），彭玉珊（一九〇〇年三月—一九二八年八月二十九）之结发妻子。彭玉珊在桑植历史地位特殊，他是桑植县早期共产党员，北伐军谭道源[1]部政治部主任、国民革命军第十三军四十九师第二团一营四连连长、常德地下共产党组织兵工厂负责人。彭玉珊与陈四妹都是瑞塔铺镇杨家洛人，夫妇俩于1921年正月十五生下唯一女儿彭润年（一九二一年正月十五—二〇一二年三月十四）。1928年八月二十九，丈夫彭玉珊在常德小西门外英勇就义。家族派出8位青壮年赶往常德找到尸首，三天三夜抬回村庄，陈四妹看到丈夫全身遭受酷刑血肉模糊，三天三夜的守灵哭泣，陈四妹遭受强烈精神刺激而成疯变瘫，从此长达八年瘫痪在床。7岁的女儿彭润年尽心照顾母亲，8年后，年仅15岁的女儿为年仅35岁的母亲送终。母亲死后，女儿彭润年吃百家饭长大，于1942年嫁给空壳树乡虎形村的王超善为妻，生下一女王娟、四男王本根、王本云、王本剑、王本固（又名彭云）。90岁那年彭润年应邀出席桑植庆祝中国共产党建党90周年后，于第二年三月十四去世。

陈四妹：《苦难歌》的歌者

王成均

陈四妹是在丈夫彭玉珊被安葬的第二天疯的。这一疯就是八年。八年的时间，疯了的陈四妹瘫痪在床，吃了睡，睡了又醒，陪伴她的是七岁的女儿彭润年。

"娘，你要好起来，爹爹死了，我少了爹的疼，你要是死了，我少了娘的疼。"八年的时间，女儿彭润年深情地呼唤母亲，希望母亲不再疯着。

---

[1] 谭道源（1887—1946），又名谭逸如，湖南湘乡人，国民党陆军中将。

八年的时间，疯着的陈四妹不打不闹，不骂不跳，只有眼眶的泪水无边无际的流淌，她的思绪已定格在活着的丈夫记忆里："天下太平"的石刻，身着国民革命军军装、俊朗的面孔、全身惨遭酷刑血肉模糊的身躯……

"娘，你不要年儿啦吗？你不喜欢年儿啦吗？你要像爹爹那样坚强不屈，你不能这样病下去。"八年时间，女儿彭润年一有时间就坐在母亲的床边呢喃，娘的痛就是她的痛，娘的伤就是她的伤。

母女连心，让两个人心中有了共同的思念对象，那就是陈四妹的丈夫彭玉珊，彭润年的父亲彭玉珊。陈四妹疯了吗？她没有疯，她只是活在丈夫活着时候的言行举止里。

我嫁的丈夫是个学生仔

陈四妹嫁的丈夫彭玉珊心中有一个偶像，那个偶像就是孙中山。孙中山作为中华民国国父，在丈夫彭玉珊心中，孙中山领导的革命推翻了腐朽没落的封建帝制，建立了"民族、民权、民生"的中华民国，他对中华民族的自觉自省和复兴起到了细雨润无声的作用，殊功奇伟。

陈四妹是十八岁那年嫁给彭玉珊的，长陈四妹一岁的彭玉珊是她的偶像。陈四妹与彭玉珊订的是"父母之命，媒妁之言"的娃娃亲。娃娃亲，娃娃亲，娃娃从小到大，耳濡目染的是对方的言行举止在自己心头留下的情感涟漪。

男人"善、信、美、大、圣、神"，女人则喜。男人"假、丑、恶、劣、贱、傻"，女人则忧。陈四妹与彭玉珊都是一个村的人。彭玉珊一点一滴的成长，都牵动着陈四妹的心。

陈四妹从娃娃到少女再到姑娘最后到媳妇、母亲，见证了娃娃亲彭玉珊的"善、信、美、大、圣、神"的理想人格形成。

彭玉珊的父亲彭贤纯开了一家染坊，很大，自己不仅织布、染布，还承接染布的生意，在瑞塔铺一带，是有名的殷实之家。彭玉珊在家中是老幺，上有一个哥哥彭辉群，下有三个姐姐彭绒姑、彭满姑、彭福莲。受中华民族传统"学而优则仕"的影响，一家人都把希望寄托在彭玉珊身上。

彭玉珊在陈四妹心中很牛，彭玉珊从小就读于瓦庙嘴小学，便被老师彭海鲁惊叹为"神童"。一年夏天，彭海鲁老师安排全班学生背书，他则在黑板上写字。彭玉珊知道彭海鲁老师在黑板上写字至少有两个小时，他动了歪念，偷偷跑到外面的河里洗澡去了，洗澡时还顺便抓了几条鱼。到了背书时间，彭玉珊提着几条鱼进教室，同学看见后哈哈大笑，彭海鲁见了，心里很生气，他安排一个个孩子背书，就是不安排彭玉珊背书。彭玉珊走到老师面前辩理，问为什么不让他背书，彭海鲁老师拿起竹鞭，指着彭玉珊说："如果你背不到书，今天不准回家，你看我怎么惩罚你。"

彭玉珊说："谁说我背不到书。"说完，他拿起书，笑着说："老师，你注意哟。"

彭海鲁听着听着，生了气，厉声问："你是怎么背的。"

彭玉珊说："前面的同学按顺序背了，我听多了，就倒着把这篇文章背一遍。"

彭海鲁说："你倒着背，是背对了，顺着背，你不一定对。"彭玉珊说："行，老师，你听着。"彭玉珊一边背，一边给老师和同学做动作，做眼神，惹得同学大笑，彭海鲁眼睛痴痴地望着彭玉珊，又气又服，他喃喃自语：当了几十年的私塾，教了一个神童。彭玉珊的"神童"一下在瑞塔铺传开了。很快，陈四妹也听到了娃娃亲彭玉珊的故事，内心乐滋滋的。作为一个少女，歌德的"哪个少年不钟情，哪个少女不怀春"照样在陈四妹身上起作用。

娃娃亲彭玉珊的"神"在陈四妹心中是一件事一件事垒叠起来的。瓦庙嘴小学毕业后，彭玉珊已14岁，接着考入县高等学校。

当时，学校规定每个学生到高等学校读书，每个星期要交三升米，方可上学，彭玉珊也不例外。

班主任老师姓陈，教数学。一天上数学课，陈老师被一道题难倒了，不知怎么讲解。

彭玉珊在讲台上举手说："老师，这道题，我会讲。"

陈老师不信，彭玉珊走上讲台，拿起粉笔，不到2分钟便把这道题讲解到位，全班同学一个个露出惊奇的面孔，陈老师和同学们鼓掌祝贺。

一次、两次、三次，很快，彭玉珊的聪慧在全县有了名。班主任陈老师惜才，争取校长同意，只要彭玉珊每周交一升米，就可读书。消息传到村里，传到陈四妹家里，全家全族人都议论陈四妹找了一个好女婿，今后是干大事的。陈四妹听了，觉得自己很幸福。

　　1914年彭玉珊考入县高等小学后又以优异成绩考入常德省立第二师范学校。彭玉珊18岁那年，又做了一件让乡邻称奇的事，彭玉珊看到社会动荡不安，父老乡亲生活在水深火热之中，他忧心不已。彭玉珊辗转反侧，觉得自己身为中华炎黄子孙，理应树立远大目标，为社会做点什么，而他要做的就是让社会安定，父老乡亲安居乐业。想到这里，彭玉珊找来钢钎，在屋门口的一块岩石上刻下"天下太平"四个字。

　　彭玉珊用钢钎刻字很快传到陈四妹耳里，有好事者对陈四妹说："你的男人读书读病了，抱着一块岩头刻字。"

　　陈四妹反驳道："你才疯了。"说完，她跑着来到彭玉珊家，看到彭玉珊真的在刻字。

　　陈四妹来到彭玉珊身边问："你为什么要在岩头上刻字。"

　　彭玉珊望望未来的媳妇："心中的目标不能老是装在心里，我要把它刻出来，以此明志。"

　　陈四妹："你的志是什么？"

　　彭玉珊："我的志是天下太平。"

　　陈四妹："天下有好大，你走得遍吗？太平有好重，你肩上担得起吗？"

　　彭玉珊听陈四妹这么一说，吃了一惊，他没有想到自己未来的媳妇会提出这么深刻的问题。

　　彭玉珊望着陈四妹亮晶晶的眼睛，他想走进去，探询一番。陈四妹的眼神碰到彭玉珊热热的力量，羞怯了，她转过身跑回家，边跑边扔下一句话："你是我心中的男人，我永远支持你。"

　　陈四妹扔下的一句话，扔出了她的内心世界，彭玉珊考入省立第二师范的第二年，双方父母便给他们圆了房。

　　陈四妹与彭玉珊结了婚，丈夫彭玉珊仍在读书，1925年，进入国民革命军第二军官学校。当时考入黄埔学校，贺龙在常德当澧州镇守使，得知桑植出了这么一个角色，专程接见了他，资助他一百块光洋。

我爱的丈夫是个红脑壳

　　社会的动荡不安造成一个个家庭一个个村庄的动荡不安。陈四妹嫁给彭玉珊，时时感受到丈夫动荡不安的灵魂，这动荡不安的灵魂体现在丈夫对家乡围鼓的表演上。

湘西围鼓又名鼓眼，是一种由鼓划眼指挥的打击乐，演奏时由鼓、头钹、二钹、大锣、勾锣五样乐器组成，曲调分文调子和武调子。文调子文雅、舒畅，武调子激烈、欢快。

丈夫彭玉珊却用到宣传革命运动上面。1921年7月，中国共产党顺时而生，在全国掀起了轰轰烈烈的大革命运动，体现在农村，便是宣传发动农民兄弟和手工业都联合起来，改变自己受压迫被剥削的命运。

彭玉珊早已倾向于共产党，回到桑植，他组织一场别开生面的文艺活动。他改良围鼓的打击工艺，由他一人担任围鼓的四个角色。亲朋好友听到彭玉珊家里有人打围鼓，热闹喜庆，以为有一个班子打围鼓，走近一看，只有她和妻子两个人又打鼓又敲锣钹，还唱起了《苦难歌》和《穷人谣》。

亲朋好友看到彭玉珊一人扮演4个角色，陈四妹提着勾锣应和，惊叹不已，陈四妹打勾锣是主动要求的，他看到丈夫准备打五种乐器，一个人摸索了几天几夜，吃饭不香，睡觉不宁，她心疼丈夫，说：别琢磨了，我帮你一样。

彭玉珊看到陈四妹说：不会吵着孩子睡觉吗？孩子已几个月了，正是贪睡的时候。

陈四妹亲了亲孩子的脸，笑着说：让孩子听听围鼓，说不定更好。

陈四妹担任了一个角色，彭玉珊便加了一个内容，唱歌。4种乐器在手脚上动，彭玉珊随着鼓锣声唱起了《苦难歌》和《穷人谣》。

陈四妹以前不明白社会为什么穷人多，富人少，听了丈夫彭玉珊的歌，她一下明白了。陈四妹不明白丈夫家里生活条件很好，为什么要有革命的思想。原来是中华民族传下来的"穷则独善其身，达则兼济天下"文化影响。不知不觉陈四妹被同化了。陈四妹很喜欢听丈夫唱《苦难歌》，一句句歌声或悲泣，或抑扬，冲击着听者的心灵。不知不觉，大家沉浸进去而不能自拔，一种不甘命运摆布的力量，在歌声中起起伏伏。

陈四妹听得久了，也会哼唱，陈四妹学会了哼唱，又把这首歌词教给女儿彭润年唱，彭润年又教给儿子王本固唱，王本固又名彭云，是彭润年的小儿子，彭玉珊牺牲后，没有后代，彭润年便给小儿子王本固取了双重名字，告诉他，你既是王家的种，也是彭家的种。

现年63岁的王本固遗传了外公爷爷的音乐细胞，每想到外公爷爷和母亲，他会哼唱《苦难歌》，歌声如泣如诉，红色基因在音乐声中静静流淌。

> 肩扛锄头上山坡，流尽汗水收获多；
> 辛勤劳动没享受，无衣无食受折磨。
> 肩挑背负交租忙，面带笑容目无光；
> 白流汗水千万滴，粮食进了地主仓。
> 月月辛苦月月心，累断筋骨无食粮；
> 地主吃的鱼和肉，我吃野菜儿吃糠。
> 无衣无被无张床，晚上卷到地板上；
> 梦里半夜喝凉水，醒来脚硬手也僵。
> 手持一纸卖身文，无限辛酸肚内吞；
> 只因地主逼租急，亲生骨肉两离分。
> 双手抱腿不放开，眼泪汪汪哭声哀；
> 父被地主抓丁去，哪年哪月回家来。

唱完《苦难歌》，又一首《穷人谣》唱了出来：

> 这个世道太不公，富的富来穷的穷；
> 穷的越穷富越富，穷得老子喝北风。
> 你家没有我家穷，蓑衣上面盖斗篷；
> 睡到半夜脚一伸，前后左右都透风。

陈四妹结了婚，"嫁鸡随鸡嫁狗随狗"的思想，让她不知不觉陷进了彭玉珊编织的生命轨迹里。

1925年秋，彭玉珊考入了国民革命军第二军官学校。很快引起共产党员、教官李六如的注意。经教官李六如介绍，彭玉珊悄悄加入了中国共产党。

李六如，湖南平江人，1887年出生，1973年逝世，1921年秋由毛泽东、何叔衡介绍加入中国社会主义青年团，同年转为中国共产党员，是平江县第一个共产党员。1924年，受中共湘区区委派遣去广州筹集宣传经费，经批准留在广州，先后担任国民革命军总司令部党务处处长，第二军军校政治部指导主任兼政治教官，在湘中建立和发展党的组织，彭玉珊是他介绍入党的，因此，彭玉珊成为桑植县第一个共产党员。

土地革命战争初期，共产党被土豪劣绅和敌对分子称为"红脑壳"，一经发现，是要被砍头的。

彭玉珊成为桑植县第一个共产党员，不用说，迎接他的考验是严峻的。1926年，北伐战争开始了，彭玉珊被任命为第二军第四师第二团突击连长，因作战有功，提升为第一团营长，1927年春，又调任北伐军军部担任政治部主任，不久，所在部队被改编为国民革命军第十三军四十九师，彭玉珊在党组织的安排下，担任常德地下负责人，驻防沅陵。

1921年正月十五，陈四妹生下了女儿彭润年，彭玉珊北伐时，转眼已六岁了。丈夫常年在外征战，她所有的心思放在女儿身上。陈四妹知道丈夫干的是红脑壳，随时随地都有丢性命的危险，她怕自己失去丈夫，更怕女儿没有了父亲，可生为一个女人，她又有什么办法呢？

彭玉珊回家，发现了妻子陈四妹的担心和忧愁。妻子表面欢笑，可她的眉头是紧锁的。他作为丈夫，有必要消除妻子心头的愁结。

夜静人心安，陈四妹看到丈夫一身戎装威风凛凛，又敬又怕，彭玉珊看到女儿睡熟了，他轻轻把妻子抱在胸前，向她讲述《孟子·尽心上》关于齐王子垫与孟子的对话：齐王子垫问："士何为？"孟子回答："尚志。"问："何谓尚志？"答："仁义而已矣。"彭玉珊告诉妻子，他的目标就是人生在世，做一个真正的"士"。一生从志有仁义出发，时时展现独立党志，独立人格，终生追求"穷不失义""达不离道"，做到"仰不愧于天，俯不愧于人"。

陈四妹说："你的话，我听得不太懂，但你放心，我会从一而终，守护你一辈子。"

结发妻子陈四妹的话，令彭玉珊汗颜。根据组织安排，彭玉珊与湖南湘乡一名叫张佩的女子结婚，肚子怀了一个孩子。他把那个女子安排在常德，可他是党的人，必须服从。为了更好地给党筹措经费，彭玉珊担任常德地下共产党员组织兵工厂的负责人，在沅陵的柳林驿秘密开挖一座金矿，所筹资金全部交给党组织。张佩是他在常德的妻子。

我念的丈夫是个硬骨头

常德，古称"武陵""朗州"，史称"川黔咽喉，云贵门户"。公元前377年（秦昭襄王三十年）蜀守张若"伐取巫郡及江南"，在今武陵区城东建筑城池，设黔中郡，迄今2200多年的历史。1914年，湖南省政府废除府、厅、州、保，留"道"，岳常澧道改为武陵道，原常德府，直隶澧州各县由武陵道直辖，道治常德。1922年，湖南省撤销"道"制，仅存省与县两级，常德各县直属省管辖。

在陈四妹心中，常德是她生命的伤心之地，也是她的骄傲。她没有想到，文质彬彬的丈夫彭玉珊在敌人面前竟是一粒铜豌豆。这粒铜豌豆，在敌人的严刑下，展现"蒸不烂、煮不熟、捶不匾、炒不爆、响珰珰"（关汉卿戏文）的硬劲道，压出"落了我牙、歪了我嘴、瘸了我腿、折了我手"的硬气概。

1927年5月，反动军官许克祥在湖南长沙发动反革命政变，因当天电报韵目代日为"马"字，故称马日事变。5月21日晚，1000多名荷枪实弹的国民革命军第三十五军第三十三团在团长许克祥带领下，向国民党湖南省党部，省总工会，省农民协会等机关发动突然袭击，收缴工人纠察队武装，捕杀共产党员和革命群众100多人，被捕40余人，被临时拘押的则无法计算，一时间，白色恐怖遍及湖南。

身为常德地下党组织负责人的彭玉珊看到、听到自己的战友相继遇害，他没有被白色恐怖吓倒，抢抓时间开掘金矿，为党组织筹集活动经费。

很快，有人将彭玉珊开展活动的经营情况，密报给彭玉珊入伍的第十三军军部。军法处秘密将他逮捕，进行审讯，彭玉珊严守秘密，机智应对，敌找不到可靠证据，最后将他释放。

彭玉珊被释放后，仍坚持做党的地下工作，不料，他所在的第十三军四十九师第二团的党组织负责人被捕叛变，供出了彭玉珊。彭玉珊的住房随即遭到军法处的严密搜查，再次被捕。首先，敌人对彭玉珊许以高官厚禄，均遭拒绝，他义正词严地说："有罪无罪我知道。我是为救国，救民，实现天下太平才投笔从军的，高官厚禄不足惜，天下太平是夙愿，共产党是中国的希望，是为天下太平的奋斗者。我相信我干的事业是正义的，我即使牺牲了，也还有更多的人继续奋斗，天下太平一定会实现！"

敌人见利诱不成，便严刑逼供，企图通过身体摧残打垮彭玉珊的革命斗志。于是，敌人用金、木、水、土、风、吞、绞、毒等十大酷刑轮流上演。金就是用针刺肚皮，木是用木棍打人，土是活埋，风就是焚烧辣椒鼓成风让人闻，吞就是吃小虫子。

据彭玉珊至今健在的亲外孙王本固讲述，他的外公彭玉珊牺牲后，外婆陈四妹和亲人安排8个身强力壮的人，从常德抬回桑植。当8位家乡的人给彭玉珊收殓尸体时，发现彭玉珊的身体没有一处是完整的，屁股红肿溃烂，肯定是无数次受到老虎凳酷刑留下的伤肿，颈项有一条条勒痕，定是吊索多次施刑所致，十个指头指甲翻卷，血肉模糊，不用猜，是竹签钉进十指造成，屁股眼血肉腐烂，定是数次撬杠的结果，全身到处都是小小的血红口子，那是带刺的钢鞭抽打造成的。

当彭玉珊的尸首摆到陈四妹的面前，血肉模糊的面孔，血肉模糊的身躯，血肉模糊的四肢，让陈四妹感到天一下塌了。"我的天天啊，玉珊，玉珊，你好好的一个人出门，你怎么会变成这样？谁下得了这样的毒手，这世界还有天理吗"？陈四妹说完，扑倒在彭玉珊身旁放声大哭，七岁的女儿彭润年吓傻了，她跪在父亲身边，使命地喊："爹爹，你快点醒来，你不要你的年儿了吗？你的年儿天天盼你回家，你回了家，可你为什么不抱我不亲我？你动一动，笑一笑呵。"

母女俩的哭喊声撕裂着众多亲的心，他们不明白，这社会怎么啦，一个杨家洛的"神童"，一个把"天下太平"当作终生使命的人，会被社会杀害，到底是彭玉珊做错了事，还是这个国家有了问题。活在世上的每个人都是国家的孩子，孩子有了错，可以惩戒，可不应该夺去他的生命。

杨家洛的乡亲们不会明白，彭玉珊的妻子陈四妹不会明白，彭玉珊走出杨家洛，走出桑植，他就变了。他因为是共产党员，他变成了一个用特殊材料制成的人。

这个特殊材料由坚持共产主义目标始终如一，胸怀祖国，放眼世界，立足本职，全面发展构成，由不怕艰难困苦，不怕内外敌人，不怕流血牺牲，经得住任何环境的考验构成，由拒腐防变不褪色，攻无不克，战无不胜构成。正是这些特殊材料，让彭玉珊面对敌人的酷刑，爆发出桑植第一个共产党员的洪荒力量。

陈四妹抚摸着丈夫彭玉珊的身体，发现自己丈夫的尸体很软，她不明白这么软的皮肤会经得起钢针竹签的折腾，陈四妹摸着摸着，突然笑了。

她笑这个世道容不下丈夫的"居安思危""民为邦本"，一个心中装着"居安思危""民为邦本"的人都要被杀害，这个世道病了，不是一般的病，是病入膏肓。

她笑这个政府容不下丈夫的"天下为公、浩然之气"，一个胸怀"天下为公、浩然之气"的人都要遭受身心摧残，这个政府疯了，不是正常的疯，而是疯狂的疯。

她笑这个社会容不下丈夫的"崇德重义""上德若谷"，一个忘了"崇德重义""上德若谷"的社会，不值得老百姓拥护爱戴，这个社会忘本了，忘了中华民族的本，忘了炎黄文化的本。

笑的含义有多种，有时体现信赖，有时体现幸福，有时体现快乐和自信，更体现悲伤和绝望。陈四妹的笑是对这个世道、这个政府、这个社会的绝望，这个世道毁灭了她理想中的丈夫，就是毁灭了她幸福快乐的精神脊梁，陈四妹选择了抗争。

桑植红嫂陈四妹的抗争是一种小草式的抗争，她用生命的绿表明她有

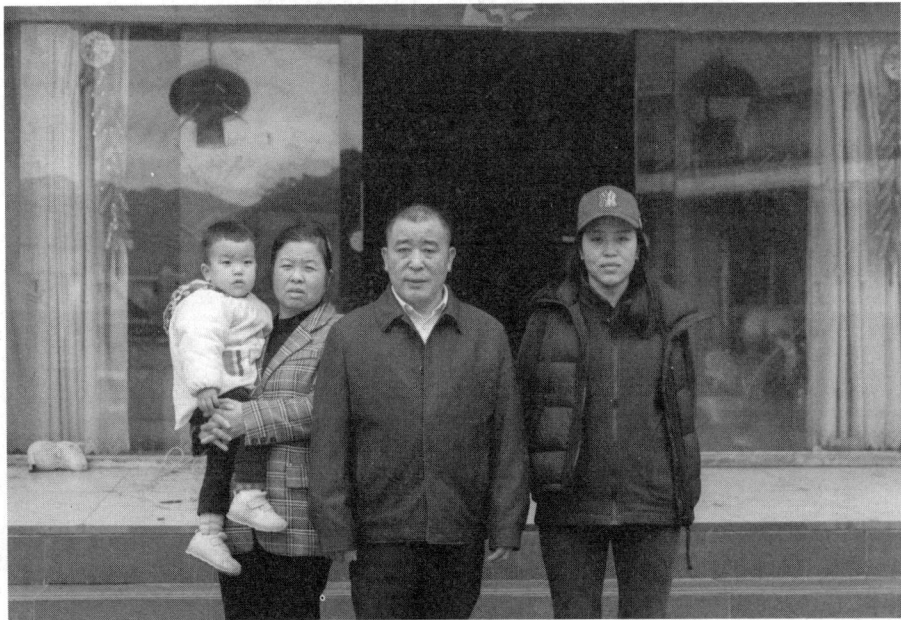

陈四妹的亲外孙王本固和外孙媳妇及外孙、外孙女

过美好的爱情，美好的婚姻，美好的家庭，可这个世道，这个政府，这个社会毁灭了她的一切。

小草也有小草的愤怒，这种愤怒体现在陈四妹身上，就是躺在床上吃了睡，睡了醒，醒了哭，哭了诉。

"玉珊，你死得好造孽啊，呜……呜……呜……"

"玉珊，我没有照顾好你，我有罪，呜……呜……呜……"

"玉珊，告诉我害你的人是谁，我死了，我要变成厉鬼，狠狠地咬上那些害你的人几口，以解我心头之恨，呜……呜……呜……"

哭完诉完，躺在床上的陈四妹站了起来，手中握着她绣的鸳鸯戏水绣花手帕，在床上跳起了舞蹈，她边舞边唱，那首《苦难歌》字字句句流过每个人的心灵，流过这个世界的心灵……

彭玉珊 湘西最早的共产党员

戴桂香（一九〇二年农历十月——一九九五年四月十三），中共党员，贺龙领导的中国革命军第四军师长贺锦斋（1901年农历腊月二十七——1928年公历9月21日）的结发妻子。1928年9月21日，丈夫贺锦斋在常德石门泥沙镇枫香坡掩护军部撤退时，被叛变投敌的警卫连长官有文开枪射中头部壮烈牺牲。从贺锦斋的卫士李贵卿嘴里得知消息，戴桂香开始了长达67年哼唱丈夫贺锦斋传给她的歌曲《马桑树儿搭灯台》的思念岁月。67年，24455天，天天哼唱《马桑树儿搭灯台》，哼得杜鹃滴血，唱得天地垂泪。三分二十五秒的歌曲留下了戴桂香的青春和新媳妇的娇羞，诠释了桑植红嫂"富贵不能淫，贫贱不能移，威武不能屈"的全部生命意义。

戴桂香：《马桑树儿搭灯台》的歌者

王成均

《马桑树儿搭灯台》是首批国家级非物质文化遗产桑植民歌的代表作。这首流传桑植数千年的民歌由参加南昌起义归来、筹备桑植起义的贺锦斋传给戴桂香唱响，一下成为桑植红嫂支持丈夫的战斗曲。桑植红嫂们喜欢唱《马桑树儿搭灯台》，因为歌曲道出了桑植"九山半水半分田"的恶劣生存环境，女人相夫教子孝顺公婆，丈夫出门在外谋生养家的真实生活。在众多哼唱《马桑树儿搭灯台》的桑植红嫂中，戴桂香是最专注最持久最让人动容的一位。

男为悦己者歌

1927年8月1日，担任国民革命军第二十军第一师师长的贺锦斋跟随周恩来、贺龙、叶挺参加了举世闻名的八一南昌起义，打响了中国共产党武装夺取政权的第一枪。南昌起义的胜利激起了国民党反动派的血腥围剿。

南昌起义胜利不久，起义部队被迫撤离南昌。一路被追剿，一路离散，一个个参加南昌起义的共产党员化为一粒粒火种撒落在祖国大江南北。身为共产党员的贺锦斋抱着"吾将吾身交吾党"的兴党之志，接受党组织的派遣，来到湖北荆江两岸组织年关起义。在荆江两岸组建工农革命军时，贺锦斋听到毛泽东在湘赣边境搞得热火朝天，他觉得中国共产党领导的革命一定会取得全面胜利，浸淫于中国传统文化的贺锦斋之所以有这样的见解，他认为中国共产党所从事的事业正是古代圣人所说的"立德立功立言三不朽"的事业。

贺锦斋紧张的战斗之余，不由自主地想起聚少离多的妻子戴桂香。他知道自己每天过着刀口舔血的日子，妻子肯定日日夜夜活在痛苦的煎熬里。贺锦斋想给妻子送一份礼物，一解夫妇离别十年的相思之情。可他知道妻子生于书香之家，岳父戴荣是乡里秀才，妻子戴桂香生于丹桂飘香的八月，岳父取名桂香便知文化底蕴厚重。一般的礼物，戴桂香会觉得俗。

1928年2月28日，党组织派周逸群、贺龙、贺锦斋、卢冬生一行回到桑植洪家关组织革命武装，发动桑植起义。丈夫回到洪家关没有马上回家，而是在贺龙家里召开会议。戴桂香听到丈夫回家的消息，激动不已，端了一盆洗脸水，开始梳妆打扮，她想让丈夫看到16岁的新嫁娘长到26岁还是那样漂亮。洗脸盆里，清清亮亮的水面像一面镜子，照出一张圆圆的娇羞晕红的脸，戴桂香发现自己的心跳得好快。戴桂香取出每年桂花飘香季节收集的桂花做成的一瓶香精，悄悄滴进洗脸水里，洗脸水散发着桂花香味，戴桂香用梳子梳着头发，头发很快沾上桂花的清香。

头发梳了又梳，衣服整了又整，脸上的娇羞从眉眼连到嘴角。

"桂香，锦斋马上要回屋了，你把屋里打扫一下。"公公贺士奎呼唤儿媳的声音从窗口飘进来。

戴桂香回应得柔软而欢快。"好呃，公公，我马上就出来。"

公公贺士奎见媳妇答得快，便匆匆去了侄儿贺龙的家。公公贺士奎走出房屋，嗅到了一股桂花的清香，他回头望望，知道是媳妇屋里传出来的。

戴桂香听到公公的脚步声渐渐远去，她拍拍自己的胸，暗暗问自己：我今天是怎么啦，怎么这么不争气。想到这里，戴桂香的眼泪一下流了出来，十年，三千六百五十个日日夜夜，丈夫每天提着脑袋过日子，她一次次在梦里见到血淋淋的丈夫，一次次在梦里哭醒，睁着眼睛到天亮。今天，丈夫完好无损地回来了，她要好好检查丈夫的每一块身子，亲亲丈夫的每一寸肌肤。她不明白，什么样的党什么样的人把她文质彬彬的丈夫变成一个骑马握枪的铁血将军。

梳妆打扮完毕，戴桂香把自己打扮成一个桂花仙子，等待丈夫贺锦斋回家。夜深人静，贺锦斋踏月而归。"哈哈，桂香，你知不知道，我是闭着眼睛找到屋的，你猜这是为什么？"

戴桂香脸上现出娇羞，红着脸，眉眼盯着地面，轻声说："我怎么知道。"话音刚落，一双有力的臂膀把小巧的戴桂香箍在怀里，箍得戴桂香喘不过气来。戴桂香一下哭了，她举起拳头，使劲捶打丈夫贺锦斋的胸膛。"锦斋，你死到哪里去了，怎么才回来呀。"戴桂香话一说出口，发现自己说出了"死"字，顿时后悔不已。她扬起巴掌，打起自己的嘴："叫我乱讲，叫我乱讲，我的丈夫长命百岁，要文有文，要武有武，怎么会死哩！"说到这里，戴桂香的脸上流满泪水。

贺锦斋感受到了妻子满心满腔的爱，他抬起手，替妻子擦掉脸上的泪，心疼说："桂香，让你操心了。"

戴桂香说："嫁鸡随鸡，嫁狗随狗。"

贺锦斋道："你嫁的是国民党反动派的眼中钉、肉中刺。"

戴桂香说："我也当红脑壳。"话说完，戴桂香抬起头，一双热热的眼光把贺锦斋的身子照得暖暖的。

夜深了，古香古色的房间里，马桑树做的灯台凸出的灯盏，一根用桐油照明的棉花捻散发着微光，把无边天际的黑夜烫了一个大大的洞。贺锦斋触景生情，他想到中国共产党成立才七年时间，如同一个婴儿，正面临着无数个生与死，忠诚与背叛，正义与邪恶、阴谋和光明的考验。作为一名共产党员，他随时接受各种各样的考验。想到这里，贺锦斋想给妻子送一份特殊的礼物，那就是教给妻子一首歌。歌曲是现成的，原歌名叫《送郎上四川》，贺锦斋教戴桂香唱歌，没有了缠缠绵绵的小家情怀，融入荡气回肠的红色家国情怀。他要让留守在家乡的亲人们唱着这首歌，身上充满力量。

这是一个让桑植人值得铭刻的夜晚，马桑树灯盏下面，微弱的灯光把一男一女两个身影投到古老的木板壁上，现出举案齐眉的素描。现实中，丈夫贺锦斋挥笔放歌，妻子戴桂香细手磨墨，一行行古老的汉字排列成行，组成一组组男女离别的红色意象。男的告白饱含体贴，女的回应字字忠贞，家与国在音乐里跳动着男和女心心相印的美美与共。

看到丈夫笔墨下一行行牵肠挂肚的文字，望着丈夫英俊的脸庞，戴桂香的心融化了。她的心被骄傲和自豪填满。谁说她独守空房不值得，谁能说她嫁的丈夫不顾家。戴桂香知道，丈夫的心不只装自己的小家，还装着"党"这个大家。

贺锦斋写完了词，把散发油墨清香的稿纸递给了戴桂香，贺锦斋亲切地注视着戴桂香，轻声说："桂香，一直忙着打仗，没有给你送什么礼物，今天，我把这首歌送给你，你可要珍惜。你要唱会，想我了，就唱这首歌。"

戴桂香说："我不会唱，你教我。"贺锦斋说："行。"

洪家关的一栋木房里，马桑树搭起的灯台见证了一段千转百回的男女对唱，男的教，女的学，一句句对白勾起男和女生命的缠绵，铁血和柔情交织在一起，英雄豪气和女人真情融合在一起。音乐打起爱和被爱的千千结，剪不断，理还乱。

贺锦斋忘了血染沙场的惊心动魄，戴桂香忘了隔山隔水的长夜梦寒。

我国著名音乐家宋祖英在维也纳音乐厅举办个人演唱会，把《马桑树儿搭灯台》作为压轴节目，优美缠绵的曲调，轰动整个"金色大厅"。但她不会知道这歌声背后隐藏了近一个世纪的故事，那是一个英雄男儿送给心爱妻子的定心丸，养魂汤。

女为悦己者容

有丈夫的日子真好。看到贺锦斋白天跟着常哥（贺龙本名贺文常，长贺锦斋6岁）干大事，戴桂香也不闲着，她走到贺氏家族的伯娘叔婶和同辈媳妇姐中间，把贺锦斋教给她的歌教给大家。

贺氏家族本是一个军家，有着文武兼修的族风，贺龙举事，家族跟着贺龙闹革命的有数百人。贺锦斋教唱的歌曲一下唱到了她们的心里去了。众人不由自主地跟着戴桂香学唱起来，都说戴桂香唱的歌好听。

大家齐声称赞丈夫，戴桂香的心里比喝了蜜还甜，她知道丈夫是干大事的人，来无影去无踪。她要做的事就是把自己打扮得漂漂亮亮的，让丈夫一辈子装在心窝窝里。生活在1928年的媳妇，也和现在的媳妇同样有着爱美的天性。戴桂香心灵手巧，栽种了大片大片的红薯，红薯成熟后，她会把红薯打成浆，磨成粉，白白的红薯粉，她细心地珍藏着。她要等丈夫回来，用红薯粉扑在脸上，现一脸粉白粉白让丈夫看。丈夫贺锦斋在家的日子，戴桂香一边哼唱丈夫教给她的歌曲，一边对着洗脸盆的水镜扑着白白的红薯粉。柔软的歌声充溢着幸福的蜜糖味。

贺锦斋看到戴桂香扑粉，知道妻子的心思。他没有过多的责备，只是无可奈何地笑了笑。戴桂香感受到了丈夫对她的放纵，内心有一丝隐隐的内疚。

随着桑植起义的日子一天天临近，一面标志性的镰刀斧头红旗难住了一群大老爷们儿。湘西特委得知贺锦斋的夫人戴桂香会裁缝手艺，决定让她做一面长九尺，宽五尺，绣有镰刀、斧头和中国工农革命军字样的红旗。贺锦斋把红布放在戴桂香手上，戴桂香点了点头，向丈夫露出一个放心的眼神。

戴桂香到洪家关场上买来丝线和绣花针，召集贺家媳妇翁淑馨、贺锦斋的姐姐贺望姑一起绣起军旗。

绣军旗的日子，是戴桂香最幸福的日子。丈夫贺锦斋陪着1800名士兵日夜操练。操练场上，来自湘鄂两省的儿郎手握火铳、钢枪、大刀、梭镖，在丈夫贺锦斋的口令声中，喊着口号划一的号子，空气中弥漫着铁与血的豪气。

操练休息时间，贺锦斋会坐在戴桂香旁边，望着妻子飞针走线，他向妻子打趣道："桂香，平时看不出来，我们计划要十天半月缝成的军旗，你们不出五天就会缝好。"

戴桂香说："你放心，我们会加班加点，让你们早日有一面军旗。"

贺锦斋听到妻子戴桂香的话，望着战气飞扬的革命战士，心潮澎湃，随口吟出一首诗："大地乌云掩太阳，一朝消散又重光。忽闻各处人喧闹，胡子果然回故乡。"

戴桂香看到丈夫顺口成诗，内心喜悦不已，她悄悄瞄了丈夫一眼，轻声唱起了丈夫教给她的歌。她一唱，一起绣红旗的翁淑馨、贺望姑也跟着哼唱起来。

人逢喜事精神爽，很快一面鲜红的"中国工农革命军"军旗绣成了。

贺锦斋看到绣好的军旗，望着妻子三天三夜没休息熬红的双眼，动情地说："桂香，你们辛苦了。"

红旗绣成，戴桂香知道丈夫和常哥又要干大事了。1928年4月2日8时许，在湘西特委领导下，工农革命军兵分三路向桑植县城进发。戴桂香听到贺锦斋率左路军从宝塔岗，经柏家冲杀入县城东门，心里紧张得要死。她知道子弹是不长眼睛的，战斗进行到一天，戴桂香提心吊胆了一天。下午传来消息，工农革命军占领了县城，丈夫贺锦斋头发分毫无损。

战斗胜利的第二天，工农革命军在县城召开起义胜利庆祝大会，戴桂香望着台上的丈夫威风凛凛，浑身散发着虎气，她知道丈夫就是家乡的鹰，迟早要离开她飞向远方。

桑植起义建立了红色政权，戴桂香绣的红旗在桑植县城烈烈地飘扬，引起了国民党反动派的仇恨。贵州军阀龙毓仁，国民党团防陈策勋，从四面八方包抄而来。贺锦斋随部队选择撤离，敌人扑空后，把气撒在洪家关，顿时，洪家关成为一片火海，戴桂香和公公贺士奎、公婆、弟弟贺锦章、姐姐贺月姑、贺望姑及贺氏亲属逃到谷罗山避难，一躲就是大半年。

1928年8月，工农革命军打回桑植，来到谷罗山罗峪整编。百忙之中，贺锦斋找到戴桂香的避难处，告诉她："部队要开往石门一带打游击，你们要马上转移。"说完，他转身离开，走了几步，贺锦斋又走了回来，他来到弟弟贺锦章和妻子戴桂香身边，对他们交代说："看来，这一走，不知什么时候才回来，爹、妈和大家都要吃苦了，爹妈年纪大了，我不能尽孝，得靠你们了……"

戴桂香想说什么，可她千言万语不知从何说起，她做梦没想到，丈夫贺锦斋这一别竟是生死离别。

看到丈夫离开了，戴桂香喊了一声："锦斋"，便哭了起来。公公贺士奎道："忠孝不能两全，自古而然。"听到妻子的哭泣声，贺锦斋又再次走回来，他从怀里掏出一张纸，笑着说："这是我昨晚写的诗，给我好好保存。"戴桂香含着泪点了点头。贺锦斋抬起手，替妻子戴桂香擦掉眼角的泪，轻声说："别哭，会把你脸上扑的粉弄坏的，成为一个花猫儿。"

戴桂香一听，一下笑了。贺锦斋见妻子笑了，悄悄靠近妻子的耳畔，细声说："我喜欢你把自己扑成白猫的样子。"贺锦斋说完，转过来，边走边吼："老子本姓天，家住澧水边。有人来拿我，除非是神仙。刀口对刀口，枪尖对枪尖。有你就无我，你死我上天。"9月21日，传来丈夫贺锦斋饮恨泥沙的消息。

丈夫牺牲的死讯传到戴桂香的耳里，她心如刀绞，无数个日夜产生了随丈夫而去的念头，可她想起丈夫要她尽孝的重任，要她活得好好的叮嘱，她死死咬住自己的嘴唇，让生生的疼痛，满嘴的血压住心头的肝肠寸断。

丈夫是为他的党而死的。作为妻子，她要为他的家人活着。夜深人静，戴桂香摊开丈夫临别送给她的诗《老子本姓天》和生前传唱给她的歌，一遍遍念着，一次次唱着，念完了，唱完了，戴桂香会端出红薯粉，扑在脸上，她相信天上的丈夫会看到她白粉粉的脸。

树为有情者青

共产党员贺锦斋（贺文绣）牺牲了，作为孝子、丈夫、哥哥的贺锦斋没有了。诞生7年的中国共产党扮演母亲的角色，看着自己的优秀孝顺儿女为了自己的发展壮大，一个个慷慨激昂，舍生取义，默默忍受着身上割肉的痛楚。

锦斋死了，不死的是贺锦斋传唱下来的革命情歌《马桑树儿搭灯台》，人间正气满乾坤的红色信仰长诗《澧源歌》。

读着丈夫贺锦斋三个月前在澧水上游庙嘴河休整，工农革命军整编为91人72条枪的队伍意气风发时书写的诗歌，戴桂香一次次数着94行658个字的《澧源歌》，热泪满面。丈夫在诗中最后两行"估计不到20年，定在京沪庆胜利"的预言。怎能不让她思念如织。丈夫在诗中对党的"党为人民谋解放，定不使民遭陷溺"忠诚之句，怎能不让她佩服。身为一个女人，能够嫁给这样的伟岸男人，她一辈子值了。

儿子贺锦斋死后，公公贺士奎、公婆劝戴桂香："桂香呵，你还年轻，你就是我的闺女，如有合适的对象，我们把你当姑娘嫁出去。"

戴桂香听到公公公婆的话，泪水一下流了下来："我生是贺家人，死是贺家鬼，锦斋是我终生不忘的丈夫，我终生不离开他，我要替他终生尽孝。"说完，她唱起了丈夫教会她唱的歌曲《马桑树儿搭灯台》。"（男）马桑树儿搭灯台，写封的书信与姐带，郎去当兵姐在家，我三五两年我不得来，你个儿移花别处栽。（女）马桑树儿搭灯台，写封的书信与郎带，你一年不来我一年等,你两年不来我两年挨,钥匙不到锁不开。"一句句歌词贴身贴背,戳肝戳肺,戳得人三魂七魄丢了本真,戳得人一肝一肺血液奔涌。公公婆婆和媳妇戴桂香依偎在一起,他们靠在一起,对方就是自己的山。

1929年9月21日至1949年10月1日,戴桂香唱呀唱,遍山遍岭的马桑树叶枯叶青,唱来了丈夫期盼的新中国。

1949年10月2日至1995年4月13日,戴桂香坐在尸骨迁回桑植安葬的丈夫贺锦斋烈士墓前,每天都会陪丈夫说上一个小时的知心话。没有埋怨,没有后悔,只有一句句亲切呢喃:"我在等你,我在等你哟。"

"锦斋呵,我想你想得好苦呀。不怕你笑话,我实在熬不住了,就去山上采马桑枝。晚上,睡在床上,枕头下放上马桑树枝,青青的马桑树叶叶儿散发清清的苦香,我一下就入睡了,一下就做梦了,我梦见我睡在你的臂弯里,好香好美。"戴桂香的诉说让洪家关光荣院上班的贺晓英动容。

贺晓英每个星期都要帮戴妈妈从枕头下,从床脚头,从窗户边清理一大捆马桑树枝条,扫走一背篓马桑树叶。获得全国退役军人工作模范个人,得到领导人亲切接见的贺晓英,每次说到戴妈妈到山上采摘马桑树的情景,都会热泪盈眶。

67年24455个日日夜夜,春天来了夏季至,夏季走了冬季来,来来去去的是岁月,去去来来的是日子,桑植红嫂戴桂香用马桑树枝条托起一个个红色守望的日子哟,沉甸甸,沉得人心好疼好疼。

中国共产党为什么能把一个个平凡普通的人变成可歌可泣的伟人,那是因为中国共产党让一个个活在三座大山压迫下的贫苦百姓活出了尊严,挺直了脊梁,有了一个个火辣辣热烫烫的希望。

张幺姑（1896—1962），师级老红军，共产党员，贺龙族叔贺勋臣（1890—1969）的结发妻子。张幺姑与贺勋臣生育大儿贺文述、大女贺书香、二儿贺锦云、三儿贺文首。丈夫贺勋臣从1916年"两把菜刀砍盐局"开始跟着贺龙闹革命，先后经历共产党领导的土地革命、抗日战争、解放战争和新中国建设，被贺龙敬称为"贺老爷子"。张幺姑支持丈夫闹革命，又动员自己大儿和五个侄儿参加革命，独自扛起抚养儿女、孝顺老人的重担，同时忍受革命斗争中九死一生救过丈夫性命出于报恩娶回家的胡氏，新中国成立后得知丈夫大难不死又娶陕北女子高贵香为妻的"三女共侍一夫"的革命传奇婚姻，用一颗坚强宽容的心爱。从1935年11月19日，丈夫贺勋臣随贺龙北上长征到新中国成立，张幺姑完成丈夫交代的为二老送终、照料吸食鸦片成瘾已病入膏肓的胡氏并送其入土为安的使命。新中国成立后，到成都看到丈夫在高贵香的照顾下活得很好那一面起，饱经磨难、心力交瘁的张幺姑暗暗发下誓愿：她要死在高贵香前面，与能武会歌的丈夫做一对没有外人抢他男人的"真"夫妻。

张幺姑：《门口挂盏灯》的歌者

王成均

《门口挂盏灯》是首批国家级非物质文化遗产桑植民歌的经典红色歌曲之一。该歌曲以欢快深情的旋律传递红军部队和红军家属的血脉亲恋。谁也无法相信，这首歌曲是桑植红嫂张幺姑一生的真情演绎。这是根据地老百姓信党爱党爱军队的鱼水深情的真实写照，中国共产党用血和生命坚定"以人民为中心"的道路自信、制度自信、理论自信、文化自信的生动呈现。

赛歌

桑植县洪家关乡张家湾村的姑娘张幺姑是当地十里八乡出了名的歌手。会洗衣做饭，会穿针引线，会炸得一手香喷喷的油粑粑，人又长得漂亮，一切的一切都汇聚到张幺姑身上，一下勾起了洪家关清末武贡生贺勋臣的好奇。他想与张幺姑赛歌，让人们知道是张幺姑厉害还是他贺勋臣厉害。

桑植地处湘鄂两省交界之地，交通闭塞，好歌喜舞是当地最好的娱乐方式。年轻人身上流动着骚动的热血，苦苦的日子要用歌舞的生活来打发。贺勋臣扬言要与张幺姑对歌的消息传遍十岭八寨。对歌的那天，十岭八寨的男女老少赶到张家湾看热闹。

听到贺勋臣要与自己赛歌，张幺姑的心是喜羞交加。喜的是洪家关响当当的武贡生相中了她，与她赛歌，一旦赛输了，她就要当贺勋臣的媳妇了。羞的是一个大姑娘，当着十岭八寨的乡亲与男人对歌，肯定要抛头露面，一个没出阁的大姑娘，让这么多人盯着，肯定全身有点不自然。

贺勋臣可没有张幺姑的细腻心思，他只想玩一玩，乐一乐，看看张幺姑是不是人们传出来的歌手，出一出张幺姑的丑。十岭八寨的看客看到贺勋臣背着大刀来到张家湾一棵古树下，大声喧哗，鼓噪："勋臣，加油，勋臣，加油。"

贺勋臣经不起大家鼓噪，清了清嗓子，扔出了引歌：

听说姑娘生得乖，
蹲在火炕不出来。
我的嗓子起火哒，
歌歌儿一起人烧坏。

众人一听，齐声叫好。贺勋臣唱完，拔出了剑，耍了一个贺家二十四式刀法。

刀法配上歌声，一下乱了张幺姑的眼。张家湾的姑娘把张幺姑推到前面。张幺姑脸红了。她望了望对面的男人，想对歌又怕自己出丑。

"对歌，对歌。"四周的乡邻异口同声渲染气氛，把张幺姑逼到了悬崖上，张幺姑知道自己没有退路，她把眼睛一闭，唱出了自己的情怀。

> 姑娘乖丑娘胎带，
> 蹲在火炕观日月。
> 嗓子起火茶一口，
> 歌歌儿坏了没人睬。

贺勋臣听到张幺姑唱出"蹲在火炕观日月"一句，心中大吃一惊，一下晓得这个姑娘的厉害。

贺勋臣收起轻视的心，小心翼翼扔出下一首：

> 屋里日月是假的，
> 外面日月是真的。
> 阿妹要观真日月，
> 阿哥刀枪给你采。

贺勋臣的歌声一落，四周的人齐声叫好。

张幺姑听了又气又怒，又羞又爱。她从贺勋臣的歌声里，听出了挑逗，听出了试探。

张幺姑二话没说，摔出了另一首：

> 阿妹无功不受禄，
> 后生儿不必耍吴钩，
> 猴子喜欢掰苞谷，
> 掰了一个丢一个，
> 你抓好手里哪一个。

张幺姑的歌声一停，四周叫好的声音更大了。贺勋臣急了，他把手中的刀往地上一插，挺直身子又扔出一首：

> 悟空是个神猴子，
> 大闹天宫玉帝愁，

> 阿妹莫把勋臣嫌，
> 老婆儿女热炕头，
> 英雄立志数风流。

张幺姑听到贺勋臣唱出了老婆儿女热炕头，一下恼了，她可是黄花大闺女呢。张幺姑没让贺勋臣的歌声落，甩出了一首歌：

> 对方的男儿要风流，
> 古往今来几人求。
> 阿妹是个小女子，
> 只想吃上饭一口，
> 你要的老婆儿女天上有。

第一次贺勋臣找张幺姑对歌，落荒而逃。贺勋臣不服气，第二次，第三次，张幺姑的父母，贺勋臣的父母看出了道道，便托人说媒，贺勋臣用死缠乱打的赛歌娶回了张家湾有名的歌手张幺姑。

新婚之夜，张幺姑和贺勋臣又对起了歌。这次是张幺姑起的头：

> 柴米油盐酱醋茶，
> 男人出门先理家。
> 女人嫁汉图衣饭，
> 衣食富足安天下。
> 你志在四海我牵挂。

张幺姑一改婚前的刁钻辛辣，流露女人的柔肠百结。

贺勋臣感动了，轻轻拥抱妻子，眼睛热热地盯着一张长得像家乡出壳笋子一样嫩生的脸，道出自己的心声：

> 这个世道太不公，
> 富的富来穷的穷，
> 人生百年走一遭，

把天戳过大窟窿，

下来甘霖治贫穷，

穷的翻身当主翁。

张幺姑知道自己嫁的男人不是一般的人，一颗芳心融化了，她想用三个儿子，一个女儿和自己的爱拴住男人。

传歌

夫妻关系再好，也是牙齿咬嘴巴皮的时候，尽管牙齿是无意的，嘴巴皮是无奈的，可那痛是连着心肝肉儿的痛，那伤是切肉连着皮的伤。张幺姑结了婚，才知道自己和贺勋臣是怎样的生死冤家。

这怨是贺勋臣装得下一座家乡王家界山一条玉泉河的心。王家界海拔上千米，绵延数几里。成家了，贺勋臣还带着小6岁的侄儿贺龙翻山越岭，勤练武功。玉泉河浪花涛涛，一泻千里，贺勋臣带着贺龙捕鱼捞虾。看到丈夫在翻山越岭中被荆棘刺出的血印痕，张幺姑心疼极了。

贺勋臣看到妻子心疼的样子，内心没来由的轻视，女人真是头发长见识短，几条血印痕有什么，生为男人，为了家、婆娘儿女和父母双亲，就是命也要舍。贺勋臣向张幺姑表达了这个意思。

张幺姑一听，吓坏了，她一直子扑到丈夫怀里，手和脚缠住丈夫，嘴巴皮一口口亲着贺勋臣的血印痕，边亲边流泪，亲了一遍又一遍。

丈夫贺勋臣恼了，想推开妻子。

张幺姑耍起了赖，她看丈夫心里烦，懂得丈夫的心又开始野得没谱，她一口咬在丈夫的乳房上，她知道乳房连着丈夫的心，她要咬得丈夫狂野的心"哇哇哇"地痛，给丈夫的心订上一个记性皮。

贺勋臣经张幺姑一咬，反而乐了："幺姑，我的血印痕本来火辣辣痛，你一咬，大痛压小痛，哈哈哈，我反而更舒服了。你们女人生孩子是不是也是这样？"

张幺姑脸红了，笑骂道："你这是歪理。我不管，你给我许诺的，老婆儿子热炕头，我要你一天不离开我。不许你找别的女人，不然，我和你没完。"

贺勋臣望了望睡在炕头上的儿子，一下认了真，降低了声音："好，好，我答应就是了，我答应你，只在国内走，绝不到国外。"

张幺姑一听，心凉了，忙活了半天，还是收不住丈夫的心。1911年，贺勋臣悄悄离开了家，她瞒着妻子张幺姑说："长沙有个武馆，请我当武师，一年开大洋三百块。我应了，一年后，我就回来。"

张幺姑一听长沙不远，就应了。三个月后，丈夫从云南捎回三十块光洋，张幺姑才晓得丈夫去云南王子幽部当兵去了。张幺姑的心一下悬了起来，她一天天到公公婆婆面前唠叨不停，说得公公婆婆也提着心，一次次托人带信逼儿子回来。

1913年，贺勋臣回来了，带着一个姓胡的女人，他身上揣着3支枪回到洪家关。来到洪家关修的风雨桥，贺勋臣取下身上的枪，朝天开了三枪，一下惊动了洪家关半边街。

张幺姑随众人来到响枪的地方，见到贺龙和众乡亲围在贺勋臣身边，一个个伸出大拇指。张幺姑扫视丈夫全身好好的，泪一下滚了出来。她几步走到丈夫身边，扬起两只手捶打丈夫的胸膛，狠狠骂道："我叫你逞能，我叫你逞能，你不知道我和爹娘多操心，把心都操碎了。"

贺勋臣哈哈笑："好了，好了，当着这么多族人亲戚秀恩爱，你还好意思说。"说完，从身后拖出一个女人，对张幺姑说："这是你妹妹，有人想我的枪，要我的命，她用命救了我，我就带了回来，给你做个伴。"

张幺姑见丈夫贺勋臣带回一个小的，心头的火一下冒了起来。她指着丈夫说："你有她没我。"说完，她哭着跑回家，拖着儿子女儿回到张家湾娘家。她想用丈夫的精血威胁丈夫，送走带回来的小。

一天，两天，三天，张幺姑没有回家，贺勋臣见不到自己的儿子，他一下生了气，二话没说，提着一把刀去张家湾。张幺姑的哥哥姐姐弟弟妹妹晓得贺勋臣的厉害，明白打不过他，一个个笑脸相迎，喊起了姐夫。一声声姐夫喊走了贺勋臣的怒火，唤起了贺勋臣的亲情。贺勋臣四下扫了扫，想见张幺姑和儿女，张幺姑的哥哥姐姐解释说："张幺姑带着孩子上山砍柴扯猪草去了。"

贺勋臣心一软："为了一个小的，她就不理我。"

张幺姑的弟弟妹妹连声说："不是的，不是的，姐姐在气头上，过几天就消了。"

　　贺勋臣知道自己做得不对，可他也没有办法，对方要他的枪，他躲在一户人家的茅房上，没想到茅房的茅草薄，他一下压垮了茅草，掉到了一个床上。床上睡着没穿衣服的女人，没成家立业的女儿身被他看了，生米煮成了熟饭，他只有娶回家。难道一个男人"言必行，行必果"有错了。

　　"歪理，歪理。"听到哥姐弟妹转达丈夫的解释，张幺姑气笑了，"你们评评理，带回一个小的，还是一个吃鸦片的，还这么理直气壮，这个家迟早要被那狐狸精败光，我不回了，眼不见，心安静。"张幺姑一住就是三年。张幺姑没有回家，可贺勋臣做的事，她一直关着心。

　　1916年3月16日，丈夫贺勋臣跟着贺龙砍了芭茅溪盐税局，夺了盐税局的枪，拉起了一支农民武装，随贺龙东征西讨，南征北战。贺勋臣离开桑植，给胡氏留下一百块大洋，并带话给张幺姑，他出去打仗了，提着脑壳过日子，小的也托付给她，小的常年吃鸦片，身子掏空了，没几年活路了，小的救过他的命，就是帮她救回一个丈夫，让张幺姑看着办。

　　听到贺勋臣的强词歪理，说"那女的帮她救回一个丈夫。"张幺姑的心一下化了，原来丈夫的心在她身上，原来她才是真正的原配。张幺姑哭了，她一边哭一边骂："你这个怨家，你早这么说就好了，让我苦苦熬了三年，没和你说一句知心话。"哭完了骂够了，张幺姑带着儿女回到家。

　　1928年的春天，桑植的男男女女暗暗涌动着一股奔腾的血液，张幺姑发现自己15岁的大儿子贺文述变了。张幺姑喊他带7岁的妹妹贺书香、5岁的大弟贺锦云、3岁的二弟贺文首做家务活，贺文述却手握红缨枪到风雨楼站岗放哨，当起儿童团团员。张幺姑一个气，她跑到风雨桥，扯着儿子贺文述的耳朵要他回家。

　　贺文述任由母亲扯着耳朵，可他坚持不回家。他对母亲说："常哥和爹爹让我站岗放哨的。"

　　张幺姑听说是丈夫贺勋臣和贺龙安排的，她松开手，一屁股坐在地上，哭了起来："贺勋臣你这个挨千刀的，你一个人提着脑壳过日子，我每天担惊受怕。你现在又把儿子引上了路，让我又担心儿子，我这不是让我放在开水里煮，烈火上烤，这日子没法过了。"

　　张幺姑的哭声引来一队操练归来的战士。张幺姑看到丈夫过来了，马上抹掉眼泪，站了起来。战士们在丈夫的带领下，边走边喊着口号："打进桑植城，建立苏维埃。"张幺姑明白第一句话，可她不知道苏维埃是什么，她悄悄问儿子贺文述，贺文述昂起头，骄傲地说："常哥，锦斋哥说了，苏维埃就是贫苦老百姓当主人翁，全天下穷苦人有地种，有饭吃，有衣穿。"张幺姑听到儿子的解释，觉得这个苏维埃不错，丈夫和儿子能在里面做事，肯定不错。

丈夫领着队伍来到张幺姑身边，丈夫问妻子干什么。张幺姑对丈夫翻了一下白眼：我看看我的儿子，怎么啦，你允许他站岗放哨，就不允许我看看他。

丈夫贺勋臣听了妻子的话，扫了妻子一眼，觉得妻子有点怪里怪气。张幺姑怕丈夫深问，便找了一个借口回到家。晚上，她听到一个消息，说儿子站岗放哨，抓获一个敌便衣侦探，贺龙表扬了儿子，让他当起儿童团长，准备送他到洪湖军校学习。张幺姑一听，心里乐开了花。

丈夫贺勋臣和大儿贺文述父子俩跟着贺龙干起"建立苏维埃"的大事，张幺姑的心一天没有踏实过。

儿子贺文述16岁那年，张幺姑给儿子娶了一个叫黄银香的媳妇，她想拴住儿子的心。结婚第三天，儿子又要远行。张幺姑不同意。张幺姑发现，儿子和他老子一样，也生了一颗狂野的心，一心直往外出跑，放着俏生生的媳妇不守，媳妇黄银香看见公婆不准丈夫出门，红着脸说："婆婆，我家文述和公爹是干大事的人，别拦着他。"

"傻丫头，你知不知道，文述这一出去，不知什么时候回来，你想像娘一样守活寡吗？"

"婆婆，我愿意。"张幺姑把媳妇搂在怀里，含着泪说："银香，我们婆媳俩怎么这般命苦呢。"

儿子贺文述向母亲张幺姑、媳妇黄银香敬了一个军礼，便转身消失在两个女人的视眼里，张幺姑看看媳妇，看到媳妇眼里有不舍和难过。

丈夫和儿子走了，敌团防来了，他们要铲贺龙的共。凡是跟贺龙有牵扯的人，是他们铲的对象。漫漫长夜，婆婆媳妇用一首首歌熬过苦盼的夜。

张幺姑知道自己肯定会受到牵扯，便和媳妇做了几个马灯。马灯是木框子，四周用纸糊在四角，里面可以点蜡烛，夜晚，听到屋外有脚步声，发现是坏人，婆媳俩可以提着马灯带着家里人转移。

1928年8月和11月，经历桑植罗峪整编的工农革命军第四军和湖北湖南两省交界的堰垭整编改名的红四军有了党的坚强领导，精神面貌大变，战斗力增强。1929年1月，红四军攻占鹤峰县城，建立了政权，形成武装割据。在部队里，贺勋臣以传统草药为伤兵员治伤，当起"医官长"。贺文述也从洪湖军校毕业。

听到丈夫儿子活得好好的，还出息了，张幺姑笑了。5月，红四军准备再进攻桑植。

红四军行军洪家关，正是夜晚。贺龙要求部队路过每一个村庄，每一户人家，指战员一律放轻脚步禁止说话，马要用布裹上厚实麻布片子，数千人的队伍悄悄往桑植开去。

红军行军轻轻的脚步声瞒不过张幺姑的耳朵。脚步声虽轻，可张幺姑从地面的连续振动中感受到了。她快快起床，奔向窗户，看到密密麻麻的人，张幺姑吓坏了，她以为是坏人。张幺姑悄悄拿来马灯，点亮蜡烛，借着烛光，她一下乐了，原来是贺龙侄儿带着红军在过兵。

"银香、银香，快起来，文述回来了。"媳妇黄银香一听，一骨碌从床上爬起来，几步来到窗户边，寻找丈夫的身影。可惜，天太黑，看不清楚。张幺姑见红军没有照灯，走在凸凹不平的路上，不时有红军战士摔倒。

张幺姑打开门，提着马灯为红军战士们照亮，张幺姑发现自己的马灯位置低，亮光照不到行军的路，灵机一动，她搬来梯子，把马灯挂在高高的屋梁上。行走的红军见到了亮光，纷纷往张幺姑照亮的地方看，有一个红军战士向灯光敬了一个礼，在这个红军战士的示范下，所有红军战士都行起礼来。张幺姑的心一下柔软了，她觉得这些红军战士都是自己的儿子，她吩咐媳妇把家里的马灯都点亮，挂在屋梁上。张幺姑提着茶水想送给"儿子们"喝，"儿子们"摆摆手。好久没唱歌的张幺姑激动了，她不由自主地哼起歌来。她想通过歌声，呼唤乡亲们都行动起来，给红军战士们点上马灯，照亮行军的路。

"睡到（那）半夜过，门口（嘛）在过兵。婆婆（的个）坐起来，顺到（嘛）耳朵听。不要（那）茶水喝，又不（嘛）喊百姓。只听（的个）脚板响，不见（嘛）人作声。"歌声婉转悠扬，划破寂静的夜空，洪家关的父老乡亲激动不已，纷纷点起了马灯。

张幺姑见了，继续唱了起来："你们都不要怕，这是（嘛）贺龙军。红军（的个）多辛苦，全是（嘛）为我们。媳妇你快起来，门口（嘛）挂盏灯，照在（的个）大路上，同志们好行军。"

就这样，《门口挂盏灯》传开了。很快，《门口挂盏灯》在洪家关的婆婆、媳妇、孩子们口里唱熟了，接着传到全县，传到大庸、慈利、龙山、永顺、湖北等贺龙战斗过的地方。

哭歌

伴随着张幺姑唱的《门口挂盏灯》，贺勋臣跟着贺龙闹革命，建立起了湘鄂西革命根据地，红军部队发展到7000人，改名为红二军团。此时，由毛泽东、朱德领导的中央红军，贯彻积极防御的方针，实行"诱敌深入"等一套行之有效的战术原则，先后粉碎了国民党军队的三次"围剿"，使赣南、闽西根据地连成一片，形成拥有21座县城、面积5万平方公里，居民达250万人的中央根据地。

《门口挂盏灯》的火，没有引起张幺姑的喜悦。她知道自己是一个湘西女人，丈夫儿女平平安安，男的娶妻生子，女的生儿育女，是天经地义的事。可她不明白这个社会为什么有那么多的打打杀杀，也把她的丈夫儿子和族人牵扯进去。

丈夫参加八一南昌起义，身上挨了枪，回到家，还是她精心照顾才好的。丈夫一好，又跟着贺龙走了，儿子也长大了，也去了，说是中央根据地派出了军队，找他们来了，他们要去接中央红军。很快，接到了红六军团。两支队伍合并在一起，有一万六千多人。合并的部队天天行军，天天打仗。很快，张幺姑听到儿子文述打龙山牺牲的噩耗。

自己屙出的血团团自己疼，儿子文述才刚刚满20岁，家中的媳妇黄银香结婚几年，一直没有显怀，儿子说死就死了，这叫张幺姑情何以堪。张幺姑想到龙山见儿子一面，可家中的老人、儿子、女儿离不开她，大大小小七张口要吃要喝，她离不开呀。

张幺姑哭得喊天叫地，家中的老人、媳妇和孩子们也跟着哭，族内的亲人也陪着哭。

张幺姑哭着哭着，唱起了哭歌：

"睡到半夜过，思儿血淋淋。屙尿二十年，阴阳两隔人，我的儿呵。"

张幺姑一唱，媳妇黄银香"哇……"的一声哭开了，她边哭边唱："睡到半夜过，想起枕边人，刀枪不长眼，夺我心上人，我的夫呵。"

听到媳妇的悲唱，张幺姑抱着媳妇，望着泪流两面的媳妇，她悲从心来："睡到半夜过，想媳苦丁丁，年轻守活寡，叫我好伤心，我苦命的媳妇呵。"

媳妇黄银香听到公婆的哭诉，她的心一阵绞痛，丈夫走了，留下她一个人有什么活头，她有了追随丈夫去的念头，她怕丈夫一个人在九泉之下孤单，她猛地挣脱公婆张幺姑的怀抱，死命往墙上撞去，"文述呵，你死了，我也不活了，我随你来了。"

周围的亲族沉浸在悲伤里，泪眼蒙眬，没想到黄银香会想不开，在她们的惊愕中，黄银香一头撞到墙上，顿时血流如注，晕了过去。

张幺姑抱起鲜血淋淋的媳妇，觉得这世道垮了，她想手中握一把刀，砍倒这个坏世道。张幺姑的眼里冒出了怒火，她冲着这个世道吼出了自己的歌声。

"睡到半夜过，时时望天明。天明有太阳，照亮苦命人。穷人想不穷，就要把命拼。拼个天地翻，天下有太平。"

心中有苦才唱歌。张幺姑的歌声如泣如诉，如盼如望，唱来了中央红军的长征，唱来了国民党140个团30万兵力向贺龙、任弼时、肖克、王震领导的红二、六军团黑压压扑来，唱来了丈夫在洪家关横塘湾创办红军医院，经费短缺，张幺姑拿出准备修屋的200块光洋给丈夫了难，唱出了丈夫跟着贺龙北上抗日一去14年不回家的守望。

这唱饱含了张幺姑的"苦""怕""恨""疼""怨"。

张幺姑心中的苦，是用炸油粑粑的香养活一家人稀释的。

张幺姑心中的怕，是用三儿子贺文首跟着东躲西藏年纪轻轻得下的伤寒腿挨的。

张幺姑心中的恨，是用没日没夜给丈夫带回来长期吸食鸦片已病入膏肓的救命怨家胡氏熬药埋下的。

张幺姑的疼，是抚养烈士瞿云阶的6岁孤女瞿金桂，后把瞿金桂配给文首当媳妇落下的。

张幺姑心中的怨，是新中国成立后得知丈夫还活着，组织给他配了一个媳妇，而她为丈夫白白烧了14年香纸得的。

新中国成立后，张幺姑到成都见了丈夫一面，她看到丈夫和把丈夫照顾得好好的陕北妹子高贵香，她指着丈夫说："好呀，贺勋臣，我以为你死了，给你烧了14年纸，为你哭了14年，你倒好，又给我找了一个妹妹。你们不是没后吗，我把儿子文首给你送来了，把孙儿贺学舜送来了，你现在儿孙两全，我走了。"说完，张幺姑转身离开，转身离开的瞬间，她的泪一下流了下来："勋臣，你这个生死冤家，我只有死在前面，早早地等着你，守着你，你才是我的。"

1962年腊月，张幺姑病逝于洪家关家中。临终前五天，她让挂着拐杖的儿子把她带到贺龙、贺勋臣长征出发时，与她告别的皂梣树前，她一遍又一遍抚摸着皂梣树，浸着泪对儿子说：我死后，你要告诉后人，共产党领导的红军部队是天下最讲信用的队伍。贺龙长征前，答应给我修屋的，我住上了。

张幺姑去世的消息传到成都，贺勋臣泪如雨下，她对陕北媳妇高贵香说："我这辈子最对不起的人是张幺姑，她活得苦，给我生了孩子后，我没有握过她的一次手，没有跟她睡过一次觉。"

1969年6月9日，侄儿贺龙被林彪、江青集团迫害致死，贺勋臣不吃不喝，以死明志，于1970年8月24日去世。

张幺姑死去八年后，等来了丈夫贺勋臣。

张幺姑丈夫贺勋臣与贺龙及族亲合影

谷德桃（一八八三年四月十七—一九三一年二月初十），中国工农革命军第三军保卫队长贺龙结拜义兄邓仁山之妻。1928年5月，丈夫邓仁山被叛徒杀害，她投奔贺龙当起了七郎坪游击队长，多次冒着生命危险，为红军部队购买枪支、弹药，为伤员治伤，成为贺龙器重的干将。谷德桃爱护根据地的父老乡亲，视红军为亲人，不是共产党的她以良好的品德和对党的坚定信任，树立了一个红嫂形象，在湘鄂两省，至今被人亲切称为"谷大姐"。

谷德桃：《要吃辣椒不怕辣》的歌者

王成均

叶子呈卵状针叶形，枝杆呈向上的伞状形。一根根枝丫斜着朝天伸展，白色的鲜柔小花倒垂在一个个小枝丫间，像是茉莉花。花开花谢，一个个青色的果实从小到大，由青变红。这是桑植"九山半水半分田"经常见到的植物——辣椒。有学者考证辣椒是在明朝时期传入中国的。这种风味独特的东西与湖南人一见钟情，形成生命的默契，她的辣性煽动着湖南人压制已久的暴风骤雨般的激情。鸦片战争把中国从封建社会变成半殖民半封建社会，一夜之间，湖南陷入了长达百年的黑暗。辣椒的存在，唤醒了湖南人火辣刚烈的性格，多雨潮湿的地理环境，辣椒用御寒祛风湿的疼爱眷顾着湖南人。生活在桑植的谷德桃对辣椒有了一种偏爱。

谷德桃是个辣椒妹

1883年生于洪家关乡龙凤塔村的谷德桃烧得一手的辣菜。从春天到冬天，辣菜摆满一桌，样样不重样。春天的辣菜有干辣椒、酸苞谷粉、酸野藠菜、酸辣椒汤，夏天有鲜辣椒擂大蒜、鲜辣椒擂茄子、鲜辣椒炒鸡蛋，秋天有干辣椒拌野蜂蛹，干辣椒炖野味、干辣椒炖河鲜，冬天有干辣椒炒腊肉、辣椒糊、辣椒拌水豆酱等等。

辣菜辣口、爽心、驱寒、除湿气，于是有了桑植人的辣椒民间谚语"三日不食酸和辣，心里就像猫儿抓，走路脚软心也花"，也有了桑植人的辣椒歌："要吃辣椒不怕辣，要娶媳妇不怕掐，穷贱夫妻老时伴，一根藤上结苦瓜。"

"掐"是桑植夫妻打情骂俏的土语。女人爱男人，恨男人，都会用指甲掐自己丈夫的皮肉，大拇指和食指随便抓住男人身上的肉使劲一掐，男人瞬间感受皮肤上的疼痛，秒杀男人，男人一下会乖乖听话。

谷德桃不会掐男人，也不喜欢掐男人。她会烧一手烧心烧肺的辣菜，让男人吃得热汗直冒，大呼过瘾，享受一场辣椒从舌尖到全身热血沸腾的味觉盛宴。

谷德桃家中兄弟姊妹多，从她一生下来就体会到生活的艰难和屈辱。生于十九世纪末二十世纪初的中国人，见证并体验了"落后就要挨打"的真正滋味。

谷德桃的父亲是一个铁匠，打得一手的铁器。贫穷的时代、动荡不安的生活滞缓了经济社会的发展，再好的铁匠手艺也养不活六个活蹦乱跳的儿女。没有办法的办法，谷德桃的父母亲左选右挑，以三斗苞谷的价格把9岁的大女儿谷德桃卖给桥自弯岩塔佘家私塾先生当童养媳。

谷德桃做了辣媳妇

烧得一手辣菜的谷德桃来到佘家，想尽办法讨未来公公婆婆和未来丈夫的欢心，可她发现自己是徒劳的。童养媳的身份坚硬地在她心上钉下一个"工具"的羞耻。这个"工具"就是她是佘家生儿育女的"工具"。佘家养大了她，儿子佘宗昂就会和她圆房，生香火，就完成了她当工具的使命。

从9岁到18岁，谷德桃活在佘家，活得胆战心惊，未来婆婆的白眼，未来公公"三从四德"的唠叨，未来丈夫的冷脸，设置了一道家庭冷暴力的墙。谷德桃想用女儿佘芝姑的血脉亲情唤起佘家对自己的尊重，可她的想法永远是竹篮打水一场空。一天，丈夫佘宗昂借口谷德桃给没相关的远房瓜葛亲贺龙一行做饭吃，认为不守妇道，将谷德桃卖给拥枪自重的土豪做小。

被土豪关在猪栏里的谷德桃哭天抢地，埋怨天老爷的不公。可她的哭，一岁多的女儿听不到，自己的族亲听不到。谷德桃的哭诉打动了土豪结发老婆的心，出于对丈夫的怨怒，土豪老婆趁众人吃肉斗酒正酣之际，悄悄放走了谷德桃。

谷德桃在黑夜里一路狂奔，回到洪家关谷氏家族哭诉委屈，谷氏家庭以一纸状词打赢了官司。

打官司期间，贺氏家族以贺龙认谷德桃的武秀才叔父为干爹的瓜葛亲为由，出钱出力，邓氏家庭又以邓仁山与贺龙是拜把子为瓜葛亲连瓜葛亲为由，组织哥老会兄弟到衙门外呼吁。谷家、贺家、邓家的帮助，让谷德桃有恩同再造之感。

知恩图报的谷德桃在贺龙父亲贺士道的撮合下，与邓仁山结为夫妇。谷德桃还把一岁的女儿带回抚养。邓仁山坦诚相告，家里还有一个病妻，常年卧病在床，给他生了几个儿子得的病，想放弃还来得及，谷德桃说我看起的是你的人。动荡不安的时局逼得一个个家庭摇摇欲坠，一个个男人女人没有活路，没有活路的男人女人选择了抱团取暖，抱团谋生。

1916年，结义兄弟贺龙、邓仁山和马玉堂率部援助白竹坪黄德清的农民起义，到龙潭坪白竹坪吃地主马时超的大户，在交战中，马玉堂战死。贺龙、邓仁山把兄弟马玉堂的尸首背回桥自弯安葬。贺龙含着泪对谷德桃说："大姨，给玉堂做一顿辣菜，他好这一口。"谷德桃流着泪说："昨天才好好地吃辣菜，今天就没了。"邓仁山说："马玉堂死了，我们要为兄弟报仇。"谷德桃说："对，报仇，算我一个。"

贺龙说："这是跟着我干的人中死的第一个兄弟，今后，也许会更多。"邓仁山说："要吃辣椒不怕辣，要想活命不怕杀，刀子架到颈项上，脑壳掉了碗大个疤。"

贺龙说："这话听了解气，提神。"谷德桃做着饭菜，一下把这句话听到了心里。她望了望丈夫，觉得这才是她心中的男人。

谷德桃晓得喊她大姨的贺龙不是池中之物，他是大山的雄鹰，迟早要飞出大山，每次贺龙来家里议事，谷德桃会做出几十种辣菜让贺龙吃得大呼叫好。

　　谷德桃猜测很快得到了证实。自己的哥哥谷德前到湖北鹤峰七郎坪做了上门女婿，贺龙支持他拖起了队伍，当上了工农革命军七郎坪大队长。再婚的丈夫邓仁山被贺龙任命为工农革命军保卫队长，丈夫的儿子邓廷子被封为儿童团团长。自己则受贺龙安排，为贺龙筹备军粮、购买枪支，照顾伤员，自己的女儿佘芝姑则为工农革命军做饭。

　　1928年春天，贺龙领导了桑植起义，因敌人的疯狂反扑，贺龙不得不躲在邓仁山，谷德桃夫妇生活的桥自弯芷坊溪避难。敌人闻到风声，寻找贺龙，并开出重赏三千大洋要贺龙人头的消息，让一些利欲熏心的人蠢蠢欲动，其中就有在工农革命军任秘密交通员的张善卿。

　　贺龙隐藏在芷坊溪，只有邓仁山、谷德桃、佘芝姑三人知道。张善卿找不到贺龙，又怕计划失败，便把贺龙的拜把子大哥邓仁山作为下手对象。1928年5月的一天，张善卿趁谷德桃外出，女儿佘芝姑带人上山锄苞谷草，挖洋芋的时候，看到邓仁山一个人在岩塔里磨刀剑，他让同伙砍杀三个放哨的狗子，他自己悄悄走近邓仁山，扬起锋利的斧头狠狠砍在邓仁山的头上，当场将邓仁山砍成重伤，知道邓仁山没有生还的希望，便逃之夭夭。

　　谷德桃闻讯赶了回来。她抱住邓仁山拼命呼唤，冥冥中，邓仁山睁开了眼，望了一眼哭泣的妻子，说了一声"给我报仇"，便咽下最后一口气。佘芝姑从山上赶了回来，哭喊着"后爹、后爹，你快点醒来，你不要我了吗？"声声呼唤像一把刀，在人的心尖尖上扎。

　　谷德桃抱着丈夫，感受到丈夫的身子越来越冷，越来越硬。从洪家关赶来的贺龙大姐贺英跑过来，抱着谷德桃说："大姨，莫哭，哭，哭不出一个世界。锄头坏了锄把在，丈夫没了婆娘在。我们要用刀枪报仇，以血还血。"

　　谷德桃听了，一把抹掉眼泪，对儿女佘芝姑说："记住这个仇，你要和你廷子哥哥给爹报仇。"

　　谷德桃知道丈夫生活的芷坊溪不能住了，仇人会随时来寻仇。她带着女儿佘芝姑投奔哥哥谷德前。来到哥哥家，看到哥哥病得厉害，谷德桃心痛不已，谷德前握着谷德桃的手说："大妹，你来了，我就放心了，这是贺龙让我带的队伍，有100多人，我知道我没几天活了，把队伍交给你，我放心。"五个月后，谷德前离开了人世。

谷德桃当上了闻名湘鄂的游击队长

丈夫死了，谷德前死了，谷德桃知道自己没有退路，她接过哥哥的队伍，配合贺龙打仗，建兵工厂，办红军医院，筹集粮草，做着稳定后方的工作。贺龙鉴于她的出色能力，正式任命她为中国工农红军七郎坪游击大队长。

1931年3月，夏曦被派往湘鄂西苏区接替邓中夏的领导工作，并兼任红二军团政委，他一到湘鄂西，就开展大规模的肃反行动，凡是贺龙重视并重用的干将都是他肃反的对象。

谷德桃看到贺龙领导的军队被夏曦的肃反搞得人人自危，全军由1.4万人锐减到5000人，她忧心如焚，她想调和贺龙与夏曦之间的关系。

谷德桃看到贺龙和夏曦长期奔波在外，没穿一双好鞋，她利用休息时间给他们每个人纳了一双布鞋。

谷德桃纳鞋的时候，心情是沉重的，她一边纳鞋一边唱歌："要吃辣椒不怕辣，要当红军不怕杀，刀子架在颈项上，脑壳掉了碗大个疤。"她把丈夫的"要想活命不怕杀"唱成了"要当红军不怕杀"。给贺龙纳好的布鞋，她托贺英给贺龙，给夏曦的布鞋，她一直揣在怀里。

谷德桃没有想到夏曦把她也列为肃反对象。1931年农历二月初十，夏曦通知她到鹤峰开会，谷德桃骑上贺龙配的马，飞驰而去。快到鹤峰县城，她看到红军战士架着机枪，谷德桃以为是怕敌人偷袭。她见到红军部队，就像见到了亲人，她情不自禁把手伸向怀里，准备掏出给夏曦做的布鞋，可对方以为谷德桃掏枪反抗，下达了开枪的命令，一阵枪声，谷德桃倒在血泊中。

红军战士来到谷德桃身边，拉出谷德桃伸向怀里的手，看到的是谷德桃手里握住的一只染血的布鞋。

鲜血汩汩地从谷德桃身上冒出来，谷德桃想到的是丈夫大仇未报。

谷德桃的女儿佘芝姑闻讯，悲痛万分，请人从湖北把母亲抬了回来，葬在芷坊溪，葬在后爹的老家。

一年后，谷德桃的继子、邓仁山的儿子邓廷子借一个打牌的机会，手刃张善卿。

一年后，邓廷子被张善卿的同伙及后人砍成十八块扔进天坑里，邓廷子的后人含着泪把邓廷子的尸首用针线缝在一起，整成一个完整的人形。

谷德桃跟着贺龙闹革命，一家死了4个人。1981年，谷德桃的亲外孙谷天高听从母亲佘芝姑的话，一次次向上反映外婆的情况，经过反复争取，终于拿到了国家给外婆的评价文件，"革命有功人员"。这一天，与谷德桃的女儿佘芝姑离开人世已有183天。

谷天高来到外婆谷德桃坟前，跪倒在地，流泪清唱起外婆哼唱的歌："要吃辣椒不怕辣，要当红军不怕杀，刀子架在颈项上，脑壳掉了碗大个疤。"

谷天高边哭边告诉外婆：你的女儿佘芝姑生了5个儿女，5个儿女成家立业，又生了21个孙子孙女，外孙，谷家一脉已发展到100多人，革命的火种已经燎原。

罗小春（一八八九年腊月初六—一九六六年四月初七），中国工农红军红二六军团独立团团长谷新斋（一八八〇年七月初二—一九四九年五月十一）之结发妻子。罗小春生于珠玑塔（今刘家坪）五岗台，父亲是裁缝，娶妻生养罗小春等4个女儿。罗小春命运多舛，嫁的第一个丈夫英年早逝，没有生育一个儿女，便改嫁给谷新斋，生下女儿谷伏敏后不再生育。1935年3月14日，谷新斋率独立团主力去永顺县高梁坪迎击敌人，夜行军过程中，不幸坠入火势熊熊的石灰窑中，下肢被严重烧伤，不得不在家养伤。罗小春独自照料丈夫，过上四处躲藏免遭敌人迫害的流浪生活。1939年，罗小春看到谷家香火不旺，做通59岁丈夫谷新斋的思想工作，续娶流浪乞讨到洪家关、无依无靠、小谷新斋27岁的廖家村莫家塔弱智女向桂香（一九〇七年四月二十五—1989年8月25日）为妻，分别在谷新斋61岁和64岁的时候生下儿子谷伏忠和女儿谷桂莲。罗小春精明强干，是个治家理财的能手。谷新斋因双腿烧伤造成浮肿化脓长达14年，罗小春不离不弃，想尽办法为丈夫治伤。向桂香被娶进家门后，罗小春消除丈夫因伤残而自弃、自卑的心理，制造条件让他与向桂香结合，创造了伤残红军61岁和64岁生育子女的奇迹，为的是等儿子长大，贺龙回来给他送兵。

罗小春：《六送红军》的歌者

王成均　陈哲明

桑植民歌红色经典有《六送红军》和《十送红军》两种版本，那是新中国成立后音乐工作者改编的，真正的红色经典是红军亲人唱出来的，这唱，是浸着血泪地唱，而罗小春是其中的一个歌唱者。

随夫

1920年6月，改嫁给谷新斋的罗小春遇到了一件大事。此月，湘西王陈渠珍乘贺龙入川作战之际，派部属满连长进驻洪家关，目标直指洪家关鱼鳞寨的民军武装头领、谷新斋的亲弟弟谷绩庭，用计诱杀了他。

谷绩庭既是贺龙的亲表哥，又是贺龙大姐贺英的丈夫，是他又敬又爱的大姐夫。

谷新斋的母亲、贺龙的亲姑母贺从姑痛失爱子谷绩庭，伤心欲绝，做出了湘西女人生不如死的举动，吞下鸦片以死明心。

弟弟谷绩庭惨遭杀害，母亲贺从姑自绝而亡，让谷新斋怒火丛生，他看到贺龙的大姐、他的弟媳贺英擦干眼泪，接过弟弟谷绩庭的民军武装，立志报仇，也坚定了他跟着贺龙闹革命的决心。

小叔子谷绩庭被害，婆母贺从姑吞鸦片去世，一家人连失两个亲人，融入谷新斋家庭的罗小春感同身受，她没有想到社会这么水火不相容，人与人之间会搞到这样一个你死我活的境地。

作为一名生活在乱世的妇女，她彷徨了。在她的心里，最大的梦想是相夫教子，一家人太太平平。罗小春知道这个社会病了，这个世道变了。一个人要好好活下去，就要学会当一条狗，夹起尾巴做人。可丈夫谷新斋不认同这个观点，他认为俗话说得好，杀人偿命，欠债还钱，民国政府不给老百姓伸张正义，他就自己干。

谷新斋跟着他的表弟贺龙闹革命，本是提着脑壳过日子，罗小春怕，可她一个女人怕又有什么办法呢，她能做的就是带着孩子，跟随丈夫在一起，有苦一起熬，有难一起担。罗小春信命，她知道改嫁给谷新斋是天老爷安排的。谷新斋和贺龙胆子大，可以把天戳一个洞，她没有办法，只有一起接受天老爷的责罚。

时间到了1925年4月至10月，贺龙两把菜刀砍盐局后，一路折腾，队伍越拖越大，开始得到上面肯定，让他驻防澧州，担任澧州镇守使。谷新斋被贺龙任命为镇守使署大堰厘税局局长，为贺部掌管钱粮，罗小春此时已为谷新斋生下女儿谷伏敏。谷伏敏应是谷新斋的二女儿，大女儿叫谷玉莲，是谷新斋与一个姓熊的女人生的，这个姓熊的女人生下女儿谷玉莲不久，便去世了，罗小春改嫁过来时，谷玉莲已10岁。

看到丈夫朝出晚归，忙得不可开交，罗小春照料好大女儿、二女儿的同时，把家里打理得井井有条。每次丈夫出门，罗小春早早起床，为丈夫备好可口的饭菜。丈夫出了门，罗小春会背着二女儿来到山上，采集一些三七、艾叶等中药材晾干。丈夫晚上回到家，罗小春会烧好热水，倒在洗脚盆里，添上三七、艾叶这些中药材，让丈夫泡脚。看着热热的中药洗脚水泡着丈夫的脚，丈夫神气舒爽、闭眼享受的模样，罗小春欣慰极了。

丈夫在澧州担任大堰厘税局局长的5个多月，是罗小春最舒心的日子。那段时间，丈夫的表弟贺龙驻防澧州，所辖部队上万人，对内体恤百姓，让他们安居乐业，对外则派出第二旅旅长、贺氏宗亲贺敦武克慈利，第一旅旅长谷青云克泥沙，并攻占大庸，占领桑植县城，名气正旺，罗小春打心眼儿里高兴。这年8月3日，贺龙的大姐、谷绩庭的遗孀、罗小春的妯娌贺英（又叫贺香姑）看望贺龙，准备回桑植，罗小春也由谷新斋安排，和随军眷属带着一批武器经新安、合口返回桑植。

罗小春舍不得离开丈夫，谷新斋对她说：澧州遇上10年未有的大旱，百姓困苦，贺龙为减轻负担，将枪支不多、徒耗粮饷的大庸第四团第四支队全部解散了，还要召开救灾会议，专门就整顿各县金融、修理道路、恢复九澧贫民工厂、安排600艺徒入厂，有忙不完的工作，我所有的时间都要放在救灾上，没有时间回家，桑植饥荒不重，你和女儿回家自食其力，不要给这里添负担了。

看到丈夫日夜忙碌，眼睛布满了血丝，罗小春知道自己和女儿留在丈夫身边会分他的心，便听从了丈夫的安排，回到了桑植。临走前，罗小春含着眼泪，叮嘱丈夫一定要照顾好自己，谷新斋看着罗小春的儿女情长，笑着应了。

疼夫

1925年10月，对罗小春来说，是一个山雨欲来风满楼的月份。这个月的上旬，湖南省省长赵恒惕召集湘军秘密会议决定讨贺，幸有桑植籍省议员陈伯陶报信告知内容，让贺龙有了准备。10月13日，叶开鑫、刘铏、贺耀祖、陈渠珍通电声讨贺龙，赵恒惕任命叶、刘、贺、陈为前敌总指挥及右路、中路、左路指挥。

　　谷新斋作为贺龙的钱粮官，一路跟随贺龙战慈利、守永顺、进占保靖，随后率部由龙山转移至湘川边界的秀山。赵恒惕撤销了贺龙澧州镇守使职务。

　　贺龙看到时局不稳，军阀之间相互倾轧，便安排谷新斋返回鱼鳞寨与自己的大姐贺英屯兵安民，以图东山再起。

　　丈夫谷新斋返回鱼鳞寨居住，罗小春悬着的一颗心放下了。丈夫不在身边的日子，罗小春提心吊胆，时时挂心安危，她有一点私心，想守住丈夫，给丈夫多生几个孩子，用孩子把丈夫留在自己身边。

　　从1925年10月到1928年2月，谷新斋安安心心老老实实在家乡鱼鳞寨住了两年零八个月，可是罗小春没有遂愿，她一直没有怀上孩子。罗小春怪自己肚子不争气，总觉得自己对不起丈夫。

　　1928年2月28日，贺龙偕同周逸群、贺锦斋、卢冬生、李良耀一行经竹叶坪、走马坪、麦地坪回到洪家关，贺龙的大姐贺英率谷新斋举行热烈的欢迎仪式，并在此组建了工农革命军，随即贺龙任命谷新斋为湘鄂边游击大队长。3月份，谷新斋跟随贺龙组建了一支3000人的武装，进占了桑植县城。

　　贺龙回来了，丈夫谷新斋的心飞了。不久，谷新斋跟着贺龙走了。罗小春知道自己留不住丈夫，她身为女人，能做的就是打理好家。

　　一个个战斗在桑植和桑植以外的地方打响，每次打仗，谷新斋都会冲在前面，留下一个个伤口。4月初，桑植发生了黎树垭、三屋洛迎击战，6月25日，发生桑植小埠头伏击战。战斗离洪家关鱼鳞寨很近，消息很快传到罗小春那里，得知丈夫没受大伤，罗小春放下了心。

　　1928年8月1日，贺龙在桑植罗峪召开南昌起义一周年纪念大会，正式将领导的工农革命军改名为工农革命军红四军。这年9月9日，石门泥沙遭袭战中，为掩护红军部队转移，贺锦斋战死，谷新斋受伤了，当他伤痕累累回到家，罗小春帮他清洗伤口，小心敷药。看到丈夫受伤的地方露出白白的骨头、红红的肉，罗小春含着泪说："你痛，就哼出来，会好受些。"谷新斋说："我现在只有仇恨，哪有痛。贺锦斋在泥沙遇袭战中死了，他可是师长。表妹贺满姑被敌人凌迟处死，舅舅贺仕道被砍死，表弟贺文掌被敌人用饭甑活活蒸死，弟弟谷绩庭被害死，一个个新仇旧恨堵在心口，我不报仇，寝食难安，我做梦都想打仗！"

听着丈夫含恨的倾诉，罗小春一下扑在丈夫身上，嘤嘤哭了起来，边哭边说："新斋，子弹不长眼，我知道拦不住你，可你要记得，你有婆娘，有孩子。"谷新斋抱紧妻子，感受到妻子的身子在颤抖，他明白，这个世道风雨飘摇，要想让贫困人家过上好日子，就要让贫困人当家做主。

在罗小春的精心照料下，谷新斋身体痊愈了，他很快又投入到战斗中。丈夫要去部队了，罗小春不舍，可不舍也要舍。送丈夫出门时，罗小春会唱着《六送》歌曲：

> 一送哥哥出槽门，
> 脚步声声响回音。
> 只望哥哥回回头，
> 问问妹妹晕不晕。
> 二送哥哥到桥头，
> 桥身惊动吊脚楼。
> 只望哥哥并肩坐，
> 擦擦妹妹泪眼角。

谷新斋没有想到罗小春手巧，心也灵，一句句歌词勾住他的心，他暗暗下定决心，一定要好好活着，因为家里亲人盼着他归来。

1929年7月初，贺龙组织南岔战斗，7月15日，又组织赤溪战斗，谷新斋两次率部参加战斗，均取得了胜利。打完胜仗的谷新斋回家看望妻女，告诉罗小春，部队已发展到4000人。一次次战斗，一次次受伤，谷新斋身上的伤口密密麻麻布满全身。

谷新斋现已76岁的儿子谷伏忠含着泪告诉作者：父亲谷新斋去世时，大妈和小妈给他洗身子，数了父亲身上的伤，共有32处。

枪口舔血的时间一晃而过，转眼到了1934年，谷新斋已跟着贺龙干了6个年头。这年10月23日至24日，贺龙领导的红三军与任弼时、肖克、王震领导的红六军团在贵州木黄胜利会师，红三军恢复红二军团，谷新斋担任独立团团长。

红二、六军团为策应中央红军长征，发动了湘西攻势，谷新斋带领部队参加了龙家寨十万坪伏击战、桃源河洑战役，再一次负伤。

罗小春听闻丈夫受伤，带着女儿来到谷新斋的驻地，照顾丈夫。谷新斋不同意，说这是部队，可罗小春说什么也不离开他，谷新斋骂她是个拖油瓶，罗小春说：我就是拖油瓶，你一打仗，就受伤，我要照顾你，红军打仗为的啥，还不是让家人过上好日子，你身体不好，我们一家人过得好吗？一席话驳得谷新斋哑口无言，他懂得妻子的心思，不得不顺了妻子的意。

养夫

1935年，是让罗小春痛心又安心的一年。痛心是丈夫于3月14日，在任弼时、关向应的带领下，率部在永顺县高粱坪迎击敌人，击溃敌人保安团和十六师各两个团后，转移途中，不幸坠入火势熊熊的石灰窑中，下肢被严重烧伤。当部队战士把谷新斋抬到罗小春面前，罗小春看到丈夫的双腿被烧得焦黄焦黄，一时大恸，抱着丈夫痛哭起来。谷新斋忍着剧痛，豆大的汗珠从额头冒出来，劝慰妻子："这下好了，你可以放心了。"罗小春哭着说："我宁愿你好好的样子，不要你受痛。"

谷新斋道："革命打仗，可不是过家家。"

贺龙得知大表哥谷新斋烧成重伤，赶来看望，他对表嫂罗小春说：部队天天要行军打仗，表哥这个样子，最好是在家静养，养好了伤，再回部队。

但罗小春没有想到丈夫谷新斋的烧伤十分严重，双腿先是红肿，继而开始腐烂。罗小春想尽办法，请来草医为丈夫治伤，病情仍是不断恶化。

得知谷新斋回到桑植养伤，远离红军部队，与贺龙有死仇的团防朱疤子派兵前来捉拿。由于敌人突袭，罗小春把谷新斋匆匆藏到邻居谷生香的木楼关鸡的地板下，自己和女儿谷伏敏因没有时间躲藏，被敌人捉住关进谷仓里。

敌人逼罗小春交代谷新斋藏身的地方，哄谷伏敏，威胁她。罗小春被打得死去活来，牙齿把嘴唇都咬破了也没有告诉敌人。

谷伏敏看到妈妈不顾性命，也知道敌人把父亲抓走了就没了命，敌人一逼，她就哭，就这样躲了过去。母女俩以死相搏，终于让谷新斋死里逃生。

　　湖北的敌团防和湖南的敌团防都不死心，一次次来抓谷新斋这个红军大官，但湘鄂两地剿"共匪"有一个时间差，罗小春就利用这个时间差，在湘鄂边界与敌人玩起了捉迷藏。湖北的来剿，她就带着谷新斋和女儿谷伏敏住湖南，湖南的敌团防来捉人，罗小春就带着谷新斋和女儿谷伏敏去湖北躲藏。长期住在山里，阴暗潮湿，没有办法，罗小春有时会到官地坪明敌暗共的谷岸峭处躲几天，但也不能长久。

　　谷新斋双腿因得不到很好的治疗，烧伤处长期发炎，红肿不堪，不能做农活，罗小春就想办法挣钱给丈夫买药治病。她织布纺纱兼做农活养活一家人。她每到一个地方，就给人家打零工，换取粮食，没有人请她打零工时，她就上山挖野菜度日。罗小春每天劳作时间达到16个小时以上。

　　看到妻子这么劳累，早早地熬白了头发，谷新斋含着泪说："小春，你嫁给我，让你受苦了。"

　　罗小春说："我一点不觉得苦，只要你在我身边，我就心里踏实。我们是患难夫妻，你养我，我养你，都是一样的。"

　　听了罗小春的话，身为丈夫的谷新斋不知道说什么好。

　　1938年的一天，罗小春去了一趟洪家关，带回一个叫向桂香的女人，这个女人有点痴呆。谷新斋责怪妻子："家里这么困难，你还带回一个痴呆人，怎么养得活。"

　　罗小春说："我看这个女人到洪家关讨米，没有亲人，看上去还年轻，我想让她给你做个伴，生个一儿半女的，多为谷家留个后，等贺龙打回来，好给他送个兵。"

　　谷新斋一听，连连摆手："不行不行，我是快六十岁的人了，这女的比我小了二十七岁，你不怕让人笑话我。"

　　罗小春说："有什么好笑的，这社会不太平，多个儿女多条路，多个人吃饭，不过就是多双筷子嘛。大家给她均一口，不就多活了一个人。"

　　谷新斋还是不同意。一天，两天，一月，两月，罗小春天天、月月在谷新斋耳边唠叨，谷新斋看到罗小春带回来的这个叫向桂香的女人除了有点痴呆外，样子还周正，便答应了罗小春的要求。同房前，谷新斋问罗小春："你怎么这么傻，哪有把自己的男人推到别的女人怀里的。"

　　罗小春说："向桂香是我的妹妹，天生是我们谷家的人，我不能给你生孩子，就让向妹妹给我们谷家生几个香火，你不要得了便宜还卖乖。"

谷新斋无可奈何地摇摇头。

在罗小春的撮合下，向桂香与谷新斋生下女儿谷秀莲、儿子谷伏忠。生女儿那一年，谷新斋61岁。生儿子那一年，是1944年农历四月二十一，谷新斋64岁。谷新斋老年得子，看到女儿和儿子都健健康康，看到罗小春待向桂香亲如妹妹，他不由得感慨万千，觉得罗小春的心是用金子做的。

罗小春敬爱丈夫是个英雄，看到丈夫洗澡不便，她每隔三天便给丈夫洗一次澡。给丈夫洗身子时，罗小春会哼唱《六送》，把丈夫带入英雄的历史空间。罗小春不懂心理学，她知道丈夫每天经受病痛的折磨，要用精神为他疗伤。罗小春的歌声轻轻柔柔，直击丈夫的心房：

> 三送哥哥双溪桥，
> 溪水潺潺凉双脚。
> 只想哥哥停一停，
> 抱住妹妹笑一笑。
> 四送哥哥桑植城，
> 满城热闹唱花灯。
> 看到哥哥骑大马，
> 抱上妹妹旗得胜。
> 五送哥哥到澧州，
> 血雨腥风满街走。
> 看到哥哥血水流，
> 痛在妹妹心里头。
> 六送哥哥上龙山，
> 战场厮杀地打战。
> 哥哥握枪冲在前，
> 妹妹只想换一肩。

一段段歌词勾起丈夫自豪的回忆。向桂香听了，憨憨地说："姐唱得真好。"

1949年6月7日（农历五月十一），年年七十的谷新斋因伤腿红肿腐烂离开人世。临终前，他把罗小春、向桂香和大女儿谷伏敏、儿子谷伏忠、小女儿谷香莲叫到床前，握住罗小春和向桂香的手说："我快不行了，你们两姐妹要互相关心，天马上要亮了，下辈子，我再还你们的情。"罗小春应了，向桂香也似懂非懂地点点头。

罗小春没有想到，丈夫死后仅仅4个月零11天，桑植就迎来了解放。得知解放桑植的军队就是昔日的红军，罗小春牵着向桂香的手来到谷新斋的坟前哭泣道：新斋，你为什么不多等几个月，共产党夺得了天下，我们老百姓有好日子过了。

罗小春相信九泉之下的丈夫听得到。说完，罗小春唱起了《六送》。若干年后，罗小春的《六送》被音乐家改编成桑植民歌《六送红军》，谁人不知，罗小春的歌声是那么荡气回肠。

谷新斋去世后的16年零331天，罗小春在先后给大女儿谷伏敏、儿子谷伏忠、小女儿谷香莲成了家后，于1965年农历四月初七申时离开人世。离世前，不善多言的向桂香突然说了一句话："姐姐，姐姐，我死后，要和你埋在一起，我们还是姐妹。"

1989年8月25日，谷新斋去世后的40年零104天，罗小春去世后的24年零138天，82岁的向桂香离开了人世。

谷伏忠按照生母的遗愿，把向桂香葬在罗小春坟边，在谷伏忠的心中，罗小春是永远的大妈，向桂香是永远的小妈。亲亲爱爱的一家人，抱团取暖的一家人。

罗小春的儿子谷伏忠和儿媳

赵彩莲（一九〇四年五月—一九五二年六月），中国工农红军红二军团红七师参谋长兼红20团团长、共产党员向国登（一九〇二年—一九三五年）的结发妻子。两人生育一儿向才长，一女向满春。儿子向才长生于一九二八年农历三月二十六，一个月后，整满月酒。贺龙结拜兄弟，官地坪团总谷岸峭得知贺龙缺将，忍痛割爱，把在他手下当兵6年勇谋过人的向国登介绍给他，从此向国登走上革命道路。赵彩莲则留守在家，照顾老人，养育儿女，无怨无悔支持丈夫带兵打仗。每次丈夫带兵打胜仗回家报喜，都会哼唱《不打胜仗不回家》的歌曲，赵彩莲会眉飞色舞，跟着一起哼唱。1935年4月，丈夫向国登在围攻龙山时，不幸阵亡。噩耗传到赵彩莲耳朵，她紧紧搂住7岁的儿子和4岁的女儿说："国登呵，我再也不能和你一起哼唱《不打胜仗不回家》的歌了。你放心，我一定养大我们的儿女。"

赵彩莲：《不打胜仗不回家》的歌者

王成均　谷晓平

在湘西土家族苗族自治州龙山县烈士陵园，有一个烈士陵墓格外引人注目，这个陵墓由共和国开国中将，全国人大常委会副委员长廖汉生题词："向国登烈士永垂不朽。"

向国登烈士是中国工农红军红二军团红七师参谋长兼20团团长，廖汉生曾是向国登的兄弟团战友红七师21团团长。

向国登，桑植县官地坪镇白竹溪村泥湖湾组人。一个桑植人葬在龙山县烈士陵园，悄悄向人们讲述着一个红军将领对妻子"不打胜仗不回家"的承诺，这是共产党员向国登入党时举起右手宣誓"牺牲个人、严守秘密、阶级斗争、努力革命、服从党旗、永不叛党"的初心写照。这是桑植红嫂赵彩莲17年"嫁汉嫁汉，穿衣吃饭"的星星知我心。

嫁汉莫嫁英雄汉

赵彩莲嫁给向国登图的是过"安旱日子"。

"安旱"是地地道道的土家语，顾名思义，就是天气大旱，田地颗粒无收，家里人也有饭吃。1927年的中国，好像没有给新娘赵彩莲提供安旱日子的条件。这年4月9日，中国共产党创始人之一李大钊遭军阀张作霖逮捕，4月12日，蒋介石发动四一二反革命政变，4月28日，军阀张作霖将李大钊绞死。7月15日，汪精卫发动七一五反革命政变，国共两党合作破裂。8月1日，共产党领导南昌起义，桑植三千儿郎战南昌，参与了中国共产党打响武装反抗国民党反动统治的第一枪。8月7日，共产党召开八七会议，确定开展土地革命和武装反抗国民党反动统治的总方针，同年发动的秋收起义和广州起义，但均以失败告终。

1927年当上新娘的赵彩莲看到丈夫向国登给官地坪团防谷岸峭当兵，整天忙前忙后，一年的收入根本支撑不起一个家。她征得公公婆婆的同意，来到族长向邦余家当佃农。向邦余的三儿子向佐龙是保长，给他家当佃农，一亩地，主家得八，佃家得二。只要交足课粮，剩余的粮食可补贴家用。

在众人眼里，向国登是一个拖枪的人，混得有脸有面，日子应该富足。可赵彩莲知道，丈夫不欺不压，没有意外之财，哪里有富足日子。可赵彩莲喜欢，人不欺人，心里平安，在她眼里向国登就是他的合格丈夫。

新婚的喜悦伴随着十月怀胎，赵彩莲知道家中马上要添丁进口，她要多做一点田地，多打一些粮食，让出生的孩子不饿肚子，早早养大成人。

孩子怀在肚子里前三个月，一点不显怀，赵彩莲吃饭不香，睡觉不宁，她瞒着丈夫和公婆，一个人扛着。山上的农活，她不让丈夫插手，怕影响丈夫。丈夫有一个弟弟向国正，小哥哥三岁，看到嫂子忙，他想帮嫂子一把，赵彩莲拒绝了，她对弟弟说："你安心做你的事，叔叔与嫂子做农活，怕人议论。"弟弟向国正只有苦笑。

赵彩莲看丈夫背着枪，过着刀口舔血的日子，她害怕担心，劝丈夫辞去团防兵，安安心心回家种田地，过老百姓的安旱日子。丈夫向国登长得威猛高大，孔武有力，是一个做农活的好把式。

向国登一听，火一下冒了出来，骂妻子头发长，见识短。他告诉妻子，这个社会有枪就有一切，身上有杆枪，才能保护家人孩子和弱势老百姓。

赵彩莲闷头思量，觉得丈夫的话有一些道理。

赵彩莲收起了劝丈夫回家做农活的心思，她噙着泪对丈夫向国登说："你当兵可以，千万莫打仗。枪子儿可不长眼睛，我不想肚子里的孩子没了爹。"

向国登听了妻子的话，点头答应了。

得到丈夫的承诺，赵彩莲悬下了一颗心。丈夫走了，她一有时间就泡在田地里，给禾苗除草、上肥、用手捉虫。泥湖湾的地是山坡地，土层薄，老天旱过十天半月，地里的禾苗吸收不到水分，就蔫了。

赵彩莲不顾自己怀着孩子，挑着粪桶给地里的禾苗灌肥水，别家的苞谷苗旱死了，赵彩莲地里的禾苗一片青翠旺绿气势，一根根苞谷杆因水饱肥足，结出了两个苞谷穗。赵彩莲租的课田课地，交足了课粮，竟剩下200斤粮食，一年下来，二三十亩田地，多出五千斤粮。

长期在太阳底下劳作，白白净净的赵彩莲晒黑了，有媳妇打趣道："采莲，你晒黑得像煤炭，不怕国登不要你。"

赵彩莲红着脸，不吭声，心里却像锅里煮开了的水：国登嫌我黑，想找别人就找吧，反正我怀了他的骨血，他有了别人，我不怕，我可以带着孩子过。我有手有脚，还怕养不活自己和孩子。

赵彩莲这样想着，内心却愤愤不平起来：怪就怪爹妈，把她嫁给一个拖枪的，出嫁前，爹妈对她说：乱世出英雄，国登高大威武，做事有板有眼，今后可以跟他享福，想到爹妈享福的话，赵彩莲不由一阵苦笑。"嫁汉嫁汉，穿衣吃饭。嫁汉，千万不要嫁英雄汉。"这是赵彩莲的心声。

丈夫当了红脑壳的大官

1928年5月，南昌起义失利后的贺龙、卢冬生受党委派，来到鹤峰、走马坪、官地坪一带打游击。

贺龙与官地坪团防谷岸峭是结拜兄弟。贺龙经常在谷岸峭家吃住。贺龙看到向国登一表人才，起了爱才收拢之心。

不久，赵彩莲生下儿子向才长，向国登赈满月酒，谷岸峭、贺龙一齐到家祝贺。向国登与贺龙、谷岸峭喝酒喝起了兴致，提出打枪比赛。向国登二话没说，掏出枪，看到天上有几只大鸟飞过，他抬手两枪，一下击中两只大鸟。贺龙高兴极了，向谷岸峭要人。谷岸峭便让向国登跟着贺龙干。谷岸峭告诉向国登：贺龙是干大事的人。我这里庙小，不能让你施展才能。

向国登知道贺龙的本事。20岁带人刀劈芭茅溪盐税局，31岁当上国民革命军20军军长，指挥南昌起义，自己跟着贺龙干，肯定有前程，向国登内心乐开了花。

赵彩莲坐在屋里奶孩子，听到谷岸峭介绍丈夫跟贺龙干。她的心一阵紧缩，她知道丈夫当上了红脑壳，今后的日子更艰难了。她早就听说，当权的政府对红脑壳是恨之入骨，欲杀之而后快。她想再次想劝丈夫收心，可她不敢。她躲在屋里暗暗垂泪，内心道："儿呵，你爹当了红脑壳，我们家的日子要放在大火上烤，烈火上面的锅里煎了。"

赵彩莲的担心不是没有道理。自从丈夫跟着贺龙当起了红脑壳，便很少回家，四处打仗。石门、鹤峰、宣恩、建始、桑植、大庸、慈利、长阳、五峰、吉首、恩施、松滋、澧县、公安、监利、潜江、沔阳、仙桃，留下了他们战斗的足迹。泥沙阻击战、建始夜袭、关卡口反奸灭战、鹤峰包围战、焚毁桑植团防头目刘子维老巢、赤溪河大捷、西教乡拔寨战、张家场激战、赵彩莲不知道丈夫在哪方，每次丈夫打仗得胜回家都是喜气洋洋的，可她看到丈夫伤痕累累，心痛极了。赵彩莲不知道，这一年，向国登入了党，成了党的人，向国登有了真正的家。

一次次战斗，一次次冲锋在前，听到得胜回家的丈夫享受老婆孩子热炕头的日子，眉飞色舞讲述自己打仗的经过，赵彩莲听得心惊肉跳。战斗的洗礼，让向国登身上洋溢着血与阳光之气。每回一次家，赵彩莲看到丈夫的眼睛亮堂了许多，身上的职务越当越大。班长、连长、营长、团长、师参谋长，赵彩莲想把丈夫劝回家的心愿更加渺茫了。

1933年，已有一儿一女两个孩子的赵彩莲满足了心愿，丈夫带着一个团驻在泥湖湾长达两个月。白天，丈夫带着战士四处活动，晚上查完岗，便回到家里。看到儿女睡在身边，向国登有事没事亲起儿子向才长和女儿向满春。丈夫有时还把女儿放在自己的颈项上，女儿双手抱着向国登的头，乐得哈哈笑。赵彩莲不明白，丈夫向国登会带着部队一住不走了。

丈夫向国登没有告诉妻子，他在准备一场战斗。这年七月，一心反共、驻防慈利的国民党新编第34师第3团上校团长朱际凯（又名朱疤子）奉蒋介石任命的赣、粤、闽、湘、鄂五省"剿匪"联军西路军总司令何健密令，把部队开到慈利边界官地坪"防共剿共"。

"卧榻之侧，岂容他人鼾睡"，慈利与湖北、桑植交界。贺龙为了巩固鹤峰苏区，扫除敌人对红军和苏区的威胁，令卢冬生、向国登去官地坪阻击"朱疤子"。当时，官地坪属慈利管辖，朱疤子亲率1500余人驻守官地坪待令，只在老巢江口留下一个连的兵力。师长卢冬生得报，派一个连兵力捣毁了江口，"朱疤子"得知江口被红军占领，随即带领部队从官地坪返回江口。

向国登率红七师主力早在官地坪与江口之间的红花岭设伏，摆下了一个大大的口袋。当敌人行至红花岭红军伏击地段时，向国登连发三颗信号弹，红花岭山路两旁的枞林里、溪沟中发出猛烈的枪声、手榴弹爆炸声。向国登指挥埋伏在麻垭、黑垭、刷帚溪、会马洛的一队队红军战士向敌人冲出，朱部先头营营长朱世烈还没明白过来，就被击毙60多人，大部缴械投降。

向国登则亲率一支人马在会马洛冲向"朱疤子"主力，当场毙敌80多人，朱疤子见情况不妙，脱下军装，带着几个随从钻进一个小煤洞，后爬岩壁溜掉。红花岭一战，生俘朱部580多人，击毙170多人，缴获枪支800多支，子弹2万余发。此战让红三军实力得到较大的补充，一下扫除红军在湘鄂川黔边境创建新的根据地的重要障碍。

战斗结束后，赵彩莲才晓得丈夫住在家里，是打一场大仗。赵彩莲惊得半天说不出话来。

战后，向国登高兴地回到家，战士们个个喜气洋洋。向国登安排人杀猪宰羊，大碗喝酒。向国登和战士们酒酣之际，唱起了《不打胜仗不回家》。

"红漆桌子四方方／纸笔墨砚摆中央／你要文的动笔墨／你要武的动刀枪／有情妹儿等候人／不打胜仗不回乡。"

向国登的颈项上架着女儿唱，战士们用"哟哟，啦么呀嗬儿衣衣、干妹妹儿，有情干妹妹儿"等具有桑植民歌的一句歌一衬词应和。

赵彩莲站在向国登身边，儿子向才长偎在她怀里，赵彩莲被战士们打胜仗的欢喜劲感染了，她幸福地笑了。

种瓜得瓜　种豆得豆

红花岭伏击战庆功酒一喝完，当天晚上，向国登带着部队离开泥湖湾。临行前，赵彩莲心疼丈夫，把自己做好的两双千层布鞋递给丈夫，一双是轻便松紧的千层布鞋，一双是厚实的千层布棉鞋。

千层布鞋是湘西女人表达爱意的特殊方式，一双千层布鞋要经过制袼褙、切底、包边、黏合、圈底、纳底、槌底等工序，做一双千层布鞋，费时费工费力费心思，熬尽一个女人的百般情千份爱。赵彩莲做这两双布鞋，多在孩子老人熟睡后的夜深人静，借着火塘里的火光，赵彩莲在膝盖上垫上一块厚厚的布片子，穿针引线，拿着千层鞋底一针又一针纳起来。

鞋底有5至8层，一根麻线通过尖尖的针头纳穿5至8层鞋底，要的是手劲，一般情形，赵彩莲会在右手指戴上一个铁环，铁环上面有密密麻麻的凹点，正好让针头放在里面纹丝不动。厚实的鞋底要靠铁环的力量把针头抵出来。一双鞋底要纳三万六千针，三万六千针要重复这个动作，要用十天半月的深夜不眠。

丈夫向国登是感受不到妻子赵彩莲的辛苦的，也不会揣摩妻子赵彩莲的私念。他接过妻子的布鞋，看到警卫员向三儿还穿着一双破烂的草鞋，拿起布鞋递给向三儿："把草鞋扔了，穿上这鞋，舒服。"

警卫向三儿说："团长，这是你的布鞋，我不要。"

向国登："叫你穿上不穿上，红军部队，官兵平等，有福同享，有难共担，我们每天把命拴在裤腰带上，大家不互相保护，谁互相保护。"

赵彩莲看到警卫向三儿欣喜若狂地接过布鞋，跑到水塘边，用水把脚洗干净，拿上布鞋，高兴地在红军战友中间串来串去，大声喊："我穿上团长的布鞋了，我穿上团长的布鞋了"，四周响起掌声。

赵彩莲看到警卫快乐的样子，也受到感染。她埋怨自己，为什么不多做几双布鞋，给缺鞋的红军战士们。赵彩莲望望丈夫，脸红了，像一个小学生做错了事，在老师面前一样。

向国登望了望妻子，读懂了她的心思，向国登站上高处，手一扬，红军欢乐的掌声停住了："兄弟们，想不想嫂子纳的千层布鞋。"

"想——"全体红军指战员大吼。

"好好打仗，我让嫂子给大家纳一双千层布鞋。"

"好——谢谢嫂子。"

向国登对着赵彩莲说："你有事做了，下次打胜仗回家，我拿你给战友们做的布鞋"。

赵彩莲点了点头。

向国登猛一下抱起妻子赵彩莲，狠狠地在她脸上亲了一口。

红军战士们笑了。

赵彩莲用手打向国登的胸膛，打着打着，赵彩莲眼眶的泪一下涌了出来，她埋在丈夫怀里，呜呜大哭起来，她一哭，两个孩子也跟着哭了起来。

向国登的心里酸酸的，眼眶湿润起来。他望了望红军战友，抬头望望天，一种豪情从胸腔迸裂而出，向国登大吼出了歌声。

向：红漆桌子

红军：哟哟

向：四呀四方方

红军：啦么呀嗬儿衣衣

向：纸笔墨砚

红军：干妹妹儿

向：摆呀中央

红军：有情的干妹妹儿

向：不打胜仗

红军：干妹妹儿

向：不呀回乡

红军：有情的干妹妹儿

此起彼伏的歌声响彻云霄，赵彩莲一下晕天晕地。赵彩莲问丈夫：我想你了，怎么找得到你。向国登说："想我了，就看天上的星星，哪颗最亮，我就在哪颗星星下面行军打仗。"

丈夫向国登走了十天半月，赵彩莲还沉浸在晕天晕地的时间里，丈夫的搂抱，丈夫的亲吻，丈夫的吼歌在她的心上，留下了深深的印记。她的心中只有一个执念，养大孩子，做更多更多的千层底布鞋。

丈夫向国登走了，赵彩莲又过上了没日没夜租地交课的生活，公公婆婆，儿子女儿要吃要喝要穿，要布料做布鞋，样样要钱，赵彩莲拼了，夜深了，有月亮的日子，她坐在岩塔里借着月光纳布鞋，纳累了，她会抬头望望天，看看天上哪颗星星最亮。一天，一月，一年，转眼一晃过去了一年零7个月，家中的布鞋存了32双，丈夫还没有回来取布鞋。

1935年4月的一天，赵彩莲又在岩塔下纳布鞋，眼睛皮莫名其妙地跳，心口莫名其妙地痛。她望望天，发现龙山方向的星星亮得出奇，一闪一闪闪得出奇。赵彩莲纳布鞋，老是出错，她生气了，拿起针尖，狠狠地刺在自己腿上，钻心钻心地痛，顿时从腿上传遍全身，赵彩莲莫名其妙泪雨滂沱，赵彩莲不明白为什么。

三天后，传来噩耗，丈夫向国登攻打龙山壮烈牺牲。牺牲的不光是丈夫，还有弟弟向国正。龙山县城攻击战前夕，丈夫向国登派向国正回家乡取布鞋，顺便发动一批人参加红军。向国正因人告密，在路上被朱疤子的人捉住了，他们要报红花岭伏击战之仇，把他捆绑到红花岭，活活地埋了。

丈夫死了，弟弟死了，赵彩莲大喊了一声："国登，国正，你们死得好惨"，便昏死过去，接着是三天三夜的高烧不止。儿子向才长，女儿向满春在赵彩莲生病的日子，趴在床边哭喊了三天三夜，一声声哭泣唤回了赵彩莲生命欲绝的心。她睁开了眼睛，她知道要想让家人活下去，只有隐忍。

病愈的赵彩莲找到保长向佐龙，提出了租地收课九比一的要求，保长问她为什么这样，赵彩莲说："我想得到你的保护，让我们一家人活下来。你和国登都是一族人，你不会看到国登一家被斩草除根。"

保长向佐龙同意了，提出了要赵彩莲装傻禁言的要求，装傻做得到，禁言，赵彩莲犹豫了。

保长说："只有不说话的傻子，才有生存下去的机会。"

赵彩莲说："我明白。"

不久，官地坪传来向国登死了，赵彩莲吓傻，只会做农活的流言。一些人到泥湖湾走亲戚，禁不住好奇，看到赵彩莲在山上做农活痴呆的样子，看到赵彩莲回到家，针纳一下布鞋，用针扎一下大腿做布鞋的疯狂，针尖扎进腿里，不痛了，肯定痛，众人看到赵彩莲脸上一点没有痛的样子，都认为赵彩莲疯了，谁人不知，赵彩莲是痛在心里。

从1935年4月到1949年7月31日，赵彩莲疯了14年。1949年7月31

日，中国人民解放军解放慈利，时属慈利管辖的官地坪也随之解放。得知这支军队就是向国登当年的红军时，赵彩莲的疯病一下好了。

穿了14年脏衣，用血和泪纳了14年布鞋的赵彩莲挺直了腰杆，她知道她的丈夫回不来，可她丈夫的战友们回来了。

1952年6月，赵彩莲唱着《不打胜仗不回家》离开了人世。临终前，她要儿子向才长一定要唱好《不打胜仗不回家》，儿子唱会了传给孙子，一代又一代，向才长答应了。

这年9月，孙子向化平出生了。2018年，赵彩莲89岁的儿子向才长离开了人世。孙子向化平已64岁，重孙向红明已35岁，玄孙向康睿已1岁。九泉之下的赵彩莲没有想到孙子向化平入伍当了一名司号兵，退伍在家的日子，他会来到婆婆赵彩莲坟前吹着《不打胜仗不回家》的号声。

号声响亮，向化平听到坟墓里婆婆的叹息声。

向国登祖屋

向国登孙子向化平

　　王彩芝（一九一六年七月初八—一九七二年八月初六），系红二军团战士刘开银（一九〇八年十月初三—一九三六年五月十五）结发妻子。夫妇俩生育儿子刘经元，1936年农历五月十五凌晨5时，铲共队长刘景星（又名酒桶）伙同乡长谷膏如将刘开银杀害于刘家坪村六斗丘。丈夫牺牲后，王彩芝与公爹刘业坤，刚出生六个月的儿子刘经元相依为命。1938年夏天，公爹刘业坤一病不起，王彩芝到瑞塔铺给公爹抓药，走到杨家洛，不幸中暑，昏倒在地，遇到从茶言塔走来的几个土匪，对昏迷的王彩芝进行凌辱，为夫守节的王彩芝醒来，发现自己被人使坏，觉得对不起丈夫，精神一下不正常起来。贺龙元帅遭林彪、江青反革命集团迫害期间，王彩芝受到牵连，身为农会妇救会的她和红军丈夫刘开银因跟着贺龙军被打成牛鬼蛇神，王彩芝疯了。母爱如山的王彩芝虽然疯了，仍牵挂儿子。她把人和牲畜拉的屎当成米粑粑，苞谷粑粑捡回来给儿子吃。儿子不吃，伤心的她在家人没在身边就自己吃，她边吃边唱《农会歌》。贺龙元帅故去后的3年零37天，王彩芝划完她人生56岁的生命轨迹。

王彩芝：《农会歌》的歌者

王成均　陈哲明

　　1972年农历八月初六，家住刘家坪乡刘家坪村一个名叫王彩芝的疯婆子走完自己的人生，让人想不到的是王彩芝唱着《农会歌》离开人世的。离开人生之前，疯了的王彩芝在没有家人在身边的时候，经常把人拉的屎、牲畜拉的屎当成美味中的米粑粑，苞谷粑粑吃了下去。在她心中，这是世上最好的美味。王彩芝年已87岁，仍健在的儿子刘经元想起母亲疯后吃屎的事情，就心如刀绞，他一次次捶打自己的头颅，伤心地说："我没用，我对不起母亲。想起这件事，我的心就痛得钻心。"这位1954年入党，一直在刘家坪村担任村支书的基层干部把自己的一生献给了红二、六军团1.7

万红军誓师长征的刘家坪村，他要让九泉之下的母亲明白，他们用鲜血和泪水浸润的红土地发生了翻天覆地的变化。中国工农红军第二方面军长征出发地纪念碑、中国工农红军第二方面军长征纪念馆已成为弘扬长征精神、缅怀革命先烈的红军精神朝圣地，她和丈夫刘开银、堂哥刘开桂和嫂子龙神姑感人事迹已成为大家学习，领悟老区精神的内核。

血是烫的

小时候，老师告诉我们，中华人民共和国国旗是无数先烈用鲜血染成的。老师的话音刚落，我们的脑海便浮现飘扬的五星红旗，在风中发出的声响：

"唰唰唰""唰唰唰"，那是无数先烈寻找中华民族独立行走的脚步声。

"唰唰唰""唰唰唰"，那是无数先烈在枪林弹雨中弹后撕下衣服包裹伤口发出的撕裂声。

"唰唰唰""唰唰唰"，那是无数先烈在临刑前高呼"共产党万岁，共产主义万岁"，声音擦过耳际产生的摩擦声。

在无数先烈发出的声音中，中国工农红军红二军团战士刘开银在1936年农历五月十五发出的声音最荡气回肠。

1936年农历五月十五，曾参加葫芦壳战斗、陈家河大捷，桃子溪战斗的刘开银因为受伤，没有随部队北上，而是留守后方，一边养伤一边保护着红军家属。担任四望乡铲共队长的刘景星（又名刘酒桶）知道刘开银是红军战士，决定铲除而后快。这天凌晨五点，他们早已探明刘开银在家养伤，刘景星伙同乡长谷膏如包围刘开银的住宅，要将刘开银杀死在刘家坪六斗丘。

刘开银的父母亲和王彩芝老的老，弱的弱，出生几个月的儿子，他们觉得对他们构不成威胁，没有把他们放在心上。

红军主力部队走后，刘开银每次睡觉前，身边放着一支枪，一米九的个子时时保持着高度警惕。为了以防不测，他把父母亲和妻子儿子安排在内屋居住，自己一个人住在老屋六斗丘外屋。凌晨五点钟，刘开银听到外面传来"唰唰唰"的脚步声，便知道敌人是冲着他来的，刘开银忍着伤痛，悄悄从床上爬起来，来到房屋窗户边，轻轻打开窗户，举起手中的枪，对准黑影，大喝一声，"什么人"，房屋四周秘密围捕的人全部趴在地上，黑夜里，传来刘景星和谷膏如的声音，"我们被发现了，声音是从窗户口传来的，大家朝窗口开枪，不管死活。"

声音刚落，刘开银朝着讲话的声音，开出了一枪，枪声一响，只听一个敌人发出"哎哟"的声音，接着传出"队长，我中弹了，打在腰上了"，铲共队长刘景星听到手下报出自己受伤的声音，生了气，这个被贺龙送进云南讲武堂又背叛贺龙的人举着手枪，朝着枪声响起发出火光的地方连开三枪，子弹穿过板壁，击中刘开银握枪的手，枪掉落在地上。"对方被击中了，枪掉到地上，大家快速冲进屋，干掉他"，乡长谷膏如发出指令。声音刚落，四周的人，从四面用枪托用树木撞开板壁，一声撞击，木板壁被击得粉碎，几个敌人冲进房屋，刘景星和谷膏如冲到刘开银身边，看到刘开银正在用另一只手摸枪，两人迅速开枪射击，刘开枪的手掌，手臂中枪，血一下涌了出来。

敌人快速冲到刘开银身边，用枪托狠狠向刘开银砸去，一根根刺刀刺向刘开银的身躯，四肢。刘开银骂道："我做鬼也不会放过你们，老子十八年后又是一条好汉"。

刘景星冷笑了："十八年，我让你十八年找不到路"，说完，刘景星抬起枪，击中刘开银的双眼，血浸透了土地，刘开银就这样牺牲了。

烫烫的血汩汩地从刘开银身上流出来，刘开银一颗跳动的心由快到慢，生命的最后时刻，他想到自己参加葫芦壳伏击战、陈家河战斗、桃子溪战斗的雄壮，那时的他像一头猛虎扑向敌人，一米九的身躯在敌人中以压倒性的优势令敌人胆战心惊。当时，刘开银觉得自己身上的血好烫，好烫的血液让刘开银浑身充满力量，这力量刚劲、勇猛、无畏，夹裹着生命信仰的浩荡。滚烫的血液和无数滚烫的血液汇成一股江流，担负起策应中央红军转移的使命，"把敌人多背一点过来"，刘开银在战斗中，贺军长的声音成为他身上血液滚烫的理由。

刘开银的脑海又浮现年老多病的父亲，刚为人母的妻子和才几个月的娇儿，想到儿子粉嘟嘟的脸蛋，刘开银心中充满了自豪，他在28岁成了父亲，有了生命的香火。他的儿子只要不死，会跟他生许多儿子、孙子，他们会接过他手中的枪，继续跟着共产党干。他多么想陪着儿子长大，给他娶媳妇，带孙子，可他知道自己的心愿不可能实现了。

四肢无法动弹的刘开银感受到身上的血液快要流尽了，他趁着最后一滴滚烫的血液还没有流出来，给这滴血注入自己的嘱托："彩芝，彩芝，对不起，我不能与你白头偕老，请帮我照顾好双亲，养大儿子，下辈子我做牛做马，再报答你。"

刘开银把自己的嘱托留在最后一滴滚烫的血液里，便离开人世。

他没有想到，自己这样一走，是一个家庭的四分五裂。

泪是热的

没有经历苦难的人，不知道平安的可贵。没有经历革命的人，不明白信仰的力量。王彩芝嫁给刘开银，只有一个理由，两个人都是经历过苦难的人，经历过苦难的人，心才会紧紧地靠在一起。冬天来了，两人抱在一起，彼此用对方的热量捂着对方，一起熬过漫长的寒冷。饥饿来了，两人手抓着手，走进深山老林，去采野菜，去捕野兽，去摘野果，去挖野葛野蕨，祖祖辈辈生活在桑植，祖先早已给后人留下一个传家宝，那就是一首歌《桑植是个好地方》。

到了山林，做活饿了，掏一口泉水，吃到嘴里，"动口四两力"的古训让王彩芝，刘开银夫妇有了活力，王彩芝会从心里流出一首甜蜜的歌："桑植是个好地方/地是刮金板/山是万宝山/树是摇钱树/人是活神仙。"歌声响起，刘开银的心头拂过一阵幸福，幸福掀起刘开银心头的自豪，家乡最美的一朵花，他刘开银摘到了，嗅到了芳香。

王彩芝唱着唱着，眼眶有了泪。热热的泪打湿了衣裳，打湿了土地，刘开银来到王彩芝身边，忙问她为什么唱着唱着，流起了泪。

王彩芝说："我们农民为什么这么苦，一年四季忙到头，照样是吃不饱穿不暖，生病了没有钱抓药，只有等死。"

刘开银说："别怕，共产党来了，红军来了，我们穷人有盼头了，我是一名红军战士，我们天天行军打仗，就是要打下一个穷苦百姓翻身做主人的江山。"刘开银说完，拉着王彩芝的手，两人手心对着手心，手心温暖对方的眼眶，有了热热的泪水。

刘开银忍住热泪，眼睛望着眼睛，一句句教王彩芝唱起了《农会歌》：

"农民团结起来嘿嘿／要的要逮饭啊要的要穿衣／要逮饭要穿衣大家打主意／快啊快起来呀加入农协会／保卫苏维埃／大家逮起来。"

王彩芝看到丈夫刘开银唱《农会歌》，眼眶里燃烧着火苗，她跟着丈夫唱，聪慧的王彩芝只跟着丈夫唱两遍，就学会这首歌。

王彩芝的丈夫刘开银是一名红军战士，贺龙1928年2月回到桑植，刘开银刚满18岁，就跟着贺龙干起了革命。王彩芝看到刘开银当上红军战士，穿上红军军装，身上的精气神一下变了，她羡慕极了。刘开银告诉她，人要活出精气神，就要有信仰。

王彩芝问怎么才能有信仰。刘开银说出了答案，参加农会和妇救会。1934年9月，王彩芝加入了农会和妇救会，很快，王彩芝感受到了自己身上也有了精气神。王彩芝不识字，妇救会了解情况，安排她上识字班。王彩芝进了识字班，一下了解外面世界。识字班的老师教她写自己的名字。第一次写字，王彩芝又兴奋又紧张，她一个穷苦农民的女儿，会写自己名字的有什么用呢？

识字班老师告诉王彩芝，工农红军是劳苦大众的部队。地主老财和反动派之所以欺压穷苦人，就是因为穷苦人不识字。识了字，就会从书本上明白很多道理。油灯不拨不亮，老师一席话，说得王彩芝心里亮堂堂的。她明白识字的意义了，懂得写自己名字的分量。

王彩芝感谢父母亲，给她取了这么一个美丽的名字。彩是色彩斑斓，彩是七彩缤纷，彩是彩虹。芝，是芝麻开花节节高，芝是灵芝，是香草，表明志行高洁。一堂堂识字课，王彩芝觉得自己的生命是如此美丽，如此伟大，她要不负其生命韶华。王彩芝一笔一画写着自己的名和字，先是"王"，接着是"彩"，最后是"芝"，当她把"王彩芝"写在一块时，看到自己的名字站在自己的面前，王彩芝哭了。大颗大颗的泪水从眼眶里流出来，行走在脸上，热热的，画出两条直线。识字班的同学围在王彩芝的四周，拍起了手，鼓起了掌，王彩芝发现自己的成功与大家一起分享是多么开心，多么幸福。

老师拿出手绢，轻轻擦去王彩芝脸上的泪痕，老师也含着泪。她扬起手，站在讲台上，引领大家唱起了《妇女歌》。"姐姐妹妹要把良心问／男和女，女和男／本当是平等／为什么，女人家／裹脚紧又紧／三步难走一尺远／就喊脚痛／姐姐妹妹快快把脚放／前一步，后一步／让我走四方／任我跑任我跳／身体多健壮／打倒帝国主义者／必定比人强／争自由，争平等／好似男儿郎／踢左脚和右脚／踢破国民党／建立苏维埃／夺取大解放。"

幸福的日子总是短暂的，苦难的日子是漫长的。等来的是一波又一波的苦难。丈夫被杀害后，公婆钟氏看到公公刘业坤因悲伤过度，一病不起，正好村里来了一个贵州桐油贩子，桐油贩子的口若悬河，听得公婆觉得贵州成了天堂。在一个夜深人静的夜晚，公婆钟氏抛弃了家，悄无声息地消失了身影。公婆走了，王彩芝成为家中唯一的女人。女人在家中，就是一个箍桶篾，一个家有了女人，一个家就不会散。

王彩芝记得丈夫的好。生前，丈夫教她唱《农会歌》，让她参加妇救会，从此有了精气神。丈夫走了，她要好好活着，把两个人的骨肉养大成人，同样有精神。

有男人的生活，男人是家里的山，没有男人的日子，女人要成为家里的山。丈夫被杀害后，王彩芝独自一人没日没夜地做布鞋，织麻布，然后，上至马合口、官地坪，下到双溪桥，桑植县城赶集卖布鞋，卖麻布，用赚取的微薄收入维持一家三口人的生活。王彩芝外出赶集，就让公爹带孩子。一天又一天，一年又一年，儿子渐渐大了。

1938年的一个夏天，公爹刘业坤重病卧床。王彩芝焦急万分，拿着家中仅有的几张法币到瑞塔铺去抓药。当时，骄阳似火，王彩芝心里七上八下，不知道手中的几张法币能否抓到公爹需要的药。头顶的烈日火辣辣地烘烤着大地，大地变成一个巨大的蒸笼，王彩芝在蒸笼里走呵走，长达六公里的路，王彩芝头上有烈日暴晒，心中有焦虑焚烧，王彩芝走到杨家洛，感觉天晕地转，她一下倒在地上。

王彩芝昏迷在地，不省人事的时候，从茶言峪走来几个土匪，他们看到王彩芝昏倒在地，很有姿色，仔细辨认，识出她是红军刘开银的妻子，几个土匪胆包天，起了歹念……事后，他们还把王彩芝身上仅有的几张法币搜走了。

王彩芝醒来，发现自己衣不遮体，给公公抓药的钱，也没有了，身子也受到了玷污，顿时心如刀绞，她双手抱着头，把头埋夺双膝间，轻轻哭泣。她不敢大声哭，怕人知道，一颗颗泪水从眼眶滑落，王彩芝想到了死，可她想到卧床的公爹，儿子才两岁多，王彩芝摇了摇头，她知道自己没有死的资格，丈夫死了，她如果死了，碰到丈夫，丈夫问她，公爹和儿子，她怎么说。

想到这里，王彩芝哭了，她发现活在世上，最苦最难的事是连死都没有权力，生活给她的理由是必须活下去，不仅要活，还要打肿脸庞充胖子，让别人知道自己活得很福气，很舒服。

热热的泪流了又停，停了又流，王彩芝的头脑一时清醒，一时糊涂，她的脑海只有公爹和儿子。王彩芝的爱换来了公爹和儿子对等的爱。

1941年的一个春天，桑植进入了一年一度的梅雨季节。公爹、王彩芝和儿子的生存遭遇前所未有的挑战。一天夜晚，雨下得特别大，破旧的房屋到处漏雨。正好这天，王彩芝患病了，头脑又糊涂了。糊涂的王彩芝感受不到雷雨闪电的可怕，雨水落在她身上，带给她的是凉意，她感到很舒爽。

年迈的公爹刘业坤看到了，拿着一把破伞，站在只有三条腿的破旧木床前，为媳妇和孙子刘经元遮雨。公爹刘业坤自己全身湿透了，多病的身躯经风雨一吹，忍不住瑟瑟发抖，不争气的泪水落在媳妇王彩芝和孙子刘经元脸上。两岁的刘经元冷得发抖，哆嗦着身子在睡梦中呓"语"："妈妈，我冷，妈妈，我冷。"王彩芝听到呼唤声，一把将儿子抱在怀里……

雨水、泪水交织在一起，冷的雨水，热的泪水开始了一场战争，亲情当起偏心的裁判，宣布王彩芝获胜。

歌是温的

历史长河是有温度的，这个温度在岁月的河里以一座灯塔的意象呈现亮光，以一面镜子的角色扮演道德的标尺。于是，歌声走进历史的长河里，担负起"八音克谐，无相夺伦"的"和谐"重任。

为什么红嫂喜欢唱歌，因为歌声使她们走近高尚的道德情操和健美的心灵，她们不能凭自己的微薄之力改造社会，但可以通过歌声感染社会，影响社会。

王彩芝是在儿子10岁那年感知孩子长大的。10岁那年的夜深人静，王彩芝又用《农会歌》温暖家人寂苦的日子。儿子刘经元10岁生日那天，王彩芝想到丈夫不知不觉离开人世10年了，情绪一下低落起来，低落的情绪伴着眼眶的湿润，王彩芝悄悄哼唱起《农会歌》。

儿子刘经元听着听着，泪水从眼眶滚落，他走到母亲的身边，轻轻对母亲说："娘，你放心，我长大了，一定要让你过上好日子。"

王彩芝望了望儿子，麻木的面孔麻木的眼神掉进了儿子的话语，一下触动了王彩芝的心弦，一句古老的话语："养儿不读书，如同养个猪"的古训涌上心头。

王彩芝喃喃自语：该让儿子读书了，该让儿子读书了。当时，送孩子上学，要交两斗米作学费。王彩芝有了这个心思，便把这个心思告诉公爹。公爹看到媳妇时疯时醒，还能想到送孩子上学，公爹刘业坤说："行，我们大人哪怕吃糠咽菜也行。"

一年，两年，公爹刘业坤和媳妇王彩芝从牙缝里省吃俭用两年时间，终于在刘经元12岁那年攒够了两斗米，刘业坤和王彩芝送刘经元读书那天，破天荒煮了一碗白米饭，打了一碗荷包蛋，王彩芝和刘业坤把白米饭和荷包蛋放到刘经元面前，要他吃完。

刘经元长到12岁，第一次吃到白白的米饭，吃完一碗香喷喷的荷包蛋，吃到一半刘经元不吃了，他给爷爷喂，给娘喂。爷爷和娘拒绝了。

刘经元露出困惑的目光。王彩芝说："儿子，知道爷爷和娘为什么让你吃大白饭和荷包蛋吗？"

刘经元摇了摇了头。

王彩芝告诉儿子："我们给你吃大米饭和荷包蛋，就是告诉你，读书才有这样的好日子，你要攒劲读书，拼命读书，哪怕读到死，你都不要放弃。"

刘经元明白了："我知道了，读书，能让我吃上大米饭，过上好日子。"

儿子背着王彩芝用麻布做的书包，到刘家坪的白竹溪读上了私塾。会写字的王彩芝在儿子的书包上绣了一句话："书中自有颜如玉。"儿子刘经元用麻布做的书包引起先生和同学的一阵嘲笑，说刘经元家里穷得比屎臭。

刘经元回家告诉母亲和爷爷。王彩芝和刘业坤作为长者，不知说什么好，他们能说什么呢，这个社会，穷苦人想成为上等人，是如此艰难。长期的节衣缩食，长时间的营养不良，公爹刘业坤病了。

刘经元面临着第二年无米可交的困境，王彩芝又难又愁，日夜处在恐慌里，巨大的心理负担让她苦不堪言，王彩芝又变得神志不清起来。新一年开学了，刘经元没有两斗米交学费，王彩芝来到学堂求先生赊几日。

先生没有答应，他知道这一赊可能是遥遥无期，于是毫不留情地把刘经元从教室赶了出来。王彩芝看到儿子被撵出教室的窘态，心一阵揪痛，她觉得赶出的不是儿子，而是她做娘的脸。回到家中，王彩芝躲在房里哭泣。夜深了，她悄悄来到丈夫的坟前哭着，唱起丈夫教给她的《农会歌》。

夜深沉，黑得望不到边际，遥远的天空，有闪闪的星光，王彩芝思念离开故乡的红军，内心猜想红军现在不知怎么样了。

王彩芝没有想到这时的红军已改名为中国人民解放军。1947年的历史已翻开新的一面，刘经元读书的那一年，昔日的红军已成为解放军，1946年的国共战争，国民党军队的总兵力已由战争开始的430万人减少到373万人，其中正规军由200万人减少到150万人，而人民解放军的总兵力已由127万人增加到195万人，其中野战军由61万人发展到100万人以上。王彩芝思念的红军壮大了，王彩芝盼望的新生活正从胜利的号角声中走来。

很快，王彩芝熬到了天明。1949年10月16日，中国人民解放军四十七军一四一师四二三团在团长梁青山和政委李钦哲的率领下进入桑植县，疯着的王彩芝得知人民解放军就是贺龙领导的红军时，疯病一下好转起来。王彩芝的精气神一下回归了。解放了，劳苦人翻身做了主人，王彩芝再也不用担心家人的安全。杀害丈夫的刘景星和谷膏如被镇压，丈夫成了烈士。王彩芝受到尊重，王彩芝好高兴，她发现新中国成立后的空气都是甜的。她发疯似的劳动，她要用自己的双手多打粮食，回报新中国把她一家人从苦难中救了出来。

新中国成立后，王彩芝的家庭发现了翻天覆地的变化。1954年，儿子刘经元当上了合作社主干，1956年入了党，1957年当大队书记，并结婚，先后生下大儿刘渺（三个月夭折）、二儿刘吉绍、三儿刘经平、四儿刘经文、女儿刘文化。

王彩芝的耳朵围着北京转。

北京传来贺老总当上元帅的消息，王彩芝高兴。

北京传来贺老总当上国务院副总理的消息，王彩芝快乐。

北京传来贺老总担任中央军委副主席的消息，王彩芝喜欢。

好消息只传了16年，便没有了好消息，"文化大革命"来了，贺龙遭到了林彪、江青、康生一伙的迫害。

　　跟着贺龙干革命的丈夫刘开银，当过妇救会的王彩芝被别有用心的人挖了出来，丈夫刘开银跟着贺龙军被打成牛鬼蛇神，活着的妇救会王彩芝虽然没有被人拉上台，没有遭到没日没夜的批斗。王彩芝仍很迷惑，不解，陷入无边无际的恐惧中。突然有一天，王彩芝听到大队的批斗声响起，她的心好慌，好慌的王彩芝唱起了《农会歌》，想用歌声压住心中的恐惧，歌声一句接一句，王彩芝一唱，大队参加批斗的人眼眶湿润了，他们也参加过红军，也帮助过红军，也唱过《农会歌》，一个红嫂，被批斗吓疯了，难道唱《农会歌》的人有错吗？

　　王彩芝疯了，她真的疯了，她的脑海里只有儿子刘经元，走在路上，她看到人拉的屎，狗子拉的屎，她认为这是儿子爱吃的米粑粑，她用纸包起来，带回给儿子："儿子，儿子，看妈妈给你带回什么好吃的，这是米粑粑，你快吃，趁热吃，可好吃啦……"

　　儿子把母亲王彩芝手中捡回来的屎扔了出去，王彩芝见了，一下子扑了上去，一把抓了起来："儿呵，这么好的东西，你怎么舍得扔呢，你不吃，我吃。"

　　王彩芝说完，就往嘴里塞去，儿子刘经元抱住母亲，母亲王彩芝抱住儿子，母子俩放声大哭起来。

　　王彩芝疯了，儿子刘经元不放心，安排自己的孩子刘纪文跟婆婆睡在一起。一年、两年、三年，刘纪文从一岁睡到八岁。1972年农历八月初六夜，那天夜里，王彩芝又唱起了《农会歌》，她不仅自己唱，还要孙子刘纪文唱，婆孙俩唱着唱着，婆婆王彩芝歪倒在孙子身边，孙子以为婆婆累了，他抱着婆婆进入了梦乡。王彩芝再也没有醒来，只有《农会歌》的余音仍在绕梁，让整个屋子充满温馨。

　　那一天是一九七二年农历六月初八（7月18日），红嫂王彩芝走了，1974年9月29日，贺老总平反了。

　　红嫂王彩芝走在离贺老总彻底平反恢复名义的前两年零两个月11天。

　　刻在红嫂王彩芝生命里的《农会歌》留给后代的余音是深远的。他们知道王彩芝对红军的信任已入脑入心入魂入魄。儿子刘经元感受到了，他明白让九泉之下的母亲安心，最好的方式是送子孙当兵，担负起保家卫国的使命。这是父亲刘开银用鲜血捍卫的红色江山，王彩芝用真情守望的红色江山。

王彩芝1958年12月1日出生的长孙刘纪绍被儿子刘经元于1976年送进部队，1984年4月转业到北京民航。

王彩芝1961年11月22日出生的次孙刘纪平于1978年冬入伍，历任班长、排长、连长、装备处营长，先后在舟桥第84团担任排长荣立三等功三次，刘纪平在部队干了26年，积劳成疾，于2004年3月1日逝世。

王彩芝1991年12月8日出生的重孙刘威儿继父志，于2010年冬入伍，2012年退伍，这是王彩芝的孙子刘纪平让儿子刘威在圆曾祖母的安魂梦。

红色基因一代代在王彩芝家里传承着，感动着活着的人们。

王彩芝的儿子刘经元和儿媳

胡四姑（1912—1995年8月），中国工农红军红三军七师某团大队长龚玉阶（1906—1932年2月）之结发妻子。胡四姑和龚玉阶结婚于1928年。当年，龚玉阶参加革命，跟着贺龙转战湖南湖北，参与并见证了创建湘鄂西革命根据地的创建过程。在一次次战斗中，龚玉阶从一个农民成长为真正的红军战士，胡四姑则守候在家中，照顾家中老人，搞好生产。两人在战火中于1931年8月30日生下女儿龚坤香，六个月后，龚玉阶在护送红军政委陈培荫去湖北的路途中，因掩护陈培荫壮烈牺牲。胡四姑为防止敌斩草除根，吃住在茫茫森林里长达一年时间，这一年时间里，歌声成为母女俩活下去的唯一希望。

胡四姑：《我的郎》的歌者

王成均

歌声是可以慰藉心灵的。在茫茫的长夜里，歌声是一粒火星，掉进干裂思念的柴火里，便燃烧起熊熊火堆。桑植民歌《我的郎》，来源于生活，这是一个女人坚守对人心、世道的信任和温情。它用一种情感创伤中的凄美和心灵诉说的缺憾独白表达人间的冷暖，一句句歌词隐秘盛开着红嫂胡四姑美好人情和人性的花朵。

那个共产党让我的郎成了云

16岁的胡四姑嫁给22岁的龚玉阶，目的只有一个，让龚玉阶变成自己的郎。胡四姑的父母祖祖辈辈生活在龙潭坪毛垭的深山里，开门见山出门爬山做农活的生活方式养成了胡四姑父母大山的思维方式：男人是山，山就要顶天立地，遮风挡雨；女人是水，水应该以柔克刚，聚气生财。男人和女人组合在一起，有田有地有父母有孩子有房子，才称得上完整。

胡四姑把龚玉阶变成自己的郎，开出了有田有地有父母有孩子有房子的女人条件。龚玉阶应了。应了胡四姑的龚玉阶发现自己完成这五个条件好难好难。有父母有孩子可以做到，可有田有地有房子则有点难，这个有点难还不是一般的难，是无法实现的难。

毛垭有山，山可以造田造地，可山不知什么时候，不是他家的遗产，他要想造田造地，需要从地主家租。造好的田地也是地主的，种出的粮食要按二八分成，地主八，雇主二。房子呢，是自己的祖业，可孝顺父母，可生儿育女，就是不保险。遇上丰年，家中藏千斤粮食，活跃在湖北湖南的土匪眼红了，他们在一个个月黑风高的夜晚，脸上套上一个面具，约上三五个，哪怕三五个人中有一两个是胡四姑和郎相识的，他们也会参与这场不劳而获的抢劫中。胡四姑听出了相识的变声，或者从来人的动作辨识出是谁，也不能说出真相，说出真相，一家人会惨遭杀戮。

一年的收成刚进了仓，还没来得及给地主付课粮，就被土匪抢去了。郎想找人拼命，也想拉几个人套上面具，干起"土匪"的营生，可胡四姑不同意，胡四姑说："我嫁的郎是顶天立地的汉子，上不负于天，下不愧于地，走在路上，没人戳脊梁骨，吃的饭是汗珠子浸泡得干干净净的饭，吃不劳而获的饭，我没脸，父母没脸，儿女没脸。一个人，一家人没有了脸，活着还有什么意思呢？"

胡四姑的话贴心贴肺，巴肝巴肉，郎听到心里，一阵阵地暖。这暖，是男人立世无悔于天地的暖，是中华民族五千年文明传下来的"富贵不能淫，贫贱不能移，威武不能屈"的暖。郎和胡四姑，没有什么文化，可天地间做人的基本道理还是懂的。

亏心昧良心的事不做，那就跟着共产党走正道。共产党是1921年诞生的，她的出生地是浙江嘉兴南湖的一条船上。共产党走了8年，才来到毛垭。共产党一来，郎心中的许多困惑找到了答案，穷人为什么穷，富人为什么富，因为这个社会存在着帝国主义、封建主义、官僚资本主义三座大山，这三座大山把本属于劳苦大众的天和地变成少数人的天和地，而共产党就是领导人民改写屈辱历史、改变悲惨命运的先进组织。共产党的这些主张由贺龙、周逸群、贺锦斋、王炳南一群共产党员，你一言我一句道出来，他们把郎当成一盏油灯，你拨一下灯芯，我倒一点灯油，郎的心一下变得亮堂堂。

郎跟着这群共产党人参加了一个叫红军的组织，一把大刀，一杆猎枪，一根梭镖让郎挺直了腰杆。胡四姑怕，自从郎跟着共产党闹起了革命，便没有时间做农活了，租种的田地也没有心思打理了，他要建立一个个苏维埃，把地主霸占的田与地收归穷苦人所有，分田到户的土地由老百姓耕种。胡四姑和郎向地主租了一座山，开了20多亩地，每年可打3000斤苞谷。苏维埃成立了，郎和胡四姑开垦的20多亩地成为自己所有，打下的粮食也归自己所有，红军来了，土匪不敢抢劫了，胡四姑觉得郎跟着共产党干，跟对了。

郎很快变成了胡四姑眼中的一朵云，他跟着红军一会儿飘到湖北鹤峰，一会儿飘到桑植县城，每到一个地方，便会响起枪炮声，有的人在枪炮声中失去了生命，有的人在枪炮声中断胳膊少腿。

每次，郎回到家，会说起外面的见闻，讲共产党闹革命，穷人闹翻身扬眉吐气的高兴样。胡四姑什么也不说，她只会贴在郎的胸前，听郎的心跳"扑通扑通"声，郎的心每跳一下，她的心也跟着跳一下，听着听着，胡四姑便有了行动，她把自己的心贴在郎的心旁，她想感受两个人的心跳是否同时间。这个时候，胡四姑会盯住郎的眼睛，她看到郎的眼睛有天有地有云有房子，她知道自己的郎有魂了。

胡四姑的喉咙一阵发痒，一首歌冲出了喉管："二八年我的郎当红军／二载没归我好伤心／打鹤峰攻桑植勇敢前进，对土豪劣绅他绝不留情。"歌声撩拨着郎的心弦，郎身上的血一下沸腾了，满屋的爱发出生命的呼唤生命的歌唱。

1931年8月30日，胡四姑和郎的女儿龚坤香出生了。

那场战斗让我的郎成了鲲

《列子·汤问》曰："终北之北有溟海者，天池也，有鱼焉，其广数千里，其长称焉，其名为鲲。有鸟焉，其名为鹏，翼若垂天之云，其体称焉。"

这段话，没有文化的胡四姑是不知道的，可她知道自己的郎就是家乡的鲲。参加红军的郎在战火中逆天而生，郎的一言一行一举一动不再围绕小家小庭小天小地而转了。

郎参加红军，胡四姑见上郎一面好难。郎的家在桑植县龙潭坪毛垭村，郎的心却追着红军的脚步走了，一会儿长阳，一会儿洪湖，郎变成了鲲。鲲遇到湖就是一条鱼，见到高山，他就变成了一只大鸟。1930年9月，郎已成为红三军的一名大队长。这个月，郎参加了两次战斗。第一次是9月3日，郎随部队攻打沙市，部队多次发起进攻，因缺乏攻坚装备和经验不足，战斗打了四天四夜，红军部队伤亡1000多人。郎看到身边的战友一个个倒了下去，郎心中的仇恨加深了，要不是部队接到命令，撤往郝穴、潜江等地休整，郎也许把他的命交到了沙市那个地方。

胡四姑身在桑植，几个月大的孩子没来由地哭个不停，父女连心的血脉深情，让胡四姑感受到郎的危险，胡四姑想替郎承担一些危险，可她不是他身边，心有余而力不足。

胡四姑的担心牵挂，郎是感受不到的，郎的心中只有一个目标，复仇。1000多名战友倒在洪湖的土地上，许多是贺龙从桑植带出去的兵，他不帮助报仇，无颜回家见父老。

9月22日，郎等到了机会。这天拂晓，红三军打响了监利攻城战，在监利、华容等县的地方武装和革命群众的配合下，红二军团在贺龙、邓中夏、周逸群的指挥下，红二军团指战员向监利发起进攻。首先，红二军团歼灭和击溃监利县堤头、毛家口、大马河等地之敌，进逼监利县城，在北郊曾家夹堤、火把堤一线突破口，冲入城内。巷战中敌两个连由地下党员杨嘉瑞策动火线起义，敌一个营退守城南江堤和大庙顽抗。在红军压力下，次日晨敌全部缴械投降，同时又歼灭自朱河方向来援之敌一部。此役，共歼敌新三师教导团及监利保安团等2000余人，缴枪1000余支、迫击炮3门。郎自始至终参加了战斗，一扫攻打沙市失利的低迷之气。

监利攻城战胜利的第二天，郎参加上万军民的祝捷大会。大会安排对陈步云、龚兰轩两位烈士的致哀仪式，并请两位亲属上了主席台。主席台上，两位亲属和贺龙坐在一起，其中一个姓龚。

郎激动不已。一个平头百姓，被请上主席台，这是何等的殊荣，只有共产党，才把普通老百姓当人看，也只有共产党，才做得到。2021年8月26日，中共中央宣传部发布文献《中国共产党的历史使命与行动价值》，有一段话道出了胡四姑、龚玉阶把自己一切交给党的原因："党创立和坚持一切为了群众，一切依靠群众，从群众中来，到群众中去的群众路线，与人民有福同享，有难同当，有盐同咸，无盐同淡，紧紧依靠人民战胜一个又一个困难，取得一个又一个胜利。"

胡四姑嫁到龚家，就把自己的身家性命给了郎。郎跟着贺龙一去没了踪迹，家里的农活全由胡四姑一人操持。郎走了，饭要一顿顿吃，吃的东西从哪里来，肯定从地里长出来。红军走了，保安团来了。跟着贺龙的人都是保安团的敌人，胡四姑怀着孩子，怕敌人报复，敌人来了，她离开，敌人离开了，她回家。

敌人来了，会用枪托砸开门，打开粮仓，又吃又抢，房屋的门板，也被拆下了烧火，吃完了还不解恨，又把家里的锅碗瓢盆砸个稀巴烂。

胡四姑回到家，看到的是一个被捣毁的家，她从山上割开茅草，做成草墙挡风。粮食撒到地上，满地都是，她一粒一粒捡起来，吹去粮食上的灰尘，可以再吃。扔到厕所里的粮食，她吹干晒干用来做种子，用大粪浸泡过的种子，肥着呢。

郎在一个夜晚回来了。郎看到用草夹成的墙，肚子越来越大的妻子，郎心疼地流泪了。他自责不能那么自私，丢下妻子不管，胡四姑说：这是我的命，我命该如此，有什么好怪罪的呢，我嫁的郎是为天下穷人打天下的郎，我没有什么委屈，我愿意。

胡四姑说完，将郎的经历编成了歌词，抑抑扬扬的歌曲涌满草屋："三零年我的郎抱定牺牲，打长阳进洪湖指挥红军／第一次失利没得胜／第二次旗开得胜群众欢迎。"

歌声悠长，一声声我的郎直击龚玉阶的心房，龚玉阶抱着怀胎六月的妻子，有了革命浪漫主义的幸福和陶醉。

熊熊烈火让我的郎成了神

1932年2月，胡四姑的郎在红军部队战斗的第四个年头，女儿龚坤香降生四个月了。四个月的孩子开始笑开始打话语了，两边小脸蛋红嘟嘟的。女儿龚坤香出生前，郎就回到家。郎是告假回家的，回家不忘肩上的任务，侦察敌情，随时把桑植的敌情传到湖北大本营。

郎照顾胡四姑母女月子的时间，经常早出晚归。郎有一手套猎的手艺，郎做了三十个铁夹子，放在山上野兽出没的路径上，一套一个准。野兔、野鸡、野猪、岩羊，每天郎出门，晚上回家不打空手。郎回家那段日子，正值山上的野油茶成熟的季节，郎每天背着巴篓上山捡油茶籽，一个秋季下来，郎打了60斤的茶油。

女儿出生了，郎用香喷喷的茶油炒野兔肉、野猪肉，饭是苞谷饭，有肉有饭的生活，奶水充足，看到女儿健健康康成长，郎的脸上挂满了父亲的傲娇。

回到桑植，郎参加三保白竹坪的战斗。8月上旬，胡四姑临产，国民党县警备队罗文杰、团防向英武、刘子维，配合周燮卿共3000人向湘鄂边特委驻地白竹坪发起围堵。当时，王炳南领导的独立团加上游击队不足1300人，敌人很快气势汹汹占领白竹坪。

战斗的枪炮声传到毛垭，胡四姑想到郎正与敌人作战，她的心悬了起来。枪炮声时紧时松，时快时慢，胡四姑站在路口，逢人就打听战斗的结果。

胡四姑不晓得关心则乱。胡四姑的关心引起了敌探子的注意，敌探子从侧面打听到怀胎的女人是红军大队长龚玉阶的妻子，敌探子很快把这个消息汇报上去。

当时，敌我双方正处于交锋之中，敌人腾不出时间向胡四姑下手。王炳南安排龚玉阶带着大刀队开展夜袭战，一下端掉了敌人所有的暗哨，打开了一个缺口，敌恐慌了，他们知道是红军大队长龚玉阶干的，一下恨上了他。接着，独立团和游击队乘势反攻，各个击破，敌人被迫退出白竹坪，退出时，敌人扬言，一定要报复龚玉阶。

胡四姑吓坏了，劝自己的郎避避风头，郎摇摇头，他告诉妻子："自从我当上红军那天起，我就变成一个不怕死的人。我死了，还有千千万万个红军，还有我的女儿在。"胡四姑望着郎的眼睛，发现郎的眼睛有熊熊的火苗，她知道自己劝不住郎，共产党已把自己的郎变成了一个立场坚定、立场刚强的汉子。

10月，敌不甘心失败，又率部从苦竹坪、堰垭、罗峪分三路向白竹坪发动"围剿"。敌人占领白竹坪后，为报8月被赶出之仇，竟把白竹坪百栋房屋烧去39栋120余间，贺佩卿的通讯员王学亮、吴虎成阵亡，贺佩卿被迫退到兴家峪、毛垭一带。

龚玉阶生在毛垭，跟着贺佩卿参加云头山保卫战，在作战中负了伤，回家养伤。1932年2月，红三军7师政委陈培荫从毛垭前往湖北，贺佩卿安排龚玉阶护送，敌探子早早了解情况，在龚玉阶护送陈培荫去湖北的路上，埋伏在鹤峰县艾蒿坪庄巴冲，龚玉阶来到敌埋伏地，20多个敌人一下冲了出来，而他们一共只有3人。龚玉阶安排另一名红军战士带着陈培荫先撤，自己则和敌人拼刀。

经历四年战火洗礼的龚玉阶挥着大刀，在敌群中前后左右厮杀，他知道坚持的时间越长，陈培荫和战友越安全。20多个敌人战不过一个不要命的人，敌人怒了，好几次想用枪击毙了龚玉阶，可对方头目说：我们要抓活的，活的东西，才能报我们的仇恨！大家听说过猫抓老鼠的游戏吗？我们20多个猫还抓不住一只老鼠吗？我们有的是时间！

敌一个士兵提醒道：这个人是个兵，大的官才值钱。

敌头目骂道：你以为大官好抓吗？抓到了，赏钱好领，就怕你我没福享受。谁不知道共产党对杀害他们大官的人的报复。抓个小兵玩一玩，我们领点赏钱，知足了。

龚玉阶已被20多个敌兵团团围住，你前面一刺刀，我背后一刺刀，很快，龚玉阶伤痕累累。敌人趁龚玉阶转向之际，一棍把龚玉阶扫倒在地，20多个敌人扑压在龚玉阶身上，龚玉阶被俘了。

敌方找来一个人字梯，把龚玉阶倒捆在上面，烧起了熊熊大火，大火上架着一个大铁锅，铁锅里，烧沸的开水冒着白花，一圈一圈吐着白沫。凶狠的敌人砍来一根竹子，削得尖尖的，戳进龚玉阶倒立的屁眼里，一瓢瓢滚烫的开水顺着竹筒灌进龚玉阶的身体里。

刚开始，龚玉阶还咬着牙，不一会儿，龚玉阶开始大骂起来，龚玉阶的骂声引发敌人的怒火，众敌拿来木瓢，从铁锅里舀来滚烫的水浇到龚玉阶的身上，渐渐地，这个28岁的红军大队长就在敌人滚烫的水里献出了生命。

听到郎被敌人用滚烫的开水折磨而死的消息，胡四姑哭了，她是躲在深山里哭的。郎走了，她不能去身边安葬，敌人杀死了自己的郎，又从杀死郎的地方向母子俩扑来，敌人要斩草除根。胡四姑获得了消息，早早地躲在了山上，敌人扑了一个空，放火烧了他们家用草夹的屋。人声喧哗，枪声四起，才四个月大的女儿龚坤香吓哭了，哭声一起，胡四姑赶忙用手帕捂住女儿的嘴，不让她哭出声来。

夜深深，雾沉沉，母女俩住在树下，躲在岩屋里，度过了一年。毛垭的乡邻看着母女俩可怜，劝胡四姑改嫁到文家界，找到一个叫刘美常的男人，胡四姑的要求只有一个，善待她和郎的女儿，刘美常答应了。

夜深深，雨蒙蒙，胡四姑会望着湖北，怀抱着女儿，哼唱着《我的郎》的歌谣：

"三一年我的郎不请假／贺胡子和炳南相信于他／密授机宜钻进敌群内／完成任务成功地回到家。"

"三二年我的郎守云头寨／战斗失利被捉住牺牲壮烈／想起我的郎君一段情义／小妹妹止不住泪花花筛。"

胡四姑的女儿龚坤香

黄四妹（一八八二年5月5日——一九三九年8月28日），红军烈士李家河（1880年—1932年）之结发妻子。出生在打鼓泉乡黄家湾村的黄四妹于1902年嫁给打鼓泉乡金家坡村李家沟的李家河为妻，生下儿子李世汉（一九〇六年八月初十——一九五九年冬月十九）、女儿李结姑（1908年——   ）。1932年，李家河在湖北江坪壮烈牺牲，留下黄四妹和儿子李世汉、女儿李结姑一家三口相依为命。为躲避敌人追杀，黄四妹带着儿女过上了四处流浪的生活。凭着一双会做布鞋的手，黄四妹在丈夫牺牲的那年，为儿子李世汉娶上媳妇王南姑，第二年抱上了孙子李长炳（一九三三年腊月初四——2019年11月）。

黄四妹：《做军鞋》的歌者

王成均

一九三九年七月十四，一个叫黄四妹的红嫂离开了人世。临终前，她告诉送终的儿子李世汉、儿媳王南姑、女儿李结姑，安葬她的时候，一定要把她做给丈夫的布鞋放在棺材里，她要带给九泉下的丈夫。"七年，七年，七年"，黄四妹一次次念着"七年"，她闭着眼睛，手抓了抓，儿子李世汉赶紧把自己的手放在黄四妹手中，黄四妹摸了摸，松开了，又使劲抓，女儿李结姑流着泪，凄声喊道："娘，我是结姑——"，然后把自己的手放进娘的手中。黄四妹流泪了，可她还是松开了手。李世汉明白了，他把儿子李长炳叫到黄四妹身边，已六岁的李长炳把手放进婆婆的手中，婆婆握住孙子的手，李长炳一声声唤着婆婆："婆婆，婆婆……"在孙子李长炳的呼唤声中，黄四妹带着她的布鞋找牺牲在湖北走马江坪河的丈夫李家河去了。

让黄四妹痛不欲生的江坪河

"五月的金阳下，江坪河水汪汪的，一边依恋着群山，一边倒映着群山的影子，一边把天空的云朵搂在心底。她这个样子，倒使我们不忍打扰她，又诱惑着我们一步步小心地靠近。可是，当我们铁船发出轰鸣，撩开她的心扉，她却汹涌着向我们扑来了。"这是一个叫周良彪的作者在散文《折折复叠叠》笔下的江坪河。周良彪笔下的江坪河，是新中国建成江坪河水电站的俊美画面，可在黄四妹的心中，那是一条夺去她丈夫和许多红军战士生命的河。

江坪河是无辜的，该诅咒的是发生在江坪河的四次"围剿"战争。1931年3月，红二军团在长阳枝柘坪改编为红三军，回师洪湖。出发前，在五里坪成立五县（鹤峰、桑植、长阳、五峰、石门）联合政府、湘鄂边特委，五里坪成为湘鄂边中心，鹤峰成为革命大本营。之后，留守的独立团在王炳南带领下开展反三次"围剿"的战争，黄四妹的丈夫李家河就是独立团的一员。

黄四妹知道丈夫李家河在湖北打仗，每天冒着枪林弹雨，这可是提着脑壳生活的日子。每次打完胜仗，部队发了钱粮，李家河会请假连夜送回来。看到丈夫穿着草鞋，脚底全是血，黄四妹问："我做给你的布鞋呢？"李世汉说："我穿了一双，其他的给战友们穿了。"黄四妹内心一阵埋怨。

李家河解释道，当红军要行军打仗，每天要走上百里路，脚上的布鞋经不起山路的磨，很快就烂了，他就穿草鞋。李家河穿着草鞋送回钱粮，又连夜返回部队，黄四妹送丈夫，又把做好的三双布鞋让他带上。黄四妹含着泪说："别当红军了，孩子大了，要成家了，我们穷点苦点，我愿意。"李家河望了望妻子："四妹，我当红军，不是为我们一家人过上好日子，我们是为全天下所有的穷苦人过上好日子打仗的，更是为了我们的子孙后代不过苦日子打仗的。"黄四妹听不懂这么深刻的道理，可她知道丈夫的犟脾气。

黄四妹没有想到，丈夫李家河返回部队，就参加了1932年5月的第四次反"围剿"战斗。李家河和许多红军战士来到江坪河边阻击敌人，在数倍于红军的敌人的包围中，李家河和战友们打退了敌人一次次的进攻，敌人一排排的子弹射过来，李家河被一颗子弹夺去了生命，怀里，还有他舍不得穿的一双布鞋。

心灵感应

李家河打仗牺牲的那天，黄四妹一天的心情处于不安中。三十年的夫妻生活早已把二人变成连理枝，一有风吹草动，便有了双方的心灵感应。黄四妹的心理感应是莫名其妙的惊慌，莫名其妙的悲伤，莫名其妙的心痛。黄四妹的脑海是丈夫的影子。

黄四妹想起那天送丈夫出门，看到丈夫还穿着草鞋，新打的草鞋把丈夫的脚磨起了血泡，血泡磨破了，血便浸进了草鞋里，磨破的皮粘在草鞋上。看到丈夫脚上的血肉和草鞋连在一起，黄四妹心痛了。她和丈夫走到一条小河边，停了下来，她要丈夫坐下来，然后脱下丈夫脚上的草鞋，看到丈夫脚上磨破的地方露出鲜红的肉，她把丈夫的脚捂在怀里嘤嘤地哭。她用溪水洗着丈夫脚上的伤口，从路边扯来一些止血生肌的药草，双手揉搓柔软后，捏成小团，随后放进嘴里嚼成稀泥。药草很苦，很苦的药味传遍全身，黄四妹连眉头也不皱一下，她觉得自己再苦也没有丈夫提着脑壳过日子苦，丈夫是用自己的性命为这个家，为整个社会以命相搏。黄四妹更明白，丈夫一个人的命改变不了一个穷困的家庭，一个贫困的社会，可有了像丈夫一样的成千成万的人，力量便强大了，如同家乡的溪水，一滴水不起眼，掉到地上一下没了踪影，打在人的身上让人一凉，可是数百上千万股溪水汇在一起，便有了洪荒之力。黄四妹咀嚼着药草，一小团一小团，牙齿把药草变成了药泥，贴在丈夫脚上。李家河的伤口先是有了凉爽的感觉，继而有了火辣辣的焦痛。他把自己的女人紧紧搂在怀里，女人的气息传进自己的身体里，李家河身上的焦痛减轻了。黄四妹从丈夫的腰杆子上取下一双布鞋，撕下自己的衣角，把丈夫贴药的脚裹上，然后给他穿上了布鞋。

李家河穿上了黄四妹做的布鞋走过了桑植。

李家河穿上了黄四妹做的布鞋返回了红军部队。

走在路上，李家河的心头莫名其妙泛起了忧伤，五十二岁的李家河走着走着，眼眶盈满泪，他无法排遣自己的伤感，便一路吼上了《四劝》：

一劝我的爹和妈，千万莫把儿牵挂，爹妈常言有国才有家。

二劝我的哥和嫂，为弟尽忠难尽孝，哥嫂堂前替我孝二老。

三劝我的妹和姐，我上前线莫悲切，姐妹有志男儿应报国。

四劝我的恩爱妻，国难当头不由己，我和妻棒打鸳鸯各东西。

李家河走在路上，放声吼歌，在家做布鞋的黄四妹不知不觉有了歌意，她也唱歌，黄四妹的歌没有丈夫的豪放，释放的是家乡的溪水柔情。

歌声里的红色缠绵

黄四妹唱的歌曲叫《做军鞋》。

歌曲是在有月亮的晚上唱的，是在黄四妹带着儿女四处躲难的路上唱的。李家河参加红军活着的时候，敌人是不敢惹的，因为李家河的身后是贺龙领导的红军部队。李家河牺牲了，李家河的家人便没有了靠山，敌人可以大胆地迫害。迫害的方式多种多样：满门抄斩、田地充公、房屋烧毁、严刑拷打、典当田地……

黄四妹想到湖北走马江坪河看丈夫最后一眼，想看看丈夫脚上的伤好了没有，可她生了这份心思，却没有成行的机会。得知李家河被打死，驻扎桑植与红军政见不合结成死对头的官兵便派兵捉拿黄四妹一家人。得知消息的黄四妹收起了给丈夫李家河收尸的心思。她叫来儿女，带着一家人向着湖北走马方向跪下磕头，喊着："家河，你的妻子没用，不能给你收尸，呜——呜——"

儿子李世汉唤父亲："爹，你要回来，呜——呜——"

女儿李结姑唤父亲："爹，你怎么扔下你的儿女走了，呜——呜——"

这是湘西桑植亲人为他死去的亲人在招魂。

这是湘西桑植亲人为他死去的亲人在求得心灵的原谅。

呼唤结束，黄四妹带着儿子女儿踏上了逃难的路。

逃难的路是苦的，苦得天上的月亮成了依靠。无数个日子，黄四妹守着入睡的儿女，望望天上的月亮，她一边纳着布鞋，一边哼唱着歌曲：

"一更月儿圆，四妹子坐灯前，翻开麻篮抽根线，做双鞋子红军哥哥穿，（连哪连子儿纽哇纽，纽哇纽子儿连连），做双鞋子红军哥哥穿。

飞针又走线，越做心越甜，红军哥哥是针我是线，红军哥哥引路我们永向前，（连哪连子儿纽哇纽，纽哇纽子儿连连），红军哥哥引路我们永向前。"

一双双布鞋做好了，黄四妹用一双双布鞋换来一家人的生活。黄四妹做的布鞋厚实耐穿，每逃难到一地，便围了一群穷苦同命运的嫂子姑娘，她们跟着黄四妹做布鞋。月亮高高地挂在天上，当起了灯。黄四妹纳一下厚厚的鞋底，用针头刮刮头皮，细细的针尖在头上划下一道痕迹，留下一点的尖痛，尖痛的滋味又迅速传遍全身，黄四妹的日子便在尖痛里有了活下去的力量。

丈夫死去的当年，黄四妹给儿子娶上一个叫王南姑的媳妇，媳妇王南姑的肚子很争气，第二年便有了孙子李长炳。

孙子李长炳降生人世，发出了第一声啼哭，声音一下穿透黄四妹的心脏，黄四妹柔软的心脏一下跳得好快，她望着丈夫牺牲的湖北走马方向，内心呼唤了一声：家河，李家有后了，你可以在九泉之下瞑目了。说完，泪水从眼眶涌出，汇成了滔滔不绝的澧水河。

第二章
中国长征盼出来的红嫂

人们无论以个人形式存在还是以集体形式存在，都应该承认记忆的责任，并按照它行动，因为这不仅有助于推动人们对过去负责，而且是人们对过去承担责任的依据。

——Jeffrey Blustein.The Moral Demands of Memory. New York:Cambridge University Press2008:34.

钟冬姑（1907年—一九六〇年十月十七），刘家坪鹰嘴山七面组人，中国工农红军红二军团第十团团长刘开锡（1905年—1939年12月）的结发妻子，双溪桥红军女儿队队长。18岁嫁给双溪桥刘业传的长子刘开锡，因刘开锡的父亲刘业传、母亲钟氏（刘家坪长田峪大屋岗人）生育二弟刘开质、三弟刘开然、四弟刘开定，还有姑娘3个。钟冬姑自嫁进刘家便勤扒苦做，与公爹婆母一道担负起养活一家人的重任。丈夫刘开锡1928年跟随贺龙参与创建湘鄂西、湘鄂川黔革命根据地，钟冬姑也参加双溪桥红军女儿队。1933年1月13日，刘开锡跟随贺龙率领的红三军攻占桑植，刘开锡与钟冬姑在战火中团聚到1月28日，便有了唯一的儿子刘经秋。1935年11月19日，丈夫刘开锡带着二弟刘开质、三弟刘开然、四弟刘开定参加长征。四弟刘开定行至四川，被劝回保存香火。二弟刘开质、三弟刘开然先后于1939年和1940年在山西壮烈牺牲。新中国成立后，钟冬姑一直担任大队妇女主任，1955年当选为全国人大代表，应邀赴京开会，毛主席接见过她。

钟冬姑：毛主席在北京接见了活着的我

王成均　陈哲明

"有的人活着，他已经死了；有的人死了，他还活着。有的人，骑在人民头上：'呵，我多伟大！'有的人，俯下身子给人民当牛马。有的人，把名字刻入石头，想'不朽'；有的人，情愿做野草，等着地下的火烧。有的人，他活着别人就不能活；有的人，他活着为了多数人更好地活。骑在人民头上的，人民把他摔垮；给人民做牛马的，人民永远记住他！把名字刻入石头的，名字比尸首烂得更早；只要春风吹到的地方，到处是青青的野草。他活着别人就不能活的人，他的下场可以看到；他活着为了多数人更好地活的人，群众把他抬举得很高，很高。"这是著名诗人臧克家1949年11月1日，为纪念鲁迅先生逝世13周年纪念日所做的一首诗歌。笔者之所以把这首诗用于桑植红嫂钟冬姑的开场白，是因为这首诗才能表达笔者对钟冬姑的敬意。桑植红嫂钟冬姑已故去60多年了，她走过的53年人生路写满了生命的红色传奇。

夫妻闹红，另类的举案齐眉

钟冬姑十八岁那年，嫁给了二十岁的刘开锡。丈夫刘开锡住在双溪桥。双溪桥与县城文昌街、陈家河镇三溇了旧时并称桑植三大重镇，自古是湘蜀古道（津市—慈利—桑植—宣恩—万县）水陆交通要道，有着上千年历史，居住在这里的人们生活富裕，是桑植姑娘向往的地方。钟冬姑与其说是嫁给刘开锡，不如说是嫁给双溪桥古镇。

钟冬姑嫁到刘开锡家，发现自己并没有过上想要的生活。家里的田土靠家人勤扒苦做，一年打下来的粮食可以维持生计。一旦官府收取每年12次的"月款"、每年4次的"季款"，一下逼得人喘不过气来。

中华民族数千年传承的家国天下，让刘开锡一家节衣缩食，全力缴纳什么开支款、寒衣款、被子款、临时借款等20余种款，凑齐谷米税、黄豆税、苞谷税、芝麻税、烟税、酒税、毛利税、楼税等上百种税。新婚不久，刘开锡便出门做生意，与钟冬姑一年四季两地分居。

一方山水养一方人。桑植的女人质朴善良，认命。钟冬姑嫁给刘开锡，看到刘开锡一家人相敬相爱，父慈子孝，母贤女勤。家里人多，吃饭时，都是大的让小的，小的敬大的。一家七个孩子，没有一个饿着，全是家里人亲亲的温馨。每次开饭，钟冬姑会发现一个有趣的现象，没有赶上饭点的家人，开饭的人首先给他们盛上满满一碗饭。吃饭的人不放心，又悄悄把自己的饭往那碗留给没赶上饭点的人的饭上面再赶上一筷子，这一筷子可能吃一两口，或是三五口。可不要小看了这七八人的几口饭，那可以让一个迟归饥饿的人吃得饱饱的。

钟冬姑到田里做农活，回家过了饭点，满满的一碗饭让她吃出了家里人的关心，她没有想到一个外姓人这么快融进刘家，成为刘家人。渐渐地，钟冬姑喜欢上了刘家。

刘开锡年少时读了两年私塾，身上沾了一点书卷气，钟冬姑喜欢丈夫身上的书香味道。睡觉前，刘开锡会看上一会书，钟冬姑会睁大眼睛看丈夫读书的样子，刘开锡会问她："你为什么这么喜欢看我？"钟冬姑说："我就喜欢看。""看出什么了吗？""看出来了，我发现你有了书，没有饭也能过日子。""书是好东西，书里有世界，有学问。为什么这个社会有穷有富，全在于书。"钟冬姑一听穷富是书的缘故，一下有了兴趣，她从被窝里爬起来，靠在丈夫肩上，要丈夫教她认字。

刘开锡笑了，他高兴地教钟冬姑认识一个个汉字。刘开锡觉得钟冬姑不是一个简单的女子，她的身上有一种积极向上的东西。认完字，刘开锡会给妻子讲山外世界，讲贺龙走出山外干大事的闹腾。

丈夫说的贺龙，钟冬姑认识，他有个亲戚住在双溪桥，一有空，贺龙会住在双溪桥，与刘开锡谈古论今。钟冬姑没有想到贺龙胆子天大，不仅天大，还会把天戳一个窟窿。钟冬姑结婚那年的9月6日，贺龙率一连便衣队，在涪陵青溪场河边缴获日船"宜阳丸"，查获吴佩孚为赵荣华运送的82万余发子弹，捕获吴部军械处长张远矶，逮捕日本军火商，该船向贺龙射击，贺龙躲开了枪弹，勇先登船，并枪毙船主和解运官兵。因作战勇敢，扣船大长中国人志气，孙中山委任贺龙为四川讨贼兵第一混成旅旅长，27岁的贺龙当上旅长。刘开锡把活生生的贺龙讲给妻子听，听得钟冬姑惊魂，她感受到丈夫也是一个干大事的人。

钟冬姑说："贺龙跟你家沾亲带故，如果你想干大事，我不会拦你，但希望你带上我。"

刘开锡同意了。

夫妇俩一句无意讲的话，很快成了真。1927年4月，中共桑植县特别支部成立。共产党动员农民群众，建立了农民协会，开展农民运动，桑植县妇女协会也随之成立。刘开锡积极参加农民协会，还支持钟冬姑参加妇救会。

轰轰烈烈的农民运动从桑植县城波及全县的角角落落。昔日老实憨厚的乡亲们被农民协会洗髓换骨，压抑了数百年的逆来顺受找到了突破口。刘开锡和钟冬姑一个从事农会工作，一个从事妇救会工作，每天忙到深夜回来，夫妇俩交流自己的事情，觉得从事的事情太有意义了。

很快，县农会做了一件轰动全县的大事，刘开锡和钟冬姑应邀参加处决大恶霸朱愚农的大会。朱愚农曾任省参议员、国民党部队团长、县长等职，手下有肖沛卿、张松如等百余人枪。县农会派熊廷煜率数百群众，手握大刀长矛，捉住了朱愚农，送交县农会囚禁半个月，并查明罪行。县农协将他游行示众，在校场坪召开数千人大会宣判罪行，当众处决。处决前，会场上，全体农会会员唱起了山歌："农民协会热腾腾／领导我们闹革命／打土豪，分田地／为了解决我农民／苛捐杂税齐取消／从此农民大翻身。"

从县城到双溪桥约八里山路，走在回家的路上，刘开锡对钟冬姑说："今天的歌，让我热血沸腾，我明白我们家为什么穷的原因了。我们一家人就是再勤扒苦做，再节俭，如果不取消苛捐杂税，我们就没有活路。我决定今后跟着共产党干。"

钟冬姑说："我支持你，嫁汉嫁汉，穿衣吃饭。我的丈夫干的是让人穿衣吃饭的大事，我理应拥护。"

刘开锡什么也没说，狠狠地把钟冬姑拥在怀里，两人紧紧地依偎在一起，相互感受对方的心跳声。钟冬姑的眼睛望着刘开锡的眼睛，她看着看着，看出了刘开锡眼里的火苗，一股走出大山的火苗，她知道丈夫的心野了。

钟冬姑的眼眶有了湿气，她望着丈夫，轻轻说："我不会给你拖后腿的，你是男人，生来要做一座大山的，我是女人，生来是给大山做暖心窝的。"

1928年，贺龙回桑植创建湘鄂西革命根据地，部队在堰垭整编，刘开锡参加了红军，钟冬姑便在家乡当起了红军女儿队队长，与丈夫遥相呼应。

二十世纪三十年代的生活真丰富呵，共产党领导穷苦人闹革命，男的拿枪打仗保卫革命的胜利果实，女的做军鞋，照顾伤员，为战士们洗衣做饭，全世界的穷苦人成为一家人，心贴着心，有饭一起吃，有衣共同穿，有命一起过。钟冬姑看到丈夫当了连长，升了营长，做了团长，打内心高兴，只有共产党让丈夫成为一个顶天立地的人。

共产党没来之前，丈夫就是一头牛，吃的是草，挤出来的是牛奶——血，他四处奔波，为的是给国民党成立的政府缴数不完的苛捐杂税，每天过着看不到太阳望不到天明的日子。钟冬姑也想和丈夫一样，腰有双枪，威风凛凛，冲锋在前，杀敌报答党的栽培之恩。可她是女人，女人有女人的使命，她要为心爱的丈夫生儿育女，传宗接代，繁衍子孙。所以，她压住了对穿红军服的狂想，安安心心当起了红军女儿队队长，安排女儿队队员纳军鞋，照顾伤员，打探军情，每天有做不完的事，忙不完的活，开不够的会，发不完的言。战火，让钟冬姑成长了。战火，让钟冬姑理解了日牵夜挂的丈夫。她抓住机会，一个眉毛对着眉毛的日子，她搂住丈夫，亲呀亲，她给丈夫怀上了孩子。

夫妻分别，另类的信仰长征

1933年，钟冬姑怀上了刘开锡的孩子。这一年，蒋介石发动了对革命根据地的第五次"围剿"。为了一举消灭共产党的红军部队和创建的根据地，蒋介石提出了"三分军事，七分政治"的方针。政治上，在根据地周围地区实行保甲制度和"连坐法"；经济上，对根据地实行严密封锁；军事上，采取"堡垒主义"和持久战的新战略。

在桑植，刘开锡跟着贺龙领导的红三军先后攻占鹤峰县城、桑植县城，组织了六次反"围剿"斗争。刘开锡加入红军，跟着贺龙也参加了六次反"围剿"斗争。第一次时间是1928年4月到11月，红军经双溪桥、梨树垭、葫芦壳战斗，罗峪整编，石门之役，溇阳、泥沙两战，然后避敌锋芒，红四军化整为零，采取"敌动我知，敌来我藏，敌找我找不到，我找敌要歼光"的游击战术，躲进山深林密，山洞遍布的环境中，于11月使敌人悻悻而退，结束第一次反"围剿"。第二次反"围剿"时间是1929年5月至7月，贺龙领导红四军于7月1日和7月14日发动南岔战役和赤溪河战役，共歼敌2000余人，第二次反"围剿"取得胜利。第三次、第四次反"围剿"分别是1929年10到12月和1930年2月到1932年6月，由于敌强我弱，加上王明"左"倾路线，导致红军被动和根据地的丧失。

第五次反"围剿"斗争是1932年6月到1934年1月，红三军在因王明左倾路线的领导而丧失洪湖苏区后，经豫东、陕南行军7000里返回桑植，打败朱际凯，占领县城，恢复了中共桑植县委和苏维埃政府。这时，陈兵永顺、大庸、龙山一带的国民党新编34师师长陈渠珍给贺龙写信，表示愿意让出桑植、大庸、龙山等县的部分地区，以换取两方互不进犯的默契。红军经过长途行军，急需休整和补充，因而贺龙和关向应都积极主张采纳陈的提议，与之谈判。但这被夏曦指责为"违背国际和中央路线的右倾投降主义"。1933年1月20日，夏曦以政治委员的身份，使用"最后决定权"，强令尚在疲惫中的红三军向以逸待劳的陈师周燮卿旅进攻，结果失利撤退。26日，周燮卿旅会同朱际凯团从东西两面发起夹攻，红三军被迫放弃县城，向苦竹坪的银市坪转移，随后，进入湘鄂边游击。

身为红军女儿队队长，钟冬姑没有因怀孕放弃自己的工作，她每天挺着大肚子纳军鞋，照顾伤员，征集粮食，很快，到了孩子降生的时间。

1934年10月17日，钟冬姑在丈夫刘开锡跟着贺龙开展第六次反"围剿"，隆隆的炮声中迎来了儿子刘经秋的诞生。永顺十万坪大捷的胜利消息传到钟冬姑耳里，抱着出生不久的肉团团，钟冬姑笑了，她为自己的丈夫而自豪。躺在床上，坐月子的钟冬姑吻着儿子红嘟嘟的脸："经秋，经秋，你爸爸又打大胜仗了，爸爸很快回来要看宝宝了。"

这时，贺龙领导的红三军更名为红二军团，与任弼时、肖克、王震领导的红六军团合并为红二、六军团，队伍人数达到9000人，成立了川黔省革命委员会，宣告湘鄂川黔革命根据地的形成。红色武装割据震惊了蒋介石，钟冬姑还沉浸在初为人母的喜悦里，蒋介石已派出6个纵队10万人兵力，向苏区及红二、六军团黑压压而来。

刘开锡告别妻子钟冬姑和儿子刘经秋，又参加了陈家河大规模遭遇战和桃子溪伏击战，因作战英勇，升任红二军团第10团团长。接着全力转入反攻，打响了咸丰忠堡战役、宣恩板栗园歼灭战役、龙山芭蕉砣战役，均取得好的战绩，红二、六军团粉碎了国民党数十万部队的大"围剿"，成功地策应了中央红军战略转移。

蒋介石不甘心"围剿"失败，在宜昌设立"行辕"，以陈诚为参谋长，代行蒋介石的职务，并以中央军为"追剿军"主力，湘鄂两省军队为"堵剿军"，组织了共22个师又5个旅，163个团，20余万人。在湘鄂川黔根据地西面，以原有之敌筑堡固守，限制红军机动，新增之敌从津市、澧州以北地区"由东向西交互逐段筑堡推进"，并对龙山、永顺、桑植周围14县实行封锁，企图聚歼红军。

贺龙和任弼时、关向应致电朱德、张国焘并转中共中央：敌在根据地南、西、北三面之古堡封锁线"大体完成"。红二、红六军团决定在桑植、龙山间苏区及慈利、石门、鹤峰等地区首先击破东面之樊嵩甫、孙岳纵队，根据此间情报，红一、红四方面军"似在甘肃地区行动，这对我们配合作用较小"，而红二、红六军团目前所处的地区狭小，不利于与强敌持久战斗，"应迅速突出敌包围线"，向贵州黄平方向转移。电报再次询问：

"一、四方面军将在何处建立新根据地及其发展方向,盼告。你们行动方针望速以电复。"

儿子刘经秋农历十月二十七日满一周岁,钟冬姑和刘开锡商量好了,为儿子办一个周岁酒,接红军指战员和亲戚热闹热闹。随着敌20万人的包围圈越来越紧,刘开锡内疚地对钟冬姑说:"周岁酒办不成了,不是我不想办,是蒋介石不让我们办。等我们红军打败了蒋介石,我们再办一个热热闹闹的生日酒。"

钟冬姑含着泪点了点头,她亲着儿子的脸:"经秋,经秋,爸爸妈妈对不起你,别的孩子都办了周岁酒,你却办不了,谁叫你是红军的孩子,红军的孩子,注定要与别的孩子不同。"

刘开锡看到妻子不甘的表情,听到妻子的诉说,内心也是一酸,他知道自己欠这个家庭太多。刘开锡的心里,装着红军部队,装着部队的生死存亡,装着20万敌人的气势汹汹,刘开锡坐不住,作为红二军团第十团团长,他要动员更多的后生参军。于是,在他的鼓动下,二弟刘开质、三弟刘开然、只有13岁的四弟刘开定也参加了红军。

1935年10月19日,是红二、六军团实行战略转移的时间,钟冬姑也想跟着丈夫去,丈夫这次离开家乡远征,不知道什么时候回家,钟冬姑的内心有一种隐隐的不安。看着丈夫随着部队开拔的那刻,钟冬姑的心像被掏空了似的,一下没了魂。

走在送行的队伍里,她哭孩子也哭,一路的哭泣声汇成一股洪流,流向西南,流向远方。丈夫跟着部队正开辟一条震惊世界的路——二万五千里长征追逐民族独立自主,中华民族伟大复兴的路。

毛主席接见了活着的我

丈夫刘开锡带着二弟刘开然、三弟刘开质、四弟刘开定走了,他带走的不仅是家中的全部男丁,还有钟冬姑对亲人的牵挂。

丈夫走了,钟冬姑唯一要做的事是抚养好红军后代,免遭敌人的迫害。

刘开锡带着红军主力走后,敌人对红军家属进行疯狂报复。生于1893年曾任贺龙北伐部营长的刘景星摇身一变,成为桑植鹤峰联防"剿共"指挥部的一位大队长兼四望乡乡长。因为贺龙的指挥部驻扎在刘家坪龙眼峪刘景星家里21天，刘景星吓得躲入杨旗山。贺龙率部实行战略转移后，刘景星立即溜下山，对红军家属开始血腥屠杀。在珠玑塔的刘经书家里，刘景星发现了两床红军盖过的从他家抄来的棉被，他以"通共"的罪名，将刘经书的母亲王喜姑、妻子朱金年、弟弟刘经明用刀活活砍死。在双溪桥，他看见妇女钟绒姑长得漂亮，当即捉住，拖进屋进行强奸，之后又将她杀死焚尸。

钟冬姑没有办法，带着一岁多的儿子刘经秋逃到深山老林，过起了野人生活。"活下来"成为她最大的目标。

钟冬姑相信丈夫的部队一定会回来的。

从1935年到1949年，钟冬姑和儿子刘经秋当了14年的野人，艰难地活了下来。

1937年返回桑植的四弟刘开定告诉嫂子，三位哥哥已经到了四川，他是在四川爬雪山时被贺龙赶回来的，因为贺龙看到刘开锡一家四弟兄都当了红军，革命的残酷性让贺龙处处留"种"，他借口刘开定只有14岁，把他赶回桑植，要他多生儿女。

钟冬姑没有等到他日思夜想的丈夫和亲人。

1938年，24岁的三弟刘开然在山西抗日前线作战牺牲。

1939年，丈夫刘开锡率部于山西汾西对日作战，英勇牺牲，时年35岁。

1940年，二弟刘开质在山西兴县与日寇作战，壮烈牺牲。

1949年10月16日，中国人民解放军解放桑植，钟冬姑担任双溪桥妇女主任。1955年，钟冬姑应邀赴京参加全国人民代表大会，毛主席经贺龙介绍，了解了刘开锡一家人为革命牺牲的感人事迹，亲切地握住了钟冬姑的手，表示慰问。

"毛主席握到我的手啦，毛主席握到我的手啦。"钟冬姑掩住内心的激动，心里暗暗呼喊："开锡呀，如果你活着，该多好呀！"钟冬姑内心呼唤着丈夫，她想起了1935年11月19日的一别，她没有想到这一别就是永久不见。她可以告慰丈夫的是她和儿子刘经秋都活了下来，母子俩没有向敌人屈服。母子俩的心中早已播下了一颗红色的种子，生为共产党的亲属，永远是共产党的人，再大再苦的难过也能克服。

由于长时间浸淫于湘西潮湿的环境里，14年处于又饥又饿又病又怕的状态，钟冬姑于1960年农历十月十七离开人世。儿子刘经秋因是红军烈士后代，被安排到税务部门工作，刘经秋娶妻朱玉春，生下了儿子刘纪法、女儿刘巧红、刘红珍。1970年腊月三十，刘经秋以36岁的年龄追随母亲而去。

从四川返回桑植的失散红军刘开定成人后，经嫂子钟冬姑做主，娶谷志云为妻，生下女儿刘金翠、儿子刘冬初。刘金翠8岁那年，谷志云因病去世，刘开定又娶丧偶妇女谷玉桃为妻，生下女儿刘香莲、刘小英。

钟冬姑离开人世已50多年了，她的红色青春、红色信仰悄悄融进桑植的土地。历史将铸刻钟冬姑生命的芳华，在这块红色土地上，她也曾青春绽放。

钟冬姑的孙子刘纪法

曹良银（1894年四月初十一—1968年九月初九），历任红军游击队员、军需主任、游击政委、军卫生部政委、红二方面军参谋处参谋、120师卫生部政委、政治部联络部副部长杨云阶（1894年十月—1961年7月30日）的结发妻子。丈夫杨云阶1928年参加红军，1929年入党，1935年11月19日，作为中国工农红军红二六军团1.7万指战员的一员，从桑植刘家坪出发，转战湖南、贵州、云南、西康、四川、甘肃、青海、陕西等8个省，行程20000余里，于1936年10月22日到达宁夏将台堡，用一个桑植土家人"位卑未敢忘忧国"的传统文化情怀，参与见证了中国三大工农红军"创造了人类历史上的奇迹，世界军事史上的伟大壮举，中国革命史上的永恒丰碑"奇迹。而杨云阶的结发妻子曹良银正身怀六甲，用一双三寸金莲小脚撑起抚养公婆胡珍姑、大儿杨光衡、小儿杨光述的大家。岩洞当房，树下当床，山上100多种野草、野菜、野果当粮，是曹良银躲难的当家写照。怀抱身患天花烂穿肚子、活生生死在自己怀里2岁的二儿子杨光述，想尽办法娶来姑娘吕春香给大儿杨光衡当媳妇，看到争气的儿媳吕春香像走路的山羊，从1941年到1949年八年间生下香火大孙女杨卫秀，二孙女杨从英、三孙女杨贤英、四孙女杨多英、大儿杨生康，曹良银笑了。她相信丈夫杨云阶归来，看到一个香火鼎盛的杨家，看到红色家庭的星星之火已成燎原之势，会笑得掉下巴。

曹良银：姐在云头望郎归

王成均

1961年对迁回桑植云头山下毛垭村居住的曹良银是一个揪心如猫爪抓的年份。带着儿子杨光衡、媳妇吕春香和六个孙辈，留下女儿杨兰香、女婿向思齐，抱着叶落归根的私心从常德临澧合口镇回到云头山下的毛垭村，曹良银本以为一家人会过上几年好日子，可她没有想到大儿杨光衡、丈夫杨云阶、媳妇吕春香先后于当年农历五月二十六、六月十八、七月初六去世。102天时间里，曹良银送走三位至亲至爱年龄比她小的人，曹良银的头发在102天内全白了。三位亲人走了，活下来的六个孙子孙女除去大孙女杨卫秀成了家，二孙女杨从英、三孙女杨贤英、大孙子杨生康、小孙子杨生健、五孙女杨元珍还没有成家，想到四孙女杨多英出生二十天就夭折的日子，77岁的曹良银知道自己不能垮，她就是家乡的竹箍篾，她要用自己爱的箍篾把破散的家捆起来，给五个死爹死娘死去红军爷爷的孙子们一个完整的家。

像云头山一样的女人

桑植3474平方公里，生长着10027座山峰。10027座山峰为299个村庄担任屏障。春季，百花盛开，山峰成为美丽的屏障；夏季，庄稼拔节，山峰成为凉爽的屏障；秋天，谷物丰收，山峰成为清香的屏障；冬天，万物枯萎，山峰成为温暖的屏障。

10027座山峰中，有一座山峰叫云头山。云头山，故名其义，云里头的山峰。云头山很神奇，山峰有三面如刀削一般，笔直陡峭。山顶则地势平坦，一汪山泉汩汩流淌，取后即满，盈盈款款。有人怀疑云头山的山泉就是地母的乳房，不然随吃随有。

支持这一说法的是云头山下的毛垭村。毛垭村居住着36户100人，云头山的泉水被毛垭人视为生命之泉。信奉云头山泉是生命之泉众多的毛垭人中，红嫂曹良银与云头山的山泉最为默契。在曹良银心中，云头山是乡邻们不倒的精神山，也是毛垭女人不倒的精神山。

曹良银生于光绪甲午年的农历四月初十。

这一年的8月1日，清政府被迫对日宣战，中日甲午战争全面爆发。战争失败，中国加速了半殖民地化的进程。

这一年的11月2日，日军攻占"东亚第一堡垒"旅顺口，进行了4天3夜的旅顺大屠杀，市内群众2万人丧生，只有埋尸的36人幸免于难。

三天后，孙中山在夏威夷檀香山建立了中国第一个资产阶级革命团体——兴中会。

降生在毛垭的曹良银哇哇待哺，不懂甲午年的国运给中国人造成的深刻影响，她就是家乡一株名不见经传的杂草，用自己的生命绿点缀着云头山的浪漫。

和桑植女人没什么两样，曹良银的生长过程同样是在苦水中浸泡的过程。云头山四周的岭岗生长的苦花苦草苦果苦菜提供大量的营养，让曹良银一天天长大了，长大的曹良银通过传统的媒妁之言，嫁给了小她六个月的杨云阶为妻，那一年，曹良银21岁，杨云阶也21岁。

曹良银对自己嫁给杨云阶是满意的，因为杨云阶读过诗书，写得一手好字，又继承公公杨位超祖传10代的中医手艺，是毛垭的能人。曹良银与杨云阶同村，一个住在苦竹塔，一个住在热水洞，她对丈夫杨云阶太了解了，丈夫在家乡毛垭就是一个传奇。

杨云阶10岁那年，开始跟父亲杨位超学医。杨位超会内科、外伤，尤其是毒蛇咬伤乃是一绝。杨位超会认识70种草药，每次上山采药，杨位超带着杨云阶，一一指给杨云阶辨认，并介绍各种草药的性能及功效。一天，杨位超又带儿子上山采药，杨云阶说："爹，我们年年上山采药，为什么不把山上的药材采到家，种到房前屋后，这样不省了许多时间，药材种得多，我们还可以买点钱。"杨位超一听，喜上心头，儿子有主意，会动脑，今后说不定能成大器呢。

杨云阶见父亲没有反对，就从山上挖来一些药材栽在房前屋后，治外伤的，治毒蛇咬伤的，还有祛风散湿的最多，种了好几块地。

杨位超很奇怪，问儿子为什么栽这么多。

杨云阶告诉父亲，这几种草药用得多。我就多栽了一些。

杨云阶学医很勤奋。每次跟父亲出诊，杨云阶会仔细观察，询问，并在父亲的指导下问诊，渐渐地，杨云阶懂得了医理，药理，开始问诊起来。杨云阶第一次单独治病，那年十三岁。一天，他到云头山老表向次成家走亲戚，在路上，遇到一个人坐在路上不敢动，吓得面如土色。杨云阶问那个人，那个说自己砍柴，手刚被五步蛇咬了，听人说，被五步蛇咬后走五步就死，他一步也不敢走，想等人来救。

杨云阶一听，马上放下手中的东西，几步赶到那人身边，拿起那个人被五步蛇咬伤的手，用小刀划开一个小口子，发现有几个牙痕，杨云阶深吸一口气，抱住那个人的手使劲用嘴吸出血，一口又一口吐在地上，杨云阶边吸边看人的气色，看那个人的气色好了许多，杨云阶觉得差不多了，对那个人说：你坐着别动，我给你扯点治蛇毒的草药敷上，几服药就好了。说完，杨云阶就进树林扯草药去了。

那个人看这个孩子才十来岁，不相信，可病急只有乱投医，这是没办法的办法，内心总是七上八下的。

不一会儿，杨云阶扯来几种草药，用手把草药揉了揉，然后用嘴嚼细，敷在那个人的咬伤处。杨云阶告诉那人，这药要连敷三七二十一天。

杨云阶走时，询问那个人是云头山的，对他说："我去云头山老表向次成家走亲戚，你明天再到向次成家取回药。"

救了人，杨云阶没告诉任何人。一个月过后的一天，杨云阶在家里帮大人剁猪草，突然屋外响起了鞭炮声，四周的人都不知道杨家出了什么事，纷纷赶了过来，一问，才知道是杨云阶治好了一个被五步蛇咬伤的人，家里人来谢恩的。

十三岁的杨云阶手到病除，会治病，就这样一下传开了，也传到曹良银的芳心里。曹良银渐渐长大了，杨云阶也长大了，渐渐地，杨云阶在曹良银心中长成一座山。

嫁给自己心中喜欢的男人，女人曹良银表达爱的方式很特别。丈夫负责拿脉号病挣钱养家，女人负责勤扒苦做生儿育女治家发家。

可这一切让武昌的一场兵变给搅乱了。成立于1894年的兴中会，经过17年努力，于1911年10月10日用武昌起义的一场兵变，敲响了腐朽衰败清王朝走向灭亡的丧钟，走来了一个中华民国，而曹良银在中华民国成立八年后的五月初四，用大儿子杨光衡的一声啼哭，宣告自己成为云头山的一位母亲。

从清王朝到中华民国，朝代换了，老百姓的命运没有什么更换，军阀混战，草头王林立，西方列强瓜分中国的世纪豪取豪夺，彻底摧毁了中国千百年来传下来的自给自足小农经济，毛垭村的土地不知什么原因也到了大户手中，想种田地的没有田地耕种，有田地耕种的大户靠田地的租课过着衣食无忧的生活。曹良银对这个社会这种制度的存在没什么概念，她认为这一切都是命，人生下来，一张命运的网已安排好了，受穷的就该受穷，她认了。在她心里，丈夫在身边，她只要安安心心生育儿女，心安理得凭自己的劳动把自己的儿女养活，她就满足了。

可这一切，让一个叫贺龙的共产党打破了。

1928年闰二月初二，一个叫贺龙的人打破了这里的宁静。贺龙，在毛垭人心中，是一个能人，他少年就当骡子客行走于湘鄂川黔，当过哥老会老幺，见过世界。尤其是20岁两把菜刀砍盐局，追随孙中山闹革命，当过湘西镇守使，1927年8月1日，他参加共产党领导的南昌起义并担任总指挥，率领桑植三千儿郎，打响共产党武装革命的第一枪，是响当当的人物。

贺龙来到毛垭，住进了毛垭杨位超的家。贺龙这个大人物的到来，吸引了毛垭三寨五峪的人户，大家围坐在火塘边，烤吃着洋芋，听贺龙讲穷人为什么穷，富人为什么富的道理。

油灯不拨不亮。贺龙的话仿佛一盏明灯一下划破了毛垭的夜空。毛垭人活了几百年，终于弄明白了，原来他们穷是因为这个社会，这个制度不公平，不公平就得打破，砸碎。贺龙的话沸腾了毛垭人的血液，革命的火种就在这里点燃了。

毛垭，山势险峻，人户散居在高山的几个角落，到另外一个村庄，要大半天时间，是避祸的好地方，是一夫当关，万夫莫开的好战场。

贺龙住进了毛垭，组织成立了苏维埃，杨云阶成为毛垭第一届苏维埃主席，苏维埃下面有童子团，家家有人参加了革命。杨云阶安排儿子杨光衡，小舅子曹良轩当起童子团的正副团长，让他们站岗放哨。

毛垭人就这样无怨无悔地跟着贺龙闹起了革命，经历了一次次血与火的洗礼。

贺龙来毛垭的第一年，杨云阶就跟着贺龙干起了革命，第二年，就加入了共产党。加入共产党的那年，杨云阶已34岁。加入共产党的那天晚上，杨云阶含着泪对妻子说："活了34年，现在才知道活的价值，我有家了。"

曹良银说："你有父母，有老婆，有儿子，这难道不是家？"

杨云阶说："我讲了，你也不懂，什么是家，有国才有家。现在的中国风雨飘摇，百姓活在水深火热之中，老百姓吃了上顿没下顿，时时有生命威胁，哪有家的感觉。"

曹良银见丈夫说这些话时，眼角里噙着泪。曹良银心疼了。丈夫的身边，躺着不大不小两个肉团团，大儿子杨光衡，小儿子杨光述。这两个肉团团是她和丈夫爱的结晶。曹良银明白丈夫所说的家，是共产党引领劳苦大众闹革命求翻身的家，丈夫心中的那个家，劳苦大众不再受压迫受剥削，人人过上扬眉吐气的生活，曹良银知道丈夫要走的路充满风险和坎坷，那是一条用铁和血铺就的路,丈夫随时随地会献出自己的命。

曹良银跟着教私塾的哥哥识了一些字,略通文墨。她晓得,丈夫一旦遭遇不测,她要像云头山一样,顶起一方天,经受岁月的风风雨雨。

每天日起月落,望一眼屹立天地间的云头山,曹良银感觉云头山就是她的主心骨。白云缭绕的云头山,阳光沐浴的云头山,雨后初雾的云头山,变幻着不同的角色,散射着山的微力量,蛊惑曹良银走过苦风熬过苦雨。

活成一只蚕

蚕,又名蚕宝宝或娘仔,鳞翅目昆虫,一种以桑叶为食料的吐丝结茧的经济昆虫,早在4000多年前,就走近中国的记载。3000年前,又走近中国人的生活。一条蚕从生到死,只活五十多天,却经历蚕卵、蚁蚕、熟蚕、蚕茧、蚕蛾五个生命过程。蚕的生命最壮烈的时间,是蚕吐丝结茧。蚕吐丝结茧时,头不停摆动,将丝织成一个个排列整齐的∞字形丝圈。每织20多个丝圈便动一下身体的位置,然后继续吐织下面的丝线。一头织好后再织另外的一头。一只蚕每结一个茧,需变换250—500次位置,编织出6万多个"8"字形的丝圈,每个丝圈平均有0.92cm长,一个茧的丝长可达1500—3000米。蚕丝腺内的分泌物完全用尽,方化蛹变蛾。一个个蚕茧化为丝绸、锦帛,成就丝绸之路,传递东方文明。纵观曹良银的一生,用蚕形象概括她的一生,恰如其分。

红嫂曹良银的一生,如蚕茧吐丝。百年人生,曹良银活到84岁。84个春夏秋冬,曹良银前21年,如同蚕卵繁殖的过程,她不断吸食家乡的苦荞苦菜苦果苦叶,由一个血肉团团长成一米六的精致女人。21岁嫁给杨云阶,曹良银如同蚕吐丝结茧的过程,1935年杨云阶跟着贺龙北上,已生育杨光衡、杨光述两个儿子的曹良银又身怀六甲,开始第三次"结茧吐丝"。丈夫走后的第个月,女儿杨兰香出生,儿女越来越多,曹良银的身体越来越瘦弱,当丈夫杨云阶一去不复返,曹良银便化为了一个风干的茧,这风干的茧不受阴暗潮湿所蚀,不为狂风暴雨所苦,养活儿女就是她的天。

丈夫杨云阶跟着贺龙走了,失去了红军队伍的保护,毛垭村和毛垭村村民成为敌人案板上的肉,任砍任剁。毛垭村23栋房屋被敌人先后大面积烧毁两次,烧毁达18栋半。

　　毛垭人不得不集中到大岩屋下居住，阴暗潮湿的大岩屋四面透风，一个个用茅草搭起的狗爪棚，成为毛垭人的栖身之所，可就是这样的岩屋，也住不安宁，敌人每来一次，便对大岩屋进行捣毁。为躲避敌人迫害，曹良银带着公婆、儿子儿媳、儿孙一大家人藏在深山老林间。敌人驻在毛垭的时间，曹良银不敢生火，也不能生火，她抱着儿女们躲在树下面，一家人抱成一团。遇上下雨天，一家人任由雨水淋漓。这时，曹良银会把家中必备的棕蓑衣盖在儿女们头上，她张开身子，挡住四周的寒风苦雨。饿了，她嚼一把苦苦的野菜充饥，白天摘下的酸甜野果，她让给儿女们吃。

　　曹良银现仍健在的近八十岁的二孙女杨从英至今记得躲在婆婆怀里的温暖。寒风苦雨的躲藏日子，婆婆曹良银身上的热量一丝丝一丝丝传到杨从英身上，杨从英觉得婆婆就像家乡的老母鸡，大风大雨来临，老母鸡会张开翅膀，让小鸡崽躲在翅膀里面，天地一下没有光亮，只有无边无际的温暖和安全充斥在翅膀下，至于外面的狂风暴雨，就让老母鸡去应对吧。

　　"风来了，雨来了，婆婆吓出屎来了。"曹良银怕孙子们害怕，就用贬低自己身份丑态的黑色幽默博取孩子一笑，她不仅自己嘲笑自己，还要弱弱小小的孙子孙女也咿呀学语。

　　"风—来—了，雨—来—了，婆婆吓出屎来了。"孙子们童稚的声音撞向黑黢黢的夜晚，令天地间狂躁的寒风苦雨羞愧不已，自己对自己的行为进行良心的拷问。

　　曹良银会在寒风苦雨难捱的时刻，用一句句歌声消除儿孙们的恐惧：

二八年我的郎当红军
二载没归我好伤心
打鹤峰攻桑植勇敢前进
对土豪劣绅他绝不留情

三〇年我的郎抱定牺牲
打长阳进洪湖治疗伤兵
第一次失败没得胜
第二次旗开得胜群众欢迎

三一年我的郎不请假
贺胡子和炳南相信于他
密授机宜钻进敌群内
完成任务成功地回家

三五年我的郎去长征
马桑树青了又黄黄了又青
多少回梦里一身鲜血
大姐姐哭了又睡睡了又醒

哭泣声中，曹良银看到自己12岁患天花的二儿子因缺医少药活活死在她怀里，看到自己的四孙女杨多英生下二十多天没了生命。媳妇吕春香生下第四个女儿，血水中的吕春香内疚地望着接生的婆婆，含着泪说："又生了一个赔钱货"，曹良银心疼了，宽慰媳妇的心："什么赔钱货，我认为是千金万金，你就是生十个八个姑娘，我也喜欢，女儿是多多益善，我看就取个杨多英，多多益善的杨多英。"曹良银取名一锤定音。曹良银没有想到，她疼爱的"多多"只活了20多天就去世了。

自己的小儿子杨光述死了，生下20多天的四孙女死了，看到小女杨兰香，曹良银知道自己只有变得坚强，才会经受更多的风雨。她就是一只蚕，吐尽最后一根丝，让儿子女儿活得好好的，让孙子们好好地生活下来，是她化身蚕蛾的生命真迹。蚕蛾的使命是产下受精卵，留下后代，不久之后便死去。曹良银的使命是生育儿女，丈夫没在身边，她要养大儿女，儿女长大了，又有儿女了，她要帮助儿女们把孙子孙女们养大。

曹良银化为一只蚕，一只相信爱的永恒和力量的蚕，在任何境遇下都在实践爱的精神，她从不背弃丈夫杨云阶的爱，她不仅将爱赠给亲人，还传给族人，亦会给予山川草木。

有一点让人感动的女"无赖"

曹良银苦风苦雨地在岩洞里拖儿带女地熬着，在毛垭数百个树林遮天蔽日的大山里熬着。

从1935年丈夫长征到1949年桑植解放，丈夫一直没有带一个口信。长达14年间，一年，两年，三年，曹良银还奢望丈夫活在人世。五年，八年，十年，曹良银动摇了。每逢清明，大年三十给逝去的亲人送亮，曹良银带着儿子女儿孙子孙女给死去的亲人送亮，在公公的坟前烧香纸，点香烛，曹良银会默默多烧一些香纸，眼睛含着泪水，嘴里念念有词。儿子、女儿和孙子孙女听不清。年小的杨从香会问婆婆为什么，许的什么心愿。曹良银什么也不说，只一把搂过杨从英，哭着说：我想你爷爷了，想到心尖尖痛。

曹良银做梦没想到丈夫还活着，还当了一个官，可丈夫已是别人的丈夫了。1949年农历腊月二十，也就是1950年2月6日，在桑植解放的1949年10月16日过了110天，丈夫以最高人民检察署中南分署第一处处长的身份返回毛垭，他看到母亲胡珍姑健在，妻子曹良银健在，儿子杨光衡已娶妻生子，女儿杨兰香已14岁，大孙女杨卫秀9岁，二孙女杨从英7岁，三孙女杨贤英5岁，大孙子杨生康已九个月。杨云阶喜极而泣，他抱住母亲、妻子、儿子、女儿，孙子孙女们久久不想放开。

回家的夜晚，曹良银和丈夫杨云阶住在一起。杨云阶内疚地告诉妻子：贺老总以为家里人都不在了，给我说媒，娶了河北迁安的姑娘李宁为妻，生了两个儿子，一个女儿。大儿叫杨自卫，是国民党进攻解放区，军队进行自卫反击时生的，取名杨自卫。二儿取名杨共和，是因为儿子在中华人民共和国成立那年生的。女儿是毛主席发表《新民主主义论》第12年纪念日生的，才取名杨新民。

曹良银听到丈夫又有了妻子，还小丈夫17岁，内心有一点点嫉妒和埋怨。她狠狠地把丈夫的胸膛咬了一口，咬得杨云阶心田一阵揪痛。

曹良银看到丈夫胸膛的血红牙齿痕，现出了红紫的一圈，她又心疼了，连声说：云阶，你一去14年，我多次梦里梦见你鲜血淋漓，我认为你在战斗中死了。我想随你而去，可一想到你有子有孙，我知道我没有死的理由。我只有活成一座山，像家乡的云头山。好多回，我熬不下去了，抬头看一看云头山，我又有了力量。

杨云阶说：我拥有你和李宁两个妻子，这是时代的产物。新中国成立后，新社会要求一夫一妻，我是一名共产党员，要听党的话。

曹良银说：什么一夫一妻，我不管，在外面，你是那个叫李宁小妹妹的丈夫，我管不着，也不想管，想到你在外面有个女人帮我照看你，我还放心些。我谢谢那个李宁小妹妹还来不及呢。我不求名分的，我要实际的。回到毛娅，回到亲人身边，你就是我的丈夫，谁也夺不走。

杨云阶摇了摇头，他抚摸着妻子的身子，轻声说：你带着一家人熬了过来，不容易呀。过完了年，我就把全家接到常德临澧合口镇，那里大田大坝，只要肯劳动，顿顿可以吃大米饭。

曹良银问：一家人拖儿带女一起去。

杨云阶：一起去。

曹良银：娘已九十岁的人了，怕经不起折腾。

杨云阶：临澧隔长沙近，我一有时间就看你们。

听到杨云阶说一有时间看一家人，曹良银动心了。曹良银有一个小私心，丈夫是自己先得到的，凭什么让那个叫李宁的小妹妹一个人霸着。

杨云阶准备催曹良银出发。曹良银耍起了赖，临行前，她把毛娅的亲族请了过来，摆起了酒席。她放出话，正月十五前，她家天天摆酒席，她要感谢乡亲们对她一家人的照顾，没有乡亲们的互相帮衬，没有杨云阶的儿孙满堂。

杨云阶没有理由拒绝。杨云阶明白妻子曹良银存了私心，她把自己多霸几天是几天。

杨云阶在家的日子，杨从英发现婆婆爱打扮，每天起床把自己打扮得利利索索。杨从英觉得婆婆像一个新娘子，笑着对父亲杨光衡、母亲吕春香道：爷爷回来了，我们的婆婆变成新娘子了。

听到孙女杨从英奶声奶气的话，杨云阶哈哈大笑。

曹良银恼羞成怒，她假装扬起了手，斥骂道：你再乱说，我撕烂你的嘴。

儿子杨光衡、媳妇吕春香抿嘴笑，曹良银的公婆胡珍姑说：云阶呀，你是欠良银的，要多暖暖她。

公婆胡珍姑的话一落音，来客们哈哈大笑起来。

曹良银听了，双手叉腰：有什么好笑的，丈夫回到毛娅，就是我的。

杨云阶看到结发妻子的霸气，他笑了。

曹良银没有想到搬到临澧合口镇，丈夫杨云阶回到长沙，一去就是三年，没有回临澧一次。儿子媳妇、孙子孙女去长沙看杨云阶，想让曹良银一起去。

曹良银生气了：去，你们都去。一个个大了，翅膀硬了，我去了，你们爷爷怎么办。我不去。

婆婆胡珍姑帮忙：我陪你，下次回来，我不让云阶走了。

曹良银没有想到，婆婆胡珍姑在1953年油菜开花的季节，便离开了人世。

丈夫杨云阶得知母亲去世的消息，速速赶回来办理丧事，他跪在母亲灵位前，一次次磕头，一次次哭倒在地。曹良银把哭晕过去的丈夫抱在怀里，对着婆婆说：婆婆，云阶又在我的怀里，又在你的身旁了，他不会走了，不会走了。把婆婆埋在临澧合口，曹良银想到了毛垭，想到了毛垭的亲人。送母亲上了山，守孝七天，杨云阶又要回长沙工作。曹良银坚决不同意，她说：三年前，丈夫陪了她和婆婆一个月，这一次也要陪她和婆婆一个月，一天也不能少，曹良银耍赖了。

曹良银用14年的守望，只想让丈夫用一个月的时间来换，一个月的时间，是曹良银爱的回扣，她不允许丈夫减斤少两，缺一分一秒，绝不！曹良银知道丈夫早已是党的人，她留住他的人，留不住他的心。新中国刚刚成立，百废待兴，丈夫有忙不完的事，很快，丈夫回到了单位。杨云阶没有告诉妻子，他已病疴沉沉。回到长沙不久，疾病缠身的杨云阶经贺龙介绍来广东治病，1961年7月30日，在广东从化医院去世。1968年农历九月初九，红嫂曹良银追随而去！

曹良银在澧县合口镇与家人合影

　　高长姑（一八八八年冬月十二——一九六二年十月二十四），桑植县参加秋收起义和中央红军长征到达陕西的归隐老红军向绍圣（一八八九年十月初一——1959年10月）之结发妻子。21岁那年，一顶花桥从官地坪镇赵家坪抬进官地坪大街会武艺的向绍圣家，一个叫高长姑的姑娘从一个女儿家实现一个女人的华丽转身。高长姑没有想到丈夫生下儿子向先哲后，仍不改四处行走结交朋友的毛病，儿子向先哲15岁时，丈夫带着一把长刀一去不归长达20年。1945年，一身疾病和伤疤的丈夫挑着一担不足两块光洋的针线活回家，那把长刀刀刃饱经沧桑，布满砍痕。高长姑又高兴又难过，她把儿子儿媳和孙子叫到丈夫面前，厉声斥责丈夫20年的失责行为。她不明白，外出20年，音讯全无，做生意没赚一分钱的丈夫会混得如此窝囊，她要丈夫告诉20年的去处，丈夫向绍圣微微一笑，把带回的长刀收了起来，再也不多言语。高长姑没有想到丈夫会是共产党员、卢德铭总指挥手下的连长，目睹并参与卢德铭因救毛泽东而壮烈牺牲的全过程。丈夫参加过秋收起义、湘江战役，走过二万五千里长征、参加抗日因伤痕累累又从延安秘密回到桑植开展地下工作，直到去世也没有公开身份。

高长姑：难解丈夫身世谜

王成均　谷晓平

　　1962年农历十月二十四，年过七十四的高长姑处于人生弥留时刻。丈夫和儿子已在三年前和两年前离开人世。人生的最后时刻，她握住15岁就嫁到向家的媳妇赵彩莲的手，道出了自己的心声："莲子呵，我这辈子嫁给你公公，一直走不进他的内心。他出门做生意20年，没给家里一分钱，他二十年做生意的钱哪里去了，他出去二十年，半边屁股没有了，右腿一个大伤疤，身上还有几十块伤疤。我问他原因，他什么也不给我说，临终前，他也不告诉我。他这是为什么，他想保守什么秘密，我不甘心，如果在天有灵，你帮我解除疑问，哪天有了结果，你给我坟头烧香的时候，告诉我。"赵彩莲点了点头。

1995年三月初十，82岁的媳妇赵彩莲没有完成婆母高长姑的心愿，弥留之际，她托付儿子向延平、向延庆、向延登、向延觉、向延科帮她完成婆婆的遗愿。时间又过去了5年，三儿向延登拆老屋，一个藏在土砖里的农村盛米的木头盛器出现在他的眼前，木头盛器里，一个沾满泥土的纪念章躲在一角，向延登没有在意，他扔在地里。过了一会儿，向延登又捡起那块沾满了泥土的纪念章看了看，开始细细擦拭上面的泥土，擦着擦着，现出了"湖南秋收起义"字样的纪念章。依稀间，向延登记起了长12岁的大哥向延平断断续续谈到爷爷的经历，跟一个叫花子学武术，足迹遍及湖南湖北，参加过秋收起义，抗日战争胜利前夕挑着一担箩筐从陕西一路做生意辗转回到桑植。20年未归的爷爷向乡亲们解释20年没回家是没赚到钱，没脸回家，腿上一个大疤是长了瘤留下的疤痕。一枚小小的"湖南秋收起义纪念章"让向延登百感交集，他知道他的爷爷原来是一个跟着毛泽东参加秋收起义的中央红军战士。

桑植，一个远离湖南浏阳的地方，竟有一个叫向绍圣的桑植人参加了毛泽东领导的秋收起义，并且大难不死，跟随毛泽东到达陕北。上井冈山，参加二万五千里长征，参加抗日战争。向延登流泪了。他把这块小小的纪念章用红色的绸布包裹起来，他想告诉死去的母亲和婆婆两代人想知道的秘密，这是一个跨越时空的秘密，一个家庭四代人守住红色江山的秘密。

高长姑骂出门二十年做生意没给家里寄一分钱的丈夫

向绍圣是1925年被迫出门做生意的。那一年，儿子向先哲已有13岁。1912年，向绍圣高长姑喜得长子，家里添了人口，生活负担更重了。

家里田土不多，向绍圣又当起了走南闯北的卖货郎。当时，做生意没有现在便捷的公路，一条条盘山小路在高低连绵的群山峻岭间穿行，人们行走，便靠这些山路。说实话，这一条条山路如同大自然母亲的脐带，把全中国的各族儿女连接起来，让全天下穷苦人有了活路。向绍圣的活路，就是走遍湘鄂川黔的村村寨寨，有什么货收什么货，收什么货卖什么货。向绍圣这个村庄收的东西，可能下个村庄有人需要。以钱购物，以货换货，只要有交易，就有收入。凭着向绍圣的吃苦和精明，每次丈夫出一趟门，回来都会给她交一些钱，用这些钱，高长姑让家里人过上了温饱的生活。这种生活，高长姑很满意，虽然夫妇俩离多聚少，两个人生活在一起的时间，没有十天半月。自打生了儿子向先哲后，高长姑的肚子便一直没再怀上，一年又一年，高长姑安慰自己，等家里红火了起来，攒够了钱米，她要把丈夫留在身边，还怕生不出十个八个儿女来。

高长姑没有想到1925年，丈夫出门去南边做生意，一去就是20年。

20年，没有音信，人也没有出现，丈夫向绍圣一下失了踪影，高长姑一下活在提心吊胆的日子里。南方，不时传来白脑壳杀红脑壳，红脑壳反击白脑壳的消息。1927年6月，唐生智改组湖南省政府，开始公开反共，有计划地在全省范围内进行"清党""清乡"。7月16日，还颁布《湖南省清乡暂行条例》，将全省划为十个"清乡区"，派军队分区"清剿"。从1927年5月到9月，全省共产党员的人数由大革命高潮时期的2万多人锐减到5000人。这些东西，高长姑不会关心，也没有达到这个层次，她只知道上台的军阀公然派兵为地主催租，老百姓的日子越来越不好过了。高长姑只想出门做生意的丈夫带点钱回来，她好养活这个家。

第一年，第二年，第三年，高长姑盼走了太阳盼月亮，盼完了月亮盼星星，可是太阳、月亮、星星一次没有光顾，高长姑绝望了。许多人劝高长姑，这年月，兵荒马乱，说不定你丈夫在战乱中被流弹打死了，趁年轻，找个男人嫁了。

高长姑一口回绝了，冥冥中，她觉得丈夫还活着，丈夫一身武艺，是不会死的。

为了养活家人，高长姑学会了使牛打耙，学会了采野蕨打野葛，只要能养活孩子，她什么苦也能熬。

高长姑没有想到的是，丈夫向绍圣来到了湖南醴陵，正赶上了一场战斗。1927年9月10日，工农革命军第二军团800多人在安源宣布起义，向萍乡方向推进，先攻萍乡县城，未克，11日改攻醴陵老关，取得胜利。正在醴陵做生意的向绍圣结识了醴陵农民武装的几个朋友，一身武艺的向绍圣被介绍加入醴陵农民武装，于12日配合工农革命军第二团进攻醴陵。在战斗中，向绍圣手握一把长刀冲到最前面，所向披靡，敌人纷纷撤退，工农红军成功攻占县城，砸开监狱，被关押的300多名革命同志和群众走出监狱。13日，成立了中国革命委员会湖南醴陵分会，张明生任县长，县革命委员会发出布告：一切权力归革命委员会，没收田地，分给穷苦百姓，随后，工农革命军打开盐仓、粮仓，把食盐和粮食分给贫苦群众，醴陵城内一片欢腾，革命群众扬眉吐气。向绍圣被革委会拉到主席台就座，披红戴花，享受到了穷苦百姓翻身得解放的喜悦。向绍圣没有心思做生意了，他想这个社会处处都是一样，只有农民跟着共产党闹革命，才能过上好日子。

向绍圣早已融进火热的革命斗争中。几经辗转，向绍圣随部队于9月19日到达浏阳文家市，第二天晚上，工农革命军集合在里仁学校操场举行会师大会，毛泽东出席了会议，并做了重要讲话，向绍圣参加了会议。毛泽东说："我们要到敌人管不着或难管的地方去，到乡下去，到山上去，和农民一起，进行土地革命，保存和发展革命力量。"毛泽东的讲话一下打动了向绍圣的心。21日，在文家市人民的欢送下，毛泽东、卢德铭率领工农革命军踏上了沿湘赣边界山区、农村向湖南进发的新征途，向绍圣从此跟着毛泽东走上了开辟井冈山革命根据地的道路。很快，向绍圣在卢德铭担任工农革命军第1军第1师总指挥的部队当上了连长，还加入了共产党。"1927年9月20日，中国工农革命军在毛泽东领导下，由浏阳文家市出发，向井冈山进军，经桐木、小枧，22日到达萍乡芦溪宿营。23日拂晓，部队从芦溪更田村宿营地出发，江西军阀朱培德部队江保定保安特务营和江西第四保安团从萍乡赶来尾随追击，部队行进在离开芦溪15华里的山口岩时，后卫第3团遭敌军数路夹击，部队损失惨重。为掩护部队前进，卢德铭挺身而出，从前队折回，带领一个连抢占高地阻击特务营和保安团，同时指挥被打散的第3团官兵向前卫部队靠拢，在此过程中，被一颗子弹击中右胸，壮烈牺牲。"[1]这个连队就是向绍委的连队。

亲眼看见卢德铭总指挥壮烈牺牲，向绍圣拼了。

长期的征战，丈夫不给家里寄一分钱，高长姑生了闷气，她内心暗暗发誓，你不给我寄钱，我就自己努力，养大儿子，给儿子娶回媳妇。儿子向先哲15岁，高长姑就把官地坪赵家坪银山栋的赵彩莲娶进门。赵彩莲嫁到向家，只有15岁。15岁的赵彩莲吃过苦，一嫁到向家，就成了家里的主

---

[1] 百度百科卢德铭人物介绍。

要劳力。

高长姑十分中意儿媳，对她疼爱有加，婆媳两人相处融洽。高长姑劳作累了，会向儿子向先哲、儿媳赵彩莲诉苦，埋怨丈夫向绍圣出门几年了，也不给家里捎点钱来。说到动情处，高长姑拍着自己的长腿骂道："绍圣你这个黑良心的，你的婆娘在家里治家立业，养儿娶媳妇，你却躲在外面快活，你是个活人，给我传个音，你是个死人，也给我报个梦！呜——呜——呜——"高长姑一哭，赵彩莲就抱着婆婆，劝慰着，劝着劝着，婆媳俩哭成一团。

哭够了，骂完了，高长姑对儿子儿媳说："你们两个给我争个气，你们的爹不争气，你们给我争气，多给我生几个孙子，人多才势众。"儿子儿媳点了点头。高长姑49岁那年，有了第一个孙子向延平，八年后，有了第二个孙子向延庆，又四年后，有了第三个孙子向延登，又两年后，有了第四个孙子向延觉，又四年后，有了第五个孙子向延科。

高长姑读不懂出门二十年换来一身疾病的丈夫

向绍圣是在高长姑的第二个孙子出生那年回来的，时间已过去20年。高长姑的第二个孙子向延庆出生于1945年农历四月十七，那一年，向绍圣已有56岁，高长姑57岁，儿子向先哲33岁，儿媳赵彩莲32岁。

向绍圣回家的时候，挑了一担笆篓，里面装着衣扣、针线和袜子，折钱两个光洋。出门时的那把长刀还在，只是刀刃上布满了切口，一看就是经历了多少次搏杀留下的切口。

经过高长姑二十年的精打细算，省吃俭用，家里置了10多亩地，两间房屋可以让一家人遮风避雨。晚上，向绍圣脱衣洗澡，高长姑惊呆了，她看到丈夫右边的屁股没有了，左腿有一个大大的疤痕，身上还有二十多处伤痕。高长姑说："你出去二十年，没给家里捎一分钱，还有这么多伤疤，你这是九死一生，我再也不让你出门了。你到底遇到了什么，跟我说一说。"

向绍圣摇了摇头，对高长姑说："一言难尽，这二十年，你受苦了。我回来，就再也不走了，安安心心踏踏实实跟你过日子。可惜，这二十年奔波，我得了一身的病，怕是成为家里人的拖累。"

　　高长姑说："你别担心，你儿媳妇赵彩莲会使牛耕地，是家里的一把好手。"

　　向绍圣说："苦了儿媳妇了。"

　　高长姑问："你身上这么多伤，不是一天两天。你外出20年，看到你满身的伤疤，怕是死里逃生，你知道外面不好混，怎么就不早点回来。"

　　向绍圣看了看妻子，想说什么，又忍住了，最后只说了一句："日子会一天天好起来的，我们穷苦老百姓会过上好日子的。"

　　向绍圣的重孙向红火从大伯向延庆那里零零散散地听到太爷爷的一些经历。大伯向延庆生于1937年腊月二十八，太爷爷向绍圣回家时，大伯已有8岁。

　　太爷爷向绍圣带着二伯向延庆睡觉，有时，二伯睡在床上，半夜醒来，会看到爷爷向绍圣坐在床边，望着北方出神，夜深人静，爷爷还会哼唱一首《大刀进行曲》，一边哼，还一边挥着手中的大刀。

　　二伯向延庆告诉侄儿向红火，那时他年龄小，不明白爷爷为什么会在夜深人静时唱这首歌，为什么会一边唱，一边挥舞着大刀。有一天晚上，向延庆看到爷爷向绍圣伤痛发作了，疼痛难忍，从床上爬起来，一边唱歌，一边挥舞着大刀，由于疼痛，一下摔倒在地，又艰难地从地上爬起来，额头上鲜血直冒，可仍然边哼唱边继续挥舞着大刀。

　　向延庆吓得大哭，边哭边喊："爷爷，爷爷，你怎么了！"

　　向延庆的哭喊声惊醒了高长姑、向先哲和赵彩莲。

　　向绍圣马上停住，小心翼翼地把大刀收起来，抱着向延庆说："孙宝，别怕，爷爷这点伤痛算什么，我孙宝别怕。"

　　高长姑问丈夫："你经常半夜起来，唱这首歌，你以为我不知道？你是不是得了什么病，要不要去看医生。"

　　向绍圣瞪了高长姑一眼，说："我没生病，我晚上唱唱歌，怎么啦？千万不要告诉别人，现在形势不好，国共两党形同水火，我是从死亡线上走出来的人，晓得战争的无情。"

　　向绍圣说完，抱着向延庆又睡下了。

　　可向延庆睡不着，他悄悄地对向绍圣说："爷爷，你唱的歌好好听，我想学。"

　　向绍圣听了，眼睛一下亮了，他亲了孙子一口，悄悄对孙子说："好，我教你唱。"

于是，祖孙俩躲进被子里，蒙着头，一个教，一个学，被子里回荡着祖孙教唱《大刀进行曲》的歌声："大刀向鬼子们的头上砍去／全国武装的弟兄们／抗战的一天来到了／抗战的一天来到了／前面有东北的义勇军／后面有全国的老百姓／咱们军民团结勇敢前进／看准那敌人／把他消灭／把他消灭／冲啊／大刀向鬼子们的头上砍去／杀！"

向绍圣教着教着，眼眶里涌出了泪，他恍惚回到了战场，真是太惨烈了啊！战友们死了一批又一批，没有一个是孬种，自己能活下来，就是要帮战友们看到新中国的诞生，看到穷苦人翻身做主人。

不知不觉间，向延庆已酣睡过去，向绍圣拥抱着酣睡的孙子，望着孙子粉嘟嘟的脸蛋，情不自禁地亲了亲孙子粉嫩嫩的额头。他知道自己是第二世的人，一个从血水中走出来的人，一个从几十万红军战士、抗日英雄中活下来的人，还有什么不满足的。想到卢德铭总指挥牺牲的壮烈，向绍圣热泪满面。"卢总指挥，我想你了"，他抚摸着自己身上的伤疤，内心涌现无尽的自豪。

高长姑抱着吐血而亡的丈夫泪流满面

伤痕累累的丈夫回到老家后，再也不能干体力活。于是家里安排给他一项特殊的任务：带小孩。

二孙子向延庆生于1945年农历四月十七，向绍圣回家时，三孙子已怀胎八月，再过不久就要出生了。看到家里人丁兴旺，向绍圣百感交集。

向绍圣回了家，儿子向先哲，儿媳赵彩莲在十年时间生下四个孙子，一个出生在新中国成立前，三个出生在新中国成立后。

新中国成立后，向绍圣的身体莫名其妙发生了许多奇怪的变化，原先弯着的身子挺直了，讲话的声音变大了，原先只在夜里唱的《大刀进行曲》改成了白天想唱就唱。新中国成立前，向绍圣一边带孙子，一边打草鞋卖钱，地里种的小菜，他佝偻着身子背到街上去卖，有豪强的年轻人强讨强买，他也不计较。新中国成立后，官地坪村村寨寨成立了生产队，生产队队长向平清是族人，看到向绍圣不能做重活，安排他守稻田。

刚解放，农业生产还是沿袭传统的农业耕作方式，春耕生产，稻田采取的是撒谷种的方式，谷种撒在田里，让山上的鸟儿快乐不已，成群结队的鸟儿飞向田里，啄食着田里的谷种。鸟儿乐了，人却怒了，鸟儿啄食谷种，就是夺大家的口粮。于是，有了守稻田这份农活。

向绍圣被安排守稻田，打内心是高兴的。新中国成立后，因为家中有10多亩田，向绍圣被划为富农成分，是共产党团结改造的对象。向绍圣参加过秋收起义，经历过二万五千里长征，参加过抗日战争，多次战斗，让他的身上没有一块好皮肤，他只要向组织反映，完全可以拥有英雄般的待遇。可他一想到从延安回来，组织只要他做地下工作，除非组织上的人找他，他才能公布身份。这是党的秘密，向绍圣心静如水守着秘密，他还想到成批成批死去的战友，他觉得自己没有任何资格向党和组织提要求，如果他提要求，那他是拿着牺牲的战友们去获利，这与他参加革命的初衷背道而驰。富农成分怎么啦，只要听党的话，支持社会主义建设，照样是新中国的好公民。

向绍圣带大了二孙子向延庆，又带三孙子向延登、四孙子向延觉、五孙子向延科。新中国成立后，生活条件好了些，儿媳赵彩莲像葫芦结瓜似的，隔两三年就结出一个瓜。向绍圣守稻田，是背上背一个，手上抱一个，屁股后面跟一个。孙子多了，好动，不是这个摔倒了，就是那个想拉屎拉尿，向绍圣还要趁着守稻田，干一点私活……日子虽然忙碌，可看到打下来的江山，老百姓投入到火热的社会主义事业建设中，向绍圣打心眼里高兴。

1958年春季的一天，68岁的向绍圣带着两个孙子守稻田，年龄大了，精神头也不济，向绍圣抱着两个孙子，竟睡着了。在向绍圣睡着的时刻，山上的鸟儿飞到田里，啄食着田里的谷种，待向绍圣醒来，一切都晚了。生产队长向平清生气极了，恼怒之际，他扬起手掌打了向绍圣两个耳光。向绍圣觉得对不起组织对不起社会，内心痛苦不已。

当天晚上，向绍圣开始吐血，躺在床上，他对妻子高长姑说："我对不起大家，对不起家。我成了家里的负担，生产队的包袱。我老了，不中用了。我多活了这么些年，该去见见那些老伙计去了。"从1958年五月到1959年十月，曾经参加过秋收起义、二万五千里长征、抗日战争的中央红军战士、共产党员向绍圣，度过了长达一年半的病床生活。高长姑每次给他洗澡，抚摸着他伤痕累累的身子，内心一阵阵揪痛，她好想丈夫告诉她，出门20年受到的苦，熬过的难，可丈夫一直不说。

1959年农历十月的一天，向绍圣再一次口吐鲜血，二孙子向延庆跟爷爷睡在一起，或许是回光返照，向绍圣对孙子向延庆说："我参加过秋收起义，卢德铭总指挥带着我们连掩护毛委员，卢总指挥牺牲了，我活了下来，我到过井冈山、延安，可以说是九死一生。"向延庆不相信，反驳爷爷，"你说你参加过秋收起义，你有证据没有？"向绍圣说，我忘记放的地方了，说完，又吐起了血。高长姑来到身边抱着奄奄一息的丈夫心如刀绞，这个和自己生活了一辈子，有20年不在身边的丈夫，就要这样离她而去吗？

她要守着丈夫，要丈夫告诉她，他身上的这么多伤疤都是怎么来的。可丈夫就是不说，只是一口一口地吐着鲜血。

高长姑不懂得，永远不会懂得，丈夫每吐一口鲜血，就是丈夫经历的一场战斗，身上的伤疤有多少，身上的鲜血就吐多少口。丈夫永远不会说，他要严守秘密。

那一口口鲜血呵，洒落在地上、床上、高长姑的身上，浸成了一朵朵殷红的血花，那是一个红军战士，归隐家乡14年的生命之花。

读不懂就去九泉找丈夫问个明白！1962年农历十月二十四，高长姑真的追随丈夫去了九泉，她是要去找丈夫问个明白，这真是一对生死冤家。

向绍圣参加秋收起义获得的纪念章

高长姑儿媳赵彩莲

王贞姑（1907年—一九三〇年二月），中国工农红军红二军团第四师参谋长兼第10团团长汤伏林（1905年六月初七—1936年5月7日）的结发妻子。王贞姑生于洪家关脚田峪一世袭油榨房经营主之家。父亲王兆明在距脚田峪1.2公里的周家坪开设榨房，与汤伏林所居的汤家湾毗邻。18岁的王贞姑经媒人介绍与汤伏林结婚，因汤伏林辗转湘鄂川黔边境贩运盐巴过着聚少离多的夫妻生活。结婚一年的汤伏林被地方团防敲诈和无赖欺凌，于1929年元宵节投奔在湖北创建湘鄂西根据地的贺龙。1929年4月，作战勇敢升任连长的汤伏林随贺龙打回桑植，参加南岔赤溪河大捷，期间，结婚已4年的王贞姑喜怀人子。十月怀胎，瓜熟蒂落，1930年2月，王贞姑到了生产的时间，或是胎位不正，或是过度紧张，或是医疗落后，王贞姑和孩子没有挺过"儿奔生，娘奔死"的艰难，母子双双死于产床。王贞姑以23岁的生命开出一个女性的美丽之花。

王贞姑：产难风波获民心

王成均　谭　冰

"扩红一百，只要一歇；扩红一千，只要一天；扩红一万，只要一转。"这是土地革命时期贺龙创建湘鄂西、湘鄂川黔革命根据地流传的一首红色革命歌谣。许多人想解读贺龙在湖北湖南登高一呼万众云集拉出一支支部队的奥秘，其实奥秘非常明了，那就是贺龙一直按照共产党建党建军的要求，把自己的根深深扎进劳苦大众这块厚重的土地里。贺龙在一个个村庄成立了苏维埃，建立了赤卫队、游击队、女儿队、儿童团，红军部队从出生那天起就代表群众的利益和要求，从亲人参加革命有人牺牲那天起就同群众结成像一家人那样的密切关系。一旦红军部队战斗人员减少，很快就有活着的参加赤卫队、游击队、女儿队、战火中洗礼长大的儿童团，从地方部队加入红军主力部队，从而使贺龙领导的部队像滚雪球那样有着源源不断的补充源泉。这个奥秘可以从红二军团第四师参谋长兼第10团团长汤伏林处理结发妻子王贞姑事件窥豹。习总书记说：人民就是江山，共产党打江山、守江山，守的是人民的心，为的是让人民过上好日子。我们党的百年奋斗史就是为人民谋幸福的历史。为什么贺龙领导的红军部队打得只剩几十个人，只要贺龙在湘鄂川黔一走，又是一支数量壮大的队伍，我们可以从贺龙的手下战将汤伏林处理问题中发现真谛。

不该发生的产难事件

"产难"是桑植县洪家关白族乡海龙坪村汤家湾组汤家人的特殊说法。"难产"为什么说成"产难"，只有一种合理的解释，那就是汤家人对逝者的一种体恤和怜悯。

1930年2月，结婚5年的王贞姑和腹中的孩子死于产难。王贞姑生孩子时，丈夫汤伏林跟随贺龙率领的红四军驻防鹤峰。与此同时，鄂西特委根据中共中央指示，在监利的汪家桥宣布决定将独立师改编为中国工农红军第六军，军长孙德清，政治委员周逸群，参谋长许光达。下辖两个纵队，一纵队司令员段德昌，政治委员王鹤，参谋长王一鸣。二纵队司令员段玉林，政治委员周容光。这时，鄂西特委派万涛来到鹤峰，传达了中央和鄂西特委关于红四军东下与红六军会师的指示。身为红四军连长的汤伏林知道妻子王贞姑到了临产的时间，他想请假回家待妻子生下孩子再返回部队，可他更明白红军部队的发展处于关键时期，作为红军连长，正是部队用人之际，他不能在紧要关头掉链子。

一边是妻子王贞姑待产盼望丈夫回到身边陪她生产，一边是丈夫要带领红四军一个连东下与红六军会师脱不开身，于是产难事件就这样发生了。

汤伏林的父亲汤顺祺勤俭持家，常年往返于湘鄂川黔贩运盐巴，靠自己的精明治家，在洪家关算得上一个财主。由于家庭殷实，汤顺祺娶了两房妻子，大妻韦氏，没有生育一儿一女，小妻王氏王韶玉，生育大儿子汤伏林，又名汤上润，二儿子汤子林，又名汤上瑚，女儿汤幺妹。在农村，有儿有女的女人有地位。王韶玉生育两儿一女，而且两个儿子一个在红军部队当连长，一个在桑植保安团当连长，王氏无形之中显示一些霸道。

王贞姑生孩子前几天，婆婆王韶玉派人去喊儿子汤伏林回来，汤伏林安排来的人吃了饭，托来人带信回去，说他实在脱不开身。

王韶玉见儿子没有回来，觉得儿子跟着红军闹革命迷了心窍，大骂儿子不孝不义。王韶玉骂儿子，不是偷偷摸摸地骂，而是站在房屋的岩塔里骂。她骂丈夫汤顺祺没用，两个儿子不听话，一个当红脑壳，一个当白脑壳，丈夫没教好一个，"儿不教，父之过"，现在媳妇要生孩子了，儿子汤伏林不回家守结发妻子守孩子降生，这是典型的无情无义。王韶玉骂了哭，哭了骂，她听到媳妇在屋里喊天喊地，她心疼。王韶玉请来了洪家关最厉害的接生婆，胜龙村雀儿洛组的王三婆婆，也请来了王贞姑的母亲熊晨姑陪着女儿。

骂完了，哭够了，王韶玉来到媳妇王贞姑的身边，这时的王贞姑疼得脸庞变了形，不禁伸出一只手抓住她的手，另一只手抓住母亲熊晨姑的手，想从两位亲人那里获取力量。王贞姑产中大出血，王三婆婆慌了，她没有想到孩子头太大了，她怎么努力也接不出孩子，她朝着王贞姑大喊："贞姑，娘奔死，儿奔生，生孩子就是鬼门关口走一遭，你要拼尽最后一口气。"

王贞姑听到王三婆婆的喊声，仿佛一下有了力量，使出全身力气大喊："伏林，伏林，你快回来，你快回来啊！"

说完，王贞姑拼尽最后一点力气，歪倒在床上。

王韶玉没有听到媳妇王贞姑的声音，没有听到孩子降生的哭声，熊晨姑没有听到女儿王贞姑喊女婿的声音，也没有听到外孙降生的啼声。

渐渐地，王贞姑的手越来越冷，一个活生生的人就这样没了。

熊晨姑看到自己的女儿和腹中的孩子都死了，一下子红了眼，她好好地把女儿嫁给汤家，现在汤家却让自己的女儿死于产难。

熊晨姑松开了女儿的手，手指着亲家母说："你还我的女儿，你还我的女儿，我和你没完！"熊晨姑说完，抱着女儿大哭起来。

王韶玉也心疼。娶回来的媳妇在家里百依百顺，上敬长辈，下礼后辈，结婚5年来，最大的心愿是给汤家传香火，可儿子跟着贺龙闹革命，很少有时间在家里，好不容易有了孩子，可是却发生"产难"，看到家里一尸两命，王韶玉觉得对不起儿子，对不起媳妇，也有了一死了之的心。

王韶玉面对亲家母的怒火，含着泪说："亲家母，我把媳妇当女儿养，儿子长年没归家，媳妇就是我的半个儿，媳妇去了，我怎么不心痛！"

说完，两位母亲抱着死去的王贞姑大哭起来。

闹丧

脚田峪活生生的王氏家族姑娘打锣吹号喜气洋洋地嫁到汤家湾。

悲切切的汤家媳妇大出血，一尸两命死在汤家湾。

亲情如果切割了血脉，再亲的情也会演化为血海深仇。

王贞姑临死前那一声："伏林，伏林，你快回来，你快回来啊！"一下点燃了脚田峪王氏亲族的怒火。

父亲王兆明、大伯王兆顺、爷爷王国盛，姐姐、妹妹听到王贞姑死在汤家湾汤伏林家，一尸两命的惨剧，家族里的爷爷辈、父亲辈、儿子辈、孙子辈，一下汇拢起来，组成一支上百人的队伍，老的老，少的少，小的小，全部沉浸在悲痛里。族人们没有什么理可讲，在王贞姑的爷爷王国盛、奶奶熊胜姑、父亲王兆明、大伯王兆顺的带领下，来到汤家湾汤伏林家，他们要求汤家给王家一个说道。

汤顺祺、王韶玉夫妇盼星星盼月亮，盼来了儿子汤伏林媳妇王贞姑生孩子，可人盼不来天不垂怜，好好的媳妇说没就没了。看到王贞姑的族人上百人浩浩荡荡来闹丧，"死者为大"的湘西遗风让昔日强势的王韶玉忍了下来。

上百人的队伍一日三餐要吃要喝，有哭有闹，搅得汤家湾鸡犬不宁。在桑植保安团担任连长的汤子林得知消息，大吃一惊，他没有想到脚田峪王家族人敢到他汤家闹丧，这不是欺负他汤家无人吗？汤子林纠集他的部队朝洪家关海龙坪汤家开来，命令士兵边走边放枪，枪声里裹满了烈烈的杀气。

有好心人飞奔到汤家湾，把汤子林带兵回家的消息传给王贞姑的亲族。

汤子林带兵回家报复的消息更加激发了王氏家族的愤怒。原本王贞姑家族出于多年的情面，只吃只喝，听到汤子林带兵回来，王氏家族不顾亲情脸面了，王贞姑的爷爷王国盛对着汤顺祺冷笑道："好呀，你养了个好儿子，我们等着，大不了跟我孙姑娘陪葬。"汤顺祺连声道："不会的，不会的，我带了口信，汤伏林也快回来了。"

话音刚落，汤伏林带着一支约百人的红军队伍回来了。汤伏林一到灵堂前，便一下跪倒在地，他一步一磕，叫着王贞姑的名字："贞姑，我回来了，你的丈夫伏林回来了，你怎么不等着我回来，哪怕我给你说两句话也好，你好狠心，一句话也不给我说。"汤伏林的话一下击中了王贞姑亲族的心。汤伏林的话字字见真，句句吐诚，让人好不感动，闹丧的族人齐齐围在王贞姑的灵前大哭起来。

汤子林带着部队远远地听到哭声，家里的方向，烟雾冲天。汤子林知道湘西闹丧的厉害，死者的亲属不仅十天半月要吃要喝，还要对死者家里进行毁坏，没有柴火，他们会拆屋烧火，许多家庭就是因为被闹丧而家破人亡。

汤子林曾经跟着哥哥汤伏林在红军队伍干了三年，红军队伍太苦，条条框框太多，这也不准，那也不准，他受不了，便投奔了国民党，凭着在红军部队学的军事才能，他很快当上了连长，过上了大碗喝酒，大块吃肉的生活，没有钱用了，只要在街上转转，有人见了他，会巴结着给钱，至于街上的鸨母，每次来了新来的姑娘，会第一个通知给他和团长。当桑植保安连长，只有他汤子林欺负别人，哪有别人欺负到他头上的，这些人不是想死吗？

哭声传来，汤子林命令士兵，凡敢闹事反抗者，一律就地解决。士兵听到命令，端起手中的枪，开了火。一排排枪声传来，哭泣中的汤伏林立即警觉起来，他猛地站了起来，脸上现出威严，对岩塔里的班排长道："迅速警戒，不惜一切代价，保护老百姓安全。"

说完，他从腰间掏出双枪，冲出汤家大院，站在卡口，冲着响枪的地方连开三枪，大声道："什么人敢到汤家湾闹事，我们红军部队绝不容忍。"

汤子林听出是大哥汤伏林的声音，让手下停了下来："哥，王氏家族欺负到我汤家头上，你忍心父母受欺负？"

汤伏林一听是弟弟汤子林的声音，想到汤子林忍受不了红军队伍的清苦和戒律，投了国民党，他大怒："什么欺负不欺负，这是我的事，和你没关系，你今天敢过来，我叫你和你的部队有来无回。"

汤子林："哥，你们红军部队，没有固定的窝，今天这里，明天那里，你管得我一时，管不了我多时，我有的是时间，你走了，我会灭王家一族。"

汤伏林："你敢！我们红军是穷苦人的部队，你欺负穷苦人，我们红军部队就会和你为敌。"说完，汤伏林向排班长眨了眨眼，排班长集合上百人的红军队伍快速四散开来，拉开了一张大网，不到十分钟，汤子林的前后左右，突然冒出了红军。汤子林大惊，看到红军冒了头，带着队伍跑了。

汤伏林看到汤子林带着队伍跑了，安排好部队警戒，便回到家中，向王氏家族承诺，绝不允许弟弟汤子林报复，如果发生，他主动谢罪，说完，他朝着岳父岳母以及王贞姑的爷爷、奶奶和其他亲人敬了一个红军礼，他告诉亲人们：他对不起王贞姑，王贞姑生孩子产难，一尸两命，他没在身边，没有尽到一个丈夫的责任，今天，他是专门回家赔礼道歉的，要打要杀要倾家荡产，他没什么意见，你们王家把一个好好的姑娘嫁给我们汤家，我作为丈夫，没有尽到保护之责，确实有愧，现在这个时代这个社会，全国都有这样的惨剧发生，因为这是一个富人吃穷人的社会，世界列强巧取豪夺中国的世界，我们共产党就是要消灭这个社会，改变这个世界，让每个人有田耕有地种，人人有饭吃，有钱治病，媳妇生孩子产难，有医院保护，有医生抢救，王贞姑产难的事再也不会发生。

汤伏林的话讲完，王家亲族沉默了，他们从汤伏林身上，看到了一个红军指战员时时为老百姓谋划的心，他们再闹，又有什么意思呢，人死不能复生。

接下来，在汤伏林的操持下，100多名红军战士抬着王贞姑的灵柩出了丧，红军连长汤伏林跪在坟前，哭昏在地，红军战士们叫着"嫂子，一路走好"，排成队，向嫂子敬礼，一个个红军战士举起了枪杆，射出了宝贵的子弹，向红军嫂子送行。

王氏家族震撼了。

长征前送给岳父的五块光洋

1950年正月的一天，担任洪家关公社第四副书记的贺兴凯来到汤家湾，告诉汤家湾的族人说从汤家湾参加长征的汤伏林牺牲了，死在云南的鸭子溪，是滚木砸死的。消息很快传到汤伏林的岳父王兆明家中，听到女婿汤伏林死了，王兆明悲从中来，老泪纵横，在他心中，汤伏林是他永远的女婿。

1935年11月初，贺龙、任弼时、关向应等在桑植县刘家坪召开中央湘鄂川黔省委及军委分会联席会议，着重讨论"围剿"问题。为保存有生力量，会议决定突破优势国民党军的包围，实行战略转移，到贵州石阡、镇远、黄平方向，以创造条件建立新的根据地。身为红六师参谋长的汤伏林出席了会议，他知道这一次出去，不知道什么时候能回来，他决定回去看一看亲人们。

产难事件发生后，家里家道中落，生计困难，父母的身子一天不如一天，当国民党连长的弟弟汤子林也在内部争权夺利中，被自己的卫兵谋杀。父母亲接连两次白发人送黑发人，叫他如何不焦愁。临行前，汤伏林决定回家看看，向亲人们告别。路过岳父的榨房，汤伏林看到岳父晃了一下身子，便没了踪影，汤伏林知道岳父的心思，他怕女婿报复。

汤伏林摇了摇头，他安排警卫拿着五块光洋送给岳父，以表达自己的内疚之情。警卫走进榨房，发现没有人，便四下寻找，最后在一个板斗里找到吓得哆嗦的王兆明。警卫把五块光洋递给王兆明，告诉他："这是我们首长送给你的。"说完，向王兆明敬了一个礼，离开了。

接过女婿汤伏林安排警卫员送的五块光洋，王兆明百感交集，他知道汤伏林跟着共产党跟对了，共产党领导全天下穷苦老百姓闹革命，就是想让老百姓过上好日子。

汤伏林来到王贞姑的坟前，看到王贞姑的坟头上长满了杂草，他安排警卫从家里取来镰刀、撮箕和锄头，汤伏林的父母拄着拐杖走了过来。汤伏林望了望衰老的父母，拿起镰刀开始割坟头上的草，父母拿起锄头开始掘土。

汤伏林一边割草一边说："贞姑呀，不知不觉，你离开人世已五年了，你嫁给我五年，又离开人世五年，你离开的这五年，我参加陈家河大捷，率兵捣毁敌旅部，生擒敌旅长，我也在战斗中左手负伤，要不是战友们掩护，我也过来陪你了。贞姑，你在九泉之下，母子俩是否平安？我迟早有一天会过来陪你们母子俩的，你们等着我。我告诉你，我们共产党是为天下穷苦老百姓打江山的队伍。"

祭拜完妻子，陪父母亲住了一个夜晚，汤伏林离开了汤家湾。1936年4月，汤伏林率领一个排到达云南德钦和西康德荣边境彝人区，路经扎拉亚卡山口，被反动头人唆使彝人放下滚木砸死。

汤伏林在妻子王贞姑死去六年后，一缕英魂去和妻子相会了。

谷子姑（1896年六月初九—1973年四月），贺龙马夫覃贤福（1894年九月—1961年六月）结发妻子。谷子姑是洪家关胡家峪人，覃贤福是洪家关覃家台人，两人于1921年结婚，先后生下三儿两女。1928年贺龙回到桑植举行桑植起义，覃贤福便跟着贺龙当马夫，一直到陕北战斗受伤致残成为跛子，幸运被陕北一老乡精心照顾三个月，伤势稍有好转，为不连累陕北老乡和红军部队，覃贤福向组织提出要求，经组织同意回家。覃贤福一路乞讨历时4年于1941年回到家乡洪家关。丈夫覃贤福已成为瘸子，被人称为"覃马跛子"，一直倍受歧视，可谷子姑不嫌不弃，两人相濡以沫，养育儿女，成活一儿覃胜贵（1924年生）。

谷子姑：陕北恩人，
谢谢你一家人照顾我受伤的丈夫

王成均

　　如果时间能倒流，至今健在的覃菊香、覃玉香和覃世环三兄妹一定会让时间回归到1960年6月和1973年4月，因为这两个时间是爷爷覃贤福和婆婆谷子姑的忌月。如果时间能倒流，他们会仔细询问爷爷在陕北受伤后，被陕北老乡悄悄藏在窑洞照顾三个月，陕北老乡只有两个老人和一个孙子，他们上山扯草药给爷爷治伤，他们把舍不得吃的小米、玉米熬成粥喂给爷爷喝，三个月的精心照顾，爷爷活了下来。如果时间能倒流，他们一定会询问爷爷婆婆，那家陕北老乡家住何方，姓甚名谁，作为后代，他们过上了好日子，应该报答陕北老乡照顾爷爷的恩情。可当《桑植红嫂》的作者详细询问其地址和姓名时，作为后代，他们确实找不到，他们只能用一个"陕北恩人"来概称。

一

1921年结婚、1928年参加红军、1941年从陕北回来、1960年丈夫去世、1973年去世，五个时间节点串起了红嫂谷子姑的一生。红军丈夫覃贤福随桑植三千儿郎北上长征，大难不死，对谷子姑来说，是天大的喜事。从1941年到1960年，谷子姑看到丈夫活生生地躺在她身边20年，她笑了。丈夫虽然成为跛子，可丈夫还是一个完完整整的人，一个活生生的人。谷子姑发自内心感谢陕北照顾她丈夫的乡亲，如果没有陕西老乡的照顾，就没有她活生生的丈夫回到家中。

1941年，丈夫覃贤福像一个叫花子回家了。

1941年的一天，家住洪家关覃家台的谷子姑见到了阔别六年的丈夫覃贤福。

当丈夫覃贤福像一个叫花子出现在她面前时，谷子姑惊呆了。她没有想到丈夫已变成一个跛子，一根拐杖握在右手中。

覃贤福把所有的力量依存在拐杖上，丈夫常年握着拐杖的手黝黑，筋骨分明。47岁的人看上去有六十多岁，由于长时间没有洗澡，全身散发着阵阵臭味，身上的衣服破烂不堪，谷子姑看到丈夫覃贤福的眼光闪闪，湿洇洇的泪水在眼眶里打转。

谷子姑扔掉在手中的东西，三步并作两步冲到丈夫身边，一把抱住丈夫，呜呜大哭起来："贤福，贤福，我不是在做梦吗？"

丈夫覃贤福说："子姑，你不是在做梦，是真的。"

谷子姑的哭声引来了孩子们的哭声。看到母亲谷子姑抱着一个男人哭，儿子覃胜贵也大哭起来，孩子认出了母亲抱住的人是自己的亲爹爹，连声喊："爹爹，爹爹——"

覃贤福望了望，数了数孩子，发现儿子覃胜平，小女覃香姑不在，问妻子谷子姑："胜平呢？小女呢？"

谷子姑含着泪说："你走的第四年，胜平就得病死了，女儿也生病去了，我没有用，我对不起你，呜——呜——"

覃贤福说："这不能怪你，我有责任。你一个女人家，能活到现在，已十分不容易了。你嫁到我们覃家，受苦了。我回了就好了。"

谷子姑点了点头。

二

丈夫回来了，谷子姑太高兴了。谷子姑烧了一锅水，让丈夫覃贤福洗了一个美美的热水澡，丈夫洗澡时，谷子姑来到丈夫身边，帮丈夫洗。洗着洗着，谷子姑哭了，她看到丈夫覃贤福身上有十三个伤疤，子弹打的，刀砍的，弹片炸伤的，十三个伤疤沾在手上、胸前、背后和腿上，像人的衣服打的补丁。谷子姑浸着泪问："你不是跟着贺老总当马伕吗，身上怎么有这么多伤口。"

覃贤福说："我是贺老总的马夫，可贺老总每次指挥作战，他都要在前线，我当然跟在他身边，作为马夫，我既要保护照料贺老总的战马，还要时时注意贺老总的安全，我不能让贺老总受到伤害，敌人的枪弹来了。我要冲在前面挡住。"

谷子姑抚摸着丈夫的伤疤，心疼地问："打伤了，痛不痛？"

覃贤福说："肯定痛，可我忍得住。"

谷子姑问："你怕不怕死？"

覃贤福说："不怕，从我跟着贺老总干革命那天起，我就没想着活着回来，看到桑植的3000多人，一个个死在长征的路上，我想到自己迟早有那么一天的。"

谷子姑："你心好狠，你只想到死，就没有想想你家中的儿女。"

覃贤福说："哪里不想，我天天想，做梦想，可我们知道，我们当红军流血牺牲，不就是让我们的下一代过上好日子吗？"

谷子姑听了，发现丈夫跟着贺老总出了一趟远门，讲的话也有了高度。

谷子姑说："我讲不过你，现在你成了跛子，你就在家好好活着，我养活你。"

覃贤福说："你小看我覃贤福，我腿跛了，可有健全的双手，我会割木漆，还怕养不活一家人。"

谷子姑抚摸着丈夫身上的伤口，一遍又一遍。谷子姑不再担心丈夫会被敌人迫害，因为国民党和共产党合作了，共同抗日，家乡桑植都把目光投向家仇国恨的日本鬼子。当红军的丈夫可以堂堂正正地活着。

洗了澡，剪了头发，换上干净的衣服，六十多岁的丈夫变成四十多岁。

丈夫回来了，谷子姑变成了一只带崽的母鸡。

　　丈夫回来，谷子姑不顾丈夫反对，杀了两只鸡，熬成鸡汤，煮了一大锅白米饭，一家人像过年一样吃得满嘴喷香。

　　懂事的儿子一股脑儿地往爹爹碗里拣鸡肉，覃贤福舍不得，又把鸡肉拣到儿子的碗里，看着儿子吃，覃贤福脸上荡漾着久别的天伦之乐。

　　夜深人静，覃贤福给妻子讲自己受伤的经历，讲自己从陕北回到桑植走了4年的不易，好几次，覃贤福生了病，病得很重，他想到家里有老婆，有孩子，自己不能死，覃贤福奇迹地活了过来。

　　丈夫的倾诉，谷子姑听得热泪涟涟，她晓得丈夫吃了许多苦，她要好好把家照顾好，让丈夫不再受苦。

　　丈夫成了"覃马跛子"，谷子姑成了一只带崽的老母鸡。覃贤福回来了，谷子姑心里踏实了，她把这种踏实装在心里，因为洪家关乡跟覃贤福一起出去的人，许多都死在路上。

　　洪家关枫坪村李家边的刘正扬，罗家湾的罗自应，泉峪的刘大七、刘大九，海龙村塔上的谷伏年，汤家湾的汤福林，洪家关新星村横龙湾的谷志铨、谷志全，赵山坡的陈大志，洪家关村大桥的贺文习，泥门岩的韦银定、韦绍基，洪家关窑冲峪的汪德为、汪德恒、吴明喜、吴明顶，云丰村丁家坪的贺学柱，兴龙村皮家湾的皮文茂、皮文虎，文家垭的徐道虎，杨柳池村岩湾的杨上兵，花园村周家台的夏正术，鲁家坡的张礼义，东方山的顾加栋，钟家塔的钟以高，新园的黄大才，胜龙村花椒塔的钟才之，九条湾的钟子林、刘云桂、刘云条，七湾村周家峪的王国怀、王国登、王国润。听到丈夫覃贤福一一背着这些名字，谷子姑的脑海浮现出一幅幅面孔。1935年11月19日，谷子姑和这些名字的亲人去刘家坪送别亲人，没想到这些人一去不复返了。

　　谷子姑的丈夫覃贤福回到洪家关覃家台，消息一下传遍洪家关。洪家关有亲人跟贺龙参军去的乡亲纷纷来家里打听。覃贤福不知说什么好，说他们牺牲了，这些家人肯定会伤心难过，不说，覃贤福觉得自己说了假话。

　　每当家属来家里打听消息，谷子姑红着眼眶说出实话，家属们一听，一个个放声大哭。这些家属哭着对谷子姑说："贺老总走的时候，跟我们讲了，出门好好的一个人，回来也是好好的一个人，贺老总怎么讲话不算数呢，我们还指望出去的人过上好日子的。"

　　听到家属们的哭诉，谷子姑也心如刀绞，她对死者的亲属说："你们不要怪贺老总，要怪就怪国民党反动派，怪日本鬼子。是他们夺去了大家亲人的性命，我的丈夫有幸回家，那也是九死一生，他的身上有十多处伤疤，要不是陕北的老乡照顾，他可能死在陕北啦。"谷子姑说完，和死者的家属抱在一起，悲痛让谷子姑和死者的家属走在了一起，他们都有一个共同的名字，红军家属。

死者的家属一个个怀着希望而来，带着伤心悲痛回家。看到丈夫跛着走路，望望弱小的儿子，谷子姑有了想法，她要保护好丈夫和儿子，要当一个孵鸡崽的母鸡，任何不怀好意的人想欺负丈夫和儿子，她会和对方拼个你死我活。

谷子姑听不得别人叫他丈夫"覃马跛子"背后叫，她不知道，当面听到了，她会破口大骂，骂他个三天三夜，对方仗着家族人多，想欺负她，她会带着儿子到对方家又哭又闹。对方放狗咬、打人，谷子姑不怕，谷子姑说："穷人命贱，不怕狗咬，不怕被打死，打死，她会带着死去的孩子一起报复。"

对方听到谷子姑不要命，一个个举手讨饶，一天天，一年年，谷子姑用一个母鸡孵蛋般的凶狠打败了对手。

覃贤福没想到谷子姑一下变了性格，他大吃一惊，劝妻子别凶，敌人会抓他的把柄，对他进行迫害，谷子姑说："这世道坏了，敌人恶，你要更恶，大不了一死。敌人要害我们，我们就抓一个抵命，就是死了，也要扯掉对方几根毛，让害我们的人感到痛。"

覃贤福听了妻子的话，觉得有几分道理，便对妻子听之任之。

谷子姑真的变成了一只孵鸡崽的母鸡，跛腿的丈夫，弱小的儿子都成了她眼中的鸡崽。寒风来了，谷子姑会张开翅膀，把丈夫、儿子覆盖在她的翅膀下。风很大，吹得谷子姑全身颤抖，可谷子姑在寒风中挺立，她用一双爪子紧紧抓住土地，她的心中有一个信念，丈夫、儿子是她弱小的崽，她要保护。

丈夫覃贤福有一手割土漆的手艺，谷子姑每逢覃贤福外出割漆，都会带着儿子跟着。她怕丈夫受到欺负，割漆的时间，谷子姑会到山上扯野菜，挖野葛，做成干菜、干粉，以备荒年荒月一家人食用，谷子姑做的干菜可以两三年不坏，一份份干菜干粉，让丈夫、儿子度过了一个个艰辛的岁月。

日本鬼子投降了。国民党和共产党打起了仗，谷子姑知道丈夫跟着贺龙干过，国民党会找麻烦，谷子姑带着丈夫、儿子躲了起来，儿子覃胜贵大了，她安排儿子到津市，把父亲割的土漆卖出去，又挑回布匹盐巴赚个差价，渐渐的，家里的日子在谷子姑的经营下有了起色。

洪家关跟着贺龙长征死去的家属很困难，谷子姑会伸出自己的双手拉一把，儿子覃胜贵的生意顺了，她安排儿子把死者的孩子也带上，家里有了一点积蓄，谷子姑看哪家困难，她会帮衬一点。一年又一年，谷子姑支撑着清苦的家，兴旺着抗争的家。一天又一天的炊烟活着乡村的家国图志。

渐渐地，谷子姑不仅成了一家人的老母鸡，也成了洪家跟着贺龙闹革命失去亲人共同的老母鸡，她只要有能力，会把大家顾在一起，"母鸡"也有"母鸡"的伟大。

1948年，儿子覃胜贵结婚，红军家属都来帮忙，谷子姑的酒席办了三天三夜，每天都有四十多桌，流水席热闹不已，敌人看到谷子姑有这么多人拥护，收起了加害她的心。

三

谷子姑比丈夫覃贤福小两岁，她做梦没有想到丈夫才活到67岁就去世了。

丈夫去世的时候，是1960年，丈夫去世前三年，成立的新中国为改变中国贫穷落后的面貌，带着全国人民掀起了以兴修水利、养猪积肥和改良土壤为中心的农业生产高潮，拉开了"大跃进"的序幕，农村也掀起人民公社化运动高潮。

覃贤福看到共产党坐了天下，一心想让老百姓过上好日子，他放心了，觉得自己跟着共产党流的血没有白流，覃贤福知道自己的日子不多了。

他很想去趟陕北，看一看陕北救他一命的亲人，可他的身体不行了，他很后悔自己没有问照顾他三个月的陕北老乡姓什么，他只知道恩人住在陕北，他想带着妻子、儿子、女儿去陕北答谢他们一家人的救命之恩，可他已病入膏肓，说话非常困难。

临终前，他把妻子、儿子、儿媳、孙子、孙女叫到身边，抬起手，指了指北方，又指了指自己的心口。

谷子姑明白了：贤福，贤福，你的意思我明白，你是要我和儿孙们去陕北见见救命恩人，是吗？

覃贤福听到这句话，点了点头，眼眶流出了泪水，谷子姑说："你又讲不出救你性命的一家人姓什么，住在哪里，我们怎么报恩呵。"

覃贤福听到后，脸上露出痛苦的神色。

谷子姑说："你放心，我每年清明节、七月亡人节会给照顾你的老人烧点纸钱，他们不仅是我家的恩人，更是我家的亲人。"

覃贤福听到这里，露出了笑容，含笑而终。

覃贤福去世前，孙女覃玉香、覃菊香，孙子覃世环都长大了，她们见证红军爷爷对陕北亲人的报恩未遂的心愿，内心暗暗发誓，一定要帮助爷爷完成心愿。

1973年4月，奶奶谷子姑去世，临终告诉孙子孙媳、孙女孙婿一定要找到陕北老乡的后人，认上亲戚，把恩情还上。

现年74岁的覃菊香是覃贤福的亲孙女，她最大的心愿是爷爷奶奶报梦，陕北对她一家恩重如山的老人报梦，让他们后代找到他们，圆一下后代报恩的愿。

陕北的恩人啊，你们在哪里，你们的后人在哪里，桑植红嫂谷子姑和她的孙子们想回报你们的恩情，你们知道吗？

　　向乙姑（1885年6月25日—1965年4月），桑植籍正团级老红军谷志大（1880年—1961年12月14日）的结发妻子。年近六旬的谷志大忍着参加红军的大儿谷耀武（又名谷忠勋）、二儿谷忠功（又名谷忠勤）、三儿谷忠恕、受牵连的大女儿谷兰香、二女儿谷玉香三年之间战死和被迫害致死的剧痛，为报阶级仇，跟随贺龙参加长征，到达陕北，先后担任红二方面军军部会计、军委合作社会计、"鲁艺"合作社主任、晋绥密线监察员、延安复线保管员、军需部保管科保管员等职。丈夫北上后，作为结发妻子的向乙姑为躲避敌人迫害，带着4岁的女儿谷玉贵藏在官地坪天子园。谷玉贵15岁不幸患上麻风病，因缺医少药，在20岁时烂掉鼻子去世。悲伤欲绝的向乙姑想到六个子女全部去世，悲从心生，日日以泪洗面，活在对儿女们和丈夫痛苦的思念里。新中国成立后，向乙姑得知丈夫谷志大大难不死，并由组织安排与高桂兰结婚后，高桂兰随子改姓谷忠的，又生育一女谷腊梅。向乙姑欣喜若狂，认为谷家有后。谷志大于1961年12月去世，向乙姑于1965年4月追随而去。

向乙姑：打落牙齿和血吞

王成均　屈海清

　　1965年4月的一天，桑植县马合口公社银子岗大队老屋组一个80岁的女人走了。临终前夕，她拉着隔房外孙钟以祥的手含着泪说："以祥呵，你的舅公谷志大和你的婆婆谷志翠是亲兄妹，你是我家的血亲。我走后，你要当兵去，你的大舅公谷志大从1931年参加红军到1961年在西安去世，跟着共产党干了一辈子，你的大舅谷耀武、二舅谷忠功、三舅谷忠恕、大姨谷兰香、二姨谷玉香都死了，谷耀武与黄玉梅还生下一个后，其余五个都没有后，我把你当成我们的后，你一定要当兵去，保家卫国。共产党血染的江山要共产党的后人保卫。"钟以祥含着泪答应了，那一年，钟以祥20岁。向乙姑死后第8个月，钟以祥应征入伍，来到贵州省龙里354部队一干就是14年，用实际行动兑现了红嫂向乙姑的临终嘱托。1979年元月，钟以祥退伍后被安排到乡镇工作，先后在白石乡、西莲乡、人潮溪乡、马合口乡担任武装部长多年。在他心中，舅婆向乙姑就是他敬重的人生导师。

爱上了一个不归家的红军丈夫

向乙姑的丈夫是谷志大，长向乙姑5岁。1906年，向乙姑从官地坪下车儿坪向家嫁给马合口银子岗的谷志大，就是看上谷志大能干、会做生意。谷志大在官地坪开了一个杂货铺，卖乡亲们需要的百货，由于谷志大做生意买卖公道，深得乡亲们的信赖。经媒人牵线，向乙姑便嫁给了他。

桑植的女人喜欢上了一个男人，最会做的事就是给这个男人生儿育女。向乙姑与谷志大结婚后，共生育三儿三女，大儿谷耀武生于1907年，二儿谷忠功生于1910年，三儿谷忠恕生于1912年，大女谷兰香生于1909年，二女谷玉香生于1914年，三女谷玉贵生于1916年。向乙姑是个有远见的人，别的媳妇生下孩子，只想把孩子养大成人，娶妻嫁汉生儿育女，重复老一辈人的历程。可向乙姑不同，她支持丈夫送儿女读私塾。向乙姑信奉祖先传下来的古训：养儿不读书，不如养个猪。向乙姑认为，儿女不读书，就是睁眼瞎，一个大字不识的人，活在世上，就是一头任人宰割的猪。

只是向乙姑没有想到，读书开阔了孩子们的视野，知识长了儿女们的见识，也养野了孩子的心。1928年，时年21岁的大儿谷耀武跟着贺龙干革命，二儿谷忠功、三儿谷忠恕也跟着哥哥干起了革命。

向乙姑知道丈夫谷志大开杂货铺，一直跟贺龙有生意来往，知道丈夫跟贺龙做生意，是冒险的事，她希望丈夫安安分分。

一次等丈夫回到家，她对丈夫说："你们跟着贺龙干，当起了红脑壳，这是砍脑壳的事。"

谷志大说："晓得。这世道让人活不下来，让家兴旺不起来。贺龙带着大家闹红，是一件大好事，他一不强迫，二不哄骗，讲的是你情我愿。"

向乙姑说："儿女们都去闹红，当红脑壳，万一有个三长两短，我怎么活。"

谷志大说："怎么活，自个儿活。儿孙自有儿孙福，儿孙福不是等出来的。儿孙如果没等到福，是他们没命享受。车到山前必有路。"

向乙姑看丈夫这么说话，很不高兴，火气一下上来了，她冲到丈夫面前，抓住丈夫，用手指甲狠狠地抓挠丈夫，两只手十个指甲，一根根指甲从胸膛抓到肚脐，抓出了一道道血痕。

谷志大忍受着向乙姑抓破皮肤带来的一阵阵刺心的尖痛，多年的夫妻，他理解妻子十月怀胎生育儿女的期望和心疼。一个个儿女跟着贺龙闹红，枪林中来，血雨中冲锋，天天上演着"要枪不要命，要命不舍枪"的战争戏，妻子担心儿女的生死，她怕，谷志大知道。

怕，怎么办，妻子向乙姑用歇斯底里抓破他的皮肤露出殷红的血痕抵抗无边无际长夜漫漫的噩梦，谷志大是理解的。

无数个夜晚，向乙姑噩梦缠身，一会儿她梦见丈夫穿着红军服装对她笑，她很生气，跑上前，想抱住他，用双手狠狠抓破丈夫的皮肤，可她抱不到丈夫，无论她怎么努力，可丈夫总是不远不近地对她笑。一会儿，她梦见儿子穿着红军服装，鲜血淋淋地站在她面前，拼命地喊痛，这个喊痛了，那个又喊痛，四周的声音此起彼伏，一声声传来，向乙姑吓坏了。她想把自己身上掉下来的这几个喊痛的血团团一一抱在怀里，没有药，她可以用自己的舌头去舔孩子们的伤口。农村里，家里养的狗呀，猫呀，牛呀，羊呀，一旦生下的崽受了伤，狗娘、猫娘、牛娘、羊娘会用舌头舔孩子们的伤口，孩子们在母亲的保护下，发出一声声鲜嫩的撒娇声，母亲应和着孩子们的撒娇声挤出一声声低沉的关切声。向乙姑在噩梦里变幻着身份。

噩梦醒来，枕头上是一摊摊泪迹，睁眼想看看躺在身边的丈夫，可丈夫怕打扰她的睡梦，早已悄悄出了远门。

1935年11月19日，红二、六军团要从刘家坪出发，谷志大给妻子放了一点钱，悄悄来到刘家坪，找到了贺龙，提出了跟着部队走的想法，贺龙答应了。谷志大没有告诉向乙姑，他知道征求意见，只会让妻子更加生气，最好的办法是三十六计走为上。

向乙姑不晓得丈夫这一走就是杳无音讯的26年。向乙姑没有办法，只有带着患麻风的三女儿离开家乡，找一个没人找得到的地方活命。向乙姑猜想丈夫可能被人杀害了，她想找到丈夫的尸首，可她却没有任何线索。一个个夜晚，向乙姑躲藏在官地坪天子园的高山界上，她抱着患麻风病的小女儿谷玉贵，看到女儿先是鼻黏膜出血，继而肿胀，然后身体开始糜烂。许多人劝向乙姑把女儿扔了，躲得远远的，免得被传染了，向乙姑不肯，她骂劝说的人："你们说出这些话，还是人话吗，俗话说，虎毒不食子，我没有钱给我生下的肉团团治病，我就和她一起得病，陪着她一起死。劝说的人听了，一下动了容。"

向乙姑说完了，想到丈夫不知死在哪里去了，把一个病坨坨的女儿交给她一个人，不由怒从心头冒，她忍不住骂起丈夫来：志大，你这个挨千刀的，你快活了，留下姓谷的精血，你怎么说不要就不要，你好狠的心！你的女儿在病痛里熬，在苦水里泡，你知不知道，你这个挨千刀的，你什么时候回来？你要是敢回来，我不再用手指甲抓，我要用牙齿咬，把你身上的肉一口口咬下来，补给全身烂出血口子的女儿！说完，向乙姑忍不住呜呜地大声哭了起来。

向乙姑的咒骂声、哭泣声，谷志大是听不到的，他已到了陕北，汇入了抗日救亡的大洪流里，把一家人的血泪仇恨上升到了一个阶级一个民族的仇恨，是时代改造了红军谷志大的世界观，是一家人的命运改变了谷志大的人生观。

向乙姑不会知道丈夫谷志大的涅槃重生，她只知道丈夫可能死了，死了的丈夫是她的精神依托，女人哪怕男人死了，也会骂他千遍万遍，她要用一个桑植土家女人对丈夫爱的诅咒，让丈夫挨千刀万刀伤痕累累的回家，她会用自己的舌头自己的泪水自己的疼爱治愈丈夫的千刀万刀伤口。

生了一群要部队不孝娘的红军儿子们

波澜壮阔的中国近现代史，上演了一群群儿女追求民族独立、民族解放的大剧，从孙中山到毛泽东，从国民党到共产党，最后中国人民选择了共产党。

因为这个党天不怕，地不怕，神不怕，鬼不怕。因为这个党，一群群热血儿女不为官，不为钱，不畏苦，不惧死，他们为了主义，为了信仰，年纪轻轻便面对血雨腥风，不惧抛下头颅。

文化程度不高的向乙姑永远不能体味到儿子们做出的飞蛾扑火壮举。从1840年到1920年，一批批具有先进思想的中国人看到中华民族遭受世界列强的凌辱，从1840年开始，用一个个运动来进行抗争。80年时间，林则徐虎门销烟，洪秀全追梦太平天国，曾国藩、左宗棠、李鸿章、张之洞开展洋务运动，康有为、梁启超进行戊戌变法，孙中山领导辛亥革命。80年岁月，告诉人们一个道理：中华民族泱泱大国，只有唤起无数劳苦大众英勇顽强、奋斗牺牲的精气神，才会有中华民族的精神站立，才会有华夏儿女的脊梁挺立。

1921年7月的一天，中国历史发生了一件大事，中国共产党成立了，这是一个为中国人民谋求民族独立、人民解放和国家富强、人民幸福的政党。

从1921年到2021年，正是这个百年的坚持、坚守、坚强、坚定，才让中国人民有了主心骨，精神上由被动转为主动。

向乙姑至死也不明白，自己生下的血团团长大后，一个个变成一只只飞蛾扑向共产党这轮太阳。

大儿子谷耀武是向乙姑的骄傲。小时候在清贡生谷岸峭的父亲谷满生办的学校读私塾，勤奋好学，能用脚写对联，长大后，又拜师学武，能飞檐走壁。成年后，先在官地坪团防谷岸峭手下当兵，深得谷岸峭的赏识，后贺龙看上了谷耀武，谷岸峭忍痛割爱，让谷耀武跟着贺龙干，从1921年到1933年，谷耀武先后担任红四军连长、营长、师部科长、红三军团长等职。1933年6月，年仅26岁的谷耀武在湖北潜江战斗中壮烈牺牲。

二儿子谷忠勤也于1928年参加红军，因作战勇敢升为红军连长，1933年秋在湖北荆市沙堤战斗中牺牲。

三儿子谷忠恕则在1934年2月参加工农红军，同年10月被反动团防杀死在马合口自生桥桥头，头颅挂在官地坪街上示众。

向乙姑没有想到大儿子二儿子三儿子参加红军会招致敌人滔天巨浪般的仇恨。大儿子、二儿子、三儿子牺牲了，敌团防还不甘心，得知谷耀武的妻子黄玉梅回官地坪黄家娘家，便派人捉拿他身怀六甲的妻子，又派人捉拿住在银子岗的向乙姑和她的大女谷兰香、二女谷玉香、三女谷玉贵。敌人扑到银子岗，只捉到谷兰香、谷玉香，因为那天，向乙姑带着患麻风病的谷玉贵看草药郎中去了，没在家，逃过了一劫。敌人把捉到的黄玉梅、谷兰香、谷玉香三姑嫂押往常德。路途中，敌人对她们三姑嫂百般欺凌，要把谷兰香、谷玉香配给敌兵做老婆，谷兰香、谷玉香生死不从，她们知道对方是杀害自己三位哥哥的仇人，嫁给仇人，她们生不如死，因此对敌人怒斥不止。敌人气急败坏，分别将谷兰香、谷玉香杀害于慈利东岳观和桃源双溪口。黄玉梅身怀六甲，看到敌军中有一位叫李天寿的马夫善良老实，想到丈夫一家人死绝了，便同意嫁给马夫李天寿，要求是要生下遗腹子，李天寿同意了。

黄玉梅改嫁给敌营长向世杰的勤务兵李天寿为妻，生下遗腹女儿谷臣祥，而后又与李天寿生下大儿李志明、二儿李志风、三儿谷臣华和女儿李金先，其中谷臣华是黄玉梅要求第二任丈夫李天寿给红军丈夫谷耀武留的血脉。

好好的一家人死的死，散的散，病的病，向乙姑绝望了，怕了，她带着患麻风病的三女儿谷玉贵躲到官地坪的天子园，她想保住谷家的最后一点血脉。

打落牙齿和血吞的8种苦滋味

有人对向乙姑说：人活一世，就是受苦的过程，这苦，有8种味道：生无可恋苦、老无所依苦、病不能医苦、死不瞑目苦、爱别离苦、怨长久苦、求不得苦、五阴炽盛苦。生为女儿家时，向乙姑听着只是觉得好笑。结婚后，看到六个儿女一个个活泼可爱，想起那个人的话，向乙姑摇了摇头。

来到天子园，向乙姑思前顾后，不由百感交集，这人生真是如此，古人早已说透了。想到这里，她忍不住放声大哭起来。

向乙姑尝尽生无可恋的苦。一次次，夜静如墨，向乙姑想起死去的五个儿女，看到身边病歪歪的女儿，她哭自己所生的六个儿女，一个个儿女在自己的肚子里十月怀胎，吸尽她的精血。忆起自己六个儿女在肚子里生长的过程，想到五个儿女一个个离她而去，她觉得自己活在人间，好苦。丈夫去了，没有了音讯，想找丈夫诉诉衷肠，吸取丈夫的精血，再生一个，没有了丈夫，她生什么。向乙姑苦呀，没有丈夫的日子，她找不到苦发泄的地方，只有握着拳头使劲地打自己的肚子，打得肚子生痛生痛，打得患麻风的小女儿谷玉贵哇哇大哭。看到女儿哭，向乙姑也抱着女儿哭，哭泣中，向乙姑唱起了桑植民歌《十月怀胎》：

"怀胎呀正月呀正，心肝的肉肉儿喜儿奴的哥啊，奴家不知音咯，水上的浮萍梭儿令冬哥儿幺姐，哎哟呀哟也，没啦定根哥儿呀衣哟。

怀胎呀三月呀三，心肝的肉肉儿喜儿奴的哥啊，茶饭都不沾咯，上山的下山梭儿令冬哥儿幺姐，哎哟呀哟也，手啦脚哪酸哥儿呀衣哟。

怀胎呀四月呀八，心肝的肉肉儿喜儿奴的哥啊，拜上爹和妈咯，多喂的鸡子儿梭儿令冬哥儿幺姐，哎哟呀哟也，少么喂鸭咯哥儿呀衣哟。

怀胎呀六月呀六，心肝的肉肉儿喜儿奴的哥啊，全身汗直流咯，上气的喘来梭儿令冬哥儿幺姐，哎哟呀哟也，下气粗哥儿呀衣哟。

怀胎呀八月呀八，心肝的肉肉儿喜儿奴的哥啊，娃娃长头发咯，心里的好像梭儿令冬哥儿幺姐，哎哟呀哟也，草呀把刷呀哥儿呀衣哟。

怀胎呀九月呀九，心肝的肉肉儿喜儿奴的哥啊，拖着肚子走咯，手摸到娃娃儿梭儿令冬哥儿幺姐，哎哟呀哟也，栽呀跟头哥儿呀衣哟。

十月呀怀胎呀完，心肝的肉肉儿喜儿奴的哥啊，娃娃儿见了面咯，怀抱的娃娃儿梭儿令冬哥儿幺姐，哎哟呀哟也，好呀喜欢哥儿呀衣哟。"

向乙姑尝尽老无所依的苦。丈夫不在身边，五个儿女死了，小女儿患了麻风绝症，肯定也要走在她前面。向乙姑晓得自己老了，生了六个儿女，却没有一个为自己送终，她觉得自己的命比黄连还要苦。她觉得自己活在世上，就是田坎上的野棉花，老了，头发白了，她也会像野棉花飞絮，微风一吹，便飘散开来，没有地方定根，没有地方依靠。向乙姑怕，可她知道怕是没有用的，她在世要做的，就是在天子园多种粮食，多砍柴禾，多挖水井。有了粮食，可以不饿肚子，有了水，可以以水充饥，如果粮食和水没有了，她就把火塘里的火烧得旺旺的，用熊熊的火驱逐饥饿，驱逐恐惧。向乙姑怕老，只有用粮用水用柴火筑起一道有形无形的屏障，看到汩汩流淌的山泉水，看到大堆大堆的柴火，向乙姑就有了活下去的力量。

向乙姑尝尽病不能医苦。大儿、二儿、三儿、大女、二女都先后死了，小女谷玉贵又得了麻风病。看到唯一活在世上的女儿患上麻风病后，畏寒、发热、头痛、全身酸痛、乏力、恶心、呕吐、咳嗽、咽痛、吞咽困难，并伴有尿和肠痛，最后全身出现疱疹和皮肤溃疡，向乙姑想找好的医生好的药给女儿治病，可她做不到。就是到了1950年，桑植解放了，向乙姑搬回家乡银子岗，过去防敌，现在又防病，向乙姑也是叫天天不应，叫地地不理，向乙姑看到小女儿患病8年，先是烂耳朵，后又烂鼻子，熬到二十岁时，最后死在她怀里，向乙姑用手抓自己的胸，抓出血来。

小女儿死的那年，是1959年。解放后的桑植，医疗条件落后，救不回女儿的命，她喊天呛地："志大！志大！你的女儿都没了，你死到哪里去了？你回来呀，你看看你最后一个女儿一眼呀，你在哪里呀？！"

向乙姑的呼唤声只有无边的风呼应，只有一望无际的夜回应。把小女儿埋葬在银子岗，向乙姑的心一下枯萎了。

解放后，谷志大托人找到了向乙姑，向乙姑知道丈夫谷志大已在陕西西安成了家，有了女儿谷腊梅，她希望丈夫回家看一看，可她从丈夫的电话里知道，丈夫的身子骨已一天不如一天。她心疼了。

1961年12月14日，丈夫谷志大走了，向乙姑活在爱别离、怨长久、求不得、五阴炽盛的苦里，一年，两年，三年，丈夫谷志大死后的第四年，向乙姑也死了，死在一个桑植映山红红遍的季节里。一座座山峰的映山红红得像血，那是向乙姑用心血浇灌的。

杨青卯（1895年6月—1960年冬月），中共桑植县第三届委员会委员、红二方面军卫生部中医军需官向慈臣（1893—1957年正月十七）之结发妻子。小向慈臣两岁的杨青卯15岁结婚，次年十月初十生下唯一血脉向宗敬。而后，杨青卯与向慈臣过上牛郎织女的生活。向慈臣离家就读于湖南第一师范，毕业后四处任教。1928年3月，能文会医的向慈臣跟随贺龙闹革命，1935年随部队长征，长征途中，作为中医军需官尝试水源而中毒，造成呼吸困难并染重病，为不拖累部队经申请报组织同意返回桑植。儿子向宗敬看到父辈闹革命，导致亲族被杀，家园被毁，产生逆反心理，决定走一条中间道路，不跟共产党，也不跟国民党，他用抢劫来的财物购枪3支，干起打家劫舍的营生。身为红军的父亲向慈臣和母亲杨青卯劝儿子走正路，向宗敬反问父母："这世道，何为正，何为邪。红军和国军打来打去，还不是为了争江山。我有枪杆子，想有什么，就有什么，也能过上好日子。"向慈臣回桑，看到儿子在湖北、湖南两地做了一些天怒人怨的事，公开宣布断交。1951年正月，向宗敬被解放军捉住，才知悔过，跪求亲人救其一命，向慈臣德高望重，不动关系为逆子求情，向宗敬被押解到凉水口与另两人（谢新斋、向质文）一道执行枪决。杨青卯悲痛之中，安葬儿子，与丈夫向慈臣、儿媳马敏香抚养四个孙子孙女（大孙女向凤仙、二孙女向雪梅、大孙子向梅柏、小孙子向武禄），教育他们走正道，做对社会有用的人。

杨青卯：
尝一杯"儿大由不得娘"的育子苦酒

王成均　王　静

1951年正月初九，桑植县凉水口镇楠木树下，三声枪响，中共桑植县第三届委员会委员、红二方面军卫生部中医军需官向慈臣和红嫂杨青卯的唯一骨血向宗敬倒在地上。与向宗敬一起被执行枪决的还有谢新斋和向质文。一个红军后代，为什么走上反人民的对立面，我们走近杨青卯，剖析杨青卯的家族跟着贺龙闹革命的前因后果，或许会找到一丝线索。

红色家庭的另类选择

杨青卯生于桑植县龙潭坪毛垭村一书香之家，父亲杨位超和母亲胡珍姑是一对思想开明的夫妇，生活在群山峻岭之间的夫妇俩没有因为大山的闭塞而思想僵化，中华民族源远流长的耕读传家文化让他们知道子女成才需要有学问。杨位超和胡珍姑夫妇俩生育三男三女，三男为老大杨青文、老二杨青鹤（又名杨云阶）、老三杨青彬（又名杨玉阶），三女为大女杨青云、二女杨青卯、三女杨青贵。

杨位超三子三女，大儿子杨青文在河里抓鱼溺亡，二儿子和三儿子都跟着贺龙闹革命，杨青鹤参加长征，杨青彬担任警卫排排长，二女儿杨青卯嫁与向慈臣为妻，是典型的红色家庭。

年少结婚，年少做母亲，杨青卯象湘西众多的母亲一样，极尽对儿子向宗敬的疼爱。夫家向慈臣在云头山的家境殷实，丈夫去长沙读书去了，留下杨青卯专心育子。从小到大，杨青卯对儿子向宗敬是百依百顺。杨青卯到山上做农活，总会把儿子带在身边，孩子小，杨青卯就把他背在背上，长大了，就放在地头边，担心地上硬，怕伤着儿子，就解下自己的衣服垫上，把儿子放在衣服上坐着。丈夫向慈臣回家见到了，便劝妻子别这样惯着儿子，杨青卯说：你常年不在家，儿子陪在我身边，他就是我的宝。向慈臣劝妻子：别什么都惯着儿子，俗话说，慈母多败儿。

杨青卯笑了：你可是桑植县有名的文曲星，学的是教育，一个当教师的爹教不出一个有出息的儿吗。

向慈臣看到妻子的自信，点了点头，说内心话，向慈臣对儿子的教育还是有信心的。

二十世纪二十年代的社会，"富强、民主、文明、和谐、自由、平等、公正、法治、爱国、敬业、诚信、友善"的社会主义核心价值观还行走在遥遥的路上，人与人之间，人与社会之间，中国五千年传下来的文明正在沦陷，帝国主义、封建主义、官僚资本主义像三尊巨兽，里外勾结里外倾轧，可苦了天下的子民，首先的沦丧让整个社会失去了规范，富者为富不仁，强者弱肉强食，穷者私心膨胀。

为了生存和自保，杨青卯出生的娘家和出嫁的夫家不得不采取左右逢源的策略，在富者、强者和穷者中间的夹缝过日子。对富者，娘家和夫家采取的是攀，攀亲带故，可避免富者吞并；对强者如官府，则采取顺从，官府需要什么，全力满足；对穷者，则是拉拢和哄，防止他们吃大户。

儿子向宗敬一天天长大了，长大了的向宗敬开始思考社会了。1928年，贺龙来到毛垭，杨青卯给儿子娶了第一房媳妇张氏，想让媳妇管住儿子，收住儿子的心。没想到张氏难产，母子没了性命。

贺龙来到毛垭，夫家的两个哥哥和丈夫跟着贺龙闹起了革命，为富不仁的富户土地分给了穷人，穷人欢天喜地，富者到强者那里告状，强者派兵镇压贺龙领导的苏维埃，围剿那些跟着贺龙闹革命的人。村庄毛垭的房屋被烧了，跟着闹革命的人被捉住杀了。

向宗敬看在眼里，记在心里。他看到父亲跟着贺龙干，过着刀口舔血的日子，他决定自己干。他发现，这个社会有了枪，当一个打家劫舍的王，也能过上自由自在的生活。像父亲一样跟着共产党干，太苦，条条框框太多，打土豪分的东西还要归公，自己不能用。投向国民党，共产党与国民党是对头，双方是死敌，不是你死就是我亡。所以最好的办法是走自己的路，想要什么就抢什么。国民党眼里的富人是财主，抢，共产党眼里的富人是地主，抢。在向宗敬眼里，富人、穷人只要有东西，都是他眼里的猪，富人是肥猪，宰了好吃肉，穷人是瘦猪，骨头也能刮出三两油。

杨青卯没有想到儿子会这么想，她劝阻儿子，向宗敬却对杨青卯说："儿大由不得娘，现在我大了，你和父亲跟着共产党闹红，国民党肯定要报复，我要活命，要保护家人，就要自己强起来，靠人不如靠自己。"

杨青卯哭着说："你这样做，对得起你爹你舅吗？"

向宗敬说："我爹，他能保命就不错了。我有枪，走到哪里，吃到哪里，我为刀俎，人为鱼肉，我想吃谁就吃谁。"

杨青卯说："你这样做，不是给你爹你舅脸上抹黑吗。"

向宗敬说："我这是自保。我不想受苦，为了不影响爹和舅的名誉，我们断绝父子关系和舅甥关系。"

杨青卯说："你这个背时儿，我们有血缘，是想断就能断的吗？"

母子的争吵拦不住儿子要走的路，社会的失序让母子亲情处于水火状态。思想决定行动，行动影响命运，向宗敬的人生轨迹向另一个方向滑去。

不必大段大段叙述向宗敬所犯的案底，据向宗敬的一个亲族点评他的人生，这位亲族是这样叙述的："向宗敬的父亲向慈臣是我爷爷杨云阶的妹夫，我二姨婆杨青卯和二姨爷向慈臣生下了向宗敬。向宗敬自打他父亲向慈臣和我爷爷杨云阶一起随贺龙参加革命之后，他背叛了父亲向慈臣，在乡下持枪带着几十个人，在毛垭湖北一带到处抢老百姓的东西。那时，我们那一带的人管叫他们抢犯，所以我们那一带的地方不安全，他应负主要责任的。他当时对人扬言说：我父亲当红军，我就是要和他对着干。这些都是听我奶奶告诉我的，所以我爷爷回来后，当时桑植刚解放，把向宗敬、谢新斋抓到了，他们两个想找我爷爷说情，当时我爷爷想到向宗敬扬言与其父亲作对的话，加上后面犯的错，认为向宗敬虽是他的亲外孙，但亲情不能代替法律。我爷爷回家带有两个警卫王京喜和林配，我爷爷命令当时的民兵把向宗敬和谢新斋二人押送到凉水口政府，我们举家迁往常德澧县合口镇时，看到凉水口楠木树下的河滩上躺着三具尸体，其中一个是向宗敬，一个是谢新斋，还有一个是向质文。我爷爷路过时，眼眶有点湿润。他知道向宗敬被枪毙后，有4个半大的孩子，大的10岁，小的才2岁。"

两个红军战友的难堪亲情

向慈臣是杨云阶的妹夫，1928年二人一同参加革命，1935年又一同长征。1937年向慈臣从陕北回桑植，杨云阶托向慈臣给老家带回衣物和钱财。向慈臣历经曲折，冒着生命危险，将杨云阶的衣物和钱财带给杨云阶的亲人。

这是杨云阶与妹夫向慈臣的战友情。

1951年春节前夕，桑植解放了一年，杨云阶以中南检察署处长的身份回桑植探亲。从1928年一起闹革命到1937年离别，两位跟着贺龙干革命的战友血雨腥风，走过了信仰的10年。从1938年到1951年，两位战友天各一方，走过了13年相思相知的岁月。新中国成立了，两个战友共同奋斗的梦想实现了。

　　杨云阶回到老家，既是战友又是亲戚的向慈臣选择了躲避。他安排杨青卯回娘家看望23年没见的哥哥，互吐亲情，可他自己没有去，儿子向宗敬已走上新中国的对立面，解放军正在安排部队进行围剿，被捉住是迟早的事，得到法律的制裁也是迟早的事，对着自己的战友妹夫，他能说什么，他没有脸说什么。

　　向宗敬第一房张氏难产而死，他又娶了一房彭氏，彭氏给他生了一个女儿向凤仙，不知生了什么病，也死了。向宗敬一连死了两房，性情大变，他娶的第三房是马氏。从陕北回来后，向慈臣曾找到儿子，劝他改邪归正，父子俩动起了拳头，向宗敬有人有枪，他安排人把父亲赶了出去。

　　杨青卯和病重的向慈臣伤心至极，到山上搭了一个狗爪棚，过上了刀耕火种的生活。向宗敬作为儿子，也心疼自己的父母，他把从外面抢来的粮食和腊肉送给父母，可是杨青卯和向慈臣把东西全部扔了出来，并对送东西的人说："这东西脏，吃了恶心。"

　　一次、两次、三次，向宗敬便冷了心。向宗敬恨父母不理解他的苦心，恨父母丢他的脸。在湖南湖北，说到他向宗敬，谁不让他三分。向宗敬决定对自己的父母不理不睬，他相信，父母会有求他的一天。第三房媳妇马氏肚子争气，给向宗敬生下两个儿子和一个女儿，向宗敬很得意，看到媳妇和孩子要吃的有吃的，要穿的有穿的，他觉得自己选择的路是对的。

　　向宗敬没有想到父亲、舅舅走的路是对的，他们跟着的共产党夺取了天下，建立了新中国。在桑植，向宗敬陷入了共产党领导的"剿匪反霸"的汪洋大海里。军政合一的工作队深入村寨，层层发动，建立农村剿匪统一战线，向宗敬很快感觉到了共产党的厉害之处。一个"三查一挖"（查匪情、查通匪、查匪窝、挖匪根）和"两清一找"（逐寨清、挨户清、发动匪属找）的群众运动全面铺开，一张搜捕土匪的大网遍布山山乡乡，向宗敬走到了山穷水尽的地步。他找到父亲向慈臣和母亲杨青卯，求他们向剿匪领导说情。杨青卯动了心，可向慈臣拒绝了，对妻子的阶级立场进行了严厉批评。

　　向宗敬很快得知当大官的舅舅杨云阶回家探亲，他被捉之后，提出了一个要求，见舅舅一面，剿匪部队答应了他的要求，把他押到杨云阶的老家毛垭。

　　得知自己的亲外甥被抓，马上要被执行枪决，杨云阶内心很不是滋味。

他是懂政策的。1950年10月10日，中共中央发出《关于镇压反革命活动的指示》，明确镇压反革命运动的重点对象，是特务、土匪、恶霸、反动党团骨干分子及反社会道门头子。杨云阶懂得党中央的决策部署，大乱需要大治。面对亲外甥跪在外面求生的哭诉，杨云阶没有说话，他安排结发妻子曹良银对外甥说：请你父亲来。

向宗敬一听，绝望了。

杨云阶听到外甥渐渐消失的脚步声，心情十分沉重。向宗敬是红军后代，是他们的血脉，他和向慈臣作为长辈，没有尽到教育之责，他们作为共产党员，他们也有责任。

杨云阶很想找向慈臣谈一谈，可他回家的十多天，迎来送往的是红军亲属，毛垭村跟着他闹革命牺牲的就有6个家庭，他要一户户走，参加革命的家庭有10多户，他要一户户代表共产党问一问，他实在没有时间。

杨青卯见到了23年没见的哥哥，千言万语不知从何说起，看到哥哥疾病缠身，想到丈夫一身的病和儿子的不争气，她只有叹息。

"想见面又见不了面，不见面好，不见面好，聊些什么，免得难堪。"杨青卯流着泪说。

在痛苦中培育后一代

向宗敬离开了人世，留下了媳妇马敏香和四个未成年的孩子。向慈臣和杨青卯回到了家，与儿媳一起担负起抚养孙子孙女的责任。儿子向宗敬没有教育好，给党和社会抹了黑，他们夫妇俩不能让孙子辈背上沉重的包袱。向慈臣是老红军，解放后，党和政府发挥其所长，安排他到龙潭坪镇卫生院工作，每月的工资可以让一家七口人过上安定的生活。

新中国成立了，向慈臣和杨青卯看到自己付出心血的事业成功了，又高兴又难过。高兴的是老百姓再也不用过上担惊受怕的生活了，打下的粮食再也不用担心被国民党盘剥，被土匪抢犯掠夺，穷苦百姓用自己的双手劳动，用自己的汗水吃上了干净幸福的饭。难过的是红军家庭出了一个被政府镇压的儿子。

带着这种心情，杨青卯和丈夫向慈臣活在余生的责备里。白天，他们用忙碌的日子忘却痛苦，夜晚来临，无边无际的思绪一股脑儿涌来，夫妇俩百感交集。

孙子孙女一天天长大，杨青卯一有时间，就给孙子孙女讲贺龙带领乡亲们闹革命的故事，讲国民党给穷苦群众带来的苦难。杨青卯一次次重复地讲共产党的好，讲红军的好，向慈臣明白妻子的苦心，她是想在孙子们心中播下一颗向善向上的种子，不要走他们父亲的路。

1957年正月十七，向慈臣离开了人世。向慈臣离开人世的这一年，大孙女向凤仙16岁，二孙女向雪梅12岁，大孙子向梅柏11岁，二孙子向武禄8岁。

1960年冬月的一天，杨青卯离开了人世。杨青卯离开人世的这一年，大孙女向凤仙19岁，二孙女向雪梅15岁，大孙子向梅柏14岁，二孙子向武禄11岁。

著名哲学家雅斯贝尔斯说："教育的本质是一棵树摇动另一棵树，一朵云推动另一朵云，一个灵魂唤醒另一个灵魂。"红嫂杨青卯误了儿子向宗敬的教育，她用余生的灵魂唤醒孙子孙女的灵魂。

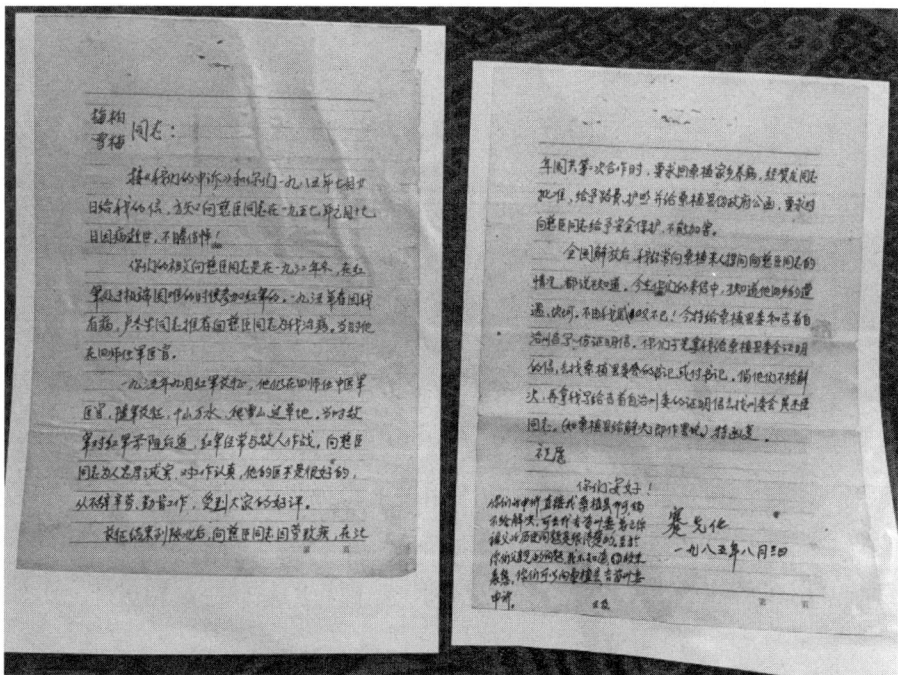

蹇先任写给向慈臣孙子孙女的信

　　印度哲学家菩德曼说："播种一个行为，你会收获一个习惯。播种一种习惯，你会收获一个个性。播种一个个性，你会收获一个命运。"红嫂杨青卯用自己的一生播种勤俭持家的行为，没有收获到儿子向宗敬俭以养德的习惯。红嫂杨青卯用自己的一生播种善待他人的习惯，没有收获到儿子向宗敬与人为善的个性。向宗敬将自己的幸福建立在他人的痛苦里，等待他的命运是邪不压正。

　　人生是一杯酒，苦酒只有懂得自己犯了过错的人自己品尝。

杨青卯孙子向梅柏审读本文书稿

彭清双（1905年冬月十一—1988年八月二十五），刘家坪白族乡朝阳地人，中国工农红军红二军团文书钟玉生（1902—1936）之结发妻子。彭清双与钟玉生共生育三个儿女，大女钟以奎，生于1927年冬月二十八，大儿钟以泉生于1931年八月初三，二女钟以明生于1935年四月初五。钟玉生，洪家关白族乡兴龙村钟家塔人，洪家关有名的文人。贺龙从南昌起义回到桑植创建湘鄂边、湘鄂西、湘鄂川黔革命根据地，贺龙慕其才，请他到军中担任文书，从此，钟玉生一直跟随贺龙从事文书工作，彭清双陪伴丈夫在湖北洪湖生活三年。丈夫钟玉生参加长征，彭清双则留在桑植抚养三个儿女。为防止敌人迫害。彭清双带着三个孩子从洪家关顺着大山下的刘家坪、瑞塔铺、空壳树、汩湖、竹叶坪一路打零工和做豆腐、甜酒和炸油粑粑谋生，最后落户竹叶坪借住岩洞和别人偏房养大孩子。1950年回家探亲的老红军钟典三路过竹叶坪，见到彭清双，告诉她钟玉生1936年牺牲在贵州，彭清双掩住思念丈夫的悲伤，为三个儿女成家立业。1988年八月二十五，彭清双以83岁的高龄离开人世，他对自己的女儿钟以奎和外孙女覃菊香说："我31岁守寨，靠自己的本事养大儿女，成家立业，我没有偷过一次人，我这一生是清白的。"其长孙钟为平，1976年入伍北京空军部队，后转业首都国际机场工作。孙子为国、为星、为华、为勇进京经商发展，都已为小康之家。孙女、孙女婿雪梅、金凤、金娥、刘明、郑兰秋、李云等，有的经商致富，有的在村为官，有的成为国家公职人员，体现红军后代生命担当。

彭清双：要留清白在人间

王成均

历史中的名人是用诗文和事迹留下文明的，历史中的凡人是用自己的一生留下文明的。桑植红嫂彭清双活在人世83年，用自己的一生践行于谦的《石灰吟》，她心中的清白就是一辈子靠自己的双手养大红军烈士后代。

　　一首《石灰吟》，一部清白志，无论是历史名人于谦，还是桑植红嫂彭清双，为我们留下了一笔丰厚的精神财富。明代政治家、文学家于谦的七言绝句《石灰吟》道："千锤万凿出深山，烈火焚烧若等闲，粉身碎骨浑不怕，要留清白在人间。"于谦生于1398年，卒于1457年。永乐十九年（1421年）进士，初任御史，历官兵部尚书。于谦为官廉洁正直，曾平反冤狱，救灾赈荒，深受百姓爱戴。正统十四年（1449年），瓦剌入侵，明英宗被俘，于谦拥立明景帝，亲自率兵固守北京，击退瓦剌，使人民免遭蒙古族再次野蛮统治。但英宗复位后即以"谋逆罪"诬杀了这位民族英雄。世易时移，我们的桑植红嫂彭清双则在丈夫牺牲后，解放后享受红军烈士遗孀的敬重。在她的言传身教下，儿孙们勤俭治家，她的长孙在首都机场工作，亲外孙女婿曹开胜，则是桑植有名的党史专家，中国摄影家协会会员，其摄影作品《神雾绕山游》入选中国摄影展。

清白是一双勤劳的巧手

　　96年前的洪湖是否记得桑植红嫂彭清双右手拉着三岁的女儿钟以奎，肚里藏着一个名叫钟以泉的胎儿采摘菱角的一幕。碧波荡漾的洪湖，大片大片的荷叶连接碧天，一望无际，一艘小船在湖里荡呀荡。船头，艄公划着船桨，一枝枝莲蓬从绿色连成一片天的荷叶中露出一个头，等待人们采摘。

　　彭清双是跟着红军丈夫钟玉生来到洪湖的，作为一名红军家属，彭清双看到丈夫每天有忙不完的事情，没有时间陪她和孩子，彭清双便入乡随俗，跟着洪湖瞿家湾的父老乡亲去采莲蓬。

　　彭清双住的洪湖瞿家湾，据传有2000多年的莲藕人工种植历史。聪慧的洪湖人发现洪湖莲子含有丰富的蛋白质、淀粉、磷脂、生物碱、类黄酮以及多种维生素，且在医学上有止血、散淤、健脾、安神等功效，便制成洪湖莲子，成为洪湖人待客的一道美食。瞿家湾是一个历经500多年变迁的水乡小镇。彭清双跟着丈夫来到瞿家湾。中共湘鄂西中央分局、中央湘鄂西省委、湘鄂西省苏维埃政府、湘鄂西省革命军事委员会等20多个机关设在瞿家湾，这里成为湘鄂西地区政治、经济、军事、文化中心。

　　随着瞿家湾的乡亲们采摘菱角，乡亲们告诉彭清双。采莲蓬有三种方法。一是看颜色，生的莲子颜色会呈现出淡淡的黄色，具有光泽，而熟了的莲子会呈现出泛白现象，老皮会离开，没有什么光泽。二是闻气味，熟了的莲子会散发出浓浓的莲子香气，可以明显地闻到，没熟的蓬子一般闻不见，气味小。三是看硬度，熟了的莲子很轻易将其捏碎，硬度小。

　　乡亲的介绍，彭清双细细地记在心里，长期生活在湘西农村，经常劳作，一切的农活都是相通的。很快，彭清双掌握了洪湖采莲蓬的要领。彭清双每次去湖里采莲蓬，不会采太多。她主要图个新鲜，瞿家湾的妇女告诉她，莲子具有降火的功效，少量服用是药品，特别是孕妇孕期上火的时候慎用。

　　彭清双怀上第二个儿子，火气没来由地足。丈夫每天早出，深夜归，留下她和4岁的女儿在家里。时间久了，她想念桑植的山，桑植的水，丈夫深夜回来。她的火气一下冒了出来，不由自主地冲着丈夫发火。

　　钟玉生知道妻子怀孕辛苦，面对妻子的怒火，钟玉生宽厚一笑，他握住妻子的手，笑着说："你要是不高兴，就用拳头打我，你想打多久就打多久，一直打到你气消为止。"

　　彭清双碰到丈夫的宽容和体贴，心里的火气一下没了，她搬来莲子粥，让丈夫尝。钟玉生吃着妻子准备的莲子粥，心里暖暖的。他告诉彭清双，部队里的许多红军指战员都羡慕他。

　　彭清双问羡慕他什么？

　　钟玉生说：羡慕我带着妻子、孩子，这样的待遇，我一辈子忘不了。我要好好做事，对得起贺胡子。

　　彭清双没有吭声，丈夫的话说中了她的心思。从桑植到洪湖，部队一路辗转，她怀着孩子，走不动路，贺胡子安排人备了一杆竹滑竿，抬着她和女儿爬山越岭来到洪湖。

　　行军路上，经常遇到战斗，贺胡子安排部队保护彭清双平安。

　　钟玉生对贺胡子说："有我就行。"

　　贺胡子告诉钟玉生和彭清双，我们红军闹革命是为了什么，还不是让我们穷苦人的后代过上好日子，让亲人们平平安安。

　　贺胡子的话就这样击中钟玉生和彭清双的心，他们夫妻俩认为，跟着贺胡子干，跟着共产党走，永远没有错，一个人，一个政党，心中时时装着老百姓，老百姓一定会有好日子过。

就这样，彭清双把这句话记在了心里。

湘鄂西革命根据地完成了历史使命，又迎来了湘鄂川黔革命根据地的历史使命，彭清双又跟着丈夫回到家乡桑植。彭清双去的时候只有一个女儿，回来的时候，又有了二岁的大儿子钟以泉。

在洪湖，彭清双无论是怀着孩子，还是生下孩子，都会主动参加劳动，每天手脚忙个不停。战斗结束，彭清双会主动去红军医院照顾红军伤病员，晚上回到家，她会给红军指战员纳布鞋，一双双布鞋浸透着彭清双的爱。

钟玉生每天忙完军中的事，不论怎么晚，都会回到家，他喜欢看女儿钟以奎，儿子钟以泉一边一个躺在彭清双身边入睡的香甜，幼小的儿子钟以泉睡在妻子身边，嘴里还含着母亲的乳头，另一只手还摸着另一个，一幅贪吃的画面让钟玉生久久难忘。

钟玉生会轻轻来到妻儿身边，吻了女儿吻儿子，吻了儿子吻妻子。有亲人在身边，红色的日子也充满爱的烂漫。钟玉生吃妻子的莲子粥上了瘾，他会来到灶房揭开木锅盖，一碗温温的莲子粥还在锅里暖着，钟玉生吃着吃着，眼眶有了泪渍。

清白是一颗高贵的红心

彭清双回到桑植，已怀上了第三个孩子。彭清双怀上第三个孩子的时候，丈夫所在的红军部队遇到了前所未有的困难。湖北军阀徐源泉出任“湘鄂边剿匪总司令”，正在集结湖北省保安团张冈部新三旅，第十八师第一四二旅，湖南的新三十四师龚仁杰旅，周燮卿旅，以及石门、慈利、澧县等县团防共14个团以上的兵力，分路向湘鄂西中央分局和红军所处的湘鄂边地区逼压过来。红军与湘鄂西中央分局的险恶处境仍没得到好转。在党和红军内，湘鄂西中央分局书记夏曦，仍在执行“左”倾教条主义，湘鄂西原来就极为过“左”的“肃反”仍在扩大化，甚至发展到解散党团组织和苏维埃政权，取消军队中的政治工作和政治机关，革命力量的损失，正在一天天扩大。

洪湖根据地已经丧失，彭清双与丈夫度过了美好的时光。莲子粥的清香已不能现采现制，彭清双跟着丈夫经襄（樊）、枣（庄）、宜（昌）、荆（州）、当（阳）、远（安）、巴（东）、（秭）归等地，长途跋涉7000里来到湘鄂边，准备恢复湘鄂边根据地。虽然经过几个月的艰苦转战，恢复了部分边界苏区。

1933年8月，为了扭转这个濒临灭亡的局面，湘鄂西中央分局在桑植银市坪召开扩大会议。夏曦、贺龙、关向应、卢冬生、汤福林等参加会议。会议研究了党和红军的出路问题。但没有形成一致意见，党和红军迫切需要解决的根本问题没有得到解决，红军仍然分开活动。彭清双的生活是跟着红军四处打转转，今天这村庄，明天那个村庄。紧张的战斗和行军，一晃就是4个月，很快到了。

1933年11月，红九师与红七师会合于鹤峰石灰窑（今属恩施）。在这里，由于湘鄂边苏区的再次丧失，红军失去了赖以生存发展的重要条件，战斗频繁，得不到有效补充和休整，红三军人数锐减，出现了枪支多于人的现象。七、九两师主力加起来只有两个多团，名义上每个师仍有3个团建制，没有营的建制，总兵力包括机关、后勤等只有3000多人。

是年12月19日，中共湘鄂西中央分局在咸丰大村开会，讨论湘鄂边失败的教训与当前的形势任务及红三军行动方针。会议经过激烈的争论，夏曦承认了自己率领红七师活动期间背离了烧巴岩会议的决定，在军事上犯了冒险主义的错误。在鹤峰苏区失败以后，没有组织群众与游击战争，又犯了不相信同志、不相信群众的错误。会议根据当时的形势，决定放弃恢复湘鄂边苏区，另创湘鄂川黔新苏区，并把"恢复湘鄂边苏区"的口号改为"创造湘鄂川黔新苏区"的口号。大会议是湘鄂西中央分局及红三军的转折点。湘鄂川黔新苏区从此开始创建。会议一结束，红三军第二天出发，经活龙坪，挥师占领黔江。此举使敌刘湘大为震惊，急令陈万仞第五师、达凤岗旅的周化成保安团联合反扑黔江。面对强敌，湘鄂西中央分局和红三军主动放弃黔江，进军利川，利川难以立足，又进军茨岩塘。

彭清双是在红二、六军团会师后发动湘西攻势回到桑植的。这时，彭清双已有几个月的身孕。丈夫钟玉生看到妻子肚子已显了怀，便把妻子送回桑植待产。此时，党中央及中央苏区红军第五次反"围剿"失败，不得不仓促从江西瑞金向湖南转移，准备到湘西与红二、六军团会合。国民党蒋介石在中央红军转移的前进道路上设置了四道封锁线，调集40万大军采取围追堵截战术，企图将中央红军消灭在湘江东岸或湘江与澧水之间。

在这种情形下，红二、六军团最紧迫的战略任务，就是从大局出发，积极行动起来，挺进湘西，发动湘西攻势，大量吸引敌人，以减轻党中央及中央红军的军事压力，策应中央红军的战略转移。当红二、六军团集结黔东时，川黔军阀急忙调动10余个团的兵力前往"围剿"，湘军陈渠珍、周燮卿、龚仁杰等部队都纷纷参加堵截。彭清双的丈夫钟玉生跟着贺龙参加了十万坪战斗。这一仗一举消灭敌两个旅大部，击溃一个旅又一个团，俘敌2000余人，缴枪2100余枝。11月17日，红军重占永顺县城，接着，红二军团一部乘胜占领桑植县城。23日，红军主力从永顺、桑植分两路向大庸进军。23日，红军主力与预先秘密入城的侦察人员里应外合，歼灭守敌朱际凯团1个营。团长朱际凯仓皇逃命，大庸县城解放。

当党中央及中央苏区红军已突破黔军防线，向沿河方向前进，准备渡清水江时，12月16日，红二、六军团再于桃源浯溪河，歼敌一个整团又两个营，击溃敌人一个团，夺取"湘西攻势"第二次大的胜利。党中央及中央苏区红军接受毛泽东的建议，决定放弃与红二、六军团会合计划，继续西进，向贵州遵义地区转移，红二、六军团以大局为重，依旧在"多背些敌人过来"的思想指导下，立即挥师东进，战桃源，围常德，剑锋直逼益阳、长沙，不仅歼灭了大量敌军，而且牵动了一大批追堵中央红军的敌军。远在湘南截击中央红军的李觉第十九师、章亮基第十六师、陶广第六十二师兼程北调；川军郭汝栋率第二十六师从赣西驰援常德；蒋介绍任命陈诚为"湘鄂川黔四首边区剿匪总司令"，统一指挥此4省国民党军队，向红二、六军团发起围攻；湖北军阀徐源泉生怕红二、六军团进入湖北境内，威胁长江水陆交通，自作主张地改变了蒋介石要他率部入川"追剿"中央红军的计划，将其第四十八、第三十、第五十八师及新三旅、暂四旅等部，分别部署于湘鄂边、鄂西地区及湘西津、澧一带，防止红二、六军团北进鄂境。

1935年1月遵义会议确定了毛泽东在党和红军中的领导地位，决定开始长征北上抗日后。红二、六军团以无私无畏、顾全大局、敢于惹火烧身的可贵精神，将大量敌军吸引过来，从而减轻了党中央及中央苏区红军的军事压力，出色完成了策应任务，成功实现了"湘西攻势"的战略意图。

红二、六军团在历时两个月的湘西攻势中，纵横驰骋于湘鄂川黔边区，相继占领了永顺、桑植、大庸3座县城，并继续向龙山、保靖、慈利、永绥等地发展游击区域，至此，以永（顺）、大（庸）、龙（山）、桑（植）为中心的根据地逐步形成。

一路行军，一路作战。彭清双的丈夫虽是文书，也要随时做好战斗准备。武装部队打光了，文职人员也要冲上前面，这是红军部队的使命，每次战斗打响，彭清双的心便飞到丈夫身边。战斗胜利，丈夫没有受伤，彭清双喜悦，战斗失败，丈夫虽没有受伤，可部队战友们牺牲受伤者多，彭清双难过。随军生活，早已把彭清双的命运与红军的命运连在一起，对于生活于一个红军大家庭之中的所有个体来说，红军文化共同体是彭清双与红军部队共同生活的真正根基和土壤，她看到红军部队指战员和战士为了给劳苦大众谋幸福，浴血奋战，她觉得红军部队和共产党员就是她安顿心灵的精神家园。

在红军部队，彭清双时时处处感受到追求崇高的价值理想，崇尚优良的道德情操，向往和塑造健全、完美的人格，热爱和追思真理的生命情怀，血与火的洗礼，信仰和真理的拷问。在红军部队，让中国共产党领导的这支红军部队时时呈现出一股新气象，这种气象就是真善美的回归。彭清双生活在红军部队，只有一个感觉，舒服。她知道自己的命运和红军的命运紧紧连接在一起，她的心已装下"家国一体"的理念，心只有高贵起来，才对得起红军家属这几个字。

清白是一腔思夫的执念

1935年11月19日，丈夫钟玉生跟着贺龙踏上了长征路，第三个孩子钟以明才6个月19天，女儿钟以奎八岁，大儿子钟以泉四岁。

彭清双早已把红军部队当成自己的家，红军大家庭走了，彭清双的心下被掏空了。她也想像洪湖一样，跟着丈夫吃住在部队，与红军部队走过战火硝烟，走过血水血河，可丈夫钟玉生劝阻了她。

丈夫钟玉生告诉彭清双，这一次出门不同往年，情况要比往年艰辛得多。往年，贺胡子带的兵活跃在湖南、湖北之间，这里是贺胡子的老根据地，人熟地也熟，湖北湖南山连山、水连水，亲戚连着亲戚，血脉连着血脉，走到哪里，就像到了自己的家一样。

这一次不同了，先是过澧水，再就是走怀化去贵州，前有阻兵，后有追军，要多危险就有多危险。彭清双听到丈夫解释，心一下悬了起来，她含着泪说："你是三个孩子的爹，大的八岁，小的才几个月，你能不能不走。"

钟玉生说："我不走，国民党也容不下我，与其在家中等敌人来抓来杀，还不如跟着胡子干番事业。我走后，你不要在家里住了，你要把三个孩子养大。"

彭清双含着泪应了。

丈夫钟玉生跟着红军部队一走，国民党团队陈策勋、朱际凯就扑向红军驻扎过的地方抓红军家属。彭清双闻讯，带着三个孩子离家出逃，开始长达14年的逃亡生活。彭清双离家出走时，什么也没拿，母子四人顺着大山一路化装成乞讨人，遇到好心的人家，就在那户人家住上一晚，没有碰上人家，就躲进深山老林里。双溪桥、潮水河、马井、汩湖碾子堡、竹叶坪五个地方都在桑植境内，全长不过百里。彭清双带着三个孩子走了14年。在双溪桥，彭清双住在留守在桑植从事地下工作的红军钟典三家里，彭清双会做一手好饭菜，在钟典三家，彭清双负责一日两顿的饭菜，钟典三的家人吃着彭清双做的饭菜，一个个吃得很开心，彭清双不要工钱，她的要求是吃住在主人家，负责三个孩子的吃住。

女儿钟以奎早在两岁时就许给洪家关覃家湾的覃胜贵，覃胜贵的父亲覃贤福与钟以奎的父亲钟玉生都在红军部队，一个是文书，一个给贺龙当马夫。

彭清双在钟典三家里住了一段时间，风声一天比一天紧，钟典三决定去追赶红军，彭清双辞别钟典三家来到潮水河。

正是做阳春的时候，彭清双看到一大户人家需要请工，她主动上门，双方议定做一天农活一升苞谷，彭清双要求主人家提供一间房屋让他们四母子栖身，主人家答应了。彭清双上了工，主人家一下喜欢上了，彭清双做农活又快又活，别人要三天做的农活，彭清双一天就做好了。彭清双做农活，会把女儿、大儿子、小儿子带在身边，女儿钟以奎，大儿子钟以泉年龄小，可懂事，他们姐弟俩主动帮母亲做力所能及的农活。做农活做累了，母子三人会休息一会儿，母亲给女儿、儿子擦去额头的汗珠，女儿儿子会争着给母亲擦汗，会主动给母亲倒水喝，日子虽然清苦，可苦中有甜。

女儿钟以奎："妈妈，我有点想爹爹了，你想不想？"

儿子钟以泉："妈妈,我也想爹爹了,长大了,我也要当红军。"

小儿子钟以明开始学语："妈妈,爸爸,妈妈,爸爸。"

彭清双的身前身后围着三个孩子,她的心里又酸楚又快乐,女儿、儿子想爹爹,她内心又何尝不想自己的丈夫呢?可想归想,日子还是要往下过,丈夫在前面风里雨里,心里血里,枪声里呐喊声里,还不是想让后辈过上好日子。一年的阳春从春季做到秋季,主人家的谷物压满了仓,彭清双仍是每天一升苞谷,今天吃完了要想明天四个人的吃食,一旦遇上下雨天,没有了一天农活一升苞谷的来源,山上长的野菜野果便成了一家四口人的主粮。

彭清双决定离开,主人家挽留明年的阳春,舍不得彭清双一手的好阳春手上功夫。女主人小心问彭清双,可不可以带着三个孩子改嫁。彭清双内心生了气,可她脸上没有表达出来,她告诉女主人,孩子的爹去远门干大事去了,迟早要回来,她不能做对不起孩子的他家的事。

彭清双来到马井钟吉轩家,钟吉轩是当地有名的医生,家境殷实,缺一个做饭食的。因为彭清双的丈夫钟玉生姓钟,是钟家族里。钟吉轩看到彭清双一家四口人遇到难处,便真心实意请彭清双住下来。

在钟吉轩家,彭清双一住就是几年。住久了,四方邻居都知道医生钟吉轩家里请了一个会做饭菜的,是洪家关的人,丈夫出了远门。消息很快让敌团防知晓,猜测是红军家属,有好心人悄悄通风报信,彭清双向钟吉轩道明实情,当夜逃往汩湖碾子堡。

汩湖碾子堡住着彭清双的哥哥彭清松,碾子堡三天一场,是全县有名的集市,哥哥彭清松在碾子堡街上有铺面,做着生意,妹妹彭清双带着三个孩子投靠哥哥,血脉亲情荡起了呵护的涟漪,哥哥彭清松挤出了一个房间,安排彭清双住下来,嫂子心里有意见,可看到三个外甥,也不好说什么。

彭清双流浪在外,早已练就一双察言观色的眼睛,她看到嫂子不愿意,由于没有办法,只好闭着眼皮住一段时间,她不想让嫂子看偏了她,她彭清双会用自己的双手养活儿女,彭清双投奔哥哥,只想有一个歇脚之处,她自己有能力自食其力。

彭清双做湘西甜酒,这种用糯米发酵的甜酒,男女老少喜欢喝上一碗,甜而不腻,爽而不醉。彭清双有一手做甜酒的绝活,她可以在炎炎夏季,凛冽严冬做出一手好甜酒。在夏季，做甜酒、糯米会发酵。冬天，糯米不容易发热，甜酒要十天半月，而碾子堡的场三天一次，吃甜酒的人多，夏冬雨季，甜酒更不易做，故而更俏。可彭清双无论春夏秋冬，甜酒都是卖一个价，童叟无欺，遇到体弱病残之人，她还送一碗给他们吃，很快，彭清双的名气打了出去。

彭清双在碾子堡一住就是五年，很快迎来了全国上下一致对外共同抗日的大环境，营造了宽松的环境。彭清双的三个孩子在一坛又一坛甜酒的香气中长大了。钟小明五岁那里，患了一种出天花的病，有传染。彭清双的嫂子怕家里人传染，要彭清双搬出去，并扬言说："你一家人在我这里住了五年，应该知足了。"

俗话说，人有脸，树有皮。彭清双不想让哥哥为难，便离开了碾子堡，一家四口人来到竹叶坪的一个岩洞住了下来。竹叶坪也有集市，每十天一场，彭清双逢场就炸油粑粑卖，换一些粮度日。到了秋季，彭清双会带着孩子上山挖蕨打葛，借着秋天的丰收，备足春荒时一家人的生活。

彭清双的日子过得很苦，可她心中想着远方的丈夫，她的丈夫跟着共产党跟着贺胡子打天下，为的是天下穷苦人过上好日子，今天的苦是为了明天的甜，今天苦一点，明后年甜一点，这样的日子有盼头。

时间一晃到了1945年，日本鬼子投降了，风声又紧了起来，到处抓红军家属，到处抓共产党，彭清双住在岩洞里，一家四口人凄凉的生活，没有人怀疑她们一家四口人是红军家属。

彭清双一家四口人的失踪，可急坏了覃胜贵。长大的覃胜贵知道自己有一个媳妇叫钟以奎，这是父母双方订下的婚姻，他已经24岁了，该成家了。覃胜贵从桑植挑桐油到江垭去卖，住在竹叶坪，发现钟以奎住在一个岩洞里，覃胜贵马上认亲，果然是岳母。一家人抱头痛哭。覃胜贵告诉岳母，他把桐油挑到江垭卖了，再换些布匹、棉花到桑植去卖。

覃胜贵找到钟以奎，看到小他几岁的钟以奎已长成大姑娘，便告知自己的母亲谷子姑，谷子姑从洪家关来到竹叶坪，双方议定了日子，便让两人圆了房。

女儿出嫁了，儿子也渐渐大了。很快，共产党夺得了天下，外出寻找红军部队，担任西北军区驻北京办事处主任的钟典三回到桑植，他路过竹叶坪，看到彭清双母子三人住在竹叶坪，告诉彭清双，她的丈夫钟玉生

1936年路经贵州，在一次战斗中牺牲了。

听到丈夫钟玉生牺牲的消息，并且是迟迟的14年，彭清双哭了，她流着泪说："玉生、玉生，你好狠的心，你14年就走了，怎么也不跟我报一个梦，你让我想你活着的样子，想了20年。"

钟典三听到彭清双的哭诉，忍不住泪流满面，他这次回桑植，有3000多个家属托他找人，他一一答应了，其实，从桑植出发的3000多个红军战士，活着的只有58人，他不敢告诉托他找人的亲人。

钟典三握着红嫂彭清双的手说："你让我把钟以泉带走吧，我找到组织，送他读书，给他安排个工作。"

彭清双摇了摇头，她告诉钟典三，共产党打下了江山，田地要有人种，就让他安安心心当个农民吧。

钟典三一听，动容了。这就是红嫂彭清双，他站起身，向彭清双敬了一个军礼，离开了桑植。

他的背后，是一双双红嫂望穿双眼的泪光。

彭清双的女儿钟以奎（右二）、长子钟以泉（右一）、次子钟以明（右三）、次媳（左一）

第三章
贺氏家族鲜血中站起来的红嫂

一家仁，一国兴仁；一家让，一国兴让；一人贪戾，一国作乱。

——《大学·第十章》

贺满姑（1898—1928年9月19日），其夫向生辉，是一个出身贫苦、勤劳善良的农民。

贺满姑：威武不屈钢铁骨

罗晓璐

1898年贺满姑出生在洪家关，她是家里的第四个孩子，在她之前家里已经有了大姐贺英、二姐贺戊妹和哥哥贺龙。从小贺满姑就受哥哥姐姐的影响，内心蹿起一团革命的火苗。

姐姐贺英姐夫谷绩庭建立了自己的武装队伍，哥哥贺龙又以两把菜刀闹起了革命，这些都被她看在眼里，尽管当时她才18岁，却好像早已明白什么叫作革命，明白哥哥姐姐们如此牺牲又为哪般。于是在贺龙成功从芭茅溪盐税局夺下枪支后，她第一时间向兄长"讨要"枪支，表明了自己要搞革命的决心。

跟大姐贺英一样，贺满姑善使双枪，武艺高强，勇猛无畏，她和姐姐们一起组建地方游击队，开展武装斗争。和大姐不一样的是，满姑找了一个出身贫苦的农民做丈夫，这个勤劳厚道的男人名叫向生辉，家住澧源镇朱家冲阳家湾。这个男人虽不善作战，但他十分支持妻子的革命事业。贺龙在这里创建了兵工厂，向生辉一直在兵工厂负责。

1928年5月，贺龙率领工农革命军向石门、公安一带出击，贺满姑在桑植、永顺边境从事革命活动。当时，她已经是五个孩子的母亲了。因为丈夫向生辉是一个老实巴交的农民，贺满姑害怕孩子们有危险，就将三个最小的孩子带在身边。她一边要和敌人周旋，一边又要照顾三个年幼的孩子，正是因为这份担心，贺满姑的生活充斥着无穷的凶险。

1928年8月，在战斗中和大姐二姐失散的贺满姑，转移到周家峪附近一个叫贺家台的小村里住着。与姐姐失去联系的贺满姑，带着三个孩子行踪容易暴露，处境非常危险。消息最终还是被永顺县桃子溪的团防头子张恒如侦知，张恒如立即率兵将这个小村包围，贺满姑手持双枪迎敌，子弹打尽后，就和敌人展开肉搏。终因寡不敌众，最后力竭被俘，一同被抓走的还有三个年幼的孩子。三儿子向楚才，5岁；四儿子向楚汉，3岁；五女儿出生才8个月，还没有起名字。

张恒如抓住贺满姑后，自以为立了大功，连夜将贺满姑及3个孩子押到桑植县城，交给了驻防县城的省军于姓团长。于团长听说抓了贺龙的胞妹，大喜，当即电告省城，说："捕获湘西工农革命军妇女总队长、匪首贺龙之胞妹贺满姑。"

着急立功的张恒如连夜审讯贺满姑，他们将贺满姑反绑住扔到墙角，恶狠狠地问："贺龙去了哪里？贺英在哪里躲着？赶紧老实交代。"

贺满姑眼皮抬都没抬一下，用轻蔑的语气答道："我怎么知道？"

张恒如见贺满姑如此强硬，便软下声来骗道："你要是告诉我们贺龙、贺英的去向，或者伤兵枪支的藏匿点，我就放了你们母子四人，不然你们一个也别想活。"

为了从贺满姑那里得到贺龙以及党和红军的下落，敌人对她动用了残酷的肉刑，把她浑身扒光，用烙铁烫她的脊梁，贺满姑坚贞不屈，怒目相对。残忍的敌人见贺满姑还是不肯说，就当着她的面毒打她的孩子。面对孩子们撕心裂肺的哭声，贺满姑心中一阵一阵抽痛，但她也只能眼睁睁看着孩子们受罪，心里默默地念着"妈妈对不起你们"。

宁死不屈的贺满姑，尽管皮肉腐烂了，手指断了，骨头碎了仍然大义凛然，不向敌人供出任何有关贺龙和红军的机密，敌人多次审讯和动用酷刑，却没得到半句口供。

在狱中贺满姑受尽了侮辱和折磨，见到送饭的婆婆慈眉善目，便小声哀求她帮助自己能尽早结束这残忍的酷刑，同情她的送饭婆婆给她送来了包了鸦片烟的汤圆。贺满姑吃下后当场口吐鲜血，面色发青，敌人见她快要不行，不等正式行刑，快马加鞭将她拖到桑植城外的教场坪。

1928年9月19日，桑植城外的教场坪四周岗哨密布，坪中央埋上一根木桩，木桩上又横绑两根木杠，十时左右，一伙灭绝人性的暴徒，杀气腾腾地把五花大绑的贺满姑推进了校场坪，剥去衣服，赤身露体，然后分开四肢，将两手两脚分绑在两根横木杠上，贺满姑在这生死时刻，没有眼泪，没有悲伤，只有仇恨满胸膛。她咬烂了嘴唇，用最后的力气喊出了"革命万岁，共产党万岁，打到土豪劣绅"的口号。

受尽千般折磨万般苦难，贺满姑这才咽下了最后一口气。残忍的敌人又砍下她的头颅，高高地挂在城门上。贺满姑牺牲后，敌人公开命令任何人不许替她收尸，当晚群众还是趁着夜深偷偷将她的尸体偷了回来，把她收拾干净连夜安葬了。

贺满姑牺牲的消息很快就传开了，贺英得到消息悲痛欲绝，她到处托人，花了重金，终于救出了满姑的三个孩子，这三个可怜的孩子从此跟着贺英一同生活，叫贺英妈妈。

贺满姑牺牲的这一年刚刚满30岁，她用她年轻的生命谱写出壮丽的诗篇。英烈已逝，英雄之气浩然长存，与桑植青山绿水永生！

1986年10月，桑植县教场坪建起了一座纪念亭，这是纪念贺满姑的"永生亭"，亭中石碑记录着满姑的英勇事迹。2018年，贺满姑纪念亭重修，位于永生廊桥的二楼。"贺满姑烈士纪念亭"八个金灿灿的大字闪耀着信仰的光泽，字字透露着威武不屈。

汤小妹（1897—1931），红军团长贺连元之妻。贺连元生于1888年，湖南政法学校毕业，1925年贺龙任澧州镇守使时任营长兼川盐局局长，北伐时升任团长，人称"老团长"。1927年11月，中共湘西特委特派员陈协平来桑植组织年关暴动，并秘密约见了贺连元、贺英、谷佑箴，商讨年关暴动的事宜。陈协平离桑后，贺连元、贺英、谷佑箴分头秘密串联，组织年关暴动，攻克桑植县城。1930年6月，贺连元在鹤峰战斗中两次负伤，抢救无效，亡故。

汤小妹：与狼牙山五壮士媲美的女人

罗晓璐

1941年9月25日，为了不让日伪军发现连队转移方向，担负后卫阻击，掩护全连转移的五位战士（马宝玉、胡德林、胡福才、葛振林、宋学义）边打边撤，将日伪军引向狼牙山棋盘陀峰顶绝路。日伪军误以为控制了八路军主力，遂发起猛攻。五位战士临危不惧，英勇阻击，子弹打光后，用石块还击，一直坚持战斗到日落。面对步步逼近的日伪军，他们宁死不屈，毁掉枪支，义无反顾，纵身跳下数十丈深的悬崖。这五位战士的壮举表现了崇高的爱国主义、革命英雄主义精神和坚贞不屈的民族气节，被人民群众誉为"狼牙山五壮士"。在桑植的大山深处，生活着一位能够媲美狼牙山五壮士的女人，她的名字叫汤小妹。

汤小妹，洪家关海龙坪汤家湾人，与贺连元结婚后生育了四子一女，人丁兴旺。打从丈夫追随贺龙开始，汤小妹的生活就与丈夫的生离死别缠绕在一起，这个普普通通的农家妇女，稳定安宁的生活竟成了她最奢侈的梦。

突如其来的噩梦

兵荒马乱的年代，洪家关的生活向来是不平静的。1919年贺龙带讨袁护国军驻防桑植，因开展破除迷信、保境安民活动，触怒了当地反动势力。4月27日，谷膏如引来"神兵"头子王朝章血洗洪家关，对洪家关贺氏家族进行惨无人道的报复。他们先是将贺龙的家掘地三尺，然后烧毁了洪家关贺姓半边街。由于贺连元是贺龙的直系亲属，在这场凶残的杀戮中，汤小妹的一家难以幸免。神兵们冲进汤小妹的家，一顿乱刀中先是砍死了赡养在贺连元家中八十岁的外婆，然后砍死了她九岁的大儿子贺学信和七岁的二儿子贺学儒，他们甚至连婴孩都不放过，将她半岁的女儿贺学绒从摇篮里一把揪出，高高地举起，狠狠地摔下……黑色的惨剧落幕，留给汤小妹的只有残破的房屋和四具血肉模糊的尸体，汤小妹肝肠寸断，整日沉浸在巨大的悲痛之中。

这场浩劫后，贺氏宗亲居无定所，只能逃亡他乡投亲靠友，从那以后，贺连元去到贺龙部队当教官，并将三儿子贺学传也送进贺龙部队，汤小妹则带着小儿子贺学伦回到了离洪家关15里地的海龙坪汤家湾娘家。

接二连三的死别

孤苦的日子仍旧不太平。1930年6月，贺连元跟随贺龙在桑植鹤峰一带打游击，在一次战斗中贺连元不幸身负重伤，由于医疗局限已没法救治，战士们只能将他抬回妻子身边，见她最后一眼，了却他最后的心愿。汤小妹看着眼前曾经跟着贺龙南征北战意气风发的汉子现在已经虚弱得连眼皮都快要抬不起，只能轻轻地将他拥入怀中，希望把自己所有温度都输送给他。就这样，贺连元在汤小妹的怀里声音越来越低，呼吸越来越轻，身体越来越冰冷。汤小妹抱着贺连元，眼泪怎么也止不住，嘴里一直反复呢喃："连元啊，你怎么这么狠心哟，你怎么舍得我舍得伢崽哟，我晓得革命总会有人掉脑壳，你放心哟，再苦再难我都会把这个家撑下去。你好生走，你到下面见到学信学儒学绒了，一定要好生陪陪他们，跟他们多讲讲话……"

刚刚办完丈夫的丧事，汤小妹又听到三儿子贺学传被害的噩耗。1929

年，任红四军军部手枪连连长的贺学传独自赴澧县执行任务时，因叛徒指认被捕入狱，次年8月慷慨就义。后来学传战友向她描述了儿子牺牲时的场景：临刑前贺学传丝毫无惧、神情自若，高喊道："要当红军不怕杀，再过十八年老子又是一条好汉，老子还要当红军，把你们这些吃人肉喝人血的一网打尽……"汤小妹心痛得滴血，又隐隐生出一丝欣慰，她知道，作为贺家好儿郎，既然难逃一死，能像他爹那样重于泰山，死得其所，也是最大的安慰了。只是，现在就剩下汤小妹和小儿子相依为命，怎样熬过这苦痛的岁月？

跃向生的可能

苦难的日子就这样一天一天磨着，一直到了1931年5月的一天，贺龙神情凝重地来到了汤小妹家。

"嫂子，我知道您屋里情况不好，就剩你和幺伢子了，但眼下情况紧急，我有个不情之请，我想把我手里六名伤病员先交到你这里帮我照看，敌人实在追得紧……"

汤小妹知道事态的严重性，国民党最容不得"窝藏"红军的百姓，这可是比红军家属更让他们"咬牙切齿"，但红军们是为穷苦人打天下才会有如此境遇啊，他们就跟自己的丈夫、儿子一样，即使面对再大的风险，也应该拼尽全力好好保护他们。汤小妹想都没想，便点头允诺。

"胡子，你就放心吧！我会照顾好他们的！"

六个活生生的成年人，家里肯定是藏不住，汤小妹想到一个绝妙的藏身之处，娘家汤家湾附近有个银杏塔将军岩，那里的岩洞能容下伤病员，于是，汤小妹将伤病员转移到岩洞中。就在这里，汤小妹悉心地照顾着伤病员的饮食起居，把对丈夫和孩子的思念和温柔，倾注在伤病员的伤口。

大山深处的岩洞虽隐蔽，但始终有人经过的痕迹，没过几天，桑植清乡队长就得到了消息，他欣喜若狂，立即带上了一队团防兵直奔将军岩，开始四处搜山寻找伤员。眼看敌人越来越近，汤小妹小声对伤病员们说："我出去打探一下情况，你们都待在洞里，一定一定不要出声，我去去就回。"说罢汤小妹轻手轻脚地爬出洞口。

汤小妹发现敌人离洞口很近了，她紧锁眉头，心生一计，像是做好了心理准备，她深吸一口气，一跺脚就往山洞的反方向跑去。这时，她剩下的唯一的、最小的儿子贺学伦也哭喊着追在她后面跑，慢慢地敌人发现了她的行踪。"他们肯定知道红军的藏身处，快！快把他们抓起来。"敌人叫嚣着。汤小妹边跑边大叫，引得敌人都向她奔去。渐渐地，敌人把娘俩逼在一处悬崖边上。汤小妹心想，今天落在他们手里肯定也活不成了，不如演出戏，赌一赌能不能骗过这些团防兵。眼看敌人马上要追上自己，汤小妹故意哭喊道："刘营长，张排长，胡子把你们交给我，你们怕连累我一声不响就跳了崖，我嘟么向他交代啊？儿啊，要死，我们也要和红军死到一起。"说罢，汤小妹抱起小儿子，怜爱地看了他一眼，随即纵身跃下悬崖。团防兵见汤小妹连自己和儿子的性命都搭上了，信以为真，想必那几个伤病员已经跳下悬崖，便下山回去了。就这样，汤小妹用自己和儿子的生命保全了六名伤病员。

生命的延续，革命的延续

三天后，贺龙率部回到洪家关，在听闻汤小妹的事迹后，立马召集人马实施营救。汤小妹的两个弟弟自告奋勇，下到崖底搜寻时发现大姐已经牺牲，万幸是，在一个树蔸边找到血肉模糊的贺学伦时，他尚有一口气在。12岁的贺学伦死里逃生，在身上的伤还没有彻底痊愈的时候，就找到贺龙表示想要跟随他，帮父亲、母亲、哥哥和自己完成心中的理想，踏上革命征程。四年后，16岁的学伦升任红军排长，同年在鹤峰朱家山的一场战斗中壮烈牺牲，为革命留尽最后一滴血。

自此，汤小妹一家七口，在革命道路上团圆了。

贺英（1886—1933），其夫谷绩庭，又名谷虎，是贺英的表哥。谷绩庭自幼学文习武，是晚清哥老会老大，曾开堂授徒。他家境贫寒，疾恶如仇，好交游，善刀枪，早年开始拥枪安民，支持贺龙杀掉桑植"四大鳖鱼"之一的大劣绅朱海珊，1922年被湘西土著军阀陈渠珍派人诱杀。

贺英：电影《洪湖赤卫队》中韩英的原型

罗晓璐

《洪湖赤卫队》是一部家喻户晓、百看不厌的红色经典影片，电影讲述了20世纪30年代，韩英带领洪湖赤卫队与敌人展开艰苦斗争，保卫湘鄂西革命根据地红色政权的故事。电影中的韩英坚定果敢、沉着机智、勇于斗争，深受百姓爱戴。她的原型就是贺龙的长姐，热爱党热爱家乡的贺英。

贺英，原名贺民英，出生在桑植洪家关的一个贫苦农民家庭，她是贺龙的长姐。贺英兄弟姊妹共七人，作为长姐，贺英从小就能为父母分忧，干农活干家务、照看弟妹，帮助父母撑起了半个家。

贺家的先辈出了很多反抗压迫、勇与豪绅恶霸斗争的英勇事迹，如曾祖父贺廷璧响应太平天国起义，率几千义军攻破桑植县城，后起义失败，壮烈牺牲，这样的故事贺英从小听得津津有味。父亲贺仕道不畏强权好打抱不平，反抗贪官污吏被关进大牢的事情对贺英也有着很大的影响。贺家这种英勇抗争的精神深深地烙进了贺英的骨子里。从小，她就反对裹小脚，行事豪爽洒脱，为人正直，面对封建势力毫不畏惧坚决斗争。

这样一个刚毅的女子只有出类拔萃的铮铮铁汉才能跟她匹配，表哥谷绩庭正是这样一个人。他很早就赶着马帮走南闯北，是当地"哥老会"的老大，他为人仗义疾恶如仇，是大家心中的大英雄。20岁那年，绩庭表哥来到贺家登门求亲，贺英面对这个威武的表哥非常崇拜，早已芳心暗许，贺家也对这个女婿非常满意，爽快地同意了这门亲事。两人在众人的祝福下结为夫妻。

嫁到谷家后，贺英同丈夫一起收集民间的散枪，组织民团反对地方封建势力，拥有自己的武装，护着一方贫苦百姓的安宁，慷慨正直的贺英被人亲切地称为"凤头大姐"。

在桑植有枪则王，受姐姐姐夫的声援，贺龙在1916年3月16日召集几个族内兄弟，刀劈了以吸百姓血为生的芭茅溪盐税局，杀死敌兵，烧毁账本，夺得十二支毛瑟枪，拉起了一支农民武装。从此，贺英贺龙姐弟互相扶持相互策应，走上革命生涯。

贺英和丈夫在鱼鳞寨一手拿锄，一手拿枪，就这样到了1922年重阳节，平静的生活戛然而止，因打富济贫，谷绩庭被军阀陈渠珍派人诱杀。贺英心中悲痛万分，怒火在她胸中熊熊燃烧，自此，她接过丈夫手中的枪，在鱼鳞寨上独自率部垦荒、练兵。在她的训练下，鱼鳞寨的士兵个个都是精兵强将。她自己也每天苦练，成了远近闻名的"双枪"女司令，弹无虚发。贺龙为使澧州人民免受战争之苦，主动率部向黔东转移。为支持弟弟，贺英和贺连元退居桑植内半县，一边练兵一边筹集军需，继续同国民党湘军坚持斗争，以实际行动，在后方支持贺龙北伐。

1927年8月1日，贺龙打响了南昌起义的第一枪，起义军南下广东最终失败，贺龙受中共中央指示于1928年回到了家乡桑植，建立革命武装和根据地。贺英第一个站出来，主动把自己带了多年的队伍交给弟弟，在她的榜样作用下，其他亲族和旧部纷纷效仿，都把队伍聚义在贺龙麾下，为桑植起义做好了军事准备。

桑植起义夺取胜利后，贺英便带着二十多名荷枪实弹的旧部及亲属上了四门岩割耳台，这个地方山高林密人烟稀少，沟深崖陡地势险要，是与敌人周旋最为理想的场所。就这样，贺英带着队伍在四门岩安营扎寨，一边打仗一边生产。

1928年8月中旬，妹妹贺满姑在一场战斗中未能突围成功，和三个孩子惨落敌手，敌人用尽各种酷刑折磨死了贺满姑。贺英想尽办法用尽一切手段，最终也只能将三个小外甥救出，从此三个外甥就跟着贺英生活，叫她妈妈。

1933年，湘鄂边苏区刚经受国民党的残酷围剿，贺英带领部队四处转移。5月5日这天晚上，贺英一行人驻扎在洞长湾，由于叛徒许瑸生的告密，团防队长覃福斋带领300多人把他们团团包围了，敌人先打死哨兵唐佑清，然后疯狂地向屋里扫射。

帮老乡种地而劳累了一天的贺英早已熟睡，突然她听到一阵枪响，警觉的贺英迅速抄起枪从床上跳了起来，和敌人展开了激战。贺英用双枪从窗口向攻上来的敌人射出两串子弹，把敌人打得缩回了竹林里。她命令一班队员守住大门，叫二妹贺戊妹带领伤病员和家属，掩护他们迅速从后门撤退。

贺戊妹手握短枪带领着这些伤残老弱的人冲出后门向外突围。为了掩护大家安全撤退，贺戊妹向敌人连续进行射击，打得敌人不敢近前，伤员和家属得以撤了出去。但她的腰部中了一弹，不幸负伤，戊妹紧捂伤口继续战斗，子弹打完后。她就抽出大刀和扑上来的敌人展开了肉搏。在砍到数名敌军后，终因寡不敌众壮烈牺牲。

这时，贺英正在前门双手紧握双枪，带领游击队员与敌人展开激烈的战斗，突然一颗子弹打在了她的大腿上，她倒在了地上。贺英赶紧叫来七岁的外甥向轩，将随身带的一个装有两个戒指、五块银圆、一把小手枪的小包袱从腰间解下，一边交给他一边叮嘱道："快，快走，找红军，找大舅去！"贺英一边拖着被打断的右腿，倚在门边还击国民党，不顾伤痛继续战斗。突然，一颗子弹击中了贺英的腹部，贺英永远地倒在了屋门边。

贺龙同大姐贺英的感情十分深厚，很多次在讲话中都会怀念她。他说："我大姐是穷人家的长女，从小锻炼的很能干。她长得高高大大，大手大脚，很像现在的女子篮球、排球队员。我们一大家子人，我不大管家，那时我也没得经济能力给她资助，都是她自己克服困难支撑着一家人，养育着红军军属和不少烈士子女。1930年我带红四军东下洪湖后，因为肃反扩大化，根据地和部队遭破坏，湘鄂边只留下了我大姐的这支游击队。最后，她是在与敌人的作战中英勇牺牲的。她自己为革命贡献了一切，她也保护了一批子弟，不少娃娃都经过长征、抗日战争、解放战争，都作出了各自的贡献。廖汉生就是从我大姐那支队伍中突围出来找到红三军的，如今，他是国防部副部长，北京军区政委。我大姐保留了一批革命力量，功劳也是不可抹掉的。"2009年9月，贺英被评为新中国成立做出突出贡献的100位英雄模范之一。

贺英曾先后两次向组织提出要加入共产党，但为了更好地从事革命活动，组织需要她留在党外。她很理解地服从了组织安排。贺英以非党的身份为党做了大量的工作直至献身，她的英名将永存于共和国史册、永存于人民心中、永存于青山澧水之间。

谢友姑，又名谢幺妹，1885年8月出生于桑植县桥自弯柏杨村谢家坡组一谢姓土家族贫困家庭，兄妹五人，她排行最小，又称幺妹。由于家庭困难，从小就养成吃苦耐劳，勤俭朴实的习惯。12岁就随母亲张氏到洪家关赶集卖窑货，慢慢地就结识了后来的丈夫贺文运。在贺家族人的撮合下俩人定下终身，在16岁那年与贺文运成了亲。由于丈夫贺文运老实厚道，只知埋头干活，公爹公婆去世早，整个家全靠她一人支撑，家里的大小事务全落在她身上，从而也培养和造就了她遇事沉着冷静，从容应对的能力。她先后生下了四个子女，大儿子贺学定，二儿子贺学国（两岁夭折），小儿子贺学安和女儿贺学银。

谢友姑：历尽沧桑亦无悔

贺兴演

为革命，两代人前赴后继，血洒疆场

丈夫贺文运1886年出生在桑植县洪家关街上贺氏族人的集聚地。自1916年贺龙两把菜刀砍盐局揭竿起义拉队伍时，就跟随贺龙举旗革命。由于他为人老实可靠，贺龙叫他担任骡马队长，专门负责部队的后勤给养。1922年春在运输途中遭到神兵的袭击，为了掩护同志们撤退，他独自一人牵住敌人并与之周旋，不幸身负重伤，后被部队找到送回家治疗。看到丈夫伤势严重，生命垂危，她同丈夫商量决定将年仅12岁的儿子贺学定又交给贺龙，让他接过父亲的枪继续革命。1922年5月丈夫终因伤势恶化，无钱医治，在家中去世，享年36岁。贺学定参军后遵循母亲的教诲，战斗中坚决听从贺龙的指挥，服从命令，不给贺家丢人。14岁被贺龙送到云南讲武堂读书，学满后回部队分别担任排长，连长，营长。由于作战勇敢不怕死，敢打硬仗，得到贺龙的称赞："学定打仗不怕死，真是个'舍命王'"，从此"舍命王"的美誉在部队中传开了。1927年被任命为二十军的军需长，同年跟随贺龙参加举世闻名的南昌起义。起义失败后他随堂叔贺锦斋回湖北石首、监利、公安，湖南石门一带继续扩军与国民党反动派进行武装斗争。1928年4月为石首中心县委运送武器的消息被叛徒出卖，当装运船只行驶到湖北藕池河时，被早已埋伏好的国民党部队包围，双方展开激战，因寡不敌众，最后年仅20岁的贺学定壮烈牺牲在河中。同时阵亡的还有贺学魁、贺桂生两人。贺龙在听到三个侄儿牺牲的消息时，情不自禁流下了眼泪。噩耗传到洪家关，谢友姑强忍住心中的悲痛，面对失去两位自己最亲的人——丈夫和儿子，她没有倒下，继续为贺龙部队做事。

救贺龙，置个人生死于度外，出谋划策

1922年贺龙的父亲贺士道，弟弟贺文掌因当地谷膏如出卖，贺士道被土匪陈继之残忍杀害在桑植县竹叶坪的三声潭，并将贺士道的尸体切成两节，把头扔到了潭中。

谢友姑听到叔父贺士道被陈匪杀害的消息，连夜带着族中的男人赶赴竹叶坪的三声潭抢尸。发现叔父的头被切下后扔到了潭中，立即安排人下河打捞，找到后连夜将叔父的尸体运回洪家关。为了让叔父有一个完整的遗体入土，谢友姑含着泪将叔父的残尸用大鞋底针一针一针的缝合成了一个完整的全尸。当人们看到泪流满面的谢友姑时，贺龙姐妹感动了，族人们震撼了。遗体被整理好后按当地风俗做道场，而贺龙姐妹回家吊孝的消息被陈继之知道，他为了斩草除根率部连夜偷袭洪家关，企图全歼贺龙姐妹。当谢友姑知道陈继之要袭击贺龙的消息后，立即跑进道场，拉着贺龙姐妹的手商量对策。劝贺龙好汉不吃眼前亏，留得青山在不愁没柴烧，叫他们连夜赶紧先躲藏起来不要和陈匪硬拼。要贺龙躲到学堂堡山上以便于撤退，贺英，贺戊妹和贺满姑躲到泉峪贺洋生碾房屋后。贺龙姐妹觉得谢友姑的建议是对的，立即离开道场躲了起来，同时谢友姑安排智障人贺文松冒充贺龙继续吊孝以麻痹敌人。由于躲避及时使陈匪一伙扑空，贺龙姐妹成功逃脱劫难。当陈继之知道是谢友姑给贺龙报的信后大怒，扬言要捉拿她。而谢友姑的作为得到了族人们的肯定，赢得了全族老少对她的信任

和尊重，在家族中的威信得到了提高，后来被推选为家族委员会委员。

1928年3月贺龙再次回到洪家关，发动了桑植起义，在湘鄂西一带继续扩军壮大实力。桑植县三大团防，柏家冲的柏家厚，谷罗山的刘子维，空壳树的陈策勋三人密谋，企图消灭贺龙和红军。决定让柏家厚率众人找贺龙假投降为名将贺龙诱骗到洪家关来，并将面谈地点设在洪家关。贺龙为了顾全大局，扩大红军实力，决定率部来洪家关与柏匪面谈。当谢友姑听到消息后觉得有诈，因为柏家厚心狠手辣，阴险狡诈，绝不会把部队交给贺龙，可能是个阴谋。当机立断连夜找堂弟贺秀卿、堂嫂汤小妹商量，决定面见贺龙并讲明来意，提出自己的想法，要贺龙带小部分人到洪家关乡泉峪村的尼古庙坐镇，因为那里地势即可指挥作战，又便于撤退，剩余的人员去学堂堡山上，那里的地势可打阻击又方便撤离，并且要贺氏族人连夜分散躲避。从鱼鳞寨赶来的贺龙大姐贺英，听了谢友姑等人的建议后，认为是对的，坚持不让贺龙见柏匪，要贺龙和部队马上分流，族人连夜迅速离开洪家关。果然第二天早饭时柏家厚带200多团防从南岔、枫坪，刘子维带300多团防从樵子塆、桑树垭，陈策勋带300多团防从刘家坪、杜家山三路近千人马，气势汹汹同时进攻洪家关，妄图一举全歼贺龙及所率红军，并血洗贺氏族人。由于贺龙采纳了谢友姑等人的建议分流及时，指挥得当，使得土匪扑了空，贺龙放弃了与土匪硬拼，带领部队从马夫界撤回到银市坪根据地，贺氏族人逃脱了杀戮。当陈策勋等人知道又是谢友姑出的主意后气得大骂："谢友姑，老子要把你千刀万剐。"随后一把大火把贺龙的房屋烧个净光。

被株连，婆媳儿子齐蹲监狱，惨遭迫害

由于贺家出了一个贺龙，整个家族都被国民党政府和当地团防视为眼中钉，以"共匪"的罪名株连全族，迫害红军家人。谢友姑的丈夫和儿子都是跟随贺龙闹革命牺牲的，就更加成了当地伪乡政府的迫害重点。1927年8月伪乡政府串通县警察局以"通共"罪名将谢友姑，大儿媳妇谢南姑和小儿子贺学安三人抓到县警察局坐牢。当时小儿子贺学安只有五岁，从进监狱到牢中的生活都是儿媳谢南姑负责的。由于证据不足，半年后他们将谢友姑放回家去拿钱赎人，通过东拼西凑，交足赎金才将谢南姑和贺学

安从牢里救出。出狱后谢友姑扮成叫花子带着女儿贺学银到处乞讨，让媳妇谢南姑带着小儿子贺学安改名换姓到处躲藏，一直到1938年国共合作时才敢回到洪家关居住。然而到1946年冬随着内战爆发，国民党反动政府又开始对共产党员及家属进行疯狂迫害。贺氏族人又一次成了追杀对象。谢友姑为了保住贺学定的儿子贺兴洲免遭杀害，决定离开洪家关，叫小儿子贺学安冒充朱传富，带上媳妇刘未年，六岁的贺兴洲和半岁的贺兴演四人连夜逃往桑植县最边缘的深山老林，在龙潭坪乡的堰垭组躲藏起来，直到1949年5月才回洪家关居住。她自己带着只有三岁的孙子贺兴礼在家东躲西藏，历经辛酸，多次被追杀，凭着机智灵活才保全性命。

救红军，枪下保人收藏伤员，留住星火

1931年由于受党内"左"倾路线的干扰，红二军团当时错杀了不少党内优秀同志。谢友姑看在眼里，急在心头，不能让辛辛苦苦组建的红军自乱阵脚。于是觉得自己应该站出来，尽量减少这种不该发生的事情，为革命留住火种。为此她利用是贺龙的堂嫂，并多次营救过贺龙，加上她乐于助人，在贺氏家族中的声望很高，深得贺龙尊重，她说的话贺龙基本上会听取采纳的有利条件。每当她看到要处决所谓红军异己分子时，她就敢于站出来保人。据了解她先后在枪口下保住了三名红军战士的生命，这些人后来都成了红军骨干。她不光在枪口下救过红军，同时利用家在洪家关集市中的优势，曾多次收留红军伤员。1923年贺龙短枪营长贺沛卿带领部队同敌人展开激战，伤亡很大，贺沛卿身负重伤，被警卫员连夜送到谢友姑家。谢友姑毫不犹豫地把贺沛卿安置在自己家中，并秘密找时任洪家关红军医院院长的谷彩芹，要他派人救治贺沛卿。通过全家人两个多月的精心照料，贺沛卿伤势好转后回到部队。还有一次是一名王姓红军伤员被安排在谢友姑家里，但是这一次消息走漏，敌人知道后派兵直接到家里来抓人，情急之下谢友姑将伤员扮成自己的男人藏到卧房，才躲过追杀。后来这名红军伤员归队后叫家里人给谢友姑送来祖传的一把铜壶和一个铜瓦罐以谢救命之恩。

筹军饷，勒紧腰带舍弃女儿，支援红军

由于家中有两个亲人的相继牺牲，使谢友姑更加坚强，更加坚信革命一定能胜利。保护红军支援红军为红军捐款筹粮成了她生活中的一件大事。由于她从小就跟母亲学会做小生意，结婚后她利用家在洪家关街上的优势，每逢赶集都炸油粑粑卖。不赶集时就到20公里外的桥自弯买来稻谷，通过水碾加工成大米后卖出去赚钱。由于她身材高大，一次能背一百多斤。平常自己一家人省吃俭用，节衣少食，经常一天只吃一顿饭，衣服烂了再补，补了再穿，将省下的钱全部交给红军。她的行为感动了红军战士，他们亲切地称呼谢友姑为"筹粮官"。谢友姑知足了，虽然丈夫和儿子血洒疆场，不在人世，但红军在，贺龙在，她就更加义无反顾地支持红军，支持贺龙。贺龙每次回洪家关都要找她的嫂子谢友姑，叫她帮自己筹措军饷。她不仅将自己赚到的钱全部捐给贺龙的部队，同时还利用家族委员会委员的身份动员家族其他人共同捐钱捐粮支援红军。有时候在自家和家族都无能为力的情况下，谢友姑就凭自己在当地的信誉东借西凑为贺龙筹措军饷，最多时欠了别人200多银圆。后来贺龙也知道了嫂子谢友姑为他的事业到处借钱，负债累累的事情，当着谢友姑的面承诺："嫂子，你为我借的钱，无论多少，将来我一定还，不要你负责。"谢友姑为了支援红军，自己变得一无所有，连17岁的亲生女儿贺学银生病也无钱治疗，只能眼睁睁地看着女儿含泪离开人世，女儿的死给自己留下了终生的愧疚。1949年10月，桑植县解放时，当谢友姑听到解放军要路过洪家关时，她就提前和干女儿张桂一道把准备好的热腾腾的红薯粑粑，苞谷粑粑和茶水给路过的战士们，让他们吃饱喝足，养足精神好杀敌。看到伤病员就马上抬到自己家里找医生救治，她爱护解放军的行为在当地一度传为佳话。在谢友姑的带动下，越来越多的乡亲们都加入拥军的队伍中来。

要正义，六十多名寡妇跪塔，揭穿阴谋

1946年国共内战爆发，国民党政府对共产党人及其家属进行疯狂迫害，冤案错案比比皆是，莫须有的罪名说扣就扣。1946年春玉泉乡原乡长韦跃元和当时代理乡长朱世烈两人因为仇恨贺家人，密谋制造冤案陷害贺锦章

等人，他们串通该乡六保保长谷超群来冒充共产党的联络员，假供贺、王两姓中有"共匪"。然后又用重金收买算命先生李文华制造假口供，凭空拟订一份所谓共产党地下组织的机密名录。随后朱世烈将李文华，谷超群逮捕交给桑植县特种汇报室讯办，审讯时谷、李二人咬定贺锦章是共产党桑植县委书记，同时还有王庸之，贺子林等10多人都在县委供职。腊月初县警察局局长杨安民带兵到洪家关抓人，全案共逮捕39人，一起震动省城的洪家关贺、王两姓"异党"冤案由此诞生。行署专员、绥靖公署主任潘文华下令要将贺锦章，贺子林处以极刑。事发当日贺龙夫人向元姑从夏家峪赶到洪家关，找堂嫂谢友姑、谭考姑和贺锦章的姐姐贺月姑共同商量营救办法。谢友姑认为只能采取请愿的方式，因为冤案中的王姓和李姓在省府有大员，还有时任师长王育英。当王育英得知真相后，迫使八区专员张中宁，省保安司令部军法室主任叶宰鼎亲临洪家关查办。向元姑和谢友姑商量利用张、叶两人来洪家关之际，发动六十多名贺家寡妇跪在操场喊冤。当天贺家六十多名寡妇，抱团跪在洪家关大岩塔，高声大喊："冤枉"，强烈要求政府澄清事实，并当场揭露韦跃元，朱世烈亲手制造的"异党"案件真相。最后迫使张中宁当场表态："这是一起私仇公怨，宗族作祟，不是异党案。"由于证据不足，贺锦章等人被关押一年多后，交保释放。

贡献大，悲壮事迹感动贺老总，点名接见

1949年10月全国解放，贺龙同志任西南军区司令员，驻扎重庆。一些贺家族人中早年曾跟随贺龙闹革命而牺牲的家人去重庆看望贺龙并要求安排工作的人不少，唯独谢友姑一家没人去。1951年贺龙发现自己的好嫂子谢友姑一家没人来找过自己。他陷入了沉思，嫂子谢友姑为了支持自己的事业遭受苦难，失去亲人，救助伤员，筹措军饷等一桩桩，一件件感动人心的事历历在目。特别是自己从1928年桑植起义后，家里的房子被土匪陈策勋烧为灰烬，无处藏身。而家里的两个夫人向元姑，胡琴先俩人自1937年从上海回洪家关后，没地方住，正是嫂子谢友姑帮忙安排在贺学飞家里，生活是嫂子照看着。因为胡琴先是外地人，在当地没有亲人，谢友姑更是把她当做自己的亲妹妹一样来看待。后来胡琴先在1949年要谢友姑把第三个孙子贺兴演过继给她做孙子，以表对谢友姑的感激之情，被谢友姑谢绝。

1949年2月，向元姑因受国民党反动政府的长期折磨和迫害，积恨成疾，在洪家关逝世，丧事是由谢友姑牵头找谭考姑和家族中的老人们一起操办的。丧事期间，谢友姑的小儿子贺学安险些被土匪张月峰抓走，幸亏逃跑及时才保住性命。贺龙回想起这些点点滴滴，觉得这辈子欠嫂子谢友姑的情太多了。当即安排人传话给谢友姑要她来重庆，让自己好好看看。同年十月谢友姑在贺龙的侄女贺胜妹的陪同下去了重庆。看到谢友姑后贺龙很高兴，并亲自安排要单独接见谢友姑。二人见面时贺龙第一句话就问谢友姑："嫂子，您为了支持我所欠的外债还有多少未还完，剩余的我来还"，谢友姑回答："到去年年底，我都还清了。"贺龙接着说："这些年您太辛苦了，为了我和中国人民的解放事业您操尽了心，吃尽了苦，受尽了罪，还失去了两位您最亲的亲人，同时多次救过我，支持我，我非常感谢您。"谢友姑说："我能见到您我很高兴，感谢您惦记我，点名见我，为您做的任何事情我都是心甘情愿，从不后悔。"贺龙说："怎么说我也要谢谢您，您现在有几个孙子了，给我送两个来，我帮您培养培养吧。"谢友姑说："那我把学定的儿子兴洲给你送来，您的这番心我很感动，也知足了。"1952年正月贺兴洲在朱传禹父子的陪伴下去了重庆。之后贺龙调到北京一直把贺兴洲带在自己身边，把他视为自己的亲孙子来看待和培养。

为执着，平淡低调走完人生，无怨无悔

新中国成立后，谢友姑一家人在党和政府的领导下，勤劳俭朴，平淡低调过日子，从不居功自傲。自己为革命所做的事情从不对外人说起，直到"文革"时，贺家人遭到林彪路线迫害，她才将自己为革命所做的一切告诉给自己的孙子。由于她一生含辛茹苦饱受沧桑，也就养成对家人的严格要求，并制定了严格的家规：做人要厚道，办事要尽心，声誉要自重，长辈要孝敬。后来她的儿子，媳妇及孙子们都严格遵照老人定下的家规为人处世，为党的事业忠心耿耿，尽职尽责。小儿子贺学安从土改时一名普通干事干到了乡信用社主任。五个孙子都加入了中国共产党，相继都担任过党和政府部门的领导。在"文化大革命"以前，当地小学经常把她请去给学生们讲贺龙同志闹革命的事迹，对孩子们进行革命传统教育。但她从不向政府和当地群众提及自己，不向政府要名誉，要回报，坚持自食其力。

常年在家种果树，栽甘蔗卖，她认为通过自己的劳动赚来的钱，用起来心里踏实。"文革"时期，林彪路线将贺龙打倒，诬蔑贺龙是大土匪、大野心家、大阴谋家。谢友姑愤怒了，她告诫儿孙说："贺龙是好人，他的所作所为都是为了劳苦大众，做出的事情对得起党和人民，也对得起列祖列宗。"1968年3月83岁的谢友姑走完了她坚忍执着，勤劳俭朴，艰辛平淡，无怨无悔的人生。

侯宗美，又名侯美姑（1914年六月二十五—1987年二月初六），生于桑植县澧源镇蔡家峪村，16岁（1930年）时嫁洪家关乡云丰村丁家坪贺学锐，育有一儿贺兴家，一女贺兴玉。

侯宗美：抚大儿女继夫志

谷道弘

　　侯宗美与贺学锐结婚不久，贺学锐就参加了红军。公公贺文昌，又名贺大斋，与贺龙同辈，个子高大，开过私塾，积攒了较为殷实的家底，本想买田置地，后因堂兄贺龙的一句话，他改变了当初的主意，修建了一座远近闻名的大宅。

　　由于家底厚实，加上为人正直，不苟言笑，贺文昌在乡里村里颇有威望。

　　侯宗美所嫁的是其大儿子贺学锐，他个子不像父亲那么高大，但继承了为人正直、勤劳善良的品行，深得贺文昌的喜爱。能嫁入这样的人家，侯宗美无疑是幸福的。第二年、第三年，儿子贺兴家、女儿贺兴玉相继出生。一家是多口人，祖孙三代同堂，一起度过了两年平稳而幸福的日子。直到有一天，一支队伍从村里经过，这种平静的日子才戛然而止。

　　那天，贺学锐与弟弟贺学柱一道在田里做农活，远远看到一大队人马走了过来，拉队伍的是洪家关贺家人心中的英雄、堂叔贺龙。贺龙走近，对兄弟俩说："走，跟我闹革命去。"兄弟俩本有此意，经堂叔这么一说，立马动了心思。贺学锐拉着弟弟就往家里跑，一见到妻子就说："我想参加常幺幺（贺文常是贺龙原名）的队伍，闹革命去。"侯宗美摇摇头："儿女们还小，你莫去！"贺学锐安慰妻子："一匹灯草一匹露水，你放心，我去闹革命不会有事的。"说完拉着弟弟学柱就离家走了。

　　贺学锐入伍后，被编入桑植模范师。不久，他由于精明能干，机智英勇，在模范师当上一名连长。1935年初春的一天，贺学锐部奉命在县城朱家台召开军事会议。会中，负责警戒的战士神色惊慌地跑进来，报告说向英武的人马从左、右、后三面包抄而来，形势十分危急。贺学锐果断停止会议，安排战士从浮桥突围，自己则和连部一起殿后掩护。他们边打边退向浮桥，不料敌人已先行赶到，将浮桥砍断。无奈，贺学锐他们只得强行泅水渡河。初春的天气依然寒冷，战士们来不及脱去棉衣棉裤，纷纷跳入冰冷的河中，棉衣棉裤遇水后特别厚重，使得他们的行动更加迟缓。后面岸上，敌人向河面疯狂扫射，贺学锐和战士们纷纷中枪，倒在冰冷的澧水河中。鲜血将河水染成红色。

很快，贺文昌知道大儿子牺牲的消息，白发人送黑发人，他非常悲痛。倒是侯宗美平静地接受了这个残酷的现实。或许，目送丈夫离开的那天，她的心里是难以割舍的，也只是紧紧抱着一对幼小的儿女，期待着丈夫凯旋，与他们相聚。

在这动荡的年代，侯宗美和她的孩子身为红军家属，时刻面临着斩草除根的危险，整天东躲西藏、居无定所。一天，侯宗美去洪家关赶集，想给两个孩子买点猪肉吃，却被保长贺云武发现，他拿着枪指着侯宗美说："美姑姐莫怕，今晚去你家杀羊子，你不要跑。"侯宗美明白"杀羊子"的意思，赶忙跑回家，带着两个孩子和家里比较值钱的财产——一只老母鸡，跑到本村朱远勤家躲难。没想到人家怕连累，不敢收他们。无奈，侯宗美披着蓑衣，带着孩子躲进家后面的山上。微微细雨，山上也弥漫着静谧的悲凉。在一棵大树下的石头后面，母子三人顶着蓑衣，依偎在一起，大气也不敢出。当晚，贺云武果然带着10多条人枪，牵着一头肥羊，来到家里，不见侯宗美母子，他们就把羊杀了，一直吃到深夜才离开。

1942年农历五月二十七日，56岁的贺文昌撒手离世。公公家偌大的宅子，就剩下侯宗美母子三人。此时，家里已没有什么积蓄，侯宗美不得不拼命地做农活，艰难地维持生计。尽管这样，侯宗美还是节衣缩食，送儿子贺兴家读书。每年过年，侯宗美都要将平时攒下来的大米，用磨子磨成粉，给孩子做红薯粑粑，炸油粑粑。日子虽然艰苦，但一家三口苦中有乐。

那些年，面对随时可至的官兵和极力排挤她的外族人，侯宗美只有东躲西藏。为了保护两个孩子和家产，她别无选择。

对待族里的贫弱家庭，侯宗美大度仗义。堂弟贺学炳一家五口挤在两间茅草房，雨天房顶漏水，眼看三个儿女慢慢长大，贺学炳非常着急，找到侯宗美商量，想找她家多余的房子借住。侯宗美二话没说，将堂屋左侧三间大房的东西搬出来，让给他们一家住。贺学炳在小溪煤矿当矿工，平常很少回家，孩子管得少。逢年过节，侯宗美做了什么好吃的，都不忘给贺学炳的小孩送一些。就这样，两家没有直接亲戚关系的人，在一个屋檐下和睦地住了多年。

侯宗美对孩子要求严，告诉他们时刻不忘自己是革命烈士的血脉，要他们养成好的品行。在她含辛茹苦抚养下，两个孩子长大成人。儿子贺兴家虽然只有高小毕业，但为人厚道、正直、聪慧、勤劳，1956年入了党，1962年正式成为一名国家干部，先后在洪家关、利福塔、瑞塔铺、竹叶坪等公社任职，后在县民政局当了10多年局长。他不摆架子，经常脚穿草鞋，走村串户，了解民情，与老百姓打成一片，广受赞誉。家里劳动力少，农忙时，他回家犁田插秧收割，样样都干。贺兴家经常教育6个子女："我们是革命烈士的后代，一定要保持革命家庭的好传统，不管做什么都不要落后。"1972年贺兴家在长沙参加农业学大寨会议时，被公共汽车撞成重伤，肇事司机被派出所抓去审问。贺兴家醒来知道情况后，非常着急，把事故责任全揽在自己身上，恳求警察放人："他上有老下有小，不要为难他，是我自己不小心造成的。"派出所最终把司机放了，他们两家从此不是亲

戚胜似亲戚，有时间还互相走访，当时的《主人翁》杂志以《马路上结下的亲戚》为题进行了报道。

儿子当国家干部，六个孙子绕膝，侯宗美的日子渐渐好起来，可惜1976年，她不幸中风，半身不遂11年，直至1987年去世。生病期间，儿子贺兴家、媳妇朱金香对她不离不弃，照顾有加。日子虽然清苦，但一家人和睦恩爱，在当地传为佳话。

谢南姑（1905年3月—1935），中国工农红军红三军军需长贺学定（1908—1928）结发妻子。

谢南姑：金子心闪耀凡尘

谷道弘

"马桑树儿搭灯台，真心话儿给郎带。郎在前方把敌杀，姐在家中履职责。你一年不回我一年等，钥匙不到锁不开。郎君战死在疆场，姐愿终生守空房。"这首歌真实表达了当时贺氏族人中，青年男人参军时和新婚妻子俩人离别时的依依惜别之情。

谢南姑，1905年3月生于桑植县桥自弯乡柏杨村谢家坡组，该组是以谢姓人为主的土家族居住地。父母老实厚道，勤劳朴实，养育子女3个。因家庭贫困，谢南姑满15岁就许配给姑姑谢友姑的儿子贺学定。

定亲后，姑爹贺文运和未婚夫贺学定都相继跟随贺龙参加革命，家中只有姑姑谢友姑和妹妹贺学银，谢南姑就经常到洪家关帮姑姑做家务事。

1923年谢南姑和贺学订完婚，结婚时贺学定15岁，谢南姑18岁。

贺学定在贺龙部队里任连长，战事吃紧不能久留，因此结婚只有3天就随部队出发了。看到新婚的丈夫马上就要离开自己，谢南姑强忍心头的不舍，她叮嘱丈夫："你要听贺龙大叔的话，多杀敌人，为贺家人争光。家里你就不要担心，我会和妈一起照护好妹妹和弟弟的。"

丈夫贺学定归队后，谢南姑就开始履行贺家媳妇的职责，她的公公贺文运1922年春在战斗中受伤，同年5月牺牲。家中就只剩下公婆谢友姑，妹妹贺学银及不满一岁的弟弟贺学安，所以家庭的重担就落到了谢南姑身上。白天同公婆劳动，晚上还要照顾弟弟贺学安，有时还要帮助公婆照顾红军伤员。

1923年贺龙手枪营的营长贺沛卿负伤后，部队将他安排在谢友姑家里，谢南姑就担负起照顾伤员的重担。由于贺沛卿伤势严重，生活不能自理，谢南姑不仅要为伤员换药，还要负责伤员吃、喝、洗等一切需要做的事情。每个伤员在谢友姑家养伤时，她都要负责这些伤员的护理和饮食，直到他们伤愈归队。谢南姑与公婆一道炸油粑粑卖和加工稻谷赚钱，支援贺龙的部队。一家人自己节衣缩食，支持丈夫的事业，更为重要的是还要承担丈夫的行为导致伪政府对家里人所带来的迫害。

1927年8月，伪乡政府串通伪县政府以"通共"的罪名将谢友姑、谢南姑和贺学安一同抓进伪县警察局监狱。当时贺学安年仅5岁，是由谢南姑背着去坐牢的。在监狱里面，谢南姑既要安抚好公婆，又要照顾弟弟，因为贺学安太小了。白天要料理弟弟吃饭、洗澡，晚上还要哄着弟弟睡觉。后来伪警察局把公婆放回去拿钱赎人，牢中就剩下她和弟弟俩人。临别时，公婆谢友姑叮嘱道："一定要等我筹到钱，不要跟他们起冲突。"谢南姑眼角噙着泪水说："妈，您放心，弟弟这边有我，我一定会照顾好的。"在接下来的这几个月时间里，她既要照顾弟弟，还要随时接受警察的审讯，由于没有"通共"的证据，伪警察局只好在谢友姑交足了赎金之后将谢南姑和贺学安二人释放。

1928年由于南昌起义失败，丈夫贺学定随堂叔贺锦斋回到湖北石首、监利和湖南石门一带继续革命，扩充红军实力，坚持同国民党反动派进行武装斗争。同年4月，贺学定为石首中心县委运送武器的消息被叛徒出卖，当装运船只行驶到湖北藕池河时，被早已埋伏好的国民党部队包围，双方展开激战，最后贺学定壮烈牺牲在河中，年仅20岁。当谢南姑听到丈夫贺学定战死的消息后，一下子就昏倒在地上，在公婆谢友姑的呼唤下才慢慢清醒，渐渐恢复理智。明白只有化悲痛为力量，坚持活下去才是对丈夫最好的怀念。

从此，23岁的谢南姑肩负起家庭重担，并继承了贺家寡妇的做人的传统（生是贺家人，死是贺家鬼），孝敬公婆，照顾弟妹。谢南姑心中十分明白：身为红军家属，自己必须振作起来，为了保护好公婆家唯一的男人——弟弟贺学安，她把对丈夫的思念和爱全部倾注在弟弟的身上，她要保护他，更要呵护他。只有弟弟健康安全的成长才是对九泉之下的丈夫最好的交代。也就从那时起，谢南姑的心思全都都在弟弟贺学安身上，常年东躲西藏，去哪都带着弟弟，走路不敢走大路，睡觉只能在别人屋后或者山洞里睡。吃是靠乞讨，每当讨来能吃的东西她都舍不得吃，全部带回来给弟弟。自己经常忍饥挨饿，只能靠着挖野菜来充饥度日。特别是晚上睡觉，既要防蚊虫叮咬，更要提防野兽和毒蛇的伤害。她先后随贺家战死疆场的遗属们到桥自弯、五道水、四门岩一带躲避兵匪的追杀。

时间仿似一条直线，没有起点，亦没有终点。常年的东奔西跑，整天提心吊胆的日子，使得谢南姑劳累过度患上了疾病。因没钱医治，年仅30岁的谢南姑于1935年10月含泪去世。这是一个女子最美好的年华，同丈夫新婚只有3天时间，却为了革命奉献着了一切。临死的时候，谢南姑似乎是心感愧疚，没有为丈夫家留下香火，久久不能闭上双眼，弟弟贺学安读懂了疼爱自己如慈母般的嫂子因没有留下孩子不愿离去的心思后，他立即跪在嫂子的床前痛哭流涕的发誓说："嫂子，你这辈子心疼我，保护我，关心我，你的遗憾我一定给你补上。我今后结婚生的第一个孩子不管是男是女都是你和哥哥的，你就放心地去吧。"弥留中的谢南姑看到自己带着长大的弟弟懂事了，虽受疾病的折磨，脸上却挂着一丝笑容，她知足了，自己多年来对弟弟疼爱是值得的。听完弟弟的承诺后，贺家好媳妇谢南姑慢慢闭上双眼，似是心中一片豁达，安地的离开了人世。

后来，弟弟贺学安兑现了诺言，把结婚后生的第一个儿子贺兴洲过继贺学定、谢南姑夫妻名下。1952年时任西南军区司令的贺龙将贺兴洲接到重庆，随后将其一直带在身边精心培养。1997年时任云南省昆明市人大常委会主任的贺兴洲将父亲贺学定、母亲谢南姑用衣冠冢的形式，合葬到洪家关革命烈士纪念塔。

　　肖菊姑（一九〇二国年冬月初十—一九八八年四月十五），工农革命军队长贺文玷（1900年—1928年8月）之结发妻子。生于洪家关刘家坪组的肖菊姑20岁嫁给长她两岁的贺文玷，因为贺龙的爷爷与贺文玷的爷爷是亲兄弟，所以贺文玷理所当然是贺龙在革命征战中最信赖的人。在贺龙部队，贺文玷从事的是信使工作，善使一把长刀的贺文玷会根据贺龙的指示，带话给桑植乃至湘鄂西拥枪自立的地方武装，必须在某年某月某日归附贺龙统一指挥，否则等待的是整体歼灭。丈夫贺文玷跟着贺龙提着脑壳干，肖菊姑明白血脉亲情绕不过"打仗亲兄弟"的古训，她对红军丈夫的要求只有一个，家中的四亩稻田每年要丈夫耕种收获。天干地扯裂，阳春误不得。无论你飞到哪里，到了哪个时间，都要回来育秧栽秧，割谷晒谷。男人活在世上，娶妻生子，就要担起责任，养活家人。

肖菊姑：你是冤我是家

王成均　谷林芳

　　电视剧《还珠格格》片尾曲《你是风儿我是沙》歌词道："（合）你是风儿我是沙，缠缠绵绵绕天涯。（男）叮咛嘱咐千言万语留不住，人海茫茫山长水阔知何处。（女）点点滴滴往日云烟往日花，天地悠悠有情相守才是家。（合）浪迹天涯从此并肩看彩霞，缠缠绵绵你是风儿我是沙。"这首缠绵惆怅的爱情歌曲，放在桑植红嫂肖菊姑身上有着异曲同工之妙。不过这歌词应改为："（合）我是家你是冤，远远近近家有田。（男）常哥指令千军万马跟党走，三座大山天高地阔英雄路。（女）三个儿女岁月留痕族有根，血雨江湖坟冢一处躺夫魂。（合）相聚黄泉从此连理品团圆，生生死死我是家来你是冤。"同一样的曲调，不一样的格局，这是桑植红嫂肖菊姑的人生写照。

你是我的冤，我是你的家

在桑植洪家关贺氏家庭媳妇中，肖菊姑是一个秀外慧中的人。桑植县有两个刘家坪的地名，一个是刘家坪乡的刘家坪村，一个是洪家关村的刘家坪组。洪家关村和刘家坪组是坎上坎下的关系。刘家坪组的肖菊姑嫁给洪家关的贺文玷，距离近到肖菊姑家炒什么菜，贺文玷通过油烟的味道便知道。

正因为距离近，正因为大肖菊姑两岁的贺文玷是肖菊姑的父母看着长大的，知根知底，当贺文玷的父母提出结为儿女亲家的时候，肖菊姑的父母是犹豫的，因为太熟悉太了解贺文玷了。肖菊姑的父母看到贺文玷从小到大嗜武，一把大刀耍得密不透风，青壮年后生三五个近不得他的身，所以贺文玷被人取了一个别名："人屠"，意思很明白，谁人跟贺文玷不对付，想加害贺文玷，那等待那个人的命运是被屠击。贺文玷其实并没有杀多少人，可他的名声在外，人见人怕。

要把自己的女儿嫁给贺文玷这样的人，肖菊姑的父母内心确实有点恐惧。肖菊姑的父母左右为难，不知说什么好，作为女儿的肖菊姑读到父母的难处，微微一笑道："我嫁。"

肖菊姑的父母吓得一跳，不明白秀秀气气的女儿怎么敢嫁这么一个凶神恶煞的猛汉，她降服得住吗？如果降服不住，她不怕一辈子挨打吗？

肖菊姑父母的心思，肖菊姑察言观色，心中了然，她走到父母亲的身边，抓住母亲的手，又握住未来公婆的手，笑着对二人道："你们两个放心，贺文玷性子再烈，他烈得过亲情，烈得过恩义吗？俗话说，你有张良计，我有过墙梯。这婚姻本就是不是冤家不聚头。结了婚，我就当他的家，他就当我的冤。"肖菊姑的俏皮的话语，一下击中了双方父母的心。这门亲事就这么定了下来。

在桑植洪家关，儿女亲家的结合讲究的是快刀斩乱麻。贺文玷的父母把肖菊姑的话传给了贺文玷，贺文玷一听，乐了，还没有哪个姑娘敢大言不惭地说"你有张良计，我有过墙梯"呢。贺文玷的家与肖菊姑的家不过八百米，听到父母转达的肖菊姑的这句话后，贺文玷提着一把大刀拜会肖菊姑来了。贺文玷的父母怕出幺蛾子，赶紧跟在儿子身后。

贺文玷前往肖菊姑家时，肖菊姑正在房屋的台阶上纳鞋底，远远地，看到贺文珏提着大刀雄赳赳而来，身后跟着未来的公婆，肖菊姑不着痕迹地微微一笑，继续低着头纳鞋底。肖菊姑的父母听到动静，赶紧搬来椅子让亲家父母坐下，等着看戏上演。双方父母此时心照不宣，都想看看这两个小辈过招，更想看看肖菊姑有没有她自己说的那么牛，能降服住凶名远扬的贺文珏。

贺文珏见肖菊姑无动于衷，低着头纳她的鞋底，便走到肖菊姑身边，歪着头问："听说你有过墙梯，你的过墙梯在哪里？"

肖菊姑扫了贺文珏一眼，说了一声："你猜。"手上的功夫却并没有停，仍然一针一线地纳着鞋底。

贺文珏看到肖菊姑的俏脸，一下有点气短，还有点糊涂，心想："你心里想的什么，我怎么猜得到？"嘴上却讷讷的，一时竟不知说什么好了。

肖菊姑见贺文珏语塞，莞尔一笑，停下手中的功夫，不紧不慢地对他说："我知道你厉害，可你再厉害，也是有勇无谋。"

贺文珏不服："此话怎讲？"

肖菊姑道："我今天出三个题目，你赢了我，我一辈子听你的，你输给我，你一辈子听我的。"

输啥也不能输气势，贺文珏想扳回一局，便再次歪头："就凭你？头发长，见识短！"

肖菊姑："要不，我们比比？"

贺文珏表现得很大气地道："行，比就比，你出题。"

肖菊姑："你不是力大无穷吗？你能把放在手心里的鸡蛋握破吗？"

贺文珏不禁笑了，道："这有什么不行的。"

肖菊姑站起身，去鸡窝里抓来两个白花花的鸡蛋，让贺文珏平伸出双手，手掌朝上，她则把两个鸡蛋放分别放在贺文珏的两只手掌上，然后让贺文珏五指合拢，再用力把鸡蛋握破。

贺文珏一脸的好笑，这么简单的事，小小的两个鸡蛋，也来考他的力气？可是当他使尽力气也握不破手中的鸡蛋时，不由闹了个大红脸。贺文珏一时心服口不服，连声道："三比两胜，好，这一局算你赢了，还有两局呢！"

贺文珏的父母和肖菊姑的父母相视一笑，由最开始的紧张变得放松起来，开始坐在椅子上悠闲地继续看戏。

肖菊姑认真地看了看贺文玷，眼里流露出瞧不起。

贺文玷恼了："别瞧不起人，你有什么招尽管使出来吧。"

肖菊姑道："只怕你做不来！练武讲的是四两拨千斤，你能用两根指头帮我纳十针鞋底吗？"

贺文玷说："小事一桩！"

肖菊姑递过千层鞋底，让贺文玷用两根指头握住小小的针。贺文玷满不在乎地一把接过，开始是站着，左手拿着鞋底，右手大拇指和食指两根指头拿着针头往鞋底刺，想把针头从这一面穿到那一面，可他用尽了九牛二虎之力，重约半斤，松松软软的鞋底就是刺不透。他想起来刚刚肖菊姑是坐着纳鞋底的，于是改站姿为坐姿，一屁股坐在肖菊姑家的门槛上，把鞋底放在自己大腿上，右手两根手指捏着针头狠狠地对着鞋底刺了下去，由于用力过猛，鞋底倒是刺穿了，可是针尖也一下狠狠地扎进了他的大腿里，痛得他大叫一声，于是拿起鞋底，把鞋底靠在门槛上，继续刺，一针，两针，三针，贺文玷只纳了六针，两个手指便酸软无力了，可他不想服输，他想自己这么大的力气，这么强的身子，都只能一口气纳六针，那看起来娇娇弱弱的肖菊姑肯定不能，于是他望着肖菊姑说："我已一口气纳了六针，你能吗？"

肖菊姑二话没说，从贺文玷手里接过鞋底和针头，坐在椅子上。只见她右手大拇指和食指捏住针头，麻利地往自己头发里刮了一下，然后凝神聚气，对着鞋底刺了下去，那针尖仿佛得了指令，一下就从鞋底的另一面冒了出来，肖菊姑捏住冒出来的针尖，往外一拔，针尖拉着针头，针头带着一缕线便从鞋底一路钻出来，顺溜得很。如此反复，肖菊姑毫不费力地纳了三针后，握针头的手指感觉有点酸软了，她再次捏着针头，用针尖在自己头皮上刮了一下，用头油令针尖更加油滑，然后继续左手拿着鞋底，右手拇指和食指捏着针头，用针尖刺进鞋底，待针身没入鞋底三分之一，右手拇指和食指固定在鞋底针尖将要出没的一块，用右手中指上套着的铁箍抵住针尾，用力一顶，待针尖钻出鞋底另一面，针身露出三分之二后，右手拇指和食指又从另一面捏住针身，用力一拉，麻线便被针头再一次带着穿过鞋底钻了出来……

贺文玷看着肖菊姑用巧，一时看呆了，但依然不肯服气，指出比赛规则是只能用两指。

肖菊姑反问贺文玷："你看见我用别的手指捏针了吗？"

贺文玷想了想，不情愿地摇了摇头。

肖菊姑说："我们做一双千层底布鞋，不仅要用手指头，还要用涂在头上用于护发的菜油，用腿上的血。"

肖菊姑说完，拿起针尖，在头上刮了一下，又在腿上刺了一下，有亮亮的油光和红红的血光沾在针尖上。肖菊姑一边示范一边说："我们女人给家里人给亲人做布鞋，是用心血做的。我们女人把疼痛纳进鞋底里，就是要让家里人和亲人们踩着我们的疼，脚上便少受些疼。"

贺文玷听到肖菊姑的这一番话，不由得看看自己脚上穿的软软和和的布鞋，再看看母亲，想到母亲日夜做布鞋的情景，他的眼眶不由湿润了，他望望母亲，望望肖菊姑，突然向母亲鞠了一躬，转身对肖菊姑道："我服了。"

肖菊姑问："还有一局呢，还比吗？"

贺文玷："不比了。"

肖菊姑："结婚后，谁当家？"

贺文玷："你当家。"

肖菊姑："不，我们两个当家。家里的田你负责耕种播种收获，我负责生儿育女，做衣做饭。男人有男人的责任，女人也有女人的分内之事。"

贺文玷："好，你，我娶定了，一辈子服你。"说完，握起大刀，一溜烟跑了。

贺文玷的父母起身对肖菊姑的父母说："我们最放心不下的是这个儿子，现在，我们把儿子交给你家菊姑，我们放心了。"

肖菊姑望着贺文玷飞速跑开的背影，久久不语，冥冥之中，她感受到这个男人在成为她这一生的天与地的同时，也将是她这一生的冤与家。

你是三个孩子的冤，我是三个孩子的家

贺文玷和肖菊姑结婚的那年，贺龙没有参加两人的婚礼，可贺龙托人送来10块光洋。贺龙此时已是川东边防军警备旅旅长和川东边防军第一混成旅旅长。这一年12月，孙中山给贺龙复函一封："贺云卿先生鉴：周参谋持来大札，备悉一是。边徼久戍，艰苦逾恒，而壮志不渝，忠诚自矢，

此真可为干城之寄，当勉望于无穷者也。川中久苦内战，迩来以各将领互开诚之悃，共企新图，遂有开发实业计划。前各以书来陈说，文曾力赞其成，不独为弭息内争，昭苏民困之要图，而给养有恃，简练精益，一俟会讨有期，建瓴而下，且可以襄成大业，幸协图之。我驻闽各军实力充裕，稍事休息，即须出讨。驻桂之张、朱各军，现已下迫梧州，西江震动，陈逆料难久道。切望秣厉待时，共勘大难。此复，即询戎绥。"

孙中山给贺龙的信，肖菊姑和贺文玷是读不到的，可两人的枕边夜话是围绕贺龙展开的。

"我说文玷，我们结婚常哥随了那么大的礼，我们怎么还呀？"

"常哥的礼，不用还，我一直帮常哥做事，这是他给我发的报酬。"

"常哥常年在外，一年回不了几次家，我没见你给他做什么事。"

"你不要跟别人说，我是悄悄给常哥做事的。常哥每次从老家带出去的兵，都是我招的。"

"你怎么招的？我怎么不知道？"

"常哥看上了哪支队伍，我就给哪支队伍的头头下书，让他们什么时候赶到常哥那里。"

"他们要是不去呢？"

"不去，他敢！"贺文玷眼睛里射出厉害的光，"不听话的人，常哥和我有的是手段，让他们臣服。"

"你刚才眼睛里的光要杀人，我好怕，你不要吓到我肚子里的宝宝，他可是你的骨血。"

贺文玷听了妻子的话，心一下软了，眼睛射出喜爱的光："我贺文玷人一个，卵一条，娶了你，让我的心有了挂念。"

肖菊姑说："你现在可不是一个人，有我，有你的父母，有我的父母，还有许多许多的孩子。"

贺文玷笑了："许多许多的孩子，十个？八个？二十个？"

肖菊姑说："你当我是猪母娘，一胎十个八个的。"

贺文玷把肖菊姑搂在心口，轻声在她耳边道："一年一个，两年一个，三年一个，这样可以了吧。"

肖菊姑道："行吧，谁叫我命苦，生呗。"

两人说着说着，就到了1923年，大女儿贺润玉出生了。

两人生了大女儿，白天忙完了田地里的农活，夜晚又继续聊，一下到了1925年，儿子贺学风出生了。

儿子贺学风出生后，肖菊姑问贺文玷："还聊白话吗？"

贺文玷答："不聊了，常哥当上了澧州镇守使，带信让我跟他干大事去。"

肖菊姑说："常哥带了信，你就去，我们欠了人家的大礼情，你去还情，是应该的。"

贺文玷："好，我去还情。"

肖菊姑道："去，可以，我约法三章，你在外面怎么忙，每年插秧割谷，你要回来，这是男人做的事。"

贺文玷："我一定回来，天上落刀也回来。"

肖菊姑道："不是我要你回来，是你的两个儿女想你了，要你回来，他们要吃饭。"

贺文玷道："对，两个儿女要吃饭。"

肖菊姑道："我知道你和常哥的心野得很，你们心里不只装着一个家。"肖菊姑说完，从屋里拿出五双布鞋，递给贺文玷说："三双给你穿的，两双给常哥穿的。记住，栽秧割谷回来。"

贺文玷应了。

1926年，贺文玷走出了桑植，好大的一块天。贺文玷跟着好大的一支部队先是到了贵州铜仁、松桃，继而湘西凤凰、贵州镇远、湖南晃县、芷江、沅陵，6月7日，贺部第一旅第一团贺锦斋部开往大庸，正好赶回插秧。

长达六个多月的时间，贺文玷回到洪家关，两个人的聊白话又有趣地开始了。

肖菊姑："回来了？"

贺文玷："回来了。"

肖菊姑："外面，好玩吗？"

贺文玷："天天枪林弹雨，你说好玩吗？"

肖菊姑："不好玩，那就不玩了，回家安安心心过日子。"

贺文玷："国不宁，家何安。"

肖菊姑："哈哈，跟着常哥，讲的话有了高度啊！"

贺文玷："再高，高不过常哥。"贺文玷的目光又装着远方的天。

　　肖菊姑不明白，男人为什么喜欢外面的天。外面的天不一样有云有雾，有日有月有星星，和桑植的天有什么两样呢？为什么男人的心思飞向外面呢？既然喜欢外面的天，为什么又要回来呢？

　　肖菊姑的脑壳想呀想，想的脑壳好疼。肖菊姑想着想着，脸一下红了。哦，明白了，男人喜欢外面的天，是因为外面的天是虚的，再美，再好玩，到了晚上，也是孤零零的一个人。男人回来，是因为家也是一块天，这块天是实的，有父有母有妻子有儿女，看着踏实，用着实在。去外面的天，是为了让家这方天过上好日子，外面的天连着家乡的天，家乡的天牵连着外面的天。

　　肖菊姑想明白这个道理，是因为自己的肚子。贺文玷聊白话时喜欢把耳朵贴在她的肚皮上，感受她肚子里的血团团的运动，若是刚好碰上那个血团团用脚踹了他的脸，他定会笑得特别甜蜜，肖菊姑不由觉得男人有病。

　　笑着的贺文玷第二天又走了。这一次，贺文玷没有兑现承诺，秋天的时候没有回来割谷。

　　肖菊姑很生气。很生气的肖菊姑望着远方的天，左手牵着女儿，右手握着儿子，像是自言自语地问道："你们的老头是不是不要我们啦？"

　　肖菊姑的生气让贺龙的大姐贺民英、胞妹贺满姑知道了，她们知道贺文玷跟着贺龙到了汉口，她们把肖菊姑也带到了汉口。

　　肖菊姑看到贺文玷，质问他："说好的，秋天回家割谷，你怎么失了信？"心里其实还憋着一句"是不是不要我们了？"没说出口。肖菊姑说着，又这样想着，哭了。肖菊姑一哭，女儿贺润玉、儿子贺学风也跟着哭了起来。

　　贺文玷看到大人小孩都哭，他吼了一声："哭什么哭，你以为男人在外面过的是花天酒地的日子吗？马上要打仗了，我马上要出征了，这次是打宜昌，我们是提着脑壳过日子，哭，兆头不好。"

　　肖菊姑一听，马上止住了泪，她用眼睛瞪了儿女一眼，儿女马上止住了哭泣。

　　不几天，贺文玷跟着贺龙打响了宜昌巷战，完全占领了宜昌。贺龙缴获步枪3000支、连枪百余支，俘虏敌人数千名，击毙敌团长3个、营长5名、士兵2000多人，贺部仅阵亡连排长数名。战役胜利，贺文玷随部队回到汉口。1927年1月3日，武汉各界举行庆祝国民政府迁鄂及北伐胜利大会。

肖菊姑跟着贺文玷参加了胜利大会。好大的场面呀，数万人兴高采烈。看到丈夫走在部队中间，眉目间散发出胜利的光泽，肖菊姑才知道男人为什么要出来的原因了。

肖菊姑跟着贺文玷在汉口住了三个月，怀上了第三个孩子。贺民英、贺满姑根据贺龙安排，带了许多枪回到桑植。临走前，贺文玷告诉肖菊姑，他们的部队马上出师河南，常哥已是国民革命军第九军独立第十五师师长了，官兵有1.1万多人，现在是兵强马壮。

肖菊姑回到桑植时，没赶上插秧，秋天田里的谷子一片金黄，已有六个月身孕的她也没有割谷，贺文玷也没有回来割谷。肖菊姑没有想到，田里的稻谷吐穗期间，贺文玷参加了著名的南昌起义，而后一路撤退来到上杭，参加在壬田战斗中负重伤，在上杭牺牲的二十军第四团团长贺文选烈士的追悼会，受贺龙安排回家报信，并在湘鄂两省走动。

贺文玷回到家，田里的稻谷已经割完了。贺文玷赶上了第三个孩子出生的时间。1927年腊月初六，儿子贺学立出生了。

儿子贺学立降生时，贺文玷听到肖菊姑在房间里大哭："文玷，文玷，你是我前世的冤家。"

骂声过后，是一阵撕心裂肺的痛苦叫声，接着一个洪亮的啼声响起。

贺文玷听到母子平安，他一下哭了起来。

你是泥的冤，我是泥的家

在贺文玷、肖菊姑的孙子贺兴盛的酒楼里，悬挂着贺兴盛亲笔书写的元代管道升的《我侬词》。

贺兴盛和妻子谷秋萍会在爷爷奶奶的生日忌日，带着一家人读一读这首《我侬词》。词的上方，是肖菊姑的遗像。贺文玷牺牲于1928年，4岁的大儿子贺学风夭折于1929年。肖菊姑去世于1988年农历四月十五，长达60年的坚守，肖菊姑用她60年的岁月真情诉说自己对冤家的泥土思念。

1928年2月28日，贺龙及湘西北特委一行回到洪家关。已是三个孩子父亲的贺文玷听到贺龙家里欢歌笑语，准备抱着孩子去叙旧，突然，栗树垭传来密集的枪声，贺文玷一听，有五六十人的样子，马上找来挑木炭的竹篓子，前边放上女儿，后面放上儿子，肖菊姑背上出生刚三个月的小儿子，一家人一起往山上跑。路过贺龙屋前，贺龙喊："玷二爷，他们是冲着我来的，你跑莫卵。"

贺文玷道："武汉镇压了谋害你的人，他们的家人想杀你和贺家儿孙，我躲躲，你们也躲躲。"

肖菊姑也道："常哥，留得青山在，不怕没柴烧。"

贺龙道："你们生第三个孩子，我没什么表示的，来，给你们两块光洋。"说完，掏出光洋塞进肖菊姑手里。

时间紧迫，贺文玷和肖菊姑带着三个孩子躲在皮家湾，贺龙也带人来到对面的杨家山。

贺龙带着人站在山上大骂，敌人也骂。

肖菊姑听着双方对骂，听着听着，紧张之中悄悄笑了，贺文玷问她笑什么，肖菊姑道："常哥也是带过上万兵的人，也学会了骂架。"

贺文玷道："常哥不按常规出牌，他常常会做意想不到的事。他好好的20军军长不当，却当上了共产党，这不是一般人想得到的。"

肖菊姑问："常哥回来了，你肯定跟他走？"

贺文玷道："肯定的，他现在身边缺人。"

肖菊姑道："南昌起义，贺家死了那么多人，你不怕？"

贺文玷道："敌人杀的是贺家人，我们不报仇，有什么脸面活在世上。"

肖菊姑没有想到贺文玷插完了秧，便走了。很快，田里的秧拔了节，吐了穗，一天天谷子黄了。贺文玷回来了，回来的还有贺锦斋。身中数枪的贺锦斋是躺着回来的，鲜活的一个人说没了就没了，肖菊姑、戴桂香、刘友姑等等贺家的媳妇们抱在一起哭。

把贺锦斋送上了山，贺文玷要出门，肖菊姑说："我知道挡不住你，抢时间把谷割了走。"

贺文玷同意了。割谷的日子，贺文玷担心敌人会报复，他随时把防身的大刀带在身边。贺文玷割谷的那天，敌人派出了探子，找到刘家坪12岁的小孩指认跟贺龙打仗回来的有哪些，刘家坪小孩就指认了在田里割谷的贺文玷。

贺文玷割谷时，田里来了许多鸡啄食。贺文玷割谷累了，回到刘家坪的丈人家喝口茶，出门忘了提刀，又来到田里。10多个敌人装成鸡贩子到田里捉鸡，从四面包抄过来，捉住了贺文玷。他们怕贺家人发现，用石头、棍棒活活砸死了贺文玷。

远远地，肖菊姑看到丈夫被10多个人杀害，她马上从后门带着三个孩子上了山。她不敢哭，她的心里只有一个念头：保住三个孩子，保住贺文玷的根。

肖菊姑不敢回家，她躲在山上，看到贺家人帮着她把丈夫送上了山，她也不敢到丈夫身边哭一哭。

肖菊姑不敢相信任何人，怕人指认贺文玷的三个孩子，怕被斩草除根。

一天，一月，一季，肖菊姑躲在山上长达半年。儿子贺学风生了病，她不敢找人看病。肖菊姑把儿子抱在怀里，看到儿子病越来越重，她使劲亲着吻着儿子，她想用自己的体温自己的爱治好儿子的病，可儿子还是在她怀里走了。

丈夫没了，儿子没了，肖菊姑活在痛苦的自责里，她想如果自己不留丈夫割谷，丈夫就不会被害，他仍是贺龙手下人见人怕的带话信使，她和儿女们会安安心心地住在家中，儿子贺学风生了病，也可以请郎中医治，也许就不会丧命。

两年时间里，第一年死去的是自己的冤，第二年死去的是发家兴业的儿子，肖菊姑痛不欲生，可她知道自己不能痛死，她要活下去，她还有贺文玷的一双儿女需要养活。

敌人烧掉她的房屋，敌人烧一次，她修一次。敌人是动的，她是不动的，常哥还在，她肖菊姑不怕。

敌人想斩草除根，她偏偏要把田里做好，田里的秧旺盛，田里的谷旺盛，她就能让文玷的两个孩子好好地活着，要让女儿风风光光嫁出去，儿子风风光光娶媳妇，她要活给地底下的贺文玷看看，她肖菊姑没有倒下，她帮他活成了一座山。

60年的岁月，活着的长相思，躺着的用坟头的青草展示着生命永在。肖菊姑会在丈夫的生日、忌日带着儿孙们来到丈夫的坟前，诉说亲人们的思念。肖菊姑会给儿孙们诉说自己与丈夫8年的冤家情。

"冤家啊，冤了我60年，我不该缠着你，要你年年插秧割谷。如果我不缠你，你也许是一个将军！"

　　孙子贺兴盛听着奶奶的诉说，泪眼婆娑，他的脑海里浮现着元代管道升的《我侬词》：

　　"你侬我侬，忒煞情多，情多处，热如火。把一块泥，捻一个你，塑一个我。将咱两个，一齐打破，用水调和。再捻一个你，再塑一个我。我泥中有你，你泥中有我。与你生同一个衾，死同一个椁。"

肖菊姑的孙子贺兴盛

廖香姑（1894—1964），中国工农红军红三军红军交通员贺士银（1878—1930）结发妻子。夫妇俩生育儿子贺文功。为革命做出贡献的廖香姑长期生活在农村，革命成功后，她与儿子一直生活在农村。

廖香姑：赤诚甘当白毛女

贺学舜　曾萧逸

　　廖香姑，1894年出生于桑植内半县白果垭的农民家庭。当时的白果垭四周被大森林环抱，几户人家全掩映在参天大树之中，显得有些清幽。该地北与五里荒芷坊溪相连，西与谷罗山毗邻，东面就是洪家关，南来北往虽然方便，但在森林溪沟中穿行自然有些恐怖。出生在这个自然环境里的廖香姑，从小就需要胆量和勇敢。

　　乌鸦的哀鸣与老虎的吼叫，让廖香姑看惯了凄凉与阴森。因此，在知道自己是配二婚，知道贺士银的原配夫人是在反动神兵火烧洪家关贺氏半边街时被乱刀砍死的，也没有恐惧与害怕。

　　"香姑，我喜欢你，可不可以做我的媳妇。""好！"在简单的求婚中，廖香姑便把自己的幸福交给了贺龙的族叔贺士银。

　　贺士银为人谦和，淡泊名利，性情开朗，和他一起从军的人，大多数都在部队谋得了一官半职，可他一直到死还是个炊事班班长，但他不计较地位的高低尊卑，不计较个人的所得所失，乐意当好伙夫，同样获得了军中官兵们的尊重。

　　虽嫁二婚的香姑也没有因为士银地位不高有一丝抱怨，来到贺家填房，帮助贺士银将家迁往洪家关的刘家坪台垴上，虽为女子仍用自己全部之力新修了3间小木屋。在这间小木屋里，廖香姑和丈夫以自己家为据点，建立了地下联络站，为红军从事秘密串联工作，为湘鄂西党和军队领导人员提供聚会场所。

香姑为人和善，性格开朗，且吃得苦，耐得劳，被誉为贺家当时辈分最高且又年轻的好媳妇。香菇的新家处于出入洪家关的咽喉处，地理位置极为重要。因此，在贺龙的授意下，贺士银、廖香姑在家里借谋生为名，开了家商业饭店，广泛招揽过往顾客，廖香姑和蔼可亲、和颜悦色，嘴也很甜，每天迎送客人不断，贺龙部队也在此获得了不少情报。

"大姐，又来吃饭啦，今天想吃什么？"香姑喜面盈盈招呼着，背上背着刚出生的小儿子，儿子跟着香姑身体轻轻摇动的频率憨憨睡着。"士银真是好福气呀，有你这么个好媳妇，年过半百老来得子，你吃得苦耐得劳，真为我们贺家争光。"贺龙的话语让香姑本就笑容满面的脸上绽开了更灿烂的花，让"笑迎四方宾客，不是阿庆嫂，胜似'阿庆嫂'"的香姑更多了前进的希望，也让香姑为红军，为贺家，为丈夫，为儿子有了革命胜利的更坚定的心。

可悲痛在儿子贺文功出世不到两年后发生了，贺士银在四门岩的反围剿战斗中壮烈牺牲，时年52岁。贺士银去世后，廖香姑强忍心中的悲痛，为完成贺龙的嘱托，她化悲痛为力量，继承丈夫遗志，继续维持地下联络站，从事秘密串联工作。

"文功，我们一定要好好活下去，你爹在保卫根据地中牺牲，我们一定要好好活下去，这样他在九泉之下才能安心。"1935年后，国民党反动派举起屠刀对根据地的党组织和革命群众开始残酷的迫害和镇压，对桑植苏区进行疯狂反扑，对红军家属、革命群众家庭一律加上"当过红军""帮过共产党"等罪名加以捕杀，没收全部财产。桑植大地顿时腥风血雨，空气中到处笼罩着恐怖的氛围。在这场革命浪潮以来，洪家关先后烧毁房屋共百余栋，该地43户人家中，外逃流浪者达36户，贺氏家族中被杀者达80余人。

"文功啊，文功啊，回家吃饭咯。"香姑在门口叫唤着，逃到娘家白果垭的香姑经过几年的痛苦逃避追杀的折磨，已从原本靓丽笑盈的土家姑娘，摧残成白发苍苍、皱纹满面，直不起来腰的人了。在腥风血雨中，一遇到风吹草动，香菇就带着儿子转过几个山沟，躲进山洞之中，在湿冷的环境中香菇也染上了风湿关节病。

他们的儿子文功也继承了父母坚毅的性格，懂事地照顾着身患疾病的母亲，母子俩相依为命，香姑历经苦难，只想保住丈夫唯一的独苗，有着这个信念，香姑在一年一年中凭着自己的力量与勇气苦熬硬撑到了全国解放。

"儿子，去参加中国共产党吧，我们的国家就是靠党建立起来的，你爹士银在为国奋斗中光荣牺牲了，你接替他，建设更好的国家。"香姑望着文功，苍老的脸上留下了两行慈爱且心疼的泪。

"妈，你说的对，到哪里不是照样工作，在农村只要肯下力量，努力搞好生产也是为党和人民做贡献。"文功心疼母亲，在母亲的劝说下没有随贺氏家族的青壮年们外出，孝顺的儿子一直坚持在农村当一名实实在在的村官。就这样，香姑母子定居农村。

香姑用她小小的身躯完成了公婆的养老送终，把儿子养大成人成家立业。一切都在看似平常却又在不平常的环境下发生着，香姑虽是后母，却为了丈夫，为了儿子毫无怨言。守寡34年，坎坷人生中用笑容感化苦难，用坚持赢得生命，不是白毛女却甘当白毛女。70年生命，香姑彰显了红嫂的责任与担当。

刘金姑（1882—1934），其夫贺文进（1880—1927）。贺文进，桑植洪家关人，贺龙堂兄，长贺龙16岁，读过几年私塾，略通文墨。贺文进青年时就会同亲友们开始闯荡江湖，早年追随湘军陈渠珍部当兵，后又去川军王子幽部当兵。他赶过骡马，参加过哥老会，和妹夫谷绩庭最早掀起了桑植民军运动，最早影响和支持贺龙早期的革命行动。后跟随贺龙南征北战十几年，在贺龙军营里担任过营长、军师等官职。1927年南昌起义在汕头失败后，根据贺龙指示返回桑植再建队伍，在回乡途中因行踪泄露被敌人杀害，时年47岁。

刘金姑：多年遗孀熬成婆

罗晓璐

一

刘金姑，1882年出生在桑植洪家关胜龙村，父亲是一个穷困潦倒的清末秀才，以私塾教书为营生，他为人刻板、爱认死理，当地人都称呼他"刘老夫子"。金姑从小就在封建礼教"三从四德""女儿经"的教诲下长大，养成了温柔顺从的性格。由于家庭拮据，人口众多，懂事的金姑从小就开始分担父母的重担，不管是田地的耕种还是屋内的洒扫，甚至连纺纱织布她都非常在行，勤快又麻利。到十八岁时，家里按照给她定的娃娃亲，把她嫁给了当地勇敢坚毅的贺文进。

刘金姑通情达理、孝顺公婆、友爱邻里，在贺氏家族有着很好的口碑，大家都非常喜爱她。两年后，20岁的金姑生下了儿子贺学优。

"你看儿子多可爱啊，取个什么名好呢？"抱着儿子的金姑跟丈夫商量着。

丈夫沉思了一会儿，说道："按族谱来看，他是学字辈，孔子说学而优则仕，我希望他将来能多学一些文化好有大作为，不如就叫学优吧"。

"真是个好名字，学优啊学优，你以后一定要有大出息哦！"金姑高兴地应着，一遍又一遍地轻轻唤着儿子的名字。

二

不到三年，女儿贺桃姑也出生了，后来又生了贺小妹。这段时间，生活虽清苦，但还算平静，一家人和和睦睦地生活着。

贺文进是读过几年私塾的，刘金姑在父亲的影响下也学到了一些文化知识，所以二人对子女的教育十分看重。在儿子贺学优7岁时将他送入了贺家祠堂读书，12岁时送往桑植县城读新学。

女儿们一天一天在长大，也快到了该读书的年纪，可是在旧时代"女子无才便是德"的言论早已深入人心，女子是没有受教育的权利的，也不被允许进入学堂。即便如此，金姑也没有放弃对女儿们的教育，她白天在地里辛苦劳作，夜晚就在煤油灯下，将自己在父亲那里学到的文化知识毫无保留地传授给两个女儿，耐心地教会她们断文识字，悟人生道理。

三

在这样动荡的时代大背景下，稳定的生活只会是短暂的。1919年贺龙带讨袁护国军驻防桑植，因开展破除迷信、保境安民活动，触怒了当地反动势力。4月27日，谷膏如引来"神兵"头子王朝章血洗洪家关，对洪家关贺氏家族进行惨无人道的报复。原本就只有几间破败的木屋，被一把大火烧得精光，这下金姑一家连遮风避雨的家都失去了。整个贺氏家族四处流离，贺文进为了全家人的安全，听取了贺士南的建议，与族里几个兄弟举家迁居到内半县谷罗山的罗峪一带。

1921年，贺学优跟随父亲从军，进入贺龙部后，因其机敏果敢，作战英勇有谋，深受贺龙器重，先后任战士、班长、排长，北伐战争中升任连长。母亲金姑对儿子的终身大事是越来越着急，儿子虽不在家，却也时时留心给儿子物色一个好姑娘。谷罗山有个少言温顺又勤劳的姑娘侯三妹，年龄样貌品性都很不错，于是金姑便托人去侯家求亲，在1922年学优回家探亲的时候，二人喜结连理。贺学优回家机会不多，与三妹相处日子少之又少，直到1926年才生下他们的第一个儿子贺兴龙。44岁的刘金姑当上了奶奶，高兴得脸上笑开了花，望着胖乎乎的孙子，金姑决定好好热闹热闹，于是在家摆了八大桌酒席，让亲朋好友都来聚聚，用喜悦暂时稀释生活中的苦闷。

四

面对这些劳苦的人民，开心的日子显然太过奢侈。新生命带来的喜悦没有持续多久便被丈夫牺牲和儿子失踪的消息冲散。1927年南昌起义最终南下广东失败，贺文进听贺龙的命令先回家乡桑植拉队伍，在经过湖南南县时行迹披露，被国民党围困在饭店中，贺文进不幸身中数弹，牺牲在了南县。贺学优在南昌起义中担任先锋连长，起义失败后，贺锦斋、贺学优带领的先锋队和主力部队失去了联系。得到噩耗的刘金姑痛不欲生，从此一病不起。后来，贺学优跟着贺锦斋辗转回到家，金姑的病情才稍有好转。

1928年2月，贺龙回到家乡桑植重拉队伍，建立革命武装和根据地，贺学优也能在家中短暂地同家人团聚了。很快，侯三妹就怀上了第二个儿子，整个家中因新生命的到来而无比喜悦。好景不长，贺学优率领一支红军队伍，与国民党在湘鄂边界处云头山展开了一场激烈的战斗，在这场战斗中，贺学优为掩护主力转移献出了宝贵的生命。

丈夫和儿子的相继离世，对刘金姑是致命一击，家中就剩几个孤儿寡母，生活还能怎样继续下去？可是身后还有嗷嗷待哺的大孙和还未出世的小孙，媳妇性子又懦弱，金姑如果不振作起来，这个家就彻底完了。悲痛欲绝的刘金姑只能咬牙坚持着，苦难的日子还是要继续过下去啊！

桑植革命到了低潮时期，红军主力部队听从命令下了洪湖，国民党趁机组建清剿队"清共""铲共"，不仅大肆捕杀革命人士，还疯狂追捕红军家属及其后代。在这紧张黑暗的时刻，刘金姑只好带着媳妇和年幼孙子躲进深山老林，过上了艰苦异常的逃难生活。白天，他们躲在隐秘的角落，夜晚，他们才能偷偷地摸出来寻找食物，这种昼伏夜出的生活，一过就是好几年，这个坚毅的女人在这些艰苦的日子中积劳成疾，还是没有抵抗住死亡的来临。1934年，刘金姑离开了多灾多难多祸的人间。

苦难终有尽头，1949年革命赢取胜利，各地人民相继解放，谷罗山人民也终于过上了安定的生活。桑植政府把"烈士光荣"四个金灿灿的大字挂在了刘金姑家的大门上。

陈小妹（1900—1988），中国工农红军红三军通讯员贺文培结发妻子。

陈小妹：九曲回肠忠贞魂

曾萧逸　曹开胜

一

陈小妹，1900 年出生于桑植县瑞塔铺马井村。由于出身贫苦，陈小妹自幼养成吃苦耐劳、个性坚毅的秉性。陈小妹心直口快，落落大方，言行举止十分端庄，务农持家一把好手，稍长便以聪明伶俐，故而闻名远近乡村，年方 16 就婚配出嫁。

"文培啊，你在哪里啊，孩子还没出生，你怎么可以抛下我们娘儿俩不管了啊，文培啊！"陈小妹抚着肚子哀号着，得知丈夫牺牲的消息时，眼睛傻乎，脑中空白，如晴天霹雳五雷轰顶一般崩溃。

"孩子别怕，爸爸是个英雄，我们去把他的尸骨找回来，我们一定要把爸爸的尸骨找回来！"陈小妹含着泪，心里默默地想着。

1929 年 5 月，年仅 21 岁的贺文培，是在桑植内半县的四门岩大山中与敌周旋时不幸中弹牺牲的，因敌众我寡敌强我弱，战友们没有抢回他的尸骨。红军转移后，敌人发现了贺文培的尸体，为了泄愤，将其尸骨砍成了碎块。

阴森森的天似也给小妹寻夫路上增添了沉重的气氛。小妹下决心一定要找回丈夫文培的尸体，说什么也要亲手给丈夫文培下葬，他是孩子的父亲啊！对爱情忠贞不渝的小妹，在身怀六甲之时就这样踏上了为夫收尸的道路。

二

这是一条什么路啊！当时的桑植硝烟四起，战火频烧，国民党反动派一边派重兵围剿红军，又一边指使民团到处搜捕红军家属以及革命烈士，他们要把红军株连九族，桑植城内到处充满着白色恐怖血雨腥风。

可陈小妹不怕，怕也要迎难而上，也要找回丈夫文培的尸骨。丈夫牺牲的地方离桑植城隔了几座山，在这几座山中，每座山都有着敌军的埋伏，每座山都有着野兽的哀号，每座山都有着不可预知的危险。

"我要带文培回家，我要带文培回家，我要带文培回家！"仅仅有着信念能支撑一个人的前行吗？小妹的行动让"信念"二字显得更纯粹了，一人守护着两条命是何等辛苦与艰辛。

小妹凭着土家妇女的胆量和勇气，怀着丈夫的骨肉独自一人翻山越岭，风餐露宿，一路乞讨。原本清秀的脸也在变故与寻夫中渐渐憔悴、暗淡，了无生机。

"还有两座山，宝宝，我们快到了！我们快到了！"小妹摸着肚子嘴唇干裂，双手和脸也从白净变得灰蒙，但这又怎么样呢？"孩子要见到爸爸，爸爸是英雄，要把爸爸接回家！"

功夫不负有心人，一路的艰辛在小妹翻过了两座山后终于看到了希望的曙光。那座山是丈夫牺牲的地方，那座山是小妹和孩子最后的依附。小妹怀着肚里文培留下的唯一后代在山中搜寻着，偌大的山将近一半都躺着战争后死去的战士们，那也是多少家庭的希望啊！大山中，被讨伐的村庄上空仿佛有着一股青烟，乌鸦也因尸骨聚集而在此集会，动物们吮吸着血，水井里也泛着微红的颜色……小妹托着肚子在这之中显得格格不入，但她仍奋勇寻找着，在这莽莽大山、沟壑纵横、山梁交错的地方，飘过小妹的足迹。

"文培啊，小妹来了，孩子也来了，我马上就可以带你回家了，再等等我啊！"山中到处充斥着死亡与恐怖的气息，小妹害怕了就大声喊丈夫的名字，好像喊出来了恐惧就会小一些，在这殷红的战场上，小妹一条沟一条沟地找，一座山一座山的寻，这里向山民打听，那里一个个的辨认。找完了这个战壕，又去那个战壕，看完了这个尸骨，又去认那个尸骨。小妹挺直的腰也渐渐弯了下来，压在身上的是自己和文培的孩子和寻找丈夫的执着之心。

经历几天的仔细搜寻，小妹终于找到了丈夫被敌人乱刀剁砍得并不完整的尸体。尽管在这途中小妹历经了那么多的死亡，那么多的呼喊无人应的空茫静寂，但在小妹真正见到丈夫尸骨的那一刻，眼泪还是止不住地从小妹的眼眶中夺眶而出，虽然早已知晓丈夫的噩耗，但心里的痛楚和难过在这一刻再次爆发出来，"文培啊！文培啊！丈夫啊！"整座战场响彻着小妹痛不欲生的哭喊，千山鸟飞绝，万径人踪灭。

三

小妹从胸口拿出了出发时携带的被单，被单是红色的，是结婚时小妹和文培一起睡过的被单，可小妹没想到的是，这一床被单成了丈夫的最后温床。小妹小心翼翼地将丈夫的尸骨一块块地拾起、捡拢，包裹在被单里，小妹一手托着肚子，一手轻轻抚摸着丈夫，丈夫的尸骨拾尽后，小妹又轻轻包裹好，如安慰小孩般将丈夫紧紧怀抱在胸膛。

"回家了，回家了，回家了。"小妹收拾好心情，用被单将丈夫的尸骨单肩背在了背上，和肚里的孩子准备返程了，从四门岩的深山老林回家了。

回去的路上再一次遇见被杀光的战士们，小妹忍着泪，将四肢不全的尸体重新规整好，将女人裸露的身体用布料盖好，"孩子啊，娘一定要守护你好好活下去，我们一定等到红军胜利的那一天！"三天三夜，三天三夜啊，小妹又遇见了国民党，但拼尽全力活了下来，小妹托着孩子和丈夫在乱岗和残骸中就这样一路回到了洪家关，体力和精力已经耗不起这位伟大的母亲了，她让乡亲把丈夫安葬在了她每天都望得见的椅子台，希望丈夫能保佑、见证她和孩子的平安。

怀孕晚期，小妹面对国民党反动派的残酷搜捕，恶劣打杀，挺着大肚子东躲西藏，钻岩壳，住山洞，遭受着常人所不能忍受的疾苦。熬啊熬，终于产下了夫君的后代，取名贺学校。

每每看到儿子，小妹心里又多了一丝希望，多了一份活下去的勇气，望着椅子台上的夫君，小妹想文培也会很高兴的吧。

学校慢慢长大，小妹将所有的爱都倾注于他，原本就眉清目秀的小妹19岁守寡后，不少男人为之倾情，上门提亲，希望重新给她安宁，可小妹在娘家人和婆家人的双重劝说下仍决心一辈子不嫁二夫，"我别的什么都不想，我只想把校儿拉扯大，对得起贺文培就要的哒！"

小妹用实际行动守望着贞洁，守望着光明，既当母亲又当父亲抚育着贺学校，孝顺倍加的对待着年迈且体弱多病的公婆。小妹小小身躯就撑起了家庭的重担，房子烧了又建、烧了又建。并在此期间用己全部之力还开张了一间小饭馆，白天招待南来北往的客人，晚上就掌灯结麻纺纱，每天睡半夜起五更，似乎什么都打不倒这位顽强的红军烈士家属。

四

1949年全国解放，洪家关也终于迎来了幸福的春天，人民政府将"烈士光荣"的证书和抚恤金送到小妹手里时，小妹满脸笑容，"这些年的血和泪没有白流，无悔的坚守胜利咯！"小妹依旧乐观面对，对政府也没有提过任何要求，她认为烈士只能引以为荣，不能借此索取，在九泉之下的文培也才能安心。小妹只利用政府所给的抚恤金将不能避风挡雨的房屋整修一下，就算满足了。

可老天爷在1961年又给小妹开了个玩笑，贺学校因为从小衣不掩体，食不果腹，常常遭受疾病折磨，致使其体质较弱，在当基层干部，不分昼夜为党工作、为人民服务过程中，不幸积劳成疾，因病去世。

小妹痛定思痛，此时的念想又只能落

陈小妹的孙子贺兴国和孙媳

在了唯一的孙子身上，小妹再一次勇敢地站起来，时光似又拉回到了几十年之前，丈夫、儿子、孙子……只要小妹活着一天，她就是贺家的媳妇，为丈夫守护血脉，为贺家做一个坚强的后盾。

刘定姑（1899—1972），中国工农红军红三军团长贺干臣之夫人。贺干臣长期追随贺龙，1933年在上海被捕，国民党当局以"共产主义犯"的罪名判处他有期徒刑5年，于1936年病逝于狱中，刘定姑有一儿名贺学辉，1956年病故。刘定姑1958年住进洪家关光荣院，1972年去世。

刘定姑：终生守护不忘情

罗长江　谷道弘

一

没有人生而伟大，只是有人做出了伟大的牺牲；哪有什么岁月静好，只不过是有人替你负重前行罢了。在大革命时期，就有这样一帮人，无论是吃不上饭的放牛娃，还是胸怀报国志的知识分子，无论是年近花甲的老同志，还是柔弱刚强的女战士，都被凝聚到这支红色队伍里，为了救国救民，不怕任何艰难险阻，不惜付出一切代价，最终走出死的沼泽，迎来生的希望。

刘定姑，1899年出生在桑植县洪家关乡泉峪村肖家湾一个贫苦农民家庭。年幼时，她是一位勤奋的姑娘，帮助大人干守牛、割牛草、喂猪之类的农活，10岁时，就到马伏寨一带捡柴，到洪家关场上卖，为家里换取油盐钱，从而有了一双大脚。17岁那年，她奉父母之命，媒妁之言，嫁给洪家关的贺干臣。丈夫贺干臣长期出门在外，从事守护贺龙家属向媛姑、胡琴仙的工作，刘定姑单居洪家关。

刘定姑出嫁那天却是让她最难忘的一天。按照乡下的婚俗规矩，拦门酒喝了，"满堂哭"也哭了，发轿的时辰到了。身着露水衣的新娘坐进花轿，在接亲队伍的簇拥下迤逦前行。刘定姑的娘家在泉峪村肖家湾，距洪家关村不过二三里地，轿夫们嫌路程太近不过瘾，便要生出些法子来找乐。在路上，前头的轿夫唱着山歌，后头轿夫也就应着，大伙儿一句一句的接着，喊得起劲，送亲的男男女女笑嘻嘻地助兴，一路上自然平添了许多乐趣，见花轿里的新娘被故意颠上颠下颠得受不住了，前头轿夫就喊："花花姑娘你莫哭，"后头轿夫就应："前头就是你的屋。"送亲队伍中又是一阵开心的哄笑。

没走多久，刚转出山嘴，只差半里路就要到男方家中时，男人派来报信的人了，说："拐哒，北洋政府军队把洪家关街上占哒，主人家要大家躲躲再讲。"果然，洪家关大桥上和街头上，有好多枪兵走来走去，时不时传来枪声和鸡飞狗跳声，意外将送亲的队伍惊呆了，人群中有人喊了一声："快跑！"接亲的队伍如一群湖鸭子，轰的一拥而散。几个轿夫刚刚将新娘往回抬到近处小山坡的树林子，果然有十几个枪兵边打枪边往这边追来。从未经历过这等场面的新娘刘定姑，早已吓得浑身如筛糠一般，大脑一片空白。她是怎样被人扯出花轿，怎样被人扶持着藏进刺蓬，事后都记不起来了。等到探明情况军队撤走了，不需躲藏了，旁人才发现新娘子的衣衫撕烂了几道口子，脸蛋儿也划破了。

原来，是湘西的北洋政府军队打下大庸后，派来一个营直扑桑植，贺龙的部队闻讯后早已撤到桥自弯界上去了，留下的是一座空城，因此北洋政府军队又恶狠狠地直扑洪家关来了，只比接亲队伍早一脚，没抓到贺龙，就掳掠民舍，之后纵火烧毁了贺龙的住处，才撤回县城。

刘定姑的新婚之夜，是在惊魂甫定中度过的。她怎么都没有想到，在自己最美的一天，横遭此大祸。婚后好长时间，她老是被噩梦缠绕，家里人多次请来老土司作法才渐渐平静下来。

二

1919年农历七月二十七日，随着一声清亮的啼声，一个小生命来到人间：刘定姑做妈妈了。家中公婆见头胎就生了一个带把儿的，十分满意，儿子嫌儿媳模样粗了点，做公婆的不嫌。生在农村，手脚粗点能干活，身子粗点才能生儿，旺香火。

总之，一家人都沉浸在喜悦之中，洪家关的人何曾料到，一场血光之灾正在悄悄逼近呢？谷膏如勾引的"神兵"，分别从泉峪、二户坪和陈家山等方向涌出，朝洪家关呼啸着扑来。他们头缠红巾，肩背神水筒，手握大刀，首先从洪家关大桥桥头的贺龙家开刀。

刚刚分娩的刘定姑，因为婴儿哭奶吃，当时还没怎么睡着，一听到四处吹响了牛角号，接着就是发大水一样的吆喝声，估计又出事了；危急之际，哪里还顾得上刚刚分娩的羸弱之躯，急忙喊醒家里人，先是准备往外躲到山里去，一见火把亮了，知道硬闯肯定不行，急忙就近往菜园子的苞谷地里躲。而此时，贺龙家里的人也躲到苞谷地里来了。贺干臣的父亲贺士选，与贺龙的父亲贺士道是亲兄弟，两家就隔着一片菜园子。婆婆俯着刘定姑的耳朵轻声叮嘱："让娃儿把奶头含到嘴里，半声都哭不得，一哭，这里老老少少就全完哒！"

堂侄媳郭三妹慢了一步，还没来得及找地方躲，神兵头子王朝顺领着一伙神兵破门而入，把她捉住了，并要她把贺龙交出来。郭三妹说："大叔他早就转身回城去了。""大叔"指的是贺龙，王朝顺一听，拔刀就往她头上劈去，吓得刘定姑差点叫出声来。郭三妹把头一偏右耳朵削落在地上。王朝顺又厉声吆喝："把他老头儿交出来！"郭三妹忍着剧痛回答说："道三爷他也进城去了。"其实她知道贺士道逃往刘家坪刘光吉家去了。王朝顺又逼问："贺龙婆娘他们娘娘崽崽呢？"这时，郭三妹已奄奄一息，没有说话的力气了。"斩了她！"王朝顺狂吼。一伙神兵又将郭三妹一顿乱砍，然后拖出去扔往河中。也是命不该绝，恰好被一棵乌桕树根蔸上的枝条拦住了。被砍21刀的郭三妹，居然又活了过来。

三

参与中国人民解放军总参谋部《贺龙传》编写的朱泽云先生，1978年访问了郭三妹。作为神兵血洗贺龙家的见证人，郭三妹老人含泪诉说了当时经历的情形。而跑去找到刘定姑了解时，刘定姑却避之唯恐不及，长时期精神处于高度恐怖状态，她对所有不熟悉的人，持一种本能的恐怖感与歇斯底里。

她目睹了神兵砍郭三妹如同砍杀南瓜、冬瓜一般的惨状，接着神兵一把火烧了她家的房屋，又烧了洪家关几十间房屋，连洪家关大桥也烧的干干净净。在一片血光火海中，她张大一双失神的眼睛，欲哭无泪。这一幕幕血腥的画面，本在大婚之日的噩梦种子，已然生根发芽。

之后"闹红"八年，作为红属，为躲避国民党和地方团防部队搜捕，刘定姑等只好改名换姓，远走他乡。历练无数次惊吓与摧残，刘定姑的精神一度失常，受不得任何刺激，一受刺激就失语，就不要命的逃窜。这一后遗症，持续到革命胜利后她住进光荣院……

1956年，刘定姑的儿子贺学辉因酗酒过度，害病死了。当时他们母子就住在贺龙家空出的马厩房。1958年县民政局一办起洪家关光荣院，刘定姑就作为首批人选，住进了光荣院。

老院长顾妈妈说，国民党的人把刘家婆婆吓狠哒，见生人就跑。她记忆中印象深的有几回：一回是1959年，公社党委组织各大队、生产队的负责人，到洪家关大队参加禾苗密植的现场会，刘定姑见一下子来这么多人，当时就吓得脸色惨白："拐哒，白军又来捉人哒。"说着没要命的往屋后山里钻。又一回，大约是1971年春节前夕，县武装部派人下来慰问老红军和烈属，刘定姑一见，又以为是捉她来的，扑通就往猪栏圈后面的猪粪池子跳，当时正是隆冬季节，天寒地冻，猪粪水齐到胸脯了，把她从池子里拉上来时，一身棉衣棉裤就泡湿了，上下牙齿叩叩打架，嘴唇冷得发乌了。

"文革"的时候，贺龙遭迫害的消息被刘定姑知道了，一天到晚就念叨：胡子打倒哒，胡子打倒哒，没得救哒。一回，她上街看见好多人游行，洋鼓洋号，喊"打倒贺龙"的口号，回到光荣院哭个不停、当天夜里，顾院长安排人给她做思想工作，宽慰她，开导她，渐渐才平息下来。第二天早上，到了吃早饭的时候，见她还没起床，就去敲门喊她。往常她不睡早床的，顾院长猜是昨夜间老人闹腾的太晚了，就多睡会儿。吃完早饭，刘定姑还没有起床，顾妈妈不放心，推开房门一看，发现刘定姑用绳子吊死在床架子上了。

带着那个驱之不散的梦魇，老人告别了人世。

第四章
贺氏家族亲戚连起来的红嫂

　　旧氏族时代的道德影响、传统的观点和思想方式，还保存了许久才逐渐消亡下去。

——恩格斯

　　剪芝姑（一八九六年三月十七—一九六〇年九月初七），马玉堂（一八九六年四月—一九一六年六月）之结发妻子。1916年6月，马玉堂协助庚兄贺龙攻打白竹坪马家老宅壮烈牺牲，留下年仅20岁的妻子，重情重义的贺龙不忍庚弟没有后代，马玉堂的父亲马天俊和堂哥马汝久、堂嫂李氏决定，把马汝久的长子马积玉过继给马玉堂、剪芝姑为儿子，以延续后代。为躲避扬言要将贺龙的干儿子干掉的对手余团长的迫害，剪芝姑和儿子马积玉过着颠沛流离的生活。贺龙返回桑植创建湘西、湘鄂川黔革命根据地，找到结义嫂子剪芝姑，想把干儿子马积玉带在身边，剪芝姑说："我们母子俩想陪着马玉堂，让他看着自己的儿子是怎样延续香火的"。1932年，剪芝姑为儿子马积玉娶回儿媳剪友姑（一九一三年七月二十五—一九九八年七月十二），夫妇俩相敬如宾，按照母亲剪芝姑对贺龙的承诺，先后生下七个孩子：大女马桂香（1933—2018），大儿马善铭（1935—2009），二儿马善言（1937—　），二女马银香（1939—二〇二一年八月十五），三女马翠英（1947—　），三儿马善武（1949—2009），四女马金凡（1958—　）。

剪芝姑：桐子花开的爱情长跑

王成均　何海霞

　　在桑植县桥自弯镇谷罗山冷风山的一片油桐林里，埋葬着一对夫妇。男的是1916年6月壮烈牺牲的被追认中共党员、红三军营长的马玉堂，女的是1960年去世的妻子剪芝姑。每年的四五月间，坟墓周围的油桐花盛开，落花洁白，花絮飘飞，宛如飘雪的时节，有点文艺范儿，喜欢摄影的曾孙马先星会来到这里祭拜曾祖父、曾祖母。在他的心中，曾祖父马玉堂牺牲后，曾祖母剪芝姑用44年的桐子花思念来进行一个湘西女人的爱情长跑。每次祭拜，他会对着坟墓下的亲人吟诵诗人陈毅的《咏桐诗》："吾有西山桐，桐盛茂其花。香心自蝶恋，缥缈带无涯。白者含秀色，粲如凝瑶华。紫者吐芳英，烂若舒朝霞。素奈亦足拟，红杏宁相加。世但贵丹药，夭艳资骄著。歌管绕庭槛，酣赏成矜夸。倘或求美材，为尔长所嗟。"一句句诗词或抑或扬，或高或低，穿越时空，让活着的人有了长怀念，让死去的人有了长相思，红色基因在桐子花开的季节格外沉甸。

曾祖爷爷用歌声获得曾祖奶奶的芳心

曾孙马先星说：曾祖爷爷马玉堂是用歌声巩固曾祖奶奶剪芝姑的感情的。

曾祖爷爷马玉堂和曾祖奶奶剪芝姑都是回族人。清乾隆年间，马剪两家祖先因为闹水患，从常德桃源迁到谷罗山冷风山。因为是回民，习俗一样的缘故，两家相约，马剪二家常有姻亲。两百年生活在桑植，与桑植土家白族人混居在一起，喜歌好歌的生活习惯渐渐融合，可回族人的性格没有丢失。在马玉堂和剪芝姑身上，仍然烙下回族人吃苦耐劳、互助互爱、直爽好客、讲义气的民族禀性。

马玉堂、剪芝姑是同龄人，都住在冷风山上，从小青梅竹马，一起读书，师从于马玉堂大伯父马天学（字习之）先生。

14年那年，马玉堂的大伯父马天学去世了。贺龙与马玉堂、一山之隔的邓仁山三人结义兄弟，大哥邓仁山，二哥贺龙，三弟马玉堂。从此，三人一起赶骡马贩盐，行走湘鄂川黔，一起到凤栖山的一个山洞里拜一个道士为师，学习武艺。道士来自永顺不二门，武艺高强。邓仁山、贺龙、马玉堂的一身本领，多出于他。三人名垂青史，道士有隐名之功。

1916年3月，马玉堂、剪芝姑在父母的操持下成婚。贺龙说：你们生下的儿子，我认为干儿子，生下的姑娘，我认干姑娘。马玉堂二话不说，便应了。

马玉堂长期跟随贺龙行走在湘鄂川黔贩运盐巴、茶叶、桐油。在1913年，马玉堂与贺龙一道加入"哥老会"，每次行走前，剪芝姑会依依不舍。马玉堂作为七尺英雄儿郎，在娃娃亲剪芝姑面前，也显示出他的细腻，剪芝姑流泪不止，马玉堂会替剪芝姑擦泪，悄悄对着剪芝姑的耳朵，喊那首桑植人都会唱的歌《桐子花开坨打坨》：

　　　　　　　桐子花开坨打坨，

　　　　　　　睡到半夜唱山歌，

　　　　　　　爹娘问我唱什么，

　　　　　　　想念芝姑睡不着。

　　马玉堂轻轻一唱，剪芝姑的脸一下红了。她忘了难舍，忘了悲伤，眼眶里的泪水停住了走动，一圈一圈的羞怯和幸福从眼眶水汪汪地荡了出来。当着结义庚兄贺龙的面，马玉堂亲了剪芝姑的脸一口，便迈开了离家闯荡的步子。

　　剪芝姑站在家门口，看到马玉堂的身影由大到小，最后没了影子，剪芝姑把右手食指头放在嘴里含着，咬着，一圈一圈的疼痛从手指传到心里。剪芝姑的心里，也漾起了那首《桐子开花坨打坨》，不过第四句歌词是"离了玉堂睡不着"。

　　剪芝姑就这样站在门口静静地望，望近近的冷风山，望远远幽幽的罗峪河。四周的山不甘寂寞，送来一阵阵微风，带着桐子叶的清香，剪芝姑望了望家门口的油桐林，大张大张的桐子叶挂满了枝头，一个个青绿绿的果实藏在桐子叶里撒欢。微风翻动着桐子叶，小小的桐子果露出羞涩的面庞，像是山里孩子特有的味道，任何一个陌生人，任何一道陌生的风和雨，都会让人羞怯。

　　剪芝姑站在家门口静静地看，静静地望。她做梦也不会想，丈夫马玉堂和庚兄贺龙会在外面走着走着，就走出了大境界，大天地。他们不满足一年又一年地往返贩盐巴贩茶叶贩桐油赚一点小钱养家糊口。他们发现来往于鄂川黔道路上，一道道卡口张开血盆大嘴，把他们流出的血汗一口口吞食，卡口有时候还给他们留下一口残汤，有时候连一口残汤也不留，贺龙、马玉堂开始是埋怨。埋怨积累多了，便生了怒气，怒气在心海里发酵，便变成了怒火。1915年腊月，贺龙、马玉堂贩卖盐巴来到石门泥沙，用菜刀夺取当地团防局唐臣之的30多条枪。

　　马玉堂背着枪回家过年，剪芝姑吓坏了，要丈夫赶快把枪烧了。马玉堂道：枪是我们穷苦人的命，你可知道这枪是我们用命夺来的。我们穷苦人为什么这么穷，就是因为手中没有枪。我就要用这手中的枪让大家过上好日子。

1916年3月，新婚丈夫跟着贺龙，把贩运盐巴收取盐税的芭茅溪卡口来了一个一窝端，缴获了12支毛瑟枪，成立了讨袁护国军，贺龙任命马玉堂为副官。

曾祖奶奶用这首歌回赠曾祖爷爷44年的九泉瞑目

冷风山的桐子花每年四五月份开得很艳，洁白洁白的桐子花挂满了枝头，开得剪芝姑的心洁白洁白。丈夫跟着贺龙一道，原来的风里来雨中去贩运盐巴，改做了枪雨中来枪雨中去。

端了芭茅溪盐税局，贺龙安排马玉堂在家做炮。会木匠手艺的马玉堂从山上砍来枫树，找来堂哥马允三和父亲马天俊协助。没有铁丝箍炮，马玉堂就用竹篾。堂哥和父亲表达了担心，马玉堂道："此地只有此货，到时候使用，我会注意一点。"

剪芝姑没有想到贺龙领导的讨袁护国军是和天下穷人连成一条心的。剪芝姑的担心和忧虑少了几分。活跃在湘鄂交界之地的黄德清是哥老会袍哥，与贺龙、马玉堂相识，结拜于龙潭坪溪口椅子台。贺龙、马玉堂端了芭茅溪盐税局，他也组织农民向土豪劣绅开战，发动了三打白竹坪的战斗。前两次没有攻克，便开始第三次攻打。黄德清吸取前两次教训，请贺龙派兵相助。贺龙和马玉堂率护国民军一个连队前往。

战斗开始，众人把土豪马仕超老巢马家大院围如铁桶，马仕超的团防和邀请来的北军仗着优势的火器拼死顽抗，黄德清令马玉堂做的枫树炮放炮攻坚，一炮奏效，马家大院被削一角。求胜心切的民军第二炮装满火炮，一点火，炮声自炸，农军自伤无数。马玉堂也在旁边受了伤。农军决定撤退，团防和北军趁势反扑。贺龙、马玉堂在撤退过程中，贺龙不小心掉进对方挖的陷阱里。马玉堂紧急跳下陷阱，把贺龙举了出来，贺龙想把马玉堂拉上来，这时团防和北军赶了过来，枪雨如织，马玉堂喊："老庚快走，不要管我。"贺龙不忍舍弃结义兄弟，眼见追兵赶到，农军兄弟强行架走贺龙，贺龙流着泪离开了。

团防和北兵赶到陷阱处，用枪上刺刀和石头，把马玉堂活活刺死，又用石头狠狠地砸，马玉堂倒在血泊里，溅起的血在陷阱里开出一朵朵血花。

得知才20岁的丈夫马玉堂死在龙潭坪白竹坪，剪芝姑悲痛万分。

20岁的丈夫马玉堂就这样走了。留下她独自在人间承受社会的风和雨。贺龙秘密安排邓仁山、谷德桃等人把马玉堂的尸体抢了回来，运到了冷风山。去的时候，是活着的一个人，回来的时候是躺着的一个魂，叫剪芝姑怎么不伤痛。贺龙知道马玉堂剪芝姑新婚不久，没有怀上亲骨肉，决定给马玉堂延续血脉。于是，贺龙征得马玉堂父亲马天俊和堂兄马汝久、堂嫂李氏同意，将几个月大的马积玉过继给马玉堂剪芝姑为后，并认为干儿子。贺龙把干儿子马积玉抱在胸前，含着泪对剪芝姑说：放心，我不会让马玉堂的血白流。我已安排人给你们母子俩买了松柏垭胡家坡32担谷的田产，有了这些田产，你们母子俩就饿不着了。

剪芝姑默默地点头，默默地流泪，默默地看着众亲人把丈夫送上山，埋在剪家门口的桐子林里。

抱着孩子坐在新砌的坟前，剪芝姑暗暗许愿：丈夫呵，你有后了，你在这里好好休息，我把儿子养大，给他娶上媳妇，抚养大孙子，就来陪你。

丈夫埋葬不久，庚兄离开了，来自凉水口驻防的团防由姓向的带队来到冷风山，把马家的十五间木房放火烧毁，造成马家20多人无家可归，不得不在当地割草搭棚栖身。

每年的桐子花开了又谢，谢了又开，剪芝姑会带着儿子来到坟前，她告诉儿子，坟里面，埋着他亲亲的父亲，夜深人静，儿子进入了梦乡，剪芝姑会唱起那着肝肠寸断的《桐子花开坨打坨》。

> 桐子花开坨打坨，
> 睡到半夜唱山歌，
> 爹娘问我唱什么，
> 丈夫不在泪滂沱。

隔壁的房间，公公马天俊听到媳妇剪芝姑的歌声，暗暗流泪。

儿子马积玉三岁了，公爹马天俊对儿媳剪芝姑说："孙儿大了，你还年轻，我把你当女儿嫁了吧。"

剪芝姑一听哭了："公爹，是不是媳妇有对不起马家的地方，马剪两家世代亲，这是祖辈定下的东西，我不能坏了纲常。"

马天俊说："你活得太苦了。"

剪芝姑说："我不苦，我的心中装着丈夫，装着儿子，哪里会苦了呢。就是心里苦，我会用歌消苦化苦。"

洁白的桐子花印证曾祖奶奶剪芝姑的爱情

一九一六年农历六月十四日，丈夫马玉堂死了，山上的桐子花谢了，结出了一个个小青果，小青果长出尖尖的头，插出尖头，露出白浓浓的汁，用白浓浓的汁涂在血口子止，很快血口子愈合了。

夏季，树上的桐子叶粉嫩变得筋道，山上的苞谷开始成熟，剪芝姑会采摘苞谷，剥下苞谷籽粒，用水浸泡，用石磨磨成浆。丈夫在生时，喜欢吃用桐子叶包裹的新鲜苞谷粑粑，刚刚从地里采摘的苞谷还没有褪去土地的气息，石磨磨出的苞谷浆经桐子叶的绿色包裹和熊熊烈火的热气煎熬，呈现嫩黄嫩鲜的色泽，桐子叶包裹的苞谷粑粑熟了，剪芝姑会带着儿子端着一茶盘散发着热气的苞谷粑粑放在丈夫的坟前。

墓前是一张口，苞谷粑粑发的香味气浪经墓门口进了坟里，剪芝姑知道丈夫在吃她亲手做的苞谷粑粑。活着和死着其实只隔着一层纸，用爱的手指一戳就破了。这层纸只不过是活者和死者用时间设置了几个障碍，短的以分秒计，长的以年月日计，剪芝姑明白自己与丈夫隔的这层纸有几十年。丈夫要她等，等到庚兄贺龙干的事业功成名就，等到庚兄贺龙和丈夫曾经起事的愿望一件件达成。

1926年6月，30岁的剪芝姑带着十一岁的儿子来到丈夫的坟前，她告诉丈夫，庚兄贺龙由于战功卓著，升任国民革命军第二十军，手下有一万多人，桑植人就有3000多人，原来信仰的三民主义改为共产主义。

1936年6月，40岁的剪芝姑带着21岁的儿子马积玉、23岁的媳妇剪友姑和3岁的孙女马桂香、1岁的孙子马善铭来到丈夫坟前，看望九泉的丈夫。此时，庚兄贺龙领导的红二、六军团来到四川甘孜，组成红二方面军，贺龙担任了总指挥。

1946年6月，50岁的剪芝姑带着31岁的儿子马积玉、33岁的媳妇剪友姑和13岁的大孙女马桂香、11岁的孙子马善铭、9岁的孙子马善言、7岁的孙女马银香来到坟前。这时，庚兄贺龙正担任晋西北野战军司令员，组织轰轰烈烈的晋北战役，50多天的晋北战役，收复9座城池，歼灭阎军8600余人。

1952年6月，56岁的剪芝姑带着37岁的儿子马积玉，39岁的媳妇剪友姑和19岁的大孙女马桂香、17岁的大孙子马善铭、15岁的孙子马善言、13岁的孙女马银香、5岁的孙女马翠英、3岁的孙子马善武来到坟前，看望九泉的丈夫。她想告诉丈夫：桑植解放后，国家没有忘记，你已被追认为革命烈士。我用你的抚恤金修了一栋房屋，儿孙们搭帮共产党过上了安定的生活。

1956年6月，60岁的剪芝姑带着41岁的儿子马积玉、43岁的媳妇剪友姑和23岁的大孙女马桂香、21岁的孙子马善铭、19岁的孙子马善言、17岁的孙女马银香、9岁的孙女马翠英、7岁的孙子马善武来到坟前，看望九泉之下的丈夫。此时，庚兄贺龙已当选为中央政治局委员，前一年被授予共和国元帅。大孙女马桂香多了两个人：女婿张圆龙、重外孙张文壁。

祭拜的队伍越来越大，剪芝姑内心充满了自豪，她知道丈夫等她等了40年，她想去九泉看看丈夫，陪陪丈夫说说话，两人一起唱那首羞羞的骚歌《桐子花开坨打坨》。这是他们两个人的秘密，她要告诉丈夫，公爹是1927年去世的，她帮丈夫尽了孝，送了终，公爹是含着笑离开人世的。

一九六〇年九月初七，64岁的剪芝姑知道自己走到人生的尽头，她明白丈夫马玉堂在九泉之下喊她去做伴。她知道自己也该陪陪丈夫了。丈夫一个人在九泉之下孤零零地，他也许有很多战友陪他，大碗喝酒，大碗吃肉，快意人生。也许，他在九泉之下看到新中国

剪芝姑的儿媳剪友姑

的诞生，乡亲们挺起了腰杆子，扬眉吐气起来，可丈夫晚上没有人陪他说话，没有人给他暖床，她该陪陪他了。

儿女们大了，孙子孙女们大了，大了的儿女们又开始做爷爷奶奶了，大了的孙子孙女娶妻的娶妻，出嫁的出嫁。新中国给人民带来了安定祥和，翻身做主人的生活。桑植早已成为没有压迫，没有剥削，人人可以凭着自己双手创造幸福生活的新天地。美好的生活已像桐子花开的模样，每个人的心开成洁白的桐子花，剪芝姑就选在这一天见自己44年的丈夫去了。她累了，也想给丈夫马玉堂诉诉心思了。

朱芝姑（1892年8月—1958年4月），桑植县澧源镇朱家坪人，第二次国内革命战争时期湘鄂西革命根据地的重要创始人之一王炳南（1892年5月—1933年6月20日）的结发妻子。1908年，年仅16岁的朱芝姑与王炳南结婚，两年后生大儿王盛林（又名王臣茂）、二儿王荣生、女儿王金兰。1919年，丈夫王炳南跟随贺龙闹革命长达14年，影响了弟弟王朝义、儿子王盛林和王荣生三人参加红军。丈夫王炳南跟着贺龙挥师北伐，参加南昌起义、桑植起义，在湖北参与创建洪湖根据地、湘鄂边革命根据地，还主动发挥畜牧兽医的特长，帮助农民给牲畜治病，并被湖北长阳天池口、黄柏山、鹤峰县下坪一带敬称为"神"，每逢猪瘟流行，当地百姓会在猪栏挂上一块写有"王炳南在此"的木牌。由于党的"左"倾路线在红军部队大搞肃反扩大化的影响，王炳南和二儿子王荣生均被错杀，王朝义也在战斗中牺牲。大儿子王盛林被贺龙认为干儿子，得贺龙所救，应贺龙要求回桑植留后，其妻袁荣姑去世后，续娶龚光任为妻，生下四子（王国强、王国全、王国定、王国平），三女（王国荣、王国年、王小林）。朱芝姑倾其一生，养大女儿王金兰，抚养孙子孙女，除王国平、王小林外，共抚育七个孙子孙女（含大媳妇袁荣姑所生的王金香）。

朱芝姑：我在人间留下了"忠信"二字

王成均

在中国五千年的历史长河里，涌现了一大批忠于国家、忠于人民的杰出人物，他们正直无私，清廉为民，精忠报国，堪称时代的楷模。五千年的历史长河，中国共产党在历史长河里，留下了一百年的历史河段。一批忠于党、忠于人民的共产党员、烈士起到摧枯拉朽的唤醒作用。生于桑植县澧源镇五里桥的王炳南就是其中一个。在湖北鹤峰县中营镇，有一条路叫"炳南"路，在湖北鹤峰县满山红烈士陵园，王炳南、段德昌、贺英成为国家烈士陵园的重量级英烈人物，无一不显示王炳南的光辉一生。英雄的背后，有一个不平凡的女人，这个女人就是王炳南的结发妻子朱芝姑。

嫁的丈夫是帅哥

16岁的朱芝姑第一次与王炳南见面，就发现自己的心跳得飞快。朱芝姑张眼偷看，只见王炳南的衣着打扮一下入了她的眼缘：上身一件洗得发白的自织青布对襟衫，衣褶不起一丝皱纹，下身一条布带套着一条自织青布直筒裤，立在人前，不言自威，脚踩一双平底青色绣花布鞋，上绣鸳鸯戏莲花生出无限情趣。一双眼睛乌黑发亮活而不溜显其正直，两条胳膊粗而不短见其勤劳，十根手指白皙修长彰显智慧，更可心的是三米远的男子微风中送来一股茶枯清香，足知眼前男子洁身自好。

朱芝姑看着看着，脸就红了。脸一红，朱芝姑就感受到自己的心"扑通扑通"跳得好急。朱芝姑想再看几眼，可她的头不争气，越想看，头埋得越低。"扑通扑通"的心跳搅乱了朱芝姑的心，介绍的媒人和相亲的母亲小心问她的意思，朱芝姑低着头说："父母之命，媒妁之言，全凭大人做主。"听话听音，媒人和做娘的一下揣摩到了女儿的心思，便定下了婚约。

一年后，一顶粉红的花轿把朱芝姑抬到了两里之远的高桥。结婚后，朱芝姑发现男人帅的地方更多了。她的这个男人会做农活，他在十一二岁的时候就开始下地劳作，犁田、锄草样样都会。婚后的第一个冬天，他到十几里远的小溪煤窑挑煤到街上卖，省下钱修起了一个碾房，碾房不仅碾米榨油，还酿酒卖，酿酒的谷物是他靠给别人治猪病挣的。一有时间，丈夫就腰插一个朱角号，走到一个村寨，朱角号一吹，想给猪牛羊鸡狗治病或去性的主人会请他上台，有钱的给钱，没钱的给谷物或者鸡蛋、肉食。丈夫出一次门，都会带回几十斤谷物和去性的东西。

猪牛羊猫狗去性的东西，主人嫌脏，不要。丈夫会带回来，去血洗尽杂物，用一个竹篮装着，放在有活水的井里，十天半月不臭不腥，家里来了客人，丈夫会拿出来交给朱芝姑做一个拿手菜。朱芝姑对这个去性的东西，添加花椒、辣椒等香料，拌上豆腐丝、黄豆，整成一个下酒的好菜。

朱芝姑觉得丈夫帅，是丈夫品性好。丈夫不打牌不赌博更不嫖玩逍遥，一有时间，他就钻进书堆里看兵书，什么三国演义什么岳武穆还有《孙子兵法》，一看就是一个通宵。朱芝姑心疼丈夫，就烧一堆火，坐在一旁陪丈夫。朱芝姑也不闲说闲坐，她会纳布鞋缝补衣物做鞋垫，针线活做累了，朱芝姑就停下手中的活，静静地看丈夫读书的样子。丈夫读书的眉头展现一幅醉人的风景，时而紧锁，时而舒缓，时而飞翔，时而剑拔弩张，好一幅男儿眉梢写意画，有《鹧鸪天》赞曰："巍巍峻岭接天涯，草舍茅庵安吾家。犁耙锄镐获谷物，锅碗瓢盆装酒话。书香卷，刀剑匣，有志男儿更可夸。孝悌忠信心中秀，礼义廉耻藏百花。"

王炳南看妻子痴痴的样子，觉得有趣，问看到了什么，朱芝姑说：看到了喜欢。

王炳南伸出手指，刮了刮妻子的鼻子："我看你是得了魔症。"

朱芝姑说："要是你天天陪在我身边就好了。"

王炳南听了妻子的话，叹了一口气："这个世道，国不泰，民如何能安。让家人过上好日子，是我的心愿。"

贫穷的日子有了爱，便有了爱的收获。一九一〇年农历九月二十八，夫妇俩有了大儿子王臣茂，两年后，有了二儿子王荣生，再二年，有了女儿王金兰。

王炳南和朱芝姑结婚那年，就分了家，独立门户，三个孩子降生于世，要吃要喝要穿，是一笔不小的开支。桑植九山半水半分田，十年九灾。1916年春夏，桑植发大水，农田多被流沙淹没，房屋冲毁不少。王炳南、朱芝姑建在郁水河边的碾房也遭了殃。大灾之年，县知事王国藩不谋民苦，只思官位，竟拥护袁世凯称帝。新街新司城遭土匪洗劫，房屋百余被烧毁，男妇11人被杀害，消息传到桑植县城，举县震惊。王炳南将噩讯告知朱芝姑，朱芝姑把三个孩子抱在怀里，惊问丈夫："这世道怎么这样？官府就不管了吗？"

王炳南道："这个官府已经烂透了，官不德民，民不德官。老百姓是水，官府体恤百姓，百姓这水会顺从载舟，官府鱼肉百姓，百姓这水就会洪水覆舟。"

丈夫的话说得有点深奥，朱芝姑听得半懂不懂，丈夫的帅已化了朱芝姑的心，朱芝姑对丈夫的话没有怀疑。丈夫的话很快成了真。不久，龙潭坪竹垭哥老会头领黄德清组织2000多农民队伍在桑鹤边界一带打官济贫，1

个月内 3 次攻打白竹坪恶霸团总马仕涛，打死作恶多端的马玉龙，并将大财主杨锡清的房屋烧毁。

而此时朱芝姑家里，碾房毁了，一家五口人生存陷入困顿，王炳南万般无奈之下，找伯父王明松借债与邻居做烟土生意，行至叶家桥时，被土匪抢了个精光，王炳南一家背上了沉重的包袱。王炳南好看的眉毛天天紧锁，锁得朱芝姑揪心，她劝丈夫："不就是债吗，一年还不起，第二年还，第二年还不齐，第三年继续还，我们还年轻，还有孩子。"

王炳南听了朱芝姑的暖心话，眉头舒张了。看到丈夫从巨大的债务中缓过气来，朱芝姑觉得自己的帅哥丈夫形象又立了起来。

帅哥的朋友皆英雄

朱芝姑在娘家时，亲人们常说：好男不当兵。听得多了，朱芝姑好奇，便问父母亲："好男为什么不当兵。"父母亲解释说：老辈人传下来的，我们照听照做就是。

没出嫁时，"好男不当兵"的古训便在朱芝姑心头上埋下了一个钉子，不触不碰感觉不到什么，一旦触到了碰到了，就会莫名其妙地疼痛。

朱芝姑、王炳南生于 1892 年，王炳南大朱芝姑 3 个月。夫妇俩的童年、青少年经历了晚清腐败的末年和中华民国血雨腥风的初年。孙中山领导的辛亥革命虽然推翻了几千年的君主专政的旧制，树立了民主建国的新制，由于没有从根本上铲除帝国主义和封建势力在中国统治的根基，帝国主义通过向北京政府提供大量政治性贷款，操纵中国的内政和外交，北洋军阀加强对人民的政治压迫和经济掠夺，给整个社会带来无穷的灾难，广大人民陷入水深火热之中。

朱芝姑和王炳南生下三个孩子，凭着丈夫的多种谋生手段和自己的省吃俭用，完全可以让一家人过上安定的生活。但事与愿违，家里的日子一天不如一天。

时间转眼到了 1919 年，夫妇俩都是 27 岁的人了，也是三个孩子的父母。看到日子过得紧张，王炳南萌发了当兵吃粮的想法，朱芝姑不同意，王炳南做她的思想工作："我当兵不是乱投军，我投的是贺龙领导的讨袁军。贺龙是桑植洪家关人，我们沾亲带故，跟他当兵，不会坏到哪里去。"

朱芝姑一听是贺龙，想到他经常和丈夫喝酒谈论天下，便同意了。朱芝姑没有想到丈夫投了军，如同一条鱼入了溪河，一到部队，丈夫就当了连长；1925年，贺龙任澧州镇守使，丈夫当上了营长；1926年，贺龙出师北伐，当上20军军长，丈夫任20军二师第五团一营营长，并代理第五团团长。1927年8月1日，丈夫跟随贺龙参加举世闻名的南昌起义，在南昌起义中，他认识了周恩来、叶挺、朱德、刘伯承，一个个都在中国共产党的历史和新中国的缔造中立下了不朽功勋。

丈夫认识的第一个英雄是贺龙。从1919年到1933年，丈夫跟着贺龙不离不弃战斗了14年，在贺龙的关心下，丈夫从国民革命军的连长、营长、团长干到工农革命军的大队长，红四军第一路指挥下辖第一、四两团。红二军团成立后，丈夫又任第四师师长。1931年2月，红二军团改为红三军，辖七、八两个师，同时成立湘鄂边特委和独立师，丈夫任特委委员和独立师师长。不久，中央分局成立湘鄂边独立团，安排王炳南任团长。1933年5月，红三军编为七、九两个师，王炳南任九师参谋长。

丈夫认识的第二个英雄是周逸群。丈夫跟周逸群一起战斗的时间有12年。1926年7月，丈夫参加北伐，期间，经周逸群介绍加入了中国共产党。2009年9月14日，周逸群被评为100位为新中国成立做出突出贡献的英雄模范人物之一，可见周逸群的历史功绩。作为丈夫的入党介绍人，周逸群用自己的信仰影响了丈夫。周逸群先后担任中共湘西北特委书记、鄂西特委书记、工农红军第六军政委、红二军团政委、中共前委书记、湘鄂西特委代理书记等职，是丈夫的带路人。1931年5月，周逸群在湖南岳阳贾家凉亭附近遭国民党伏击，英勇牺牲，时年35岁。

丈夫认识的第三位英雄是贺锦斋。丈夫和他同年追随贺龙，也是先后担任连长、营长等职，北伐时任团长、师长，1927年参加南昌起义。贺锦斋是一个有意思的人，贺龙也是一个有意思的人。贺龙一有时间，就钓鱼，贺锦斋一有时间，就写诗写信，写下了《公安之战》胜利诗、荆江再起斗争诗、桑植起义展望诗、泥沙之战临终诗。1928年9月21日，叛徒罗效之率400人来犯，贺锦斋率部与之激战4小时后，向黄土坡、丝茅岭方向撤退，当贺锦斋行至枫香坡垭口观察敌情时，不幸被站在旁边、已经叛变的警卫连长官有文开枪射击，头部中弹牺牲，时年27岁。

丈夫认识的第四位英雄是贺桂如。丈夫担任红四军第一路指挥，辖一、四两团，一团团长贺桂如。贺桂如小他5岁，是贺龙的侄儿，叔侄俩都是吃陈桂英的奶长大的，陈桂英是贺龙的嫂子，贺桂如的母亲。1929年9月，庄儿坪一战，贺桂如冲锋在前，大喊一声："为了下一代吃上大米饭，冲啊！"强敌如云，激烈的枪声响起，他倒在血泊中。

丈夫认识的第五位英雄是贺英。贺英是贺龙的大姐，长丈夫六岁。在丈夫心中，贺英也是他的长姐。贺英身为长姐，长姐如母，从小到大，贺英身上养成了勤劳勇敢、正直、倔强的性格。贺龙走上了革命道路后，贺英大力支持弟弟的事业，父亲贺仕道、幼弟贺文掌、丈夫谷绩庭、妹妹贺满姑先后为革命壮烈牺牲。1933年5月6日，驻扎在湖北鹤峰太平镇洞长湾的贺英与五妹贺戊英一道壮烈牺牲。

丈夫认识的第六位英雄是段德昌。段德昌小丈夫12岁，丈夫与他认识于1927年，段德昌当时担任贺龙任军长的国民革命军20军三师二团党代表，一同参加南昌起义。1928年8月，段德昌组建鄂西游击总队任参谋长，后代总队长。在游击战争中，段德昌与周逸群一道，提出了"敌来我飞，敌击我归，敌多则跑，敌少则搞"的游击战术，与1930年12月毛泽东提出的"敌进我退，敌驻我扰，敌疲我打，敌退我追"的游击战术原则有异曲同工之妙。1933年5月1日在"肃反"中遭诬陷，被杀害于湖北巴东县金果坪的江家村，年仅29岁。1994年，中央军委将段德昌列为共和国历史上的36位军事家之一。1952年10月3日，中华人民共和国中央人民政府向段德昌的亲属颁发了第一号"革命牺牲军人家属光荣纪念证"，落款"主席"二字，签名是毛泽东亲笔写的。2009年，段德昌被评为"100位为新中国成立做出突出贡献的英雄模范人物"之一。

这些英雄，朱芝姑开始不知道，直到1935年11月，贺龙要去长征了，专程来到家里，叫来干儿子王盛林和干儿媳袁元姑，与朱芝姑拉家常，说起了丈夫认识的人，朱芝姑听着听着，她就哭了。哭泣声中，朱芝姑埋怨道："你当时去，我就说好男不当兵，你不仅当，还把两个儿子带了去，把弟弟王朝义带了去，如果不是盛林的干爹想给王家留个后，盛林也没了，一家人死了三个男人，垮了天啦。"哭诉完，朱芝姑猛地抬头，用衣袖擦干泪，对贺龙说："大好的两个活人走了，我梦里常常见到他们一身的血，我梦里吓醒了，通夜通夜睡不着，哭一哭，就好了。你放心，我会让盛林多生孩子，你回来了，我把孙子交给你。"贺龙感动不已，看到她家里困难，留下了一些钱，朱芝姑拒绝了，说：“部队要出远门了，花钱的地方多了去了，嫂子没钱，就送你一双布鞋。”

痛过了，心就硬了

英美文坛极具神秘色彩的心灵大师詹姆斯·艾伦说：“人只有树立远大的志向，才可拥有平静的心灵，只有保持坚定的信念，终会收获永恒的平静。只有你时时以天堂美景洗涤心灵，你就会步入纯净至洁的永恒之地。”这句话，用在朱芝姑身上，是最恰当不过。

贺龙北上长征前，坚决给朱芝姑留下一些钱，他知道这一去，不知什么时候回桑植。王炳南被迫害致死，头戴铁铐，双腿被打断，自己的同志，临死前，腿上长了疽，肃反派害怕，连王炳南的二儿子王荣生也害死了。走在回刘家坪的路上，贺龙内心难过不已。

朱芝姑听到丈夫、儿子、弟弟死去，是1934年1月。大儿子王盛林一身伤病回到家，他没有见到母亲，他不敢让人知道。当时，贺龙的主力部队还在湘鄂川黔四省边区艰苦转战，进入湘西龙山、桑植、永顺、大庸、慈利五县境内游击，行踪不定。朱芝姑怕敌人对红军家属斩草除根，带着10岁的女儿王金兰和两岁的孙女王金香躲在湖南湖北交界的大山里过着刀耕火种的生活，王盛林花了半年时间才找到婆孙三人。

王盛林见到母亲、妹妹和两岁的女儿，才知道妻子袁元姑已病死在大山里。朱芝姑带着儿子来到袁元姑的坟前，对儿子王盛林说：“跪在你媳妇坟前，向媳妇求个情，求她允许你娶一个妹妹回来。孩子小，还需要照顾。”

贺龙带着部队走了，日本鬼子又来了。国民党和共产党握起了手，共同打起了日本。红军家属不受迫害了，朱芝姑带着儿子、女儿、孙女回到了桑植，并动用关系，为儿子王盛林娶回一个小儿子12岁的媳妇龚光任。小儿子12岁的媳妇龚光任真会生，咕噜噜像母鸡下蛋似的，一下为她生下六个小香火，三男三女。朱芝姑高兴坏了，她内心说：“好样的，好样的。”朱芝姑决心把六个孩子养大成人，一旦贺龙要回来带兵，她可以送出去一个、两个、三个。

朱芝姑也想到了“好男不当兵”的古训，可她想到贺龙临行前告诉给她的那些丈夫认识的人,她就释然了。人生一辈子,丈夫虽然只活了41岁,可他活出了样子,谁见过一个男人在血里滚过,枪林弹雨里闻过,腿上长了疮也不诬陷战友以求生存的铁汉?而她嫁的丈夫就是。丈夫给她做出了榜样,她就照着这个样子活出一个女人的样子。

从1933年到1957年,朱芝姑把所有心思花在女儿、孙子孙女的抚养上。大孙女王金玉出生没三个月,得病而死,朱芝姑哭得心肝肝痛。大孙子王国强身体弱,朱芝姑把孙子带在身边,每有一口好吃的,便喂给他吃。朱芝姑知道这是儿子王盛林身子弱的原因,长期的枪林弹雨,两次遭自己的人迫害,因而疾病缠身。朱芝姑找到桑植有名的草药郎中,以自己帮郎中家做工一年不要一分钱的契约,换来了儿子的药费。有效的草药去了儿子的病根,儿子像再生一世的人,身体强壮,与媳妇一起给朱芝姑生下了二孙子王国全、三孙子王国定、四孙子王国平、二孙女王金玉、三孙女王国荣、四孙女王国年、五孙女王小林,可惜,朱芝姑不知道儿媳妇在她去世后,又生了王国平和王小林,要是知道,她的心里会乐开了花。她更想不到的是,幺孙子王国平跟丈夫长得像一个模子倒出来的,鹤峰满山红烈士陵园丈夫的塑像,就是照着幺孙子王国平临摹的。

丈夫去了,儿子走了,留下了朱芝姑长长短短的思念。一个个夜深人静,朱芝姑抱着枕头哭,抱着孙子哭,哭着哭着,饱经沧桑的心结了痂,硬了起来。硬了的心站了起来,眼睛朝着丈夫、儿子死去的鹤峰,射出了鲜艳的光,鲜艳的光里,穿破山川,穿透云雾,一条忠信的彩带把桑植和鹤峰连了起来。

一九五八年农历四月的一天,66岁的朱芝姑弥留之际,给跪在床前的儿子儿媳孙子孙女立下了一条规矩,有机会了,一定去鹤峰看看丈夫的坟,儿子的坟,到他们坟前代她哭一哭,烧一烧纸,她和丈夫、儿子在1932年回桑植时见了一面后,已有26年没有见面了,26年,那是血和泪浸透的短时间,长泪恋。

儿子王盛林答应了,儿媳龚光任答应了。

1986年,王盛林带着媳妇、儿子儿媳、孙子孙女踏上了帮母亲朱芝姑了却临终遗愿的路。

2000年,王盛林离开了人世,媳妇龚光任接下了帮公婆了愿的接力棒。

2016年,媳妇龚光任离开了人世,朱芝姑没见到面的孙子王国平接下了帮婆婆了愿的接力棒。

　　刚开始，队伍只有49人，渐渐的，队伍达到78人。王国平每次到爷爷、叔叔的坟前，都会重复父亲、母亲说过的一句话："爷爷，叔叔，婆婆向贺龙干爷爷说过，只要新中国需要，你的后代会挺身而出，走到保家卫国的最前面。"

贺龙的干儿子、朱芝姑的儿子王盛林　　　　　　　　朱芝姑的儿媳龚光任

彭梅芝（1898年—1941年），贺龙亲自命名的工农革命军钟慎吾支队司令员钟慎吾（一八九六年三月初四—1934年10月）之结发妻子。钟慎吾就读湖南群治政治大学（又名湖南群治政法学校）期间，救下刺杀湖南军阀谭延闿未果紧急避难的贺龙，因二人同年结下生死之交。彭梅芝与钟慎吾生育三子钟以钧、钟以铎、钟以锬。其二子钟以铎毕业于黄埔军校，毕业从军北伐，并暗中加入共产党，后跟随陈毅部队上井冈山与毛主席会合，以战功升为营长，不幸英年早逝。三子钟以锬拜贺龙为干爹。彭梅芝与钟慎吾二夫人毛氏亲如姐妹，共同辅佐丈夫。1934年10月，钟慎吾牺牲后，家族房屋夜里烧48间半，彭梅芝和毛氏带着四男一女（毛氏生四子钟以镇、小女钟岳云）住岩洞艰难度日，于1941年以43岁的年龄离开人世。

彭梅芝：把丈夫的义德融进血液里

王成均

孔子《礼运》曰："何谓人义？父慈、子孝、兄良、弟悌、夫义、妇听、长惠、幼顺、君仁、臣忠，此谓十义。"中华民族五千年的文明以润物细无声的方式熏陶每一个炎黄子孙的心灵，一批批优秀中华儿女在历史风云变幻的砥砺中灼灼其华，以短暂的生命呈现精彩的人生。彭梅芝因丈夫钟慎吾而生荣，钟慎吾因妻子彭梅芝而家族兴旺。为什么有的家族几十年数百年人丁兴旺而无可歌可泣事迹。为什么有的家族几十年数百年数千年香火不绝后辈人才辈出，原因只有一个，那就是一个家庭只有把自己的魂融入中华民族家国一体的荣辱魂里，才有源源不断的伟力。

喜男儿学车五斗慕其义

出身于书香之家的彭梅芝出嫁了，她嫁的男人是毕业于湖南群治政法大学的钟慎吾。二十世纪二十年代的中国，早已因鸦片战争沦为半殖民地半封建社会。虽然嫁的丈夫有良田百亩、山林千亩，家道殷实，彭梅芝看到的是夫家忧国忧民的情怀。公公钟梁桶、婆母彭氏目光长远，对三子（善谨、善让、善海）一女（金玉）投入巨资完成学业，以望诗书耕读传家，以身报国。长子善谨又名慎吾，就读于湖南群治政法学校，与贺龙结拜为生死兄弟。二子善让肄业于乡塾。三子善海肄业模范学校。女儿金玉由彭氏教以诗书，稍通文墨。一个家庭有没有文化底蕴，彭梅芝已从父母给儿女取的姓名看出来了。

钟慎吾是家中长子，一直在家中起着榜样作用。彭梅芝心仪自己的丈夫，一米八的高大个子，站在那里就像是一棵树。第一次去夫家认亲，公婆正在堂屋里做布鞋，一束光从瓦缝里倾斜射下来，公婆一见，原来是大风把屋上的瓦吹开了，露出了一块缝，难怪有阳光照射下来。公婆道："慎吾，把屋上的瓦修整一下，下雨了，屋里会漏雨的。"钟慎吾答了一声好，竟然双腿一弯，使劲一跳，伸长着手臂，将交错开的下瓦片往上轻轻一抬一点，戳进了上瓦片，张开的瓦缝没有了。

公婆笑着对彭梅芝说："梅芝呀，你大可放心，我养的儿子听话，孝顺，讲义气，你嫁了过来，一定不会让你受委屈。"彭梅芝用眼波扫了扫未来将与他同床共枕的人，脸上现出羞涩的红晕，一颗芳心跳得好急。彭梅芝觉得自己在夫家出了丑，女儿家羞羞的心思早已被夫家猜了个透。

夫家有义，嫁家有意，彭梅芝所在的空壳树与钟慎吾所在的走马坪只隔着一座山和几条峪的距离，两家开亲也是沾亲带故的，双方的家底家世都放得下一百二十个心。彭梅芝对父母把自己许给钟慎吾是满意的，不说钟慎吾长得高大威武，单说钟慎吾的学识就让她倾慕。

彭梅芝出身书香世家，祖先学文习武，在清朝就有文武秀才考中。从小，彭梅芝就听着屈原的"长太息以掩涕兮，哀民生之多艰"、杜甫的"穷年忧黎元，叹息肠内热"的道义文章长大的。"一方有难，八方支援"的道义关切，"路见不平，拔刀相助"的担当精神，在彭梅芝和钟慎吾的精神交流中默契，古语"不是一家人，不进一家门"的缘分就这样生定。

嫁的丈夫是湖南群治政法学校的优等生，湖南群治大学是民国初年全国推崇维新时，湖南兴办的一所私立学校，由何人首先倡议创办，校董第一位就是大名鼎鼎的章炳麟（太炎）先生。另外，校董还有谭延闿、于佑任等民国政界要人。所以，这所群治大学虽属私立，其分量却是不轻的。曾执教于湖南群治大学的何凤山博士，担任湖南省主席何键秘书的同时，兼任群治大学的经济学、英文和国际政治教学，后担任中国驻维也纳的总领事，正值犹太人遭到纳粹的残酷屠杀，何凤山顶住各种压力，给大批犹太人发放逃往中国的签证，从纳粹手里拯救了数千名犹太人的生命，这一义举常为人称道，被西方誉为"中国的辛德勒"。正是湖南群治政法学校校董和教师身上传承的"义"风，让钟慎吾学到了义不仅是道义、规范、法度等静态对象，更应是群起而行之，群起而治之，促其实现的德行实践。

彭梅芝许配给钟慎吾，四寨八岭的人都传言彭梅芝找了个好男儿，要才有才，要貌有貌。彭梅芝听了，内心窃喜，时时关注未来夫家的言行。钟慎吾从湖南群治政法学校毕业归来，来到彭梅芝家，告诉岳丈已回乡任教，待事业有成，就迎娶彭梅芝进门。1918年8月，结拜兄弟贺龙任靖国军营长，驻防桑植县城，在澧源书院创办自治讲习所，特邀请钟慎吾当教员。贺龙驻防桑植，看到桑植土匪猖獗，安排钟慎吾回乡，扩充队伍，清除匪患。1920年春，贺龙经澧州镇守使王子彬改编为桑植守备队，贺龙借机向王子彬要枪要子弹，派父亲贺士道和弟弟贺文掌去澧州取枪，因事前走漏风声，曾与贺龙一起夺枪拉队伍的伙伴谷膏如不满其在慈利被捕没有援救而生愤恨，勾结土匪陈继之等在竹叶坪三声潭拦截。贺士道中弹身亡，贺文掌被暴徒放在饭甑里活活蒸死。

钟慎吾为贺龙结拜义兄，闻之决定为其报仇，买了10支枪办团练，借迎娶彭梅芝大办酒宴，邀请土匪陈继之参加酒席，借酒席除掉了杀害结拜义兄父亲和弟弟的土匪陈继之，帮义兄报了血海深仇。

新婚当天，丈夫钟慎吾把陈继之杀死在酒席上，引起自家的送亲责怪，说新婚当天见血见红不利，彭梅芝在新房听到自家亲人的议论，本等着丈夫掀红盖头的彭梅芝扯下红盖头，走出新房，来到亲友中间，大声道："什么见血见红不利，我的男人饱读诗书，心中有义，他为庚兄贺龙报仇，我支持，我都不怕，你们怕什么。"

钟慎吾听了要进门的媳妇义正词严的话，双手鼓掌："这才是我的媳妇，不愧为女中豪杰，我钟慎吾有恩报恩，有仇报仇，杀我庚兄亲人，如同戮我父亲，我不干，天理难容！不仇不报，大丈夫有何资格立于天地之间。"

丈夫钟慎吾的铮铮身躯立于天地之间，彭梅芝看到丈夫脸上有一两滴血，快步走到他身边，掏出绣花手帕替他擦掉血迹。

彭梅芝的一颗心早已和丈夫的心融在了一起。彭梅芝倾慕丈夫最好的方式是给丈夫生了三个儿子钟以钧、钟以铎、钟以铩。庚兄贺龙1928年2月26日按照党中央指示，回桑植实现红色武装割据，抵桑植县竹叶坪，住进钟慎吾家，拜见了弟媳彭梅芝，看到钟慎吾有三个儿子，第二个夫人毛氏又将临产，与钟慎吾商量，认三子钟以铩为干儿子，并当天行叩拜之礼。

彭梅芝看到自己的三子钟以铩拜的干爹是带兵上万人，担任过南昌起义总指挥的贺龙，打内心高兴。喜欢唱歌的彭梅芝在丈夫和贺龙酒酣之际，为其来了一首山歌《兄弟歌》："我今唱段兄弟歌，奉劝大家记心窝。莫讲同福不同祸，患难来了各管各。如今世道不公平，兄弟同心斩妖魔。自古道义传千古，风萧水寒学荆轲。"彭梅芝一曲高歌，引来众人喝彩，均道巾帼不让须眉。

助丈夫明敌暗共敬其义

贺龙在庚兄钟慎吾家里住了一个晚上，两人把酒言志。贺龙告诉钟慎吾，回家乡是组织武装起义，领导大家跟共产党干革命，钟慎吾当即表态愿意跟随庚兄干。

贺龙走后，钟慎吾告诉妻子彭梅芝。彭梅芝说："嫁汉嫁汉，穿衣吃饭。你跟庚兄干的事情，是让全天下的穷苦老百姓吃上饱饭穿上好衣的大事情，我支持你。"彭梅芝的话给了钟慎吾一颗定心丸。

贺英回到洪家关，得知弟弟要跟着共产党干，第一个响应，把自己带的部队交给了特委和贺龙。特委书记周逸群当即代表党表示感谢。

贺英的榜样作用搅动了湘西北的一潭春水。贺龙的影响力在湘西北是巨大的，很快，贺龙的亲族贺满姑部、贺炳南部、贺桂如部、贺连元部、贺雅庭部、贺文炎部、贺文慈部、贺佩卿部都纷纷把部队交与贺龙指挥。还有贺龙的旧部，王炳南部、谷志龙部、李云卿部、刘玉阶部、王湘泉部、谷佑箴部、钟慎吾部、刘子维部、文南甫部也都全部归附。这些小股部队都是贺龙的亲族和旧部或是至交，是可靠的革命武装力量。除了这些力量外，还有不少可以争取的土著武装或国民党的团防，诸如鹤峰的王文轩部、朱发生部，慈利的徐小桐部、谷岸峭部，大庸的覃辅臣部、吴雨霖部、刘用部、"怪杰"周燮卿部，石门的田少卿部，永顺的向登初部，"湘西王"陈渠珍的张俊武部，桑植县的廖静斋部、伍玉珍部。特委对这些武装采取多团结少树敌的策略，有的派人直接谈判，有的派人送信联络，要求各派捐弃前嫌，团结一致，共举革命大旗。

丈夫钟慎吾带着队伍离开走马坪，彭梅芝的内心是担忧的。跟着庚兄贺龙闹革命，是提着脑壳走路，不是过家家。

1928年3月30日，贺龙和周逸群在洪家关召开各路武装头面人物的"取义大会"，钟慎吾参加了。贺龙告诉大家说：从今天起，大家的部队就是工农革命军了，再不是以前没有牌子的部队，你们大家都是党的同志，党的同志就要拥护共产党，率部参加到革命队伍来，今后要加强团结，听党指挥，决心为党和人民出生入死，杀尽天下豪绅，杀尽天下反动派……

誓师大会后，钟慎吾率部随工农革命军进入了紧张的集训阶段。

4月2日，工农革命军开餐很早，部队很快集合，全副武装，整装待发。约8时许，在特委领导下，贺龙指挥部队，兵分三路向桑植县城推进。贺龙带着警卫人员，同贺桂如率中路大军，从刘家垭经八斗溪占领梅家山，直插北门；贺锦斋率左路大军从岩岗塔经柏家冲杀向东门；李云卿率右路大军从南岔横渡澧水经汪家坪进攻西门。钟慎吾作为一个支队，参加了攻打桑植县城的战斗。

上午11时，各路大军兵临城下，按时到达指定位置，把桑植县城紧紧围住。贺龙一声令下，各路大军百枪齐发，向县城发起猛烈进攻。城内守敌陈策勋，慌忙指挥陈佑卿、张东轩、张恒如等部仓促应战。很快，工农革命军向县城发起了猛烈异常的总攻。顿时，城内硝烟弥漫，敌人死伤无数，陈策勋见势不妙，急令所部拼命抵抗，他自己则化装带着马弁偷偷地从厕所向西界大山逃走。进攻南门口的工农革命军，误以为他是普通老百姓，没有向他开枪，让他侥幸死里逃生。敌指挥系统失灵，而团防头子张东轩，还在执行死守西门的命令，在西门拼死挣扎，直至进攻西门的工农革命军奋勇冲杀，势如破竹，直趋城市中巷战时，他才弃城而逃。东门守敌陈佑卿，极为猖狂，自恃武器精良负隅顽抗，在城墙上架起机枪，对工农革命军进行猛烈扫射，迫使贺锦斋率领的左路大军前进受阻。就在陈佑卿得意忘形之际，贺龙、贺桂如所率的中路大军已破北门，右路大军李云卿部也进城中，见顽敌陈佑卿部凶狠至极，工农革命军中、右两路大军从两侧狠狠打击陈佑卿背部，东门上顿时枪声大作，促成陈佑卿背腹受击，不得不从南门口水井湾逃出城外。

桑植起义得胜的消息传到彭梅芝耳里，听到丈夫没有挂彩，她悬下的心总算放下了。彭梅芝告诉毛氏，她们的命和男人是共体的，男人好，女人才好。男人没事，女人才没事。毛氏抚摸着肚子里已有两个月大的孩子，点了点头。彭梅芝比她大十岁，有主见，办事公正，她服。

桑植起义的胜利，引起了敌人的疯狂反扑。贵州军阀突袭桑植县城和洪家关，贺龙率部几经苦战，没有扭转战局，退至凉水口、罗峪、苦竹坪一带。因给养困难，贺龙安排钟慎吾奉命奔赴津澧一带筹集军火，临行前，贺龙问庚兄，是否跟着共产党铁了心，钟慎吾答应说铁了心，贺龙便主动当介绍人，为他举行入党宣誓仪式。有了共产党员这个身份，钟慎吾知道自己肩上的担子更重了。钟慎吾到津澧一去三个月，当他返回桑植，贺龙没有踪迹，他不得不回到走马坪，召集旧部，首先自保，再图东山再起。

殊不知，贺龙已离开桑植，游击在石门、湖北鹤峰，长达一年有余。在一年多的时间，贺龙的战将贺锦斋、贺桂如、李云卿、贺满姑等壮烈牺牲。贺龙领导的工农革命军更名为红四军，部队又达到1000多人。

贺龙离开桑植的一年多时间，钟慎吾回到家乡一心带部队，彭梅芝做好内当家，对长期做工的雇工视为家人，四周农户有什么困难，她应帮尽帮，乡邻们生活困难，她主动送去粮食，借多少还多少，不加息。敌方好几次想罗织罪名，加害钟慎吾，周围乡邻得到彭梅芝的关心和照顾，敌方一有动静，乡邻及亲戚马上连夜告知，让钟慎吾夫妇有了应对之策。

1929年6月，在外面游击的贺龙又打回桑植，钟慎吾闻之，带部队前往，彭梅芝提出要求，带三子钟以铩看看干爹，钟慎吾同意了。到了县城，贺龙正组织一场大战，见钟慎吾来了，哈哈大笑，说庚兄来得好，来得巧，我们一起在澧水河抓一网大鱼。彭梅芝不明其意，问什么鱼，要这么多人抓。贺龙告诉彭梅芝：鱼不少，有上千条，大得很哟。

7月14日晚，钟慎吾跟着红军埋伏在城北梅家山。八斗溪、柏家冲一线，谷志龙部守住城南大山三百磴。凌晨，贺龙待敌人从赤溪渡口渡过澧水，由西南方向进入县城，马上组织部队包围起来，打响了战斗。

彭梅芝被丈夫安排在一熟人家休息，战斗在凌晨打响，枪声响到15日下午4点，敌团长向子云所部1000余众几乎全部被歼，红军缴获枪支1000余支，红四军增至4000人。

"敌1000人全部死了？"战斗结束，看到赤溪河染红一片，彭梅芝问丈夫。钟慎吾说："跑了一百多人，可惜了。"

彭梅芝看到染红的河，叹了一口气："都是爹娘养的儿子，好好的一条命，说没了就没了。"说完，彭梅芝把三子钟以镓紧紧抱在怀里。

钟慎吾道："这就是革命，穷苦人要过上好日子，就要用鲜血来换。"

彭梅芝问丈夫："我们不是穷苦人家，为什么要跟着共产党干革命。"

钟慎吾说："庚兄干，我就干。庚兄是国民党的军长，有人拉拢他，给他20万块大洋，让他别干。可他家里死了三个人，亲族死了上百人还是在干，他为什么要干，因为他相信共产党。"

彭梅芝低声说："我怕，死了这么多人，敌人肯定要报复。"

钟慎吾对妻子道："开弓没有回头箭，我的命已交给了共产党。"

贺龙组织的赤溪河战役，后来被史学家称之为赤溪河大捷。赤溪河大捷后，贺龙仍安排庚兄驻守桑植走马坪，他告诉庚兄，要他审时度势，保住队伍就行，只要心红就行。说到最后，贺龙语重心长感叹道："共产党领导的红军不能老是游击来游击去，要有自己的窝，庚兄就在走马坪建一个我们红军的窝。"

钟慎吾根据贺龙安排，继续回到走马坪带部队。桑植团防陈策勋与贺龙是对头，知道贺龙跟钟慎吾是结拜兄弟，但他家与彭梅芝沾亲带故，便睁一只眼闭一只眼，双方没有明说，有了各自的地盘，形成了"井水不犯河水"的默契。后陈策勋到省里任职，安排国民党慈桑保安团团长朱际凯移防桑植，当时正值1933年冬，贺龙率领的红三军仍有3000人之众，游击在湖南湖北两地。朱际凯怕钟慎吾联合贺龙消灭自己，对钟慎吾采取怀柔策略，委任钟慎吾为桑植瑞塔铺镇区的区长。钟慎吾从保护百姓，保存革命势力出发，出任该区区长。1934年秋，贺龙领导的红三军恢复红二军团称号，下有4000人，在贵州印江县与中央红军先遣部队3000人会合，组成7000人的部队，声势大振。朱际凯知道钟慎吾明顺暗抗的动机，明白贺龙打回桑植是迟早的事情，他派人到走马坪强令钟慎吾筹粮40担，大洋15万元，大烟千两。钟慎吾考虑民生疾苦，不忍乡亲被盘剥，拒绝了。朱际凯大怒，以抗命为由，派兵抄了钟慎吾的家，并将钟慎吾押到麦地坪。四乡群众了解真相，组织3000多人赶到麦地坪，包围敌人，想把钟慎吾解救出来。敌人怕夜长梦多，待四乡群众合围之际，连发数枪击中了钟慎吾，一代英杰命丧九泉。四方乡邻义愤填膺，抢回钟慎吾尸首，遭到敌人疯狂扫射和追击，乡邻一部分人抬着尸体向走马坪飞奔而去，另一部分人阻击敌人，到走马坪后，将尸首交给彭梅芝和毛氏。彭梅芝强忍悲痛，组织乡邻上山躲藏，敌人到达走马坪，看到这里空无一人，便放火烧了走马坪，48栋房屋被烧毁一尽。

看到房屋被烧毁，乡邻们号啕大哭。彭梅芝心如刀绞，被烧的房屋里，有她和丈夫刚刚修的钟家大院。彭梅芝望着哭成一片的乡邻，她知道是自己的丈夫连累了大家，她不知说什么好，一下跪在乡邻们面前。彭梅芝一跪，毛氏、儿子儿媳和孙子们也跪了下来。彭梅芝向大家许诺："有我们一口饭吃，就有大家一口饭吃，你们对我钟家的恩情，我们一辈子还。"

思丈夫胸藏大德学其义

庚兄钟慎吾牺牲的消息传到贺龙那里，贺龙内心难过不已，为了策应中央红军，他正在组织红二、六军团打响十万坪战斗、浯溪河战役，一会儿在湘西永顺十万坪，一会儿到常德浯溪河，战斗的目的只有一个，打乱敌人对中央红军围追堵截的部署，迫使敌方不得不将与中央红军作战的大量敌军抽调到湘鄂边一带，他实在抽不出时间参加庚兄的葬礼。他安排人送去100块大洋，并带话说要把义兄风风光光地葬，谁敢坏庚兄的丧事，他要报大仇。贺龙的放话吓坏了敌人，加上贺龙率红二、六军团近万人活动在湖南湖北境地，杀害贺龙庚兄钟慎吾的朱际凯惶惶不可终日，他带着部队逃避，唯恐贺龙包抄而死无葬身之地。

彭梅芝忍住丧夫之痛，为丈夫钟慎吾作了七天七夜的丧事。彭梅芝安排儿子披麻戴孝，周围乡邻自带武器守灵，自发在各个卡口站岗放哨，保证钟慎吾顺利安葬。

丈夫钟慎吾遭敌迫害而死，年仅38岁。在湘西，38岁去世，没病没灾而亡，被人迫害而死，属于凶亡，按理尸首是不能进堂屋的，年长的族人有顾虑，给彭梅芝提了一个醒，其实是想看彭梅芝对丈夫的态度。

族人们的话传到彭梅芝的耳朵里，击起她内心圈圈点点的涟漪：新房烧了，只有在旧屋办丧礼，什么不能进堂屋，什么凶亡，逝者为大，我彭梅芝就要亲亲爱爱的丈夫，义薄云天的丈夫抬进中堂，中堂里，天地国亲师高悬堂前，丈夫在世38年，对得起堂前的字。

彭梅芝望了望族人们，浸着泪说："各位族老，我的丈夫只活到38岁，不是他不想到60岁，是这个世道不想他活。我的丈夫在生38年，他上对得起天，下不负于地，他渴望国家安宁，亲族过上好日子，可这个社会不容他。我的丈夫只活了38岁，可在我心中，他活了百岁、千岁。他有儿子，有妻女，有他救助的亲族，他不能活，我们帮他活。我不怕凶找上门，不怕凶找上我的儿孙。"说完，她冲着哭泣的儿孙大喊道：你们怕凶吗？

儿孙大声回答："不怕！"

彭梅芝又对族老说："你们要是怕凶，我今天当着天老爷说，如果你们要把凶加到族人头上，请全部加到我彭梅芝身上，所有的凶我一人扛，我一人扛不住，我的儿孙一起扛。"

族老听了彭梅芝的话，静默了半分钟，突然大声说道：要抗，我们大家抗。钟慎吾是为我们大家而死的，我们不让他进堂屋，还配做人吗？他主人家不怕，我们怕什么。

话音刚落，族人唱起了古老的抬柩曲《招魂歌》，钟慎吾的尸首在众人的眼里化为了一艘船，一艘让族人万众一心的船："大船儿，摇罗／小船儿，荡哟／船头上是英雄／船尾上，是巾帼／钟家儿孙不缩头／抬起英魂摆堂上。"

彭梅芝二话没说，跪在地上，向缓缓进屋的丈夫磕头，向抬着丈夫尸首的族人磕头。那时那刻，彭梅芝有了一个心愿，她要替丈夫弘扬义德于人间。

2021年，已吃90岁饭食的王超海记住了彭梅芝跪迎丈夫进堂屋的过程，王超海的父亲王武位也参加了抬柩。王武位是钟慎吾请的常年工，家里人没有田地，钟慎吾、彭梅芝给安排房屋住，吃饭在一个锅子里。过年了，钟慎吾、彭梅芝像对自家的孩子一样，给王超海压岁钱。王超海忘不了彭梅芝为丈夫办丧事的豪放，彭梅芝放话，只要是钟慎吾的生前好友前来吊唁，七天七夜，一律白米饭管够，酒管够。

送丈夫钟慎吾上山的人，每人搬一卷鞭炮，她彭梅芝要用震天的鞭炮声告慰丈夫，她彭梅芝也是一个顶天立地的人。

彭梅芝给丈夫钟慎吾点燃的鞭炮声响彻云天，得到庚兄贺龙的响应，他没有时间参加庚兄的葬礼，就用慈利溪口棉花山战役、永顺高粱坪战斗、大庸鸡公垭战斗、桑植县陈家河战斗、永顺桃子溪战役、湖北宣恩战役、龙山招头寨战斗、湖北鹤峰板栗园伏击战告慰庚兄在天之灵。

彭梅芝知道他家的命运已与庚兄的命运，共产党的命运连在一起，谁也离不开谁，谁也忘不了谁。

丈夫走了，彭梅芝带着儿孙和雇工自食其力，春耕时季，彭梅芝打起了薅草锣鼓，用自己的歌喉激发儿孙和雇工的干劲。从早上到黄昏，彭梅芝敲呀唱呀，唱得声音嘶哑了，在锣鼓和歌声中，一丘丘水田，一坡坡山地种上了稻，种上了杂粮和蔬菜。因为家人和族人要活。

族人们的房屋因钟慎吾被烧毁，族里人修屋，主家的粮食不够，钱物不够，她彭梅芝补足。

白天的日头走了，来了月亮和星星，彭梅芝会和毛氏坐在月亮下，做布鞋，缝补衣服。彭梅芝、毛氏共为钟慎吾生了五个儿子、一个女儿，六

彭梅芝的孙子和重孙

个孩子穿的鞋子和衣服要做出来。有月亮的夜晚，借月光，没有月亮的夜晚，用桐油灯照明，一双双布鞋，一件件衣服，熬到了天明。

彭梅芝思念丈夫，她知道丈夫希望她活得好好的，希望她对毛氏好好的。一个个夜晚，彭梅芝对小10岁的毛氏说："我的身子骨一天不如一天，我走了，你要把家顾好。"

毛氏说："姐，我们这个家不能没有你，你要活得好好的，活得人眼红，活到共产党得到来。"

彭梅芝说："我怕是等不到了，我相信你等得到，我们的儿子儿孙等得到。"

1941年的某一天，彭梅芝离开了人世。26年后，毛氏见证了共产党建立了新中国，儿孙过上了好日子，也离开了人世。

钟幺妹（一八九八年二月十六—一九七四年三月二十五），中国工农红军张启和（1901年—1933年）之妻。夫妇俩生育一女张霜妹（1926年腊月26日—2018年冬月21日）一子张宏桃（一九三二年二月初十一—一九九一年三月初五）。1933年，张启和参加红三军七千里小长征到四川李子坳壮烈牺牲，钟幺妹遭敌迫害被迫改嫁，将一岁的儿子张宏桃挂在桐子树上，村民陈春知道张宏桃是张家之后，将桐子树上的张宏桃抱下来送给大伯张启厚（一八八五年腊月二十五—一九六一年四月二十八）、大嫂戴喜姑（一八八四年五月初一—一九五八年六月十五）抚养成人，1958年娶妻王礼年（一九四一年五月二十三—二〇〇四年三月十七），生子张世毛、张世持、张拥军，生女张春秀、张春绒。

钟幺妹：
听着儿子成长，谁知乱世生母疼儿心

王成均　田克清

1929年7月，贺龙在赤溪河摆下四面埋伏阵，利用地形全歼敌步三团团长向子云部二千余人。谁也无法知道其中的秘密。原来，贺龙之所以全歼敌人，是因为赤溪河是贺龙与结拜的义兄弟张启和经常钓鱼的地方。义兄张启和住在赤溪河畔的仙鹅村，赤溪河边的一草一木，贺龙与结义兄弟张启和了如指掌，于是，《中国共产党湖南历史》有了著名的赤溪河大捷，于是，张启和的心野了起来，跟着义兄贺龙参加了革命，过上了金戈铁马的"红脑壳"生活。张启和的叛逆让父母亲痛下决心，给张启和娶回大他3岁的钟幺妹，公婆交给钟幺妹的任务是把张启和的心收回来，安安心心过日子。钟幺妹做到了吗？答案是否定的。等待她的是一辈子的牵肠挂肚，一辈子的命运坎坷……

守不住的丈夫

钟幺妹嫁给张啟和的那天，一下被丈夫的英武俘虏了芳心，一米七八的魁梧身材，十人不能近身的功夫，让大丈夫3岁的钟幺妹有了自卑。

钟幺妹不敢忘记公婆的交代，她唯一的办法就是用自己的柔情蜜意软化丈夫张啟和狂野的血液。很快，两人有了女儿张霜妹。钟幺妹觉得自己的血液太弱了，丈夫身上的血液汹涌澎湃，如家门口的赤溪河，静时宛如处子，动时狂如野马，钟幺妹实在收不住丈夫的心。

收不住丈夫的心，钟幺妹便跟着丈夫干。丈夫当红军，她也跟着当红军，丈夫跟着部队到洪湖创建根据地，她也到洪湖成为一名红军战士。1932年5月，蒋介石亲任豫鄂皖"剿匪"总司令，调集约50万兵力，组成左、中、右3路军，对洪湖苏区发动第四次"围剿"，企图消灭洪湖根据地。这时，夏曦由冒险主义转为消极防御，使敌人控制了白庙以西东荆河北岸地区，直接威胁湘鄂西苏区机关所在地瞿家湾。钟幺妹的丈夫参加保卫战，在战斗过程中，不幸被俘，押回到桑植。已生下儿子的钟幺妹也尾随丈夫回到桑植安心抚养儿子。1933年1月13日，红三军攻占桑植县城，红军打开监狱，放回关押的红军战士，张啟和出来后，马上归了队。1月28日，红三军被迫退出桑植县城。张啟和身为红三军连长，接到撤退的命令，他没有时间回家，便安排红军战士用骡子驮了两包粮食，趁夜深人静放在家的后门。第二天早上，钟幺妹起床开门，发现了这两袋粮食，又看到地上的骡子蹄印，便知道是丈夫放心不下母子俩，送来了粮食，这时，儿子张宏桃已降生十个月。

钟幺妹内心很难过，她自言自语地埋怨丈夫："你无论怎么忙，看看女儿儿子也是应该的。"钟幺妹没有想到丈夫这一次离开便是永别。丈夫跟着红三军行军七千里，来到四川一个叫李子坳的地方，参加了战斗，不幸壮烈牺牲。钟幺妹失去了丈夫，才十个月的儿子失去了父亲。

公公婆婆要媳妇守住丈夫，可做媳妇的钟幺妹没有守住。张啟和牺牲的消息传回桑植，一家人悲痛万分。哥哥张啟厚、张啟文、张啟忠，弟弟张啟同、张啟凡，姐姐张满姑，妹妹张幺姑一个个失声痛哭。失去丈夫的钟幺妹伤心不已，跪在亲人面前痛哭，怀里的孩子也啼哭不止。钟幺妹伤心绝望之下，又听到敌人要对红军家属和儿子斩草除根，她决定离家躲难。

钟幺妹知道张启和只有一个儿子，她想给张启和留个后，便把儿子挂在桐子树上，悄悄躲在远处看着，当看到村民陈春从桐子树上解下儿子，并把儿子送到大伯张启厚家，她放心了，悄悄躲进了天子山。

听着儿子长大

张宏桃被村民陈春送到张启厚家，张启厚看到是亲侄子张宏桃，马上接了过来，望望怀里的侄儿，又望望妻子戴喜姑，征求妻子的意见。戴喜姑从丈夫手中接过侄儿，轻声对丈夫说："别怕，一个人就是一滴露水。家里人多，每个人从口里省下一点，这个孩子就活了。"张启厚点了点头。

张启厚和戴喜姑有六个孩子，儿子张宏春、张宏秋，女儿张润姑、张香、张莲姑、张全姑，现在加上张宏桃和父母，便是十一口之家。

为了养活老小一家子，张启厚建了一个水碾房，乡亲们每加工一担米，收取一升米的加工费，水碾房没有人加工时，他又用自己纺织的渔网到赤溪河拦鱼。

戴喜姑把亲侄子张宏桃视同己出。张宏桃头上长有癞子，非常难治，发作起来，又痒又疼，戴喜姑便带着侄子四处求医。

儿子得癞子的消息传到钟幺妹耳里，听到嫂子戴喜姑为儿子的癞子头操碎了心，她却只能默默流泪。为了生存，钟幺妹与一个姓刘的男人又结了婚，生下了两个女儿一个儿子，生活的重担已让她分不出精力给儿子张宏桃治病了，她只有四处打听儿子的消息。

钟幺妹听到张宏桃一天天长大了，儿子的大伯大伯母对他很好，有什么好吃的，让张宏桃先吃，而身为大哥的张宏桃也没有恃宠而骄，他也非常疼爱弟弟妹妹们。家里房屋少，人口多，没有地方睡，张宏桃便要求住在水碾房，他一个人怕，更带着张宏春、张宏秋住在一起，相互取暖。

穷苦人家的孩子早当家。张宏桃刚懂事，便成为家里的顶梁柱。

听到儿子在家乡过得很好，没有受到什么委屈，钟幺妹放心了。

住在大山深处的天子山，钟幺妹望着儿子生活的地方，一望就是大半天。她很想回家看一看，可她不敢，她怕敌人找到她，捉到她，逼她说出儿子的身份，于是她选择了隐藏。一年、两年、三年……钟幺妹迎来了解放，她回到桑植，这一年，儿子已17岁。

儿子成家那年，嫂子戴喜姑安心离开了人世

养儿方知父母苦。钟幺妹深知嫂子戴喜姑养大七个孩子的不易，一个个孩子是父母亲身上掉下一的一块肉，做父母的从孩子生下来那天起，就开始了担忧。

桑植是1949年10月16日解放的，这一天，距离丈夫张启和牺牲，钟幺妹因此而离开张家的1933年，不知不觉已有16年。回到老家，钟幺妹带着一家五口人看望大哥大嫂，看到长她4岁的大嫂戴喜姑已显苍老，她抱住嫂子大声痛哭，她感谢嫂子帮她养大了儿子，她一次次打自己的耳光，说自己不配当母亲。

戴喜姑抓住妯娌钟幺妹的手，含着泪说："这不是你的错，也不是我的错，是可恨的坏人把我们逼成狠心的人。现在好了，我们穷苦人当家做主了，我们再也不用过穷苦的日子了。"

戴喜姑对钟幺妹说："张宏桃一天天长大了，兄弟张启和死在四川李子坳，有时间，我想带着宏桃把兄弟的尸首请回来，我们张家不能让兄弟的孤魂飘在外面，他是有儿的人。"

钟幺妹点点头，对嫂子说："我没脸见启和，你和宏桃去吧，到了阴间，我再向启和请罪。"

戴喜姑说："快别这样说，你给启和留下了香火，让启和有了后，你就是张家的功臣。"

钟幺妹哭了："嫂子，听了你这句话，我的心才安。"

戴喜姑笑了："我们妯娌要共同努力，给宏桃娶媳妇。我担心我的身体，怕等不到那一天。"

钟幺妹说："放心，你一定等得到，我也等得到，等到抱孙子的那一天。"

戴喜姑等呀等，等到了张宏桃结婚的日子。一九五八年六月十五，戴喜姑离开了人世，张宏桃抱着大伯母，哭着说："还有十三天，我就结婚了，你怎么等不到呢。"

大伯张启厚则在妻子离开人世的第三个年头，侄儿媳妇王礼年身怀六甲即将临产的那年四月二十八，给红军弟弟报喜去了。

钟幺妹等呀等，等来了张宏桃的儿子张世毛、张世持、张拥军和女儿

张春秀的降生。1974年三月十五，钟幺妹在嫂子戴喜姑去世16年后，离开了人世。

钟幺妹的亲孙子张世持每每思及自己的祖母，情不自禁吟诵《别老母》："搴帷拜母河梁去，白发愁看泪眼枯。惨惨柴门风雪夜，此时有子不如无。"

红嫂钟幺妹的儿媳王礼年

郑志兰（一八八八年六月初七—？），中国工农红军红三军侦察员、敢死队长石重规（一八八六年十月二十六—1935年正月）结发妻子。夫妇俩生育七个孩子。丈夫参加红军于1935年正月牺牲后，她一个人顶起抚养儿女的重任，让一个个孩子成家立业。

郑志兰：一个桑植红嫂的天明挽歌

王成均

在桑植与龙山交界、海拔一千米的廖家界上，有一座没有碑文没有姓氏的墓碑，墓不大不小，才五六个平方，湘西北典型的岩土坟冢。如果不是追根溯源，谁也无法相信这座墓碑里面，埋葬着桑植红军烈士石重规的妻子郑志兰。这是一个让人走近，就无法让人忘怀的桑植红嫂。如桑植5000位有名有姓的红军烈士家属一样，走近桑植红嫂郑志兰，了解郑志兰的人生经历，那首耳熟能详的《映山红》就会在耳畔如约响起："夜半三更呦盼天明，寒冬腊月呦盼春风。若要盼得呦红军来，岭上开遍呦映山红。"桑植红嫂郑志兰的一生，就是一首《映山红》的歌。走近郑志兰，可以触摸桑植龙山交界的扒拉坪村，一个红嫂托起的一方天，一方盼天明的生命天。

支持丈夫追天明

郑志兰的丈夫叫石重规，一个身高一米八的彪形大汉。石重规的祖先来自湖南华容，因为华容连年水灾，石重规的祖先遵循一条迁徙原则，看不到河的地方，就是他安家的地方。石重规的祖先走呵走，走到湘鄂两省交界的湖南省桑植县，看中了一块四周全是高山低洼地则是小坪的山坳。这个山坳没有名字，石重规的祖先是爬着挪着才走到的，于是，祖先便给这块高山环绕的小山坳起了一个接地气的名字：扒拉坪。扒拉坪本名爬挪坪。不知过了多少代，石家祖先的香火传到了石重规这一代。石重规这一代，生活在一个叫石家凸的屋场，石重规的祖先早已由刚来时的一家五口人繁衍生息到300多人的大家族。

石重规生于光绪十二年（公元一八八六年农历十月二十六）。小石重规两岁的郑志兰生于光绪十四年（公元一八八八年农历六月初七）。1909年，一纸父母之命媒妁之言的婚书把一河之隔的龙山县乌鸦镇的郑志兰娶进了桑植县上河溪扒拉坪石家凸的石重规家。

石家凸建了一个武术堂，石家请了一个姓谷的武师教授武艺，石重规一家四兄弟，没有余钱剩米凑学艺的份子钱，石重规便悄悄偷学谷师傅的武艺。谷师傅知道有人偷艺，便睁一只眼闭一只眼，一晃几年过去了，石重规偷学有成，一个百斤重的练功石锁，石重规可以连续举起一百多下。身高力壮的石重规勤劳忠实，敢于担当，是一个响当当的男子汉，媒妁之言拉近了两个人，渐渐地，石重规走进了郑志兰的心房。

和无数湘西女人一样，一个女人嫁给了一个男人，先是献上身子，有了孩子，才会爱上男人的。郑志兰爱上石重规，却是因为丈夫一身本事，帮她家出了一口恶气。结了婚生了孩子，每年的岳父岳母生日，每年的过年拜年，还有七大姑八大姨家的婚丧嫁娶，石重规都要和郑志兰带着孩子回郑志兰的娘家。郑志兰的娘家在龙山乌鸦镇，算得上一个殷实之家。生活在飘摇的晚清时代，一个殷实之家会遭到许多人的巧取豪夺。郑志兰没嫁给石重规时，郑志兰的家人会选择忍气吞声，当地的土匪恶霸要粮要钱，郑志兰的家人会想尽一切办法满足他们的要求。郑志兰嫁给石重规之后，这个现象改变了。

一身好武艺的石重规得知岳父岳母遭受当地土匪恶霸的欺压，二话没说，一个人提着梭镖打上门去，对方不知石重规的厉害，仗着人多势众，采取人海战术，没想到石重规杀得他们大败，一个个跪地求饶，不仅退还了过去的东西，还赔了一些钱。石重规一下杀出了名气，郑志兰的娘家此后再也没有土匪恶霸上门敢要钱要粮了。

石重规的名气传遍了湘鄂两省，重情重义的贺龙路经扒拉坪，与石重规结为异姓兄弟。贺龙南昌起义失利后，主动请缨回到湘鄂两省创建革命根据地，拉石重规入伙闹革命。石重规犹豫了。

石重规和郑志兰结婚后，共生育了七个孩子，大女石均秀，生于1910年，大儿石均诚，生于1912年；二女石均香，生于1914年；二儿石均真，生于1916年；三女石枝香，生于1918年；三儿石均禄，生于1920年；四儿石均海，生于1922年。七个孩子，要吃饭，石重规和妻子没日没夜地劳作，仍然是一年四季吃了上顿愁下顿。贺龙来到石重规家，对石重规和郑志兰讲革命的道理，为什么我们穷苦人一年忙到头，吃不饱穿不暖，都是这个吃人的社会造成的，要想过好日子，就要造地主老财的反。石重规被说动了心，便征求妻子郑志兰的意见，郑志兰说："贺龙闹革命，为的是穷苦百姓，你愿意跟着贺龙干，就跟着贺龙干，我们家本是穷苦人，不干没有活路，干好了，不只我们家有活路，而且所有穷苦人都有了活路。"

石重规听了妻子的话，看到家里大大小小张着嘴要吃饭的大人和孩子，觉得只有跟着贺龙干，家里才有活路。

石重规打仗拼得命。每次打仗，石重规一杆梭镖所向无敌，二三十个敌人不能近身，石重规获得了"舍命王"的称号。敌人知道贺龙的部队里有个叫石重规的战士，打仗不怕死，敢玩命，见到他，都会躲得远远的。可以说，敌人对石重规是又恨又怕，扬言只要石重规敢落单，他们会让石重规死无葬身之地。

敌人把话放给郑志兰听，郑志兰明白敌人是在吓唬威胁她，她毫不犹豫地说："兵来将挡，水来土掩，我们石家不是吓大的。我丈夫当的是红军，红军是穷苦百姓的队伍，我不仅支持丈夫，一旦丈夫有难，我也会跟着丈夫干。"

放话的人听到郑志兰的话，恨得牙齿直痒痒。

抚摸丈夫缝天明

嫁汉嫁汉，穿衣吃饭。嫁个红军丈夫呢，得到的是一个又一个寝食难安。土地革命战争时期的共产党，还处于弱势，共产党领导的军队和创建的革命根据地，时时处在敌人的重重围剿中和血与火的洗礼中。

丈夫石重规自从跟着贺龙闹革命，就担任红军侦察员、敢死队长。石重规力大无比，会使刀枪，一人能敌二三十人，每次侦察，他会出色地完成任务，每次战斗，他会冲在最前面。一次次战斗，石重规冲锋陷阵，他知道自己不仅是为自己的7个孩子打仗，更是为众多的穷苦家庭打仗。

残酷的战争让石重规明白跟着贺龙闹革命，走的是一条没有归途的路，夺取胜利，建立穷苦人家的苏维埃政府，老百姓翻身做主人，才是真正的归途。

石重规每次打仗回家，都会给妻子和儿女讲自己打仗的故事，讲的人神采飞扬，听的人却心惊肉跳。郑志兰看到丈夫边讲边示范，一招一式阳刚十足，仿佛看到了丈夫在战场上的雄姿。郑志兰知道，丈夫的心不只装着他们这个小家，还装着共产党这个政党想着的劳苦大众的大家。

石重规讲完了自己的战斗经历，就教妻子和孩子们唱《国际歌》，并对他们说："我们全世界的穷苦人只要唱《国际歌》，什么样的苦难什么样的悲伤都不在话下。"

刚开始，郑志兰是排斥的，她唱惯了桑植和龙山的山歌，要她唱英特纳雄耐尔，怎么唱怎么别扭，后来唱多了，唱顺了，经丈夫的解释，知道这首歌是一首穷苦人的战斗歌，穷苦人的命运抗争歌，穷苦人要过上好日子，就要前赴后继，勇往直前，不怕牺牲，一代人接着一代人干。

1935年对郑志兰来说，是一个难熬的年份。这一年的正月初，丈夫石重规过完了年，接到红军首长的一份任务，到桑植与永顺交界的沙坝侦察敌情。告别妻子和儿女，石重规来到永顺县的沙坝侦察敌情，没想到长长的梭镖被敌人发现了，敌人认为肯定是红军的探子，于是数百个敌人把石重规包围起来。敌人认出了石重规，知道他会武功，许多人都死在他的手下，因而仇人相见，分外眼红。石重规知道没有退路了，只有杀出去才有活路。这是一次险战，逃出去就是活，逃不出去就是死，于是他安排一个战友回去报信，说国民党的部队已向根据地压来，他叮嘱战友一定要把这个消息传给贺龙，自己也一定会拖住敌人。任务安排完毕，石重规握起了手中的梭镖，面对数百敌人的包围，他大喊一声："有种的朝我来，你石爷爷不怕。"他边打边撤，边撤边喊，就这样，石重规跑，敌人也跑，很快，石重规被困在一块寒风刺骨的腊水田里。正月的天真冷呵，冷得人直想往火边靠，往屋里奔。石重规心中的火是红军部队，心中的家是共产党，可他没有时间想这些，数不清的敌人早已困住了他。石重规用梭镖干掉一个又来一个，一个又一个敌人叫嚣，谁杀死石重规，得大洋20块，杀啊！

巨额的赏金引发了敌人的疯狂，一个个敌人红了眼，二十个手握大刀的敌人冲到最前面，他们飞舞着大刀，喊着口号，向石重规砍去。

红军侦察员石重规是一条铁骨铮铮的汉子，可汉子难敌四手，现实的战场，不是四手，而是四十只手，二十把大刀。腊水田里，一个个对手倒在石重规身边，鲜血染红了腊水田。在打斗中，石重规也是伤痕累累，长时间的僵持，石重规已疲惫不堪，而对手的杀气越来越旺，包围的圈子越箍越小。这时候，敌人发现石重规的眼睛时时观察四方，双脚前后左右快速挪动，原来他要防止背后补刀。于是敌人使起了计谋，他们其中一部分人虚张声势，另一部分人快速挥刀砍去，一次、两次、三次……再厉害的猎手还敌不过狡猾的狐狸，何况狐狸还不止一只，很快，石重规在迎击前方冲击的时候，后方一个敌人持起大刀，砍向了石重规的颈项，锋利的刀刃瞬间夺去了石重规的生命，石重规倒在永顺沙坝的一个腊水田里，鲜红的血液流进腊水田，和敌人的血交汇在一起，一个红军侦察员就这样失去了生命。

丈夫牺牲的消息通过扒拉坪一个嫁到永顺沙坝的姓石的妇女带口信传到了郑志兰的耳中，郑志兰惊闻噩梦，痛苦万分，悲伤之中，她安排大儿石均诚带着族人连夜赶到沙坝，抢回了石重规的尸体。敌人得知石重规的尸体被抢走，动员数百人疯狂追赶，扬言要斩草除根，石均诚抬着父亲的尸体钻山林，扒土沟，跳悬崖，往家飞奔。

丈夫石重规回家了，郑志兰看到丈夫身首异处，一下跪倒在地。大儿石均诚和族人为抢回丈夫的身体，被山上的刺荆条和尖尖的石头划得血痕遍身，郑志兰心痛了。儿子女儿们跪倒在地，围在父亲的身旁，大声哭喊着"父亲醒来"，14岁的老三石均禄，12岁的断肠儿石均海摇晃着父亲，哭着喊着要父亲讲红军打仗的故事，女儿们则抱成一团，哭昏在地。

红军侦察员石重规死了，郑志兰一家的顶梁柱倒了。一家人哭得天昏地暗，哭得天翻地覆。黑夜还是黑夜。哭累了，泪流尽了。郑志兰擦干眼泪，大声说："孩子们，我们哭，有用吗？爹哭得回来吗？敌人不是要我们一家人活不下去吗？我们偏要活下去！"

郑志兰说完，安排大女儿石均秀拿来针线，二女儿石金秀拿来油灯，三女儿石枝香找来香纸，她郑志兰要给丈夫一针一线缝头颅。大儿石均诚抱着父亲的上身，二儿石均真抱着父亲的腰，三儿石均禄、四儿石均海跪在父亲的面前。

针线可以缝衣服，可以纳鞋袜，那是无生命的东西，缝东西，东西没有生命，不会疼。可郑志兰缝的是丈夫的头颅，缝的是血肉，是亲亲爱爱的人，是血肉相连的人。郑志兰拿起尖尖的针头，望着丈夫的头颅和颈项，手颤抖着，一时竟不知怎么下针。丈夫的双手、双脚和头颅被敌人用石头砸得粉碎，郑志兰不敢抚摸，可她不摸不行。每逢一针，郑志兰感觉不是缝丈夫的头颅，而是缝自己的心，她的眼痛，手痛，心更痛。郑志兰每缝一针，仿佛感受到丈夫的疼痛，泪水一下迸出来。郑志兰牙关一咬，把夺眶而出的泪逼了回去，把自己的嘴唇咬出了血。郑志兰脸色苍白，缝着缝着，她缝不下去了，她想起了丈夫生前教给她和儿女们的歌，她的心已经承受不了这巨大的痛苦，她知道再这样一针一针地缝下去，她怕是要精神崩溃了。郑志兰没有办法，只有用丈夫教她的歌减轻自己的痛苦：

"起来/饥寒交迫的奴隶/起来/全世界受苦的人/满腔的热血已经沸腾/要为真理而斗争！"哦，原来这首歌可以缓解悲痛。

天明的那刻，郑志兰才走了333天

丈夫走了，她郑志兰不能走。丈夫累了，在扒拉坪一个叫马栏地的山丘上躺下了，他的七个孩子还站着，要活下来。郑志兰痛苦过后，是怎么活下去的谋划。

24岁的大女儿石均秀出嫁了，女婿朱熙武对她很好，郑志兰放了心，丈夫现在不在了，再也没有父亲疼爱她了，但是有女婿的疼爱，郑志兰把这头的心放下，可以把更多的心思放在其他孩子身上了。

22岁的大儿子石均诚已到了娶媳妇的年龄，可她这样一个家庭，家里什么也没有，一家人吃了上顿愁下顿，谁愿意把姑娘嫁过来，谁敢把姑娘往火坑里送？男人石重规是跟着贺龙闹革命的红脑壳，"宁愿错杀三千，不可放走一个"的残酷现实还在中国大地继续上演，成王败寇的中国王道文化刺激着人们的权利欲疯长。当时的老百姓都知道共产党闹革命是为了天下老百姓，可敌人已化为豺狼行使着豺狼当道的主角，人们想把姑娘嫁给郑志兰的儿子石均诚，可他们也怕自己的女儿受牵连，自己的家庭受牵连。

郑志兰晓得家里的困难，晓得敌人会随时来到扒拉坪报复，她很想带着孩子参加贺龙的红军，可她觉得这样不是帮红军，而是给红军增加负担。

丈夫石重规走了，走得义薄云天，走得坦坦荡荡，他是为家里的七个孩子过上好日子而走的，是为了全天下的受苦人过上好日子而走的。郑志兰也想像丈夫一样，活得慷慨激昂，活得洒洒脱脱，可她不能呀，石重规说走就走了，一句话也没有留下，只给她留下生前教的《国际歌》，只给她留下七个血肉连心的孩子。

郑志兰明白，扒拉坪这个家园已藏不住一家人，红军丈夫石重规视死如归与敌人搏斗砍死多人结下的血仇也容不得她郑志兰安心。郑志兰在一个月黑风高，在丈夫尸骨未寒的夜晚，带着六个孩子跪在石重规的坟前，含着泪忍着声唱起了《国际歌》，像是对亲人的倾诉，又像是向亲人告别，个中的含义你懂，我也懂。那个时代那个背景，中国人还没有站起来，更不用说富起来，强起来，郑志兰带着孩子们只能用跪拜的方式，采取忍气吞声的方式辞别亲人，辞别故土。一夜之间，郑志兰带着六个孩子隐身了，消失在扒拉坪这个石姓祖先开疆辟土生活了一百多年的家园。

扒拉坪少了郑志兰一家七口人，距扒拉坪2公里的廖家界多了七口人，这七口人就是郑志兰和六个孩子。郑志兰找到廖家界的山主人，以主七租三的口头协议租种了山主人的十多个山头，十多个山头森林茂密，一家七口人跳进上千亩的林海里，发现不了踪迹。廖家界的山主人与郑志兰沾亲带故，也晓得敌人斩草除根的可怕，可他看到郑志兰带着六个孩子来到他面前求助，他知道不收留他们，他们就会被杀害，他也成了罪人。

山主人叮嘱郑志兰，住在大山里，要想别人不知道，就是早上趁着大山的雾气升起来做饭，天黑了人们睡觉了做饭。早上雾大，做饭的烟和雾混在一起，人们分不清。天黑了，山里人都睡了，没有人会闻到山里的烟火气。

郑志兰懂山主人的好，她带着六个孩子向山主人跪了下来，磕了三个头，便融进了深山里。

大女儿已经出嫁了，22岁的大儿石均诚、20岁的二女儿石金秀、18岁的二儿子石均真成了家庭的主力。在郑志兰的安排下，石均诚、石均真砍倒大树，石金秀领着妹妹石枝香和弟弟石均禄、石均海割来芭茅草，砍来芭蕉叶和山竹，全家人一起努力，搭起了一个狗爪棚，这是湘西人修屋最快的方式。一天时间，三根大树，两根在前方一左一右交叉在一起，搭起一个高高的支架，第三根大树搭在交叉的地方，从后方撑起前面交叉的那两根大树，粗粗细细的竹篾把三根大树交叉的地方捆在一起。幼小的孩子石均禄、石均海不识人间的苦味，看到搭起的狗爪棚，兴奋地喊："我们有新房住了，我们又有家了。"兴奋声中，狗爪棚里的火旺旺地烧着，不时有干柴发出烧裂的脆响，郑志兰把孩子拥抱在自己的怀里，像一只老母鸡张开翅膀遮住风雨中的小鸡崽一样，一堆旺旺的火映红着郑志兰苍白无血色的脸。

躲进深山，什么粮食也没有，带的苞谷、黄豆、绿豆、番薯、土豆种以及菜种，郑志兰是不会让孩子们吃的。火光闪闪，郑志兰取出一包包种子，对孩子们说："大家想不想吃饱饭？"孩子们说："想！"

郑志兰说："想吃饱饭，就不要打粮食种子的主意，我们吃一粒种子，全家七口人将来就少一碗饭。"

孩子们纷纷点头。

不动种粮，吃什么呢，这难不倒郑志兰。第二天，郑志兰带着孩子来到山里，挖葛根，掘蕨莞，扯来野麻莞，开辟一块块土地，种下白菜、萝卜，播下苦荞种子。东西背回了家，种子播下了地，希望就有了。

早晨起雾的时候，夜深人静的时候，郑志兰生了火，把一根重约50斤的葛根放在火堆里，不一会儿，老葛根散发出浓浓的香气，郑志兰拿来刀，一刀刀割下一大块，递给饥饿的孩子们，孩子们兴奋地吃着葛根块，连葛根的渣也吃了。看着孩子们吃东西的疯狂，郑志兰的心一阵阵地揪痛，她想到了扒拉坪里躺在地下的丈夫，浸着泪自言自语："重规啊，我对不起你，我没用，我现在要做的，就是让我们的孩子们一个个活下来，一个个活下来呀。只要食物没毒，孩子们就会活，如果没毒的食物吃完了，我就先尝有毒的食物，我试过后，分出毒轻毒重，再让孩子们吃毒轻的食物。"

廖家界真是一个好地方，山上有采不完的食物。春天有蕨菜、地米菜，夏天有笋子、菌子、鱼腥草、糯米藤，秋天有八月瓜、野猕猴桃、苦山梨，冬天有芭蕉莞、葛根、蕨根，都是活命的东西，更何况，大片大片的地开垦出来了，种上了苞谷种上了蔬菜，给山主人交上七份，留下三份，一家人再也饿不死了。

郑志兰在一千亩的山林里，开垦了六块地，搭了六个狗爪棚，郑志兰把自己活成了一只狡兔。她知道敌人会时时过来，她要多留几个"窟"，一旦一个"窟"被毁，还有一个"窟"。

从一九三五年正月到一九四八年九月，郑志兰带着孩子们躲在深山里，唯一的奋斗目标就是把一个个孩子养大成人，不让他们饿死、病死，郑志兰做到了。从丈夫石重规离开人世的46岁到丈夫离开人世13年后的59岁，郑志兰实在熬不住了，长期缺衣少吃，长期湿气缠身，长期缺药少医的郑志兰已走到生命的最后一刻，她很想看到共产党带来的天明，可她明白自己看不到了。她唯一欣慰的是孩子们大多都有了归属，二儿石均真到一山之隔的河口神州去一个姓石的本家坐了堂，这家的儿子石均普结婚才4个月便离开了人世，他的父母便找到郑志兰，希望郑志兰把她的二儿石均真过继给他们。郑志兰答应了，这样郑志兰没花一分钱，便让二儿娶上了一个叫尚翠英的媳妇。二女儿石金秀出嫁了，女婿覃文贵是一个憨实后生。三女儿石枝秀嫁给了赵春生。看到一个个孩子成家立业，开枝散叶，郑志兰放下了心。

郑志兰也有不放心的人，大儿石均诚已36岁了还没有成家，三儿石均禄被抓了壮丁生死未卜，小儿石均海忍受不了家里的贫穷悄悄离开了家后一直没有音讯。郑志兰不想死，可她的身子实在熬不住了，她想歇一歇，陪死去的红军丈夫说说话。她要告诉红军丈夫石重规，孩子吃现在猪吃的东西，也能活命，孩子钻进一个没有被子的苞谷壳叶儿洞洞也能睡个安稳觉。山上的湿气扯走了郑志兰的健康，一天天让郑志兰病入膏肓。

一九四八年农历九月

郑志兰的儿媳尚金英

十三，桑植红嫂郑志兰就这样离开了人世。她离开人世后的公元1949年10月16日（农历八月十一），昔日丈夫参加的红军，今日改名为中国人民解放军，解放了桑植，穷苦人翻身做了主人。这一天，与郑志兰盼天明离开人世的日子才相隔了333天。

石运河（郑志兰的孙子）与叔叔石均尧（中）、姐夫王进生（左）

刘顺姑（1899—1930年4月），红三军军需、红军烈士李三和（1897—1929年7月）之结发妻子。红军女儿队队员刘学年（一九二三年五月二十四—1989年10月20日），失散红军李家作（一九一七年冬月初七—一九九八年正月十七）之妻。刘顺姑与刘学年是婆媳关系，李三和与李家作是父子关系。在洪家关白族乡枫坪村李家组李氏家族，有一组红嫂群雕，她们与共产党领导的土地革命共命运，同患难，求证了革命群众和革命队伍"打断骨头连着筋"的关系。红嫂张氏，配夫李吉悟（红军排长，龙山招头案作战牺牲），生女李满姑、李福姑。红嫂朱氏，配夫李成均（红军参谋，解放后病逝），生儿李家福、李家照。红嫂张氏，配夫李家硕（1909年5月—1931年），红三军营长，无子女。红嫂吴幺妹（1933年—2018年），配夫李家云（红军模范师战士，一九一八年冬月十三—2019年），生子李维教。红军女战士李神姑（1921—2009），嫁夫周礼炳，无子女。其中李家硕与李神姑是亲兄妹。父子、兄弟、兄妹，共同参加红军，诠释军民鱼肉情的真正内涵。

刘顺姑、刘学年：
婆媳阴阳两隔携手打造上阵父子兵

王成均

公婆刘顺姑1899年出生，媳妇刘学年1923年出生，公婆大媳妇24岁。公婆刘顺姑1930年4月去世，媳妇刘学年1942年与其子李家作结婚，1989年十月去世。公婆死去12年后，刘学年才嫁到李家，公婆死去59年后，媳妇刘学年才离开人世，典型的阴阳两隔。中国共产党创造的革命斗争史是一场波澜壮阔的党群连心史、患难与共史。走近红嫂刘顺姑、刘学年婆媳，美国记者斯诺在《红星照耀中国》一书中发现共产党人身上的"东方魔力"扑面而来。

什么东方魔力，让李三和、李家作父子前赴后继

中华民族具有源远流长的忠诚于使命的传统，中国历史上所有的优秀人物，都具有忠诚于使命的本色。1840年的鸦片战争，让中华民族坠入内忧外患的苦难深渊，中国人民处于饥寒交迫的悲惨境地。生于1897年的李三和，正赶上帝国主义在中国掀起强占"租借地"划分"势力"范围的高潮，弱肉强食的世界，落后就要挨打的社会现实，早已偏离了一个有序的社会应是正义公平分配的社会，社会所禀赋的物质财富、政治权利、发展机会、尊严。幸福因为分配的矛盾，指引人类不断让社会发生性质的形象改变。原始社会、奴隶社会、封建社会、资本主义社会、社会主义社会、共产主义社会，一个社会替代另一个社会，都是在分配正义过程中出现社会资源的稀缺性，个人的道德修养状况、社会制度的设计和安排状况等这样那样人类分配矛盾因素综合作用而引起的。

从1840年到1921年，近80年的漫漫长夜和苦难屈辱，中国共产党为挽救民族、国家、人民，义无反顾地登上了历史舞台，洗刷耻辱，实现民族复兴，使中华民族重新自立、自强于世界民族之林，是近代许多有识之士孜孜以求的梦想，也使诞生于民族危亡关头的中国共产党人，从一开始就把实现这一目标作为自己的使命和追求。

李三和是1920年参加革命的，作为一个生活在最底层的农民，走进红军队伍，部队首长安排他担任红军军需之职。共产党人身上体现的理想性、忠诚性、奉献性、一贯性让李三和从一个半殖民地半封建社会成长起来的普通农民一步步成为一名具有"功成不必在我"的奉献精神和"功成必定有我"的历史担当的红军战士。从1920年到1929年7月，李三和用9年的红军军需革命经历求证国民革命到红军战士赴汤蹈火在所不惜，流血牺牲无怨无悔的"东方魔力"。

李三和在一次运送红军粮食保卫粮食的过程中，牺牲在湖北监利。那是1929年5月上旬，段德昌指挥鄂西游击第一大队第二中队和监利游击队300多人攻打毛家口，李三和负责红军军需供应。毛家口战斗，歼国民党五〇师2个连，缴枪130余支。李三和在运送粮食到前线途中被枪弹射中，负了伤。李三和知道医药稀缺，他坚持把医药用到参加战斗受伤的红军战士身上，自己到山上采草药自救，没想到伤口感染，李三和在两个月后献

出了生命。

李三和牺牲那年，儿子李家作只有 12 岁。父亲李三和的死没有让李家作对参加红军产生惧怕。李三和去世后，红军部队打回桑植，找到刘顺姑，告诉李三和牺牲的消息，并在李家组举行追悼会，参加追悼会的红军指战员把刘顺姑请上台，向嫂子刘顺姑行军礼，齐声喊"嫂子"。

一声"嫂子"让刘顺姑从巨大悲痛中走了出来，她把儿子李家作叫到面前，告诉儿子：你父亲的命是敌人夺去的，你要参加红军，为你爹报仇，为更多牺牲的红军报仇。

李家做一下跪倒在父亲的衣冠墓前，放声大哭："爹——爹——"一声声呼唤撕裂着追悼会上每个人的心。

幼小的李家作，看到去世后的父亲有这么多的红军指战员参加他的葬礼，他的心灵感受到红军部队的伟大，他觉得自己就是红军部队的一员。从那天起，李家作把红军部队当作自己的精神靠山，把共产党当作自己的心灵之家。共产党吸引了李家作的目光，影响着李家作的成长。共产党诞生于人民，来自人民，植根于人民，服务于人民，胸怀的是"人民梦想"，致力的是"人民生活"，坚守的是"人民立场"，关注的是"人民忧乐甘苦"，依靠的是"人民群众"，拥有的是"人民军队"，建立的是"人民政权"，追求的是"人民幸福"，践行的是"以人民为中心的发展理念"，求解的是"人民对美好生活的向往"，奋斗的是"解放全人类"，正是这种坚持人民至上，让李三和、李家作父子汇入血雨腥风的土地革命洪流中。

1933 年 8 月，年仅 16 岁的李家作参加红军游击队，加入游击队长刘芳丕队伍，1934 年 4 月加入共青团，担任红 18 师 52 团团长李国登、刘风的警卫员，奔走在桑植、龙山和湖北鹤峰，参加一次次战斗。1935 年 11 月 19 日，红二、六军团从桑植刘家坪誓师出发，红 18 师留守根据地牵制敌人，掩护主力突围，在龙山茨岩塘四天四夜的突围战中，李家作负了重伤，与战友失去了联系。为躲避敌人迫害，李家作流浪到湖北建始一位名叫杨继华的大户中做了三年长工。1939 年 8 月国共合作抗日，他才回到家，1942 年 11 月与刘学年结婚，生下儿子李从真、李维跃，女儿李春华。

什么东方魔力，让刘顺姑、刘学年爱上李三和、李家作父子

中华文化绵延五千年，虽屡经困顿，但总能革故鼎新，勇立潮头，成为推动人类文明发展进步的中坚力量。是什么力量让中华文化有如此强大的生命力，使桑植一个个红嫂在土地革命中展现真诚、善良、勤奋、勇敢、豁达、坚毅……这一切源于共产党的道德力量。嫁给红军战士的刘顺姑、刘学年感受到了。

刘顺姑和李三和二人是老表关系，在桑植，有一句俗话，老表开亲，亲上加亲。李三和家底厚实，家中有20多亩良田，李三和本人做得一手好农活，刘顺姑嫁到李家，不用为吃穿发愁，再加上李三和和刘顺姑是一个村里的，从小知根知底，人品好坏，都一清二楚，因此她嫁给李三和，是放心的。

刘顺姑是18岁那年嫁给李三和的，那一年李三和才20岁。结婚第二年，夫妻俩生下儿子李家作。有田有地，有粮有妻儿，刘顺姑以为李三和会安安心心过日子，自己也会为李三和生下一大堆儿女。没想到，贺龙来到枫坪李家组拉队伍，因为李成均的妻子朱氏与贺龙是老表，而李成均与李三和是族兄，按照桑植亲连亲的习俗，李三和与贺龙也成了老表。

贺龙来到李家组拉队伍，一下让李三和动了心，他找媳妇刘顺姑商量，刘顺姑内心不舍，可看到丈夫跃跃欲试，知道丈夫的心已经飞了。刘顺姑知道丈夫的品性，晓得他想跟着老表贺龙干一番大事。桑植有一句古话："不怕男儿生得丑，要在四外走。不怕女儿生得乖，只在火坑煨。"一代又一代的祖先用这句话给男女分了工，男主外，女主内。男人负责打江山，女人负责守家业，养育儿女，孝顺父母。

老表让丈夫李三和当军需，部队的枪弹、粮食、物资都让李三和管，这是老表对李三和的信任。就这样，丈夫李三和跟着老表走了，从1920年到1929年，丈夫李三和回家都是行色匆匆。从桑植到四川、从四川到贵州、从贵州到澧州、从澧州到沅陵、从沅陵到宜昌、从宜昌到开封，一路战火纷飞，一路钱粮军需供应，刘顺姑不知道丈夫李三和肩上的担子由几百人到几千人再到上万人。

1927年7月27日，丈夫李三和跟着老表来到南昌，负责老表领导的国民革命军第二十军上万人的军需，忙得头都要炸了。4天后，老表担任起义

军总指挥，打响了南昌起义的第一枪。

南昌起义失利后，丈夫李三和跟着老表从陆丰抵香港，又从香港转到上海，最后于1928年2月回到桑植洪家关，不知不觉，已过了8年时间，儿子也有11岁了。丈夫李三和回到家，给妻子刘顺姑和儿子李家作讲了自己8年的经历，听得刘顺姑心惊肉跳，可儿子李家作眼眶里流露出了向往，他依偎在父亲怀里，告诉父亲：长大了，他也要当红军。李三和听到儿子的话，觉得儿子慢慢长大了。

很快，李三和全身心投入到桑植起义的军需供应中，3000多人的队伍，要吃要枪弹，忙得李三和团团转。刘顺姑想丈夫现在回到了家，她准备给丈夫再怀一个孩子，竟然找不到时间。很快，传来了丈夫李三和去了湖北的消息，很快，传来丈夫李三和牺牲在湖北监利的消息。刘顺姑悲痛万分，伤心过度，导致思虑成病。1930年4月，丈夫李三和去世7个月后，刘顺姑追随丈夫而去，临终前，她拉着儿子李家作的手说："我给你讲了一个媳妇，是我们族里刘家的，她小名叫刘连姑，大名叫刘学年，比你小5岁。"李家作看着母亲望着自己，知道娘不放心，他给娘表态：我一定会娶刘学年的。

父母亲的去世，在李家作心中播下了一颗仇恨的种子。1933年8月，李家作参加红军游击队，动员未婚妻刘学年参加了红军女儿队。没有父母亲疼爱的李家作找到了疼爱的姑娘，16岁的李家作和11岁的刘学年在红色岁月里的一次次战火洗礼中渐渐成长起来。

刘顺姑、刘学年在红色的岁月红色的年代打造了一对上阵父子兵。

什么东方魔力，让桑植一个个家族的红嫂用生命书写紧跟共产党的红色绝唱

这是黄明哲所著的《大国伟力》中引用的一个求证共产党人身上迸发出的"东方魔力"的细节，共产党折射"滴水见太阳"的细节。中华民族自从诞生了中国共产党，苦困在半殖民地半封建社会的民众见到了太阳，感受到了六月干旱滴水涌来的滋润和甘甜：

1935年4月，红军在贵州北部山区急行军时，政治保卫局局长邓发的妻子陈慧清临产了。陈慧清痛得满地打滚，敌人追上来了，与红军后卫激烈

交火，但孩子怎么也生不下来。军团长董振堂拎着枪跑过来问："还有多久能生出孩子？"谁也没法回答。董振堂连忙跑回阵地，大喊："你们一定要打出一个生孩子的时间来！"战士们不顾牺牲，坚守阵地，整整两个小时，顶住了敌人一次次的冲锋，硬是等陈慧清把孩子生了下来。

战斗结束后，一些战士经过产妇身边时怒目而视，因为这个孩子，许多兄弟都战死了。但此时，董振堂说了一句让大家哑口无言的话："你们瞪什么眼？我们流血和牺牲不就是为了这些孩子吗？"

董振堂一句话，点出了共产党人的情操和境界，点出了共产党在战火硝烟中让战士们、战士的亲人们触摸到共产党大公无私为人民的高尚，让小我与大我在战火中呈现净化的鲜艳红。

红军战士是社会的一分子。社会是由一个个家庭组成的聚合体。每一个红军战士与社会与家庭紧密相连。家庭是社会空间的延伸。家庭作为一个与国家意识形态相区别的文化领域，女性以繁衍生命的群体起着不可替代的纽带作用。共产党的诞生，就是奔着"为中国人民谋幸福，为中华民族谋复兴"而去的。

桑植县洪家关白族乡枫坪村李家组的李氏家族，因为共产党的到来，一个个男人前赴后继，产生了飞蛾扑火的群体效应。一个个红嫂跟着自己的男人吃糠咽菜，流浪逃难，恪守妇道孝道和人道，展示一个女人从盲从到悲怆再到坚强的品格。

一个个女人拼命地养育儿女，她们的目标就是一个，让长大的儿女们参加红军，跟着共产党干革命，为自己的祖父报仇，为自己的父亲报仇，为自己的亲人报仇。共产党与李氏家族因为亲人的牺牲，早已形成"打断骨头连着筋"的关系。"打断骨头连着筋，扒了皮肉还有心。只要还有一口气，爬也要爬到延安城。"这是全民族抗战开始后，党中央所在地延安成为革命者向往的"圣地"产生的"万民归心"的精神共振。在桑植洪家关枫坪李家组，"打断骨头连着筋"有着异地同心的呼应。

清朝光绪年间，从江西神州栗树大土地迁徙的李光祖、李光福兄弟俩来到桑植洪家关枫坪，选中了这块有山有水的荒地，开疆辟土，经过几十年的繁衍生息，有了30户100多人的李氏寨落。兄弟俩想找到一块没有剥削和压榨的净土，没有实现。兄弟俩落户桑植，就是因为他们发现一个国家不宁，哪个地方都是一样的。

李家作一家

当共产党托起砸碎"三座大山"的重任时，李光祖、李光福的后人一下找到了方向，于是有了李三和、李家作父子，李吉悟（李成锐）、李成均族兄弟，李家作、李家硕、李家云族兄弟，李家云、李神姑亲兄妹，参加红军的"打断骨头连着筋"的连锁反应。

于是有了红嫂婆媳刘顺姑、刘学年，有了红嫂妯娌张氏、朱氏、吴幺妹，一个个红嫂随着丈夫的受伤或牺牲，她们掩住内心的伤痛，哼唱着"扩红一百，只要一歇。扩红一千，只要一天。扩红一万，只要一转"，倾尽心血养育革命的骨血，盼望着儿女们早早长大。她们没有什么文化，中华民族传下来的"讲仁义、重民本、守诚信、求大同"早已融进红嫂们的血液里。共产党是一个火星，鸦片战争近百年的耻辱让共产党找到了着火点，镰刀斧头告诉红嫂们，中国人的家国情怀、社会担当和个体修养的文化禀赋只有在战火中才会沸腾。

红色基因代代传。李家硕、李家作、李家云的侄孙子李仕胜2001年应征入伍，在珠海担起保家卫国的责任。两年后，回到家乡，在爷爷们战斗过的地方创办了思家农庄，办起了祖爷爷、爷爷们的红色革命带事迹展览窗，他要在他的基地开一个窗户，红色的历史红色的岁月，溅起客人信仰的浪花。

第五章
根据地的硝烟里爬出来的红嫂

　　文化是一个国家、一个民族的灵魂。历史和现实都表明，一个抛弃了或者背叛了自己历史文化的民族，不仅不可能发展起来，而且很可能上演一幕幕历史悲剧。文化自信，是更基础、更广泛、更深厚的自信，是更基本、更深沉、更持久的力量。坚定文化自信，是事关国运兴衰、事关文化安全、事关民族精神独立性的大问题。

　　——2016年11月30日，习近平总书记在中国文联十大、中国作协九大开幕式上的讲话徐美姑（一九〇八年九月十三—2001年6月4日），洪家关白族乡海龙坪村徐家院子人，桑植红军模范师团长刘道洪（又名刘金登、刘安国）之结发妻子。夫妇俩生育一女刘玉兰（一九二八年三月初四—2022年5月14日）。1934年3月9日，徐美姑的丈夫刘道洪接到去县城开会的通知，谁也没有想到这一去便没有回来。丈夫临终那句"杀不完的共产党，十八年后我还是一条好汉"成为徐美姑一生的悔，她不该在丈夫生前流着热泪哼唱《国际歌》"起来"时埋怨他"神经质"，"起来，饥寒交迫的奴隶。起来，全世界受苦的人"，一句句"起来"，在徐美姑的耳畔反复回响，一响就是67年……

徐美姑：
丈夫，我活到了你歌唱的《国际歌》时代

王成均　钟　京

2016年6月4日，一个叫徐美姑的桑植红嫂以93岁的高龄离开了人世。弥留之际，她的眼眶淌出了一行行泪水，嘴里反复哼唱着一句歌词："起来……起来……起来……"她唯一的女儿刘玉兰紧紧握住母亲的手，她知道母亲在学父亲哼唱《国际歌》。她紧紧抱住母亲，把自己的脸贴紧母亲的脸，泪水不停地流下来，和母亲的泪水汇集在一起，喉咙里也不自主地跟着母亲哼出"起来……"母亲的"起来"和女儿刘玉兰的"起来"形成了穿越岁月的小合唱，歌声里，一句句"起来"有了"站起来""富起来""强起来"的民族情感。

身怀六甲的徐美姑听到丈夫哼唱"起来"很烦很烦

徐美姑是九岁那年给刘道洪当童养媳的。徐美姑九岁那年，家里发生

了巨大变故，父母亲一夜之间被杀，孤苦无依的徐美姑经族人商议，被送到刘道洪家当童养媳。刘道洪与徐美姑同年，比徐美姑大47天。九岁的年龄，什么也不懂，刘道洪只觉得自己多了一个妹妹，有什么好吃的，都留给这个妹妹吃。刘家是一个注重"耕读"的大族，明朝时代出过宰相。刘家祖先出任过宰相的光荣传统，在刘道洪的身上得到充分体现。刘道洪的父亲是当地有名的风水先生，四乡八岭的乡亲经常会找他看风水，因此家里钱米很活，也正因为不愁钱米，刘道洪的父亲便把挣来的钱全用在儿子刘道洪读书这件事上。刘道洪也很争气，考取了湖南公立第一师范，又到唐生智的陆军军官学校读书，能说得一口流利的英语。刘道洪在唐生智办的学校读书，秘密加入了共产党。1927年，在反共狂潮、上下夹迫下，唐生智选择"和平分共"，把共产党"礼送出境"，继而起兵反蒋。刘道洪是共产党，唐生智选择"和平分共"时，知道刘道洪是共产党，便派了一班的兵来杀刘道洪。派出的一个班一路吼叫而来，闹出了很大的动静，刘道洪反觉自己不利，在夏曦等人的支持下，早早离开了军营，回到桑植洪家关胜龙村。

刘道洪回到家，见到了已出落得亭亭玉立的童养媳徐美姑，几年不见，昔日的妹妹徐美姑早已出落成洪家关远近有名的美人，刘道洪有了脸红心跳。徐美姑发现刘道洪身高一米八，长年的诗书和部队生活，让他身上洋溢男人的阳刚，一颗心也跳个不停。家中的大人看到两个孩子一个有情一个有意，便给他们圆了房。

1928年2月28日，贺龙及湘西北特委一行，回到了洪家关，与洪家关相距不足六里的刘道洪找到了贺龙，汇报了自己的人生经历。见到刘道洪能文能武，贺龙喜出望外，一下把刘道洪作为一员得力干将。

刘道洪喜欢哼唱《国际歌》。每天清晨，刘道洪会练刺刀，一边练，一边唱《国际歌》。徐美姑已有了身孕，特别贪睡。每天清晨，丈夫边练刺刀边唱《国际歌》："起来，饥寒交迫的奴隶。起来，全世界受苦的人……"徐美姑便会有点紧张。徐美姑没读过什么书，不懂"起来"的真正含义，一听到丈夫唱"起来"，她便以为是丈夫在暗示她该起床了。徐美姑九岁那年当童养媳，早已学会了看人脸色。当时，未来的丈夫对她很好，未来的公公婆婆把她当女儿待，她知道自己迟早是刘家的人，她要做一个贤惠孝顺的媳妇。刘道洪的父母赓续刘家"耕读"传统家风，对徐美姑吃用并不苛刻，但也要求徐美姑勤劳。每天早晨，会叫唤徐美姑早早起床，干各种家务活，长大了又让她学会干农活。"美姑，起来了！"从九岁到十八岁，在一声声"起来"的叫唤声中，徐美姑长成了大姑娘。刘道洪的回来，让徐美姑从童养媳变成了大媳妇，又从大媳妇变成待产的妈妈。刘道洪也在每天清晨唱起了"起来"。

"起来，饥寒交迫的奴隶……"一声起来，勾起了徐美姑长达九年的对"起来"的记忆，她觉得好烦好烦，因为现在的她，真的好想睡睡懒觉。

好烦好烦的徐美姑没有生气，拖着渐渐笨重的身子，她起了床，开始了一天的劳动，洗衣做饭喂猪扫地。丈夫刘道洪，一会儿湖北，一会儿湖南，她知道丈夫是共产党，干着让穷苦人家过上好日子的大事，每天过着刀口舔血的日子，她要做的是好好让肚子里的孩子生下来，让孩子给她做个伴。

孩子在肚子里一天天大了，寨先任、谷德桃、贺英来看她了。丈夫的好友贺龙、贺锦斋、段德昌、周逸群、王炳南也来看她了，而且还借看望她的机会，吃她做的拿手的好吃的，因为徐美姑跟着公婆学得一手做甜酒、起炸（油豆腐）、叶叶粑粑的本事。男人们聚在一起，谈革命，谈信仰，谈着谈着，便唱起了《国际歌》："起来，饥寒交迫的奴隶。起来，全世界受苦的人……"歌声中，徐美姑走到了1929年3月4日，女儿刘玉兰出生了。

丈夫刘道洪在女儿出生的前夕，跟着贺龙干了几件大事：桑植起义、梨树垭阻敌、苦竹坪遭遇战、葫芦壳伏击战、罗峪整编、转战湘鄂边、堰垭整编、收编神兵、南岔大捷……一次次战斗，刘道洪担任了桑植模范师团长。

当上六岁女儿妈妈的徐美姑缝着丈夫的头颅很悔很悔

刘道洪知道革命的残酷性，为防万一，他教会徐美姑打枪。开始，徐美姑不想学，刘道洪说："学会打枪，对你没有坏处，万一我牺牲了，你可以保护自己。"徐美姑没想到丈夫会说这些话，她一把捂住丈夫的嘴，含着泪说："我从九岁那年来到你家，我又是你的小妹妹，又是你的童养媳，现在又成了你的媳妇，你怎么说这样的话。"

刘道洪看到徐美姑凄凄婉婉的神情，刚硬的心一下软了。他知道自己从加入共产党的那天起，生命便随时有付出的一天，但他没想到的是，自己的生命会付出给自己曾追随并救过自己性命的夏曦。

1931年3月，夏曦作为中央代表来到了湘鄂西，成立了以他为书记的中共湘鄂西中央分局，全面贯彻"左"倾错误方针、政策，自1932年5月开始，先后发动了四次大规模的肃反运动，一批创建湘鄂西根据地的骨干被认定为"改组派"，被进行清算。

刘道洪是桑植红军模范师团长，是贺龙的得力干将之一。夏曦来到桑植，见到了刘道洪。因为是老相识并且是自己的救命恩人，刘道洪请夏曦到家里吃过饭。刘道洪在这次与夏曦交往的过程中，发现夏曦变了，他改组政治保卫局，成立"肃反委员会"和革命军事法庭，对一些因为错误路线行不通而对之采取怀疑、不同意、不满意态度，不积极拥护，不坚决执行的干部，一律戴上各种各样的大帽子加以"残酷斗争"和"无情打击"。

刘道洪也在"残酷斗争"和"无情打击"之列。1934年3月9日，夏曦通知刘道洪到县城开会，没想到刚到县城老一中一柑橘坡上，就被夏曦的"肃反委员会"保卫局逮捕，并宣布处决命令。刘道洪知道自己要命丧黄泉，内心感到遗憾，又无能为力，他告诉执行的人，用刀砍，不要用枪，要节约每一粒子弹，子弹是给敌人的。执行的人握起了大刀，高高举起。刘道洪背对着执行的红军战士，高呼一声："杀不完的共产党，十八年后我又是一条好汉！"刘道洪喊完，执行的红军战士手哆嗦一下，大刀砍在颈项上，头颅和颈项之间因此还留下了三分之一的骨肉连接。与刘道洪一同被执行的还有部队的各级军事骨干。

一个星期后，徐美姑才得知丈夫刘道洪已死的消息。她带着六岁的女儿刘玉兰来到丈夫被埋的地方，用手扒着坟土，很快扒出了丈夫的尸首，她和亲人一起把丈夫的尸首抬回了家。看到丈夫的颈项被砍断一多半，徐美姑心疼极了，她把丈夫抱在怀里，拿出针线，一针一针地缝起来。

女儿刘玉兰乖巧地跪在父亲面前，一次次磕头，一次次呼唤"爸爸，你要醒来""爸爸，你是不是不要玉兰啦"。

徐美姑的心在此刻特别的后悔。她穿针引线，在丈夫的颈项上飞针走线，每缝一针，都感觉不是缝在丈夫颈项上，而是缝在自己身上，那么疼。她每缝一针丈夫的颈项，便在自己身上扎一针，每扎一针，便痛苦万分地喊一声："起来！"徐美姑没有文化，她不知道丈夫哼唱的"起来"的含义，但她知道丈夫是见过世面的人，是刘家在明朝出过宰相以后的又一个人物，她嫁的丈夫一定是天底下的英雄。丈夫生前爱唱"起来"，她要把丈夫的"起来"唱"起来"。

"起来，饥寒交迫的奴隶！"徐美姑明白丈夫对她这名童养媳的疼爱。

"起来，全世界受苦的人！"徐美姑懂得丈夫的死是为了这个世界受苦的人不受苦。

"旧世界打个落花流水，奴隶们起来，起来！"徐美姑知道父母被杀的原因是为了打破旧世界，丈夫在为父母报仇。

这世界上还找得到用生命保护自己保护家人的男人吗？徐美姑找到了。

徐美姑抱着自己的丈夫，用手中的针线缝了三天三夜。每缝一针，她就在自己的腿上、手上扎一针。她知道丈夫痛，她要丈夫知道她也痛。

徐美姑每扎自己一针，就唱一句"起来"，每给丈夫缝一针，会在心头痛苦地呻吟一句"起来"。

"起来，起来！"一滴滴泪水串起爱的珠子挂在徐美姑的脸庞。

"起来，起来！"一滴滴鲜血从徐美姑扎在自己身上的针眼里流出，染红了一面旗帜，那是丈夫追随的镰刀斧头党旗。

徐美姑悔，悔自己在丈夫唱"起来"的时候，为什么不好好听一听。现在丈夫走了，她再也听不到了。这悔意，让她拿起手上的针头，一次次扎在自己的身上。

四周的群山感受到了徐美姑心头爆发的疯狂，四周的群山响起了《上邪》：

> 上邪，
> 我欲与君相知，
> 长命无绝衰。
> 山无棱，
> 江水为竭。
> 冬雷震震，
> 夏雨雪。
> 天地合，

乃敢与君绝。

外孙钟京对刘玉兰一生的人生思考

2022年5月14日，徐美姑和刘道洪唯一的女儿刘玉兰也以93岁的高龄离开了人世。毕业于北京大学，现到北京就职的刘玉兰外孙钟京闻讯，百感交集，用一篇《你一生的故事》剖析了外婆刘玉兰与祖外婆徐美姑的人生：

1929年，一个太过久远的年份，久到我只在历史书上看过，西方世界最大的经济危机，西方人即将面临泡沫的破碎痛苦地在街上排除领取面包。而正是1929年湖南的一个偏僻小山村里，外婆你出生了。一代人有一代人的长征，那时候的你面临的是怎样的中国呢？大革命刚刚失败两年，军阀混战的时代即将来临，中国即将迎来自己的至暗时刻。

小山村离贺龙元帅故居只有步行半小时的距离，波澜壮阔的革命历史从这里展开，你的一生跟这些波澜壮阔既相关，也无关。往上追溯你由祖外婆带大，外祖父参加了红军，却在湘鄂西的肃反运动中被处决。据说当天去八斗溪大坝上找认尸体时晚霞漫天，河水都被烈士的鲜血染成红色，那种末世景象往往让我想到马尔克斯笔下香蕉共和国开往海边装满尸体的列车，那是一个民族，更是无数个家庭的伤痛记忆。好在祖外婆是一个乌尔苏拉式的视线，没有读过什么书，却极富劳动人民最朴素的智慧，独自拉扯你这唯一的女儿长大，一生操劳却没有任何怨言。但时代的一粒灰，落在个人头上就是一座山。乱世的艰辛自记事起便萦绕身边，你的童年不是鲜花和玩具，最津津乐道的故事是一个大雪天，为了躲避挨家挨户抢劫的土匪，祖外婆抱着你独自躲到野外，冻饿了一天才幸免于难，差点让你冻死在襁褓之中。你不意外地没有上过几天学，只受到几天私塾式的教育，教的是三字经，千字文，百家姓，这其中的只言片语却直到你90岁记忆模糊时还清晰如旧。那个年代的教育是一件何等奢侈的事，更何况对于一个失去父亲的女生。后来你结婚了，丈夫是教师，却成分不好，但你们仍相敬如宾，二十岁时生下了第一个女儿，也恰好是共和国成立的那一年，生活似乎也要翻开新的一页。你们一共有5个子女，一个早夭，好在剩下4个茁壮成长。然而命运的考验并没有到头，最小的女儿出生后没多少年，丈夫就染上肺病，推测是冬天趟冰河背学生过河落下的病根，最终也因此去世。孩子们失去了父亲，而你也渐渐成长为乌尔苏拉式的视线，成了一个家族的灵魂人物。

自我记事起，你一直是最坚强的外婆，小时候带我一起下楼梯，你不小心摔倒滚下楼去，却不顾自己摔伤反而先爬起来安慰吓哭的我，可能在儿孙面前你总是这样，把自己的需求放在最后，生活教会你的最大智慧就是隐忍和善良。你最爱看的电视剧是新白娘子传奇和还珠格格，可能其中善恶有报的朴素正义观能够引起你的共鸣，每个暑假都让我循环往复地播放。很奇怪，这次最先让我落泪的回忆是小时候你带着我在街上漫无目的地闲逛。那时候我还很小，阳光温柔，没有人离开，世界也温柔以待，小小县城的街道仿佛很长很长，永远也走不到尽头。可是渐渐地，时间没有放过任何人，你的听力逐渐衰退，每次聊天都只会反复诉说从前的和过去看过的电视剧，你渐渐彻底地活在了回忆里，就好像是安东尼霍普金斯饰演的老人，永远被困在了过去的时间里，世界郁郁葱葱，人事来来往往，所有人都还有故事，而你的叶子却快要掉光了。行动不便后，你仍坚持不肯待在城市，还是喜欢老家，老屋古井梨花是你一辈子也走不出去的乡愁。你在八十多岁的高龄还坚持自己活动散步，也摔伤过好几次，但每一次都神奇地恢复过来，直到94岁的这一次，我想人大概终究不能每一次都击败死神。

所以最后的最后，我们如何看待死亡呢？挪威的森林里说，死非生的对立面，而是作为生的一部分永存。然而我还是更喜欢寻梦环游记里的解释，一个人真正的死亡源于世界所有关于她记忆的消散，死亡不是失去了生命，而是走出了时间。所以，卡拉马佐夫兄弟里，阿辽沙在伊柳沙的葬礼上说，最要紧的是我们首先应该善良，其次要诚实，最后是永远不要相互遗忘。这也是你教给我的生活哲学。今天一个普通人走完了充满苦难也充满幸福的一生，而在这种平凡中我看到的是一种神性，是一种对存在主义哲学生活意义的坚定实践。所以我想，今天我看到的结局，即使再给你一次机会，你也依然会循路而前，满怀痛苦，更或者满怀喜悦。

窗外，又一个夏天即将到来，微风徐来，翠绿的银杏叶在和煦的夏风中摇曳得意味深长，宛如一个隐喻。而在遥远的故乡，一棵树的叶子落光了，只是这一次，它永远不会再长出来了。

在外孙钟京的记忆里，祖外婆徐美姑、外婆刘玉兰是一根亲情的血脉线，家国一体的命运把一个家庭的繁衍生息，牢牢地拴在一起，一个个家族的兴盛折射着一个国家一个民族的兴盛。徐美姑已在九泉之下感受到了家国的繁荣……

谷贞兰（一九二五年正月十三—二〇〇九年正月十一），中国工农红军红三军红军交通员钟以喜（一九二〇年十月初一—2019年10月）结发妻子。1934年，年仅14岁、在马家峪读私塾的钟以喜路经设在马家峪第四保范围内的党铺，被苏维埃党铺书记陈云吾看中，做通其思想工作，跟他儿子陈才能负责搜集敌方信息。从小结为娃娃亲的谷贞兰不知道钟以喜成为红军交通员，她看到王家祠堂收留受伤的红军，祠堂的亲戚王臣纯负责照顾红军伤员，并用祖传的娃娃鱼民间医药技术给受伤的红军治伤。对红军素有好感的谷贞兰邀请姐姐谷松兰一起加入进来，娃娃鱼神奇的食疗和烫伤烧伤技术让受伤的红军十天之内恢复健康。在谷松兰、谷贞兰姐妹的影响下，刘英毕、王臣慈、王臣和等10多个孩子捕捉娃娃鱼参加救治受伤红军的行动，使100多名受伤红军重新走上战场。1935年11月19日，钟以喜、刘英毕等10多名芙蓉桥娃娃踏上长征路。钟以喜和陈才能因汩湖发大水不得不返回家乡，后被定为失散红军。刘英毕和其他孩子则走上长征路，只有刘英毕一人活着，成为桑植解放后健在的58名红军之一。

谷贞兰：
最好的娃娃鱼汤做给受伤的红军哥哥喝

王成均

在搜集、采访桑植红嫂的过程中，一个叫"红军医院"的热词走近作者的视野。凡是红军战斗或创建苏维埃政府的地方，必有红军医院。这些红军医院遍布桑植的各个角落，担负起救治红军伤病员的大任，书写着军民鱼水的涓涓深情。

"最好的东西让给红军吃，最好的床铺让给红军睡"，是当时最生动的语言。红军的敌对势力不明白为什么对接触红军的人进行疯狂的报复，杀死、烧光、抢劫，仍有无数人跟红军交往，前赴而后继。从1928年到1935

年，桑植县出现洪家关横塘湾红军医院、花椒塔红军医院、海龙坪汤氏祠堂红军医院，上河溪竹园冲红军医院，上河溪李家大院（李春林豪宅）红军医院，龙潭坪镇赶坪村毛湾红军医院、芙蓉桥王家祠堂红军医院等多个医院。这些红军医院星罗棋布，梳理桑植红色历史的沉重记忆。大革命时期，正是这些红军医院上演着一幕幕军爱民、民拥军生命相托的人间温情，诠释着一个政党、一个军队"得民心者得天下"的真谛。

在众多的红军医院中，我们以芙蓉桥白族乡王氏祠堂红军医院作为个案，用以解密揭示一段特殊岁月特殊地方特殊产品医治一群特殊人群，最后影响一群特殊参与者的红色岁月。

特殊岁月，大我五岁的情哥哥当了红军秘密交通员

那是一个让谷贞兰永远无法忘记的场面，芙蓉桥土门子大大的水碾房旁边的河滩上，白茫茫的厚雪上面，躺着一堆堆肩并肩、手挽手的人群，他们五六个一群，七八个一堆，像家乡春天来了，乡亲们把红薯种播在土地里一样，一团团人群如家乡播种的红薯紧紧挨在一起，在白茫茫的雪地里格外显眼。九岁的谷贞兰一下惊呆了。雪天、雪地睡觉，他们不冷吗？他们为什么不走进老百姓的家里？建在土门子的水碾房很大，长长的碾槽一袋烟功夫可以碾一槽米，三四百人可以吃一天。土门子的水碾房闻名外半县，刘家坪、熊家坪、麦地坪、梭子丘的老百姓都到土门子碾房碾米磨粉。

谷贞兰打开房门，对面的青山挂满了白雪，地上，树上，冬天的枯黄不见了，见到的是白皑皑的世界。河滩上，一团团人群紧紧簇拥在一起，数百个人群中间，有数十个木柴堆已燃尽，只有少许没有燃尽的木柴吐出一丝丝的青烟。

谷贞兰看着看着，眼眶盈满了泪。在她幼小的心灵里，她没有想到有这样一支军队会睡在雪地里，不惊民不扰民不害民，他们宁愿睡在雪地里，也不打扰乡亲们。

母亲钟友姑、姐姐谷松兰也起了床，她们来到谷贞兰身边。母亲钟友姑轻声说："别看了，他们是贺龙领导的红军，让他们好好睡一会儿，我们赶紧烧些开水，等他们醒来，让他们喝下，驱驱寒。"

母亲钟友姑的话音响起，把谷贞兰从惊讶中拉回现实。谷贞兰走到灶房，随母亲钟友姑、姐姐谷松兰一起开始替土门子水碾房河滩的红军部队烧起暖胃驱寒的开水。

灶塘里，熊熊的柴火燃烧起来，红红的火光映红了谷贞兰的脸庞，谷贞兰见到灶塘里的火快速闪动起来，惊喜不已，连声对母亲和姐姐说："娘，姐，火笑了，火笑了。"

姐听到谷贞兰的讲话声，几步来到灶门前，真的看到灶塘里的柴火发现"嗬嗬嗬"的笑声，她惊奇极了，也应和道："娘，真的是火笑了。"

钟友姑听到两个女儿的惊喜，高兴地回应："火笑了，说明有贵客。我们给红军烧开水，证明红军就是贵客。"

谷贞兰说："红军哥哥光喝开水，也饱不了肚子。"

谷松兰说："是呀，红军哥哥喝开水不能当饭吃。"

钟友姑说："谁说我们只给红军送开水，你们忘了我家藏的阴米子。"

谷贞兰一下想起来了："对，我家有一包阴米子，那是梅家桥乡苏维埃政府打土豪分的糯谷，娘舍不得煮饭吃，全部做成了阴米子。"

娘说："赶快把另一个灶塘的柴火烧得旺旺的，我们给红军炒阴米子。"

很快，另一个灶塘的火烧了起来，火光亲吻着铁锅，铁锅烫了起来，铁锅里的阴米子从青绿色变成蛋白色，一股股香气随着炊烟从房屋的瓦缝里钻出来，扩散。

阵阵香气飘到河滩的红军部队。正在打扫河滩的红军战士顺着香气望去，望见了一栋木楼炊烟袅袅，一位母亲正挑着一担开水，两个女孩子抬着一个箩筐走了过来。

"红军哥哥，请大家喝点开水，吃点炒米。"谷贞兰大声道。谷贞兰走进水碾房，看到碾房里躺着一些受伤的红军战士，头上、身上用白布包着，白布早已被血染红，成了青血色。

河滩上的红军指战员已开始带着红军列队训练。乡党铺负责人陈云吾、乡苏维埃主席谷配然、副主席谷伏义听到谷贞兰的呼唤声，走了过来："你们这是？"

谷松兰解释道："我们看到红军哥哥睡到河滩上，冷了一夜，便烧点开水，做点炒米送来。"

谷配然说："这里有一千多红军，你们只有这么点，怕不够呀，再说红军有纪律，不吃群众东西。"

钟友姑听到了，生了气："红军有纪律，可红军是我们穷苦人的亲人，我们是红军的家人，亲人到了家，吃点东西有罪吗，何况阴米子还是红军打土豪分给我们家的。红军部队打土豪得的东西，红军自己吃，犯什么错？"

谷贞兰听到母亲一番话，情不自禁地拍起了手："娘，说得对，红军哥哥不吃，我们不走。"

乡苏维埃副主席谷伏义快步朝红军队伍走去，向红军队伍负责人说着什么。

很快，红军队伍负责人走了过来。他握着钟友姑的手，激动地说："谢谢乡亲、谢谢乡亲。"说完，掏出三块银圆塞到钟友姑手里，并严肃地说："我们红军有纪律，你们不收，我们不吃。"

钟友姑握着三块银圆，眼眶红了。

红军部队负责人站在高处，向红军部队讲话："同志们，刚才，土门子的乡亲们为我们烧了开水，炒了香喷喷的炒米，我们准备好自己的碗筷，一人吃上一口，这是老乡的情义，这是真正的亲情，我们要多打胜仗，回报老乡们的厚爱。"

话声刚落，全体部队响起口号声："多打胜仗，回报乡亲"，"红军万岁""老乡万岁"。

谷贞兰、谷松兰听到此起彼伏的口号声，身上的热血一下沸腾起来，她们姐妹俩从出生到现在，从来没有想到，自己会得到这么高的礼遇，姐妹俩紧紧抓住娘的手，心情激动不已。

一担烧开水，一箩筐炒米，上千人的部队吃了一遍，开水没了，可炒米还有一多半，谷贞兰、谷松兰见了，一个个百感交集。

红军负责人请钟友姑帮他们做饭，钟友姑答应了，她脑海里想到了贺望姑。贺望姑是贺锦斋的亲姐姐，嫁到了芙蓉桥。弟弟贺锦斋1928年牺牲了，贺望姑在乡亲们的保护下，坚强地活了下来。

红军部队的口号声传到了王氏祠堂和钟家院子。住在王氏祠堂的王臣纯听到了，住在钟家院子的钟以喜听到了，住在合群村的贺望姑听到了。红军部队睡在雪地不惊扰乡亲们的场面让她们感动，三人好奇地来到河滩。

刘英毕看到谷贞兰、谷松兰娘女三人正忙着给红军舀开水，红军战士抓一把炒米放在开水里，吃得很香，她也主动加入进去。

王臣纯身体残疾，一直没有结婚，心地善良的他被族里安排守护王氏祠堂。王臣纯有一手祖传的娃娃鱼治病秘方，他经常做娃娃鱼肉、娃娃鱼汤，帮助乡亲们治贫血、月经不调，用娃娃鱼皮、娃娃鱼油做的药治烫伤、烧伤，深受乡亲们信任。

贺望姑、钟以喜和王臣纯的到来，引起了乡党铺负责人陈云吾的注意，他的眼睛一亮，走到钟以喜和王臣纯的身边："你们俩来得正好，我正有事找你们。"

钟以喜、王臣纯异口同声："我们能做什么事？"

陈云吾悄悄拉过钟以喜："现在红军部队要掌握敌人信息，需要一批红军交通员，你在私塾上学，接触的人多，帮红军部队收集信息。有了信息，就送到庙嘴。"

钟以喜问："庙嘴不是供菩萨的地方吗？"陈云吾说："现在成了党铺，对外还是烧香拜佛送贡果的地方。你们答应了，就是红军的人了，一定要保守秘密，连自己的父母都不能说。"钟以喜思虑了一会儿，答应了。

陈云吾再次叮嘱道："这件事，只有你知我知组织知，你不能告诉任何人。"钟以喜答应了。

陈云吾正在交代中，谷贞兰、谷松兰走了过来，谷松兰把谷贞兰往钟以喜面前一推："你的未婚夫来了，你不和他说几句话。"

谷贞兰嗔怪道："姐——"说完，走到钟以喜身边，递上一包炒米，转头跑了。谷贞兰边跑边道："你去读书，饿了，就吃一把炒米。"

王臣纯指着谷松兰说："哪有你这样当姐姐的，你妹妹才九岁，你就讲未婚夫。"

谷松兰说："怕什么，我不也是早早许给你二弟王臣和，早晚都是一家人。"

陈云吾说："谷贞兰、谷松兰三娘女给红军送开水，送阴炒米，是拥军的模范，红军部队不会忘记她们，会给他们记上一功的。"

王臣纯道："你找我有什么事？"

陈云吾道："是这样的，这次红军部队打仗，有一批伤病员需要治疗，我们不能把他们安排在碾房，来的人太多。你守的祠堂偏远，去的人少，你是当地有名的草药郎中，这些红军伤病员就安排在王氏祠堂，你负责照顾他们。"

王臣纯道："我一个孤老头子，正好没有人给我做伴，我答应了。"

陈云吾道："太谢谢你了。"

钟以喜道："王伯最会做娃娃鱼，用娃娃鱼汤治病，我放学回来，就到河里捉娃娃鱼。"

谷松兰说："我也参加一个。"

王臣纯笑道："把我大弟王臣慈、二弟王臣和叫上。"

谷松兰脸红了："亏你是大哥。"说完，朝妹妹的方向奔去。

钟以喜看到谷松兰、谷贞兰走在一起，谷贞兰远远地望了他一眼。长谷贞兰五岁的钟以喜望着父母亲给他订的娃娃亲，不知说什么好。他现在是红军交通员，每天要收集情报给主席，这可不是一件容易的事。他知道当红军交通员危险，可他不怕。红军睡在雪地里也不惊扰乡亲们，这样的队伍才是老百姓的队伍，跟着这样的队伍干，他放心。

特殊地方，受了重伤的红军哥哥暖了鹤群穷苦孩子的冬天

红军睡过的河滩古柳依依，柳树成林、遮天蔽日，繁茂的枝头上憩栖着数万只白鹤。白鹤以小河的鱼虾为食，每天产数千枚鹤蛋，丰泽着周围的父老乡亲。

古往今来，鹤是长寿、吉祥和高雅的象征。在谷贞兰、谷松兰、钟以喜、王臣纯、王臣慈、刘英毕心中，祖先把家园建在这里，是动了脑子的。

芙蓉桥有良田百顷，盛产稻米。河里，生长着三亿五千万年的娃娃鱼，伸手捕捉可食，河滩，每天有数千枚鹤蛋任人拾捡，那是天老爷赐给祖先的福地。钟以喜当了红军交通员，陈云吾的儿子陈才能也当了。每天早晚去党铺汇报情况，到了庙嘴烧香拜佛的地方，钟以喜假装拿起给菩萨身上的红布绑在腿上，戴在头上，大人们见了，会大骂钟以喜、陈才能亵渎神灵，骂他们不懂事，不知事。殊不知，他们在为红军收集情报。

1934年的冬天，因为一场大雪让芙蓉桥村的乡亲有了暖意。乡党铺负责人陈云吾安排到王氏祠堂的第一批红军伤病员有七位，四位患病，三位在战斗中负了伤，伤口已经溃烂。

红病伤病员的到来让王臣纯守的祠堂一下热闹起来。七位红军伤病员住在祠堂里，王臣纯一个人根本尽快不过来，钟友姑、贺望姑主动来到祠堂烧水做饭，照顾伤病员。王臣纯则专心检查他们的病情。王臣纯发现靠普通的草药是不能让受伤的红军快速治愈的，最好的方法是捕捉河里的野生娃娃鱼，做成娃娃鱼肉、娃娃鱼汤，天天让伤病员吃，这样才能让受伤的红军早日恢复受伤的病体。得知王臣纯要娃娃鱼，孩子们行动起来。

钟以喜、陈才能是红军交通员，他们组织王慈臣、王臣和、刘英毕、谷松兰、谷贞兰加入进来，动员他们捕捉娃娃鱼给受伤的红军哥哥。

七个穷苦孩子到河边捕捉娃娃鱼引来了更多的孩子，不知不觉队伍扩大到10多人。这支队伍每次只捕捉两三条娃娃鱼，然后用大大的桶子装着，由谷松兰、谷贞兰两姐妹送到祠堂。

谷松兰、谷贞兰两姐妹抬着两只娃娃鱼摇摇晃晃行走在路上。一条娃娃鱼二十多斤，两条有四五十斤，九岁的谷贞兰步履蹒跚。姐姐谷松兰看到妹妹在前面走走晃晃，起了戏耍之意。她笑道："妹妹走路歪歪斜，一斜斜到路坎边，妹妹小心掉下坎，摔倒半边屁股斜。"妹妹谷贞兰回应道："姐姐，你的屁股也摔得斜。"姐妹俩斗着嘴，闹活了芙蓉桥的冬天。

因为红军伤病员的到来，芙蓉桥的孩子们迎来了一个欢声笑语的冬天。红军伤病员住在王氏祠堂，乡苏维埃安排上千斤粮食。红军没有时间送，乡苏维埃就安排革命群众运送。运送的群众每天可以获得五十斤稻谷的福利。钟友姑、贺望姑组织人员参加运送。五十斤的奖励让家中的孩子们吃上了白米饭。孩子们一下对红军有了好感。在孩子们的心中，清苦的年代，谁让他们吃上白米饭，那些人就是亲人。孩子们的童真是美丽的，孩子们认为红军部队是亲人。现在亲人受伤了，生病了，怎么办，当然应该到河里抓娃娃鱼给红军亲人吃。

受伤的红军自然而然成为孩子们的哥哥。孩子们一有时间，就围着红军哥哥，要求他们讲故事，一个个故事让孩子们找到自己的欢乐天地。红军伤病员给孩子们讲红军打仗的故事，教孩子们唱国际歌，唱当兵就要当红军，孩子们可高兴啦，尤其是有一句歌词什么"英特那雄耐尔"，每次孩子们唱到这里，声音格外大格外响。歌曲《当兵就要当红军》，则是另外一种味道，一段段歌词是最好的启蒙教育，升华着孩子们的心灵。歌声响起来，一段段走进孩子们的生命里：

　　唱着"当兵就要当红军／处处工农来欢迎／官长士兵是一样／没有人来压迫人"，孩子们知道红军队伍没有压迫。

　　唱着"当兵就要当红军／协助工农打敌人／买办豪绅和地主／杀他一个不留情"，孩子们知道红军队伍是穷苦人的靠山。

　　唱着"当兵就要当红军／退伍下来不愁贫／会做工的有工做／会耕田的有田耕"，孩子们知道当红军就会有工做，有田耕。

　　唱着"当兵就要当红军／冲锋杀敌好威风／消灭反动国民党／共产革命快完成"，孩子们知道了共产主义。

　　有了受伤红军哥哥的歌声熏陶，凛冽的河水在孩子们的眼里不再寒冷。因为有"英特那雄耐尔"，孩子们有了快乐。冬天来了，娃娃鱼会栖憩在温暖的泉水里，这里的泉水冒出阵阵热气，让娃娃鱼感觉不到冬天的光临，三亿五千万年的繁衍生息，娃娃鱼一代接一代传递着他们的生存智慧。

　　娃娃鱼躲在哪里，钟以喜、陈才能、王臣慈、王臣和、刘英毕知道，他们遵从祖先传下来的规定，不滥捕娃娃鱼，亲人生了病，亲人受了伤，亲人烫伤了，他们才会抓一条娃娃鱼治病治伤。娃娃鱼对芙蓉桥的祖辈有恩，有恩是需要敬畏的。孩子们来到娃娃鱼栖息的地方，找到了娃娃鱼，会选择长得最大最老的一条，孩子们跪在旁边，轻轻告罪：娃娃鱼大神，请你原谅没用的人群，我们的亲人生病了，受伤了，需要借你的身体给亲人治伤，给亲人养病，我们会怀着感恩的心灵护好一方山水，让你们的子孙活得好好的。今天，红军亲人为我们穷苦人生了病，受了伤，我们只有请你们帮忙。

　　孩子们童真的声音是否感动河里的娃娃鱼，没有人考证，可是孩子们每次会捕捉到一两条娃娃鱼。

　　住在王氏祠堂的王臣纯每次宰杀娃娃鱼，也会念上一段话。话的内容是请娃娃鱼原谅，人群用你们的肉汤给红军伤病员，是万不得已情非所愿的事。

　　王臣纯宰杀娃娃鱼，会把娃娃鱼身上所有的东西分类装着。他告诉钟以喜、陈才能、刘英毕、谷贞兰、谷松兰、王臣慈、王臣和，常吃娃娃鱼肉和汤，会让红军受伤的地方修复得更快。娃娃鱼的皮用铁锅焙干焙焦了，拌上桐油，会让红军烧伤的地方快速复原。

　　1934年的冬天，是一个快乐的冬天。钟以喜、刘英毕、王臣慈、王臣和、谷贞兰、谷松兰吃上了白米饭，唱上了红军歌，收获了沉甸甸的幸福。原来穷人跟着红军部队，才有白米饭吃，有满满的关心和疼爱，他们不再是一群社会的弃儿，不再是低人一等的穷人孩子，他们是未来社会的主人。

受伤的红军哥哥在孩子们的心中播下了一颗前途一片光明的种子。孩子们感谢社会出现了红军，出现了共产党，让他们知道凄惨的旧社会，知道了将来人人有饭吃，人人有地种，人人有书读，人人做主人的新社会。

孩子们是成长的，孩子们的心地播下了红色的种子，红色的种子也是成长的。

家乡的娃娃鱼长在水中，芙蓉桥的孩子们长在红军的白米饭里，长在"英特那雄耐尔"的歌声里，长在"当兵就要当红军"的豪迈里。

特殊人群，做一锅娃娃鱼汤让受伤的红军哥哥喝

大革命时期，为什么会有涌现刘胡兰、王二小、潘冬子等一批生活真实和艺术真实的孩子形象，就是因为共产党把中国的命运和普通老百姓的命运连在一起，让"家国天下"发生由点到面，由内向外的同心圆似的蔓延和扩散。王臣纯、王臣慈、王臣和是亲兄弟，是一个家庭，钟友姑、谷贞兰、谷松兰是一个家庭，贺望姑是一个家庭，钟以喜是一个家庭，刘英毕是一个家庭，可这些家庭通过姻缘结成命运共同体，所以当共产党领导的红军部队融入普通人群中间，让一个大人，一个孩子接受了红色，那么一个又一个孩子，一个又一个家庭便血连血，脉连脉，一个个家庭，一个个村庄融进红色里。

共产党的奋斗目标是为中国人民谋幸福，为中华民族谋复兴，幸福连着每一个家庭，每一个人。于是党和民，部队和孩子有了共鸣。

共鸣的第一个结果是做一锅娃娃鱼汤给受伤的红军哥哥喝。一条条娃娃鱼从冬天寒冷的阴河里被捉了回来，一条条娃娃鱼变成了一块块肉，一块块肉在沸腾的水里感受孩子们的真诚，吐出让受伤的红军哥哥所需的营养。孩子们知道娃娃鱼神奇，知道受伤的红军哥哥喝了一碗碗娃娃鱼汤，吃上一块块娃娃鱼，会在十天半月恢复健康，重新走上战场。

从1934年到1935年11月19日，一批又一批受伤的红军哥哥在王氏祠堂来了走，走了来，来的时候一个个躺在担架，拄着拐杖，步履蹒跚而来，

走的时候，他们迈着整齐的步伐，唱着高亢的歌声而去。

每一次送红军哥哥重返部队，送行的小孩子大孩子，钟以喜、陈才能、刘英毕、王臣纯、王臣和、王臣慈、谷贞兰、谷松兰，一个个依依不舍，眼眶闪着泪花。

红军哥哥离开的时候，见到了最感人的一幕，谷贞兰、谷松兰、钟以喜、陈才能、刘英毕等几十个孩子身着白族服装，手握杖鼓，跳起了欢快的白族杖鼓舞，这是芙蓉桥白族人家对待亲人最美的仪式。

孩子们先是含着泪唱《国际歌》，唱《当兵就要当红军》，孩子清脆脆的童音一句句掉进大人们的耳畔里，掉进红军哥哥的心坎上，起到升华的效果。歌声响起，激动的旋律响起，孩子们跳起了杖鼓舞。

"嘿嘿嘿"，谷贞兰、谷松兰唱了起来，跳了起来。

"嘿嘿嘿，嘿嘿嘿"，钟以喜、刘英毕、王臣慈、王臣和等应和起来，加大了力度。

"嘿嘿嘿"，男孩子、女孩子交叉飞舞着仗鼓舞，把孩子们对受伤红军哥哥重返部队的祝福融进节奏里。

喝过娃娃鱼汤的红军哥哥向送行的芙蓉桥亲人和孩子们献上了军礼。

孩子们跳着跳着，心儿飞向远方。1935年11月19日，钟以喜、刘英毕等10多个孩子走在北上长征的队伍里，钟以喜15岁，刘英毕14岁，走在汩湖，发现因涨洪水把汩湖的路淹了。当时因船只少，前面的队员乘船走了，有的翻山追红军队伍，只剩下8个年龄偏小的人，其中就有钟以喜、陈才能，没有办法，两人又沿路返回。14岁的刘英毕和10多个孩子走出了桑植，走出了湖南，走出了雪山草地。在路上，有的孩子倒在血泊中，有的倒在雪山草地里，只有刘英毕活了下来。

走在回家路上的钟以喜哭了，伤心回家的钟以喜三年后迎娶了谷贞兰。1939年5月，钟以喜被国民党抓了壮丁，编入国民党第三十七军九十五师二八三团一营小炮排。1944年5月，钟以喜随部队参加了长沙、衡阳抗日会战。钟以喜一路从长沙打到浏阳河，又从浏阳河打到茶陵，再打到安仁的赵家坪，并消灭了日本鬼子一个骑兵纵队。驻防休息仅几天，又奉命从耒阳七天之内赶到广西桂林，参加桂林柳州会战，并在中越边界与日军作战。在镇南关作战中，钟以喜缴获了日军刺刀，自己也身负重伤被抬下火线治伤。钟以喜伤愈后，回到了家乡。看到丈夫活着回来，谷贞兰抱着他号啕大哭。钟以喜大难不死，安心与谷贞兰过日子，夫妇俩生下大儿钟为福，不几天后夭折，后于1949年7月生下二儿钟为岳、1957年8月生下大女钟月华、1963年生下二女钟美华、1965年生下三儿钟为振、1970年生下三女钟浓华。

王臣和没有实现当红军的愿望，同样被国民党抓兵成为一名入缅抗日的国民党战士，身负重伤回到家乡，靠祖传娃娃鱼食疗方法恢复健康，与谷贞兰生下一儿王国兴一女王国雅，过上了安定日子。

残疾的王臣纯留在了桑植，他把自己所有的本领传给了王臣和的儿子王国兴，王国兴记住了伯伯讲述的娃娃鱼救红军的故事。1958年，土门子组并入合群村。王国兴发现了娃娃鱼的价值，成功人工繁殖娃娃鱼，又将人工养殖娃娃鱼技术实现产业化。他自己走出桑植，在国际旅游城市张家界打造一座中国鲵城。他要让娃娃鱼救红军的故事在他心中回响，他要让娃娃鱼肉、娃娃鱼汤、娃娃鱼产品造福人类健康。

贺望姑的重孙女钟白玉担任合群村的村支书，她把全村的土地承包流转起来，山上种果，山下种稻，所有的共产党员带头当起了产业农民，合群村支部成为全国脱贫攻坚先进党支部。

红军的后代都走出了自己的幸福之路。

谷贞兰和红军丈夫钟以喜

王兆玉（1902—？），国民革命军二十军一师三团团长余愿学（1900年—1927年8月26日）结发妻子。王兆玉出生于洪家关白族乡海龙坪村。父亲王国用常年从事烟、酒生意，先后娶4房夫人，王兆玉是大夫人庹氏所生。重男轻女的王国用见大夫人庹氏为他只生育一个女儿，心生不满，经常恶言相激，庹氏一气之下，吞食鸦片而亡。王兆玉19岁嫁给门当户对的澧源镇殷实人家余家为媳，丈夫余愿学母亲是王兆玉亲姑母，余愿学饱读诗书，先后在澧源书院、常德省立第二师范、桑植"农民自治讲习所"、云南陆军讲武堂第十八期间学习。王兆玉嫁给余愿学后，一直过着牛郎织女的生活，一直到1925年春，余愿学从云南讲武堂毕业，被建国川军第一师师长贺龙安排到军官教导团担任上尉营级教官，才结束分居生活，随丈夫住在澧州。1926年夏，余愿学随贺龙参加北伐、南昌起义、南下广东，王兆玉目睹丈夫余愿学血战南昌，血染瑞金壬田。丈夫牺牲前，把妻子王兆玉、四弟余愿鹄（17岁）、五弟余愿鹤（15岁）叫到面前，交代他们"终生践行马氏主义，跟着共产党干革命"的临终遗言，便壮烈牺牲。身怀六甲的王兆玉悲痛万分，将丈夫安葬在壬田，随后按照组织安排赴香港，转道上海最后到武汉生下女儿，生下女儿后，王兆玉告诉余愿鹄、余愿鹤两兄弟："自己生下一个女儿。没有生下儿子，不打算回桑植了，就住在武汉养大女儿，你们回去跟着贺龙干，还要动员家里人干革命。"余愿鹄、余愿鹤听从嫂子王兆玉安排，返回桑植，又动员二哥余愿觉当红军，实现了长兄余愿学的临终遗言。王兆玉隐居武汉，一直没有跟家乡联系，音信全无，悄悄消失于家乡的视野里。

王兆玉：英雄妻子人前人后的荣耀和伤痛

王成均

2007年8月1日在纪念中国人民解放军建军80周年之际，由贺龙女儿贺晓明牵头策划，贺来毅制作，贺来毅、刘秉荣编写，长城出版社出版了《永远的祭奠》一书。其26页以503字概述余愿学的英雄事略其最后一段写道："余死后，贺龙为之竖碑勒石，其墓立在壬田场头，墓前记刻有'中国国民革命军第二十军第三团团长余愿学之墓'的碑文。"正如贺来毅在《写在前面的话》结尾所说的"当我决定拿起笔时，我却没有写爷爷，不是因为写他的人太多，而是觉得我欠着那些跟随他参加革命献身，或因他参加革命被反动派杀害的父老乡亲们太多、太多，我把计划付诸实施。我想，当我把这本《永远的祭奠》交出来，交给家乡，交给社会时，对爷爷和先辈们是一个安慰，对我是一种升华……"已在九泉之下的红嫂王兆玉没有想到，贺龙的后人还会用书缅怀自己的丈夫，深情道出每一个家庭的付出和感念，要是王兆玉九泉之有知，她一定心头弥漫着宽慰。

英雄妻子人前的荣耀

24岁的王兆玉永远忘不了丈夫余愿学北伐前夕回到桑植告别父母，朱家台的余氏族里大办酒席，设宴欢送的情景。三天天夜的流水席，已担任国民革命军第一师第三团营长的余愿学身着戎装，出现在余氏族人和亲戚面前。余氏族里用香气扑鼻的酒饭和浓得化不开的鞭炮硝烟宣告桑植余家的荣耀。

那几天，身为媳妇的王兆玉也沾了光，余家族里的媳妇姑娘、伯娘婶子，洪家关海龙坪王氏家族的亲戚也应邀而来，共享这份荣耀，众多的夸赞，众多的羡慕目光，让王兆玉苦涩的心有了一丝隐隐的喜悦。她含着泪对九泉之下的母亲庹氏默默念道："娘，你看到了没，你的女儿嫁了一个英雄丈夫，你可以在九泉之下瞑目了。"王兆玉内心道出这句话，眼眶的泪夺盈而出，众多的族人，众多的亲戚见了，都以为王兆玉是高兴喜极而泣，没有人知道王兆玉是为吞食鸦片的娘而泣。王兆玉九岁那年，母亲庹氏忍受不了父亲王国用骂她生下一个赔钱货的痛苦，用几颗鸦片结束了自己的生命，母亲庹氏结束生命的时刻，父亲已开始娶第三个夫人。

母亲庹氏吞食鸦片而死，让父亲王国用面子损伤，他不明白家里有吃有喝，大夫人庹氏有什么不满足的，自己无非是骂她几句而已，庹氏的死亡如同人身上的一件衣服，穿旧了、穿破了、穿烂了，扔了就行了。王国用把大夫人送上了山，又忙起了他的生意，忙起了他的香火。二夫人、三夫人、四夫人，一个个为王国用生下了儿子，王国用笑了。

大女儿王兆玉失去母亲的痛苦，他感受不到，王国用想到的是女儿王兆玉一天天长大了，他要花钱送她到王氏祠堂读私塾，学识字、学礼仪，让女儿成为一个有品位的姑娘，再给她找一个好女婿。

王国用凭着自己出色的生意头脑发现了亲姑妈的儿子余愿学。外甥12岁以优异成绩考入澧源书院，1916年又考入常德省立第二师范，并且与靖国军第五军当营长的贺龙有交往。发现这样的人中之龙，王国用动用自己做生意的手腕，很快达成了与余家结成亲家的协议。余愿学就读常德省立第二师范的第二年，王国用便把15岁的王兆玉嫁到余家。

王兆玉出嫁到余家，总觉得父亲象扔了一个背上的包袱似的，把自己扔了出去。母亲吃鸦片的阴影久久徘徊在心中，女人是长大的，长大的女人是要出嫁的，出嫁的女人是要生孩子的，生男孩的女人，丈夫是看重的，生女孩的女人，丈夫是看不起的。王兆玉长大的过程，也是三观生成的过程。

余愿学和王兆玉结婚时，余愿学十七岁，王兆玉十五岁，两个什么也不懂，结婚了，便是两个人住在一个屋子，两个人盖一床被子。一年、两年、三年、五年，余愿学的家里人、族里人见王兆玉没有显怀，没有生孩子，脸上没有说什么，心里早有了意见，他们见王兆玉不延续香火，认为王兆玉没有生育能力。

王兆玉的公婆是自己的亲姑妈，王兆玉没有生育，她心里明白。余家人嘴里没说什么，可言行举止看得出来，公婆是知道的，看到王兆玉受冷落，姑妈时时处处关心疼爱着王兆玉。王兆玉感受到了姑母的关心。王兆玉嫁到余家，公公只有二十九岁，公公和婆母生下六个儿子，养成4个儿子。

4个儿子像地里长的四根苞谷杆，高高低低立在公公婆母面前，公公婆母知道要养活四个儿子，给四个儿子成家立业，就要没日没夜地劳作。公公三十岁那年，也就是王兆玉嫁到余家的第二年，公公便离开了人世，既是姑母又是公婆的王氏没有改嫁，住在县城里，她做豆腐、炸油粑粑，给人缝补衣服，织麻布帐子等等，靠着一双勤劳的手和一天只睡五六个小时的艰辛，让儿子长大了。

王兆玉嫁到余家，既是婆母又是姑妈的王氏告诉王兆玉："你嫁给余愿学，是百年修得的缘分，你丈夫身上有一股向上的气，是干大事的，我们作为他的亲人，就要帮他干成大事。"

王兆玉听了婆母的话，答应了。

王兆玉把婆母的话听到了心里。听到心里的王兆玉开始为家里分担责任。婆母在外面做生意，王兆玉在家里洗衣服做饭，照看管教三个小叔子。余愿学在常德省立第二师范因家贫辍学，回到桑植，得知贺龙办起了培训政治、军事人才的"农民自治讲习所"，马上报名学习，贺龙知道余愿学读过师范，吃得苦，对他十分器重。1923年，贺龙任川东边防军旅长，应广东革命政府的邀请，从湘西率部进入川东涪陵，将余愿学、陈策勋、刘景星、刘子维等22人选送云南陆军讲武堂学习。时间两年，王兆玉看到贺龙这样器重丈夫，内心暖暖的。

王兆玉与余愿学结婚后，一直过着离多聚散的日子。

婆母看在眼里，记在心里，儿子余愿学当上了营长，要跟着贺龙北伐了。婆母知道北伐不是好玩的，是枪林弹雨中捡一条命，她强迫余愿学带着媳妇一起北伐。

余愿学对母亲说："我们北伐，不是好玩的，带着媳妇上战场，明显是个负担。"

母亲说："我不管，你这次北伐，要么带媳妇一起，要么不准走，你们不给我留下一个孙子孙女，也别想日子好过。"

余愿学同意了。

余愿学离开桑植，骑着一匹高头大马，他把王兆玉抱在马上，让她坐在前面，马后，是他率领的部下。

王兆玉第一次坐在马上，前面，千人欢送，身后是丈夫和数千桑植儿郎，烈烈的风拂过王兆玉额前的头发，背后，男人身上的气息传递而来，她心头好温暖和安全。

王兆玉回头望了望丈夫俊朗的脸。丈夫眼睛里燃起一团火。余愿学望望乡亲们，又回头看看战士们，他掏出腰间的手枪，朝天开了三枪。余愿学对着背后的战友们大声道："兄弟们，桑植的父老乡亲送我们出征，我们用《国民革命歌》答谢乡亲们。"

背后的战士们大声道："好。"

余愿学道："打倒列强，打倒列强，一齐唱。"

余愿学的声音刚落，整齐划一的歌声响彻云霄，战士们边走边唱，王兆玉的耳畔回荡着丈夫和战士们的歌声。

王兆玉看到了婆母，望着她、望着丈夫，望着队伍里的四弟余愿鹄和五弟余愿鹤，他们只有16岁和14岁，婆母不停地用手擦着眼泪，脸上溢出笑。

王兆玉心头一荡，她猛地有了给余家生儿育女的感动，就那么一刻，王兆玉找到了英雄丈夫身上散发的勇猛气味，感受到了女人活在世上找到一个男人的幸福。

歌声是从丈夫的嘴巴划过王兆玉的耳际融进她的心里的，一句句歌词很直很白，直得像家乡长的青冈木，白得像家乡的山泉水，走近王兆玉的心里。

丈夫余愿学的歌声像一个个闪电，像一次次风雨交加的炸雷拂过王兆玉的心际。王兆玉听到丈夫和战士们的歌声，她的心也有了力量。

"打倒列强，打倒列强，除军阀，除军阀！努力国民革命，努力国民革命，齐奋斗，齐奋斗！"

"打倒列强，打倒列强，除军阀，除军阀！国民革命成功，国民革命成功，齐欢唱，齐欢唱！"

一路歌声一路枪声。余愿学路过武汉，把王兆玉留在武汉。余愿学看到妻子王兆玉眼里流露着不舍，笑着说："你丈夫命大，还没有看到儿子出生，是不会死的。"

王兆玉一下用手掌捂住丈夫的嘴巴，连吐了三次口水，意思是丈夫的话不算数。王兆玉不仅自己做了，还要丈夫余愿学学她的样子，连吐三次口水，说明讲话不算数，余愿学看妻子耍着小性子，同意了。

王兆玉留在武汉，心却跟着丈夫上了北伐战场。丈夫余愿学作为贺龙的得力干将，每次战斗，都是勇猛善战，冲锋在前，贺龙北部征战湖北、河南、连克许昌、开封。贺龙率部奇袭逍遥镇，血战小商桥，被人称为钢军。贺龙部队因战功卓著，回师武汉，由独立第十五师扩编为国民革命军第二十军，贺龙任军长，余愿学任第一师第三团团长。

丈夫余愿学平安回到武汉，王兆玉见到丈夫没受伤，喜极而泣，余愿学看到妻子关心动容的表情，深受感动。

英雄妻子人后的伤痛

一个有希望的民族不能没有英雄，一个有前途的国家不能没有先锋。屈原的《九歌·国殇》，英雄是以这样的个性出现的，"诚既勇兮又以武，终刚强兮不可凌。身既死兮神以灵，魂魄毅兮为鬼雄。"

王兆玉对丈夫余愿学的理解，也是从男人、爱人、丈夫和英雄一步步转化的。

余愿学是自己的亲表哥，也是自己的男人。父亲王国用把女儿王兆玉嫁给余愿学，有一种"肥水不流外人田"的自私。余愿学是桑植的优秀男儿，迟早要结婚的。优秀的男人理应先由家里人先选择，小余愿学两岁的女儿王兆玉长得亭亭玉立，有相有貌，也只有人中翘楚余愿学配得上。从亲表哥到男人，桑植古老的婚姻风俗"老表开亲"早已营造了天造地设的土壤。小时候，王兆玉是听着"满山竹子根连根，亲上加亲亲又亲"长大的。在桑植，老表开亲又以姑舅老表居多。姑之女嫁给舅之子为妻，曰："回门亲"，舅之女嫁给姑之子为妇，曰："扁担亲"。王兆玉与余愿学按照传统的请媒、提亲，合八字，看人家，发八字，求喜，过门，报日，过礼，迎亲，送亲，拜堂，闹房，陪十弟兄，陪十姊妹等过程，完成由表兄变成自己男人的过程。

余愿学是自己亲上加亲的情人，更是自己的爱人。余愿学饱读诗书，见过世面，毫无疑问接受过外面的新潮思想，追求婚姻自主，可余愿学乐意接受母亲和舅舅的安排，小他两岁的表妹王兆玉是他看着长大的，能娶进家门成为自己的妻子，余愿学知道婆媳关系一定是好上加好。余愿学想跟着贺龙干一番事业，他没有时间梳理家庭的鸡毛蒜皮小事，他的心中装着共产党为人民谋永福的大乾坤。结了婚，便有了牵扯，每次远出回家，余愿学会带一些好吃的好穿的，好用的。王兆玉是桑植县最先用上汉口庆云银楼的香粉。余愿学粗中有细，他不知道女人喜欢什么香，可他为了表示对王兆玉的疼爱，把全中国的香粉买了一个遍，"五个字"的什么绿雪含芳脂、玉面茉莉粉、云鬟花颜指、陌花海棠脂、仙姿玉容粉、玉女莲花粉，"四个字"的什么是朱砂红霜、紫龙卧雪、牡丹花冻、杏花口脂、芙蓉映月、秋水绿波，"三个字"的什么桃花姬、潋滟香、貂蝉鸣、星子黛、西施雪、金玉颜等等。王兆玉看到这些东西，就知道自己在男人心中的份量。

　　王兆玉结了婚，最大的心愿是盼大表哥回到身边，她会把自己离开大表哥的思念全部倾诉给大表哥，思念倾诉多了，大表哥便成了自己的情人，自己的爱人，王兆玉便把余愿学变成了一块口香糖，她吮呀吮，吮呀吮，想吮出一个儿子来，回报爱人对她的疼爱。"我一定要给你生一个儿子，像你一样。"每次与大表哥在一起，王兆玉会说着心里话。余愿学笑了，她告诉王兆玉："生男生女，不是我们所左右的。"王兆玉耍起了性子。"我就是要生个男娃，我喜欢男娃，男娃才有机会在外面跑，才能干大事。"王兆玉说完，便紧紧缠绕着生命的涟漪。很快，结婚九年的王兆玉害了喜，怀上了余愿学的亲骨血。王兆玉怀了孕，笑着对爱人说："你知不知道，你是用香粉打动我的。"余愿学笑着反问："真的只有香粉？"王兆玉用小拳头打了一下余愿学的心口，脸红了。

　　余愿学是自己的丈夫，丈夫、丈夫，一丈之夫。又是婆母又是姨的娘亲对王兆玉是发自内心的好。公爹走了，留下四个大小儿子每天换下的衣服要洗半天。王兆玉过了门，便分担家里的洗衣做饭。看到王兆玉结婚久久没有孩子，得知儿子余愿学又要出门北伐，王氏下了决心，把媳妇王兆玉赶出门，要她守着余愿学，每天只有一丈的距离，不怀儿子不准回来。王兆玉对亲姑妈亲婆母的安排，是一千个同意，丈夫出征湖北，决战河南，王兆玉一路相随，很快便有了一丈之内的爱情结晶。丈夫丈夫，一丈之夫，王兆玉明白了，丈夫是要守的、随的、缠的，守才会守住爱，随才会随住情分，缠才会缠出儿子来。

　　余愿学是自己心中的英雄。王兆玉小余愿学两岁，两家是姑舅亲，从小到大就走的亲戚，是真正的青梅竹马。王兆玉结了婚，跟着余愿学北伐，接着是南昌起义，南下广东，她看到丈夫在枪雨弹雨中冲锋陷阵，视死如归，王兆玉一下觉得丈夫的伟大。余愿学渐渐地从丈夫身份上升到英雄身份。

　　丈夫余愿学一身才能，品质优秀，令人崇拜。丈夫从桑植县北伐到南下广东，所带的军队对丈夫余愿学很是敬佩。每次作战，余愿学会通宵达旦地研究战术，仔细考虑怎样打仗，让战士们牺牲最少。王兆玉守在丈夫身边，劝丈夫早早安寝。余愿学说："你先睡，每次打仗，都是要死人的，我带部队，大多是桑植人，出门在外，都像亲人一样，看到一个个鲜活的亲人倒了下去，我的心在滴血，就像一把刀子割我身上的肉，每次打仗，贺军长都要我仔细谋划，尽量少死一个人。"余愿学说这些话时眼角浸着泪，原来丈夫也有柔软处。

余愿学有独特胆识，敢于坚持理想和真理，并自强不息，努力奋斗。1927年先后发生蒋介石"四一二"、汪精卫"七一五"反革命事变，大肆屠杀共产党，贺龙召集全军军官开会，说出自己服从共产党的领导，继续东征讨蒋革命到底。余愿学坚定表示："军长说怎么干就怎么干，我愿为你的马前卒，站在人民大众一边，革命不变心！"南昌起义前夕，贺龙担任南昌起义总指挥，把二十军整个部队交给中国共产党领导的革命武装斗争，余愿学等二十军团以上的军军纷纷表示，愿意参加起义，跟着共产党走。余愿学举起右拳，宣誓道："紧跟着贺军长干革命，誓死不回头。"

丈夫余愿学无私忘我，不辞艰险，不怕牺牲，为人民大众的利益而英勇奋斗，令人敬佩。1921年8月1日凌晨，举世闻名，彪炳史册的南昌起义打响了，丈夫余愿学率部冒着敌人猛烈的炮火，率领战士们架起云梯，登跃城墙，攻进南昌城水大门。起义成功后，敌人病狂反扑，起义军开始南下，余愿学被任命为第二十军教导副师长，仍直接指挥第三团，当起开路先锋。在瑞金壬田，为突破敌人的防线，余愿学端起机关枪率先冲向敌人阵地，腹部中弹。

鲜血从第一天流到第二天。由于当时部队医院条件有限，负伤的余愿学得不到及时医治。他知道自己不行了，临终之际，他叫来身怀六甲的妻子王兆玉，一起参加南昌起义的四弟余愿鹄、五弟余愿鹤。他交代说："我不行了，你们要跟着共产党，要实现马氏学说，继续跟着贺军长干……"，说完，就闭上了双眼。王兆玉看到自己的丈夫死在怀里，还有两个月就要临产的孩子，王兆玉哭着说："愿学，你的儿子马上就要出生了，你忍心让孩子没有爸爸吗，你走了，我怎么办？"声声倾诉，让周围战士和亲人无不肝肠寸断。

丈夫牺牲后，贺龙闻讯，流下热泪，安排人拿出30块光洋，厚葬余愿学。王兆玉忍住内心的伤痛，去香港，转上海，最后到武汉待产。生下孩子，王兆玉发现是一个女孩子，王兆玉流泪了，她对一同随行的四弟余愿鹄、五弟余愿鹤说："我一直以为生下的是儿子，可以继承余家香火，现在生的是女儿，我没有脸回去见姑妈，我想住在武汉。把孩子养大。你们回去，跟着贺军长干。"长嫂如母，看到嫂子的决定，余愿鹄、余愿鹤离开了武汉，他们知道嫂子回到桑植，会天天活在伤痛里。亲人是什么，亲人就是幸福有了，大家一同永享，痛苦降临了，亲人一个人独自品尝。

王兆玉回来，你的儿子在全国找了你28年

1928年春天，历史的记忆是用一个个惊天响雷出现在桑植的。一栋栋吊脚楼、转角楼、岩土房、茅草房躲藏在青山间，绿水边，开始骚动不安起来。

造成这一栋栋房屋骚动不安的原因是贺龙回来了。贺龙带出去的三千人北了伐，南昌起了义，把中国搅动得天翻地覆，桑植儿郎的血性让中国认识了桑植，让桑植走进了中国历史的风云变幻。桑植男人、桑植女人、桑植老人、桑植小孩成为改造中国历史，中国命运的参与者、见证者、求证者。

贺龙带出去三千人，陆陆续续有三百多人回来了。余愿学、王兆玉、余愿鹄、余愿鹤出去了4个人，回来了两个人。让余氏族人引以为傲的余愿学没有回来，给余家生香火的王兆玉没有回来，余家王氏婆母哭了，余氏家族所有族人伤心落泪了。余氏家族是生活在桑植百家姓的一根藤，余愿学是藤上结的一根又大又好的瓜，又大又好的瓜是让族里人喜欢的，长志气的，怎么说没了就没了。

余愿学壮烈牺牲的消息引起余家、余氏家族的强烈反响，余家、余氏族里摆起了没有余愿学尸体的灵堂。悲伤、哀乐弥漫余氏家族，余氏族长认为余愿学是为族里的荣耀而死的，死得光荣，死得伟大，王兆玉生了一个女儿，不愿回来，是因为没有生儿子，她没脸回来。

余氏家里王家婆母视王兆玉为己出，又是姑妈又是婆母的王氏一次次哭昏在地，她喊道："兆玉，兆玉，你回来呀，我想你，你怎么这么绝情。"

余家王氏的哭泣让余家族长下了决心，给余愿学过继一个儿子，族里召开宗族大会，一致同意余愿学的三个弟弟，哪个生了儿子，从中选一个最好的过继给余愿学王兆玉做儿子。余愿学牺牲了，贺龙又回来闹革命了，余家人讲忠义，照样跟着贺龙干。

族长的话得到了余家族人的拥护，余家王氏从昏迷中醒了过来。她擦掉眼角的泪，对族长说："我还有三个儿子，我决定让三个儿子跟着贺龙干，如果老天不长眼，让我三个儿子在战场上牺牲了，我就当个孤老。"

王氏的话让余氏族人动了容。余愿学的大弟余愿觉、四弟余愿鹄、五弟余愿鹤跪倒在母亲王氏面前，齐声道："我们要为哥哥报仇，不能让他白死。"

余家王氏把三个儿子抱在怀里，对着天喊道："天老爷呵，你要是长眼，就让救苦救难的观世音显灵，让我儿子余愿学敬仰追随马氏学说在地上生根吧。"

余家王氏的这番撕心裂肺的呐喊让走出桑植的余愿鹄震惊不已，他们没有想到母亲悲怆一喊，喊出了一个桑植英雄母亲的拷问，时代的追问。

余家王氏的呐喊化为一把生命的利剑，深深地划向那个不以人民疾苦和人民幸福为念的旧世界，旧时代，共产党引领的为劳苦大众翻身得解放土地革命开启了"星星之火，可以燎原"的鲜血征途。

余愿学牺牲了，余愿觉、余愿鹄，余愿鹤跟着贺龙参加了湘鄂边、湘鄂西、湘鄂川黔革命根据地的创建。从湖南桑植到湖北洪湖，从湖北洪湖到四川酉阳、秀山，从四川黔江、秀水到贵州木黄，余愿觉、余愿鹄、余愿鹤一个个成了红军战士。在风里、雨里、血里扮演革命火种的角色，一个个在长达8年的艰苦环境里身患重病。1935年初，贺龙安排三兄弟回家养伤，回家娶妻生子，病不养好不准回部队，不生香火不准喊他贺军长，三兄弟含着泪答应了。

于是余愿觉回家娶妻熊氏，生下女儿余有义。余有义嫁给吴兴汉，生下儿子吴其然、吴其岗、吴其才、女儿吴菊华、吴月娥。

于是余愿鹄娶妻朱传双，生下儿子余有林、女儿余有英、余有菊。

于是余愿鹤娶妻钟秀英，生下4个儿子，成活余有早、余有池两个儿子，生下三个女儿，虽没有成活，可钟秀生呀生。

于是族里决定将余有早过继给余愿学、王兆玉夫妇。王兆玉身在武汉，不知道桑植有了儿子余有早。

余有早从小到大知道自己被过继给大伯。他的父亲是余愿学，他的母亲是王兆玉。余有早想父亲、想母亲，小时候，他把父亲母亲装在心里揣着，长大了，他娶妻王大妹生养了两个儿子一个女儿。他于1993年离家出走找父亲找娘去了，他来到壬田，找到了父亲的坟，他跪在父亲坟头，给余愿学磕头，他含着泪说："爹，你的儿子余有早看你来了。"找到了父亲，他又到武汉找母亲王兆玉去了。他要找到母亲王兆玉生下的姐姐，他想找到姐姐，看一看母亲是否健在。若在，他要跪在面前，请母亲回家看一看。死了，他要拿一张照片，回到桑植，让妻子看，让儿女们看，让死去多年的婆婆王氏看。她疼爱一生临终还念着的兆玉丫头回来了。余有早找呀找，从1993年找到2021年，一直没有回家。余有早的弟弟余有池在哥哥出去了五年后，也参加了寻找。他找伯娘王兆玉，找伯娘女儿，找哥哥余有早。这一找，就找出了伯伯余愿学的英雄坟墓没有了，伯伯余愿学的尸骨不知去了何方？找出了伯娘在武汉一下消失了，伯娘的女儿，余家人不知是否还活着，余有池有一个心愿，一定要找到伯娘，伯娘的后人，后人的后人，告诉他们，他们也许早已成为武汉人，可他们的血脉在桑植。

余有池找呀找，找到了余家族人，理出了余氏婆婆王氏要求儿子跟着贺龙闹革命的满门红。

二伯余愿觉，1928年跟着贺龙干革命，一直干到1935年长征，因为重病没有参加长征。

四伯余愿鹤，1933年跟着贺龙干革命，也一直干到长征前夕，因为生病没有长征，红军长征后，他为了躲避敌人迫害，一直住在湖北，直到解放才回家。

父亲余愿鹤，贺龙1928年回来就跟着贺龙干，在塔卧战斗中负伤掉了队，被国民党抓住准备枪决，正好执行枪决的是大伯余愿学在云南讲武堂的同学，已担任旅长一职。旅长仰慕余愿学的威名，悄悄放走了余愿鹤，并给他开了一张放行的路条。余愿鹤拿着这张路条回到桑植，桑植主政的负责人大惊，马上安排余愿鹤当了一个保长。湘鄂渝黔边著名匪首瞿伯阶得知余愿鹤当了保长，将他"请"了过去，封了他一个参谋长，让他带兵。很快瞿伯阶兵败，余愿鹤被抓进国民党的监狱，在沅陵坐了牢，不久，土匪攻进沅陵县城，打开大牢，余愿鹤回到桑植，桑植解放了，余愿学因身份不清被判刑。余愿鹤于1955年给贺龙写信申诉，因贺龙出国没有收到信被退了回来。一些别有用心的人便给余愿鹤罗列两条罪名，一是冒充烈士后代告政府，二是对人民犯下罪行，判了八年，余愿鹤不服气，进牢狱前发出了第二封信。余愿鹤坐了几个月的牢，贺龙从北京回了信，证明余愿学的烈士身份，余愿鹤放了回来。1955年全国开展合作化，余愿鹤的妻子钟秀英积极响应合作社，把家里的一切都交了公，连一张床也没有，余愿鹤回到家里，看到孩子们没有地方睡，就说：当年红军闹革命，还留有一张床。没想到余愿鹤讲这句话时，又被那些别有用心的人抓到把柄，余愿鹤被扣上一顶"破坏合作化"的罪名，再判八年徒刑，于1956年2月押往江西劳解农场服刑。1960年，余愿鹤因为当红军时期落下的疾病复出离开了人世。余愿鹤的妻子钟秀英出席红军丈夫安葬仪式，她坐在丈夫身边，流着泪说："丈夫呵，你在国民党坐牢，在共产党也坐牢，你是什么样的苦命呵。"

1981年，妻子钟秀英的倾诉有了结果，丈夫余愿鹤被宣告无罪，2009年，钟秀英无怨无悔离开人间，享年97岁。

钟秀英临终前，要求儿子余有池一定要找到大哥余有早，找到王兆玉的后人，让他们认祖归宗，余有池答应了。

余有池握住母亲钟秀英渐渐冷却的手，望着武汉，深情地呼唤，伯娘，你回桑植一趟吧，你的儿子余有早找了你好久好久，你要疼你的儿了，就让他回来吧，和你一起回家……

王兆玉的嗣子余有早在寻母途中

黄玉梅（一九〇七年农历五月二十八—一九九六年农历七月初一），中国工农红军红三军七师12团团长谷耀武（1907年农历冬月初四—1933年）之结发妻子。黄玉梅生于官地坪镇黄家台，1928年10月嫁给时为红军从事兵运工作的谷耀武。1930年，丈夫正式加入红军王炳南部后，黄玉梅与丈夫大妹谷兰香、二妹谷玉贵、二弟谷忠勤、三弟谷忠恕分别加入红军女儿队、红军和马合口红军游击队。1933年秋，升为红军连长的二弟谷忠勤在湖北荆门沙堤与敌作战中壮烈牺牲。不久，丈夫谷耀武在湖北洪湖张金河战中壮烈牺牲。1934年10月，三弟谷忠恕被团防谷厚备砍头杀害，头颅挂在官地坪场上。丈夫参加红军后，敌人趁丈夫外出作战之际，将身怀六甲的红军女儿队队员黄玉梅、大妹谷兰香、二妹谷玉香捉住，关押在瑞塔铺，并一同押往常德桃源。敌连副莫子基和排长王宗明分别看上大妹谷兰香、二妹谷玉香，逼迫她们为妻，二人誓死不从，分别被杀死在慈利东岳观、桃源县双溪口。黄玉梅为保住腹中胎儿，发现敌营长朱世杰的勤务兵李天寿善良老实，感化其脱离敌窝，并改嫁给他。后夫妇俩安心务农，并共同生下大儿李志明、二儿李志风，三儿谷臣华、女儿李金先。三儿谷臣华是黄玉梅得知丈夫一家忠烈，无男子续香火，做通李天寿工作给前夫谷耀武过继的一个儿子。

黄玉梅："好女嫁了二夫"的母性之光

王成均

1996年农历七月初一，一个叫黄玉梅的桑植红嫂在常德市桃源县双溪口镇以89岁的高龄离开了人世。黄玉梅的离世与前夫桑植红军谷耀武相隔63年，与后夫常德桃源农民李天寿相隔28年。桑植与桃源相隔236.3公里，是什么样的原因让桑植红嫂黄玉梅与红军前夫、农民后夫有扯不断、理还乱的情怀？

我给红军团长丈夫留下血脉

1928年秋天，21岁的黄玉梅怀着羞羞的心思，嫁给了暗暗给红军部队筹集物资的共产党员谷耀武。当时，丈夫谷耀武在国民党官地坪团防谷岸峭部任司务长，而谷岸峭跟贺龙有义结金兰的兄弟关系。

动乱的时代，动乱的年代，每一个老百姓活成一叶水上的浮萍，任何一次狂风暴雨就会坠入万丈深渊。黄玉梅嫁给谷耀武所怀的羞羞的心思是丈夫保她平安，让她和家人能平平安安地"穿衣吃饭"，平平安安无病无灾过好一生。她呢，则一定会给丈夫生十个八个香火，让夫家儿孙满堂，香火旺盛。

黄玉梅相信丈夫有这个能力。丈夫谷耀武身高一米八，要才有才，要貌有貌。第一次相亲，正值苞谷收获季节，黄玉梅父亲要将40斤重的苞谷搁在两米高的横梁上风干，谷耀武看看地上摆着的那一大堆苞谷坨，笑着说："我来。"说完，找到一把柴刀，上山砍来一根硬木树，做成一米长的树叉子，用叉子叉住苞谷坨，用手一抬举到横梁边，手一抖，这一坨重40斤的苞谷坨从中间分开，稳稳地搁在房屋的横梁上了。往年，黄玉梅的父亲把苞谷坨搁在横梁上要一天的时间，这个相亲的男人一动手，不到一个小时便将这一大堆苞谷坨搁上了横梁，搁完后，气不喘，脸不红，黄玉梅看在眼里，喜在心里，一下把这个男人举苞谷坨的样子刻在了心里。黄玉梅从谷耀武上山砍树做树杈子的动作中，看出他是一个会动脑子的人，黄玉梅觉得，一个会动脑子的人，只要走正道，肯定会让家里人吃上好日子，穿上好日子的。

谷耀武住在马合口乡佳木峪的皇扇峪，黄玉梅嫁到皇扇峪后，发现丈夫家里孩子真多。丈夫有两个兄弟，三个妹妹，公公谷志大为了谋生，在官地坪开了一个叫"大呈祥"的铺子，经营老百姓过日子需要的日常百货，公婆向乙姑是个厉害的婆婆，对丈夫，对儿女都很严厉，不准打牌赌博不准吸食鸦片不准偷懒，家中勤俭之风弥漫。婆婆除了睡觉，醒着的时光便是把嘴巴搁在儿子女儿们的身上，可对进门来的儿媳妇，向乙姑没有了严厉，换上了和风细雨。家里做的是苞谷粉子拌点白米的饭，向乙姑总是要求家里人把白米多的饭盛给黄玉梅吃。黄玉梅是长媳妇，觉得很不好意思，想让给兄弟和妹妹们吃，向乙姑眼睛一瞪，大声斥道："谁也不准吃，你们玉梅嫂子是要给我们谷家生香火的人，谁吃，我打断他的手。"向乙姑一吼，大家都怕了。

黄玉梅道：妈，你这样，我怎么吃得上，一家人要有苦同享，有难同当。

向乙姑听儿媳这么一说，声音一下轻了下来："玉梅呀，要是有一点法子，我也想让儿女们顿顿吃上大米饭，可当家才知柴米油盐难呀。你吃吧，你吃得好，身子就好，身子好，生的香火就壮实。"说完，扫了扫黄玉梅的肚子。

黄玉梅听了公婆的话，又看到公婆拿眼扫自己的肚子，脸一红，低下了头。

向乙姑说：玉梅，不怪你，要怪我那儿子，一年三百六十五天，没几天到屋，放着水嫩的媳妇不疼，天天帮红军买这买那，反了天了。我这几天，就把儿子找回来，陪你几天。

黄玉梅一听，羞得低下了头。谷耀武的几个兄弟和妹妹嘻嘻笑了起来。

向乙姑说：笑什么笑，等玉梅给你们生了侄儿侄女，我给你们一个个都找个媳妇，嫁个丈夫，我们谷家不仅要让自己家香火旺盛，也要给别人家生香火，这才公平。

黄玉梅听到公婆最后一句话，心里一暖，她没有想到公婆住在山窝窝里，想的是社会都香火旺盛，黄玉梅不禁觉得公婆不似常人。

黄玉梅觉得奇怪，丈夫明明给共产党做事，为什么团防谷岸峭还睁一只眼闭一只眼，放任丈夫去做。

丈夫回了家，黄玉梅好奇，悄悄问丈夫。

丈夫刮了刮妻子的小巧鼻子，笑着说：因为谷岸峭和贺龙有君子之交，何谓君子，君子君子，就是心胸坦荡，志趣相同。

黄玉梅不解：志趣相同？一个信共产主义，一个信三民主义，能走在一起？

谷耀武听妻子这么一问，眼睛一亮，他没有想到妻子有这种见解，他沉思了一会儿，盯着妻子的眼睛说：中国现在这世道，有志者都在探索民族图强的路，看谁能走得正确。

黄玉梅问：那你在国民党里面干，到底是信共产主义还是信三民主义？

谷耀武说：我信共产主义，信共产党。

　　黄玉梅没有再打破砂锅问到底，她相信丈夫，因为丈夫做事，会动脑筋，他做的事一定会成功。

　　丈夫这一次回家，住了五六天，白天出去，深夜归家，两人说不完的体己话，渐渐地，黄玉梅对红军有了向往。

　　丈夫再一次回家，是五个月后，黄玉梅的孩子已有四个多月了。谷耀武得知自己要做父亲了，掩不住内心的高兴，他抚摸着妻子显怀的肚子，深情地对妻子说："你怀了一个红军后代。"

　　黄玉梅说："孩子就是孩子，怎么成了红军后代。"

　　谷耀武说："我没当司务长了，正式加入红军部队，现在已当上了连长。"

　　黄玉梅的心猛地一紧，眼睛射出焦虑的目光。

　　谷耀武把妻子搂在怀里："不用怕，我们红军是穷苦大众的队伍，我们和穷苦大众是一家人，走到哪里都有家。"

　　黄玉梅抱住丈夫："我不知道为什么，心里好怕。"

　　谷耀武："两个弟弟在我的动员下，一个参加了红军，一个参加了红军游击队，你和两个妹妹加入红军女儿队吧，你要融入革命的大潮中，就会感受到革命洪流的伟大力量。"

　　黄玉梅同意了。第二天，谷耀武和二弟谷忠勤随红军大部队离开了桑植，说是要转战在湘鄂川黔边境，三弟成为游击队员守卫着后方。黄玉梅和丈夫的大妹谷兰香、二妹谷玉香三人参加了红军女儿队。

　　黄玉梅没有想到，参加女儿队真的很快乐，大家一起做军鞋，一起识字唱歌。黄玉梅做女儿时，读了私塾，认识一些字，女儿队队长安排她当了先生，走上台讲话，台下的姐妹们一声"先生好"，让黄玉梅好感动。在红军大家庭，每个红军女儿队员都是平等的，阳光的，开心的。最快乐的是一边唱歌一边做军鞋，女儿队队长会教唱一些闹红的歌，什么《扩红歌》《做军鞋》《妇女歌》《穷人靠红军》等等。

　　做军鞋多选择月朗星稀的夜晚，十多个相亲相爱的姐妹们围坐在一起，一首《做军鞋》在月光如水的夜晚勾起女儿家细细微微的怀想，像一根细细绒绒的毛挠着人的皮肤，痒痒的。

　　参加红军女儿队的队员大多都是没出嫁的姑娘，黄玉梅的歌声响起，姐妹们便笑弄开来。

　　二妹：嫂嫂，想哥哥了吗？

　　三妹：嫂嫂怎么会想哥哥呢，她想的是天上的月亮。

　　众人都嘻嘻笑起来，笑声一响起，歌声便飘荡在山谷间。

　　"一更月儿圆，姐妹们坐灯前，翻开麻篮抽丝线，做双鞋子送给红军哥哥穿。飞针又走线，越做心越甜，红军哥哥是针线儿，我们就是线，红军哥哥把路引，我们永向前。"

　　歌声中，黄玉梅想到了丈夫谷耀武，她边做军鞋边想，假如我这双军鞋，丈夫能够穿到，那该多好呀。

　　谷耀武参加红军后，被安排到王炳南部。1931年，国民党周燮卿所属李奇玉团两个营，准备袭击苏区白竹坪。此时，正值春节，敌军驻扎在仓关峪，刚好王炳南领导的湘鄂边独立团在长阳、五峰出击获胜返归鹤峰过年。独立团得知敌军进驻仓关峪，王炳南率团连夜出发，已升任营长的谷耀武带领部队通宵行军，第二天到达仓关峪附近。这时，贺佩卿率领桑鹤游击梯队也赶到仓关峪，两支部队会合后，迅速出击，红军采取腹背夹攻的战术，仅一个多小时，便全歼敌军两个营，缴获迫击炮4门，重机枪2挺，步枪300余支及大量子弹。

　　战斗结束，谷耀武和弟弟谷忠勤回到家里看望妻子和亲人，谷耀武给大家分享了战斗的胜利。黄玉梅看到丈夫神采飞扬的样子，替丈夫感到高兴，她抚摸着肚子里的宝贝，内心暗暗道：听到了没，你爸爸打了大胜仗，是个大英雄。

　　仓关峪袭击战让敌人气急败坏，敌朱际凯部朱世杰营打听到马合口佳木峪的谷耀武参加了战斗，还是营长。敌人不敢报复红军主力，决定对红军家属实施报复，敌趁谷耀武的部队去外线作战，搞了一个突然袭击，一下把身怀六甲的黄玉梅、大妹谷兰香、二妹谷玉香抓住了，敌人怕夜长梦多，第一天押到瑞塔铺，第二天便押往慈利常德。

　　敌连副莫子基和排长王宗明分别看上了谷兰香和谷玉香，要她们嫁给自己，便可以活命。谷兰香和谷玉香志坚意刚，怒斥敌人，敌连副莫子基气极，将谷兰香杀死在慈利东岳观。敌排长王宗明还不死心，一路上用荆条打谷玉香，威逼谷玉香屈服，没想到敌越凶，谷玉香的心越坚硬。她被押到桃源县双溪口，怕敌用强，谷玉香趁敌排长王宗明做饭时，一脚将炒得滚烫的一锅菜汤踢翻，滚烫的菜汁溅在敌排长王宗明脸上、身上，敌排长王宗明大怒，掏出手枪射杀了谷玉香。

押解途中，黄玉梅看到自己的两个妹妹性如烈火，决不屈服，她感同身受，内心的怒火一次次升腾，可肚子里的胎儿一次次蠕动着，母子连心，黄玉梅的愤怒，肚子里的胎儿也感受到了。黄玉梅想随两个妹妹一同而去，她明白自己的肚子里有一个革命后代。敌看到黄玉梅怀着一个孩子，认为这是红军的种子，扬言斩草除根。敌营长朱世杰的勤务兵李天寿劝阻说：杀人莫杀母怀胎的女人，要遭天谴的。

敌连副莫子基和敌排长王宗明讥笑李天寿："你李天寿是不是看上红匪婆了，李天寿真聪明，不要使力气，就有一个孩子。"两人说完，众敌人哈哈大笑起来，逼着李天寿出钱请大家喝酒吃肉，不然便杀了黄玉梅。

李天寿望了望黄玉梅，她看到黄玉梅正用一双企求的眼神望着他。李天寿的心莫名其妙地跳了起来，他觉得这个女人就是他的亲人。

李天寿猛地心一横，道了一声："请吃酒就请吃酒，我李天寿快三十的人了，该找个婆娘了，只要能怀崽，老子就要。"

敌营长朱世杰对李天寿印象不差，他做事踏实，喂的战马膘肥体壮，便动了恻隐之心，允了这门喜事，并扬言，只要黄玉梅和李天寿当着众兄弟的面拜天拜地拜父母，他们就放她一马。

所有的目光和压力集中到黄玉梅身上，应，可保住腹中的胎儿，不应，一尸两命。黄玉梅内心翻滚，她不知道怎么办，她是红军女儿队队员，红军是铮铮铁骨，宁可站着死，不可跪着生，可死是容易的，谷耀武的孩子怎么办？黄玉梅仰着头，泪从眼眶里滚了出来，腹中的胎儿没有错呀，他不能承受生命之殇。黄玉梅望着桑植，内心呼唤道："耀武，耀武，你在哪里呀，我想随两个妹妹而去，可我们的骨肉怎么办呀！耀武，耀武，请你原谅我，如果有来生，逢上太平盛世，我再和你做夫妻。"

黄玉梅的念头一生，便下了决心，她决定下嫁给李天寿，不为死，只为生。就这样，黄玉梅嫁给了李天寿。黄玉梅多么不甘心，她的丈夫还在前方打仗，她却为了他的孩子不得不嫁给敌勤务兵，如果让人知道，不知有多少人会戳她的脊梁骨。她黄玉梅也想做一个顶天立地的巾帼英豪，可她实在舍不得腹中的胎儿。

我改变了敌勤务兵的人生轨迹

1931年7月，黄玉梅已生下她和谷耀武的骨血谷臣祥。看到女儿谷臣祥平安地降生于世，黄玉梅百感交集，她怎么也没有料到，红军营长的女儿是在敌勤务兵的家中出生的。

女儿谷臣祥出生后，国民党以两万人马的兵力对湘鄂边发起大规模的"围剿"。面对这严峻的形势，特委采取了"分兵把守"和"步步设防"的错误战略战术，结果导致湘鄂边苏区的主力独立团及各游击队处于极为被动的局面。10月，敌纠集更多的军队，企图一举解决湘鄂边苏区的红军。为扭转被动挨打的局面，特委改变死守硬拼的打法，将独立团和各游击队分散在五峰、桑植、石门等地广泛开展游击战。12月底，特委召开扩大会议，再次确立以攻为守、主动出击、长途奔袭、攻其不备的游击战术。会后，独立团和游击队紧密配合，连续打了几个大胜仗，不仅收复了大部分失地，还在桑植、慈利、鹤峰三县边界建立了一些新的区、乡苏维埃政府。贺龙领导的红三军发展到3个师8个团共1.5万余人，地方部队1万多人，赤卫队员及少先队员有30万人，根据地面积扩大一倍以下，范围延伸到55个县境，分成洪湖、湘鄂边、巴兴归、荆当远、松枝宜、洞庭特区6个相对独立的战略地区。湖南的华容、南县、安乡、桑植、石门、慈利、大庸、龙山、常德、汉寿、岳阳、湘阴、益阳、沅江14个县的大部分或一部分属于湘鄂西根据地的范围。

黄玉梅的丈夫谷耀武在战斗中作战英勇，已升为独立团长。1932年2月，独立团在石门南北镇歼灭罗效之两个营的胜利消息传到黄玉梅耳里，黄玉梅又喜又愁，她喜的是前夫的部队又取得了胜利，愁的是前夫找到她见面，她如何对他说。

黄玉梅的后夫李天寿日子也不好过，他担心黄玉梅的前夫找他麻烦，不仅是麻烦，而是性命之忧。

黄玉梅看到后夫每天惶惶不可终日，她劝解后夫："你脱离部队，回到家里做一个本分农民，与前面一刀两断，我想他来了，也不会说什么，坏什么事。"

李天寿："要不你回去，现在红军正得势。"

黄玉梅摇了摇头："我回不去了，回不去了。想到两个妹妹惨死，我无法无力救她们，一想到这些，我连活的勇气也没有了，要不是腹中的孩子，我早就一死了之了。"

李天寿说："你是一个善良的人，我跟着朱营长当兵，无非是讨口饭吃，让家里人不受迫害，我也只是给营长喂喂马，从没参加过战斗，我不知道你丈夫会不会把我当敌人。"

黄玉梅道："我劝你再不要跟朱营长一起了。我丈夫是一个疾恶如仇的人，他的叔叔曾举报我和家人当红军，丈夫回来知道叔叔想得赏钱，一枪毙了他。"

李天寿听了，吓了一跳，他马上对黄玉梅说："我明天就找一个得病的理由，向营长请辞，回来安安心心当一个农民，再也不做为非作歹的事情了。"

黄玉梅望着怀中的孩子，舐犊之情油然而生。至于眼前的这个人，他请辞也好，不请辞也好，对她来说，无所谓，她只晓得这个人救了她和孩子一命，她会用自己的生命回报。

黄玉梅没有想到，李天寿花了20块光洋给朱营长送了礼，辞掉了勤务兵的职务。朱世杰问生下的孩子是男孩还是女孩，李天寿说是女孩，朱世杰半信半疑，派护兵来到李天寿家，看到真的是女孩，便放了心，他对曾经的勤务兵李天寿说："看好你的婆娘，要是她回到红军队伍，我第一个灭了你，还要灭你的家。"

黄玉梅听到李天寿请辞的经过，想到敌营长朱世杰的扬言，便死了回家找丈夫的心。她算了算，李天寿一家，大大小小有20多口人，她不能因为母女俩，让20多口人遭殃，她要做的就是劝李天寿不再跟着敌人干，安安心心跟她过日子，把谷耀武的骨血养大，不让谷耀武的骨血受到委屈。

李天寿回到家，踏踏实实过起了日子。他把红军谷耀武的女儿谷臣祥视为己出，好吃的好穿的让她优先。黄玉梅看李天寿没有另眼对待女儿谷臣祥，放下了一颗心。

黄玉梅让李天寿悄悄打听谷耀武家的情况，李天寿答应了。

黄玉梅没有想到短短三年时间，先是传来二弟谷忠勤在湖北荆门沙堤作战牺牲的消息，再就是丈夫谷耀武在湖北洪湖张金河作战牺牲，连三弟谷忠恕也被敌人砍了头。噩耗一次次传来，黄玉梅心如刀绞。李天寿托人打听到，公婆向乙姑带着生病的小女儿谷玉贵躲到大山界上，公爹谷志大跟随贺龙去了北方，好好的一个家，死了五个大活人。

黄玉梅躲着哭。她哭丈夫谷耀武为什么这么命短，为什么这么心狠，抛下她的女儿就走了。

黄玉梅觉得自己没有依靠，她只能活成家乡的一棵寄生藤，让谷家的香火好好活下来。

黄玉梅知道自己要活成一株寄生藤，就要活成寄生藤的价值。红军丈夫谷耀武死后，她与李天寿，相继生下儿子李志明、李志风，生下第三个儿子后，她跟丈夫李天寿商量，能不能让这第三个儿子姓谷，她的命有一半是红军丈夫的，她要给他留一个香火。李天寿答应了，两人悄悄给这个孩子取名谷臣华。生下的女儿，黄玉梅取名李金先。黄玉梅知道，儿女双全的夫妇，才是完美的香火之家。

孩子多了，夫妇俩的压力大了。黄玉梅像变了一个人似的，她学会了犁田，学会了耕地。家中养了一条黄牛，脾气很大，动不动就伤人，可这头黄牛对黄玉梅却很温顺。李天寿问黄玉梅，为什么黄牛在她面前温顺，黄玉梅说："我把这头黄牛当成我死去的亲人，丈夫、弟弟、妹妹，我让它吃最好的草，过年给它准备最好的饭吃，一有时间，我就去牛栏给他驱赶蚊虫，把牛栏清扫得干干净净，没事的时候，就为它梳梳毛发，跟它说说话，牛通人性，谁对它好，它都记着呢，我说到桑植死去的亲人，它看到我哭，会用舌头舔我的手。"

李天寿大为感动，他觉得自己娶了一个好婆娘，他要用心换心，换得她也这么对自己。

村里看到黄玉梅为李天寿生下三男一女，隐隐约约听说三儿姓谷，说李天寿是在保护红军，通共。

李天寿大怒，一下露出匪性来，他拿起家中的斧头，来到说这些话的人家里，扬言与他拼个你死我活。

说这话的人吓慌了，他没有想到老实本分的李天寿也有不怕死的一面，于是连连求饶。

李天寿还不解恨，扬起斧头，一斧头劈死了这家狂吠不止的狗，看到狂吠的狗的脑壳被劈开成了两半，全村的人知道后都惊了。

劈死狂吠的狗后，李天寿握着鲜血直淌的斧头，边走边说："谁再议论我生的崽取什么名，要么老子死，要么他死。我老婆家里死了五个人，老子送一个儿子给她，谁也管不着。"

黄玉梅的心一下贴近了李天寿。

夹缝生存的凡人智慧

李天寿提着斧头向他人公示自己护犊护妻的主权，一下打动了黄玉梅的心。和红军丈夫谷耀武相比，曾经的敌勤务兵李天寿确实一个在天上，一个在地下，天上让人飞得高看得远，玩的是心跳，地下让人活得踏实，她觉得李天寿也有他可取的一面。

黄玉梅明白，要让家里人在这个动乱的时代活下去，就要有活下去的头脑。她动员李天寿有事没事便去敌营长朱世杰家走一走，看看朱世杰家有什么农活要做，一个月去他家做那么几天。

李天寿问黄玉梅："你不是让我远离他们吗？"

黄玉梅说："离有两种方式，一种是心离，一种是物离，我们做的是心离。我们要想让儿女活下去，我们就要活成一株寄生藤。现在红军去了北方，南方的红军处于低潮，我和谷臣祥与红军有牵连，稍不留神，就会引来杀头之祸。你一方面继续在村里做恶人，我要去村里做善人，我们要在夹缝中生存。"

李天寿听得似懂非懂。他第二天带着自家生产的花生、自制茶油看望老上级朱世杰去了。

黄玉梅则悄悄找到议论的主家，赔着小心，拿出自己省吃俭用的钱，赔了李天寿砍死的狗子钱。黄玉梅诉说着自己被捉到这里的不易，说起前夫一家五口人闹红死了的悲惨，议论的人听着听着，觉得这个女人活得太惨了，四处说她的坏话，无异于在她伤口上撒盐，于是，他和家人不要黄玉梅赔他家的狗子钱。黄玉梅说打狗欺主，我家李天寿杀死了你家的狗子，你不要钱，可以，你拿刀来，在我身上砍一刀，拿狗子一命抵我身上的一刀。主家连忙接了钱。

黄玉梅离开了，议论的主家对家里人说：这个女人有理有节，我们今后要和她搞好关系，我仔细观察这个女人的相貌，是一个高龄有福的人，我家不能得罪她。

黄玉梅在村里人眼里，是一个树叶子打在头上都怕的人。村里人办酒席，她会主动帮忙，一忙就是几天几夜，不求回报。谁家老人生了病，过大寿，她会备上一份礼，送去一份问候。

日军打进了桃源，烧杀抢掠。黄玉梅二话没说，与李天寿带着全家七口人躲进了一个山洞，长达一个半月，一家人吃山洞里的山泉水，挖山上的野葛吃，就这样，一家人躲过了鼠疫细菌。回到家里，听说常德人死了7600多人，黄玉梅把五个孩子抱在怀里，眼里射出仇恨的目光。

以后的日子里，黄玉梅吃什么东西，都要自己先吃，发现没有问题，才让丈夫和孩子吃。李天寿生了气，说他是男人，他得先吃，万一有个三长两短，你可以把五个孩子带大。

黄玉梅听丈夫这么一说，她哭了，她说上天有眼，让她嫁了两个好男人。

解放后，在陕北的公公谷志大托人寻找谷家是否有后人，得知儿媳黄玉梅在常德桃源活了下来，还生下了遗腹子谷臣祥，过继了一个儿子谷臣华，不禁感叹不已：儿媳妇有心了。

公婆向乙姑托人请黄玉梅回家看一看，黄玉梅带着谷家的骨血谷臣祥回到了家，看到孙女打着赤脚，从常德桃源走到了桑植，婆孙三人抱头大哭一场。

向乙姑找到县政府，诉说儿子女儿惨死的情况，要求为儿媳孙女解决困难。县政府当即为向乙姑批了一些钱，向乙姑拿着钱，去百货商店扯了几丈布，给儿媳孙女做了一身衣裳。黄玉梅脸上露出难色，向乙姑发现了，问是不是有什么难处，黄玉梅说家里还有四个孩子，其中一个姓谷，也是谷家的后，不能厚一家薄一家，手心手背都是肉。

向乙姑沉思片刻，又给儿媳一些钱，说这是谷耀武的抚恤金，就全部用到孩子们身上。

黄玉梅一下跪倒在公婆面前，她得知最小的妹妹谷玉贵躲在山上，因无钱医治离开了人世，一家人只剩下公婆一个人，她对向乙姑说："只要我活着一天，我还是你的儿媳妇，我每年会来看你陪你，我把谷臣祥留在桑植，让她在桑植读书，你也有个寄托。"

向乙姑听着听着，泪一下涌了出来。

一九六五年农历四月，公婆向乙姑离开了人世。

一九七一年农历六月二十二，后夫李天寿离开了人世。

305

一九九六年农历七月初一，黄玉梅离开了人世。临终前，黄玉梅对跪在身边送终的儿女们说："我活到了89岁，我是给你们的红军父亲、红军叔叔、红军姑姑活的。我去了那边后，要把看到的，经历的，告诉他们，他们付出鲜血的党，让老百姓过上了平安幸福的日子，一个没有压迫没有剥削的日子。他们的生命付出得值。"

说完，黄玉梅离开了人世。

黄玉梅走了，她把自己比作一株寄生藤。她的一生，正如现代著名数学家、哲学家和教育理论家艾乐弗雷德·诺思怀特海在他的《自然的经济体系——生态思想史》对一棵树的比喻一样：

一棵单独的树会自动依赖所有不断变化的完全不同的环境状况。大风会阻碍它的生长，气温的变化会使树叶龟裂，雨水会冲刷掉它周围的表土，树叶为了肥力的缘故而剥落并进而消失。你或许可以得到在独特环境中，或者在有人类文明介入的环境中完好树木的单个实例。但是，在自然界中，树木繁茂生长的正常环境则是在森林中的树木群丛。每一棵树可能会失去它自个完美生长的某些方面，但它们会彼此相助以保证继续生存的条件。森林土壤得到保持和荫蔽，其肥力所必需的微生物既不会干焦，也不会冻死，也不会被冲走。一片森林就是相互依存的物种组织的胜利。

文昌卯，中国工农红军红四军医官杨青沛之妻。文昌卯出生于桑植县龙潭坪镇的一个普通农民家庭，经人介绍，与龙潭坪镇毛垭村（今红军村）的杨青沛结识并成婚。婚后二人育有一子，名为杨光地。杨青沛懂医术，为人豪爽热情，在当地颇有名气。1928年，杨青沛受贺龙和红军的感召，毅然从军，在军中用自己的医术救治了不少红军战士。1931年，国民党团防突围毛垭，为给寨里的红军伤员报信，杨青沛惨死苦竹坪。丈夫牺牲后，文昌卯终生未再改嫁，独自抚养她和杨青沛的孩子，最终因长期饥饿和劳累，病逝于20世纪50年代。

文昌卯：矢志不渝守英魂

周桥桥

火种

那是文昌卯一生中最幸福快乐的一段时光。她那时刚结婚不久，丈夫杨青沛与她年纪相仿，是远近闻名的医生，对她温柔体贴，而她也从心底里仰慕着丈夫。家里有几分薄田，两个人日出而作、日落而息地耕种着，杨青沛给人治病偶尔有点收入，他们过得虽不富裕，但足够安稳。没过多久，文昌卯怀孕并诞下一子，取名为地，因其为光字辈，所以唤为杨光地。

1928年，村里来了几个穿长衫、留胡子的生意人借住在杨家。这天杨家祖母胡蓉姑招呼文昌卯过去帮忙，她们把火炕上平时舍不得吃的腊肉割一大块下来，洗得干干净净备炒，又从梁上取下苞谷磨成粉，煮成苞谷饭来招待客人。这几个生意人在杨家住了好几天，文昌卯总觉得他们和自己平时去龙潭坪街上赶场看到的那些商人不一样，少了些精明气，多了份侠士的豪情。

一次，祖母胡蓉姑忍不住问领头的生意人他们是做什么生意的，生意人从长袖衣服里抽出短枪，笑着说："我们是做这个生意的。"在场的杨家人都大吃一惊，文昌卯下意识地躲到了杨青沛的身后，杨青沛轻拍了拍她的肩膀。那领头的生意人说："你们别怕，你们是穷苦人，是我们的亲人！"这才让在场的杨家人松了一口气，经过几天的相处，杨家人自然也看出来他们不是坏人。

晚上，杨家人围着火炕，听生意人讲他们的故事。文昌卯这才知道，领头的叫贺龙，是洪家关人，当过国民党的军长，又是中国共产党领导的南昌起义的总指挥，心底里由衷地钦佩这个人。贺龙又讲起了"三民主义""共产主义"这些道理，讲穷苦人为什么过得穷，那是被大官僚、大地主压迫的……文昌卯不是很懂这些，但是觉得人家说得很好，当过军长的人就是不一样。她这样想着，却发现旁边的杨青沛听得非常激动，还不住地拍手应和"对呀！这就是我们的穷根儿呀！"

贺龙住在毛垭，许多人慕名而来。文昌卯看见昔日平静的寨子逐渐热闹起来，贺龙身边的人马也渐渐壮大。杨青沛很是敬佩这些革命战士，经常和他们在一起，免费为他们治病，并和文昌卯商量，拿出粮食来给战士们吃，收拾出空房间供他们住。

一天，红十八师师长张正坤来找到杨青沛，对杨青沛说："你医术高，又是毛垭人，熟悉桑植一带的地形，我想让你随我们一块战斗好不好？"杨青沛高兴地说："好！只要你们不嫌弃我，我就是肝脑涂地也在所不辞！"文昌卯看着坚定的丈夫，既为他感到骄傲，也为他担心。

"你真的要去当红军吗？"文昌卯问杨青沛。

"对！我当医生，只能救活极少数人，只有闹革命，才能救得了大多数人！贺军长是好人，他领导的红军是真真为我们老百姓着想的，我要跟着他们干！"杨青沛不自觉地握紧了拳头。

"好！你去参加红军，家里和光地儿我会照看好，等着你们胜利回来的那天！"文昌卯的支持让杨青沛很感动，看了看文昌卯，又看了看在外面院子里玩耍，无忧无虑的小光地，眼睛里似是蒙上了一层雾。

守望

杨青沛和张正坤的部队就留在桑植、龙山一带打游击。文昌卯白天带着孩子在地里干农活，每天傍晚收工的时候总是要去村口看看丈夫回来了没有，或是有没有人给他带回点十八师和丈夫的消息。可同时，她又害怕，害怕听到丈夫不好的消息。

1935年，一个雾雨茫茫的早晨，杨青沛带着二十多个红军伤员出现了毛垭。当时，文昌卯刚喂完鸡，正准备做饭，就听见有人进屋了，她回头一看，正是杨青沛。

原来大部队撤走后，红军游击队的日子过得很艰难，部队减员得厉害。为了能让伤兵安心疗伤、补充兵员，张正坤决定让杨青沛带20多个伤员到毛垭疗伤。毛垭村民悄悄将伤员集中到一个比较闭塞的岩洞里。文昌卯和其他村民一起，给伤兵送粮食、在村口放岗，时刻注意着敌人的动静。

杨青沛则经常牵着一匹白马在山林里找草药，然后用白马驮着送到洞中给战士们疗伤。他先后扯来药草为战士们治疗了蛇咬伤、断骨、长脓包、恶瘤、枪伤等病，20多个战士全都康复了。

但危险也正悄然袭来。敌人发现了毛垭藏有红军，派了近百人突然包围毛垭。正在林子里采草药的杨青沛首先发现敌人。为给战友报信并拖延时间，杨青沛临时写了纸条藏在白马的马鞍处，让白马先回去报信，而他自己却暴露并被敌人抓住，吊在茶树上被敌人棒打逼问红军的下落。杨青沛誓死不出卖战友，敌人无计可施，最后将杨青沛抓到了苦竹坪，在一个石头边用乱刀砍死。而那匹白马，也在送信的过程中被敌人乱枪击中，完成送信任务之后伤重而亡。

彼时，文昌卯正在地里干着农活。红军带领毛垭人民搞土改，她们家也跟着分到了几亩地，她想把这些地都种上，可以给红军多送点粮食。

杨家婶儿呼哧呼哧地跑了过来，焦急地对文昌卯说："青沛媳妇儿，不好了！你们家青沛被白军抓住了，你和光地儿也得小心点！"

"你说什么？！"文昌卯只觉得头顶一片晕眩，但很快她就恢复了冷静，连忙和杨家婶儿一起回寨子找杨家几个长辈商量对策。她想着，只要能把青沛赎出来，自己就是砸锅卖铁也愿意！可她等来的却是杨青沛身亡的消息。

给杨青沛收尸的时候，文昌卯抱着被砍得血肉模糊的丈夫的尸体哭得撕心裂肺。她总觉得丈夫只是睡着了，明明青沛出门前还跟她有说有笑，还逗她要多生几个娃，现在怎么就一动不动了？她看着已经无法回应她的呼喊的丈夫，希望这一切都只是一场梦。

给杨青沛入殓的时候，文昌卯细细数了他身上的伤口，一共七七四十九道刀痕。文昌卯只觉得心里面揪得疼。

杨青沛的遗棺在文昌卯面前被泥土一点一点掩埋，文昌卯似乎看见自己世界里的光也被黑幕一点一点吞噬……

坚守

毛娅人跟随贺龙闹革命，被国民党反动派视为眼中钉、肉中刺。杨青沛去世后不久，反动派勾结苦竹坪土匪对毛娅进行疯狂反扑。此时贺龙已经率主力红军到外省开辟革命根据地，仅留下少量驻守部队。国民党反动派和白竹坪土匪很快就进入了毛娅。文昌卯带着孩子和其他村民一起躲在了山上，土匪见没有人，就开始烧屋，村里仅有的23栋房屋被烧掉了18栋半，其中就包括文昌卯家的房子。

房屋被烧，无家可归，又怕遭到敌人的报复，文昌卯就带着杨光地住在阴冷潮湿的岩洞里面，靠着挖野菜、吃野果充饥。正是这段经历，让他们娘俩儿患上了折磨他们整个后半生的风湿病。

就这样过了几个月，文昌卯觉得风声不是那么紧了，就开始去外面砍木料、割茅草，在一个隐蔽的山窝窝里搭了一个茅草棚，把杨光地接到草棚里面住。粮食都跟着屋子一起被大火烧成了灰，文昌卯挖来的野菜、树根、树皮常常不够她和杨光地果腹，她只好把自己的裤腰带扎紧一点，尽量让自己少吃点，多留点食物给小光地吃。

"妈，你怎么不吃了呀？"杨光地一脸疑惑地问文昌卯。

"妈不饿，你多吃点！"文昌卯看着小光地一脸慈爱得笑着。

"我想……"杨青沛牺牲时，杨光地还小，虽然他并不理解死亡的含义，但是听见母亲撕心裂肺的哭喊，看见叔叔伯伯们把父亲抬上山掩埋，他知道他的父亲永远地躺在了黄土之下，他……再也看不到父亲了。杨光地很想父亲，父亲在时，他们有房子住，他和母亲每天都能吃饱饭，还有好多叔叔经常抱他、陪他玩。可是"我想爹了！"这句话杨光地还是没说出口，父亲走后，只要有人在母亲面前说起父亲，母亲总是忍不住抹眼泪，所以杨光地很懂事地不在母亲面前提到父亲，也努力帮母亲分担家务和农活。

"你想要什么？"文昌卯问杨光地，眼睛里冒出了点点泪光，又怕杨光地看见，连忙转过头去，假装在找东西。"光地啊，是妈没用，不能给你买好吃的，你再忍忍，等贺军长的红军打回来，咱们就能过好日子了！"

"好。"杨光地边答应着，边默默地把自己碗里地野菜夹到文昌卯碗里，不再说话。

开春，文昌卯借了些种子栽种起来。毛垭地形崎岖，多高山悬崖，仅有的一些田地都是在陡坡上开垦出来的，并不肥沃。虽然文昌卯每天早出晚归、风吹日晒，杨光地也尽可能地帮忙，但收成还是很难够她和杨光地两个人吃。"有总比没有强！"文昌卯对杨光地这样说，其实她这句话也是在安慰自己。

1935年11月，红军长征出发后，毛垭再次遭受迫害。桑植仇视红军的土匪恶霸勾结国民党，在"诛灭九族，鸡犬不留"的口号下，建立了各级剿共组织，四处活动，见到有嫌疑者抓到就杀。毛垭是贺龙开辟革命根据地的大本营，受到土匪恶霸们的格外重视。他们在毛垭采用保甲连坐法，进行户口登记，一牵连就是好几家，并设立拷问室和捕杀机关，捉到革命群众就用火刑、石磙、刀割等残忍手段进行加害，许多人被活活整死。文昌卯和杨光地被扣上"当过红军，搞过共产党"等罪名，田产被全部变卖，连搭的茅草棚都被敌人放火给烧了。

这是不给人活路呀！文昌卯感到绝望，可是看着身边的杨光地，想到牺牲的杨青沛和那些亲人一般的红军战士，还是努力振作了起来。

文昌卯牵着杨光地再次住回了阴冷的岩洞里，又过起了天当被、地当床的日子。可这一次比上次的处境更为艰难，因为他们连田地都没了，意味着以后都不会有粮食吃了。春夏季倒还好，外面还能挖到一些野菜煮了吃，秋季也能摘到些野果子吃，可是到了冬季，就只能挖树根、剥树皮来煮着吃。由于长期的饥饿和潮气的侵蚀，文昌卯圆润的脸颊和眼眶渐渐凹陷了下去，颧骨突了出来，皮肤也没有了曾经的红润，转而代之的是死灰般的蜡黄。她看着自己瘦得只剩下皮包骨的手脚，知道身体一天不如一天了。"我就是死也要等到红军带领我们老百姓翻身做主的那天才能死得瞑目!"她握紧了拳头,暗暗发誓,一如当年那个决心入伍的杨青沛。

文昌卯终于还是等来了她和杨青沛所期盼的新中国。20世纪50年代初,红军解放了大湘西、解放了毛垭,带领广大人民群众开展打土豪、分田地的斗争,真正实现了中华民族几千年来梦寐以求的"耕者有其田"的天下大同的梦想。文昌卯和杨光地也分到了田地。那天,文昌卯跪在杨青沛的坟前,大声地痛哭起来,仿佛要把她这些年所受的委屈和磨难统统都发泄出来,"青沛,你看到了吗?你的梦想实现了!国家解放了!再也……再也没有土匪恶霸欺负我们了!咳咳……"几个月后,文昌卯躺在床上永远地闭上了双眼。

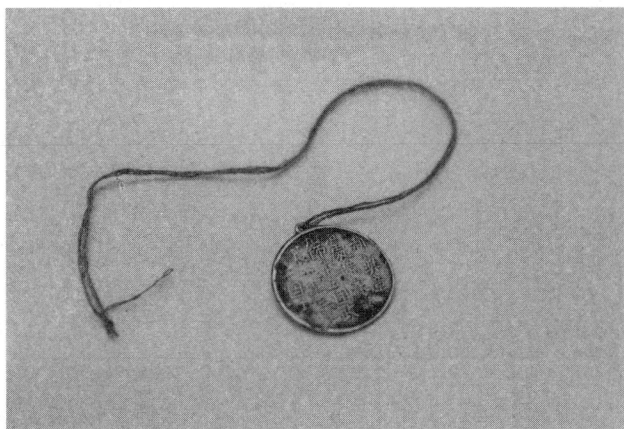

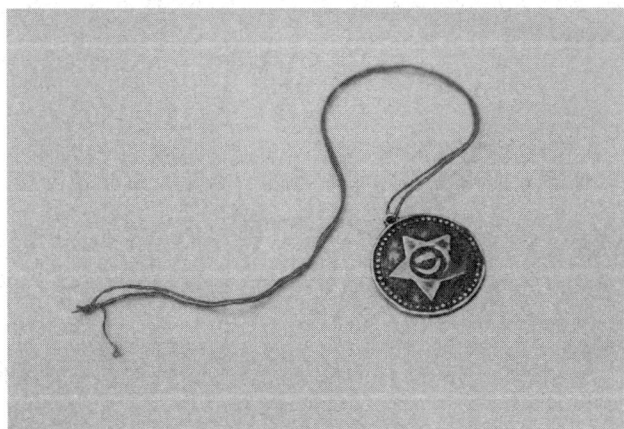

杨青沛参加红军运动会获得的奖章

刘润姑（1915年六月十五—1967年二月十五），中国工农红军桑植模范师战士覃贤兵（1915年9月—2002年）之结发妻子。覃贤兵的亲哥覃贤成（1911—1933）、堂哥覃贤海（1908—1934）、覃梓岗（1912—1934）于1929年参加红军，先后在1933年、1934年牺牲，覃贤兵在1934年8月怀着为兄长报仇的决心参加桑植模范师，1935年2月在朱家台战役中受伤，回家养伤。刘润姑与覃贤兵乃父母指腹为婚，1933年嫁给覃贤兵。无论丈夫是农民还是红军，仍不离不弃，先后于1934年农历六月十五、1936年农历八月初七、1945年农历二月二十八、1948年农历十月初四、1952年农历二月二十三生下大儿覃盛银、二儿覃盛春、三儿覃盛万、四儿覃盛禹、五儿覃盛明。

刘润姑：我在娘胎里就嫁给了很牛的你

王成均　彭美霞

在湘西，一直流传着指腹为婚的习俗，一对对男女还在父母的肚子里，便因双方家长而定下亲事。生活在洪家关泉峪和刘家坪的覃贤兵和刘润姑便是指腹为婚的一对。动荡的年代，让夫妇俩经历了新旧两个时代（民国、新中国），指腹为婚用中华民族数千年的婚姻伦理道德让夫妇二人走过风风雨雨的百年人生。

刘润姑和覃贤兵两个人的年龄加起来，一共活了140岁，其中刘润姑52岁，覃贤兵88岁。覃贤兵比刘润姑多活的36岁是覃贤兵帮刘润姑活的。活着的人以思念的方式圆死者在生的想法，死去的人用休息的方式温暖着活者艰辛而牵挂的岁月。生者与死者是一堵墙，在梦中相传，再续前缘，这便是刘润姑和覃贤兵的红色浪漫。百年人生，刘润姑只观了52年的人生风景，她眼里的风景，只有红军丈夫覃贤兵。

走南闯北，你成长的青少年很牛

刘润姑是听着覃贤兵的故事成长的。小时候，刘润姑的母亲告诉她，你的丈夫叫覃贤兵，母亲在怀你的时候，就订了娃娃亲。母亲说这话的时候，脸色很平静，好像她早就知道自己的女儿要出嫁，要为人母亲似的。可当时的刘润姑才三五岁。

三五岁的女孩子懂什么呢？什么也不懂。母亲说有丈夫就有丈夫吧，反正丈夫没跟她住一起，不会跟她争饭吃，不会跟她抢花衣服穿。每年春节，家里再难，也会置办一桌丰盛的团年饭，给家里的人做一身新衣裳，让家里的每一个人身上沾着喜气福气从年尾走到下一年。丈夫不在身边，不会争团年饭的肉片子吃，不会争穿她的新花衣。刘润姑觉得母亲给她说的丈夫和自己好像没什么关系。

母亲说你丈夫覃贤兵住在泉峪，进县城要经过洪家关的刘家坪，覃贤兵是好是坏，是龙是蛇，从小到大，我帮你看着呢。

母亲说：你还小，我现在替你看着，等你长大了，你要自己守着。

刘润姑听着母亲的话，觉得自己长大了，要看着守着一个大男人，那任务还是蛮重的。

刘润姑十四五岁的时候，就开始看着守着丈夫了。覃贤兵比她大一岁，大一岁的丈夫已经开始走南闯北了，一根扁担压在他的肩上，他挑着一担箩筐把锅巴盐从湖北挑到桑植，锅巴盐换成钱后，他用钱换成桐油、菜油和茶叶，挑往常德，再从常德挑棉花回到桑植。

一年一根扁担挑呀挑，挑走了覃贤兵的稚嫩，挑来了覃贤兵的威武。每次每年，覃贤兵挑着货物从刘家门口走过的时候，会有相好的女伴奔走呼告："润姑，润姑，你的丈夫是前面第四个，你看，他挑的东西好重，腰直直的，一点看不到他累，今后成家了，一定是一个好手。"

覃贤兵挑着东西，听着人指指点点，他顺着声音找人，用眼睛抓人。他的眼睛瞄呀瞄，一下抓到了躲在人群中红脸的刘润姑，覃贤兵的眼睛一下点着了火苗，他冲着刘润姑笑，猛地迈出一步，闪出挑夫的队伍，然后从怀里掏出出门前母亲给他煮的一包鸡蛋，分出五六个，从路边捡来两片桐子叶，把鸡蛋包好，跑到刘润姑面前，把鸡蛋往她面前的地上一放，眼睛再次扫了扫刘润姑红润的脸蛋，再一下跑回队伍归了队。

"覃贤兵疼没过门的媳妇喽。"有好事者喊了出来。

刘润姑的脸一下红了，相好的同伴早已把放在地上的鸡蛋拿了过来，塞进刘润姑的怀里，嬉笑道："没出嫁就多一个人疼，快把鸡蛋吃了。"声音刚落，挑夫队伍吼起了挑夫出门的歌："不怕女儿生得乖／还在火坑呆／不怕男儿生得丑／要在四外走／丑男儿一根扁担走四方／挑起的是家的柴米油盐／一颗颗汗珠掉在地上瓣八块／为的是火坑呆的心脉脉／摸一摸自己的心脉脉／火坑边的心脉脉跳得好厉害。"

起头的挑夫一唱，全队的挑夫挺直了身子昂起了头，刘润姑手里拿着热乎乎的鸡蛋，跳跳的收早已蹿到了队伍中那个给鸡蛋的人身上。

覃贤兵一点也不怯场，跟着队伍唱。刘润姑想从整齐的声音里辩出覃贤兵的声音，她辩呀辩，什么也辨不出来。

她只看到覃贤兵挑着的箩筐好沉好沉，扁担在肩头随着脚步一晃一晃，一晃一晃的扁担惹得箩筐上的棕绳发出"咯吱咯吱"的声音，一颗颗汗珠从那个给鸡蛋的人额头上流下来，落在地上，真的摔成了八瓣，那八瓣汗珠一下溅到刘润姑的心里，刘润姑的女儿心思里顿时装满了牵挂。

刘润姑掏出衣袋里的绣花手帕，塞给相好的女伴，往队伍的那个人瞄了瞄，相好的同伴明白，拿着刘润姑的绣花手帕，快步跑到覃贤兵身边，把绣花手帕往覃贤兵箩筐里一塞，轻声说："刘润姑给的，她说谢谢你的鸡蛋。"说完，"咯咯咯"笑着跑开了。

众人哈哈大笑，吼的歌声更大了："一颗颗汗珠掉在地上瓣八块／为的是火坑呆的心脉脉／摸一摸自己的心脉脉／火坑边的心脉脉跳得好厉害。"

歌声传过来，刘润姑拉着相好的同伴跑得没了影，只有鸡蛋的余香在腮边停留到挑夫的队伍归来。

覃贤兵每次从湖北、常德回来，会给刘润姑带一些女人用的雪花膏，什么国货双妹、友谊、百雀羚，洋货迪安、夏士莲、妮维雅，一份份小盒装的雪花膏，填补了刘润姑的青春记忆。想到丈夫挺直腰杆，用一颗颗汗珠替她换回的雪花膏，刘润姑觉得丈夫很牛。

血染疆场，你红色的青年很牛

刘润姑是结婚后才了解丈夫覃贤兵一家人的。她没想到覃贤兵的家族男丁很兴盛。

覃贤兵的父亲覃绍先是家中的老六，覃贤兵的爷爷覃学达很牛，娶了一个姓罗的女子，生下七个儿子：老大覃绍基、老二覃绍业、老三覃绍兴、老四覃绍统、老五覃绍湘、老六覃绍先、老七覃绍玉，其中老二、老三、老四、老七无后，老大覃绍基配陈氏，生下两儿覃贤泉、覃贤海，老五覃绍湘生下覃贤洲（又名覃梓岩）、老六覃绍先配韦氏，生下三子覃贤成、覃贤兵、覃贤权。

1929年7月，贺龙在桑植组织南岔战斗和赤溪河战斗，声威大振，于7月中下旬在桑植对红四军再次整编，大队、中队改为团、营，全军共4000人，21岁的覃贤海、17岁的覃贤洲、18岁的覃贤成报名参加红军。14岁的覃贤兵羡慕极了，看着哥哥们扛长枪，穿红军服装威风凛凛，覃贤兵内心暗暗发誓，他长大了也要当红军。

覃贤兵不知道当红军是要死人的。亲哥哥覃贤成1929年参加红军，跟着贺龙出桑植上鹤峰，进恩施，战洪湖，一路血雨腥风。每次哥哥覃贤成回到家，覃贤兵会拉着哥哥的手，要他讲红军的故事，在战火中成长的覃贤成会绘声绘色讲述参加战斗的惊险场面。枪林弹雨在哥哥绘声绘色的描述里，交织成男人面对生存、生命、生活的抗争画面，社会和时代变成一张遮羞的布，一个个鲜活的生命不是在社会的呵护下和时代的召唤里迸发激昂的力量，而是没有土地没有粮食没有天空的生存之战。覃贤成没有文化，一年年在红军队伍里的洗礼，让他懂得自己参加的每一次战斗，是为穷苦大众而战，为土地而战，为实现共产主义的信仰而战。战争胜利了，红军指战员会官兵平等，打开地主劣绅的仓库，大块吃肉，大碗吃饭，大口喝酒，浓浓的酒意和烈烈的豪情澎湃红军战士的红色激情，覃贤兵听痴了。战争失败了，战友们的尸体堆成了山，活着的战友会挖开一个深深的坑，十个、百个战友的尸首拥抱在一起，一路行走，黄泉路上不寂寞。覃贤成谈到掩埋战友们的情景，眼眶里浸满了泪，泪水里掩不住对阶级敌人的仇恨。

1933年，18岁的覃贤兵给妻子刘润姑谈起了哥哥，谈起了泪水里的仇恨，他告诉妻子，哥哥覃贤成在小埠头战斗中牺牲了，堂哥覃贤海、覃贤洲也牺牲了，一家人死了三个男人，要他这样窝窝囊囊地活着，他会痛不欲生。他要报仇。

　　刘润姑心里舍不得，不想丈夫去当兵打仗，可她明白一个女人就是一个男人的一片风景，或叶或花或果或树，男人的生命风景独好，女人的风景会天然去雕饰。刘润姑没有文化，没有文化的女人也有收拢和放飞丈夫的手段，这种手段就是柔情似水。会使用柔情似水的女人都是聪慧的女人，她们会自然地流露出一波一波的柔情，让男人的豪情奔放、血脉扩张在一波一波的柔情里停下脚步。

　　刘润姑用一波一波的柔情囚住了覃贤兵的精血，降生的一个个儿子让覃贤兵有了牵挂有了责任。1934年8月，覃贤兵当上了桑植模范师的一名战士，师长吴子义，辖3个团700人枪，负责保卫苏区大后方，主要在龙潭坪、沙塔坪、芙蓉桥、瑞塔铺等地驻防。

　　丈夫覃贤兵参加红军队伍时，桑植苏区的政权建设进入新的阶段，政权从乡开始，再到区到县，丈夫参加的红军走到哪里，政权就建到哪里。到1935年春，全县已建成县城、上河溪、双溪桥、朱家台、罗家坪、新街、洪家关、陈家河、利福塔、瑞塔铺、岩垭、张家坡、两河口、何家坪、廖家村、梅市等16个区及51个乡苏维埃政府，区域占全县总面积的85%以上。

　　丈夫覃贤兵参加桑植模范师的第三个月，红二、六军团发动湘西攻势，再克桑植县城，举行了桑植县第五次工农兵代表大会，选出桑植县革命委员会，即桑植县第五届苏维埃政府，隶属湘鄂川黔省革命委员会领导。代表大会召开那天，丈夫覃贤兵负责大会的保卫工作，他穿着红军军装，扛着枪巡逻在会场四周，刘润姑应邀参加工农兵大会，坐在台下的代表座位上，看到丈夫笔直笔直的身躯，眼神里闪烁着幸福的光泽。刘润姑知道，丈夫当红军是快乐的。参加会议的刘润姑想，这个社会要是没有战争该多好呀，没收地主的全部土地、财产、农具、种子、耕牛和生产资料，登记造册，部分田留作红军用，其余按人平均分配到户，人与人之间没有压迫没有剥削，人人流自己的汗，种自己的田，收自己的粮食，吃自己的饭，刘润姑觉得丈夫跟着共产党干没有错，这个社会应该是这样。

　　大会结束，工农兵代表和红军部队开展拉歌比赛，刘润姑和覃贤兵夫妇俩被两方推选出来，18岁的刘润姑脸上现出美丽的红晕，刚刚当上红军的覃贤兵脸上荡出自豪的雄阔。两人大大方方地走上主席台，刘润姑怀里抱着出生才五个月的孩子，在战火中出生的孩子一点也不怯场，一双乌溜溜的眼睛好奇地望着这个出彩的时代。站在台上的覃贤兵从妻子刘润姑怀里接过孩子，掌声里歌声响起来。

覃贤兵："天上小星挨大星，地上穷人靠红军。父母伯叔兄弟妹，不及红军一般情。灯里无油光不亮，田里无水禾发黄。穷人没有红军靠，一生一世苦难当。"

刘润姑："吃菜要吃白菜心，当兵就要当红军。穷人跟着共产党，黑夜有了北斗星。"

歌声一毕，台上台下齐声道："两人合一个！两人合一个！"

刘润姑道："合一个就合一个。"

刘润姑靠近覃贤兵的耳边，悄悄私语，覃贤兵点了点头。

两人互望了一眼，一首《韭菜掐了又长青》响起在会场上：

> 韭菜掐了又长青，
> 红军杀了又还魂。
> 哥哥死了弟弟上，
> 弟弟死了父亲跟。
> 媳妇在家把儿生，
> 红军不缺后来人。

歌声里，覃贤兵想到了哥哥覃贤成、覃贤海、覃贤洲，泪水一下流了出来。

刘润姑忍住泪，掏出手帕，擦掉丈夫眼中的泪，大声道："哭有什么用，你只管在前线打仗，我在家使劲给你生儿，我们红军部队有的是人。"

刘润姑说完，台上台下的代表们唱起了《扩红歌》："扩红一百，只要一歇；扩红一千，只要一天；扩红一万，只要一转。"

两情相依的火红记忆永远是美好的，也是短暂的，可留在生命里是长久的。1935年3月，丈夫覃贤兵所在的桑植模范师遭到敌兵的伏击，驻扎在朱家台的覃贤兵所在的部队参加了战斗。战斗中，覃贤兵左大腿中了三颗子弹，倒在河水湍急的赤溪河里，鲜红的血染红了河水，从小学会游泳的覃贤兵拖着伤腿游到了岸边，捡回了一条命。贺龙看到覃贤兵伤得很重，吩咐部队安排3块光洋让覃贤兵养伤，待养好伤后再归队。

丈夫覃贤兵是红军战友用担架抬回来的。刘润姑看到丈夫只伤到了腿，她没有流泪，只是握着丈夫的手说："别担心，只要人活着，什么也不怕，有我在，会饿不死你的。"

覃贤兵笑了，妻子刘润姑的话让他吃了一颗定心丸。

养儿育女，你充实的老年很牛

1935年3月，刘润姑的丈夫覃贤兵只当了七个月的红军，便重伤回家，当时，家中的儿子还有三个半月就满一周岁了。

躺在床上，八个多月的儿子覃盛银肉奶奶依偎在覃贤兵的身边，刘润姑坐在床边教丈夫怎样照顾婴儿，她要外出劳动，养活丈夫和儿子。刘润姑当女儿家时跟着婆婆学得一手好豆腐手艺，她做的豆腐柔软绵滑，嚼劲十足。秋冬季节，刘润姑会把做的豆腐切成小块，晾在阴处，任其长霉，发霉过程中，再浸泡自己特制的辣香，一种独具特色的霉豆腐便制成了。在湘西，香辣可口的霉豆腐是开味菜，盛上一碗饭，开口吃一点霉豆腐，那香那辣让每一个人的味蕾开出快意恩仇的花朵。

丈夫覃贤兵回家养伤的时候，催着妻子刘润姑叫来当地有名的草药郎中，他要早早治好伤口，早早回到部队。覃贤兵回家养伤的九个月，贺龙组织红二、六军团打响了陈家河战役、桃子溪战役，取得三天两捷的大胜利，部队发展到1万多人。部队积极配合中央红军，发动湘西攻势，逼塔卧，收复桑植县城，进攻石门、新安，威胁敌重地津市、澧县，顺利完成了策应中央红军的任务。一个个消息传来，覃贤兵如坐针毡，他看到自己的腿伤迟迟不好，禁不住唉声叹气。

丈夫覃贤兵的心思，刘润姑读懂了，她催草药郎中用最好的药。草药郎中是公婆的亲戚，每次来治病，都要去看望公婆，两人低声说些什么。刘润姑感到奇怪，为什么别人治伤，三两个月就好了，可丈夫的伤一天天见好，可就是好得慢。一天，刘润姑路过公婆的房间，听到公婆轻声私语："贤兵儿呀，不是我不想你当红军，是你大哥当红军死了，你又受了伤，我不想你再当红军啦。你的伤好利索了，肯定会去当兵的，我让亲戚把你治成瘸子，我看你怎么去当兵。"

刘润姑一下明白了公婆的良苦用心，把自己的儿子治成瘸子，又有哪个当娘的愿意让儿子一辈子残废呢。刘润姑知道丈夫当不了兵了，她的内心又高兴又内疚。

丈夫覃贤兵的伤是红军长征后第三天好的。覃贤兵得知红军部队已经出发了，看到自己的腿瘸了，覃贤兵不顾母亲的挽留又哭又闹，态度坚决地出发了，他向母亲磕了三个头，望了望又怀胎一个月的妻子，覃贤兵拄着拐杖向慈利、石门奔去。

覃贤兵离开家门的那刻，刘润姑的心仿佛一下子被抽空了，她希望丈夫早早找到大部队，他一个人追赶部队迟早成为敌人追杀的对象。

十天后，覃贤兵回到了家，他哭着说：我拼命赶，还是没有赶上部队，我受伤了，部队不要我了，我成了废物。

刘润姑抱住丈夫，劝解道："谁说你是废物，你永远是我心中最牛的丈夫，我们两个好好过日子，多生娃，贺胡子回来要带兵的。"

红军部队走了，敌人对参加红军的家属和留下的伤员疯狂地进行杀害。

刘润姑带着丈夫、儿子躲在大山里，过起了流浪的生活。穷苦人家的孩子，生命是顽强的，天地间的野菜野果，野鱼野虾也能让一对娘胎里就成了亲的夫妻创造生命的奇迹。

从1936年农历八月初七到1945年农历二月二十八，再到1948年农历十月初四，最后到1952年农历二月十三，刘润姑先后生下4个儿子，刘润姑生育的年龄分别是25岁、30岁、33岁、37岁。为了养活儿子，刘润姑和丈夫覃贤兵拼了命。

刘润姑拼命养活儿子的方式是每生一个儿子，饭食不够，就让儿子吃奶。刘润姑的乳头，每个儿子一含就是三五年，儿子喝奶长得壮壮实实，而刘润姑则被儿子们喝得枯瘦如柴。白天忙地里，夜晚忙砍猪草，家里再苦再累，也要在年关杀一头猪增加一下儿子们的油水。

覃贤兵拼命养活儿子的方式是做手艺。解放前，洪家关逢一、逢七赶场，覃贤兵会打草鞋、扎扫帚、织篾货、做霉豆腐，场场不落空，赶场归来，覃贤兵会买回几个油盐粑粑和米糕粑粑，温暖儿子们香香的童年。

一年又一年，儿子们大了，刘润姑和覃贤兵忙着给儿子们成家立业。大儿娶了媳妇二儿娶，二儿娶了媳妇三儿娶，三个儿媳妇接进门，一个个孙子孙女降生于世，刘润姑忙得幸福，忙得快乐。共产党得了天下，丈夫虽没有跟着去长征，可丈夫跟着共产党闹过革命。共产党打下的天下，有丈夫流过的血，刘润姑挺直了腰杆。

　　1967年闰二月十五，52岁的刘润姑很想给四儿五儿也娶上媳妇，可她的身子熬不住了。这一天，她拉着丈夫覃贤兵的手说："对不起，对不起，我的父母在怀我时，就把我嫁给了你，本来我要陪你一百年的，可我没有这个命，只能陪你52年。我走了，你再找一个妹妹。"

　　覃贤兵说："你在娘胎里就嫁给了我，我要一辈子把你暖在心中，你人在，我陪你，你人不在了，我把你装在心里。你放心，我会给四儿、五儿娶上媳妇的，我会把孙儿孙女们带好的。"

　　刘润姑走了，走在共产党带领全国人民探索走社会主义道路的时代里。

　　刘润姑的丈夫覃贤兵带着妻子的心愿活到2002年。妻子走了，覃贤兵每年会在清明节、春节、妻子的生日、忌日，来到她的坟头，诉说家里的际遇、社会的发展。他告诉妻子，他已带了20个孙子孙女，每个孙子孙女健健康康。

　　覃贤兵临终前，握着二儿子覃盛春的女儿覃湘菊的手说：我死了，有一件事放心不下，我们家的霉豆腐，红军战士喜欢吃，首长喜欢吃，乡亲们喜欢吃，你要把这个手艺传下去。

　　覃湘菊点了点头，临终遗言的分量，重如千斤，一下压在覃湘菊的肩上。

段根根（一九〇八年农历六月初七—一九九六年农历正月初六），中国工农红军红三军红军情报人员瞿光农（1906年—1933年）之结发妻子，桑植利福塔镇水儿湾人。段根根20岁嫁给参加红军的瞿光农，生育儿子瞿心红、女儿瞿爱红。为了做到知己知彼，身为共产党员的瞿光农打入敌张东轩部担任文书，并多次为红军提供情报。红军开展肃反运动，瞿光农被红军误杀，旋即平反。同年，其一儿一女也相继去世。段根根和公婆李友姑一年内死去三位亲人，婆媳俩终日以泪洗面，双双哭瞎了眼睛。族亲、豪绅麻三公知婆媳孤弱势单，便动了卖掉段根根给地主做小，侵占其家三亩水田的心思。婆婆李友姑奋起抗争，做通段根根的思想工作，招来族弟瞿光虎上门坐堂，二人生下长女瞿贞元、二女瞿车银、三女瞿玉英、儿子瞿扬显（七岁时出水痘夭折），断了族内豪绅麻三公的贪念。

段根根：三亩水田的保卫战

王成均

1927年2月12日，时间过去了90多年，位于武汉市武昌都府堤41号的那座典型的晚清江南风格民宅的一间卧室，油灯还在亮着。灯下，毛泽东正根据自己1月4日到2月4日，行程700公里，足迹踏遍湘潭、湘乡、衡山、醴陵、长沙5个县的实地考察经历，奋笔疾书。正临近分娩的杨开慧根据毛泽东的写作提纲，夜以继日地整理文件，抄写材料。在杨开慧的全力配合下，一部长达2万多字的《湖南农民运动考察报告》诞生了。毛泽东没有想到，三年后，他的这本《湖南农民运动考察报告》会影响一位桑植文人瞿光农投身革命的洪流。这位文人一次次精读《湖南农民运动考察报告》，对"推翻祠堂族长的族权和城隍土地菩萨的神权以至丈夫的男权"一章大为欣赏。"中国的男子，普通要受三种系统的权力支配，即……女子和穷人不能进祠堂吃酒的老例，也被打破。"他相信写出这篇文章的毛泽东一定会成为一个伟人，跟着这样的共产党闹革命，一定会成功。在三年后，瞿光农献出了宝贵的生命。他的母亲和妻子也受到这篇文章的影响，挺起了腰杆，向着毛泽东在文中提到的"四权"（政权、神权、族权、夫权）发出挑战。这个挑战是三亩水田的挑战。

三亩水田藏幸福，段根根乐意当红嫂

段根根是在红四军打响南岔战役的前夕嫁给瞿光农的。段根根嫁给瞿光农，是看中了瞿光农家的三亩水田。每年，公婆李友姑精耕细作三亩水田，都有上千斤的谷子。一个家庭，一年有上千斤谷子进仓，沉甸甸的谷子装在仓里，那可是踏踏实实的日子。段根根嫁到瞿光农家前，想不通的是公婆李友姑舍得让唯一的独苗跟着共产党闹红。闹红可不是好玩的，搞得不好，脑壳就掉了地。

段根根知道嫁的男人瞿光农在利福塔有名气，一手文章写得是穷苦百姓喜欢，土豪劣绅憎恨。穷苦百姓遇到霸田霸地，良善被欺，瞿光农会一纸状词让偏袒土豪劣绅的衙门不敢徇私，名气大了，衙门讨好，土豪劣绅笼络。族里劣绅麻三公对瞿光农家的三亩水田垂涎三尺，可陷于瞿光农的名气，他不得不压住自己的贪念。

麻三公晓得瞿光农跟着贺龙闹革命，要想夺取三亩水田，天时地利人和都不具备，他要忍。

段根根嫁到瞿光农家，看到新婚丈夫忙得没日没夜。新婚三天，不是当红军团长的舅舅李少白命令他三天不准出门，他肯定又忙红军部队的事去了。

新婚三天刚过，段根根从女儿家变成女人家，幸福的红晕还没有褪去，丈夫就要去参加南岔战役。段根根对夫家是满意的。嫁到瞿家，段根根顿顿吃上白米饭，公婆李友姑把粮仓的钥匙交给了她，让她当家。丈夫带着她来到三亩水田边，指着吐穗扬花的稻田，语重心长地说："我为什么要参加红军，因为红军是穷苦大众的队伍，是让全天下的穷苦大众有田耕，有饭吃的队伍。存一点私心，我想保住祖先的三亩水田这份祖业，让一家人安心过日子。"

段根根望着三亩水田，一株株稻穗在阳光的照射下，吐出黄嫩色的牙粉，微风吻过，牙粉与谷穗软软轻语，腾起一地的幸福。段根根痴了，她理想的日子就在面前，一个爱她疼她的丈夫知冷知暖，一丘弯弯的水田藏金纳银，稻花飘香。段根根对丈夫说，种了稻，她想种上油菜，春季一到，三亩水田开满金黄色的花，油菜地里，生长的细嫩细嫩的猪草可以养大一头猪。丈夫瞿光农笑了，他对娇妻说：家里的事你们婆媳俩做主。

瞿光农走了，投入到紧张的战斗中，一忙就是大半个月。

这年6月中旬，蒋介石抵长沙，电令驻辰州独立十九师陈渠珍召集桑植、大庸、永顺、慈利、石门、鹤峰、五峰、宜恩、来凤、咸丰等县的地主武装，配合国民党正规军吴尚、戴天明两师，对贺龙领导的红四军进行四面"围剿"。瞿光农是红军部队的文书，要起草各种文件，发布各种战斗指令。6月下旬，陈渠珍部向子云团副团长周寒之率2000余人逼近桑植。红四军开会，会议精神从上面传达到连队、排班，瞿光农要做好记录。很快，部队经过反复计议，决定使敌背水作战，聚而歼之。6月底，周寒之率部从永顺出发，经碑里坪、水田坪占领了南岔。7月1日从渔潭口、南岔、龚家嘴横渡澧水向桑植县城推进。贺龙采取诱兵之计，先让敌人渡过澧水，迫其背水作战。在敌过河之后，贺龙急命第二团与敌人保持接触，利用有利地形，且战且退，牵着敌人的鼻子走，敌在我有计划的阻击下，进展缓慢，自上午9时至下午2时才进至吴家坡地区，敌军伤亡不少。这时，贺龙命令预先集结在桑植县城附近待机的红四军第一、二、四团和特务连，从八斗溪西北方向向敌发起反击。敌人被打得晕头转向，仓皇后撤。红军猛打猛冲，追到澧水岸边，敌渡河不及，大部被歼，周寒之被击败。

战斗结束，瞿光农回家把喜讯告诉段根根，段根根问："一千多人全打死了？"说着拍了拍胸道："我的天天，一千多人呢！"

瞿光农说："这就是革命，穷苦百姓要过上好日子，就要拿起枪杆子跟敌人干，建立自己的武装政权，自己当家做主人。"

段根根说："你是男人，是家中的顶梁柱，你要保护好自己。家中没有男人，就会有人打主意。"

瞿光农说："我会保护自己，保护家人的。"

丈夫的承诺，段根根听进了心里，她没有告诉丈夫，肚中的孩子已有一个月了。

段根根很想把丈夫留在身边，三亩水田，一只看家的黄狗，一头膘肥体壮的黄牛，还有二三十只鸡鸭，猪栏里养着的两头肥猪。平日里，只要有人来家里，段根根会好酒好饭招待，来人要是想借钱物，段根根会经公婆李友姑同意后，满足其要求。公婆李友姑等来人走后，问媳妇为什么这么做。

段根根告诉公婆："这世道乱得很，一些穷苦人家逼得没有活路，要么借粮度日，要么暗抢糊口，我们平时多积点德，就会少遭一点难。你没发现，许多大户人家被抢，就是因为平时为富不仁。"

段根根的话，让公婆觉得娶上这个儿媳妇，是他家上一辈子修来的福分。

丈夫瞿光农结了婚，像山里的鹰飞来越去，一批批敌人就是他和红军部队的猎物。瞿光农一会儿湖南，一会儿湖北，一会儿贵州，一会儿四川，跑了数不尽的码头，钻了无数个山头。段根根一年四季，有了时间，就给丈夫纳千层底布鞋。

千层底布鞋厚实，软和，丈夫穿上舒服。丈夫瞿光农是个汗脚板，一用力，就出汗。段根根四处打听治汗脚的方法，从一个老郎中那里打听到河柳皮和山上的尿树皮吸汗除臭，段根根便备了些，放进布鞋里，没想到真灵。

媳妇对自己的好，瞿光农感受到了，他一有时间，便回来陪陪母亲和媳妇，讲讲部队的见闻，渐渐地，段根根的视野开阔了。

结婚第二年，段根根给瞿家生下大儿子瞿心红。第三年，段根根给瞿家生下第女儿瞿爱红。

有男人有孩子，有田地有粮仓的日子真幸福，段根根觉得自己是糠箩箩里跳进了米箩箩里，穷窝窝闪进了福窝窝里。

段根根知道丈夫和丈夫的战友们是每天提着脑壳走路的，她疼丈夫，也疼丈夫的战友们。粮食丰收了，段根根会做许多阴米炒米，让丈夫回家带给战友们吃，带给红军首长吃。段根根认为，红军战友和首长吃了她做的阴米炒米，会走路有力气，打仗有力气。人活着，家才有希望。

三亩水田有信仰，段根根忍辱当红嫂

中国共产党坚决地领导贫苦农民向着封建土地制度猛烈开火这个事实，

使广大农民迅速分清国共两党和两个政权的优劣，极大地调动了他们支援红军进行革命战争，保卫和建设根据地的积极性。

瞿光农跟着贺龙加入了共产党，见证了湘鄂边革命根据地的成长。桑植与湖北交界，两省边界线长达数百公里，绵延起伏的群山峻岭让红军有了活动的空间。瞿光农是军队有文化的人，红军为什么能够在桑植生存发展下来，就是因为桑植是敌人力量相对薄弱的地区，地形和经济条件有利的区域，红军部队灵活机动，可以给盘踞在本地的敌人以打击。

瞿光农能文能武，舅舅李少白是红军团长，红军部队首长考虑到桑植敌团防势力分散多而不众，他们割据一方，鱼肉乡邻，平时互相之间钩心斗角，一旦上面要求围剿红军，便迅速合拢，形成不可忽视的战力。于是决定安排一个人打入敌内部，及时传递情报。部队首长对打进敌内部的人员慎之又慎，既要有坚定的政治自觉，又要有坚决的政治信仰，选来选去，组织选准瞿光农，并安排他打入敌团防张东轩部。张东轩部驻扎县城，水路陆路交通便利，可第一时间传递情报。

组织找到瞿光农谈话，要求他记住一点，保密保密再保密，关于自己的身份，哪怕是自己的亲人也不能告诉，组织与他进行单独联系，对内对外宣称吃不了红军苦，已被红军开除了。

瞿光农没想到打入敌人内部，要对自己进行身份的割裂，从一个支持参加红军的坚定战士化身忍受不住红军清苦、贪图荣华富贵的逃兵，他自己也过不了这个坎。

当红军战士押着瞿光农回到利福塔瞿家台老家，并由红军公布其"罪行"，开除出红军队伍，段根根惊呆了，公婆惊呆了，段根根抱着2岁的儿子和满月的女儿不知所措。

红军战士走时，也假戏真做，用枪托砸了瞿光农一顿，砸得瞿光农遍体鳞伤，真正在床上躺了半个月。

驻扎在县城的张东轩闻听，三次派人拉他入伙，担任师爷，每月大洋3块，瞿光农半推半就，应了这份差事。入职前，瞿光农提出一个要求，张东轩要保证他家的三亩水田不被红军没收，不准豪强侵占。

张东轩答应了。瞿光农正式入职那天，张东轩骑着高头大马来到瞿家台，安排八抬大轿请瞿光农进城，张东轩当着利福塔的乡邻放话，瞿光农迷途知返，改邪归正，是他张东轩的师爷，谁要打瞿光农的主意，夺瞿光农的家产，他张东轩会枪子说话。

红军为了坐实瞿光农的通敌身份，还安排红军团长李少白来到姐姐李友姑的家，姐弟俩大吵一架，扬言老死不相往来。一连串的事实让敌人放下了对瞿光农的戒备之心。

瞿光农先后给组织提供石门罗效之团防欲在石门县土地垭伏击红军、敌李宗鉴新七旅陈运夔团一营在沙县合围、永顺县桃子溪一带驻有陈渠珍部周燮卿旅等情报，有效的情报让红军部队打了一个个胜仗。

段根根想不通，丈夫瞿光农对共产党贴心贴肉，怎么一下就被开除出红军队伍了呢？丈夫被开除出红军队伍，性格一下变了，他再也不讲自己在红军部队的趣事，也不谈国民党团防里面的事，做人也神神秘秘起来。他白天去张东轩团防做事，喜欢跟骨干打成一片，吃肉喝酒讲粗话，晚上爱上了钓鱼，桑植只要有河流，就有他夜晚钓鱼的身影，钓到大鱼，他会送给张东轩家里吃。张东轩爱打牌，没时间做鱼，瞿光农就下厨房做鱼，吃得大家高兴。谁也不会知道，瞿光农夜出钓鱼，就是送情报的时间。

张东轩外出开会，最喜欢讲自己把红军人才瞿光农收为己有的事，他对人说：共产党不是讲信仰吗，我就把瞿光农改造，变成他们的反面教材。

瞿光农打入敌人内部传送情报都是绝密行动，知道的人少之又少。瞿光农投靠张东轩的事遭到许多革命群众举报。1933年1月初，湘鄂西中央分局在毛坝举行会议，贺龙、关向应按王店会议精神提议恢复湘鄂边苏区，以鹤峰为后方，向比较富庶的湘西发展，首先占领桑植，为部队取得一个适于休息整顿的地区。夏曦同意恢复根据地，但借口部队内部不纯，主张在红三军中进行"清党"，并继续"肃反"。不久，红三军占领桑植，夏曦未经分局集体讨论，就擅自决定"清党"。红军占领桑植，张东轩把部队拖走了，因时间紧，他没有顾得上回家的瞿光农。滞留在家的瞿光农一下吸引了肃反队的注意。手下了解瞿光农每天回家居住，还有夜里钓鱼的习惯，便设计捉拿了他，进行严刑拷打，交代脱离红军的罪行，并说出被开除出红军队伍为什么不开除党的原因。

敌我双方交织的复杂性，让瞿光农时时保持高度的警惕，他的心中只有组织，红军肃反实行酷刑，瞿光农生死不说，只要求见一个人，肃反工作人员说你说的人也在审查，瞿光农知道自己没有说理的地方了。肃反工作人员认为瞿光农死硬，报告上级，对其执行枪决。

自己的部队对自己执行枪决，瞿光农很想自己的直接领导把他救出去，他信仰的共产党事业还有许多工作需要他做，他就这样不明不白地死去，他不甘心。

丈夫被红军枪决了，段根根听到消息，告诉公婆李友姑，李友姑一下哭晕过去，这可是她养老送终的独生儿子。

婆媳俩把瞿光农送上山，三岁的儿子瞿心红和一岁的女儿瞿爱红在新坟前行了孝子礼，没想到一回家就生了病，病生得又怪又急，没五个月，两个孩子便随瞿光农去了。

一年内，家里死了三个人，段根根哭，公婆李友姑哭，婆媳俩很快把眼睛哭瞎了。

段根根有了随丈夫、儿子女儿一起死的心。段根根想到了上吊、吃老鼠药、割手腕、跳水、跳悬崖、一把火烧了自己等死法，公婆李友姑发现了儿媳妇想死的苗头，她抱住儿媳，说：你死了，我怎么办？我晓得我儿子是冤死的，我们要活着，给他申冤，他不能死得不明不白。

李友姑的话惊醒了悲痛欲绝的段根根，她知道自己不能死。一个人活在世上，连死都没有选择，那是一件多么痛苦的事情。

三亩水田定乾坤，段根根招郎守红魂

"瞿光农被红军镇压了，是不是搞错了。"消息传到瞿家台瞿家族绅麻三公耳里，他惊得跳了起来，他感叹一句："天助我也，那三亩水田终于到我手里了。"

麻三公知道瞿光农死了，剩下两个女人成不了气候。他知道瞿光农不再是张东轩请去的人，自己想侵占瞿光农的三亩水田，还需要张东轩首肯或默许。

麻三公给张东轩备了一份重礼，看在礼物的份上，张东轩见了麻三公。麻三公说明来意，张东轩沉思半刻，对麻三公道："瞿光农是我的人，被红军杀了，他的两个孩子也死了，一家人剩下两个寡妇，你想要他家的田，我于情于理都是不赞成的。你要强夺，我装作不知道，但如果瞿家老娘和媳妇找我求情，我是要有交代的，我会对她们婆媳说，你们两个是外人，要想守住三亩水田，需要瞿家有香火继承。"

麻三公连声道："这事不用你出面，我能解决。我想对瞿家婆媳提一个要求，三个月内必须添人进口，不然水田归族里。"

张东轩没有吭声。麻三公看了看张东轩的脸色，便返回利福塔，找到婆媳俩，说了想法。

麻三公想吞自己家的三亩水田，李友姑和段根根是明白的，听到麻三公说要家里三个月添人进口，李友姑一下懂得了麻三公的险恶用心。

李友姑也是个眼睛里进不得沙子的人，她当即发了话：不要三个月，我七天内就添人进口，我家的三亩水田我守定了，除非有人把我们婆媳俩弄死。

麻三公一听，恼羞成怒："谁想弄死你们？你们都是外姓人，凭什么霸着瞿家的三亩水田，三个月没添人进口，我会给瞿家媳妇找一个好去处，正好建兴岭伍家地主最近要找一个小。"

段根根一听，气上心来，丈夫走了，儿子女儿死了，她眼睛哭瞎了，看人看物只有一个影子，走路不得不借助棍子。她听到麻三公说想把自己卖给地主做小老婆，她扬起手中的棍子朝正在说话的麻三公的影子打击，边打边骂道："这是什么世道，丈夫死了，儿子、女儿死了，活着的人还有人要逼死，我今天不活了，你麻三公有种，就把我们两个瞎子害死吧！"

麻三公没想到段根根是这么个烈性子。他躲过段根根的棍子，边走边恨恨地说："好，我等着，七天内，你家没有添人进口，我会把你卖掉！"麻三公一走，婆媳俩抱头痛哭。

李友姑告诉段根根，要想保住家里的三亩水田，就要从瞿家找一个男人，来家里坐堂，瞿家有一个传统，哥哥兄弟死了，家里没有结婚的男子，可以按长幼与这个死了丈夫的女人结婚，传宗接代。

段根根说："我生是瞿家人，死是瞿家鬼。瞿光农死得不明不白，我要等到有结果的那一天。我愿意招瞿家人坐堂，好为瞿光农留个后。"

三天后，没出五服的堂哥瞿光虎按风俗进了门。

麻三公想反悔，张东轩带了话：谁敢断瞿光农的香火，让婆媳俩没有活路，他张东轩会让做事不讲规矩的人没有活路。

李友姑和段根根听别人透露了消息，婆媳俩抱在一起："苍天有眼，我们家的三亩水田保住了。"

瞿光虎与段根根结了婚，结婚那天，段根根挂着棍杖带着瞿光虎来到瞿光农的坟前，段根根跪了下来，瞿光虎也跪了下来。段根根哭着对瞿光农的坟说："光农啊，我与你哥光虎结婚了，我没有办法，要想守住家中的三亩水田，我只有这么做。"

瞿光虎说："兄弟，我会照顾好友姑妈，会让你有香火的。有了瞿家香火，麻三公再也霸不走家里的三亩水田了。"

1934年7月，大女儿瞿贞元出生了。

瞿光农去世的第二年，贺龙要带领队伍长征了，出发前，他派来了人，悄悄告诉段根根，瞿光农是打入敌人内部的红军战士，他是被错杀的。段根根和李友姑听后，大哭一场，心也从此放了下来，来人送来了二十块大洋。

1938年冬月，二女儿瞿东银出生了。

1942年6月，儿子瞿扬显出生了。

1947年闰二月，三女儿瞿玉英出生了。

段根根的女儿瞿玉英和女婿吴其义

　　吴远梅（1896年四月十三—1965年八月初一），中国工农红军红四军战士邓章清（1896年—1928年8月）结发妻子。吴远梅是南滩草原高岩桩人，1920年嫁给白石村的邓章清，夫妇俩生育一子邓大如（1924年四月二十七日—2004年冬月二十三）。贺龙于1924年至1927年转战于四川、贵州、常德、津市、澧州，作为儿时伙伴的邓章清一直追随其后当伙夫。1928年8月，贺龙部队驻扎石门，邓章清请假回家省亲后返回部队，在路经湖南石门罗坪野猪溪时惨遭敌杀害。吴远梅请人运回丈夫尸体的当夜，通宵达旦把丈夫抱在怀里，把丈夫送上山安葬后，时年32岁的吴远梅与公爹把年仅三岁的儿子抚养长大，为儿子娶媳钟彩玉（1933年四月初二—2010年冬月二十四），照看七个孙子孙女，孙子（邓忠安、邓忠辉），孙女（邓忠秀、邓神莲、邓红月、邓月秀、邓红有），只有最小的孙女邓红霞、孙子邓忠玖没有见到。

吴远梅：一滴令天地亲情动容的南滩露水

王成均　朱义政

　　在中国四大古典名著之一的《红楼梦》中，作者曹雪芹是这样让林黛玉和贾宝玉因这个关系出场的。

　　"西方灵河岸上，三生石畔，有绛珠草一株，时有赤瑕宫神瑛侍者，日以甘露灌溉，这绛珠草始得久延长岁月。后来绛珠草修成了人。听说神瑛侍者要下界，绛珠草也要下界，为的是要报答神瑛侍者的恩情。

　　神瑛侍者降世时变为宝玉，嘴里含着一块玉，这块玉便是女娲补天时剩下的那块石头，石头能大能小，思慕凡尘，一僧一道将其变成了美玉，含在宝玉嘴里下界历劫。"

　　作者之所以原文一字不少地摘录下来，就是在湖南南滩国家草原自然公园，也有这样一对恋人，他们是红嫂吴远梅、红军丈夫邓章清。在中国共产党的集体道德记忆谱里，他们夫妇是以仁人爱物，天下为公，舍我其谁、乐于奉献的小草露水形象出现的。夫妇俩结婚七年，生活在一起的时间不足一年，不识字的他们没有读过初唐骆宾王的《咏蝉》："西陆蝉声唱，南冠客思深。不堪玄鬓影，来对白头吟。露重飞难进，风多响易沉。无人信高洁，谁为表予心？"也没有听到过宋代词人杨炎正《诉衷肠》："露珠点点欲围霜。分冷与纱窗。锦书不到肠断，烟水隔茫茫。征燕尽，塞鸿翔。睇风樯。阑干曲处，又是一番，倚尽斜阳。"可他们用自己的一生诠释人类向善、求善和行善的道德生活经历，摒弃人类向恶、求恶和作恶的道德生活经历。

那一天，我以一滴露水的身份融入你小草的生命

南滩，桑植县一块与天隔得最近的草山草坡，海拔千米的高山草坡吸引着不同姓氏的民族来这里开荒拓土，建设家园。中国的百家姓邓氏便是其中一个。在邓氏的影响下，吴氏、金氏、钟氏、王氏、张氏、吕氏纷纷而来，构筑了一个以天为邻以草为生，以草为富的数千年南滩草原家园。

月朗之夜，坐在南滩数千个山头的任意一个山头，天空成为一个圆圆的食饼，数千数万数亿颗星星沾在食饼上面，让人感受大自然母亲的神秘莫测和生机盎然。朗月之下，一棵棵小草把自己的根系深深扎进土地，大自然母亲赐给小草的露水坐在草片上，一株珠露水早已把小草视为自己的家，当成心爱的情人，于是有了心的羁绊，爱的惆怅。

"有意思，真的有意思"，吴远梅望望天，冒出一句"天上一颗星，地上一个人"。看看地，一句"人生一世，草木一春"闪了出来。再想想自己，她把祖先传下来的俗语"女人活在世上，就是一滴露水"念了出来。吴远梅坐在南滩的一个叫高岩桩的地方，轻轻地念着老祖宗传下来的这些话，望望天上的星，看看草尖的露水，眼眶里有了露水。

1896年的中国社会，时时处处弥漫着衰落的气息。第一次、第二次鸦片战争，西方列强迫使清朝廷签订一系列不平等条约，统治者把赔款的压力分摊到全国老百姓身上。住在南滩草原的人家也每人分到了一两白银的赔款，西方列强用人人有份的屈辱给中华民族留下了深深的烙印。吴远梅就是在这个时候出生的，与天相邻，与白云相伴的南滩，带给吴远梅的童

年记忆是孤独的。大片大片的草地，大座大座的山一眼望不到边。吴远梅感到很孤独，草不会与她说话，大山不会与她说话，家里喂养的牛羊鸡狗不会跟他说话。父母长年累月过着朝出晚归的生活，他们要忙着把家里的种子播下去，趁着南滩四个月的好天气，让种子早早生根发芽开花结果。玉米、洋芋、红薯、萝卜、辣椒、北瓜、冬瓜、苦荞都要赶时间，南滩的春夏秋冬，不是按季按月来的，而是按天来的。春天，大自然母亲只给76天，夏天，只给76天，秋天，只给90天，冬天，格外宽厚则给了123天。父母之所以要这么忙，就是想用好的收成换来人平一两白银的赔款，家国一体在这时格外真实。

从小到大，吴远梅感觉一年的时间就是年头忙到年尾，忙得大人没有时间关注一滴露水的生活轨迹。南滩住在高高的山上，早晚云雾缭绕，房屋常年潮湿，房屋的四周又建了许多猪栏牛舍羊圈，鸡舍也藏在房屋的地板下，于是给虱子跳蚤提供了产床。虱子跳蚤是活在人间最无德的生命，它们和蚊子一样，以吸食人和动物的血液为乐。从小到大，吴远梅生活在虱子跳蚤的骚扰里。虱子藏在她的头发里繁衍生息，跳蚤躲在她的衣服里得意忘形，蚊子呢，会在春夏秋三个季节张牙舞爪。童年时，母亲会帮吴远梅捉虱子，用山上的一种药草熬成毒汁药死跳蚤。至于蚊子，母亲则用蚊帐让蚊子发出无可奈何的叹息。母亲给女儿捉虱子药跳蚤时，会告诉女儿："女人在世，就是一滴露水"，学会躲藏在阴凉处，避免阳光的照射，露水的生命会更长更长。一个女人活在世上，要学会隐忍，学会保护自己的男人，让自己的男人活在一棵树，高大的树木会遮阴，女人躲在阴凉处，露水的生命会无限的绵长。住在南滩高岩桩的吴远梅家里开了许多许多的地，许多许多的地一眼望不到边，父母和家里人忙不过来，吴远梅一懂事，也开始忙起地里的农活，吴远梅长到十六岁，父母亲便安排一个叫邓章清的后生来地里干活。吴远梅明白父母的用意，南滩古往今来流传的习俗，家中的女儿长到十六岁，家里人便招来一个后生做农活，做到女儿出嫁，这个后生便成了女婿。

吴远梅16岁，邓章清18岁，地里的农活做了三四年，吴远梅和邓章清在劳作中相识相知相恋了。南滩的青年后生相恋一点也不浪漫。邓章清会在秋天，来到山上采摘好吃的八月瓜，野猕猴桃，堆成一座山，送给吴远梅吃，吴远梅会把邓章清的汗褂脱下来，用南滩的水洗了一遍又一遍，洗出南滩青草的香味。

邓章清不会嫌弃一株露水吴远梅头上的虱子，吴远梅不会嫌弃一株小草邓章清身上的汗骚味，两颗心在一次次眼光的对视里分不开了，双方的父母知道一切都水到渠成了，两家人便开始谈婚论嫁起来。

吴远梅感谢祖先留下的文明，从小到大，祖母、母亲用口传心授的方式把这些文明播种到自己的心地上，让没有读过一天书的吴远梅，在南滩这个社会大学堂里吸取到了人间的真智。

明天，吴远梅有一个美丽的身份：新嫁娘，大红大红的嫁衣穿起来，大红大红的红盖头盖起来，吴远梅将成为南滩的主角。吴远梅的父母、哥嫂、弟妹，嫁给白石的邓家父母、哥嫂、弟妹，都会把目光聚焦到她身上。她嫁到白石中柱坪的邓章清虽然以新郎官的身份出现，可他也是吴远梅的配角，吴远梅出场了，邓章清才会出场。

在吴远梅眼里，邓章清是南滩的一株草，白云里发芽，白云里吐出嫩绿，天上的阳光、雨水、狂风、闪电不甘心邓章清活得绿意盎然，会一次次打击他的成长，践踏他的尊严。邓章清没有理会，他把他们视为太阳神、雨神、风神、雷神、火神，神是不能亵渎的，邓章清以一株小草的生命迎接一个个大神小神的考验，邓章清长成标致的后生仔了。

长大的邓章清以一株小草的生命等待吴远梅这滴露水的垂顾。于是，南滩草原的高岩桩和南滩草原的白石中柱坪，因为一株小草和一滴露水，便有了爱的记忆，家的回忆。

南滩草原面积18万亩，一个山头连着一个山头。春天来了，一株株小草从土地上钻出来，千百万株小草从土地上钻出来，铺成了天地间好长好宽好波浪起伏的草海。一个个村庄因草海而居，一个个人儿像小草一样生生灭灭。吴远梅生活的时代，处于晚清和中华民国过渡时期，她和要嫁的男人生活在南滩草原，地大物薄的现实条件，让她沿着自己的轨迹，忙碌着每天的农活，盘算着每天的柴火油盐、生老病死，女嫁男娶传承着千百年来的烟火气。

高岩桩和白石中柱坪距离很短，一个山顶一个山腰。早晨，白石的云从山腰爬起来，走到山顶，白云里有牛羊粪的香味，那是吴远梅的夫家捎来的味道。吴远梅会等待邓章清捎来的白云散开，把栏里的牛羊赶到山坡上。一群群牛羊走到草丛间，大口大口吃起嫩草和嫩草上的露水。吴远梅和邓章清会有一种切肤之痛，他们以一株小草和一滴露水的形式存在。当栏里的牛羊沉浸在吞食他们生命的感动时，吴远梅和邓章清便知道了结果，牛羊们会用它生命的肉食回报舍身之恩。

吴远梅是以一株露水的身份走近邓章清的，邓章清是以一株小草的家园盛着吴远梅这滴露水的。两个人一起没多久，便有了小草和露珠的生命孕育，邓大如出生了。

时间的久远让人不敢用虚构的想象铺陈吴远梅和邓章清的新婚盛况和结婚年龄，更不敢诱其后人佐证某年某月某日某时拜天地拜祖宗夫妻对拜的真实性。

一株小草和一滴露水的爱情本来就是平凡的。弱小的生命，身处那样的年代，只会在社会的动荡中，中华民族的生存危机中以及社会的大变革中，展现不畏艰难，不怕牺牲，团结一致的韧性，体现同仇敌忾、英勇杀敌、不屈不挠的气节，呈现与时俱进、敢于创新、破旧立新的操守。

作者之所以用一种散文式的笔触刻画吴远梅和邓章清的婚姻，就是因为一个人物影响了他们的命运，这个人物就是贺龙。

那一年，我以一滴露水的力量催生你小草的花蕾

贺龙是七岁那年到南滩的。七岁的贺龙家住洪家关，他来到南滩是想到南滩周围的村庄找到一条活路。

在李烈主编的《贺龙年谱》里，7岁的贺龙留下了这样一段文字："灾荒年头，父亲外出缝衣，母亲重病卧床不起。贺龙名在学堂读书，实在家里劳动。姐姐带他上阴子山运煤给铁匠铺，换衣充饥。还常去马伏寨山上打柴、割草；随父在本县大木塘缝衣，与小伙伴拣谷拾麦。"实际上，贺龙也到了南滩。南滩草原留下他跟着重病的母亲，姐姐到湖北鹤峰、湖南石门、慈利和五里溪谋生的足迹。一个个故事真实得贺龙好像活在昨天。在岩门，流传着贺龙拜当地名望徐骡子为干爹，在南滩高岩桩与吴松林，在白石中柱坪与邓章清结下童年友谊的芝麻小事。

童年的友谊垒起纯真的信任，贺龙两把菜刀夺枪，历经曲折，于1924年拉出了一支上千人的队伍，邓章清被儿时伙伴贺龙请进军营，担任伙夫。吴松林也被安排刺探军情，南滩的伙伴都找到了事做。

1924年，吴远梅与邓章清结婚后4个年头，生下了儿子邓大如，贺龙接邓章清当伙夫，吴远梅是不愿的。当时，南滩属于慈利十九都。住在高山的南滩居民也逃脱不了没完没了的数十种税捐，吴远梅从母家来到夫家，如影随形的田税、地税、烟税、门牌税、屠宰税、祠堂税、庙宇税、茶税、场期税、懒汉税、人头税、道关税、落地税、烟灶税、军养税、鸟枪捐、打岩税、谷种税等等，压得吴远梅和邓章清喘不过气来。贺龙请他当伙夫，每月五块光洋，确实让邓章清、吴远梅动了心。吴远清得知丈夫给贺龙做饭，不要打打杀杀，她放下了心。送邓章清出门，吴远梅嘱咐道："专心给常弟做饭，你要是不听话，你会挨千刀的。"吴远梅想给邓章清一个记性。儿时伙伴的信任，妻子的交代，让邓章清倍感压力，弱肉强食的社会、军阀林立的时代，张开一个血盆大口，要把贺龙、邓章清、吴松林这些草根吞食。

一日三顿饭，每顿饭菜的原料，邓章清都会亲自采购。每一道工夫，邓章清都会亲自动手，他不放心任何人，只放心自己。妻子吴远梅在这年四月二十七给他生了一个带靶的，香火有了，他要好好照顾贺龙的饮食起居，让他不为吃饭这种杂事操心。儿时伙伴贺龙是干大事的，他不能让干大事的贺龙因一日三餐分心。

邓章清成为贺龙的专职伙夫，贺龙的足迹到哪里，邓章清的伙食办到那里。

1924年11月15日，贺龙和部队由沅陵抵桃源，邓章清的腊肉炖河鱼香了起来。

1924年11月17日，贺龙带部队进入常德城，邓章清的打糍粑散发出桑植洪家关的乡滋味。

1924年12月1日，贺龙和部队来到津市，邓章清包黄豆粉的叶叶儿粑粑蒸熟了。

从1924年11月到1925年10月，贺龙的足迹及遍及常德、大庸、桑植、石门，留下了一路为民奋战的革命记录。1925年7月，土匪朱华生部200人袭扰石门县白鹤洞。贺龙令贺锦斋、贺桂如率部围剿，结下死仇。从此，朱华生及亲兄长朱际凯视贺龙为敌，视与贺龙交好的人为敌，一个个欲除之而后快。很快，朱华生探知邓章清是贺龙专职伙夫。除掉邓章清，拔除贺龙信任的人，是朱华生兄弟处心积虑的大事。

真正让邓章清彻底服了贺龙的是1926年7月发生的一件事。1926年1月到1927年2月，贺龙率部驻防铜仁、秀山、晃县、芷江。1926年7月17日，贺龙担任湘西镇守使，旋被任命为国民革命军第六师师长，贺龙指令下属在士兵身上佩上"不拉夫、不扰民、爱国家、爱百姓"臂章，深得民心。邓章清身为贺龙伙夫，看到儿时伙伴没有忘本，他觉得跟着贺龙干，值得。

贺龙是一个通情达理的人。1927年4月，贺龙率兵北伐，奇袭逍遥镇，血战小高桥、兵逼开封，创造了一个又一个战绩。邓章清自始至终做好饭菜，目标是让贺龙吃上一口热腾腾的饭菜。

吴远梅知道丈夫跟着儿时伙伴贺龙当伙夫，内心是不情愿的。丈夫邓章清离开白石中柱坪，儿子才几个月，可丈夫一走，就音讯全无，时间长达三年多。

丈夫邓章清回家，是1928年8月，贺龙领导的红四军由桑植向石门开进，一山之背的石门隔白石才40里，邓章清跟贺龙抵达石门西北乡的磨市，抽空回了一次家。

邓章清回家前，给贺龙做好可口的饭菜，告诉贺龙想回家看看妻儿和老人。

贺龙同意了，笑着说："你一去三年多，是该回去看看，儿子可能长大了，能打酱油了。没想到你这坨牛粪，让南滩的吴远梅这朵鲜花插上了。"

邓章清打趣道："我们不是牛粪，也不是鲜花，就是南滩的一滴露水和一株小草，小草得露水而活，露水因小草而有家。"

两人哈哈而笑，笑声中，邓章清踏上了回家的路。

那一夜，我以一滴露水的价值温暖你小草的枯萎

1928年，对吴远梅来说，是一个终生难忘的年份。

丈夫邓章清给贺当伙夫，不知不觉已4个年头了，一株长在南滩的小草，跟着贺龙走南闯北，见了许多大世面。河南开封、湖北武汉、江西九江、南昌、抚州、广昌、瑞金、福建上杭、广东潮汕、香港、上海，一路奔波，一路饭菜香，邓章清的家乡味道勾起了贺龙回湘西创建根据地的决心。

1928年1月，丈夫邓章清跟着贺龙返回湘西，在监利观音洲贺龙亲自

带领卢冬生闯进团防驻地，缴获8支枪。1月22日除夕，邓章清在反咀为贺龙、贺锦斋做了一顿湘西年夜饭。当晚，贺龙借"拜年"为名，捕获并处决了当地4个罪大恶极的土豪劣绅，把他们的财产分给穷苦百姓。

这一天，在白石中柱组，吴远梅与快四岁的儿子邓大如，近六十的公爹邓显成吃了一顿缺少邓章清的年夜饭。妻子没有丈夫，儿子没有父亲，公爹没有儿子，一家人少了一个支柱，年夜饭吃的寡淡寡淡。

公爹买了许多鞭炮，吃年夜饭时，他带着孙子邓大如点了鞭炮，鞭炮声轰烈的响起，浓浓的硝烟腾上天空，化为一团乌乌的黑烟。吴远梅知道公爹想用浓烈的炮声召唤丈夫归程。

吴远梅坐在台阶上，看鞭炮炸出的火星像天上的闪电转瞬即逝。她遥想远方的丈夫不知正在干什么，是不是想她和儿子。吴远梅内心暗暗责怪丈夫："章清啊、章清啊，你这个负心汉，你一去三四年，你什么时候回家啊。"

吴远梅的凄凄哀哀让邓章清有了心灵感应，这是一滴露水对一株小草的哀怨。没有小草依偎的生活，一滴露水是没有根的。

吴远梅好想丈夫跟着贺龙干大事，长成一株参天大树。树大了遮阴纳凉的地方就宽了。可她没有想到贺龙干的大事也不是一帆风顺。

3月，丈夫邓章清跟着贺龙回到桑植，拉起了一支3000人的队伍，举行了桑植起义，占领了桑植县城，成立了中共桑植县委。紧接着，国民党军第四十三军第三师第五旅龙裕仁部进犯桑植，贺龙领导的起义军被打散。贺龙率部队转移到鹤峰县红土坪谷大姐处。

6月25日，敌龙裕任部退出桑植，贺龙率工农革命军在桑植的小埠头设伏，大获全胜，贺龙军威复振。紧接着，桑植团防陈策勋、姜文周等进犯洪家关，工农革命军迫战失利，团长李云清阵亡，贺龙率部撤至桑植罗峪整编，并正式改编为中国工农革命军第四军。

8月20日，贺龙率红四军由桑植向石门开进，8月25日，来到石门西北乡的磨市，于是有了邓章清请假回白石看一看亲人的打算。

邓章清回到白石中柱坪，见到了久别妻儿和父亲，他把贺龙给的五十块光洋送回家，跟父亲、妻子、儿子说了大半夜的白话。白石中柱坪的乡亲们也赶了过来，邓章清下到厨房，做了一桌子贺龙爱吃的饭菜，大家听到当军长的贺龙放弃国民党优渥的高官厚禄，跟着共产党干革命，只为穷苦人过上好日子，一个个感慨不已。

一些与岩门有亲的邻居说起贺龙的义气，一个个赞不绝口，贺龙小时候在岩门干爹徐骡子家，摔坏了一担水桶，他告诉干爹，今后有钱了，会赔干爹一担金水桶。后来贺龙从外面回来，拜访干爹，真给干爹一百块光洋，说是赔金水桶的钱。

吴远梅听到乡亲们议论贺龙的点滴趣事，想起贺龙与堂哥吴松林的交情，她觉得贺龙迟早会干出大事的。

乡邻酒醉饭饱，回到了自己的家，邓章清待儿子睡熟了，一下把吴远梅抱在怀里，他要把4年多的思念全部倒给吴远梅听。

一夜的悄悄话勾起了吴远梅久贮的泪腺，她把丈夫邓章清的胸膛当作一条宽宽的草垫子，她要把所有的泪水流个够。

一滴露水和一株小草的感情就这样星星知我心。

一株小草和一滴露水的真情就这样化平凡为神奇。

正是这种平凡而朴素的感情，才有了丈夫邓章清第二天返回石门磨市给贺龙做饭的急迫，路经石门罗坪野猪溪，被敌杀害，吴远梅的惊恐一夜。

第三天，得知丈夫被杀害，她安排人把丈夫的尸体抬回白石中柱坪。看到丈夫被敌人砍得血肉模糊，吴远梅心如刀绞，她拿来手巾，端来清水，清水混着泪水，吴远梅轻轻擦拭着丈夫的伤口，清水洗了一盆又一盆，泪水流了一回又一回，故去的儿子邓大如临终前，一次次告诉健在的儿子女儿。

邓大如说："父亲回到家后，母亲吴远梅给父亲洗尽脸上身上的伤口，母亲数呀数，多得数不完。"

邓大如说："母亲数完了伤口，开始打自己的脸，她曾经在内心骂过丈夫，你这个挨千刀的，母亲说过这些话，没想到成了真，她后悔了，她一遍遍打自己的耳光，一遍遍打自己的嘴巴，血泪泪地流了出来，母亲哭了。"

夜深人静，吴远梅把公爹、把儿子、把亲戚赶回床上睡觉，他抱着丈夫睡在停尸的门板上。她把丈夫抱在怀里，一次次亲丈夫的伤口，吴远梅想用无尽的泪水复活小草般丈夫枯萎的生命，夜沉沉，大自然的母亲化为一床天地的棉被，温暖吴远梅。

夜深人静，远在石门的贺龙，等到的是儿时伙伴邓章清被杀害的消息。

多年的戎马生涯让贺龙泪流满面，他知道自己再也吃不到邓章清可口放心的饮食。他很想到白石中柱坪去一去，送儿时伙伴最后一程，可时势不容他的心愿达成。

9月9日凌晨，贺龙所部遭到石门罗效之团防的袭击，贺龙堂弟贺锦斋壮烈牺牲。

9月16日，贺龙妹妹贺满姑就义于桑植县城，吴远梅把丈夫邓章清埋在了南滩，丈夫再也没有离开南滩，吴远梅尽心尽力把儿子邓大如拉扯大。苦了累了，她会来到丈夫的坟前，看到丈夫坟头长出的小草青青绿绿、枯枯黄黄，吴远梅会用一眼眶的露水滋润小草。她在唤醒一株小草的再生。

第六章
红军女儿队成长起来的红嫂

> 求木之长者，必固其根本；欲流之远者，必浚其泉源；思国之安者，必积其德义。
>
> ——唐·魏徵

　　龙神姑（1905年—1935年11月21日），又名龙辰姑，中国工农红军红二军团红军侦察员刘开桂（1902年—1933年）的结发妻子。夫妇俩生育一子（刘经忠）三女（刘金芝、刘银芝、刘才芝）。会木匠活的刘开桂最大的心愿是凭自己的手艺养活妻子儿女，可当时的社会没有适合手艺人可以凭借勤劳让家人活得幸福的土壤。走南闯北的刘开桂认识了贺龙，悄悄参加了革命，担任农会干部，并利用木匠身份替红军侦察敌情，被人举报被捕旋即杀害，遭焚尸灭迹。妻子龙神姑强忍悲痛，参加珠玑塔乡苏维埃政府担任妇女部长，同时兼任红军女儿队队长一职。龙神姑不仅自己参加女儿队，还让女儿刘金芝、刘银芝参加女儿队，儿子刘经忠担任游击队队员，可谓是满门革命。1935年11月21日，也即贺龙、任弼时、肖克、王震领导的红二、六军团离开桑植的第三天，除去刘才芝（1924年四月十七—2008年腊月）到亲戚家幸免外，龙神姑和儿子刘经忠、女儿刘金芝、刘银芝全部被敌人杀害。

龙神姑：五星红旗用鲜血染成的例子

王成均

　　"你和太阳一同升起／映红中国每寸土地／你和共和国血脉相依／共同走过半个世纪／半个世纪／五星红旗啊五星红旗／你将中华民族的心连在一起／五星红旗啊五星红旗／你让全世界中国人扬眉吐气。"每每听到刘媛媛作词、编曲、演唱的《五星红旗》，每一个共产党员都会心潮澎湃，热泪盈眶。没有什么歌曲会让共产党员们感受到生命的切肤之痛，生命的信仰之烈，因为五星红旗，是无数共产党员，和无数革命家庭用鲜血和生命染成。在桑植，有一个革命家庭，外公刘开桂、外婆龙神姑、舅舅刘经忠、大姨妈刘金芝、二姨妈刘银芝为了新中国的诞生，为了五星红旗的形成，献出了宝贵的生命，只有9岁的刘才芝在亲人的鲜血里迎接新中国的曙光，享受新中国的幸福巨变。

一面鲜艳的五星红旗是中国共产党的缔造者、开创者、共产党的拥护者、追随者和无数革命家庭的参与者、求证者用鲜血染成的。

共产党的缔造者、开创者毛泽东为了五星红旗，失去妻子杨开慧、弟弟毛泽民、毛泽潭、儿子毛岸英、堂妹毛泽建、侄子毛楚雄等六位亲人。

共产党的拥护者、追随者贺龙为了五星红旗，牺牲了父亲贺仕道、弟弟贺文掌、大姐贺英、二姐贺戊妹、四妹贺满姑、堂弟贺文新、贺锦斋等89名家属和亲人，连同族亲、宗亲、连襟亲、结拜亲、亲人达2050人。

在桑植，革命家庭的参与者、求证者为了五星红旗，一个个家庭牺牲数人的比比皆是。贺家、谷家、刘家、钟家、王家、彭家、皮家、屈家、熊家。龙神姑作为刘家的媳妇，只是桑植红嫂一个的缩影，她和亲人用生命的血花求证五星红旗用鲜血染成的铁的事实。

星星之火，燎原了三木匠刘开桂的生命红

1949年7月15日，《人民日报》《新华日报》《解放日报》等报刊刊载了一则启事，征集国旗、国徽图案及国歌词谱，规定8月20日为截止日期。一石激起千层浪，短短几天时间，全国各地寄来2992幅国旗方案。时任上海市日用杂品公司副经理、上海市政协五届二次会议委员的曾联松也读到了消息，决定投身到这一具有伟大意义的设计工作中去。很快，他有了五星红旗的构想：红色象征革命及烈士的鲜血染红。黄色代表中国人是黄色人种。大星象征中国共产党，小星象征全国人民，每个小星都有一个角指向大星，象征全国人民团结在党的周围。

曾联松没有想到，在桑植这个诞生湘鄂边、湘鄂西、湘鄂川黔革命根据地的地方，就有一个个革命家庭成为他构想的真实存在者。而龙神姑家庭只是一个鲜活而生动的例证。

有着五千年文明史的泱泱华夏，因为鸦片战争的爆发迈入国家蒙耻、人民蒙难、文明蒙尘的时期，这个时期用一百年的时间记录中国的领土、领海、关税和贸易主权惨遭践踏，用西方列强的侵略、政府的腐败，让活在深渊中的黎民感受"国弱民贱"的生命之痛。生活在刘家坪乡刘家坪村刘家垭组的刘开桂、龙神姑一家人感受到了。

刘开桂、龙神姑的感受是浅显的，也是无意识的。他们把这种处境归结为命运不好。当以贺龙为首的共产党人告诉穷人之所以穷，苦人之所以苦，是因为这个黑暗的社会，是因为这个腐败的政府，刘开桂、龙神姑一下找到了穷苦的原因。穷苦的根源找到了，怎样改变穷苦的命运，贺龙给刘开桂送来了一把"钥匙"。贺龙告诉刘开桂，握着手中的钥匙，就可以打开房屋之门，那个屋里，有耕地，有粮食，有平等，有自由，有尊严，那些都是穷苦人需要的东西。

刘开桂接过了贺龙递来的"钥匙"，他背着木匠行套走在湘鄂两省，一边做着木匠活谋生，一边用一双机警的眼睛盯着敌人的行踪。敌人走，他走，敌人停，他停。他常利用夜深人静，自己日行百里、夜行八十里的飞毛腿功夫，打着用干竹枝和干松枝油块混合做成的火把行走在黑沉沉的路上。一个火把，一套木匠行套，一腔沸腾的热血，刘开桂的心中因为装着贺老总的信任，装着妻子儿女的信赖目光而忘了恐惧。敌人的动向，敌人的兵力，敌人的枪支全部装在他脑海中。刘开桂要快速地汇报给红军指战员，敌人的一切行动在没有发动之前，必须早早地落到红军指战员的手掌里。

1921年成立的共产党，以摧枯拉朽的力量唤醒活在底层的群众久违的尊严。一个个群众，一个个家庭在共产党的召唤下，融入了"农村包围城市"的革命洪流中。冥冥中，他们成为主人，土地的主宰，他们生存生活生长的土地原来是自己的。因为这个社会这个政府，把他们拥有的土地权力剥夺了，所以他们成为一个无根的人。

刘开桂自从跟着共产党干起了革命，他一下觉得自己有了根。他脚下踩的土地本是自己的，这个社会这个政府把他和妻子儿女生存的土地剥夺了，他要从对方的手里夺回来。他知道自己一个人没有这个能力，可他有共产党，有红军，他再也不感到孤单和害怕。

刘开桂步履匆匆，他知道自己掌握的每一份情报决定红军指战员的生命。葫芦壳伏击战、南岔大捷、赤溪河大捷，都是因为摸准了敌情，才给了敌人沉重的打击。刘开桂知道自己没有上战场，可贺老总说他的侦察工作跟上战场一样重要。

革命不分先后，革命不分工种。刘开桂融入共产党领导的革命斗争里，融入红军为劳苦大众闹翻身的战火里，一下感到"融"的力量，这种

"融"，是一批批共产党员、革命群众以挽救民族危亡为己任，救民于水火之中用鲜血践行的"融"，是共产党的共同纲领、生命誓言点燃家与国的希望、热烈、勇敢、创造、奋斗、牺牲的"融"。刘开桂是一个生活生长在刘家坪的普通农民，一个平凡的木匠手艺人，共产党用一面镰刀、一把斧头的信仰党旗红点燃了他身上流动的血液红，不知不觉，刘开桂走到了革命的前台。共产党没有诱导，没有逼迫，像一滴水落下来要融入土地，像一股清泉冒出来要融入溪河、江海一样，刘开桂也融入共产党砸碎旧时代，开辟新时代的红色革命大家庭里。共产党的成立，悄悄把刘开桂的信仰红和生命红连在一起，红色与中国共产党人的理想信念、革命精神、品格情操和价值诉求形成完美的"同构"关系，也成为刘开桂革命的文化支撑和精神标识。

刘开桂从参加革命到被人出卖被敌人杀害、焚尸灭迹，他的身上在共产党的信仰红熏陶下，早已烙下了不畏牺牲、乐于奉献的大无畏革命精神，坚韧不拔、勇往直前的奋斗精神，自力更生、艰苦奋斗的创业精神。

刘开桂被人出卖，是在1933年1月。当时，贺龙率领红三军攻占桑植城，刘开桂奉命将覃辅臣写给贺龙的一封信带回来，覃辅臣是贺龙安排到湘西王陈渠珍处做联络工作的。刘开桂带的信提供了一个信息，湘西军阀新三十四师长陈渠珍愿意让出一部分地盘为条件，希望与红军和平共居。在国民党军阀林立、互相倾轧的生存空间中，借助红军的"活"让蒋介石不愿染指湘西从而保存实力。贺龙和师以上干部认为，当前红军极度疲惫，适于利用敌人内部矛盾获得一个休整与发展的时机。但被夏曦否决了，他认为这是"革命不彻底"的办法，并令红三军立即向敌进攻。夏曦还把送信的刘开桂抓捕起来，进行批斗。抓捕批斗是在桑植县城进行的，很快，屁股大的一个县城知道了刘开桂被红军抓起来，还是一个搞侦察的。

1月26日，红三军向进驻永顺县桃子溪一带之敌陈渠珍部周燮卿旅进攻。刘开桂虽遭批斗，仍建议说敌人工事坚固，不应强攻，遭到拒绝。果然，因为敌有坚固工事，早有准备，而红军未经整顿，弹药奇缺，在敌强大火力阻击下败退。

1月28日，贺龙率红三军被迫撤出桑植，遭到批斗的刘开桂伤痕累累，被安排在县城养伤。红三军一走，有人为了赏钱向国民党举报，气极败坏的敌人抓住了刘开桂，要他交代红三军的动向。

　　刘开桂轻蔑一笑，敌人恼怒了。凶残至极的敌人安排人采取一刀一刀剥皮割肉的方式，花了整整六个小时，让刘开桂流尽最后一滴血。

　　那个时代的革命斗争是残忍的，残忍的社会残忍的政治剥离了人性，泯灭了良知。谁也无法相信，同为一族的刘姓子孙也参与了杀戮。时任四望乡乡长兼"剿共"大队长的刘景星应邀参加了观摩现场。按辈分，刘景星是刘开桂的同辈，可刘景星没有半点同情和血脉亲情，革命的你死我活早已让政党与政党、豪强家族和贫苦人家产生了阶级对立、阶级斗争。刘开桂就这样牺牲了。

星星之火，燎原了龙神姑带着儿女闹革命的生命红

　　世界上没有无缘无故的爱，也没有无缘无故的恨。爱与恨都是有理由的。贵族出生，被公认为是特利尔最美丽的姑娘和"舞会皇后"燕妮之所以爱上贫困潦倒的世界共产党开拓者马克思，是因为马克思的才情。1881年12月2日，燕妮去世，马克思悲痛万分，恩格斯说："摩尔（马克思的别名）也死了。"

　　中国共产党的开拓者李大钊之所以爱上大字不识的赵纫兰，是因为大李大钊六岁的赵纫兰在李大钊读书六年时间里，全由赵纫兰典当挪借，使其完成学业。1927年4月28日，李大钊登绞刑台英勇就义。赵纫兰在1933年5月28日才接回丈夫的遗体。在处理完丈夫的下葬仪式的一个多月后，49岁的赵纫兰在悲痛、操劳和思念中，随李大钊而去。

　　得知丈夫刘开桂被敌人杀害并焚尸灭迹，龙神姑心头的悲愤一下被点燃了，什么样的仇恨也不能让一个人尸骨无存。尸骨无存，魂魄便没有安身之所，这让活着的人情何以堪。丈夫跟着贺龙，跟着共产党闹革命，无非是让亲人过上好日子，这样做有错了吗？龙神姑想不通。

　　31岁的丈夫刘开桂死了，死在一个没有温情没有温度的社会里。他不是病死的老死的或者遭遇灾祸而死的，他是被人活活杀死的。被杀死的丈夫，还被敌人焚尸灭迹，他遭受的身心摧残让龙神姑想起就肝肠寸断，泪雨里，龙神姑想起自己和丈夫刘开桂结婚已有9个年头了。

　　在龙神姑眼里，丈夫刘开桂是天底下最心灵手巧的人。丈夫大字不识一个，可他凭着自己的实诚自己的吃苦自己的慧根学会了桑植最难修的转

角楼。桑植有首民歌《山歌好唱难开头》就唱道："山歌好唱难开头，铁匠难打铁绣球。石匠难打石狮子，木匠难修转角楼。"转角楼是桑植民居正屋（座子）与横屋（厢房、楼子）转角处的"磨角"，其"磨心"由一根"伞根柱"支撑。每次接到修转角楼的活，刘开桂会投入全部精力，少的半年，多则一两年。刘开桂告诉妻子，修转角楼关键在于正屋与横屋两根脊线的交点立起一根"伞把柱"或叫"将军柱""冲天炮"，承托正横两屋的梁枋。

凭着一手过硬的手艺，刘开桂俘获了龙神姑的芳心。龙神姑也用自己的真心真情真爱踏踏实实为刘开桂生了四个香火。儿子有了，女儿有了，刘开桂和龙神姑最大的心愿便是传承香火，让儿女们早日成家立业，开枝散叶。

龙神姑没有想到这个社会不容忍他们夫妻圆这个心愿。赖以生存的土地和山林不知什么原因，全部集中到少数和手中去了。龙神姑和丈夫刘开桂没有土地和山林，要养活儿女，只有靠自己的双手和没日没夜的劳作。龙神姑和丈夫刘开桂年轻，有的是力气，他们再苦再累，可一回到家，看到4个活蹦乱跳的娃娃在身边转，在身边跳，他们觉得再苦再累也值得。富贵人有富贵人的活法，穷人有穷人的门路。

龙神姑不会知道她生活的这个世界已分化为二个世界——第一世界和第三世界。第一世界是经济发达的国家，第三世界是贫穷落后的国家。一种叫"阶级斗争"的东西走上历史的舞台，这种东西就是要让工人阶级走向以人民的需要（即工人的利益）为基础而不是以少数亿万富翁和资本家的利润为基础的新社会。在中国，以毛泽东为首的共产党人清醒地认识到中国是一个传统农业大国，阶级斗争应从广大农村开始，解决好贫苦农民的土地拥有问题，开展"农村包围城市，武装夺取政权"的阶级斗争，是中华民族摆脱自鸦片战争以来百年耻辱命运的最好抓手。龙神姑不明白丈夫刘开桂是当地有名的三木匠，凭着自己的手艺可以养活一家人，不知什么原因便跟着贺龙闹起了革命，并且义无反顾。

丈夫刘开桂被杀害了，龙神姑和儿女们面临着敌人疯狂的迫害，她们母子五人要想活下来，最好的方式是跟着共产党干。

丈夫刘开桂生前告诉龙神姑，跟着共产党干，人活得贵气，当时龙神姑半信半疑。丈夫刘开桂死了，龙神姑找到了组织，组织听取了龙神姑的哭诉，得知红军侦察员尸骨无存，先是派人去县城四处打探，但最终无果。

苏维埃决定为刘开桂举行隆重的追悼会。龙神姑没有想到追悼会有上千人参加，革命群众、红军指战员纷纷对龙神姑及其儿女进行安慰。组织还特别安排"九工十八匠"参加追悼会，因为刘开桂是县里有名的木匠师傅，与刘开桂相识相知的"九工"[船工、排工、艄工、搬运工、烧窑工（陶瓷）、采煤工、煤炭工、硫黄工、冶铁工]和"十八匠"[木匠、铁匠、银匠、机匠（织布）、雕匠、画匠、留纸匠、捡瓦匠、岩匠、瓢瓦匠、竹篾匠、弹花匠、泥瓦匠、制瓦匠、缝纫匠、锯木匠、垒子匠、榨油匠]都参会了。组织要求"九工十八匠"，每个行业来20人，龙神姑没有想到丈夫死了，会有这么多人为他而来。看到上千人的送葬队伍，龙神姑和儿女们哭了，为共产党这个组织敬重丈夫而哭，因为共产党让她的丈夫、儿女们的父亲死出了尊严。

龙神姑望着众多的人群，望着人群眼里点燃着仇恨的火光，她决定加入组织，决定让儿女们加入组织。于是，龙神姑和三个女儿刘金芝、刘银芝、刘才芝成为红军女儿队队员、儿子刘经忠成为红军游击队队员。

丈夫刘开桂没死，丈夫是家庭的顶梁柱。丈夫刘开桂死了，共产党是家庭的顶梁柱。龙神姑和儿子女儿们融进了红军这个大家庭。作为红军女儿队队长，龙神姑组织妇女为红军洗衣做鞋、缝补衣服、护理伤病员。红军打仗前，龙神姑积极筹集粮食，运送枪支弹药。龙神姑和三个女儿吃住在红军部队，红军打完胜仗召开胜利庆祝大会，龙神姑会带着三个女儿走上主席台，献上一曲《山歌好唱难开头》的山歌。台上台下的革命群众和红军指战员看到龙神姑母女四人边唱歌边流泪，知道她们想起了亲人，于是台上台下响起了口号声：

"红军万岁！"

"共产党万岁！"

龙神姑最拿手的绝活是做布鞋。龙神姑担任红军女儿队队长兼妇女会主任，白天处理各项工作，协调妇女之间的矛盾纠纷，晚上便组织妇女们为红军指战员做布鞋。看到红军指战员穿着布鞋，有的还打着赤脚行军打仗，龙神姑心疼了，她把红军指战员当成了亲人、家人。贺龙领导的部队越来越大，上万人的队伍以师以团以营住在珠玑塔、瑞塔铺、澧源镇。龙神姑知道桑植的天气不好，雨天比晴天多，雨天一来，空气特别清冷，红军指战员打着赤脚，每个人的脚冷得通红。一天，龙神姑带着女儿们照顾伤病员，看到一个伤病员没有布鞋，受伤的脚露在寒冷的天气里，冷得通红，她的心好像被针尖刺痛了。她三步并作两步来到受伤的红军伤病员身边，轻轻把红军伤病员冷得通红的脚捂在自己怀里。温暖是可以减轻痛苦的，伤痛是可以用亲情来治愈的。一天又一天，一批批红军伤病员在龙神姑的精心照料下，一个个恢复了健康。

龙神姑养了10来只鸡，每天可以下五六个鸡蛋。红军没来，龙神姑会积攒着卖钱换盐换针线，红军来了，她全部送给红军伤病员吃。贺龙了解情况，十分感动，要红军补给龙神姑钱，龙神姑拒绝了，她含着泪说："是红军，是共产党，让我们穷苦人家有了盼头。我们穷苦人家跟共产党是一家人，一家人还能算伙食账吗？"周围的群众不解，问："你们为什么对红军、对共产党这么好？"

龙神姑道："就冲贺龙骑的马把我种的粮食吃了，贺龙找到了我，要给我赔东西。我们是普通老百姓，谁对我们好，我们心里要有数。"

龙神姑的话说得大家心服口服。龙神姑的儿子刘经忠加入了红军游击队，经常出去打仗，龙神姑动了给儿子找一个媳妇的念头。她知道丈夫死时，肯定希望儿子有后，她不能冷了丈夫的心。不久，儿子刘经忠在战斗中负了伤，回家养伤，龙神姑对儿子说："娘想给你讲一个媳妇，你看上了谁，娘给你说去。你还没有看上谁的话，娘给你物色一个。"

刘经忠说："我才十五岁，刚参加游击队，哪有精力相姑娘。我现在就想给爹报仇，多杀敌人。"

龙神姑说："仇要报，媳妇也要讲。有了媳妇，才有香火。我可不想让刘家断了香火，到时去阴间见了你爹，他会骂我的。"

刘经忠看娘执着的样子，点了点头。他知道父亲也是在这个年纪成家的，他不能伤了娘的心。

五星红旗有龙神姑一家五口人的鲜血

从1921年7月1日中国共产党成立到1949年10月1日新中国建立，据新中国成立后民政和组织部门的统计，牺牲的党员中仅能查到名和姓的，就有370多万人。此外还有无数牺牲了的少年共产党、普通战士、罢工工人、农会会员……这组数字变成了震撼人心的2100万。

从1921年7月1日中国共产党成立到1949年10月1日，时间是10312天，平均每天就有370名党员牺牲，2000名革命战士牺牲。

每天2000名革命烈士，其中1935年11月21日，在桑植就有龙神姑和儿子刘经忠、女儿刘金芝、刘银芝四人。

革命战争时期，革命群众对敌人的残酷缺乏清醒的认识和警惕，尤其是阶级利益在家庭、家族之间产生的矛盾。龙神姑是一个地地道道的农民，丈夫的鲜血激活了她的阶级觉醒，共产党让她找到了革命的靠山。阶级斗争的残酷性应该让龙神姑保持警惕，可她没有那种"一斑窥全豹、一砾见沧海"的领悟能力，"家族"的血脉织成一件"温水煮青蛙"的血衣，让龙神姑在"家族"的网里不能自拔，从而出现一家人以鲜血染红土地的壮烈。

家族族侄刘景星距龙神姑的家不足1公里。刘开桂、龙神姑没有参加革命，刘景星人前人后按辈分称作"叔叔、婶婶"。龙神姑见刘景星人前人后称她"婶婶"，便放松了警惕。刘景星担任四望乡乡长兼"剿共"大队长，为了捍卫他家的豪强利益，只要有人损害他的利益，刘景星不分亲族，一律进行血腥镇压。四望乡10保尖山坡赵刚与刘景星同在贺龙部担任营长，后刘景星参与谋反潜逃回县。赵刚则参加南昌起义，广东潮汕失败后返回桑植，拉起一支农民武装，贺龙回桑后任命他为四望乡游击大队队长。1928年6月，红军主力东进石门，刘景星在梅家桥集市熊翠林家捉住了赵刚及所部多人，立即将游击大队骨干钟耀卿、钟福成、钟以生、明幺老杀害在集市沟堤上。为防赵刚逃跑，刘景星下令用斧头将赵刚的踝骨锤碎，然后装进篾织团筛抬到珠玑塔处置。

刘景星的残暴让龙神姑大吃一惊，听闻所杀害的都是外姓人，她是又难过又怀疑。很快，刘景星把残暴的爪牙伸向亲族。刘合理之父刘元生，在贺龙担任澧州镇守使时被安排在盐局工作，后贺龙回县"倡共"，刘元生和刘洁生支援贺龙购买军火。1934年冬天，刘景星派人将刘元生枪杀在家中，而后又将刘元生妻儿一一杀害。有了外姓，有了本族，龙神姑应该有所警惕，可她大意了。

龙神姑做梦也没有想到，一家满门惨案会发生在她家。红二、六军团实行战略转移的第三天，刘景星带着他的"铲共队"闯进龙神姑家。

　　龙神姑见刘景星来者不善,她有所警惕,厉声问:"大侄子,你带这么多人想干什么!"

　　刘景星见龙神姑有所防备,连声说:"没什么,没什么,来看看,来看看。"

　　龙神姑这时感觉情况不对头,她马上打眼神给儿子刘经忠,让他守住门槛以备不测。

　　刘景星笑了:"婶婶,我们是一族人,一族人还有什么不放心的。你们该干什么干什么,红军走了,贺龙走了,我也回来了,大家相安无事就好,你们不要担心。"

　　龙神姑:"你变好了?"

　　刘景星:"变好了,变好了。我们是族亲,有什么样的仇恨不能化解的。"

　　龙神姑:"真的?"

　　刘景星:"真的。"

　　龙神姑盯住刘景星的眼睛,想读出什么,可刘景星隐藏得很深,她什么也读不到。

　　龙神姑放了心。当时,家里正做着早饭,猪栏里养的猪饿得哇哇叫,女儿刘金芝、刘银芝正在灶屋里炒菜。龙神姑走进灶屋,提着潲水去猪栏喂猪。

　　刘景星见龙神姑离开了,脸上的笑容一下收拢起来,他的眼里射出凶光,说了一声"节约子弹",右手向"铲共队"一挥,"铲共队"分成三帮向各自的杀害对象冲去。

　　一帮人冲进猪栏,向正在给猪喂食的龙神姑狠狠砍去,铲共队头目边砍边道:"跟着共产党干,杀你猪栏边。看你共不共,后悔已时晚。"龙神姑心知坏了,她一边躲着刀砍一边大呼:"经忠、金芝、银芝,快跑!"说完已倒在血泊中。

　　一帮扑向灶屋,刘金芝正在炒菜,看到铲共队向她扑来,她扬起铁铲狠狠地打在一个行凶的人头上,滚烫的铁铲烫得行凶人哇哇大叫,帮凶一拥而上,一脚把刘金芝踹倒在地,数把砍刀向刘金芝全身各处砍去。刘银芝正在灶孔边烧火,她想站起身来还击,听到猪栏边传来母亲"快跑"的呼声,然而还没等刘银芝想站起来,三个人围了过来,一顿乱刀将刘银芝砍倒在地。

坐在门槛边的刘经忠急了，他看到人多，受伤的他想起身逃走，早有前后左右8个人围住了他，刘经忠来不及还手，也倒在血泊中。

刘景星数了数人，发觉还差一个九岁的刘才芝，刘景星快步走到刘经忠身边，看着奄奄一息的刘经忠，厉声问："你么妹去哪里了？！"

刘经忠愤怒地望了刘景星一眼，想到小妹刘才芝躲在刘家坪的碾房里，躲过了敌人，放心地闭上了眼睛。

1935年11月21日上午九时十二分到三十一分钟，从对话到杀戮，龙神姑一家四口人就这样流尽最后一滴血。

龙神姑和儿子刘经忠、女儿刘金芝、刘银芝牺牲了，他们牺牲在红军长征的三天后。

龙神姑没有想到，她和丈夫留存下来的小女儿刘才芝经刘伯鹏担保，由熊家收养为童养媳。刘才芝的公公婆婆和丈夫对她很好，有了三男两女。

每年的清明节，父母亲和哥哥姐姐的祭日，刘才芝会带着儿子儿媳孙子们来到坟前，轻轻诉说共产党建立新中国，穷苦人家翻身做主人的好处，一句句一声声，如泣如诉，九泉之下的亲人们年年岁岁感受到刘才芝的幸福，用坟头一岁一枯荣的草绿草黄绽放生命的顽强。

龙神姑一家六口人，有五口人为五星红旗流尽最后一滴鲜血。人们感知幸福生活的来之不易，用一首首关于五星红旗的歌曲追思溯源，于是，有了《五星红旗》，有了《歌唱祖国》，有了《五星红旗迎风飘扬》。

历史是不能忘记的，忘记历史就等于背叛。生活、生长在新中国的人们呵，我们要时刻把五星红旗暖在心里，她是2100万革命烈士用鲜血染成的，有你有我有他的亲人，时代虽已久远，可金戈铁马的记忆还在……

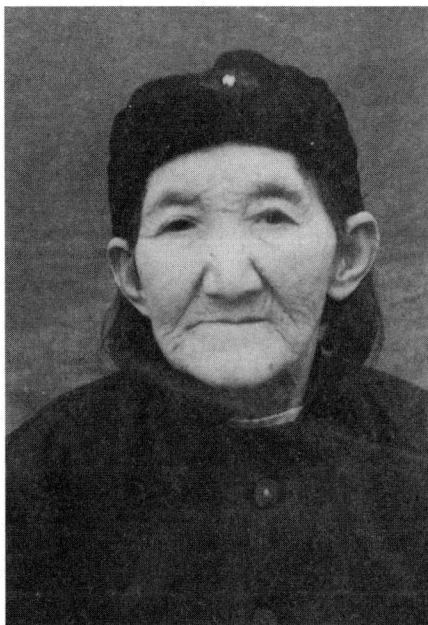

龙神姑幸存的女儿刘才芝

屈丫翠（1923年正月初四—1974年七月初七），又名屈丫姑，永顺县沙坝镇三家田向家寨村民向克涵之妻，桑植县洪家关南岔红军女儿队队员。1934年6月，屈丫翠随红军女儿队到塔卧执行任务，一次激烈的战斗，11岁的屈丫翠和两名红军女儿队员被捉住。屈丫翠以十块光洋被卖给当地地主向开涵为妾室，开始长达40年的由青少年到少女再到母亲继而是地主婆最后到婆母的人生角色。解放后，屈丫翠因其地主婆身份遭批斗，手被吊断，屎尿失禁，屈丫翠痛苦不堪，没有向组织披露自己的红军女儿队身份，也没有道出桑植老家红军父亲屈苏桐、红军哥哥屈上松、红军二哥屈上燕、红军儿童团三弟屈上鹰一家四口人献出了宝贵生命的事情。在屈丫翠心中，红军是神圣的。她是一个被俘后卖给地主当妾室的红军女儿队员，她没有资格和权力挥霍那份荣耀。被俘强卖做妾的经历如一个沉重的十字架影响屈丫翠的一生。每年红军父亲屈苏桐和弟弟屈上鹰的遇难日，屈丫翠都是从永顺夜行到父亲和弟弟牺牲的洪家关云峰屈家界天坑诉说自己的思念……

屈丫翠：背着十字架走完女人该走的路

王成均

1974年农历七月初七，家住永顺县沙坝镇三家田村向家寨的屈丫翠走完她51岁的人生路。51岁，对新中国成立25年的中国公民平均63.8岁的寿命来说，少了12.8年。屈丫翠走了，走得如抛重负，走得千肠百转。她离开人世的那一刻，是否闪过那段少年的红，影响她一辈子的红。

贺姻朱，朱姻屈，屈姻关，姻来姻去一家亲

"一个家族，在不到四十年的时间里，为了一面他们没有见过的鲜艳的

353

五星红旗飘扬在中华大地上，献出了几百条生命；加上亲戚、族人，前赴后继，先后牺牲的竟达数千人之众。我不知道，在中国革命历史的长卷宗上，还有哪一个家族曾付出过如此之多；我也不知道，那些长眠在青山厚土下的我的先辈们，假如今日'涅槃'，他们对自己用鲜血所做出的奉献，仍无怨无悔吗……"

在贺龙元帅的孙女贺来毅编写的《永远的祭奠：写在前面的话》一文中，笔者读到了这么一段追思先辈，思考红色基因的话。一次次翻阅这本贺氏宗亲英烈志，我想找一个名字——屈苏同。这个名字没有出现在贺氏家族（家谱中记名的）烈士名录里，也没有出现在贺氏家族（家谱记名的）遭敌残害人员名录中，而是出现在桑植县烈士名录里（5000人）。据屈苏同的亲外甥女谷雪芹介绍，她外婆屈连姑的父亲屈苏同也是和贺龙沾亲的。因为谷雪芹的祖外婆姓官，朱传雨的爱人姓官，而朱传雨的妈妈姓贺，是贺龙的亲戚。解放后，贺龙从桑植接走烈士后代贺兴洲、贺兴桐和朱方义去北京，并送他们上学，参加革命工作，成为红色革命接班人，其中朱方义就是朱传雨的孙子。

关姓祖外婆、外婆屈连姑、母亲钟春桃，一张以血脉为线索的家族繁衍图悄悄指向屈家，一个以红军女儿队队员屈丫翠的命运沉浮让我们领悟到"学史明理、学史增信、学史崇德、学史力行"其中的含义。

屈丫翠又名屈丫姑，在家中排老四，大哥屈上松，大姐屈香姑，二哥屈上燕，三哥屈上鹰，下面有一个妹妹屈连姑。

1928年2月28日，南昌起义后的第六个月，贺龙主动请缨，回到了湘西北，履行党中央赋予湘西北特委的历史使命：在湘西北开展土地革命，积极开展武装斗争，实行红色的分区割据。作为湘西北特委领导人，贺龙把发动群众、组织群众、组建军队、举行桑植起义、消灭敌人、建立属于桑植人民自己的苏维埃政府，实现分区割据，当作主要任务。

贺龙回到桑植，走乡串村，进村入户，拜访离别已久的亲人、长者和老朋友，家住洪家关云峰屈家界的屈苏同成为拜访对象。因为沾亲带故，屈苏同毫不犹豫带着大儿屈上松、二儿屈上燕当上了红军。年近六岁的二姑娘屈丫翠和年仅八岁的三歌屈上鹰便加入了红军童子团和红军女儿队。

红军给屈丫翠的父亲屈苏同、大哥屈上松、二哥屈上燕每人发了一杆大刀和梭镖。贺龙告诉大家，要想背好枪，自己凭本事去夺。很快，攻占桑植县城的桑植起义打响了，在战斗中，父亲、大哥、二哥冲在最前面，分别夺取了手枪和两杆长枪。屈丫翠和小哥哥屈上鹰在战斗中担任站岗放哨的任务。

站在高高的山头，屈丫翠和三哥屈上鹰第一次看到了一面长9尺、宽5尺，绣有"镰刀斧头"图案和"工农革命军"字样的红旗。远远地，哪里枪声最激烈，炮火最猛烈，鲜艳的红旗就在哪里出现，红军战士的吼叫声便在哪里最高昂。屈丫翠听到呐喊声、冲锋号，看到红军占领县城后，把红旗插在桑植县城的上空，全体红军高声欢呼，屈丫翠激动地流下了热泪。

桑植起义胜利后，工农革命军在县城举行了声势空前的示威游行，父亲屈苏同、大哥屈上松、二哥屈上燕、三哥屈上鹰和自己走在示威游行的队伍里，数千人的队伍，象屈苏同一样一家几口人走在游行队伍中的家庭，有几十家。

屈丫翠走在红军女儿队的列队里，是红军女儿队最小的队员。她扛着小小的红缨枪，唱着队长教给她的《妇女歌》，天生的一副好嗓子格外引人注目。六岁的屈丫翠记忆力特好，一首长达九句的《妇女歌》，别人唱了十遍、二十遍都没有唱会，屈丫翠只唱了三遍就唱会了，而且一个字也不错，音调十分准确，教唱的红军女儿队队长安排屈丫翠当了领唱。

屈丫翠愉快地接受了领唱任务，示威游行，她放开嗓子放声歌唱，激动的歌词和旋律就这样走进桑植女人的心中。在桑植县有名有姓的5000名烈士英名录里，女烈士就有28位，《妇女歌》肯定起到了作用。

少年的红军女儿队队员屈丫翠到地主婆屈丫翠，这首歌一直伴随着她，有人的时候，她在心里想，没人的时候，她轻声哼唱，唱起这首歌，什么苦呀累呀愁呀恨呀，一切都烟消云散。歌声里，她就是一个女人，一个受苦受累盼望过上好日子的女人。

"姐姐妹妹要把良心向/男和女，女和男，本来是平等/为什么，女人家，裹脚紧又紧/三步难走一尺远，就连连喊脚痛/姐姐妹妹，快快把脚放/前一步，后一步，让我走四方/任我跑，任我跳，好似男儿郎/踢左脚和右脚，踢破国民党/建立苏维埃，夺取大解放。"

贺闹红，官连红，屈连红，红连红来全家红

屈丫翠跟着父亲和三个哥哥们闹红，活着好开心。

她第一次吃上了白白的大米饭。桑植起义胜利后，工农革命军摆起了酒席，大碗大碗的大米饭，可以放开肚皮吃，大块大块的肉片子可以大口大口地吃。用筷子夹起两指厚的肉片子，放在嘴里轻轻一咬，一股香味从嘴边香到喉咙里。屈丫翠吃着吃着，眼角浸满了泪。酒席上，所有人放开肚皮吃，工农革命军的首长，一个个笑哈哈，端着大碗，碗里盛满酒，大声说："工农兄弟们，工农姐妹们，我们穷苦人自己的苏维埃建立了。我们要用自己的枪杆子保卫我们的政权，谁要想从我们手中夺走胜利果实，我们怎么办？"

首长们的声音刚落，屈丫翠和所有红军齐声说："打出去！打出去！"

酒席结束，便是晚上的联欢会和对歌比赛。屈丫翠走到歌台上，唱母亲官梓姑平时哼唱的山歌，一首接一首，唱红了桑植县城校场坪的春天，唱红了澧水两岸的红花绽放。歌声里，花的香味、歌的喜气交织在一起，把家乡的澧水也唱活了。父亲屈苏同看到女儿在台上的灵光，他哈哈大笑，红军战士们的掌声响起，他和小儿子屈上鹰走上台前，左手抱起女儿，右手握着拳头，呼起了口号："工农革命军万岁！苏维埃万岁！"全体红军指战员和与会革命群众也应和着热情高呼：

"工农革命军万岁！"

"苏维埃万岁！"

响彻云霄的声音中，数屈丫翠和三哥屈上鹰的声音最嘹亮。屈丫翠没有想到，屈苏同没有想到，父女俩在台上的表现，让混在队伍中的敌人暗探记在了心中，他们咬紧牙齿，看到工农革命军和群众大碗吃白米饭，大块吃肉，这些东西本是他们享受的，可这些穷鬼从手里夺走了，他们要从穷鬼手里夺回去。

他们记住了屈丫翠一家人，他们从别人那里知道屈丫翠是贺龙的亲戚，还有许多家庭一家家闹红，也是贺龙的亲戚。

桑植起义的胜利，引起国民党反动派的恐慌。桑植起义时为了活命逃走后任桑鹤联防剿共总指挥的陈策勋等反动势力，从四面八方向桑植扑来。

国民党四十三军龙毓仁旅，陈策勋、向凤翔、姜文周部，气势汹汹地

向刚组建的工农革命军进击，企图以强大的军事力量，将其消灭在襁褓之中。贺龙采取避其锐气的策略，指挥革命军放弃县城，兵分两路向洪家关周围撤退。

工农革命军兵分两路撤退，国民党部队也分两路追击。一路革命军于洪家关栗树垭阻敌，终因力量悬殊而失利。另一路革命军于铜锣坡的土地垭阻敌，也以同样的原因而受挫。由于工农革命军没有经过战争的锻炼，加上武器差距太大，战火一起部队就溃散了，两路撤退部队会师洪家关的时候，人数已大大减少。当大敌追至洪家关时，工农革命军再也无力迎战，不得不隐蔽于洪家关、桥自弯、凉水口、罗峪一带的崇山峻岭之中。敌人也因无法找到工农革命军主力与之决战，不得不撤回县城。敌人撤退时放言：谁举报红军，奖大洋10块，带部队捉到红军的奖大洋20块。

敌人撤退后，屈苏同按照贺龙指示，带着小儿子屈上鹰回到云峰屈家界筹集粮食。敌人巨额的奖赏让一些利欲熏心的人如获至宝，他们悄悄跑到县城通报消息，敌人闻讯，带着军队飞奔屈家界。屈苏同参加红军后，非常有警觉性，他知道敌人恨红军入骨三分，睡觉前作了布置，他用细细的麻线套在路口，麻线的终端是床头上的铜铃，只要有人碰到麻线，麻线会牵动铜铃，发出响声。

夜深人静，伸手不见五指，敌人逼近屈苏同的房屋，一下触动了麻绳，床前的铜铃一响，屈苏同拉起小儿屈上鹰快速冲出房屋，向后山奔去。

屈苏同知道明枪易躲，暗箭难防。可他不知道有人冲着20块奖赏早已布好了局。屈苏同和他的小儿子很快被敌人捉住，旋即被打断双腿，然后父子俩被扔进屋后山上的一个天坑，很快就传来敌人狂笑围着天坑的脚步声。

敌人狂喊："屈苏同，缴枪投降，我留你父子一条命。"屈苏同大骂：老子生是红军的人，死是红军的鬼，想让我投降，你们做青天白日梦。

敌人气急了，怒吼道："你们投不投降，不投降，把你们父子俩烧死在天坑里。人死不能复生，只要你们讲出贺龙在哪里。"

屈苏同骂道："你见过跪着生的红军吗？我们从当红军的那天起，就没想到投降。"

敌人疯狂了，大喊："用苞谷杆子烧死他们。"

气急败坏的敌人抱来一捆捆焦干焦干的苞谷杆，点燃火，一捆捆扔进天坑里。

熊熊的烈火烧了起来，天坑里传来父子俩的对歌声。

父：要吃辣椒来不怕辣。

子：要当红军来不怕杀。

父：刀子架到颈项上。

子：脑壳掉了碗大个疤。

屈苏同和屈上鹰牺牲的消息传到屈丫翠、屈上松、屈上燕耳里，兄妹三人悲痛万分。父亲和三哥牺牲那天，屈丫翠跟着红军女儿队随贺龙部队辗转于湘鄂两省的大山里。敌人从湖南包抄过来，红军往湖北游走，敌人从湖北过来，红军向湖南转移。

想起父亲屈上松和三哥屈上鹰被活活烧死的情景，血脉亲情让兄妹三人怒火填膺，他们心中只有一个念头，为亲人报仇，为牺牲的红军战友报仇。

很快，传来大哥屈上松在湖北柘坪牺牲的消息。

又过了不久，传来二哥屈上燕在桑植南岔战役牺牲的消息。

屈丫翠哭得天昏地暗，哭得肝肠寸断。父亲没了，哥哥们没了，家中的男人都为闹红献出了生命，只有她屈丫翠还活着，她要报仇，报仇，报仇！

血亦泪，歌亦泪，魂亦泪，当好女人坟一冢

给伤员倒水、送饭，洗绷带、熬药换药、喂茶喂饭、端屎端尿、洗衣裳，空余时间，上课识字、学唱戏、学打快板、学唱进步歌曲……红军女儿队的生活向屈丫翠打开了另外一扇窗，这里的世界是平等的、宽松的、阳光的、团结的，红军女儿队就是一家人，有床一起睡，有饭一起吃，有衣一样穿，有歌一起唱，任务来了一起干，多么幸福的家呵，屈丫翠每天有做不完的事，每个时候有忙不尽的活。

"丫翠，快点，药熬好了，快端给受伤的红军哥哥喝！"

"是，丫翠马上去做。"

"丫翠，夜深了，该休息了，红军部队有纪律，不准夜晚做事。"

"是，队长，我这个事做完就放工。"

"丫翠,长大了,想找个什么样的丈夫?"

"队长,你说什么呢,我还小,我每天忙着呢!"

"还小呢,今天11岁了,再过五年,就要唱哭嫁歌啦。"

"五年,我们红军能解放全中国吗?能在全国建立苏维埃吗?"

"能,肯定能。"

"那我就嫁一个人高高的,眼睛大大的,脸蛋圆圆的,手臂粗粗的,腰上别的手枪,亮亮的红军哥哥。"

"哈哈,我们的小丫翠思春喽——"

"队长——"

从1928年到1934年,亲戚贺龙带领的红军部队在桑植的土地上上演着创建湘鄂西、湘鄂川黔革命根据地的红色剧。

中共桑植县第三届、第四届县委成立了。

14个区党支部(党部)和62个乡支部(党部)建立了,屈丫翠所在的洪家关区支部下面又成立了枫坪乡支部、胡家峪支部、海龙乡支部。

桑植县总工会、共青团、妇女联合会也成立了。红军女儿队积极响应妇女联合会的号召,开展了轰轰烈烈的自我革命行动,传承几千年的裹脚废除了,女子再也不用忍受裹脚的痛苦,"脚板大走四方"的宣传融入了屈丫翠的心里。妇女联合会办起了识字班,号召女人给红军做鞋子,组织参加打土豪、分田地,屈丫翠在战火的洗礼里长大了。

1934年10月27日,红二、六军团在四川酉阳南腰界召开了会师大会。第二天,红二、六军团从南腰界出发,向湘西的永顺、保靖、桑植、龙山地区开进,拉开了"湘西攻势"的序幕。这一行动惊动了湘西军阀陈渠珍,他急调周燮卿、龚仁杰、杨其昌3个旅10个团1万余人,从永绥(今花垣)和保靖向北行动,企图阻止红军进入湘西。10月30日,红二、六军团攻克酉阳后,经鄂西来凤百福司及龙山县招头寨之贾家寨,转向东进,甩开敌人,乘虚进攻永顺。11月7日凌晨,占领湘西北咽喉之地——永顺县城。这样,红二、六军团摆脱川黔军的羁绊,甩开前来追堵的陈渠珍部,红军集结在永顺城及近郊,获得7天休整。在此期间,红军积极宣传群众,打击土豪,征集物资,整顿部队,加强政治建设。屈丫翠跟着红军女儿队来到了永顺,帮助红军洗衣做饭,照顾伤员,忙得脸上乐开了花。屈丫翠看到了红军的部队,黑压压站在一起,像天边上压过来的一团云,一望望不到边。

　　在永顺，屈丫翠的亲戚贺龙于1934年1月15日指挥了十万坪大捷，两个小时的激战，红军歼敌1000余人，俘敌旅参谋长以下2000余人，缴获长短枪2300余支、轻机枪10挺。十万坪大捷后，贺龙又指挥红军乘胜进攻，11月17日重占永顺县城，又快速占领桑植县城，24日，解放大庸县城。屈丫翠跟随在红军女儿队则留在了永顺塔卧，照顾十万坪大捷战斗中受伤的战士。

　　红军女儿队在塔卧照顾红军伤病员的情况激起当地土豪恶霸的仇恨。红军部队到来后，打土豪，分田地，打开他们的粮仓，分给贫苦百姓。红军主力部队为支援中央红军主力长征，开展湘西攻势，离开了永顺塔卧，由土豪恶霸组织的"义勇队"对红军女儿队进行剿杀。敌强我弱，于是，屈丫翠被"义勇队"捉住了。

　　与屈丫翠一起被捉的还有两个桑植姑娘，十一二岁的年龄没有反抗能力，"义勇队"看到屈丫翠眼里射出的怒火，二话没说，扬起手里的鞭子狠狠打在屈丫翠身上。

　　"义勇队"舍不得打脸，他们要把这些红军女娃娃卖给当地的地主恶霸做小，百般凌辱她们。屈丫翠被卖给永顺三家田向家寨的地主向开涵做小。屈丫翠一千个一万个不愿意，可她没有反抗能力，已娶了一房妻子的向开涵花了三十块光洋买下屈丫翠。"义勇队"卖红军女娃娃只选有田有地的地主，原因大家都懂，地主老财在"义勇队"眼里就是"肥猪"，"肥猪"肥了，肯定要被人宰一刀。"义勇队"是干什么的？打了红军宰肥猪，"天经地义"。

　　就这样，永顺三家田向家寨的向开涵成了"冤大头"。三十块白花花的光洋花出去了，买回了一个11岁的小媳妇。

　　地主向开涵花了钱，当然要花有所值。他逼着屈丫翠当长工，吃的穿的不少屈丫翠。屈丫翠想跑，向开涵父母扬言，敢跑，就打断屈丫翠的腿。

　　红军女儿队队员屈丫翠就这样被地主向开涵家圈在家里。

　　圈在家里的红军女儿队队员屈丫翠从被卖的那天起，她就觉得自己坠入黑暗里。外面的天空再宽，她出不去，天上的太阳再大，她只有在向家寨观望。她想回到桑植，回到亲人身边，哪怕在父亲、三哥死去的天坑边哭一场，都变成奢望。

　　屈丫翠喜欢上了黎明。黎明时刻，天亮未亮，向开涵一家人沉浸在睡梦里，屈丫翠悄悄起床，悄悄走出房间，高高的大院可以开门出去，可走不出向家寨一寨的狗吠声。屈丫翠浸着泪，开始了一天的劳作，洗衣、臼米、磨豆腐、做布鞋。屈丫翠边做农活，边望着渐渐亮明的天，没人时哼唱着《妇女歌》，有人时肚子里闷响着《妇女歌》。

屈丫翠喜欢上了院墙边的一株马桑树，四季常青的马桑树从她被卖到向开涵家，就长在院墙边，年年春季发满枝丫。屈丫翠觉得自己就是那株马桑树，一辈子圈在院墙边走不出去。屈丫翠跟着父亲哥哥闹红时，学会了那首《马桑树儿搭灯台》。望着马桑树，屈丫翠想起了亲戚贺龙，不知道红军部队到了哪里，现在怎么样了，什么时候再打回来，把她救出去。

屈丫翠没有等到红军亲人回来，14岁那年，向开涵和屈丫翠圆了房。向开涵的大房只生了一个姑娘向金菊，肚子再也不开怀了，向家要继承香火，把目光放到屈丫翠身上。1938年农历五月初十，15岁还差24天的屈丫翠生下了第一个儿子向光为，五年后，生下了第二个儿子向光绪。

红军女儿队队员屈丫翠做起了人母。作为人母，屈丫翠奶孩子，抚育孩子，教孩子，没人了，她会教儿子唱《妇女歌》，唱《马桑树儿搭灯台》，唱《要吃辣椒不怕辣》。她叮嘱儿子，这些歌只能在家里唱，在没有人的地方唱。

解放后，红军女儿队队员屈丫翠成了地主婆，家里的大院被分了，田地被分了，翻身受苦的穷人变成了主人，本是穷苦人因为嫁给地主向开涵的屈丫翠变成了富人。老子的"祸兮福之所依，福兮祸之所伏"在屈丫翠身上得到完美的求证。向开涵经不住批斗，又惊又惧地离开了人世，把所有的苦难扔给了屈丫翠。

红军女儿队队员屈丫翠成为地主婆，一次次遭到批斗。解放初期，阶级斗争成为社会的主要矛盾，忆苦思甜的群众大会在一个个乡村上演着穷苦百姓打压、批斗地主老财的轻喜剧。屈丫翠一次次被革命群众捆绑着、吊打着，要她交代自己的罪恶。手吊在木制的篮球架下，屎尿一次次失禁，身为一个女人，批斗让人没有了尊严。屈丫翠活着的理由，是把自己的两个儿子和大夫人生下的女儿养大，她是一个母亲，孩子们没有了爹，不能没有了妈。丈夫没了，她就是一方天。

解放了，屈丫翠是被管制分子，可她是自由的，她可以走出大院，走进田地里劳作。屈丫翠手脚吊断后不久，是父亲的殉难日，屈丫翠用背笼背着父亲生前爱吃的糯米甜酒和烤糍粑，翻山越岭来到父亲的坟前，跪在坟头轻轻啜泣，她告诉父亲，红军部队回来了，中国的穷苦人翻身做了主人，天真的亮了。

屈丫翠道完，忍着吊断的双手传来的钻心的尖痛，想到父亲被打断双腿扔进天坑的痛苦，又经历烈火的焚烧的痛苦，她一下触摸到了父女连心的疼痛。

1974年农历五月初十，红军女儿队队员屈丫翠追寻她的红军女儿队去了，死得是那么坦然。她给儿子向光为娶回了媳妇覃雪梅，儿子儿媳给她生下了大孙女向春华、大孙子向昌轮、二孙子向钊，她完成了一个女人的香火使命。

居中为覃雪梅（屈丫翠的儿媳），两旁为其表哥谷忠国、表嫂钟春梅

陈才年（约1889年—1933年二月初一），中国工农红军双溪桥女儿队队员，双溪桥党部组织委员熊世达（约1887年—1933年二月初一）之结发妻子。陈才年与熊世达结婚后，夫唱妻随，生育大儿熊桂生（又名熊正举）、二儿熊正毕、三儿熊正凡，一家五口人除三儿熊正凡年仅1岁半没有参加革命，其他四位家庭成员全部参加革命。大儿熊桂生1929年参加红军，二儿熊正毕参加儿童团，陈才年跟随丈夫，带着两个儿子参加革命，就是想让一家人吃上一碗大米饭。1933年农历二月初一，因为二儿熊正毕挑走了当地地主熊子兴柳家庄坊仓库的粮食给红军做大米饭吃。熊子兴带着柳胜生联手杀害熊世达、陈才年夫妇和熊正毕，并连1岁半的幼儿熊正凡也没有放过，残忍地将其撕成两半。因熊桂生外出作战，躲过追杀。解放后，被认定为失散红军的熊桂生与甘腊芝结婚，夫妇俩怀着"红军杀不绝"的决心，生下九个孩子，其中6个儿子，即熊朝林、熊朝军、熊朝成、熊朝义、熊朝统、熊朝进，3个女儿即熊朝顺、熊朝润、熊朝爱。现健在的四兄弟熊朝成、熊朝义、熊朝统、熊朝进均为年过七旬的农民。他们最大的心愿就是给埋在地下没有棺木的爷爷奶奶和二个叔叔的无名冢以政府名义立一块碑。

陈才年：一碗大米饭的红色叙事

王成均

在中国工农红军红二方面军长征出发地刘家坪白族乡刘家坪村熊家溶组一个叫晒谷场的地方，有两座没有棺木没有石碑的无名烈士墓，坟墓里埋葬着共产党员、双溪桥党部组织委员熊世达，共产党员、双溪桥红军女儿队队员陈才年及其二儿子、红军儿童团熊正凡，和年仅1岁半的熊正毕。从建党后12年的1933年到建党100周年的2021年，一家四口人在九泉之下用88年的守望和等待看到中国共产党始终延续"坚持真理、坚守理想、践行初心、担当使命、不怕牺牲、英勇斗争、对党忠诚、不负人民"的伟大建党精神之源。坟头上的芳草萋萋，岁岁枯枯荣荣，向后人诉说着红嫂陈才年想让一家人吃上大米饭的红色故事。

这位湘西母亲，想让孩子们吃上一碗大米饭

陈才年嫁给刘家坪乡熊家溶熊氏家族熊世达那年，还没有国家蒙难、人民蒙羞、文明蒙尘这一经典词语出现。陈才年不明白她出生前四年发生的中日甲午战争以及一年后的八国联军侵略战争，会让一个独立的以农业经济为基础的封建君主专制国家变成半殖民地半封建社会。陈才年不明白高高在上的统治者会把战争赔款转嫁到老百姓头上，老百姓过上了饥寒交迫和毫无政治权利的生活。陈才年不明白中华民族五千年传下来的"讲仁爱、重民本、守诚信、崇正义、尚和合、求大同"失位了，崇洋媚外、民族自卑感以及文化虚无主义泛滥，家庭与家庭之间，宗族与宗族之间，地方与地方之间，军阀与军阀之间因为土地因为权利相互倾轧，鲜血四溅。陈才年一一品尝了"国家蒙难、人民蒙羞、文明蒙尘"的苦涩滋味。

战乱的国家，动荡的社会，失德的伦理，让陈才年想让儿女们吃上一碗大米饭的梦想遥遥无期。没有办法，陈才年和丈夫熊世达带着大儿熊桂生、二儿熊正毕参加了共产党领导的红色苏维埃政权建设和保卫。丈夫熊世达在党部担任组织委员，陈才年当上了红军女儿队队员，大儿子熊桂生参加了红军，二儿子熊正毕参加了红军儿童团。

红色苏维埃政权是工农劳苦大众自己当家做主的政权，穷苦大众有了发言权、举手权、土地权，地主恶霸集中的土地、粮食，收归红色苏维埃政权所有，红色苏维埃政权再分给穷苦大众耕种和食用。

陈才年嫁给丈夫二十年，没有吃过一顿饱饱的大米饭，没有让儿子们吃上一碗白白的大米饭，可是这些在红色苏维埃政府实现了。丈夫熊世达在双溪桥党部当组织委员，每天有忙不完的事。钟冬姑是女儿队队长，陈才年是红军女儿队队员，两人每天要给红军洗衣做饭，照顾伤员，有时还要刺探军情，也有忙不完的事。大儿子熊桂生也忙，他跟着部队一时湖南，一时湖北，有打不完的仗。二儿子熊正毕才12岁，别看他年纪小，也忙，每天站岗放哨，还带着一队儿童团员到大地主熊子兴家的柳家庄坊粮仓背

稻谷，到碾房把带壳的稻谷变成青白色的米粒。

青白色的米粒煮的大米饭真香，双溪桥党部的人爱吃，红军女儿队的人爱吃，红军儿童团的小孩子爱吃，连1岁半的小孩子熊正凡也吃上了两大碗。看到小儿子一个人吃了两碗大米饭，陈才年怪不好意思的，她觉得自己沾了红色苏维埃的光。

女儿队队长钟冬姑不这样认为，她觉得熊正凡也有功，他也出了力，因为陈才年背着小儿子熊正凡刺探军情，没有敌人怀疑这个女人是红军女儿队队员，熊正凡是最好的掩护。

丈夫熊世达织得一手好篾器，竹背篓、竹团筛、竹细筛、竹笆篓、竹扫把、竹撮箕等等应有尽有。陈才年背着这些篾器到永顺万坪、桑植县城、空壳树、叶家桥市场赶集，次次不重样。红军女儿队队长钟冬姑的丈夫刘开锡是红军师参谋长兼十团团长，每次得到陈才年送来的有价值的情报，笑称陈才年是红色篾器交通员。得到刘开锡的表扬，陈才年好开心。

大儿子熊桂生跟着红军打仗，每次打了胜仗，红军会打开地主的粮仓，庆祝胜利。大碗的大米饭，大块腊肉片子，吃得嘴皮、牙齿、喉咙都生香，呼一口气，空气都弥漫着大米饭和腊肉的香味。每次大儿子得胜回来，还会给母亲陈才年带回一块光洋，陈才年舍不得用它买吃的，她小心翼翼地存着，告诉大儿子，等她存到五块大洋，就给他娶一房媳妇。她要儿子多打胜仗，胜仗打得越多，红色苏维埃政权越稳固，劳苦大众吃大米饭的日子就越长越久。

丈夫熊世达一扫结婚时的穷窝囊气，当上党部组织委员，他忙着落实中共五大通过的《土地问题决议案》。两个文件具体规定了土地革命的各项政策，对农村阶级的划分标准、土地没收范围、土地分配原则、土地分配的标准和办法以及土地所有权和富农经济出路问题，都做了明确规定。作为组织委员，他要一一落实下去。

桑植的土地革命，县委和县苏维埃政府规定由土地部负责，由5至7人组成土地委员会，区乡由3至5人组成土地委员会领导土地革命。熊世达也是其中一个。双溪桥区苏维埃政府首先没收地主的土地、粮食、财物和实行富农出租部分的土地归土地委员会管理，粮食、财物除一部分留作军政费用外，全部分给贫苦农民。分给贫苦农民的土地抽肥补瘦，好坏搭配，按人口平均分配给无地或少地的农民，没有逃离苏区的地主同样分配一份土地，最后发放土地管理证。1931年5月，土地分配工作基本结束。

完成了一天的工作，陈才年、熊世达、熊正毕轮流背着熊正凡回到家，一家人围坐在火塘边，把火话桑麻。二儿子熊正毕谈起一天的事迹，眉飞色舞，他告诉陈才年，今天，儿童团安排识字比赛，部队教员在黑板上写了十个字，他认写了六个字，教员说认写一个字，奖一碗大米饭，他认写了六个，吃了六碗大米饭。

陈才年吓慌了，一把搂过儿子，摸他的肚皮，发现儿子的肚皮胀得鼓鼓圆圆的，她问丈夫，儿子吃得太饱了，会不会胀破肚皮。

丈夫熊世达笑了，他对儿子熊正毕说：听说今天你们学了《儿童团歌》，你给我们唱一遍。

熊正毕握起了红缨枪，眼波一下变得神采奕奕，他一边走着步伐，一边向前方斜刺着红缨枪，歌声从12岁的孩童的嘴里流淌出来，清脆无比："儿童团，小红军／打土豪，扣劣绅／真英勇，不留情／个个都是大角色，帽上红星亮晶晶。"

熊正凡唱完，还意犹未尽，又加唱了一首《红军叔叔睡觉了》："鸡莫叫，狗莫咬／小弟弟莫哭，小妹妹莫跳／都莫吵，都莫闹／红军叔叔睡觉了。"

陈才年看到儿子欢快的样子，心里乐滋滋的，她觉得跟着共产党干革命，真好。

那个年代，一碗大米饭付出了四个人的生命

欢乐的时光总是短暂的，斗争的阴云时时笼罩在红色苏维埃政权的上空。

陈才年加入了红军女儿队，渐渐懂得了农民为什么穷，富人为什么富的道理。西方列强侵入中国，把中华民族五千年传下来的"讲仁爱、重民本、守诚信、崇正义、尚和合、求大同"的中国风吹得支离破碎，取而代入的巧取豪夺、血腥镇压、买办垄断、变相掠吞，老百姓赖以生存的土地失去了。家族、宗族、社会的礼乐崩溃了。

陈才年的丈夫熊世达告诉她，熊氏祖先来到刘家坪开荒斩草，造了许多田，一代代开枝散叶，每家每户都有几亩田保持家族人口繁衍，人丁兴

旺，香火旺盛。可到了熊世达这一代，祖先的土地不知什么什么时候都集中到熊子兴手里，无数的熊氏后裔靠租种熊子兴的田艰辛度日。

"天干地拆裂，苛粮少不得"的规矩泯灭了熊氏宗族的亲情，桑植"十年九灾"的气候，"主七租三或主八租二"的粮食分成不成正比，完不成苛与粮，利滚利的付息方式，一步一步把陈才年一家人引入了"闹红"的道路。

大地主熊子兴看到自己柳家庄坊的粮仓被没出五服的熊世达的二儿子带着儿童团挑着吃，一碗碗的大米饭吃得闹红的人喜笑颜开，吃得他割肉刮骨般生疼。

他恨熊正毕，恨养儿不教的族人熊世达，他更恨当了红军的熊世达的大儿子熊桂生。熊子兴的恨开始是小小的火苗，小小的火苗照亮了熊世达带着妻子、儿子吃大米饭的幸福面孔，幸福面孔在熊子兴眼里燃起熊熊大火，熊子兴不想顾忌父亲和熊世达的爷爷是亲兄弟的血脉亲情，他决定先干掉红军战士熊桂生，再干掉熊世达、陈才年和他们的其他两个儿子。1933年正月十五，熊子兴打听到熊桂生住到亲戚家，落了单，便带着几个家丁去实施报复计划，不巧的是熊桂生没住到亲戚家，回到了部队。

熊子兴一计不成，决定一不做二不休，于二月初一带着家丁柳胜生等4人拿着梭镖大刀，来到熊世达家里。熊子兴和柳胜生分了工，一个对付熊世达，一个对付陈才年，然后再杀他们的两个小儿子。

夜深人静，熊世达、陈才年、熊正毕、熊正凡还有4岁的女儿熊三妹刚入睡，熊子兴悄悄打开门，二话没说，和柳胜生两人按照分工将两个大人用梭镖、大刀砍死在床上，接着扑向两个儿子，将他们砍死，4岁的熊三妹认出了杀人的是熟人，哭着说："湘幺幺，莫杀我。湘幺幺，莫杀我。"熊子兴认为女孩翻不了天，便放下屠刀，留了她一命。

陈才年为了儿女吃上一碗大米饭，失去了家中四条生命。

桑植英烈录上，没有陈才年的名字

陈才年就这样走了，走得匆忙，走得壮烈。她是和丈夫熊世达、儿子熊正毕、熊正凡一起走的。

1933年二月初一，即2月24日，在桑植的历史上，是一个平凡而普通的日子。这一天，熊桂生跟随贺龙率领的军队从毛坝转移到走马，与刚从荆（门）当（阳）远（安）一带转移过来的卢冬生率领的独立师1000余人会合，和夏曦、关向应等再次举行中央分局会议，做出了发展鹤峰周围苏区和整编红三军的决定。他不知道，家中一夜之间死了4个亲人。

这一天，国联大会以42票对1票，通过《十九国委员会报告会》，不承认满洲国。

陈才年走了，她不想不愿又无可奈何地书写了"不求同年同月同日生，但求同年同月同日死"的红色壮烈。

1933年2月24日，与1949年10月1日，只隔16年217天。陈才年与丈夫、儿子为新中国的建立，加入了2100万革命者捐躯的队伍中，因年代久远及各种客观原因，中央组织部和民政部只统计到370多万有名有姓的人，对其家属给予优抚待遇。

1934年10月23日至24日，陈才年一家四口人牺牲一年后，贺龙带着红三军在贵州印江县的木黄和松桃县的石梁与红六军团主力胜利会师，部队人数达7000人，熊桂生当上了红军连长。

1935年11月，陈才年一家四口人牺牲的第二年，贺龙驻扎在刘家坪龙

陈才年的孙子熊朝成靠编织扫把欢度晚年

眼峪，得知熊桂生一家四口壮烈牺牲的事，安排熊桂生留在家中，延续香火。熊桂生把贺龙的话记在心里，他娶了甘腊芝为妻，生下了6男3女共9个孩子，他知道贺龙迟早会打回来的。

熊桂生等呀等，等到1969年6月9日，老首长被迫害致死的消息。

熊桂生等呀等，等到了1997年农历三月初四，自己作为一个失散红军的生命终结。

熊桂生临终前，给儿孙交代了一个任务：珍惜当今来之不易的生活，不要向党和国家提要求，你们的红军爷爷、红军奶奶、红军叔叔为了吃上一碗大米饭，付出了生命，而在桑植，当时仅10多万人的桑植，有5万多人参加革命，有3万多人献出了宝贵生命，有名有姓的有5000多人，还有25000多人，没有列入烈士英名录中。

杨小妹（一八九五年六月—一九三五年三月），桑植县利福塔区苏维埃红军女儿队队长。作为桑植县利福塔乡苦竹河村一炭农的女儿，杨小妹养成吃苦耐劳、坚韧刚强的性格。成年后的杨小妹嫁给利福塔场上的宋家山为妻，红二、六军团驻军利福塔时，她担任利福塔区苏维埃红军女儿队队长，负责交通、保卫、安全等任务。1935年3月，红二、六军团撤离利福塔，土豪劣绅开始疯狂报复，杨小妹夫妇护送红军游击队队长李胜千撤离，躲藏在苦竹河的炭窑洞里。因李胜千是鸡蒙眼，不利行走，不料奸细告密，土匪张君亮带人将三人活活砍死在炭窑洞里。

杨小妹：闹红愿做比翼鸟

谷林芳

一

1893年6月，杨小妹出生在利福塔镇苦竹河古埠，这里的山青幽幽，水瓦蓝蓝，一个水码头耍赖一样驻扎在水边，一大群木板房看水码头耍赖，也学起了样，赖在了半山腰。没有办法，为了方便乡亲出行，一条鸡肠似的石板路在木板房中间钻来钻去。杨小妹就出生在这里的一个炭农家里。

杨小妹记事起，就跟着父母烧炭、出炭、卖炭。长期与炭打交道，杨小妹却一点也不显黑，全身该白的白，该红的红，该俏的俏，凡是没娶媳妇的年青后生见到杨小妹，心跳会莫名其妙地加快，血液会莫名其妙地往脸上涌，于是有了后生们对苦竹河出美女的争论。有人说是苦竹河的水好，有人说是苦竹河的火烤得好。众多的后生争论来争论去，也争不出一个结果，只有利福塔街上开炭货铺的宋家山找到了原因，歌养人，歌哄人。

杨小妹喜欢在苦竹河码头洗衣，杨小妹洗衣有个习惯，先把衣浸湿，抹上油茶枯或菜枯，继而开始洗头。杨小妹挽起衣袖，卷起裤角，站在水边，弯下腰，勾起头，把头发深深地浸进水里，河水把杨小妹乌黑乌黑的头发飘了起来，哗哗的流水从杨小妹的头发间顺风而下。一丝丝凉意从发根传至全身，杨小妹美美地沉浸在凉丝丝的快乐里。总在这个时候，一首桑植民歌如韵响起，歌声由远而近，由近而远，杨小妹想睁眼看看，是哪个"化生子（土家语：坏男人）"唱歌的，可她把头和眼睛浸在水里，睁不开。那歌声就这样慢慢柔柔往她的耳里钻，往她的心里拱，渐渐地变成了一颗颗火星了，燎出了一团的火。

二

火是一个叫贺胡子的人点燃的。1929 年 6 月的一天，贺胡子在利福塔区设立支部，并在苦竹河古埠举行庆祝晚会。1929 年 6 月的那天晚上，贺胡子安排人在苦竹河古埠杀了一头猪，烧了一堆火，号召大家都来吃饭歹酒。于是，四山八岭的穷苦乡亲们纷纷而至，很快，苦竹河窄窄的街道到处是欢歌笑语。红军和乡亲们亲如一家，大碗喝酒，大口吃肉，大碗歹饭，酒醉饭饱，大家围着火拉着手唱呀跳呀，杨小妹一下捉住了熟悉的声音，红红的火光里，一个高高瘦瘦的后生抱着一捆柴火，不停地往火堆添柴，欢快地唱着那首歌。杨小妹走到后生身边，一把夺过后生手中的柴禾，生气地问："你就是我洗头时唱歌的那个化生子？"

宋家山："跟你唱歌的这么多，你怎么晓得是我唱的。"

杨小妹："你的歌有毒，你一唱，我的头发洗不好。"

宋家山："你是杨小妹，我是唱给小小幺姑的，你又不是小小幺姑。"

杨小妹："那我不管。我只管我洗头时没人打扰我。"

宋家山："要是打扰你，你怎么办？"

杨小妹："你要赔我。"

宋家山："赔什么。"

杨小妹红着脸说："赔我好心情。"

宋家山："好，我赔你好心情。"宋家山说完，拉起杨小妹的手围着火堆跳起来，边跳边唱起那首撩人的歌，杨小妹想挣脱那只握她的手，怎么挣也挣不脱，另外的一只手被另一个姑娘握着。杨小妹看到父母盈盈的笑，脸红了，那个叫贺胡子的人宽宽的脸长着欣赏的笑容，一个叫李胜千的红军游击队长受到感染，挤进队伍跳了起来，患有鸡蒙眼的李胜千跳得兴奋，一时前一时后，一脚踩到了火堆上，烫得他哎哟哎哟地叫。参与狂欢的红军指战员听到李胜千的叫唤声，顺着一声"哎哟"，这边吼一句"要吃辣椒不怕辣"，那边唱一句"要当红军不怕杀"，李胜千听到歌声，脚上的烫痛化为一种舒爽，他从一个红军游击队队员手里抢过一碗酒，狠狠地喝了一口，喷在烫伤的脚上，大声吼了起来"刀子架到颈项上，脑壳掉了碗大个疤。"李胜千一吼，参与狂欢的红军指战员一齐吼唱"刀子架到颈项上，脑壳掉了碗大个疤。"

杨小妹听到握着她手的那个"化生子"唱歌，也听到踩在火上的红军游击队长李胜千唱歌，两首歌在她的心里窝窝里钻，钻出了一团红红的火，那个叫贺胡子的笑好温暖。杨小妹的心野了。

三

那一年，她嫁给了那个握手的。

那一年，她的心跟着贺胡子和李胜千走了。

握手的人住在利福塔街上，开了一个卖炭的铺子，专门卖杨小妹家的炭，暗地里为贺胡子筹军饷。杨小妹嫁到街上，当起了利福塔区苏维埃政府红军女儿队队长，筹粮筹款替红军洗衣服。有人劝宋家山，别让杨小妹跟着红脑壳干，那是要砍脑壳的，宋家山说："我知道"。

"知道了，快让杨小妹住手。"

"她喜欢。"

"喜欢也不能不要命。"

"我们贫苦老百姓的命什么时候在自己手里"，宋家山反问。

"你不怕杨小妹跟红军跑了？"

"不怕，我会唱歌，我一唱歌，她就回来了。"

那人说："你唱唱看，我不信。"

宋家山说："你不信，我让你信。"说完，宋家山就唱了起来，宋家山才唱一句，杨小妹背着枪走了进来："家山，你白天吼什么嗓子，不怕人笑话"。

宋家山说："有人笑我。"

杨小妹问："谁？"

宋家山一指那人，那人一脸尴尬，飞也似的跑了，边跑边骂："一对憨卵。"

1935年3月，贺胡子带着红军到常德打仗去了，说是策应中央红军，留下了李胜千和杨小妹守卫苏维埃后方。

杨小妹、宋家山夫妇知道留得青山在，不怕没柴烧的道理，便带着李胜千回到苦竹河，躲到自家的炭窑洞里，走在回娘家的山路上，杨小妹总感觉背后有一双眼睛，回头看，又什么也没有。杨小妹、宋家山、李胜千躲进炭窑洞里，心里莫名其妙地燥。

杨小妹说："我们换一个地方吧，我怎么觉得不踏实。"

宋家山说："要换明天换，先凑合一夜，李队长是鸡蒙眼，晚上走路不安全。"

李胜千说："我们是贺胡子的人，不用怕。"

杨小妹说："可我心里有点怕。"

李胜千说："我们是红军，我们唱唱歌，就不怕了。"李胜千说着唱起"要吃辣椒不怕辣"的歌。乌黑的窑洞里，乌黑的夜幕，幽幽的歌声在窑洞回荡，宋家山的心也动了，嗓子痒了起来，也唱起了《小小幺姑爱坏人》那首杨小妹熟悉的歌，李胜千的鸡蒙眼看到杨小妹靠着宋家山的怀里沉沉地睡着了，脸上现出幸福的红晕。

李胜千很开心，他感谢贺胡子让他和杨小妹这样的贫苦人如兄弟姐妹一样走到了一起。在红军部队这个大家庭里，没有高低贵贱之分，他一个鸡蒙眼，没有受到歧视，还当起了游击队长，杨小妹也由一个烧窑妹变成了红军战士，他们的心头燃烧着一个信仰，打土豪分田地，保卫苏维埃，翻身当家做主人，想到这里，李胜千同样幸福地睡了。

睡梦里，三个人梦见一个叫张君亮的土匪头子，在一个人的指引下，带着一群土匪悄悄进了炭窑洞，无数把刀和斧头高高扬起，睡梦里，杨小妹、李胜千、宋家山拼命反抗，血染红了炭窑洞。杨小妹倒在地上的时候，听到了宋家山的歌，那歌再一次钻进他的心窝窝里，杨小妹眼角里流出了一滴泪，她的心里喊了一声"冤呀，我今年已四十二，哪还是你的小小幺姑哟。"火焰中，杨小妹和宋家山化为一对比翼鸟，红色江山的比翼鸟。

时间一晃过去了86年，杨小妹一直活在1935年3月的那个夜晚，那一夜的歌关于信仰关于爱情，让苦竹河的村民有了灵魂，让张家界西线旅游有了精神，也让我的寻找有了答案。我至今不明白，那个美丽的杨小妹怎么会被一首歌一个笑给骗了呢，真是傻得可爱，难道那首歌真的有毒吗？请大家帮忙审一审歌词：

> 小小幺姑小小龄，
> 小小幺姑爱坏人，
> 去年爱坏张果老，
> 今年爱坏吕洞宾，
> 惹得众仙家都害相思病。

红色时代红色记忆，爱唱革命歌曲的红军也爱唱纯真的爱情歌曲，共产党领导的军队也有红色浪漫。

创作札记

王成均

　　时间过得真快，一晃自己到了知天命的人生阶段。何谓知天命，静好的岁月告诉我，五十岁之后，知道了理想实现之艰难，故而做事情不再追求结果。

　　我的理想实现了吗？成为一名作家是我的理想，我实现了一部分。桑植作家协会会员、张家界市作家协会会员、湖南省作家协会会员、中国作家协会会员，我一路笔耕，一路寻找理想之梦，只有中国作家协会会员，我还没有实现。我在寻找梦想的时候，带着我的妻子和女儿加入了作家寻梦的行程，她们也圆了市作协和省作协的理想梦。

　　知天命的人生来了，我有了一种在红色的历史中寻找生命的紧迫感。桑植是一块可歌可泣、可感可触的红色文化母地，土地革命时期，一幕幕家国一体的患难与共，一场场刀光剑影的社会变革，点燃了我的红色情缘。身为桑植人，不为红色历史做点事情，有愧于作家这个身份。作家是良心的呼唤者，创作的过程是良心呼唤的过程。2017年，我的长篇报告文学《我的亲人是红军》被列入中国作家协会少数民族重点作品扶持，我原本计划一年时间完成的，可写到20万字，我写不下去了，原因是我对桑植这块红色土地了解得太少，我决定对桑植红色土地、红色村庄、红色家庭再进行一次深度采访，于是，我的妻子、女儿、岳母支持我一路从湖北到陕西再到浙江，我走访了数百个家庭，拜谒了数千座红军烈士和红军烈士妻子（红嫂）的坟墓，我仔细打捞红色历史的碎片，反复考证红色岁月鲜活的细节，于是，在省财政厅来桑植挂职的副县长彭曙光的支持下，在贺龙纪念馆馆长黄清、族兄王博的鼓励下，在湖南师大道德文化研究院向玉乔院长、旅游学院院长王兆峰的激励下，我开始了长达一年的《桑植红嫂》的谋篇布局，并邀请罗晓璐、谷道弘、曾萧逸、谷林芳、田克清、黎昌华、贺学舜、贺兴演、曹开胜、屈海清、贺一举等参与撰写。一本书的形成有了大家的努力，才有了桑植红嫂的生命记忆。

创作的过程是痛苦的，也是快乐的。得知我要创作《桑植红嫂》一书，好友向延波、刘宏斌、郑司南、向国军、谷晓平、曾凡岩、郑云、彭义、杨次洪、彭文、阵华林、王帮利、谷成栋、谷志军、覃飞斌、李兴仁、瞿贻武、周兴华等纷纷给予帮助，让我在创作中感受与红军指战员及红军指战员妻子生命对话的快乐。生活的轨迹和艺术的真实在这里交织，一个个故去的人物复活了。在创作中，我有了一种掘红色岁月之井，饮红色信仰之水的骄傲。习总书记说：人民有信仰，国家有力量，民族有希望。我在创作中，一直沉浸在46个红嫂鲜活的思想里，活跃的精神里，丰润的道德里。桑植红嫂成千上万，如何让46个红嫂折射桑植成千上万个红嫂的生命光辉，我选择了桑植红嫂最生动的一面，那就是一个女人在国家命运的沉浮里，一个女人在家庭兴旺中的悲欢离合中所表现的生命奇迹。我不想把桑植红嫂写得无限高大上，我只想把她们放在岁月的风云变幻里，把她们的生命轨迹放在时代社会变革的风云际会里，泛出人性的光芒。

我在创作这本书时，一直在寻找贺龙在桑植闹革命，家乡人前赴后继紧紧追随的答案，在一个个桑植红嫂身上，我找到了。共产党让一个个活在社会最底层的人群有了梦想，一个个走上了历史的舞台，他们为家庭幸福去流血，为家族兴旺愿流血，为民族复兴敢流血。共产党唤醒了一个个家庭，一个个家族，一个个民族，一个个地方的人格和尊严，让中国人民的站起来、富起来、强起来，有了沉甸甸的分量。

2021年11月23日夜

编后语

　　长达40万字的《桑植红嫂》终于可以付梓出版了，这是革命老区桑植县的一件幸事，也是我们与湖南师大道德文化研究中心，湖南师大长征国家文化公园研究中心、团结出版社精诚合作的一件盛事。

　　桑植是贺龙元帅的故乡，中国工农红军第二方面军长征出发地，湘鄂边、湘鄂西、湘鄂川黔革命根据地策源地和中心辐射地。当时仅10多万人的桑植，有5万多人参加革命，3万人为革命献出了生命，有名有姓的烈士就有5000多人，而桑植红嫂就有1万多人。桑植红嫂是中国共产党领导的土地革命在桑植发生地所涌现出来的一组群雕，她们以自己的生存方式、自己的生活轨迹、自己的生命选择展现了中国普通百姓从麻木到自觉再到觉醒的形象。

　　《桑植红嫂》的编辑出版，要感谢湖南师范大学道德文化研究中心和长征国家文化公园研究中心的倾力支持。道征文化研究中心把《桑植红嫂》作为国家社会科学基金重大招标项目研究主题"中国共产党的集体道德记忆"一个重要内容，长征国家文化公园研究中心列为长征文化成果（21ZDA080），我们感到无比荣幸。我们受此鼓舞，拟把"红嫂"作为长期关注的一个内容，目光关注的是湘鄂渝黔红嫂，湘鄂渝黔以外的红嫂，收集整理她们的事迹，创作出版关于她们的作品，宣传推介她们的平凡而又不平凡的事迹。

　　《桑植红嫂》是一本书，也是一个产品，如何讲好、用好、学好桑植红嫂故事，传承军拥民、民爱军的红色基因，将是我们今后的重要内容。在《桑植红嫂》出版之际，我们要感谢宣传部门、文化旅游部门、教育部门、退役军人事务局及红嫂后代所在的乡镇大力支持，正是他们的支持，才有了我们的精神产品。我们还要感谢各级领导的高度重视，一个个红嫂背后，是各级领导真心真情关注的结果。

《桑植红嫂》的出版，只是我们深耕桑植红色土地，挖掘桑植红色资源，做大做强红色旅游产业的一个开端。我们还将借助《桑植红嫂》这本书籍，开发出《桑植红嫂》歌碟、《桑植红嫂》文创产品、《桑植红嫂》影视产品、《桑植红嫂》农副产品等系列产品，助力桑植乡村振兴。我们还会持续开展公益行动，用《桑植红嫂》的书籍、歌碟、文创产品、影视产品、农副产品等的部分收益给故去的桑植红嫂立一块碑，给红嫂正在就读的后人设立一笔成才奖学金，以告慰九泉之下的烈士和红嫂，我们这样做的目的就是要让人们知道：中国共产党领导的事业，永远有源源不断的精神动力。

2022年7月8日